Shopaholic naar de sterren

Als Madeleine Wickham

Slapeloze nachten
Dubbel feest!
Zoete tranen
De cocktailclub
Het zwemfeestje
De vraagprijs
De tennisparty

Als Sophie Kinsella

Shopaholic!
Shopaholic! in alle staten
Shopaholic! zegt ja
Hou je mond!
Shopalicious!
Aanpakken!
Shopaholic & baby
Ken je me nog?
Wat spook jij uit?
Mini shopaholic
Mag ik je nummer even?
Ik krijg je wel

SOPHIE KINSELLA

SHOP AHO LIC

NAAR DE STERREN

the house of books

Oorspronkelijke titel
Shopaholic to the Stars
Uitgave
Bantam Press, an imprint of Transworld Publishers, Londen
Copyright © 2014 by Sophie Kinsella
Copyright voor het Nederlandse taalgebied © 2014 by The House of Books,
Amsterdam

Vertaling
Mariëtte van Gelder
Omslagontwerp
Studio Marlies Visser
Omslagbeeld
Glasshouse Images/Hollandse Hoogte
Foto auteur
Henry Wickham
Opmaak binnenwerk
ZetSpiegel, Best

ISBN 978 90 443 4479 0
ISBN 978 90 443 4608 4 (e-book)
NUR 302

www.thehouseofbooks.com
www.dutch-media.nl

The House of Books is een imprint van Dutch Media Books bv

MIX
Papier van
verantwoorde herkomst
FSC
www.fsc.org   FSC® C110751

Cunningham's
Rosewood Center
West Third Street
CA 90048 Los Angeles

Geachte mevrouw Brandon,

Dank u voor uw schrijven. Het doet me genoegen dat uw recente bezoek aan ons warenhuis u goed is bevallen.

Ik kan helaas geen antwoord geven op de vraag of de vrouw die u dinsdag op de afdeling van Mac hebt gezien 'Uma Thurman met een pruik van lang, donker haar' was. Ik kan u dus ook niet zeggen 'welke lippenstift ze precies heeft gekocht' en of ze 'in het echt net zo mooi is', en evenmin kan ik uw briefje 'omdat ze vast wel een vriendin wil hebben om leuke dingen mee te doen en ik denk dat we een klik zouden hebben' aan haar doorgeven.

Ik wens u het allerbeste met uw aanstaande verhuizing naar Los Angeles, maar om uw andere vraag te beantwoorden: we geven geen introductiekorting aan nieuwe inwoners van de stad 'om ze het gevoel te geven dat ze welkom zijn'.

Met vriendelijke groet,

Mary Eglantine
Klantenservice

5

Inner Sanctum Lifestyle Spa
Holloway Drive 6540
CA 90069 West Hollywood

Geachte mevrouw Brandon,

Dank voor uw brief – fijn dat u van uw recente bezoek aan ons well-
nesscentrum hebt genoten.

Ik kan u helaas niet zeggen of de vrouw naast u bij de yogales Gwyneth
Paltrow was. Het spijt me dat het moeilijk te zien was omdat ze 'de hele
tijd ondersteboven stond'.

Ik kan haar dus ook niet namens u vragen hoe ze 'zo'n perfecte kop-
stand' maakt en of ze 'speciale gewichtjes in haar T-shirt' heeft; evenmin kan ik uw uitnodiging voor een kop biologische thee met koolcake
aan haar doorspelen.

Ik ben blij te horen dat onze cadeau- en lifestyleshop naar uw zin was.
Om uw laatste vraag te beantwoorden: u kunt erop vertrouwen dat als
ik uw man toevallig tegenkom, ik hem niets zal vertellen over uw 'uit-
spattinkje met betrekking tot ecolingerie'.

Met vriendelijke groet,

Kyle Heiling
Prestatiemanager (oosterse technieken)

Beauty on the Boulevard
Beverly Boulevard 9500
Beverly Hills
CA 90210 Los Angeles

Geachte mevrouw Brandon,

Dank u voor uw brief.

Ik kan u jammer genoeg niet zeggen of de vrouw die de producten van La Mer bekeek 'Julie Andrews met een donkere bril en sjaaltje' was.

Derhalve kan ik ook uw vraag: 'Hoe aantrekkelijk was kapitein Von Trapp in het echt?' niet aan haar doorgeven, noch uw opmerking: 'Sorry dat ik "De eenzame herder" begon te zingen, maar ik was gewoon zo opgewonden', noch uw uitnodiging om 'een keer gezellig te komen zingen met apfelstrudel erbij'.

Om uw andere vraag te beantwoorden: wij houden geen 'Welkom in LA'-feestjes en geven geen geschenken aan nieuwe inwoners, zelfs geen tandenbleeksetjes 'zodat ze niet uit de toon vallen'. Wel wens ik u veel succes met uw komende verhuizing naar Los Angeles.

Hoogachtend,

Sally E. SanSanto,
Hoofd klantenservice

7

1

Oké. Geen paniek. Géén paniek.

Ik kom er wel uit. Natuurlijk kom ik er wel uit. Ik zit toch niet... voorgóéd opgesloten in dit ellendige hokje, zonder enige hoop op bevrijding?

Ik evalueer de situatie zo kalm als ik kan. Mijn ribben worden geplet, zodat ik bijna geen lucht krijg, en mijn linkerarm zit op mijn rug gedraaid. Degene die deze 'insnoerende stof' heeft uitgevonden, wist wel wat hij deed. Mijn rechterarm zit ook vast, in een pijnlijke houding. Als ik probeer mijn hand uit te steken, snijdt de 'insnoerende stof' in mijn pols. Ik zit klem. Ik kan geen kant op.

Ik zie mijn gezicht in de spiegel, asgrauw. Mijn ogen zijn groot en wanhopig. Over mijn armen zigzaggen glanzende zwarte bandjes. Zou er een schouderbandje tussen zitten? Hoort dat gazige gedoe om het middel?

O, god. Ik had nooit, maar dan ook nooit een maat 34 moeten passen.

'Hoe gaat het daar?' roept Mindy, de verkoopster, van achter het gordijn van het pashokje, en ik schrik. Mindy is lang en slank, met gespierde benen en een enorme *thigh gap*. Ze ziet eruit alsof ze elke dag een berg op rent en niet eens weet wat een KitKat ís.

Ze heeft me nu drie keer gevraagd hoe het gaat, en ik heb elke keer met schrille stem: 'Super, dank je wel!' teruggeroepen, maar ik begin radeloos te worden. Ik worstel nu al tien minuten met dat 'Athletic Shaping All-in-One'-geval. Ik kan Mindy niet eeuwig blijven afpoeieren.

'Wat een geweldig materiaal, hè?' zegt Mindy enthousiast van achter het gordijn. 'Het corrigeert drie keer zo sterk als gewoon elastaan. Je raakt zomaar een hele maat kwijt, toch?'

Dat kan best, maar ik ben ook de helft van mijn longcapaciteit kwijt.

'Lukt het met de bandjes?' vervolgt Mindy. 'Zal ik binnenkomen om je te helpen ze te verstellen?'

Binnenkomen? Ik ga echt geen lange, gebruinde, atletische vrouw uit Los Angeles in dit pashokje binnenlaten zodat ze mijn cellulitis kan zien.

'Nee, dank je, het lukt wel!' zeg ik met schelle stem.

'Moet ik je helpen het uit te trekken?' probeert ze weer. 'Sommige klanten hebben er de eerste keer moeite mee.'

Ik krijg een gruwelijk visioen waarin ik me aan de toonbank vastklem en Mindy probeert de All-in-One af te stropen terwijl we allebei hijgen en zweten van inspanning en Mindy stiekem denkt: *ik wist wel dat alle Engelse meiden moddervet zijn.*

Mooi niet. In geen miljoen jaar. Er zit nog maar één ding op. Ik moet het ding kopen. Wat het ook maar kost.

Met een enorme ruk lukt het me twee bandjes van mijn armen naar mijn schouders te laten springen. Dat is al beter. Ik zie eruit als een met zwart lycra opgebonden kip, maar ik kan mijn armen tenminste weer bewegen. Zodra ik weer in het hotel ben, knip ik het hele geval van me af met een nagelschaartje en dan gooi ik de resten in een vuilnisbak buiten, zodat Luke ze niet kan vinden. Want hij zou meteen vragen: 'Wat is dat?' of: 'Wil je zeggen dat je dat hebt gekocht terwijl je wist dat het niet paste?' of iets anders om me op de kast te jagen.

Luke is mijn man en het komt door hem dat ik in een sportkledingwinkel in Los Angeles sta. We gaan hier binnenkort wonen vanwege zijn werk, en we zijn nu op huizenjacht. Daar gaan we ons op richten deze week: onroerend goed. Huizen. Tuinen. Huurovereenkomsten. Verder niets. Ik ben alleen tussen twee bezichtigingen door even heel, heel snel naar Rodeo Drive gewipt.

Nou ja, goed dan. Ik heb een bezichtiging afgezegd om naar Rodeo Drive te kunnen, maar ik moest wel. Ik heb een geldige reden waarom ik snel hardloopkleding moet kopen, namelijk dat ik morgen aan een wedstrijd meedoe. Een echte hardloopwedstrijd! Ik!

Ik reik naar mijn kleren, pak mijn tas en loop houterig het pashokje uit, opgewacht door Mindy.

'Wauw!' Haar stem klinkt opgewekt, maar ik zie ontreddering in haar ogen. 'Dat staat je...' – ze kucht – '... fantastisch. Is het niet iets te... strak?'

'Nee, het zit heerlijk,' zeg ik, en ik probeer ongedwongen te glimlachen. 'Ik neem hem.'

'Super!' Ze kan haar verbijstering nauwelijks verbergen. 'Dus, als je hem even uittrekt, dan kan ik hem voor je scannen en inpakken...'

'Ik wil hem eigenlijk aanhouden.' Ik doe mijn best om nonchalant te klinken. 'Net zo makkelijk. Heb je een tas voor mijn kleren?'

'Aha,' zegt Mindy. Het blijft vrij lang stil. 'Weet je zeker dat je geen 36 wilt passen?'

'Nee!' roep ik met overslaande stem. 'Maat 34 zit perfect! Als gegoten!'

'Oké,' zegt Mindy na een korte stilte. 'Prima. Dat is dan drieëntachtig dollar.' Ze scant de barcode op het prijskaartje dat ter hoogte van mijn hals hangt en ik pak mijn creditcard. 'Dus, hou je van sport?'

'Toevallig loop ik morgen de Ten Miler.'

'Nee!' Ze is zo te zien onder de indruk, en ik probeer achteloos en bescheiden te doen. De Ten Miler is niet zomaar een hardloopwedstrijd, het is dé hardloopwedstrijd. Hij wordt elk jaar in Los Angeles gehouden en er doen massa's geruchtmakende beroemdheden mee. Ze besteden er zelfs aandacht aan op E!, de entertainmenttelevisiezender. En ik loop mee!

'Hoe ben je aan een plek gekomen?' vraagt Mindy jaloers. 'Ik probeer het al jaren.'

'Nou...' Ik laat een stilte vallen voor het effect. 'Ik zit in Sage Seymours team.'

'Wauw!' Haar mond zakt open en ik word overspoeld door blijdschap. Het is waar! Ik, Becky Brandon (geboren Bloomwood) loop in het team van een topactrice! We gaan samen onze kuitspieren strekken! We gaan allebei hetzelfde honkbalpetje dragen! We komen samen in *US Weekly*!

'Jij komt uit Engeland, toch?' onderbreekt Mindy mijn gedachten.

'Ja, maar ik kom binnenkort in LA wonen. Ik ben hier met mijn man Luke om huizen te bekijken.' Ik kan me niet bedwingen en voeg er trots aan toe: 'Hij heeft een pr-bedrijf en hij werkt met Sage Seymour.'

Mindy raakt steeds dieper onder de indruk.

'Dus Sage Seymour en jij zijn, zeg maar, vriendínnen?'

Ik pruts aan mijn tas om tijd te winnen. Ik had er heel erg op gehoopt, maar eerlijk gezegd zijn Sage Seymour en ik niet echt vriendinnen. Als ik heel eerlijk ben, moet ik zelfs bekennen dat ik haar nog steeds niet heb gezien. Wat gewoon niet eerlijk is. Luke werkt nu zes weken met haar, en ik reis maar op en neer naar Los Angeles om een huis en een peuterspeelzaal voor ons dochtertje Minnie te vinden... maar heb ik ook maar een glimpje opgevangen van Sage?

Toen Luke vertelde dat hij met Sage Seymour ging werken en dat we in Hollywood gingen wonen, dacht ik dat we haar dagelijks zouden zien. Ik dacht dat we met identieke zonnebrillen op bij haar roze zwembad zouden hangen en samen naar de nagelsalon zouden gaan, maar zelfs Luke lijkt haar zelden te zien; hij heeft alleen maar de hele dag door besprekingen met managers, agenten en producers. Hij zegt dat hij heel snel heel veel over de filmbusiness moet leren. Dat geloof ik wel, want tot nog toe heeft hij alleen financiële instellingen en grote concerns geadviseerd, maar waarom wil hij per se zo nuchter blijven? Toen ik laatst een ietsepietsie gefrustreerd raakte, zei hij: 'Mijn hemel, Becky, we zetten die enorme stap niet alleen maar om beróémdheden te leren kennen.' Hij sprak 'beroemdheden' uit alsof hij 'oorwurmen' zei. Hij snapt er niets van.

Wat zo super is aan Luke en mij, is dat we over bijna alle aspecten van het leven hetzelfde denken, en daarom hebben we ook zo'n goed huwelijk. Maar er zijn een paar minuscule kleinigheidjes waar we het niet over eens zijn. Zoals:
1. Catalogi. (Dat is geen 'rommel'. Ze zijn handig. Je weet maar nooit wanneer je een gepersonaliseerd schoolbord voor in de keuken nodig hebt, met een snoezig emmertje voor het krijt. Bovendien lees ik graag een catalogus voor het slapengaan.)
2. Schoenen. (Dat ik al mijn schoenen tot in lengte van dagen in hun originele doos bewaar is niet belachelijk, het is zuinig. Op een dag komen ze weer in de mode en dan kan Minnie ze aan. En intussen moet hij gewoon uitkijken waar hij loopt.)
3. Elinor, zijn moeder. (Lang, heel lang verhaal.)
4. Beroemdheden.

Ik bedoel, we zijn hier in Los Angeles. Woonplaats van de sterren. Ze zijn het plaatselijke natuurfenomeen. Iedereen weet dat je naar LA gaat om de sterren te zien, zoals je naar Sri Lanka gaat voor de olifanten.

Maar Luke snakte niet naar adem toen we Tom Hanks in de lobby van het Beverly Wilshire zagen. Hij vertrok geen spier toen Halle Berry drie tafels bij ons vandaan in The Ivy zat (ik denk tenminste dat het Halle Berry was). Hij gaf geen krimp toen we Reese Witherspoon aan de overkant van de straat zagen. (Ik weet zeker dat het Reese Witherspoon was. Ze had precies hetzelfde kapsel.)

En hij praat over Sage alsof ze een gewone cliënt is. Alsof ze Foreland Investments is. Hij zegt dat ze dat aan hem waardeert: dat hij géén deel uitmaakt van het circus. En dan zegt hij dat ik me veel te druk maak om al die Hollywood-heisa. Wat absoluut niet waar is. Ik maak me niet te druk. Ik maak me precies druk genoeg.

Stiekem ben ik ook teleurgesteld in Sage. Ik bedoel, oké, we kennen elkaar niet echt, maar we hebben met elkaar gebeld toen ze me hielp met een surpriseparty voor Luke. Ze heeft me zelfs haar nummer gegeven. (Al heeft ze inmiddels een ander nummer, en wil Luke het me niet geven.) Ik had gedacht dat ze contact met me zou opnemen, of dat ze zou vragen of ik een keer bij haar kwam logeren, zoiets.

Enfin, geeft niet. Morgen komt het allemaal goed. Ik wil niet opscheppen, maar het komt zuiver door mijn eigen tegenwoordigheid van geest dat ik aan die Ten Miler meedoe. Ik keek gisteren toevallig net over Lukes schouder naar zijn laptop toen er een groepsmail binnenkwam van Aran, Sage' manager. Het onderwerp was: *wie het eerst komt, het eerst maalt*, en er stond: *Beste vrienden, in verband met een blessure is er op het laatste moment een plaats vrijgekomen in het Ten Miler-team – wie heeft er zin om Sage te steunen door mee te lopen?*

Voordat ik het goed en wel besefte, vlogen mijn vingers naar het toetsenbord, klikten Beantwoorden aan en typten: *Ja, leuk! Ik wil heel graag met Sage rennen! Groetjes, Becky Brandon.*

Oké, misschien had ik met Luke moeten overleggen voordat ik op Verzenden klikte, maar het was 'wie het eerst komt, het eerst maalt'. Ik moest snel zijn!

Luke gaapte me aan en zei: 'Ben je niet goed snik?' Toen begon hij een heel verhaal over dat het een echte hardloopwedstrijd voor geoefende sporters was, en wie ging me sponsoren, en had ik eigenlijk wel hardloopschoenen? Nou vraag ik je. Hij zou me juist moeten steunen.

Hoewel hij eigenlijk wel gelijk had wat die hardloopschoenen betreft.

'Dus, zit jij ook in de filmbusiness?' vraagt Mindy terwijl ze me het reçu geeft dat ik moet tekenen.

'Nee, ik ben personal shopper.'

'O, oké. Waar?'

'Bij... nou, eigenlijk... bij Dalawear.'

'O,' zegt Mindy teleurgesteld. 'Je bedoelt die winkel voor...'

'Oudere vrouwen, ja.' Ik steek mijn kin naar voren. 'Het is een fantastische winkel. Ik vind het heel spannend. Ik popel om te beginnen!'

Ik sta superpositief tegenover deze baan, al is het niet helemáál mijn droomjob. Dalawear verkoopt 'makkelijk draagbare kleding' voor vrouwen die 'comfort belangrijker vinden dan stijl'. (Zo staat het echt op de poster. Ik zou kunnen proberen ze over te halen het te veranderen in 'comfort *net zo belangrijk vinden als* stijl'. Tijdens het sollicitatiegesprek bleef die vrouw maar praten over elastische taillebanden en wasbare stoffen, en ze zei helemaal niets over modetrends. Of zelfs maar over mode.

Maar het is nu eenmaal zo dat er in Los Angeles maar weinig banen zijn voor een personal shopper die net uit Engeland komt en meteen aan de slag wil, laat staan als die personal shopper misschien maar drie maanden blijft. Dalawear was de enige winkel die een vacature had, wegens zwangerschapsverlof. En ik deed het geweldig in het sollicitatiegesprek, al zeg ik het zelf. Ik prees hun 'gebloemde doorknoopjurken voor alle gelegenheden' zo overtuigend dat ik er bijna zelf een wilde kopen.

'Hebben jullie hier ook hardloopschoenen?' vraag ik om van onderwerp te veranderen. 'Op deze kan ik niet bepaald rennen!' Ik gebaar met een lachje naar mijn hakjes van Marc Jacobs. (Toevallig heb ik ooit een hele berg beklommen op zulke schoenen, maar toen ik dat gisteren aanhaalde als bewijs van mijn sportiviteit, huiverde Luke en zei dat hij dat hele incident uit zijn geheugen had gewist.)

'Hm.' Mindy knikt. 'Dan moet je naar Pump!, onze technische winkel aan de overkant. Daar hebben ze alle soorten schoenen, apparatuur, hartslagmeters... Heb je in Engeland een biomechanisch onderzoek laten doen?'

Ik kijk haar wezenloos aan. Een bio-wat?

'Praat maar met de jongens aan de overkant, ze zoeken wel een uitrusting voor je bij elkaar.' Ze reikt me een tas met mijn kleren aan. 'Je moet wel superfit zijn. Ik heb met de trainer van Sage Seymour gewerkt. Ze gaat tot het uiterste. En ik heb over het teamregime gehoord. Zijn jullie niet in Arizona geweest om te trainen?'

Dit gesprek maakt me een tikje nerveus. Tot het uiterste? Teamregime? Maar goed, ik moet in mezelf blijven geloven. Ik ben best fit genoeg om aan een hardloopwedstrijd mee te doen, ook al is het in LA.

'Ik heb me niet helemáál aan het regime gehouden,' beken ik, 'maar ik heb natuurlijk wel mijn eigen, eh... cardio... programma... ding...'

Het komt wel goed. Het is maar hardlopen. Hoe zwaar kan het zijn?

Ik stap naar buiten, Rodeo Drive in, en zodra ik de warme voorjaars-lucht voel, begin ik te tintelen van opwinding. Ik ga het heerlijk vin-den om in LA te wonen, ik weet het zeker. Alles wat ze erover zeg-gen is waar. De zon schijnt, de mensen hebben spierwitte tanden en de huizen zien eruit als filmsets. Ik heb al een paar huurhuizen be-keken en ze hebben allemaal een zwembad. Een zwembad lijkt hier heel normaal te zijn, zoiets als een koelkast.

De straat rondom me glanst gewoon van de glamour, met aan weerskanten chique, fonkelende etalages en perfecte palmen en rijen luxe auto's. Het verkeer is hier heel anders. Mensen rijden langs in hun kleurige cabrio's met het dak open, relaxed en vriendelijk, alsof je bij het stoplicht op ze af kunt stappen om een praatje te maken. Het is het tegendeel van Engeland, waar iedereen in zichzelf ge-keerd in zijn eigen blikken doos de regen zit te vervloeken.

De zon ketst af op alle etalages, zonnebrillen en dure polshorloges. Bij Dolce & Gabbana propt een vrouw een lading tassen in een auto, en ze lijkt sprekend op Julia Roberts, maar dan blonder. En iets klei-ner. Maar afgezien daarvan is ze net Julia Roberts! In Rodeo Drive!

Net als ik probeer onopvallend dichterbij te komen om te zien wat voor tassen ze heeft, zoemt mijn telefoon. Ik pak hem en zie *Gayle* op het scherm staan. Gayle is mijn nieuwe chef bij Dalawear, en we heb-ben morgenochtend een afspraak.

'Hallo, Gayle,' zeg ik op montere, professionele toon. 'Heb je mijn bericht gekregen? Gaat de afspraak morgen nog door?'

'Ha, Rebecca. Ja, alles goed hier…' Ze zwijgt even. 'Op één pro-bleempje na. We hebben je aanbeveling van Danny Kovitz nog steeds niet gekregen.'

'O, op zo'n manier.' Shit. Danny is een van mijn beste vrienden en een beroemde modeontwerper. Hij had beloofd een aanbevelings-brief voor Dalawear voor me te schrijven, maar dat is nu al weken ge-leden en hij heeft nog niets van zich laten horen. Ik heb hem gisteren een sms gestuurd en toen beloofde hij binnen een uur een e-mail te sturen. Ongelooflijk dat hij het nog steeds niet heeft gedaan.

Hoewel, nee, dat is niet waar. Ik geloof het best.

'Ik zal hem bellen,' beloof ik. 'Sorry.'

Eerlijk gezegd had ik Danny nooit om een aanbeveling moeten vragen, maar het leek me zo cool, een topontwerper in mijn cv. En ik weet zeker dat het heeft geholpen. Ze bleven maar naar hem vragen tijdens het sollicitatiegesprek.

14

'Rebecca...' Gayle laat een subtiele stilte vallen. 'Ken je meneer Kovitz wel echt? Heb je hem wel eens gesproken?'

Gelooft ze me soms niet?

'Natuurlijk ken ik hem echt! Weet je wat, laat het maar aan mij over. Ik krijg die aanbeveling wel. Het spijt me echt dat het zo lang duurt. Tot morgen.'

Ik sluit het gesprek af en bel meteen naar Danny. Ik doe mijn best om kalm te blijven. Het heeft geen zin om boos te worden op Danny; dan gaat hij alleen maar draaien en zielig doen.

'O, mijn god, Becky.' Danny neemt op alsof we midden in een gesprek zitten. 'Je gelooft gewoon niet wat ik voor die trektocht nodig heb. Ik bedoel, wist jij dat er gevriesdroogde lasagne bestaat? En ik heb zo'n doddig fluitketeltje, dat móét je gewoon hebben.'

Daarom is Danny momenteel nog verstrooider dan anders. Hij staat op het punt in training te gaan voor de een of andere expeditie van beroemdheden over de Groenlandse ijskap voor een goed doel. Iedereen die Danny kent, heeft tegen hem gezegd dat hij gek is, maar hij wil met alle geweld meedoen. Hij blijft maar zeggen dat hij 'iets terug wil doen', maar we weten allemaal dat hij het doet vanwege Damon, de zanger van Boys About, die ook gaat.

Al heb ik geen idee hoe je iets met iemand moet beginnen tijdens een expeditie in Groenland. Ik bedoel, hoe kun je zelfs maar zoenen? Plakken je lippen niet aan elkaar vast in die ijzige kou? Hoe doen eskimo's dat?

'Danny,' zeg ik streng, met moeite het beeld verdringend van twee op hun trouwdag aan elkaar geplakte eskimo's die met hun armen maaien om zich te bevrijden. 'Danny, waar blijft mijn aanbeveling?'

'Komt goed,' zegt Danny prompt. 'Wordt aan gewerkt. Hoeveel thermo-ondergoed zal ik meenemen?'

'Je werkt er helemaal niet aan! Je had beloofd die aanbeveling gisteren te sturen! Ik heb morgen een gesprek en ze geloven niet eens dat ik je ken!'

'Nou ja, natuurlijk ken je me wel,' zegt hij op een toon alsof ik niet goed wijs ben.

'Dat weten zij niet! Dit is mijn enige kans op een baan in LA en ik moet een aanbeveling hebben. Danny, als het je niet lukt, zeg het dan gewoon, dan vraag ik het aan iemand anders.'

'Iemand ánders?' Alleen Danny kan zo diep beledigd klinken als hij zelf fout zit. 'Waarom zou je iemand anders vragen?'

'Omdat die het misschien echt doet,' verzucht ik. Ik begin mijn geduld te verliezen. 'Hoor eens, je hoeft alleen maar een mailtje te sturen. Ik dicteer het wel, als je wilt. "Beste Gayle, bij dezen beveel ik je Rebecca Brandon aan als personal shopper. Was getekend, Danny Kovitz."' Het blijft stil aan de andere kant en ik vraag me af of hij het opschrijft. 'Heb je dat? Heb je het genoteerd?'

'Nee, ik heb het niet genoteerd,' zegt Danny verontwaardigd. 'Ik heb nog nooit zo'n waardeloze aanbeveling gehoord. Denk je dat dat alles is wat ik over je te zeggen heb?'

'Nou...'

'Ik doe geen aanbevelingen die ik niet meen. Die ik niet zelf heb geschreven. Een aanbeveling is een kunstvorm.'

'Maar...'

'Als jij een aanbeveling wilt, kom ik je een aanbeveling brengen.'

'Wat bedoel je?' vraag ik verbaasd.

'Ik ga geen lullig mailtje van drie regels schrijven. Ik kom naar LA.'

'Je kunt niet alleen voor een aanbeveling naar LA komen!' Ik krijg de giechels. 'Waar zit je eigenlijk? New York?'

Sinds Danny is doorgebroken, kun je met geen mogelijkheid meer bijhouden waar hij zit. Hij heeft dit jaar alleen al drie nieuwe showrooms geopend, waaronder een in het Beverly Center hier in LA. Waar hij het druk genoeg mee heeft, zou je denken, maar hij is altijd op verkenning uit in nieuwe steden of op een 'onderzoeksreis ter inspiratie' (vakantie).

'San Francisco. Ik wilde toch al komen. Ik moet sunblock hebben. Ik koop mijn sunblock altijd in LA. Sms me de gegevens maar. Ik zal er zijn.'

'Maar...'

'Het wordt tof. Je kunt me helpen een naam te verzinnen voor mijn husky. We mogen er allemaal een sponsoren, maar misschien neem ik wel een heel span. Het wordt een ervaring die, zeg maar, mijn hele leven zal veranderen...'

Als Danny eenmaal begint over ervaringen die zijn leven veranderen, kun je er geen speld meer tussen krijgen. Ik laat hem twintig minuten over Groenland praten, neem ik me voor. Hooguit vijfentwintig. En dan móét ik die sportschoenen gaan kopen.

2

Oké, ik heb nu officieel de coolste hardloopschoenen van de wereld. Ze zijn zilver met oranje strepen en ze hebben onderdelen met gel en met gaas en ik wil ze de hele dag dragen. Die sportwinkel is ongelooflijk! Je koopt hier niet zomaar een paar gympen. Het is niet zo dat je ze aantrekt, er even op loopt en dan zegt 'ik neem ze', waarna je ook nog zes paar sportsokken in je mandje mikt omdat ze in de aanbieding zijn. O, nee. Het is allemaal heel wetenschappelijk. Je doet een speciale hardlooptest op een loopband, die ze filmen. Na afloop vertellen ze je alles over je 'gang' en dan zoeken ze de perfecte oplossing voor jouw hardloopbehoefte.

Waarom doen ze dat niet ook bij Jimmy Choo? Ze zouden een cat-walkje moeten hebben waar je op coole muziek op heen en weer kunt lopen, misschien met een lichtshow, en dan zetten ze je op video. En dan zegt de expert: 'Volgens ons passen die zwart met witte stiletto's perfect bij uw waanzinnige supermodellengang.' En dan krijg je de opname mee zodat je hem aan iedereen kunt laten zien. De volgende keer dat ik er ben, ga ik het beslist voorstellen.

'En hier is die hartslagmeter waar ik het over had...' De verkoper, Kai, komt aanlopen met een polsbandje van metaal en rubber. 'Dit is ons kleinste model, zoals ik al zei, nog maar net op de markt. Ik ben benieuwd wat je ervan vindt.'

'Cool!' Ik lach stralend naar hem en doe het bandje om.

Kai heeft gevraagd of ik mee wil doen aan een klantonderzoek naar die nieuwe hartslagmeter, en waarom niet? Het enige lastige momentje was toen hij vroeg wat voor hartslagmeter ik nu gebruikte en ik niet 'geen' wilde zeggen en dus maar 'de Curve' zei en toen bedacht dat Lukes nieuwe BlackBerry zo heet.

'Wil je nog wat kokoswater voor je begint?'

Nog wat kokoswater. Dat is typisch Los Angeles. Alles in deze winkel is typisch Los Angeles. Kai zelf is gespierd en gebruind en heeft exact de optimale hoeveelheid stoppels en helder zeegroene ogen, al weet ik zeker dat het lenzen zijn. Hij lijkt zo sprekend op Jared Leno dat ik me afvraag of hij niet met een uit *US Weekly* gescheurde foto naar een chirurg is gegaan en heeft gezegd: 'Deze, graag.'

Hij heeft zich al laten ontvallen dat hij: 1. Voor *Sports Illustrated* heeft geposeerd. 2. Aan een script werkt over een adviseur op het gebied van sportartikelen die filmster wordt. 3. Drie keer achter elkaar is uitgeroepen tot man met de beste borstspieren van Ohio en zijn borstspieren speciaal heeft verzekerd. Ik was nog geen halve minuut binnen of hij vroeg of ik in de filmbusiness zat, en toen ik zei: 'Nee, maar mijn man wel,' gaf hij me zijn kaartje en zei dat hij hem graag wilde ontmoeten om een project te bespreken waarin hij geïnteresseerd zou kunnen zijn. Bij het idee dat Kai en Luke aan een tafel zijn borstspieren zaten te bespreken, sproeide ik mijn kokoswater bijna in het rond.

'Als je zo vriendelijk wilt zijn hierop te gaan staan...' Kai loodst me naar de loopband. 'Ik hou je hartslag bij, dus die gaan we eerst opvoeren met wat inspanningsoefeningen en dan laten we hem weer zakken door rustperiodes. Hou het tempo van de band maar aan, dan komt het helemaal goed.'

'Oké!' Net als ik op de band stap, zie ik twee verkopers een gigantisch rek met sportkleding de winkel in rijden. Wauw. Het ziet er prachtig uit – allemaal heel boeiende modellen in verschillende schakeringen paars en grijs, met abstracte logo's.

'Wat is dat?' vraag ik aan Kai terwijl de band langzaam begint te lopen.

'O.' Hij kijkt onverschillig naar het rek. 'Dat komt uit onze koopjeskelder.'

Koopjeskelder? Ik heb niemand over een koopjeskelder gehoord. Waarom wist ik niet dat er een koopjeskelder is?

'Gek.' Kai tuurt naar zijn computerscherm. 'Je hartslag piekte net, terwijl we nog niet eens aan de intensieve activiteiten zijn begonnen. Nou ja.' Hij haalt zijn schouders op. 'Laten we maar beginnen.'

De band gaat iets sneller lopen en ik pas me aan, maar ik word afgeleid door het rek met kleding, want een verkoper plakt kortingsstickers op alle prijskaartjes! Ik zie '90% korting' staan en probeer reikhalzend te ontdekken welk kledingstuk erbij hoort. Is dat een T-shirt? Of een jurkje? Of...

O, mijn god, moet je dat vest zien. Onwillekeurig snak ik hoorbaar

naar adem. Het is lang, zo te zien van grijs kasjmier, met een bovenmaatse neonroze rits over de hele voor- en achterkant. Het is schitterend.

'Dan rusten we nu even...' Kai kijkt geconcentreerd naar zijn
scherm. 'Je doet het prima tot nog toe.'

Het tempo van de band wordt lager, maar ik merk het amper. Ik
voel de paniek opeens toeslaan. Een paar meisjes hebben het rek in
het voorbijgaan gespot en vallen er nu verrukt op aan. Ik hoor ze
blije kreten slaken terwijl ze elkaar kleren laten zien die ze in hun
mandje mikken. Ze kopen alles! Ik geloof mijn ogen niet. Dit is de
uitverkoop van de eeuw, op tien meter bij me vandaan, en ik kan
niet van die stomme loopband af. Als ze het vest maar niet zien. Ik
probeer ze telepathisch te sturen: *niet naar het vest kijken...*

'Oké, dit is vreemd.' Kai kijkt weer fronsend naar het scherm.
'Laten we even onderbreken.'

'Ik moet eigenlijk weg,' zeg ik ademloos. Ik pak mijn tas en mijn
mandje. 'Dank je wel. Als ik een hartslagmeter nodig heb, neem ik
beslist deze, maar ik moet nu...'

'Rebecca, zijn er ooit hartritmestoornissen bij je vastgesteld? Een
hartziekte? Iets wat daarop lijkt?'

'Nee.' Ik blijf verbaasd staan. 'Hoezo? Heb je iets gezien?'

Zit hij me te dollen? Nee. Zijn gezicht staat ernstig. Het is geen
grapje. Opeens word ik overmand door angst. Wat heb ik? O, mijn
god. Ik kom in het gezondheidskatern van *The Daily Mail*. '*Mijn hartziekte, die bij maar één op de miljoen mensen voorkomt, werd ontdekt tijdens een simpele inspanningstest in een winkel. Shoppen heeft mijn leven
gered,' zegt Rebecca Brandon...*

'Je hartrespons was atypisch. Er waren wel pieken, maar niet op
de momenten waarop ik ze verwachtte. Ik zag bijvoorbeeld net een
piek toen je uitrustte.'

'O,' zeg ik gespannen. 'Is dat erg?'

'Dat hoeft niet. Het hangt van veel factoren af. De gezondheid van
je hart, je cardiofitness...'

Terwijl hij praat, dwaalt mijn blik weer naar het uitverkooprek, en
ik zie tot mijn afgrijzen dat een van de meisjes mijn vest heeft gepakt. Nee! Nééééé! Hang terug!

'Nou gebeurt het weer,' zegt Kai, die opeens opleeft. Hij wijst naar
het scherm. 'Zie je wel? Je hartslag schoot als een raket omhoog!'

Ik kijk naar Kai, en naar het scherm, en dan naar het vest met de neonroze rits, en alles valt op zijn plek. O, god, was dat de oorzaak?

Ik kan wel door de grond zakken. Stom, suf hart. Ik voel dat ik knalrood word en wend haastig mijn blik af van Kai.

'Goh!' zeg ik nerveus. 'Ik heb geen idee hoe dat komt. Absoluut niet! Het zal wel zo'n mysterie zijn. Het mysterie van het hart. Haha!'

'O. Oké.' Kai lijkt het opeens te snappen. 'Ooo-kéé. Ik geloof dat ik het begrijp. Ik heb dat een paar keer eerder gezien.'

'Wat?'

'Oké, dit is een beetje gênant…' Hij lacht zijn volmaakte tanden bloot. 'Je voelde je lichamelijk tot me aangetrokken, hè? Daar hoef je je niet voor te schamen. Het is normaal. Daarom moest ik ophouden als personal trainer. De cliënten werden… Ik weet niet, zou je het "verliefd" kunnen noemen?' Hij kijkt zelfvoldaan in de spiegel. 'Je keek naar mij en je kon jezelf niet bedwingen. Heb ik gelijk?'

'Niet echt,' zeg ik naar waarheid.

'Rebecca.' Kai slaakt een zucht. 'Ik weet dat het gênant is om het toe te geven, maar neem maar van mij aan dat je niet de eerste vrouw bent die zich tot me aangetrokken voelt…'

'Maar ik keek niet naar jou,' leg ik uit. 'Ik keek naar een vest.'

'Een vest?' Kai plukt niet-begrijpend aan zijn T-shirt. 'Ik heb geen vest aan.'

'Weet ik. Het hangt daar. Het is afgeprijsd.' Ik wijs ernaar. 'Daar keek ik naar, niet naar jou. Ik laat het je wel zien.' Ik grijp mijn kans, ren naar het rek en gris het vest eraf, dat goddank is teruggehangen door het meisje. Het voelt superzacht aan, die rits is te gek en er gaat zeventig procent af! Ik weet zeker dat mijn hart weer op hol is geslagen, alleen maar doordat ik het vest in mijn handen heb.

'Is het niet prachtig?' zeg ik enthousiast terwijl ik terugloop naar Kai. 'Is het niet super?' Dan besef ik plotseling dat ik niet erg tactvol ben. 'Ik bedoel, jij ziet er ook heel goed uit, hoor,' voeg ik er opbeurend aan toe. 'Als dat vest er niet was, zou ik me vast tot jou aangetrokken voelen.'

Het blijft even stil. Kai ziet er lichtelijk verbouwereerd uit, eerlijk gezegd. Zelfs zijn zeegroene contactlenzen lijken minder sprankelig.

'Je zou je tot me aangetrokken voelen "als dat vest er niet was",' zegt hij uiteindelijk.

'Vast wel!' zeg ik bemoedigend. 'Ik zou waarschijnlijk smoorverliefd worden, net als die cliënten van je. Tenzij je het tegen andere waanzinnige kleren zou moeten opnemen,' voeg ik er omwille van de eerlijkheid aan toe. 'Ik bedoel, zoiets als een Chanel-pakje met negenennegentig procent korting. Ik denk niet dat er mannen zijn die dáár tegenop kunnen!' Ik zeg het met een lachje, maar Kais gezicht is verstrakt.

'Ik heb nog nooit verloren van kleren,' zegt hij bijna in zichzelf. 'Kléren.'

Het valt me op dat de sfeer nét iets minder ongedwongen en vrolijk is geworden. Ik denk dat ik mijn schoenen maar eens ga afrekenen.

'In elk geval bedankt voor de harttest!' zeg ik opgewekt, en ik doe het bandje af. 'En succes met je borstspieren!'

Nou vraag ik je. Wat een verwaande kwast, die Kai. Ik weet wel dat hij waanzinnige zeegroene ogen en een goddelijk lichaam heeft, maar hij heeft geen neonroze rits, toch? Er zijn genoeg mannen met waanzinnige groene ogen, maar er is maar één vest met een coole, bovenmaatse neonroze rits. En als hij denkt dat hij het nog nooit heeft verloren van kleren, hebben zijn vriendinnetjes hem in de maling genomen. Alle vrouwen van de wereld denken tijdens het vrijen wel eens aan schoenen. Dat is algemeen bekend.

Maar goed. Niet aan die stomme Kai denken. Het goede nieuws is dat ik de beste, vernuftigste hardloopschoenen van de wereld heb. En oké, ze kostten vierhonderd dollar, wat veel geld is, maar dat moet ik maar zien als een investering in mijn carrière. In mijn leven.

'Ik doe ze in een doos voor je,' zegt de verkoper, en ik knik afwezig.

Ik stel me voor dat ik naast Sage in de startblokken sta, en dat ze naar mijn voeten kijkt en zegt: 'Coole schoenen.'

Ik glimlach vriendelijk naar haar en antwoord achteloos: 'Dank je.'

Dan zegt Sage: 'Luke had me helemaal niet verteld dat je zo'n serieuze sportvrouw was, Becky.'

Waarop ik zeg: 'Meen je dat nou? Ik ben gek op hardlopen.' (Wat nog niet helemaal waar is, maar dat komt nog wel, dat weet ik zeker. Zodra ik aan deze wedstrijd begin, komt de endorfine vrij en waarschijnlijk raak ik dan verslaafd.)

Dan zegt Sage: 'Hé, we zouden samen moeten trainen! Laten we elke ochtend samen gaan lopen.'

'Is goed,' zeg ik dan heel nonchalant.

Dan zegt zij: 'Ik train met een paar vriendinnen, maar je vindt ze vast aardig. Ken je Kate Hudson en Drew Barrymore en Cameron Diaz en...'

'Mevrouw, wilt u contant betalen of met een creditcard?'

Ik knipper met mijn ogen naar de verkoper en wroet in mijn tas.

'O. Ja. Creditcard.'

'En hebt u al een bidon uitgezocht?' vraagt de verkoper.

'Pardon?'

'We geven een gratis bidon weg bij elk paar schoenen.' Hij gebaart naar een poster vlak naast de kassa.

Goh. Die vierhonderd dollar begint steeds meer een koopje te lijken.

'Ik ga even kijken. Dank je wel!' Ik lach stralend naar hem en loop naar de stelling met bidons. Als ik een coole bidon heb, ziet Sage dat misschien ook wel! Het is een hele wand – chroom, matzwart en allerlei vrolijke kleuren. Mijn blik glijdt omhoog en dan zie ik een A4'tje waarop staat: MET PRINT IN BEPERKTE OPLAGE. Ik tuur naar boven om het beter te kunnen zien, maar de bidons staan op de vijfde plank. Nou vraag ik je. Waarom zou je de bidons in beperkte oplage op de vijfde plank zetten?

Ik zie een trapje vlakbij, dus ik sleep het naar de stelling en klim naar boven. Nu kan ik de bidons goed zien, en ze zijn waanzinnig: allemaal bedrukt met prachtige retromotieven. Ik kan het bijna niet opbrengen om te kiezen, maar uiteindelijk hou ik er drie over: eentje met rode strepen, eentje met amberkleurige krullen en eentje met zwarte en witte bloemen. Die andere twee betaal ik wel, besluit ik, want die kan ik als souvenirtje aan Minnie en Suze geven.

Ik zet de bidons voorzichtig op de bovenste tree van het trapje en draai me om naar de winkel. Wat een fenomenaal uitzicht heb ik hier. Ik kan alle gangpaden zien, en ik zie dat de vrouw bij de kassa haar uitgroei moet bijverven, en ik zie...

Wat krijgen we nou?

Wacht eens even.

Ik verstijf van verbijstering en kijk nog eens goed.

In de verste hoek loopt een meisje dat me nog niet was opgevallen. Ze is ongelooflijk dun en ze draagt een lichte skinny jeans, een grijze hoody met de capuchon op en een zonnebril die haar hele gezicht bedekt. En geen wonder dat ze van die camouflagekleren draagt. Want ze is aan het stelen.

Ik kijk in opperste ontzetting toe hoe zij een paar sokken in haar oversized handtas stopt (een Balenciaga, van dit seizoen). Dan nog een. En nog een. Dan kijkt ze om zich heen, maakt zich klein en loopt snel naar de uitgang.

Ik heb nog nooit eerder een winkeldief in actie gezien, en mijn eerste reactie is er een van verbijstering, maar dan welt er een kokende woede in me op. Ze heeft die sokken gejat! Ze neemt ze mee! Dat mag niet! Dat dóé je gewoon niet!

Stel dat we dat allemaal deden? Ik bedoel, ik wil wedden dat iedereen graag gratis sokken zou willen hebben, maar dat doen we niet, toch? We rekenen af. Zelfs als we het geld eigenlijk niet hebben, betalen we.

Ik zie haar weglopen en mijn maag verkrampt. Ik ben echt kwaad. Dit is niet eerlijk. En opeens weet ik dat ik haar niet gewoon kan laten gaan. Ik moet iets doen. Ik weet niet goed wat, maar ik moet iets doen.

Ik laat de bidons staan, stommel het trapje af en ren de winkel uit. Ik zie de winkeldievegge in de verte en zet het op een rennen, links en rechts voetgangers ontwijkend. Als ik haar bijna heb ingehaald, voel ik mijn hart bonzen van angstige spanning. Stel dat ze me bedreigt? Stel dat ze een pistool heeft? O, god, natuurlijk heeft ze een pistool. Dit is Los Angeles. Iedereen heeft hier vuurwapens.

Nou, jammer dan. Misschien word ik neergeschoten, maar ik kan nu niet meer terugkrabbelen. Ik steek mijn hand uit en klop haar op haar benige schouder.

'Pardon?'

Het meisje draait zich als door een wesp gestoken om en ik zet me angstig schrap in afwachting van het pistool, maar het komt niet. Haar zonnebril is zo gigantisch groot dat ik haar gezicht bijna niet kan zien, maar ik zie wel een smalle, bleke kin en een schriel, bijna ondervoed nekje. Opeens slaat het schuldgevoel toe. Misschien leeft ze op straat. Misschien is dit haar enige bron van inkomsten. Misschien wil ze die sokken verkopen om eten te kopen voor haar crackbaby.

Iets in mij denkt: *draai je maar gewoon om, Becky. Laat maar.* Maar dat kan ik niet. Want zelfs al is er een crackbaby, het blijft verkeerd. Het is fout.

'Ik heb je wel gezien, oké?' zeg ik. 'Ik heb je die sokken zien jatten.'
Het meisje verstijft ter plekke en wil wegrennen, maar ik pak haar in een reflex bij haar arm.
'Je moet niet stelen!' zeg ik terwijl ze probeert zich te bevrijden. 'Dat doe je gewoon niet! Nou zul jij wel denken: wat dan nog? Niemand heeft er last van. Maar weet je, winkelpersoneel heeft wél last van dieven. Ze moeten de gestolen waar soms van hun eigen loon betalen. Is dat eerlijk?'

Het meisje kronkelt wanhopig om los te komen, maar ik omklem haar arm met beide handen. Als moeder van een kind van twee leer je veel beteugelingstechnieken.

'En dan gaan alle prijzen omhoog,' voeg ik er hijgend aan toe. 'En daar lijdt iedereen onder! Je zult wel denken dat je geen keus hebt, maar dat is niet waar. Je kunt je leven beteren. Je kunt hulp zoeken. Heb je een pooier?' vraag ik. Ik probeer meelevend te klinken. 'Want ik weet dat pooiers echt rotzakken kunnen zijn. Maar er zijn opvanghuizen. Ik heb er een docu over gezien, en ze doen er fantastisch werk.' Net als ik er dieper op in wil gaan, glijdt de zonnebril van het meisje opzij. En zie ik een stuk van haar gezicht.

Opeens word ik duizelig. Ik krijg geen lucht. Dat is...

Nee. Dat kan niet.

Toch wel. Ze ís het.

Ramona Kelden.

Ik kan niet meer aan crackbaby's en opvanghuizen denken. Dit is onwezenlijk. Dit kan niet echt zijn. Het moet een droom zijn. Ik, Becky Brandon, omklem de arm van topactrice Ramona Kelden. Terwijl ik naar haar onmiskenbare kaaklijn gluur, krijg ik knikkende knieën. Ik bedoel, Ramona Kélden. Ze hoort bij de Hollywood-royalty. Ik heb al haar films gezien en ik heb haar op de rode loper gezien en ik...

Maar wat...

Ik bedoel, hoe is het in godsnaam...

Ramona Kelden die drie paar sokken jat? Waar is de verborgen camera?

We lijken elkaar een eeuwigheid bewegingloos aan te staren. Ik denk terug aan haar als Tess in die geniale verfilming van *Tess of the d'Urbervilles*. God, wat moest ik om haar huilen. En dan was er die sf-film waarin ze op het eind opzettelijk op Mars achterbleef om haar half buitenaardse kinderen te redden. Toen heb ik tranen met tuiten gehuild, en Suze ook.

Ik schraap mijn keel en probeer mijn gedachten te ordenen. 'Ik...
ik weet wie je...'

'Alsjeblieft,' kapt ze me af met die bekende, hese stem van haar.
'Alsjeblieft.' Ze zet haar zonnebril af en ik schrik weer. Ze ziet er verschrikkelijk uit. Haar ogen zijn roodomrand en haar huid is helemaal schilferig. 'Alsjeblieft,' zegt ze voor de derde keer. 'Ik... Het
spijt me. Het spijt me ontzettend. Werk je in de winkel?'

'Nee, ik ben een klant. Ik stond op een trapje.'

'Hebben ze me gezien?'

'Ik weet het niet. Ik denk het niet.'

Ze haalt met een bevende hand de drie paar sokken uit haar tas en
biedt ze me aan.

'Ik weet niet wat me bezielde. Ik heb twee nachten niet geslapen.
Ik denk dat het een vlaag van verstandsverbijstering was. Ik heb nog
nooit zoiets gedaan. Ik ga het ook nooit meer doen. Alsjeblieft,' fluistert ze weer, en ze krimpt ineen in haar hoody. 'Neem die sokken
aan. Breng ze terug.'

'Ik?'

'Alsjeblieft?' Ze klinkt radeloos. Uiteindelijk neem ik de sokken
schutterig van haar over.

'Hier.' Ze wroet weer in haar tas en diept er een biljet van vijftig
dollar uit op. 'Geef dit maar aan het personeel.'

'Je ziet er nogal... eh... gestrest uit,' zeg ik voorzichtig. 'Gaat het
wel?'

Ramona Kelden heft haar hoofd en kijkt me aan, en plotseling
doet ze me denken aan een luipaard die ik ooit in een Spaanse die-
rentuin heb gezien. Die keek ook zo radeloos uit zijn ogen.

'Ga je naar de politie?' fluistert ze zo zacht dat ik haar bijna niet
kan verstaan. 'Ga je het aan iemand vertellen?'

O, god. O, god. Wat moet ik doen?

Ik stop de sokken langzaam in mijn tas om tijd te winnen. Ik zou
naar de politie moeten gaan. Natuurlijk zou ik dat moeten doen. Wat
maakt het uit dat ze een filmster is? Ze heeft die sokken gestolen en
dat is verboden en ik zou haar nu meteen moeten aanhouden, zodat
ze haar straf niet ontloopt.

Maar... ik kan het niet. Ik kán het gewoon niet. Ze ziet er zo breekbaar uit. Als een vlinder of een bloem van vloeipapier. Bovendien
geeft ze die sokken tenslotte terug en heeft ze een schenking gedaan,
en zo te horen was het echt een vlaag van verstandsverbijstering...

Ramona Kelden houdt haar hoofd gebogen. Haar gezicht wordt aan het oog onttrokken door de grijze capuchon. Ze staat erbij alsof ze op haar onthoofding wacht.

'Ik zal het tegen niemand zeggen,' besluit ik uiteindelijk. 'Erewoord. Ik geef die sokken wel terug en ik zal het aan niemand vertellen.'

Ik haal mijn hand van haar arm en haar tengere hand geeft een kneepje in de mijne. De zonnebril bedekt haar gezicht al weer. Ze ziet eruit als zomaar een magere meid in een hoody.

'Dank je wel,' fluistert ze. 'Dank je. Hoe heet je?'

'Becky Brandon.'

'Bedankt Becky Brandon.'

En voordat ik nog iets kan zeggen, heeft ze zich omgedraaid en is ze verdwenen.

3

De volgende ochtend kan ik het nog steeds niet geloven. Is dat echt gebeurd? Heb ik Ramona Kelden echt gezien?

Toen ik met de sokken bij Pump! terugkwam, bleek dat ze niet eens hadden gemerkt dat ze weg waren. Een afschuwelijk moment lang dacht ik dat ze míj van diefstal zouden beschuldigen, maar gelukkig kwam een verkoper op het idee de bewakingsbeelden te bekijken, waarop we allemaal zagen hoe een mager meisje met een grijze hoody de sokken in haar tas stopte en de winkel uit glipte. Ik tintelde over mijn hele lijf terwijl ik ernaar keek. Iets in mij wilde gillen: 'Zien jullie niet wie dat is? Zien jullie het dan niet?'

Maar dat deed ik natuurlijk niet. Ik had een belofte gedaan. Bovendien zouden ze me toch nooit geloven. Je kon haar gezicht helemaal niet zien op de camerabeelden.

Toen zagen we hoe ik achter haar aan de winkel uit rende. Ik kan alleen maar zeggen dat ik nooit meer een 'Athletic Shaping All-in-One' koop. Toen ik mijn uitpuilende billen door de glanzende stof heen zag, wilde ik dood.

Enfin. Het goede nieuws is dat iedereen diep onder de indruk was van wat ik had gedaan. Ik beweerde dat het 'onbekende meisje' de sokken tijdens de achtervolging had laten vallen en dat ik haar niet had kunnen inhalen. Ik wist niet wat ik over die vijftig dollar moest zeggen, dus uiteindelijk hield ik het erop dat ik het biljet op de vloer had zien liggen en overhandigde het. Ik liet mijn gegevens achter voor het geval de politie een verklaring zou willen en haastte me terug naar ons hotel, waar ik dan eindelijk die vreselijke Athletic All-in-One van me af knipte. (In plaats daarvan heb ik een short en een hemdje bij de Gap gekocht.)

Ramona Kelden. Ik bedoel, Ramona Kelden! Als de mensen dat hoorden, zouden ze het besterven! (Nou ja, Suze in elk geval.) Maar ik heb het tegen niemand gezegd. Toen Luke en ik gisteravond eindelijk samen zaten te eten, wilde hij alles horen over de huurhuizen die ik had bezichtigd. Ik wilde niet toegeven dat ik zoveel tijd in Rodeo Drive had doorgebracht... en trouwens, ik had een belofte gedaan. Ik had gezegd dat ik het geheim zou houden en dat heb ik gedaan. Vandaag voelt het alsof het allemaal een bizarre droom was.

Ik knipper met mijn ogen en schud mijn hoofd om Ramona Kelden naar een verre uithoek van mijn gedachten te verbannen. Ik heb vanochtend andere dingen om aan te denken. Ik sta voor Dalawear, dat aan Beverly Boulevard zit en een etalage heeft met poppen in 'makkelijk draagbare' jurken en broekpakken die thee zitten te drinken op een gazon van kunstgras.

Het is nog twintig minuten tot mijn afspraak met Danny, maar ik wilde vroeg komen om het assortiment en de indeling nog eens te zien. Ik drentel naar binnen en ruik een heerlijke rozengeur, en Frank Sinatra klinkt door de geluidsinstallatie. Het is een heel prettige winkel, Dalawear, ook al lijken alle jasjes hetzelfde op de knopen na.

Na de rokken, broeken en tops, de schoenen en het ondergoed kom ik bij de afdeling avondkleding. De meeste jurken zijn lang, met harde voorgevormde cups, en hebben felle kleuren zoals maagdenpalmblauw en frambozenrood. Ik zie veel grote rozetten op de schouder of taille, en lovertjes, en veterssluitingen op de rug, en ingebouwde 'slankmakende' onderkleding. Ik hoef er maar naar te kijken of ik voel me al afgepeigerd, zeker na mijn Athletic All-in-One-ervaring. Sommige kleren zijn het gewoon niet waard, al dat gedoe om ze aan en uit te krijgen.

Net als ik mijn telefoon wil pakken om Danny te sms'en, hoor ik geritsel. Ik kijk op en zie een meisje van een jaar of vijftien uit een paskamer komen en naar de spiegel lopen. Het is niet het best verzorgde meisje van de wereld. Haar donkerrode haar zit in een pluizig soort bob, haar nagels zijn afgebeten en haar wenkbrauwen mogen wel eens geëpileerd worden, maar het ergste is nog wel dat ze een jadegroene strapless jurk aanheeft met een wijde, ruisende rok waar ze in verzuipt, compleet met een tamelijk afzichtelijke stola van chiffon. Ze kijkt onzeker naar zichzelf en hijst de jurk over haar buste, waar hij echt niet goed zit. O, god, ik kan het niet aanzien. Wat doet ze hier? Dit is geen tienerwinkel.

'Hallo!' Ik rep me naar haar toe. 'Wauw! Je ziet er, eh... snoezig uit. Dat is een echte... avondjurk.'

'Het is voor het eindejaarsbal,' prevelt het meisje.

28

'Aha. Super!' Ik laat een korte stilte vallen en vervolg dan: 'Bij Urban Outfitters hebben ze ook mooie jurken, hoor. Ik bedoel, Dalawear is een uitstekende keus, natuurlijk, maar iemand van jouw leeftijd...'

'Ik moet wel hierheen.' Ze kijkt me gekweld aan. 'Mijn moeder had waardebonnen. Ze zei dat ik alleen een jurk mocht kopen als het haar geen cent kostte.'

'O, op die manier.'

'De verkoopster zei dat groen mijn haar goed liet uitkomen,' vervolgt ze moedeloos. 'Ze is bijpassende schoenen voor me aan het zoeken.'

'Dat groen is... prachtig.' Het is een leugentje om bestwil. 'Heel bijzonder.'

'Laat maar, je hoeft er niet om te liegen. Ik weet wel dat ik er vreselijk uitzie.' Ze laat haar schouders hangen.

'Nee!' zeg ik snel. 'Het is alleen... een beetje te veel voor jou... een beetje te druk misschien...' Ik trek aan de lagen chiffon, die ik het liefst allemaal met een schaar te lijf zou willen gaan. Ik bedoel, als je zestien bent, moet je niet rondlopen als een opgetuigde kerstboom. Je moet iets simpels en moois dragen, zoals...

Dan krijg ik een inval.

'Blijf daar staan,' zeg ik, en ik ren terug naar de lingerie. Het kost me een seconde of twintig om een stel zijden en kanten onderjurken, 'corrigerende' onderjurken en een 'luxueuze satijnen onderjurk met baleinen' bij elkaar te zoeken, allemaal zwart.

'Waar heb je die vandaan?' De ogen van het meisje lichten op als ze me aan ziet komen.

'Op een andere afdeling,' zeg ik vaag. 'Zoek maar uit! Het zijn allemaal S'jes. Ik ben Becky, trouwens.'

'Anita.' Het meisje lacht een beugel als een spoorbaan bloot.

Terwijl zij achter het gordijn ritselt, zoek ik accessoires. Ik vind een ceintuur met zwarte pailletten en een simpele oudroze clutch.

'Wat vind je?' Anita komt schuchter uit de paskamer, onherkenbaar anders. Ze heeft een kanten onderjurk met spaghettibandjes aan die haar lange benen goed laat uitkomen en waarin ze drie maten kleiner lijkt. Haar melkwitte huid steekt schitterend af bij het zwarte kant en haar korte, borstelige haar lijkt opeens ook heel natuurlijk.

'Ongelooflijk! Laat me even je haar doen...' Er staat een mandje met gratis flesjes water voor de klanten op de toonbank. Ik maak er snel een open en bevochtig mijn handen. Ik strijk over Anita's haar tot het er glad en meisjesachtig uitziet, maak de ceintuur met pailletten vast om haar middel en geef haar het oudroze tasje.

'Zo!' zeg ik trots. 'Je ziet er schitterend uit. Ga nou eens fier rechtop staan. Kijk naar jezelf. Ben je niet fantastisch?'

Nu nog een paar hoge hakken en ze ziet eruit als een ster. Ik zie dat ze haar schouders ontspant en stralende ogen krijgt en slaak een tevreden zucht. God, wat geniet ik ervan om mensen mooi aan te kleden.

'Zo, ik heb de schoenen in jouw maat gevonden...' kwinkeleert een stem achter me. Ik draai me om en zie een vrouw van in de zestig naar Anita lopen. Ik heb haar ontmoet toen ik kwam solliciteren en ze heet... Rhoda? Nee, Rhona. Het staat op haar naamplaatje.

'Kindje toch!' Rhona ziet het meisje en lacht geschrokken. 'Waar is je jurk gebleven?'

Anita kijkt onzeker mijn kant op en ik grijp snel in.

'Ha, Rhona!' zeg ik. 'Ik ben Becky, we kennen elkaar al, ik kom hier vanaf volgende maand werken. Ik hielp Anita even met haar outfit. Ziet die onderjurk er niet fantastisch uit als je hem als jurk draagt?'

'Mijn hemel!' Rhona's strakke glimlach komt niet van zijn plaats, maar haar ogen spuwen vuur. 'Hoe verzin je het. Anita, liefje, ik wil je heel graag in die lange groene jurk zien.'

'Nee,' zegt Anita koppig. 'Ik doe deze aan. Ik vind hem mooi.'

Ze verdwijnt achter het gordijn en ik loop naar Rhona toe.

'Het is al goed,' zeg ik zacht. 'Je hoeft haar niet in die groene jurk te zien. Dat was 'm niet. Te volumineus. Te ouwelijk. Maar toen dacht ik opeens aan de onderjurken en... bingo!'

'Daar gaat het niet om,' zegt Rhona vinnig. 'Weet je wat de commissie op die groene avondjurk is? Weet je wat de commissie op een onderjurk is?'

'Nou ja, dat boeit toch niet?' zeg ik verontwaardigd. 'Waar het om gaat is dat ze er beeldig uitziet!'

'Ik weet zeker dat ze er stukken beeldiger uitzag in die groene jurk. Een onderjurk, wel heb ik ooit.' Rhona trekt een afkeurend gezicht. 'Naar een bal. In een ónderjurk.'

Ik verbijt me. Ik kan niet zeggen wat ik echt denk.

'Hoor eens, we worden collega's, dus... zullen we er maar over ophouden?' Ik steek een verzoenende hand uit, maar voordat Rhona hem kan aannemen, hoor ik een kreet achter me en worden er twee armen om mijn nek geslagen.

'Becky!'

'Danny!' Ik draai me om en zie zijn lichtblauwe, zwaar met eyeliner aangezette ogen naar me stralen. 'Wauw! Je ziet er erg, eh... *new romantic* uit.'

Danny komt geen gram aan en wordt geen dag ouder, hoewel hij het minst gezonde leven op aarde leidt. Vandaag heeft hij zijn zwartgeverfde haar met gel in een soort hangende kuif gemodelleerd; hij heeft een bungelende oorhanger in zijn ene oor en de pijpen van zijn strakke spijkerbroek zijn in zijn puntlaarzen gestopt.

'Ik ben er klaar voor,' meldt hij. 'Ik heb mijn aanbeveling. Ik heb hem in het vliegtuig gerepeteerd. Tegen wie moet ik die houden? U?' Hij wendt zich met een lichte buiging tot Rhona. 'Danny Kovitz is de naam – ja, dé Danny Kovitz, dank u – en ik ben hier vandaag gekomen om Rebecca Brandon aan te prijzen als ongeëvenaard personal shopper.'

'Hou op,' zeg ik blozend van verlegenheid. 'Niet hier. We moeten Gayle zoeken, mijn nieuwe chef.'

'O,' zegt Danny onverstoorbaar. 'Ook goed.'

Intussen komt Anita weer uit de kleedkamer en loopt naar Rhona toe.

'Oké, ik wil die zwartkanten jurk, graag. En die roze tas en die ceintuur.'

'Tja, kind,' zegt Rhona, die haar lippen nog geërgerd op elkaar perst. 'Als je het zeker weet. Goed, wat dacht je van die prachtige roze stola? Die zou prachtig afsteken bij dat zwarte kant.' Ze reikt naar een opgevouwen lap roze tule, versierd met bovenmaatse witte pailletten, en spreidt hem uit over de toonbank.

Anita kijkt naar mij en ik schud heimelijk van nee.

'Nee, dank u,' zegt ze zelfbewust. Rhona kijkt wantrouwend naar me om, maar ik glimlach onschuldig naar haar.

'Laten we Gayle maar gaan zoeken,' zeg ik. 'Tot ziens, Rhona! Veel plezier op je bal, Anita!'

Ik loop met Danny weg en kan me er niet van weerhouden een arm om hem heen te slaan.

'Dank je wel dat je bent gekomen. Je bent echt een ster dat je dit doet.'

'Weet ik,' zegt hij zelfgenoegzaam.

'Ik zal je missen als je in Groenland zit! Had je geen plek iets dichterbij kunnen kiezen?'

'Wat, een trektocht door de bergen?' zegt Danny neerbuigend. 'Een dagtochtje?'

'Waarom niet? We hadden je toch wel gesponsord...'

'Becky, je snapt het niet.' Danny kijkt me ernstig aan. 'Dit is iets wat ik moet doen. Ik wil mezelf tot het uiterste drijven. Ik heb een fantastische personal trainer, Diederik, en hij heeft de Groenland-expeditie gedaan. Hij zegt dat het een mystieke ervaring is. Mystiék.'

'O, oké. Mystiek,' zeg ik schouderophalend.

'Wie kóópt die kleren?' Danny lijkt de rekken nu pas op te merken.

'Eh... allerlei mensen. Allemaal hoogst modieuze, stijlvolle, eh... chique mensen.'

'Chic?' Hij kijkt me met een komisch ontdaan gezicht aan. 'Chic?'

'Sst! Daar is mijn chef!'

We zijn aangekomen bij de afdeling personal shopping, waar ik met Gayle heb afgesproken, en ze staat al gespannen om zich heen te kijken. Misschien dacht ze dat ik niet op zou komen dagen. Het is een schat van een vrouw, in de veertig en heel aantrekkelijk, al vind ik dat ze te lang haar heeft, en ik verheug me op onze samenwerking.

'Hallo!' Ik wuif om haar aandacht te trekken.

'Rebecca.' Ze ademt hoorbaar uit. 'Ik wilde je net bellen. Wat een akelige toestand. Het spijt me, het spijt me ontzettend...'

Ze gaat me vertellen dat Danny nog steeds niet over de brug is gekomen met zijn aanbeveling, hè?

'Nee, niets aan de hand,' onderbreek ik haar snel. 'Hij is er al! Danny, dit is Gayle, mijn nieuwe chef.' Ik stoot hem aan. 'Steek maar van wal.'

'Pardon?' zegt Gayle perplex.

'Dit is Danny Kovitz,' leg ik uit. 'Hij is speciaal hierheen gekomen om me aan te bevelen! Toe maar, Danny.' Ik knik bemoedigend en Danny haalt diep adem.

'Danny Kovitz is de naam – ja, dé Danny Kovitz, dank u – en ik ben hier vandaag gekomen om Rebecca Brandon aan te bevelen als ongeëvenaard personal shopper. Waar een rampgebied is, vindt zij stijl. Waar bah is, vindt zij een look. Waar... eh...' Hij breekt zijn zin af, haalt een papiertje uit de zak van zijn spijkerbroek en kijkt ernaar. 'O ja! Waar ellende is, vindt zij geluk. Niet alleen modegeluk, maar geluk op alle fronten.' Hij zet een stap naar Gayle toe, die er verbluft bij staat. 'Je moet Rebecca in je winkel hebben. De laatste die probeerde haar te ontslaan, kreeg het met de klanten aan de stok, hè, Becky?'

'Tja.' Ik haal opgelaten mijn schouders op. Ik voel me een beetje overdonderd. Ik had geen idee dat Danny zulke aardige dingen over me ging zeggen.

'U zou vreemde geruchten over Rebecca kunnen hebben gehoord,' vervolgt Danny, die aan zijn tweede spiekbriefje is begonnen. 'Ja, ze heeft er ooit willens en wetens voor gezorgd dat een klant bleef vastzitten in een jurk. Maar daar had ze een goede reden voor.' Hij tikt nadrukkelijke tegen het papiertje. 'Ja, ze heeft wel eens kleding verpakt als maandverband. Maar dat deed ze om haar klanten te helpen. Ja, ze heeft twee bruiloften op dezelfde dag georganiseerd zonder het aan iemand te vertellen, zelfs niet aan haar verloofde...' Hij tuurt naar zijn papiertje.

'Danny, kappen!' pruttel ik. Waarom brengt hij dit allemaal ter sprake?

'Ik heb geen idee waarom ze dat deed,' stelt Danny vast. 'Laten we dat maar vergeten. Laten we ons focussen op het feit dat Rebecca een lichtend voorbeeld is op elke afdeling personal shopping en dat elke winkel blij met haar zou moeten zijn. Dank u.' Hij maakt een buiging en richt zich tot Gayle. 'Ik wil nu met plezier al uw vragen beantwoorden, behalve dan over mijn privéleven, mijn beautygeheimen en het slepende proces tegen mijn vroegere manager. Voor die onderwerpen heb ik voorgedrukte vragen en antwoorden.' Hij wroet in een andere zak en haalt er drie appeltjesgroene vellen papier uit, alle drie met de kop HET VERHAAL VAN DANNY KOVITZ, en geeft ze aan Gayle.

Gayle kijkt er in stomme verbazing naar en richt haar blik dan op mij.

'Rebecca...' Ze lijkt naar woorden te zoeken.

'Ik was er niet op uit om twee bruiloften te organiseren,' schiet ik in de verdediging. 'Die dingen gebeuren.'

'Nee, nee. Dat is het niet. Het is... O, wat erg.' Ze doet haar ogen dicht. 'Het is allemaal zo jammer.'

'Wat is jammer?' zeg ik met een plotseling gevoel van naderend onheil.

'Rebecca...' Nu kijkt ze me eindelijk recht aan. 'Er is geen baan voor je.'

'W-wat?' hakkel ik.

'Ik ben net gebeld door de bedrijfsleider. Hij heeft de zaak door-gelicht en er moeten wat mensen weg.' Ze krimpt in elkaar. 'Tot mijn spijt is een vervanging wegens zwangerschap een te grote luxe voor ons. We zullen het voorlopig moeten zien te redden met Rhona. Ik zou je dolgraag in dienst hebben, neem dat maar van mij aan.' Ze kijkt van mij naar Danny. 'Maar in het huidige klimaat... het is zo'n moeilijke tijd...'

'Het geeft niet,' zeg ik met een stem die onvast is van schrik. 'Ik begrijp het wel.'

'Het spijt me. Ik weet zeker dat je een aanwinst voor de afdeling was geweest.' Ze kijkt zo verdrietig dat mijn hart naar haar uitgaat. Wat een rotklus, mensen ontslaan.

'Zo is het leven,' zeg ik. Ik doe mijn best om vrolijker te klinken. 'Toch bedankt voor de kans. En misschien kan ik hier komen werken als het weer beter gaat!'

'Wie weet. Dank je voor je begrip. Ik ben bang dat ik meer slecht nieuws moet brengen.' Ze geeft me een hand, draait zich om en beent weg. Danny en ik kijken elkaar beteuterd aan.

'Balen,' zegt Danny uiteindelijk.

'Ja,' zeg ik met een diepe zucht. 'Maar toch bedankt voor de aan-beveling. Mag ik je een lunch aanbieden om je te bedanken?'

Danny moet drie uur later al weer terug naar het vliegveld, maar het was super om hem te zien. We hebben ochtendcocktails gedronken, een vroege lunch gegeten en sunblock ingeslagen, en ik heb zo hard gelachen dat ik er nog pijn in mijn buikspieren van heb, maar als ik hem in zijn auto over Beverly Boulevard weg zie zoeven, schiet er een brok in mijn keel. Geen baan. Ik rekende op die baan. Niet alleen om werk te hebben, niet alleen om het geld, maar om iets te doen te hebben. Een manier om vriendinnen te vinden.

Nou ja. Laat maar. Niets aan de hand. Ik moet aan iets anders den-ken. Het barst van de winkels in LA, er móéten mogelijkheden zijn. Ik moet gewoon blijven zoeken... mijn ogen en oren openhouden...

'Hé, dame! Uitkijken!'

Oeps. Ik ging zo op in het idee dat ik mijn ogen en oren moest openhouden dat ik helemaal niet heb gezien dat er een groot hijs-kraangeval midden op de stoep staat. Een man met een headset op loodst de mensen eromheen en verderop in de straat lijkt iets aan de hand te zijn. Ik loop erheen om te kijken en zie geschitter, en schijn-werpers... O, wauw! Het is een cameraploeg! Ze zijn iets aan het filmen!

Ik weet dat ik terug moet naar het hotel om me voor te bereiden op de Ten Miler, maar ik kán gewoon niet weglopen. Alhoewel ik al eerder naar LA ben geweest, is dit de eerste cameraploeg die ik zie. Ik haast me dus opgewonden naar de felle lichten toe. De stoep is af-gezet met metalen hekken en een man in een spijkerjack met een headset op vraagt de mensen beleefd of ze aan de andere kant van de straat willen gaan lopen. Ik gehoorzaam onwillig terwijl ik strak naar de filmploeg blijf kijken. Er zitten twee mannen in spijkerbroek op regisseursstoelen, een potige man bedient een camera en er ren-nen gewichtig kijkende meiden met headsets op heen en weer. Ik zie het allemaal aan met een enorme steek van jaloezie. Ik bedoel, hoe cool is dat? Meewerken aan een film? Ik ben alleen met een camera in contact gekomen toen ik mensen op tv adviseerde over investeren voor hun oude dag. (Ik ben financieel journalist geweest. Ik praatte de godganse dag over bankrekeningen. Ik heb nog wel eens een nachtmerrie waarin ik dat werk weer doe en op tv ben en niet eens weet wat een rentepercentage is.)

Op de stoep staat een vrouw, helemaal alleen, en ik denk dat ze actrice is, want ze is heel petieterig en dik opgemaakt. Ik herken haar niet, maar dat zegt niets. Net als ik overweeg mijn telefoon te pak-ken, een foto te maken en mijn beste vriendin Suze Wie is dit? te sms'en, komt er een oudere vrouw in een spijkerbroek en een zwart hemdje naar haar toe. Ze heeft lange zwarte vlechten en ze draagt een roodbruine pet en supercoole laarzen met hoge hakken.

Alle andere toeschouwers wijzen naar de actrice, maar ik ben gefascineerd door de vrouw met de vlechten. Haar ken ik wel. Ik heb interviews met haar gelezen. Ze is stylist en ze heet Nenita Dietz.

Ze haalt een gestreepte, vintage uitziende jas uit een transparante plastic tas en helpt de actrice er met zorg in. Ze kijkt er kritisch naar, verschikt nog wat en voegt er een ketting aan toe. En terwijl ik naar haar kijk, slaan mijn gedachten plotseling een nieuwe weg in. Stel je voor dat je zo'n baan hebt. Aan films meewerken, outfits uitkiezen voor acteurs, sterren stylen voor gelegenheden... Vergeet die waren-huizen, ik zou de lat hoger moeten leggen! Dát is de baan die ik zou moeten hebben. Ik bedoel, het is ideaal. Ik ben gek op kleren, ik ben gek op films, ik ga in LA wonen... Waarom heb ik hier in vredesnaam niet eerder aan gedacht?

Nenita Dietz probeert nu verschillende zonnebrillen uit op de actrice. Ik volg elke beweging die ze maakt, helemaal in de ban. Nenita Dietz is ongelooflijk. Zij zat achter die trend van laarzen bij avondjurken. En ze werkt aan een lingerielijn. Ik heb altijd mijn eigen lingerie willen ontwerpen.

Maar hoe moet ik het in godsnaam aanpakken? Hoe word je een topstylist in Hollywood? Of zelfs maar een matig tot redelijke stylist? Waar moet ik beginnen? Ik ken hier geen mens, ik heb geen baan, ik heb geen filmervaring...

Aan de overkant van de straat wordt geroepen: 'Stilte op de set!' en 'Camera loopt!' en 'Stil, graag!' Ik kijk geboeid naar de actrice, die haar armen over elkaar slaat en naar boven kijkt.

'Cut!'

Cut? Was dat alles?

De filmmensen lopen weer rond en ik tuur naar hen, zoekend naar Nenita Dietz, maar ik zie haar nergens. En er dringen mensen achter me tegen mijn rug aan. Ik scheur me uiteindelijk dus maar los, met een hoofd dat tolt van de fantasieën. Een donkere bioscoopzaal. Mijn naam die in witte letters over het grote scherm rolt.

Anne Hathaways garderobe persoonlijk geselecteerd door Rebecca Brandon.
Brad Pitts pakken uitgezocht door Rebecca Brandon.
Sage Seymours avondjurken gekozen door Rebecca Brandon.

En nu valt het natuurlijk allemaal op zijn plaats in mijn hoofd. Sage Seymour is de sleutel. Sage Seymour is het antwoord. Zó ga ik binnenkomen.

The Blue Coffee Shop
Beverly Boulevard 1764
CA 90210 Los Angeles

* Aantekeningen en ideeën *

Modetrends die ik zou kunnen lanceren:

— Schots geruite jurken met PVC accessoires in neonkleuren
— Jas van imitatiebont met drie verschillende ceintuurs (yes! handelsmerk!)
— Roze haar en voorgekreukt jasje met krijtstreep
— Rubberlaarzen met strasbroches erop gespeld
— Van verknipte jeans gemaakte armwarmers
— Met twee designerhandtassen tegelijk lopen (yes! meteen mee beginnen!)
— Enkellange rok van tule op jeans
— Twee verschillende schoenen om eigenzinnige, maffe look te creëren (of zie ik er dan uit alsof ik dementeer?)
— Echte orchideeën als corsage in ceintuur gestoken
— Armband van echte orchideeën
— Niet vergeten: orchideeën kopen

4

Om drie uur die middag sta ik in de massa hardlopers een plan voor mijn nieuwe carrière op te stellen. Het enige wat ik hoef te doen is Sage Seymour tegenkomen, een gesprekje over kleding aanknopen, aanbieden haar te stylen voor een publiek optreden... en dan ben ik binnen. Het is allemaal een kwestie van wie je kent, en Sage Seymour is de perfecte persoon om te kennen. En dit is de perfecte gelegenheid om haar te ontmoeten! Ik bedoel, ik zit nota bene in haar team! Ik heb reden genoeg om haar aan te spreken, en ik kan het gesprek makkelijk naar trends op de rode loper sturen terwijl we samen hardlopen. Ik heb haar nog niet gezien, maar mijn ogen vliegen heen en weer en ik ben klaar om in actie te komen zodra ik haar spot.

Er gaat een bel en alle deelnemers dringen zich naar voren. De cocktails die ik met Danny heb gedronken, beginnen vat op me te krijgen en ik heb nu een beetje spijt van die malibu sunset... maar het geeft niet. De endorfinestroom zal zo wel op gang komen.

Het is een heel spektakel, die Ten Miler. De start is bij het stadion van de Dodgers en we lopen over Sunset Boulevard naar Hollywood Boulevard. Volgens de informatie in het welkomstpakket voert de route 'langs vele bezienswaardigheden in Hollywood', wat super is, want dan heb ik wat te zien onder het hardlopen! Ik heb me al ingeschreven, en ik sta ervan te kijken hoeveel mensen er meedoen. Waar ik maar kijk zie ik mensen stretchen, joggen en hun veters strikken. Er klinkt muziek uit speakers, de zon schijnt wazig door de wolken en er hangt een geur van zonnebrandcrème. En ik ben van de partij! Ik sta midden in Groep Eén, op een paar meter van een gigantische metalen boog waar de startlijn van de wedstrijd is, met een nummer op mijn borst geplakt (184) en een speciale chip in mijn schoen. Als klap op de vuurpijl heb ik het speciale teampetje op dat bij de balie van het hotel voor me klaarlag. Het is een fel blauwgroen honkbalpetje met TEAM SAGE in witte letters. Het voelt net alsof ik aan de Olympische Spelen meedoe!

Ik kijk weer om me heen, zoekend naar nog een blauwgroen TEAM SAGE-petje, maar de deelnemers staan zo dicht op elkaar gepakt dat ik weinig kan zien. Ze moet hier ergens zijn. Ik zal onderweg naar haar moeten uitkijken.

Terwijl ik mijn beenspieren rek, vang ik de blik van een pezig zwart meisje dat naast me staat te stretchen. Ze ziet mijn petje en zet grote ogen op.

'Zit jij in het team van Sage Seymour?'

'Ja.' Ik probeer achteloos te klinken. 'Klopt. Ik loop met Sage. We gaan samen rennen, en kletsen, en... alles!'

'Wauw. Je moet wel heel goed zijn. En, wat is de tijd die je vandaag hoopt te maken?'

'Nou...' Ik schraap mijn keel. 'Ik verwacht dat het ongeveer... eh...'

Ik heb geen idee. Tien mijl. Hoe snel kan ik tien mijl rennen? Ik weet niet eens hoelang ik over één mijl doe.

'Ik hoop gewoon mijn persoonlijke record te breken,' zeg ik uiteindelijk.

'Wat je zegt.' Het meisje strekt haar armen boven haar hoofd. 'Wat is je strategie?'

Sage Seymour vinden, over kleding praten en een uitnodiging om bij haar thuis te komen zien los te peuteren, flitst het door mijn hoofd.

'Gewoon... heel hard lopen,' zeg ik schouderophalend. 'Tot het eind. Je weet wel. Zo hard als ik kan.' Het meisje staart me wezenloos aan en schiet dan in de lach.

'Grapjas.'

De deelnemers komen nog dichter op elkaar te staan. Ik moet minstens duizend man achter me hebben, want ik kan niet zien waar de massa ophoudt. En ondanks mijn jetlag voel ik me opeens uitgelaten. Ik veer lichtjes op en neer op mijn nieuwe hightech schoenen. Kijk mij nou! Ik loop mee in een geruchtmakende race in LA! Zo zie je maar weer dat niets onmogelijk is, als je maar wilt. Net als ik een selfie wil maken om aan Suze te sturen, gaat mijn telefoon. Het is mam. Ze belt altijd vlak voordat ze gaat slapen om me te vertellen dat alles goed is met Minnie.

'Hoi!' neem ik enthousiast op. 'Raad eens waar ik ben?'

'Op de rode loper!' roept mam opgewonden uit.

Elke keer als mam belt, vraagt ze me of ik op de rode loper sta. De harde waarheid is dat ik er niet alleen nog niet op heb gestaan, maar dat ik zelfs nog geen loper heb geZíén. Nog erger: de vorige keer dat we hier waren, was Luke uitgenodigd voor een première, en niet alleen ging hij niet, hij vertelde me er zelfs pas over toen het al te laat was. Een première!

Dat is nou waarom ik er niet op hoef te rekenen dat Luke wel iets cools voor me regelt. Hij heeft een compleet andere kijk op LA dan ik. Het enige wat hem boeit, is vergaderen en onafgebroken met zijn BlackBerry bezig zijn. Het oude liedje dus. Hij zegt dat hij zich goed kan vinden in het arbeidsethos in LA. Het arbeidsethos. Wie komt er nou naar LA voor het arbeidsethos?

'Nee, ik doe mee aan een sponsorloop. Met Sage!'

Mam hapt naar adem. 'Staat Sage Seymour naast je? O, Becky!'

'Op dit moment staat ze niet echt naast me,' beken ik, 'maar ik haal haar wel in als we eenmaal lopen. Ik heb een petje met TEAM SAGE erop!' vertel ik trots.

'O, kind toch!'

'Ja! Ik zal er een foto van maken. Voor Minnie. Hoe is het met haar? Wat is ze aan het doen? Heeft ze al ontbeten?'

'Het gaat prima met haar, prima,' zegt mam opgewekt. 'Ze zit cornflakes te eten. Zo, wie heb je nog meer ontmoet? Beroemde mensen?'

Ramona Kelden, flitst het door mijn hoofd.

Nee. Hoe haal je het in je hoofd. Ik hou van mijn moeder, maar als je haar iets vertelt, weet heel Oxshott het in een nanoseconde.

'Er doen massa's beroemdheden mee,' zeg ik vaag. 'Ik geloof dat ik net een acteur uit *Desperate Housewives* zag.' Het had hem kunnen zijn, of het had iemand anders kunnen zijn, maar dat weet mam niet.

Ik hoor een claxon. O, god. Gaat de race beginnen?

'Mam, ik moet hangen,' zeg ik gejaagd. 'Ik bel je nog. Doei!'

Dat was de start van de race. Daar gaan we dan. We rennen. Ik ren ook! Voeten en armen van elkaar verdringende deelnemers trekken in een waas aan me voorbij en ik probeer ze hijgend bij te houden.

God, wat gaan ze hard.

Ik bedoel, geen punt. Ik ga ook hard. Ik hou ze met gemak bij. Het brandt al in mijn borst, maar dat is juist goed, want de endorfine-stroom kan nu elk moment op gang komen.

Het belangrijkste is: waar is Sage?

De massa wordt minder dicht en ik kan mijn medelopers beter zien. Ik laat mijn blik vertwijfeld over de hoofden glijden, zoekend naar een blauwgroene pet... Ze moet hier ergens zijn... Ik kan haar toch niet misgelopen zijn...

Daar! Ik voel een scheut adrenaline van blijdschap. Ze loopt helemaal vooraan, natuurlijk. Oké, tijd om in actie te komen. Ik haal haar zogenaamd toevallig in, wijs naar mijn pet en zeg: 'Ik geloof dat we in hetzelfde team zitten.' En dan begint onze hechte vriendschap.

Ik heb mezelf nooit zo'n sportieveling gevonden, maar nu schiet ik naar voren alsof ik word aangedreven door een onzichtbare kracht. Ik haal het pezige zwarte meisje in! Ik ben niet te stuiten! Ik ben door het dolle heen! Maar de blauwgroene pet blijft voor me op en neer wippen, folterend net buiten mijn bereik, dus zet ik er nog een dot energie achter. Op de een of andere manier lukt het me om ernaast te komen. Mijn gezicht is gloeiend heet en mijn hart gaat tekeer in mijn borst, maar het lukt me naar mijn pet te wijzen en te hijgen: 'Ik geloof dat we in hetzelfde team zitten.'

De honkbalpet draait opzij... en het is Sage Seymour helemaal niet. Het is een meid met een puntneus en bruin haar die me alleen maar uitdrukkingsloos aankijkt en harder gaat lopen. Ze heeft ook niet eens een TEAM SAGE-petje op, maar gewoon een blauwgroen petje zonder opdruk. Ik ben zo van mijn stuk gebracht dat ik stokstijf blijf staan en bijna omver word gelopen door een horde renners.

'Jezus!'

'Opzij!'

'184, wat krijgen we nou?'

Ik ga haastig opzij en probeer op adem te komen. Oké, dat was Sage dus niet. Geeft niet. Ze moet hier ergens zijn. Ik moet gewoon gespitst blijven op blauwgroene... blauwgroene... Yes! Daar!

Met een nieuwe stoot adrenaline in mijn lijf stort ik me weer in de race en ren achter weer een blauwgroen petje aan, maar als ik dichterbij kom, zie ik al dat het Sage niet is. Het is niet eens een meisje, maar een magere, Italiaans uitziende gast.

Shit. Ik koers op een waterpost af en neem een slok water, maar ik blijf gespannen naar de renners kijken, niet bereid het op te geven. Dan zat ik er maar twee keer naast. Niks aan de hand. Ik vind haar wel. Echt wel. Wacht, ik zie een blauwgroene flits in de verte. Dat móét haar zijn...

Een uur later voel ik me alsof ik in een parallel universum ben beland. Is dit nou flow? Het voelt eerder als de hel. Mijn longen pompen als zuigerstangen, mijn gezicht is bezweet, mijn voeten zitten vol blaren en ik wil dood... maar toch blijf ik in beweging. Het voelt alsof ik door een magische kracht word voortgestuwd. Ik blijf maar blauwgroene petjes in de menigte zien. Ik blijf er maar achteraan rennen. Ik heb nu vier keer hetzelfde blonde meisje ingehaald. Maar het is nooit Sage. Waar is ze? Waar ís ze toch?

En waar blijft die verdomde endorfine? Ik ren nu al een eeuwigheid, maar ik heb er nog niets van gevoeld. Het is allemaal gelogen. Ik heb ook nog geen enkele bezienswaardigheid gezien. Zijn ze er wel?

O, god, ik móét wat water drinken. Ik loop naar een met ballonnen versierde waterpost, pak een kartonnen beker, giet het water over mijn hoofd en klok gulzig een tweede beker naar binnen. Ik zie een groep cheerleaders in rode pakjes optreden en kijk er jaloers naar. Waar halen ze al die energie vandaan? Misschien hebben ze speciale verende cheerleaderschoenen. Misschien zou ik harder lopen als ik ook met glitterpompons kon schudden.

'Becky! Hier! Gaat het?' Ik kijk hijgend op en tuur verdwaasd om me heen. Dan ontdek ik Luke aan de andere kant van de afzetting. Hij heeft een Ten Miler-vlaggetje in zijn hand en kijkt me bezorgd aan. 'Gaat het?' vraagt hij weer.

'Ja hoor,' kras ik. 'Top.'

'Ik dacht, kom, ik ga je aanmoedigen.' Hij neemt me verbijsterd op. 'Je tijd is ongelooflijk goed. Ik wist niet dat je zo fit was!'

'O.' Ik veeg over mijn bezwete gezicht. 'Goh.' Ik had me niet eens afgevraagd hoe hard ik ging. De hele wedstrijd is een waas van achter blauwgroene honkbalpetjes aan rennen.

'Heb je mijn bericht gekregen?'

'Huh?'

'Over Sage. Dat ze zich heeft teruggetrokken.'

Ik kijk hem wezenloos aan, met een bonkend hoofd. Zei hij nou...

'Ik moet doorgeven dat het haar spijt,' voegt hij eraan toe.

'Wilde je zeggen... dat ze niet meedoet?' breng ik moeizaam uit. 'Echt niet?'

Heb ik voor niets achter al die blauwgroene honkbalpetjes aan gerend?

'Een van haar vriendinnen besloot met een groepje naar Mexico te gaan,' zegt Luke. 'Sage en haar hele team zitten op dit moment in het vliegtuig.'

'Heeft het hele team zich teruggetrokken?' Ik probeer het te bevatten. 'Maar ze hebben getraind! Ze zijn naar Arizona gegaan!'
'Dat kan wel zijn, maar ze gedragen zich als kuddedieren,' zegt hij droog. 'Als Sage voorstelt om naar Mexico te gaan, dan gaan ze naar Mexico. Becky, het spijt me voor je. Je zult wel teleurgesteld zijn.' Hij legt een hand op mijn schouder. 'Ik weet dat je alleen meedeed om Sage te ontmoeten.'
Zijn medeleven is tegen het verkeerde been. Denkt hij er zo over? Ik bedoel, het is wel waar, maar dat zou hij niet mogen dénken. Een man hoort principieel altijd het beste van zijn vrouw te denken.
'Ik deed niet alleen mee "om Sage te ontmoeten"!' zeg ik verontwaardigd, en ik richt me in mijn volle lengte op. 'Ik deed mee omdat ik gek ben op hardlopen en omdat ik het goede doel wilde steunen. Ik heb me niet eens áfgevraagd of Sage mee zou lopen of niet.'
'Aha.' Lukes ene mondhoek trekt. 'Nou, bravo dan maar. Het is niet ver meer.'
Zijn woorden dringen tot me door en ik krijg een zinkend gevoel in mijn maag. Ik ben nog niet over de finish. O, god. Ik kan niet meer. Ik kan het gewoon niet. Luke kijkt naar de parcourskaart.
'Het is nog vier mijl,' zegt hij. 'Dat doe je in een wip!' voegt hij er monter aan toe.
Vier mijl? Nog vier hele mijlen?
Ik kijk met knikkende knieën naar de weg voor me. Ik heb zere voeten. De hardlopers dreunen nog voorbij, maar het idee dat ik me weer in de strijd zou moeten werpen vervult me met afgrijzen. Een gast met een blauwgroen honkbalpetje op spurt langs me heen en ik kijk hem kwaad na. Ik kan die petjes niet meer zien.
'Laat ik eerst maar even stretchen,' zeg ik om tijd te rekken. 'Mijn spieren zijn afgekoeld.'
Ik til mijn voet op om mijn dijspieren te rekken. Ik tel heel langzaam tot dertig en doe dan de andere kant. Dan zak ik op de grond en laat mijn hoofd een paar minuten boven mijn knieën bungelen. Hmm. Lekker. Misschien blijf ik zo een tijdje zitten.
'Becky?' snijdt Lukes stem door mijn gedachten. 'Schatje, gaat het wel?'
'Ik ben aan het stretchen,' leg ik uit. Ik hef mijn hoofd, strek mijn triceps en neem een paar yoga-achtige houdingen aan die ik van Suze heb afgekeken. 'Nu moet ik hydrateren,' vervolg ik. 'Dat is heel belangrijk.'

Ik reik naar een beker water, drink langzaam, vul nog een beker en overhandig hem aan een passerende hardloper. Nu ik er toch ben, kan ik me net zo goed nuttig maken. Ik vul nog twee bekers met water, klaar om uit te delen, en leg een stapel energierepen recht. Er liggen overal lege wikkels, dus die raap ik bij elkaar en gooi ze in de afvalbak. Dan bind ik een paar ballonnen weer stevig vast en verschik wat slingers. Laat ik die hele kraam maar even op orde brengen.

Opeens merk ik dat de jongen achter de kraam me aangaapt alsof ik krankzinnig ben.

'Wat doe je?' zegt hij. 'Moet jij niet lopen?'

Ik voel me een beetje gepikeerd door de toon die hij aanslaat. Ik doe het voor hem, hoor. Hij zou best een beetje dankbaarheid kunnen tonen.

'Ik hou een stretchpauze,' zeg ik, en als ik opkijk, zie ik dat Luke me verwonderd opneemt.

'Je moet nu wel helemaal gestretcht zijn,' zegt hij. 'Ga je nu door?'

Nou ja. Al die aansporingen de hele tijd om maar te rénnen.

'Ik moet alleen nog...' Ik verstrengel mijn vingers, draai mijn handen en strek mijn armen. 'Hmm. Daar zit veel spanning.'

'Dame, je mist alles,' zegt de jongen van de waterpost. Hij gebaart naar de weg. 'Daar gaan de laatsten.'

Het is waar: de horde is aan het uitdunnen. Er zijn nog maar een paar achterblijvers over. De toeschouwers beginnen zich ook te verspreiden. De hele sfeer lijkt in te kakken. Ik kan het niet meer uitstellen.

'Zo.' Ik probeer positief te klinken. 'Nou, laat ik die laatste vier mijl dan maar even snel lopen. Het moet zo gepiept zijn. Super.' Ik haal diep adem. 'Dan ga ik maar...'

'Óf...' zegt Luke langgerekt, en mijn hoofd schiet omhoog.

'Of wat?'

'Ik zat te denken, Becky. Als je het niet erg vindt om je tempo aan het mijne aan te passen, zouden we de route misschien kunnen wandelen? Samen?'

'Wandelen?'

Hij reikt over de afzetting en pakt mijn hand. Zo langzamerhand zijn we zo ongeveer alleen. Achter ons beginnen werklieden de afzettingen af te breken en afval te prikken.

'We krijgen niet vaak de kans om te wandelen in LA,' vervolgt hij. 'En we hebben de weg voor ons alleen.'

Ik zou het liefst een zucht van verlichting slaken.

'Nou, goed dan,' zeg ik na een korte stilte. 'Ik wil wel wandelen. Al had ik natuurlijk veel liever hardgelopen.'

'Natuurlijk.' Hij grinnikt samenzweerderig naar me, maar ik doe alsof ik het niet merk. 'Zullen we?'

We lopen door de kartonnen bekers en wikkels van energierepen waarmee de weg bezaaid ligt. Ik klem mijn vingers steviger om zijn hand en hij geeft me een kneepje terug.

'Hierheen.' Luke loodst me mee naar rechts, van de straat de stoep op. 'Weet je waar we zijn?'

'Hollywood? Los Angeles?' Ik loer wantrouwig naar hem. 'Is dit een strikvraag?'

Luke knikt alleen maar naar de stoep, en opeens snap ik het.

'O!' Ik kijk stralend naar hem op. 'O, mijn god!'

'Ja.'

We staan op de sterren. De Walk of Fame die ik een miljoen keer op tv heb gezien, maar nooit in het echt. Het voelt alsof Luke die sterren daar speciaal voor mij heeft neergelegd, zo mooi glanzend en roze.

'Edward Arnold!' roep ik uit terwijl ik een naam lees, en ik doe mijn best om eerbiedig te klinken. 'Wauw! Eh...'

'Geen idee,' zegt Luke. 'Een beroemdheid. Uiteraard.'

'Uiteraard.' Ik giechel. 'En wie is Red Foley?'

'Bette Davis,' zegt Luke naar een andere ster wijzend. 'Is die goed genoeg?'

'O! Bette Davis! Laat zien!'

Ik doe een tijdje niets anders dan heen en weer stuiven op zoek naar beroemde namen. Dit is het meest Hollywoodachtige dat we tot nog toe hebben gedaan, en het boeit me niet dat we ons als hopeloos sneue toeristen gedragen.

Ten slotte lopen we door, elkaar zo af en toe op een beroemde naam wijzend.

'Ik vind het rot voor je van je baan.' Luke geeft een kneepje in mijn hand. 'Dat is pech.'

'Dank je,' zeg ik schouderophalend. 'Maar weet je, ik heb erover nagedacht en misschien is het maar beter zo.' Ik wijs naar een ster. 'Bob Hope.'

'Mee eens!' zegt Luke met een plotseling enthousiasme. 'Ik wilde het niet zeggen, maar wil je je echt op een baan vastleggen terwijl we hier maar zo kort blijven? Dit is een heerlijke plek om op verkenning uit te gaan. Als ik jou was, zou ik gewoon met Minnie van het gezonde buitenleven genieten. Wandelen in de heuvels, op het strand spelen...'

Dat is typisch Luke. Eerst het arbeidsethos en nu 'het gezonde buitenleven'? Waar heeft hij het over? Ik ben hier niet voor 'het gezonde buitenleven'. Ik ben hier voor het 'beroemdheden, grote zonnebrillen en rode loper'-leven.

'Nee, je begrijpt me verkeerd. Ik heb een nog beter idee. Ik word een Hollywood-stylist!'

Ik kijk op naar Luke om zijn reactie te zien en schrik. Oké, ik had niet verwacht dat hij 'ga ervoor!' zou juichen, maar dit is het andere uiterste. Zijn wenkbrauwen zijn opgetrokken en gefronst tegelijk. Zijn mondhoeken wijzen naar beneden. Ik ben lang genoeg met Luke getrouwd om al zijn gezichtsuitdrukkingen te kennen, en dit is nummer drie: *hoe vertel ik Becky dat ik dit een slecht plan vind?* Zo'n gezicht trok hij ook toen ik voorstelde onze slaapkamer paars te verven. (Ik blijf erbij dat het sexy was geweest.)

'Wat nou?' vraag ik. 'Nou?'

'Het is een fantastisch idee...' begint hij omzichtig.

'Hou op,' zeg ik ongeduldig. 'Wat vind je nou echt?'

'Becky, je weet dat Sage me alleen op tijdelijke basis heeft ingehuurd. Als de hele onderneming een succes wordt, begint Brandon Communications hier misschien een mediatak en misschien ga ik dan op en neer vliegen, maar ik kan me niet voorstellen dat we hier permanent zouden gaan wonen.'

'Dus?'

'Dus wat ga je doen als je hier een gloednieuwe carrière hebt opgebouwd?'

'Weet ik niet,' zeg ik korzelig. 'Dat moet ik nog uitzoeken.'

Typisch Luke. Hij torpedeert creatieve invallen altijd met praktische bezwaren.

'Het wordt hard werken,' zegt hij nu, 'overal aankloppen, veel teleurstellingen...'

'Denk je dat ik het niet kan?' zeg ik, in mijn wiek geschoten.

'Schat van me, ik denk dat jij zo ongeveer alles kunt wat je wilt,' zegt Luke. 'Desondanks denk ik dat binnen drie maanden de stylistenscene in Hollywood binnendringen een, laten we zeggen, harde dobber zou worden. Maar als je het echt wilt...'

'Ik wil het niet alleen, ik ga het doen ook.'

Luke zucht. 'Tja, dan zal ik je natuurlijk steunen. Ik zal navraag doen bij mijn connecties hier, zien wat ik kan regelen...'

'Ik heb jouw hulp niet nodig!' riposteer ik.

'Becky, stel je niet aan.'

'Ik stel me niet aan!' kaats ik ziedend terug. 'Ik wil niet op mijn echtgenoot leunen. Ik ben een onafhankelijke vrouw, hoor.'

'Maar...'

'Wat nou, denk je dat ik Hollywood niet op eigen kracht kan openbreken? Wacht maar af. Katharine Hepburn,' voeg ik eraan toe.

We lopen een tijdje zwijgend door, zonder nog namen van beroemdheden te noemen, en ik sudder nog wat na. Lukes hulp zou eigenlijk goed van pas zijn gekomen. Heel goed, zelfs. Maar nu is het te laat, ik heb het gezegd. Ik zal gewoon een manier moeten verzinnen om het zelf op te knappen, dat zal hem leren.

Ik denk ingespannen na. Sage is nog steeds mijn meest voor de hand liggende kruiwagen. Ik ontmoet haar vast binnen niet al te lange tijd. En intussen kan ik een paar outfits voor haar samenstellen. Misschien koop ik zelfs een accessoire of twee, zoals een personal stylist zou doen. Ja. Geniaal. En als het met Sage niets wordt... Nou, ik ken hier toch nog meer mensen?

'Weet je, Luke, ik heb mijn eigen connecties,' zeg ik gewichtig. 'Ik heb bij Barneys gewerkt, weet je nog? Ik ken ook mensen, denk erom. Ik geloof dat je zelfs zult merken dat ik betere connecties heb dan jij.'

En het is waar! Ik heb massa's mensen uit Hollywood ontmoet in mijn tijd bij Barneys. Zeker drie producers, en een muzikaal adviseur en een casting director. Ik ga ze allemaal mailen; iemand zal me toch moeten kunnen introduceren, en dan...

Hollywood, *here I come*!

Van: Laird, Nick
Aan: Brandon, Rebecca
Onderwerp: Re: Hoi Melanie, alles goed?!

Geachte mevrouw Brandon,

In antwoord op uw e-mail aan Melanie Young kan ik u zeggen dat Melanie u zich vast nog wel herinnert van haar shopafspraken bij Barneys. Fijn dat u nog weet 'hoe fantastisch ze eruitzag in die kokerrok van Moschino'.

Helaas heeft Melanie recentelijk haar werk als producer neergelegd. Ze is naar een commune in Arkansas gegaan en wil volgens haar afscheidsrede 'het woord film nooit meer horen'. Ze kan u dan ook niet helpen uzelf te lanceren als sterrenstylist, noch kan ze u voorstellen aan Sarah Jessica Parker.

Ik wens u veel succes met uw ondernemingen in Hollywood.

Nick Laird
Hoofd ontwikkeling
ABJ Pictures

Van: Quinn, Sandi
Aan: Brandon, Becky
Onderwerp: Re: Hoi Rosaline, alles goed?!

Beste mevrouw Brandon,

Als Rosaline DuFoys therapeut heb ik het op mij genomen uw e-mail aan haar te beantwoorden.

Rosaline herinnert zich u inderdaad nog van haar shopafspraken bij Barneys en het 'ongelooflijk afkledende broekpak' dat u voor de bruiloft van haar zus vond, staat haar nog levendig voor de geest.

Jammer genoeg is haar man op die bruiloft tijdens de heildronken uit de kast gekomen. Rosaline wijt zijn omschakeling in seksuele geaardheid – terecht of onterecht – aan haar 'androgyne kleding' en werkt momenteel aan een autobiografie met de titel *Had ik #*&> maar een jurk gedragen*. Aangezien de herinneringen nog rauw en pijnlijk zijn, wil ze u liever niet spreken.

Desalniettemin wens ik u het allerbeste in Hollywood.

Vriendelijke groet,

Sandi Quinn
Directeur
Quinn Kliniek voor Huwelijkstherapie

5

Hoe kan het dat al die Hollywood-lieden zo geschift zijn? Nou? Zodra ik weer in Engeland was, heb ik al mijn oude contactgegevens opgezocht en een lading e-mails verstuurd, maar het heeft me niets opgeleverd: geen lunch, geen bespreking, geen telefoonnummer. Al mijn vroegere klanten uit de filmindustrie lijken van baan veranderd te zijn of een zenuwinzinking of zoiets te hebben gekregen. De enige die overbleef was Genna Douglas, ook een klant van me bij Barneys, die een gigantische verzameling jurken met rugdecolleté had. Toen ik maar geen antwoord kreeg, heb ik haar gegoogeld en nu blijkt dat ze haar contract bij Universal een jaar geleden heeft opgezegd en een schoonheidssalon is begonnen. Ze heeft een behandeling uitgevonden met elektrische schokken en honing en is al twee keer door een ontevreden klant voor de rechter gesleept, maar is toch 'actief op zoek naar investeerders'. Hm. Ik geloof niet dat ik daar nog achteraan wil gaan.

Wat een desillusie. Ik dacht dat ik zwom in de connecties. Ik dacht dat ik lunches bij Spago zou krijgen, en gesprekken met producers, en dat ik dan langs mijn neus weg tegen Luke zou zeggen: 'O, ga jij vanmiddag naar Paramount? Dan zie ik je daar.'

Maar goed. De zonzijde is dat ik Sage nog altijd heb. Een echte, door en door betrouwbare connectie van de bovenste plank. En ik heb niet stilgezeten. Ik ben aan wat outfits voor haar begonnen, en ik heb echt het idee dat ik voeling krijg met haar persoonlijkheid. Haar wéreld.

'Dus, kijk maar.' Ik spreid een lichtblauwe brokaten jas voor Suze op het bed uit. 'Vind je die niet fantastisch?'

Suze is mijn oudste vriendin van de wereld, en we hangen met de roddelbladen op haar bed in Hampshire, net als vroeger, toen we nog een flatje in Fulham deelden. Alleen hingen we toen op een oude, naar wierook stinkende Indiase sprei vol brandgaatjes van sigaretten. Terwijl we nu op een kolossaal, eeuwenoud hemelbed hangen, met zijden draperieën en tapisseriewerk en houten panelen waar Karel de Eerste zijn naam nog in schijnt te hebben gekerfd. Of bedoel ik Karel de Tweede? Het was hoe dan ook een Karel.

Suze is hemeltergend voornaam. Ze woont op een landgoed en sínds het overlijden van de grootvader van haar man heet ze lady Cleath-Stuart, wat mij beangstigend volwassen in de oren klinkt. 'Lady Cleath-Stuart' klinkt als een negentigjarige kenau die met haar rijzweep naar mensen uithaalt en 'wat? wat?' blaft. Niet dat ik dat ooit tegen Suze zou zeggen. Trouwens, ze is zo ongeveer het tegendeel. Ze is rijzig, met eindeloze benen en lang blond haar waar ze nu afwezig op kauwt.

'Mooi!' zegt ze aan de jas voelend. 'Echt schitterend.'

'Het is een heerlijke lichtgewicht jas die Sage gewoon op een spijkerbroek of zo kan dragen. Heel geschikt voor het klimaat in LA. En dan kan ze er ballerina's bij dragen, of die laarsjes die ik je al had laten zien...'

'Ongelooflijk, die kraag.' Ze aait over het versleten grijze velours.

'Ja, hè?' zeg ik triomfantelijk. 'Ik heb hem in een heel klein boetiekje gevonden. Het is een nieuw label. Deens. En moet je die rok zien.'

Ik haal een piepklein denim rokje met een sierrand langs de zoom tevoorschijn, maar Suze kijkt nog met gefronst voorhoofd naar de jas.

'Dus je hebt die jas voor Sage gekocht? En al die andere kleren?'

'Precies! Daar ben je stylist voor. Ik heb de rok uit een vintage winkel in Santa Monica,' vertel ik. 'De eigenares vermaakt de kleding allemaal zelf. Moet je die knopen zien!'

Suze lijkt geen oog te hebben voor de knopen. Ze reikt naar een T-shirt dat ideaal voor Sage zou zijn als ze koffie gaat drinken met Jennifer Garner of zo iemand.

'Maar Bex, kost al dat shoppen je geen bakken met geld?'

'Shoppen?' herhaal ik ongelovig. 'Suze, ik shóp niet, ik investeer in mijn baan. En ik krijg meestal korting. Soms krijg ik zelfs iets gratis. Ik hoef maar te zeggen dat het voor Sage Seymour is en bingo!'

Ongelooflijk, hoeveel opwinding de naam Sage Seymour veroorzaakt in winkels. Ze proppen de kleren zo ongeveer in je tas!

'Maar je shopt niet voor Sage Seymour,' zegt Suze bot.

Ik kijk haar perplex aan. Heeft ze dan geen woord gehoord van wat ik zei?

'Jawel! Natuurlijk wel! Die kleren passen mij niet eens!'
'Maar ze heeft je er niet om gevraagd. Ze kent je niet eens.'
Ik voel een steekje rancune. Daar hoeft Suze me niet op te wijzen. Het is mijn schuld niet. Het komt door mijn waardeloze echtgenoot die weigert me aan zijn beroemde cliënten voor te stellen.

'Dat komt wel, zodra Luke ons aan elkaar heeft voorgesteld,' leg ik geduldig uit. 'Dan raken we aan de praat, vertel ik haar over al die outfits die ik voor haar klaar heb liggen en dan word ik haar stylist. Suze, ik bouw een gloednieuwe carrière op!' Ik zie dat Suze er weer tegenin wil gaan, dus vervolg ik gejaagd: 'En trouwens, ik kan die kleren op twee manieren gebruiken, want jij gaat ze aantrekken en dan maak ik foto's van je voor de portfolio die ik ga opbouwen.'

'O!' Suze leeft op. 'Wil je mij als model hebben?'

'Klopt.'

'Cool!' Nu kijkt Suze met belangstelling naar de kleren. Ze reikt naar de jas. 'Laten we hiermee beginnen.' Ze trekt de jas aan en ik doe de kraag goed. Suze is beeldschoon, slank en sierlijk, alles staat haar geweldig en ik bruis van opwinding bij het idee dat ik een collectie waanzinnige foto's ga opbouwen.

Ik ben helemaal geïnspireerd geraakt door wat ik op internet over Nenita Dietz heb gelezen. Toen zij naar Hollywood ging, twintig jaar geleden, kende ze er geen mens, maar ze kletste zich bij de opnames van *Love's Breezing* naar binnen, beende naar het kantoor van het hoofd kostuums en weigerde te vertrekken voordat hij haar portfolio had bekeken. Hij was zo onder de indruk dat hij haar meteen een aanstelling gaf. En toen nam de ster Mary-Jane Cheney haar in dienst als personal stylist en zo kwam het balletje aan het rollen.

Nou, dat kan ik ook. Ik hoef alleen maar een portfolio samen te stellen en te zien dat ik bij een filmset binnenkom.

Suze heeft de brokaten jas aangetrokken en een baret en zonnebril opgezet, en staat voor de spiegel te poseren.

'Je ziet er fantastisch uit,' zeg ik. 'Morgen doe ik je haar en make-up en dan maken we een echte fotoreportage.'

Suze loopt terug naar het bed en rommelt in een tas met rokken. 'Die zijn ook mooi.' Ze houdt er een voor zich en kijkt naar het merkje. 'O, die is van Danny.'

'Ik heb zijn kantoor gebeld en ze hebben een hele partij gestuurd,' vertel ik. 'Ze zijn uit de nieuwe collectie. Wist je dat de assistent van Sarah Jessica Parker speciaal om een preview had gevraagd?' voeg ik eraan toe. 'Danny heeft het me zelf verteld.'

'Ooo, SJP!' Suzes hoofd schiet omhoog. 'Heb je haar ontmoet?'

'Nee,' zeg ik. Suze zucht.

'Heb je dan helemaal geen beroemdheden ontmoet?' Dat vraagt iedereen sinds ik terug ben. Pap, mam, hun buren Janice en Martin, echt iedereen. Ik ben het zat om nee te moeten zeggen. En trouwens, ik heb wel een beroemdheid ontmoet, immers? Ik bedoel, ik weet wel dat ik had beloofd het geheim te houden, maar Suze is mijn beste vriendin. Dat telt niet, het aan je beste vriendin vertellen.

'Suze,' zeg ik op vertrouwelijke toon, 'dit mag je aan niemand vertellen. Niet aan Tarkie, aan niemand. Ik meen het.'

'Ik beloof het,' zegt ze, en ze zet grote ogen op. 'Wat is het?'

'Ik heb Ramona Kelden ontmoet.'

'Ramona Kelden?' Ze veert op. 'O, mijn god! Dat had je me helemaal niet verteld!'

'Ik vertel het nu! Maar ik heb haar niet alleen ontmoet...'

Suze is de beste persoon om dingen aan te vertellen. Tijdens mijn verhaal over hoe ik Ramona Kelden zag stelen en hoe ik haar achtervolgde, hapt Suze naar adem, slaat een hand voor haar mond en zegt een paar keer 'dat méén je niet'.

'... en toen heb ik beloofd het aan niemand te vertellen,' besluit ik.

'Nou, ik zal mijn mond niet voorbijpraten,' zegt Suze prompt. 'Trouwens, aan wie zou ik het moeten vertellen? De kinderen? De schapen? Tarkie?'

We krijgen allebei de giechels. Tarkie heeft waarschijnlijk geen flauw idee wie Ramona Kelden is.

'Maar het is zo raar,' zegt Suze met een denkrimpel in haar voorhoofd. 'Ik kan het bijna niet geloven. Waarom zou zo'n grote filmster sokken jatten?'

'Ik heb je nog niet alles verteld,' zeg ik, en ik steek een hand in mijn zak. 'Moet je zien wat er bij het hotel is bezorgd.'

Ik kan het nog steeds niet geloven. Het was op onze laatste dag in LA, toen ik een onderonsje aan de balie had over de rekening van de minibar. (Ik vond het niet echt nodig dat Luke zag hoeveel Toblerones ik had gegeten.) De portier kreeg me opeens in het vizier en zei: 'Ha, mevrouw Brandon, dit is net voor u afgegeven.'

Het was een chic wit pakje, en er zat een zilveren doosje in waar twee woorden in waren gegraveerd: BECKY, BEDANKT. Er zat geen briefje bij, maar ik wist meteen wie het had gestuurd. Ze moest me hebben opgespoord. Of haar mensen, neem ik aan.

Ik geef het doosje aan Suze, die het verwonderd van alle kanten bekijkt.

'Wauw,' zegt ze ten slotte. 'Wat mooi.'

'Ja.'

'Dus dit is, zeg maar, je zwijggeld.'

Zwíjggeld?

'Het is geen zwijggeld!' zeg ik gepikeerd.

'Nee,' krabbelt Suze meteen terug. 'Sorry, ik bedoelde niet "zwijggeld", ik bedoelde...'

'Het is een bedankje,' zeg ik afwerend. 'Kijk maar. "Bedankt", staat er.'

'Precies! Dat bedoelde ik ook. Een bedankje.' Ze knikt een paar keer, maar nu kan ik het woord 'zwijggeld' niet meer uit mijn hoofd krijgen.

'Maar goed, hoe was ze?' vraagt Suze. 'Hoe zag ze eruit? Wat zei ze?'

'Ze was vooral dun. Ze zag er gestrest uit. Ik heb haar amper gesproken.'

'Het gaat niet goed met haar, weet je,' zegt Suze. 'Haar nieuwste film wordt door het ene probleem na het andere overvallen. Ze hebben het budget met miljoenen overschreden en de eerste geluiden zijn niet gunstig. Het is voor het eerst dat ze de rol van producer op zich heeft genomen, maar ze heeft zichzelf overschat.'

'Echt?'

'O, ja.' Suze knikt alsof ze er alles van weet. 'Insiders op de set beweren dat ze vijanden heeft gekweekt door haar aanmatigende houding. Geen wonder dat ze gestrest is.'

Ik gaap Suze verbluft aan. Kent ze dan echt alle roddelbladen uit haar hoofd?

'Suze, hoe wéét je dat allemaal? Heb je weer naar *Camberly* gekeken?' zeg ik streng.

Camberly is momenteel het hotste praatprogramma van Amerika. Iedereen zegt dat Camberly de nieuwe Oprah is, en haar interviews worden elke week breed uitgemeten in de pers. In Engeland is het programma op E4 te zien. Suze had een paar weken terug haar enkel verstuikt en toen is ze helemaal verslaafd geraakt, vooral aan de roddelrubriek.

'Tja, ik moet toch iets doen als mijn beste vriendin in LA zit!' zegt Suze, die opeens verdrietig klinkt. 'Als ik er niet heen kan, kan ik in elk geval nog naar interviews kijken met mensen die er zitten.' Opeens slaakt ze een diepe zucht. 'O, Bex, ik vind het onvoorstelbaar dat jij naar Hollywood gaat en de ene filmster na de andere gaat ontmoeten, terwijl ik hier opgesloten zit. Ik ben zo ontzettend jaloers!'

'Jaloers?' Ik kijk haar verbaasd aan. 'Hoe kun je nou jaloers op mij zijn? Jij woont hier! Het is fantastisch!'

Suzes man, Tarquin, is nog voornamer dan Suze, en toen zijn grootvader doodging erfden ze dit kolossale landgoed, Letherby Hall. Het is echt immens. Ze geven er rondleidingen en ze hebben een haha en alles. (Eerlijk gezegd weet ik nog steeds niet wat een haha is. Misschien een van die gedraaide dingen op het dak?)

'Maar het is niet zonnig,' brengt Suze ertegenin. 'En er zijn geen filmsterren. Het enige wat we hier doen is van die eindeloze vergaderingen houden over de restauratie van achttiende-eeuws lofwerk. Ik wil naar Hollywood. Weet je, ik heb altijd actrice willen worden. Ik heb Julia gespeeld op de toneelschool.' Ze slaakt weer een diepe zucht. 'Ik heb Blanche Dubois gespeeld. En moet je me nou zien.'

Ik ben altijd heel tactvol als het om Suzes 'toneelschool' gaat. Ik bedoel, het was niet bepaald een gerenommeerd instituut. Het was zo'n academie waar je vader een enorm bedrag voor betaalt en waar je in het voorjaarssemester naar het skichalet van de academie in Zwitserland gaat. Uiteindelijk gaat niemand die er heeft gestudeerd echt acteren, omdat iedereen een familiebedrijf moet overnemen of zoiets. Toch leef ik wel met haar mee. Ze weet zich niet goed raad in dit gigantische huis.

'Nou, kom dan ook!' zeg ik enthousiast. 'Kom op, Suze, kom naar Los Angeles! Neem even vakantie. We zouden zoveel lol kunnen hebben samen.'

'O...' Haar gezicht drukt een miljoen twijfels uit. Ik zie precies wat er in haar omgaat. (Dat is waarom ze in feite een briljante actrice zou zijn.)

'Tarkie kan ook komen,' zeg ik om haar bezwaren voor te zijn. 'En de kinderen.'

'Misschien,' verzucht ze. 'Alleen moeten we ons dit jaar op zakelijke uitbreiding richten. Wist je dat we ook bruiloften gaan doen? En

Tarkie wil een doolhof aanleggen, en we zijn de theesalons aan het opknappen...'

'Daarom kun je toch nog wel met vakantie?'

'Ik weet het niet,' zegt ze weifelend. 'Je weet hoe zwaar het op hem weegt.'

Ik knik meelevend. Ik voel ook echt met die goeie ouwe Tarkie mee. Het is een hele last, een landgoed erven in de wetenschap dat je hele familie je in de gaten houdt om te zien of je het wel goed beheert. Naar het schijnt voegt elke lord Cleath-Stuart iets bijzonders aan Letherby Hall toe, van generatie op generatie, zoals een Oostelijke Vleugel, een kapel of een tuin met figuursnoeiwerk.

Dat is trouwens ook waarom we hier allemaal zijn. Tarkie lanceert zijn eerste grote bijdrage aan het huis. Het heet de Spuiter en het is een fontein. Het wordt de hoogste fontein van het hele land en een grote toeristentrekker. Het schijnt dat hij het idee kreeg toen hij tien was, het in zijn leerboek Latijn tekende en dat heeft bewaard. En nu heeft hij het echt uitgevoerd!

Er komen honderden mensen kijken hoe de Spuiter in werking wordt gesteld. De lokale tv-zender heeft Tarkie geïnterviewd en iedereen zegt dat dit Letherby Hall groot kan maken. Suze zegt dat ze Tarkie niet meer zo nerveus heeft gezien sinds hij als kind meedeed aan de dressuurcompetitie voor junioren. Hij verprutste de zijgang (wat erg schijnt te zijn) en zijn vader, die leeft voor de paardensport, had hem bijna onterfd. Laten we dus maar hopen dat het deze keer beter gaat.

'Ik haal Tarkie wel over.' Suze zwaait haar benen van het bed. 'Kom op, Bex. We moeten gaan.'

Het enige nadeel van zo'n kast van een huis is dat het je een uur of zes kost om van de slaapkamer naar de tuin te komen. We lopen door de Lange Galerij (allemaal eeuwenoude portretten) en de Oostelijke Zaal (ladingen oude harnassen) naar de Grote Zaal. Daar pauzeren we even en ademen de muffe, houtachtige lucht in. Suze kan zoveel geurkaarsen branden als ze wil, deze ruimte zal altijd naar Oud Huis blijven ruiken.

'Het was ongelooflijk, hè?' zegt Suze, die mijn gedachten kan lezen.

'Spectaculair,' zeg ik met een zucht.

We hebben het over het verjaardagsfeest dat ik hier voor Luke heb gegeven, lijkt nog maar kort geleden. Alsof we het hebben afgesproken, kijken we allebei omhoog naar het smeedijzeren balkonnetje waar Lukes moeder, Elinor, stond te kijken, verborgen achter een paneel met een kijkgaatje. Luke wist niet dat ze er was, en ook niet dat zij het hele feest in feite had gefinancierd en met de organisatie had geholpen. Ze heeft me geheimhouding laten zweren, waardoor ik het wel kan uitkrijsen van frustratie. Hij moest eens weten wie het feest heeft betaald. Hij moest eens weten hoeveel ze voor hem heeft gedaan.

Dat Luke een haat-liefdeverhouding met zijn moeder heeft, is nog zwak uitgedrukt. Het is eerder een 'verafschuw-aanbid'-verhouding. Of een 'veracht-idoliseer'-verhouding. Op het moment veracht hij haar, en ik kan niets zeggen of doen om daar verandering in te brengen. Terwijl ik nu op goede voet met haar sta, al is ze de hooghartigste vrouw van de wereld.

'Heb je haar nog gezien?' vraagt Suze.

Ik schud van nee. 'Dat was de laatste keer.'

Suze kijkt tobberig om zich heen. 'Als je het hem nou gewoon eens vertelde?' stelt ze opeens voor.

Ik weet dat Suze dat geheimzinnige gedoe net zo erg vindt als ik, want Luke heeft het helemaal bij het verkeerde eind: hij denkt dat Tarkie en zij het feest hebben bekostigd.

'Dat kan ik niet maken. Ik heb het beloofd. Ze wil pertinent de schijn vermijden dat ze zijn liefde wil kopen.'

'Een feest voor iemand geven is niet zijn liefde kopen,' protesteert Suze. 'Ik vind dat ze het helemaal verkeerd ziet. Ik denk dat hij geroerd zou zijn.' Ze zwijgt even. 'Het is zo stom!' valt ze dan fel uit. 'Het is zo zonde! Denk aan al die tijd die jullie samen zouden kunnen doorbrengen, en met Minnie erbij…'

'Minnie mist haar,' geef ik toe. 'Ze vraagt telkens: "Waar mevrouw?" Maar als Luke zelfs maar wist dat ze elkaar hebben gezien, zou hij flippen.'

'Familie…' zegt Suze hoofdschuddend. 'Hopeloos. Die arme Tarkie is helemaal over zijn toeren, alleen maar omdat zijn vader ook naar de fontein komt kijken. "Als je vader niets positiefs te melden heeft, had hij beter in Schotland kunnen blijven!" heb ik tegen hem gezegd.' Ze klinkt zo fel dat ik bijna in de lach schiet. 'We moeten voortmaken,' zegt ze met een blik op haar horloge. 'Ze zullen wel aan het aftellen zijn!'

Suzes 'tuin' is in feite een enorm park met uitgestrekte gazons, in figuren gesnoeide bomen, een beroemde rozentuin en ladingen bijzondere planten waarvan de namen me even ontschoten zijn. (Ik ga beslist de officiële rondleiding nog eens volgen.)

We lopen vanaf het grote gravelterras het gras op en zien dat er al massa's mensen zijn die een goed plekje zoeken met hun klapstoel. Er klinkt muziek uit luidsprekers, serveersters gaan rond met glazen wijn en er hangt een kolossaal elektronisch aftelbord waarop 16:43 staat. Midden voor het huis is een rechthoekig meer, en daar staat de Spuiter in. Ik heb hem alleen op een tekening gezien, maar hij is echt mooi. Het water spuit een ziljoen meter recht de lucht in en klatert dan in een sierlijke boog naar beneden. Vervolgens zwaait het heen en weer, en ten slotte worden er druppeltjes de lucht in geschoten. Het is heel ingenieus, en 's avonds wordt het door gekleurd licht beschenen.

Als we dichterbij komen, vinden we een afgezet gebied voor vipgenodigden, waar pap en mam al een prima plek hebben ingenomen, samen met hun buren Janice en Martin.

'Becky!' jubelt mijn moeder. 'Precies op tijd!'

'Becky! We hebben je gemist.' Janice geeft me een knuffel. 'Hoe was het in LA?'

'Super, dank je!'

'Echt waar, meid?' Janice klakt sceptisch met haar tong, alsof er sprake is van een persoonlijke tragedie en ik me groot hou. 'Maar die mensen. Al die plastic gezichten en opgespoten lippen.'

'En drugs!' voegt Martin er zwaarwichtig aan toe.

'Precies!'

'Je moet voorzichtig zijn, Becky,' vervolgt Martin. 'Zorg dat ze je niet in hun mentaliteit zuigen.'

'De ongelukkigste stad op aarde,' zegt Janice instemmend. 'Het heeft in de krant gestaan.'

Ze kijken me allebei treurig aan, alsof ik elk moment naar een strafkolonie op Mars kan worden afgevoerd.

'Het is een gave stad,' zeg ik opstandig. 'En we popelen om erheen te gaan.'

'Nou, misschien kom je Jess wel tegen,' zegt Janice op een toon alsof dat het enige lichtpuntje is. 'Hoe ver is het van Chili naar LA?'

'Het is…' Ik probeer te klinken alsof ik het weet. 'Niet ver. Dezelfde streek.'

Mijn halfzus Jess is getrouwd met Tom, de zoon van Janice en Martin, en ze zitten in Chili, waar ze een jongetje willen adopteren. Die arme Janice probeert geduldig te wachten, maar het zou wel een jaar kunnen duren voor ze terugkomen, schijnt het.

'Luister maar niet naar die twee, schat,' mengt pap zich opgewekt in het gesprek. 'LA is een prima stad. Ik herinner me nog hoe de Cadillacs fonkelden. De golven op het zand. En sundae-ijs. Kijk daarnaar uit, Becky.'

'Doe ik,' zeg ik geduldig knikkend. 'Sundae-ijs.'

Pap heeft een zomer door Californië getoerd voordat hij ging trouwen, dus zijn versie van LA stamt uit 1972. Het heeft geen zin om te zeggen dat niemand meer sundae-ijs eet, dat yoghurtijs nu in is.

'Trouwens, Becky,' vervolgt pap. 'Ik moet je om een gunst vragen.'

Hij trekt me opzij en ik kijk nieuwsgierig naar hem op.

Pap is de laatste tijd een beetje oud geworden. Zijn gezicht is rimpeliger en hij heeft toefjes wit nekhaar. Al kan hij nog steeds heel behendig over een hek springen. Dat weet ik omdat hij dat eerder vandaag in een van Suzes weilanden aan Minnie heeft laten zien, terwijl mam uitriep: 'Graham, niet doen! Je blesseert jezelf nog! Straks breek je nog een middenvoetsbeentje!' (Mam heeft onlangs een nieuw dagprogramma ontdekt, *Operatie Live*, dus denkt ze nu dat ze een expert is op medisch gebied en werkt ze de hele tijd woorden als 'bloedplaatjes' en 'lipoproteïnen' in het gesprek, ook als we het gewoon hebben over wat we die avond zullen eten.)

'Wat is er, pap?'

'Nou, het eerste is dit.' Hij haalt een papieren zakje uit zijn borstzak en daar trekt hij een stokoud handtekeningenboekje uit met voorop een foto van een Cadillac en CALIFORNIA in witte krulletters. 'Ken je dit nog?'

'Tuurlijk!'

Paps handtekeningenboekje is een familietraditie. Het komt elk jaar met Kerstmis tevoorschijn en dan luisteren we allemaal beleefd naar zijn verhalen over de handtekeningen. Ze zijn voornamelijk van obscure tv-sterren uit Amerikaanse series waar geen mens ooit van heeft gehoord, maar pap denkt dat het beroemdheden zijn en daar gaat het maar om.

'Ronald – "Rocky" – Webster,' zegt hij nu terwijl hij liefdevol de bladzijden omslaat. 'Dat was toen een grote ster. En Maria Pojes. Had je die maar horen zingen.'

'Nou.' Ik knik beleefd, al heb ik die namen al een miljoen keer gehoord en zeggen ze me nog steeds niets.

'Mijn vriend Corey was degene die Maria Pojes herkende toen ze in een hotelbar zat te drinken,' zegt pap. 'Op onze eerste avond in LA. Hij sleepte me mee, bood haar een drankje aan...' Hij glimlacht weemoedig. 'Ze nam het niet aan, natuurlijk, maar ze was heel vriendelijk. Gaf ons een handtekening.'

'Wauw,' zeg ik knikkend. 'Fantastisch.'

'En dus...' Tot mijn verrassing drukt pap mij het boekje in de hand. 'Ik geef het aan jou door, Becky! Om met nieuwe namen te vullen.'

'Wat?' Ik kijk hem met grote ogen aan. 'Pap, dat kan ik niet aannemen!'

'Het is nog half leeg,' zegt hij met een knikje naar de bladzijden. 'Jij gaat naar Hollywood. Maak de verzameling compleet.'

Ik kijk nerveus naar het boekje. 'Maar als ik het dan kwijtraak of zo?'

'Je raakt het niet kwijt. Maar je gaat avonturen beleven.' Paps gezicht licht vreemd op. 'O, Becky, schat, ik benijd je. Ik heb nergens zulke avonturen beleefd als in Californië.'

'Zoals de rodeo?' zeg ik. Ik heb het verhaal een ziljoen keer gehoord.

'Ook,' zegt hij knikkend. 'En... andere dingen.' Zijn ogen twinkelen en hij geeft een klopje op mijn hand. 'Bemachtig een handtekening van John Travolta voor me. Dat zou ik leuk vinden.'

'Was dat alles?' zeg ik terwijl ik het handtekeningenboekje behoedzaam in mijn tas stop.

'Een kleinigheidje nog.' Hij haalt een papiertje uit zijn zak. 'Zoek mijn oude vriend Brent op. Hij woonde altijd in Los Angeles. Dit is het laatste adres dat ik van hem heb. Probeer hem te traceren. Doe hem de groeten van me.'

'Oké.' Ik kijk naar de naam: BRENT LEWIS. Het adres is ergens in Sherman Oaks, en er staat een telefoonnummer bij. 'Waarom bel je hem niet op?' stel ik voor. 'Waarom stuur je hem geen sms? Je kunt ook met hem skypen! Het is heel makkelijk.'

Ik zie pap in elkaar krimpen bij het horen van het woord 'skypen'. We hebben een keer geprobeerd met Jess in Chili te skypen en dat was niet bepaald een daverend succes. Het beeld liep telkens vast, dus gaven we het maar op. Toen kwam het geluid opeens terug en hoorden we Jess en Tom onder het koken over Janice ruziën. Het was een tikje gênant allemaal.

'Nee, ga jij hem maar de groeten van me doen,' zegt pap. 'Als hij wil, kunnen we daarna verder zien. Het is lang geleden, zoals ik al zei. Misschien heeft hij er geen trek in.'

Ik begrijp die oudere generatie gewoon niet. Die mensen zijn zo terughoudend. Als ik het contact met mijn oude vriendin van dertig jaar geleden weer wilde oppakken, zou ik meteen een sms sturen: Hoi! *Wauw, het is dertig jaar geleden. Hoe is het mogelijk!* Of ik zou haar opsporen via Facebook. Maar daar willen pap en mam niets van weten.

'Goed,' zeg ik, en ik stop het papiertje ook in mijn tas. 'En je andere twee vrienden daar?'

'Corey en Raymond?' Hij schudt zijn hoofd. 'Die wonen te ver weg. Corey zit in Las Vegas. Ik geloof dat Raymond ergens in Arizona woont. Met die twee heb ik contact gehouden... in zekere zin, althans. Maar Brent was zomaar weg.'

'Jammer dat Facebook toen nog niet bestond.'

'Wat je zegt.' Hij knikt.

'O, wat aardig van u! Ik heb ze net van mijn man gekregen!' klinkt mams stem boven het geroezemoes uit, en ik kijk om. Een vrouw die ik niet ken bewondert mams parels, en mam pronkt er verrukt mee. 'Ja, mooi hè?'

Ik grinnik naar pap, die me een knipoog geeft. Mam was in de wolken met haar parels. Ze zijn antiek, uit 1895, met op de sluiting een robijn in een entourage van diamantjes. (Ik heb haar geholpen ze uit te zoeken, dus ik weet er alles van.) Paps DB was hoger dan anders dit jaar, dus gingen we ons allemaal een beetje te buiten.

DB is bij ons thuis de afkorting van 'Dikke Bonus'. Pap is jaren verzekeringsagent geweest, en nu is hij met pensioen, maar hij doet nog advieswerk en dat wordt verbluffend goed betaald. Hij gaat een paar keer per jaar in pak op reis, en elk jaar krijgt hij zijn bonus en dan geeft hij ons altijd iets. Dit jaar was het extra leuk, want mam kreeg haar parels, en hij gaf mij een ketting van Alexis Bittar en Minnie een nieuw poppenhuis. Zelfs Luke kreeg een paar schitterende manchetknopen.

Luke zegt altijd tegen me dat pap een soort specialiteit moet hebben, iets waarvan hij heel veel weet, en dat die kennis veel waard moet zijn, want hij vraagt een hoog honorarium. Maar pap doet er zelf heel bescheiden over. Je ziet het niet aan hem af.

'Mijn slimme man.' Mam geeft pap een liefdevolle zoen.

'Je ziet er beeldschoon uit, liefje!' Pap lacht stralend naar haar. Pap heeft zijn eigen deel van de DB aan een nieuw tweed jasje besteed, en het staat hem heel goed. 'Zo, waar blijft die fameuze fontein?'

Ik zie Tarquin een paar meter verderop staan, bezig met een tv-interview. Arme Tarkie. Hij is niet in de wieg gelegd om een mediaster te worden. Hij heeft een geruit overhemd aan, waardoor zijn nek nog beniger lijkt, en hij blijft maar handenwringen terwijl hij praat.

'Ahum,' zegt hij telkens. 'Ahum, we wilden het huis, eh... ver fraaien...'

'Verrekte stom idee,' klinkt een barse stem achter me.

O, god, daar zul je Tarkies vader hebben, de graaf van Weet-ik-veel. (Ik kan maar niet onthouden waar hij graaf van is. Iets in Schotland, denk ik.) Hij is lang en slungelig met dun, grijzend haar en hij draagt net zo'n kabeltrui als Tarkie vaak aanheeft. Ik heb hem nooit echt gesproken, maar hij leek me altijd vrij eng. Nu kijkt hij verbolgen naar het meer, waar hij met een verweerde vinger naar wijst. 'Ik zei tegen die knul, dat uitzicht is driehonderd jaar ongerept gebleven. En daar wil jij nu aan gaan knoeien?'

'Ze gaan er 's winters vuurwerk afsteken,' zeg ik, want ik wil voor Tarkie opkomen. 'Volgens mij wordt het prachtig.'

De graaf werpt me een vernietigende blik toe en richt zijn aandacht op een schaal met hapjes die hem wordt voorgehouden. 'Wat is dit?'

'Sushi, meneer,' zegt de serveerster.

'Sushi?' Hij tuurt er met rooddoorlopen ogen naar. 'Wat is dat?'

'Rijst met rauwe zalm, meneer. Japans.'

'Verrekte stom idee.'

Tot mijn opluchting beent hij weer weg, en net als ik een sushi-rolletje wil pakken, hoor ik een bekend, oorverdovend geluid.

'Bief! Biiieeef!'

O, god. Daar is Minnie.

Het stopwoordje van mijn dochter is heel lang 'hebben' geweest. Nu, na een intensieve training, hebben we haar laten overschakelen op 'alsjeblieft'. Wat een verbetering zou moeten zijn, zou je denken.

Ik kijk verwilderd om me heen en dan krijg ik Minnie in het vizier. Ze balanceert op een stenen bank, vechtend om een rode plastic vrachtwagen met Suzes zoontje Wilfred.

'Biiieeef!' krijst ze boos. 'Biiieeef!' Nu begint ze Wilfred tot mijn afgrijzen met de vrachtauto te meppen, en bij elke klap roept ze: 'Bief! Bief! Bief!'

Het probleem is dat Minnie de strekking van het woord 'alsjeblieft' nog niet echt vat.

'Minnie!' roep ik ontzet, en ik ren over het gras naar haar toe. 'Geef die vrachtauto aan Wilfie.' Luke komt ook op haar af, en we wisselen een wrange blik.

'Bief auto! Biiieeef!' gilt ze, en ze drukt de vrachtwagen nog dichter tegen zich aan. Een paar mensen in de buurt moeten erom lachen en Minnie kijkt stralend hun kant op. Het is een uitsloofster, maar ze pakt het zo snoezig aan dat je moeilijk boos kunt blijven.

'Hé, Becky,' zegt een vrolijke stem achter me, en als ik omkijk zie ik Ellie, die Suzes nanny is en gewoon geniaal. (Nanny met een hoofdletter is er ook nog. Zij zorgde voor Tarkie toen hij klein was en is nooit meer weggegaan, maar tegenwoordig dreutelt ze alleen maar wat rond en zegt tegen mensen dat ze een hemd aan moeten.) 'Ik ga met de andere kinderen vanaf de treden daar kijken.' Ze wijst naar de andere kant van het meer. 'Daar kunnen ze het beter zien. Wil Minnie ook mee?'

'O, graag,' zeg ik dankbaar. 'Minnie, als je naar de treden wilt, moet je die vrachtauto aan Wilfie geven.'

'Dede?' Minnie laat het nieuwe woord bezinken.

'Ja! Treden! Spannende treden.' Ik pak de vrachtauto van haar af en geef hem aan Wilfie. 'Ga maar met Ellie mee, lieverd.' Tarquin haast zich langs ons heen en ik roep: 'Hé, Tarquin. Het ziet er allemaal spectaculair uit.'

'Ja.' Tarquin ziet eruit alsof hij zich geen raad meer weet. 'Nou ja, dat hoop ik maar. Er is een probleem met de waterdruk. Het hele gebied heeft er last van. Dat komt nu wel heel beroerd uit.'

'O, wat erg!'

'Zet hem dan hoger,' zegt Tarkie koortsachtig in zijn walkietalkie. 'Doe wat je moet doen! We willen geen miezerig straaltje, we willen een spektakel!' Hij kijkt naar ons op en trekt een grimas. 'Fonteinen zijn lastiger dan ik had gedacht.'

'Het wordt vast geweldig,' zegt Luke geruststellend. 'Het is een geweldig idee.'

'Nou, dat hoop ik dan maar.' Tarkie veegt zijn gezicht af en kijkt op de aftelklok, die op *04:58* staat. 'Jemig. Ik moet weg.'

De massa zwelt aan en er zijn nu twee plaatselijke tv-ploegen mensen aan het interviewen. Luke pakt twee glazen wijn van een dienblad, geeft mij er een en klinkt met me. We lopen naar het afgezette vipgedeelte, waar ik Suze geanimeerd zie praten met Angus, Tarquins zaakwaarnemer.

'Ik weet zeker dat Tarkie zakelijke belangen in de VS heeft,' hoor ik haar zeggen. 'Hij moet er vast naartoe, vind je ook niet?'

'Dat is echt niet nodig, lady Cleath-Stuart,' zegt Angus verbaasd. 'Al onze investeringen in de VS zijn goed geregeld.'

'Maar hebben we ook investeringen in Californië?' houdt Suze vol. 'Iets als een sinaasappelboomgaard of zo? Want ik vind dat we erheen moeten. Ik ga wel, als je wilt.' Ze kijkt naar mij en knipoogt, en ik lach stralend terug. Zet 'm op, Suze!

De graaf en gravin lopen nu door de massa naar voren, zich een weg banend met hun zitstokken en afkeurend naar het meer kijkend.

'Als hij dan zo nodig iets moest bouwen,' zegt de graaf, 'waarom dan geen paviljoentje? Dat kun je ergens wegstoppen. Maar een fontein? Verrekte stom idee.'

Ik kijk hem kwaad aan. Hoe durven ze zich zo kritisch op te stellen?

'Daar ben ik het niet mee eens,' zeg ik ijzig. 'Ik geloof dat deze fontein nog honderden jaren een belangrijke nationale bezienswaardigheid zal blijven.'

'O, geloof je dat?' De graaf kijkt me dreigend aan en ik steek mijn kin naar voren. Ik ben niet bang voor de een of andere ouwe graaf.

'Ja,' zeg ik uitdagend. 'Dit wordt een onvergetelijke dag. Wacht maar af.'

'Zestig! Negenenvijftig!' begint een man met een microfoon af te tellen, en ik word overspoeld door opwinding. Eindelijk dan toch! Tarkies fontein! Ik pak Suzes hand en ze lacht opgewonden naar me.

'Drieëntwintig… tweeëntwintig…' Iedereen scandeert nu mee.

'Waar is Tarkie?' roep ik over het rumoer heen. 'Hij zou erbij moeten zijn. Dit is zijn moment!'

Suze haalt haar schouders op. 'Hij zal wel bij de technische jongens zitten.'

'Vijf… vier… drie… twee… één… Dames en heren… de Spuiter!'

Er gaat een gejuich op als de fontein vanuit het midden van het meer omhoogspuit en een hoogte bereikt van…

O. Oké. Nou ja, toch iets van anderhalve meter. Het is niet zo gek hoog voor een fontein die de Spuiter heet, maar misschien komt hij nog hoger?

Ja hoor, de straal rijst langzaam op tot een meter of drie, vier, en er gaat weer een gejuich op, maar als ik naar Suze kijk, zie ik haar ontreddering.

'Er gaat iets niet goed!' roept ze uit. 'Het water zou vijf keer zo hoog moeten komen.'

Het water zakt en stuwt zich dan, alsof het een immense inspanning kost, tot vierenhalve meter op. Het zakt iets en klimt dan weer.

'Is dat alles?' zegt de graaf minachtend. 'Ik zou zelf hoger kunnen komen met een tuinslang. Had ik het niet gezegd, Marjorie?'

Nu wordt er net zo hard gelachen als gejuicht onder de mensen. Telkens als de straal omhooggaat, gaat er een gejuich op, en telkens als hij zakt, roept iedereen: 'Aaaah!'

'Het is de waterdruk,' schiet me opeens weer te binnen. 'Tarkie zei dat er iets mee was.'

'Hij zal er kapot van zijn.' Er blinken tranen in Suzes ogen. 'Ongelooflijk. Ik bedoel, moet je zien. Het is gewoon zielig!'

'Nee hoor!' zeg ik snel. 'Het is prachtig. Het is… subtiel.'

Maar eigenlijk is het inderdaad zielig.

Dan hoor ik opeens een enorme dreun en schiet er een stroom water de lucht in, wel dertig meter hoog, zo te zien.

'Kijk!' gil ik, en ik knijp opgewonden in Suzes hand. 'Hij doet het! Het is schitterend! Het is een wonder! Het is… aah!' Mijn stem wordt opeens afgeknepen.

Er gaat iets niet goed. Ik weet niet wat, maar dit hoort niet.

Vanuit de lucht komt een massa water recht op ons af, als uit een waterkanon. We staren er als gebiologeerd naar – en dan worden er drie mensen achter me met een plons doorweekt, waarop ze het op een gillen zetten. Even later vuurt de fontein een tweede waterbom de lucht in, en we houden allemaal onze handen boven ons hoofd. Het volgende moment zijn er weer twee mensen kleddernat.

'Minnie!' roep ik angstig, en ik wuif met mijn armen. 'Weg daar!' Ellie drijft de kinderen de treden al op.

'Vrouwen en kinderen eerst!' dondert de graaf. 'Verlaat het schip!'

Het is een chaos. Mensen rennen alle kanten op om aan het vallende water te ontkomen. Het lukt me de glibberige oever op te klimmen en dan zie ik Tarkie staan, opzij van de menigte, met een doorweekt overhemd.

'Uit! Uit!' zegt hij in zijn walkietalkie. 'Uit dat ding!'

Arme Tarkie. Hij ziet er ontdaan uit. Hij ziet eruit alsof hij elk moment in tranen uit kan barsten. Net als ik naar hem toe wil lopen om hem een knuffel te geven, komt Suze aangerend. Haar ogen glanzen van medeleven.

'Tarkie, het is niet erg.' Ze sluit hem in haar armen. 'Alle goede uitvindingen hebben aanloopproblemen.'

Tarkie zegt niets terug. Hij ziet eruit alsof hij te ondersteboven is om iets te zeggen.

'Het is het eind van de wereld niet,' probeert Suze nog eens. 'Het is maar een fontein. En het blijft een geniaal idee.'

'Geniaal? Rampzalig, zul je bedoelen.' De graaf stapt over de plassen naar ons toe. 'Zonde van de tijd en het geld. Wat heeft die kul gekost, Tarquin?' Hij onderstreept zijn woorden door met zijn zitstok te zwaaien. Ik weet wel wat ik met die stok zou willen doen. 'Ik dacht dat die fontein van jou bedoeld was om het gepeupel te vermaken, niet om het te verzuipen!' Hij blaft een sarcastische lach, maar niemand lacht mee. 'En nu je het landgoed bankroet hebt gemaakt en ons te kakken hebt gezet, ben je misschien bereid eens te leren hoe je een historisch huis wél hoort te beheren? Nou?'

Ik kijk naar Tarquin en krimp in elkaar. Hij ziet paars van vernedering en wrijft nerveus in zijn handen. Mijn borst zwoegt van verontwaardiging. Zijn vader is een verschrikking. Een bullebak. Net als ik inadem om dat tegen hem te zeggen, klinkt er opeens een stem.

'Kom, kom.' Ik kijk verbaasd op: het is pap, die zich tussen de mensen door wringt terwijl hij zijn druipende voorhoofd afveegt. 'Laat die knul met rust. Alle grootse projecten moeten onderweg hobbels nemen. Bill Gates' eerste onderneming was een grote flop, en moet je zien waar hij nu is!' Pap is bij Tarquin aangekomen en klopt hem vriendelijk op zijn arm. 'Het was een technisch mankementje. Dat is het eind van de wereld niet. En ik denk dat we allemaal kunnen zien dat dit een mooi schouwspel wordt als de details in orde zijn gemaakt. Goed werk van Tarquin en het hele Spuiter-team.'

Pap zet een weloverwogen, vastberaden applaus in, en even later klapt iedereen. Ik hoor zelfs een paar mensen juichen.

Tarquin kijkt naar pap met iets wat grenst aan aanbidding in zijn blik. De graaf heeft zich teruggetrokken, boos en buitengesloten, wat geen wonder is, want niemand keurt hem een blik waardig. Ik ren in een opwelling naar pap toe om hem te omhelzen, waarbij ik bijna mijn wijn mors.

'Pap, je bent een ster,' zeg ik. 'En Tarkie, luister, de fontein wordt schitterend. Dit zijn maar kinderziektes!'

'Precies!' valt Suze me bij. 'Het zijn maar kinderziektes.'

'Heel lief van je,' zegt Tarquin met een diepe zucht. Hij ziet er nog steeds tamelijk suïcidaal uit en ik wissel een bezorgde blik met Suze. Arme Tarkie. Hij heeft zo hard gewerkt, maandenlang. Hij leefde en ademde zijn gekoesterde fontein. En wat pap ook zegt, dit is een diepe vernedering. Ik zie dat allebei de tv-ploegen nog filmen en ik weet gewoon dat dit de komische afsluiter van het nieuws gaat worden.

'Schat, ik vind dat we een pauze moeten inlassen,' zegt Suze uiteindelijk. 'Uitrusten en ons hoofd leegmaken.'

'Een pauze?' herhaalt Tarquin niet-begrijpend. 'Wat voor pauze?'

'Vakantie! Even weg van Letherby Hall, de fontein, de familiestress...' Suze werpt de graaf een rebelse blik toe. 'Angus zegt dat we naar LA moeten, onze investeringen bekijken. Hij adviseerde ons zo snel mogelijk naar Californië af te reizen. Ik vind dat we écht moeten gaan.'

PLEASEGIVEGENEROUSLY.COM

Geef aan de wereld… deel met de wereld… verbeter de wereld…
U bent op de donatiepagina van:

Danny Kovitz

Persoonlijk bericht van Danny Kovitz

Lieve vrienden,

Ik voel me geïnspireerd om jullie te schrijven in mijn jaar van 'teruggeven', 'mezelf op de proef stellen', 'mezelf radicaal veranderen'.
Dit jaar zal ik een aantal activiteiten ondernemen om mezelf tot het uiterste te beproeven en geld in te zamelen voor een aantal zeer goede doelen (zie <u>Danny's Doelen</u>).
Ik zal het presteren om de volgende uitdagingen *binnen het tijdsbestek van één jaar* te volbrengen. Ik weet het! Het is een hele onderneming, maar er is me alles aan gelegen om dit te bereiken. Klik de links alsjeblieft aan en geef gul, mijn lieve, fantastische vrienden.

<u>Expeditie Groenlandse ijskap</u>
<u>Ironman (triatlon, Lake Tahoe)</u>
<u>Ironman (triatlon, Florida)</u>
<u>Marathon des Sables (Sahara)</u>
<u>Yak Attack (mountainbikerace in Himalayagebergte)</u>

De training verloopt tot nog toe voorspoedig, en Diederik, mijn trainer, is ontzettend tevreden over mijn vorderingen. (Mocht het je interesseren, je kunt Diederik bekijken op zijn site <u>Diederiknyctrainer.com</u>. (De foto's waarop hij aan het bankdrukken is in dat strakke blauwe broekje zijn om te smullen…)

Ik zal jullie op de hoogte houden van mijn reis. Volgende halte Groenland!!!

Veel liefs,

Danny xxx

68

6

Er zijn vier weken voorbijgegaan. En ik woon in Hollywood! Ik, Becky Brandon, woon in Hollywood. *Ik woon in Hollywood!* Ik zeg het de hele tijd hardop tegen mezelf om te zien of het dan echter voelt, maar het voelt nog steeds alsof ik zeg: 'Ik woon in sprookjesland.'

We hebben een huis in de Hollywood Hills gehuurd dat voornamelijk van glas is en heel veel badkamers heeft, al weet ik niet goed wat we daarmee zouden moeten doen. En het heeft een inloopkast, en ook nog eens een buitenkeuken. En een zwembad! En een man die het onderhoudt! (Hij hoort bij het huis en is jammer genoeg drieënvijftig en buikig.)

Het uitzicht is nog het allermooiste. We zitten elke avond op ons balkon naar de twinkelende lichtjes van Hollywood te kijken, en dan voelt het alsof we in een droom leven. Het voelt niet echt, en ik vraag me af of het wel ooit echt zal voelen. Het is een rare stad, Los Angeles. Ik kan er niet goed vat op krijgen. Het is niet zoals in Europese steden, waar je naar het centrum gaat en denkt: ja, nu ben ik in Milaan/Amsterdam/Rome. In LA blijf je maar over eindeloze grote wegen rijden en als je naar buiten kijkt, denk je: zijn we er nou nog niet?

De buren zijn ook niet erg toeschietelijk. Je ziet nooit iemand. Ze maken hier geen praatjes over de schutting. Ze rijden alleen maar door hun elektronische hekken naar binnen en naar buiten, en tegen de tijd dat je ernaartoe bent gerend en: 'Hallo! Ik ben Becky! Kom je thee...' hebt geroepen, zijn ze al weer weg.

We hebben wel een van de buren ontmoet. Hij heet Eli en is plastisch chirurg. Hij leek heel aardig en we hebben leuk gepraat over de prijzen van huurhuizen en dat hij is gespecialiseerd in 'minilifts', maar hij nam me de hele tijd op met zo'n kritische blik. Ik weet zeker dat hij zich afvroeg wat hij met me zou doen als hij me op zijn operatietafel had. Afgezien van hem heb ik nog niemand uit de straat gezien.

Nou ja. Geeft niet. Ik leer nog wel mensen kennen. Natuurlijk wel. Ik stap in een paar raffia sleehakken, zwiep mijn haar naar achteren en kijk naar mezelf in onze giga-gangspiegel. Hij staat op een enorme houten ladekast met snijwerk en ertegenover staan twee monsterlijk grote armfauteuils op de Mexicaanse tegelvloer. Alles in dit huis is kolossaal: de zachte hoekbank in de woonkamer, waar een stuk of tien mensen op passen, het hemelbed in onze slaapkamer, waarin Luke en ik zo ongeveer verdwalen, en de keuken met drie ovens en een gewelfd plafond. Zelfs Minnies bedje is aan de reusachtige kant, en het heeft zijn eigen op maat gemaakte, geborduurde linnen hemel. Ik moet toegeven dat het een schitterend huis is.

Maar vandaag is niet het huis mijn prioriteit, maar mijn outfit. Ik kijk er geconcentreerd naar, zoekend naar onvolkomenheden. Ik heb me al eeuwen niet meer zo druk gemaakt om mijn uiterlijk. Oké, een overzicht. Top: Alice & Olivia. Jeans: J Brand. Tas met kwastjes: Danny Kovitz. Cool haarschuifgeval: gevonden op rommelmarkt. Ik probeer heen en weer lopend een paar poses. Ik denk dat ik er goed uitzie, maar *zie ik er goed uit naar de maatstaven van LA*? Ik reik naar een Oakley-zonnebril en zet hem op. Dan probeer ik een grote van Tom Ford. Hm. Ik weet het niet. Een fantastisch modestatement... of te veel van het goede?

Mijn maag verkrampt van de zenuwen, en dat komt doordat het vandaag een grote dag is: ik ga Minnie naar de peuterspeelzaal brengen. Die heet Little Leaf en we mogen heel blij zijn dat ze plaats voor haar hadden. Er schijnen verschillende kinderen van beroemdheden op te zitten, dus ik ga me er zeker als hulpouder aanmelden. Stel je voor dat ik in de incrowd kom. Stel je voor dat ik de kerstbraderie mag organiseren met Courtney Cox of zo iemand! Ik bedoel, het zou toch kunnen? En dan stelt zij me voor aan de hele cast van *Friends*... Misschien gaan we een boottochtje maken of zoiets fantastisch...

'Becky?' onderbreekt Lukes stem mijn gemijmer, en dan zie ik hem de hal in benen. 'Ik keek net onder het bed...'

'O, hoi,' onderbreek ik hem gestrest. 'Welke zonnebril zal ik opzetten?'

Terwijl ik Luke eerst de Oakley laat zien, dan de Tom Ford en vervolgens een zonnebril van Top Shop met schildpadmontuur die geweldig is en waarvan ik er drie heb gekocht omdat hij maar vijftien pond kostte, krijgt Luke een wezenloze uitdrukking op zijn gezicht.

'Wat maakt het uit?' zegt hij. 'Je gaat alleen Minnie naar de peuterspeelzaal brengen.'

Ik knipper met mijn ogen van verbazing. Alleen? Alléén Minnie naar de peuterspeelzaal brengen? Leest hij US Weekly dan niet? Iedereen weet dat de paparazzi de beroemdheden op het schoolplein betrappen, als ze er als gewone mensen uitzien. Dáár probeert iedereen elkaar af te troeven met zogenaamd gewone kleren. Zelfs in Londen bekijken alle moeders elkaar van top tot teen en laten ze hun tas pronkerig aan hun arm bungelen. Hoeveel erger moet het dan wel niet zijn in LA, waar alle moeders een perfect gebit en perfecte buikspieren hebben en de helft een officiële beroemdheid is?

Ik ga voor de Oakley, besluit ik, en ik zet hem op. Minnie komt de hal in gerend en ik pak haar hand om ons samen in de spiegel te zien. Ze heeft een snoezig geel zomerjurkje aan en een witte zonnebril op, en haar paardenstaart wordt bij elkaar gehouden door een clip met een aanbiddelijke hommel erop. Ik denk dat we er wel mee door kunnen. We zien eruit als een moeder en dochter uit Los Angeles.

'Ben je er klaar voor?' zeg ik tegen Minnie. 'Het wordt zo leuk op school! Je gaat spelletjes doen, en misschien lekkere cupcakejes bakken met strooisels...'

'Becky,' probeert Luke het nog eens. 'Ik keek net onder het bed en toen vond ik dit.' Hij houdt een kledinghoes op. 'Is dit van jou? Wat doet dat onder het bed?'

'O.'

Ik pruts aan Minnies paardenstaart om tijd te winnen. Shit. Waarom kijkt hij onder het bed? Hij is een drukbezet man met macht en invloed in LA. Waar haalt hij de tijd vandaan om onder bedden te kijken?

'Het is voor Sage,' zeg ik schoorvoetend.

'Voor Sage? Heb jij een lange jas van imitatiebont voor Ságe gekocht?' Hij gaapt me perplex aan.

Nou ja zeg, hij heeft niet eens goed gekeken. Het is geen lange jas, het is een driekwart jas.

'Ik denk dat hij echt goed bij haar past,' leg ik uit. 'De kleur staat mooi bij haar haar. Het is een heel andere look voor haar.'

Luke is verbijsterd. 'Maar waarom koop je kleren voor haar? Je kent haar niet eens.'

'Ik ken haar nóg niet,' wijs ik hem terecht. 'Maar jij gaat ons aan elkaar voorstellen, toch?'

'Nou, ja, uiteindelijk wel.'

'Nou dan! Je weet dat ik stylist wil worden en Sage is de enige beroemdheid met wie ik in contact kan komen. Ik heb wat outfits voor haar samengesteld. Meer niet.'

'Wacht eens even...' Ik zie aan Lukes gezicht dat hem een lichtje opgaat. 'Er lagen ook tassen onder het bed. Zeg nou niet...'

Ik vervloek mezelf in stilte. Ik had nooit, maar dan ook nooit iets onder het bed moeten leggen.

'Zijn dat allemaal kleren voor Sage?'

Hij kijkt me zo ontsteld aan dat ik in de verdediging schiet. Eerst Suze, nu Luke. Begrijpen ze dan niets van het opzetten van een bedrijf? Begrijpen ze dan niet dat je kleding moet hebben om klelingstylist te worden? Als ik tenniste, zouden ze er toch ook van uitgaan dat ik een racket had?

'Het zijn geen "kleren"! Het zijn noodzakelijke bedrijfsinvesteringen. Zoals jij paperclips koopt. Of een kopieerapparaat. Hoe dan ook, ik heb al die kleren ook voor mijn portfolio gebruikt,' voeg ik er stoer aan toe. 'Ik heb waanzinnige foto's van Suze genomen. In feite heb ik dus geld uitgespaard.'

Luke ziet er niet overtuigd uit.

'Hoeveel heb je uitgegeven?' vraagt hij streng.

'Ik vind het niet goed om over geld te praten waar Minnie bij is,' zeg ik nuffig, en ik pak haar hand weer.

'Becky...' Luke kijkt me lang aan, alsof hij een zucht slaakt. Zijn lippen zijn aan een kant op elkaar geperst en zijn wenkbrauwen hebben een v-vorm. Dit is ook zo'n gezichtsuitdrukking van Luke die ik ken. Zijn gezicht zegt: *hoe kan ik dit aan Becky vertellen zonder dat ze over de rooie gaat?* (Wat heel onrechtvaardig is, want ik ga nooit over de rooie.)

'Wat nou?' zeg ik. 'Wat is er?'

Luke geeft niet meteen antwoord. Hij loopt naar een van de monsterlijk grote armfauteuils en prutst aan het gestreepte Mexicaanse kleedje dat over de rug hangt. Je zou bíjna kunnen zeggen dat hij zich achter die fauteuil verschanst.

'Becky, niet boos worden.'

Oké, dit is een onzinnige manier om een gesprek te beginnen. Ik word al boos van het idee dat hij me aanziet voor iemand die boos zou kunnen worden. En trouwens, waarom zou ik boos worden? Wat wil hij zeggen?

'Nee,' zeg ik. 'Natuurlijk niet.'

'Ik wil alleen maar zeggen dat ik heel gunstige dingen heb gehoord over…' Hij aarzelt. 'Golden Peace,' zegt hij dan. 'Heb je daar wel eens van gehoord?'

Of ik daar wel eens van heb gehoord? Iedereen die ooit een roddelblad heeft gelezen, weet wat Golden Peace is. Het is die plek waar ze armbandjes dragen en aan yoga doen en waar beroemdheden afkicken, al beweren ze naderhand dat ze gewoon een beetje oververmoeid waren.

'Natuurlijk,' zeg ik. 'Die afkickkliniek.'

'Dat niet alleen,' zegt Luke. 'Ze hebben er allerlei programma's en ze behandelen allerlei… stoornissen. De man die ik heb gesproken had een vriendin die verschrikkelijk hamsterde. Het verwoestte haar leven. Ze ging naar Golden Peace en daar hebben ze haar goed geholpen. En ik vroeg me af of zoiets ook goed voor jou zou kunnen zijn.'

Het dringt niet meteen tot me door wat hij zegt.

'Voor míj? Maar ik hamster niet. En ik drink niet.'

'Nee, maar jij…' Hij wrijft over zijn neus. 'Jij hebt wel een geschiedenis van geldproblemen, hè?'

Ik snak naar adem. Dat is onder de gordel. Ontzettend onder de gordel. Dan heb ik maar een paar onbenullige probleempjes gehad in het verleden. Dan heb ik maar een paar financiële aanvarinkjes gehad. Als ik een beursgenoteerde onderneming was, zou je het 'correcties' noemen en ze achter in het jaarverslag wegmoffelen en er niet meer over praten. Je zou ze niet te pas en te onpas oprakelen. Je zou geen kliníék voorstellen.

'O, dus nou ben ik opeens verslaafd? Dank je wel, Luke!'

'Nee! Maar…'

'Ik vind het onvoorstelbaar dat jij zulke aantijgingen doet waar ons kind bij is.' Ik druk Minnie theatraal tegen me aan. 'Wat, vind je me soms een slechte moeder?'

'Nee!' Luke wrijft over zijn hoofd. 'Het was maar een idee. Nanny Sue had het ook al voorgesteld, weet je nog?'

Ik kijk hem dreigend aan. Ik wil niet aan Nanny Sue herinnerd worden. Ik zal nooit meer een zogenaamde deskundige inhuren. Ze had de opdracht ons met Minnies gedrag te helpen, en wat deed ze? Míj onder de loep nemen. Over míjn gedrag beginnen, alsof dat er iets mee te maken had.

'Maar goed, Golden Peace is een Amerikaanse kliniek,' schiet me opeens een overtuigend argument te binnen. 'Ik ben Brits. Dus.'

Luke kijkt me perplex aan. 'Dus wat?'

'Dus het zou niets worden,' zeg ik geduldig. 'Als ik problemen had, wat niet het geval is, zouden het Brítse problemen zijn. Een wereld van verschil.'

'Maar…'

'Wil omie!' onderbreekt Minnie ons. 'Wil omie cakeje bakken.'

Luke en ik kijken allebei verbaasd naar Minnie, die op de vloer is gaan zitten en met een trillende onderlip naar ons opkijkt. 'Wil ómie cakeje bakken,' herhaalt ze. Er hangt een traan in haar wimpers.

Minnie noemt mijn moeder omie. O, god, ze heeft heimwee.

'Schatje toch!' Ik sla mijn armen om Minnie heen en druk haar tegen me aan. 'Lief popje toch. We willen allemaal naar omie, en we zien haar binnenkort weer, maar nu zijn we ergens anders en gaan we heel veel nieuwe vriendjes en vriendinnetjes maken. Héél veel,' herhaal ik, bijna om mezelf te overtuigen.

'Waar komt dat vandaan?' mompelt Luke over Minnies hoofd heen.

'Weet niet,' zeg ik schouderophalend. 'Ik denk dat het komt doordat ik iets over cupcakes met strooisels zei, en ze bakt vaak cupcakejes met mam…'

'Minnie, schattebout van me.' Luke zakt ook op de vloer en zet Minnie op zijn knie. 'Zullen we even naar omie kijken en dag tegen haar zeggen?' Hij pakt mijn telefoon van de ladekast met houtsnijwerk en klikt mijn foto's aan. 'Even zien… Daar is ze al! Omie met opie!' Hij laat Minnie een foto zien van pap en mam die zich hebben opgedoft voor een flamencoavond op hun bridgeclub. 'En daar is Wilfie…' Hij scrolt door de foto's. 'En tante Suze…'

Bij de aanblik van Suzes vrolijke gezicht op mijn telefoon krijg ik zelf een beetje heimwee. Ik blijf het ontkennen als Luke ernaar vraagt, maar eerlijk gezegd voel ik me een beetje eenzaam hier in LA. Iedereen lijkt zo ver weg, er zijn niet echt buren en ik heb geen baan…

'Zeg maar "dag omie!"' zegt Luke om Minnie te overreden, en uiteindelijk drogen haar tranen en wuift ze naar de telefoon. 'En weet je, lieverdje? In het begin lijkt het hier misschien een beetje eng, maar over een poosje kennen we heel veel mensen in Los Angeles.' Hij tikt tegen het scherm. 'Straks zit deze telefoon vol foto's van onze níéuwe

74

vrienden. Het is altijd moeilijk in het begin, maar we raken hier wel gewend, vast wel.'

Heeft hij het nou tegen mij of tegen Minnie?

'We moeten maar eens gaan.' Ik glimlach dankbaar naar hem. 'Minnie moet spelen en ik moet nieuwe vrienden maken.'

'Zo ken ik jullie weer.' Hij knuffelt Minnie en staat op om mij te zoenen. 'Geef ze van katoen.'

Minnies peuterspeelzaal zit ergens in een zijstraat van Franklin Avenue, en hoewel ik de route vaker heb gereden, kom ik een beetje geagiteerd aan. God, wat een stress, dat rijden in LA. Ik ben ook nog helemaal niet aan onze huurauto gewend. Alle knoppen zitten op rare plaatsen en ik blijf maar per ongeluk op de claxon drukken. En wat dat rechts rijden aangaat, nou, dat is gewoon verkeerd. Het is tegennatuurlijk. Daar komt nog bij dat de wegen in LA veel te breed zijn. Ze hebben te veel rijstroken. Londen is veel knusser. Daar weet je waar je bént.

Het lukt me uiteindelijk de auto te parkeren, een Chrysler die ook veel te breed is. Hadden we geen Mini kunnen huren? Ik adem uit, nog steeds met bonzend hart, en draai me om naar Minnie, die in haar stoeltje gegespt zit.

'We zijn er! Tijd om naar de peuterspeelzaal te gaan! Heb je er zin in, schatje?'

'Amikaanse wegpiraat,' antwoordt Minnie effen.

Ik kijk haar ontzet aan. Waar heeft ze dat vandaan? Dat heb ik niet gezegd. Toch?

'Minnie, dat mag je niet zeggen! Dat is niet lief. Dat wilde mammie niet zeggen. Mammie wilde zeggen… mooi, Amerikaans fabricaat!'

'Wegpiraat,' zegt Minnie alsof ze me niet heeft gehoord. 'Amikaanse wegpiraat, Amikaanse wegpiraat…' Ze zingt het op de wijs van 'Altijd is Kortjakje ziek'. 'Amikaanse wegpiráát…'

Ik kan niet op de eerste dag op de peuterspeelzaal aankomen met een dochter die 'Amerikaanse wegpiraat' zingt.

'Amikaanse wegpiraat…' Ze gaat steeds harder zingen. 'Amikaanse wegpirááát…'

Kan ik doen alsof het een curieus oud kinderversje is?

Nee.

Maar ik kan hier ook niet de hele dag blijven zitten. Overal in de straat stappen andere moeders met kinderen uit hun reusachtige SUV's. En we moesten vandaag vroeg komen.

'Minnie, je mag een koekje eten op weg naar de peuterspeelzaal,' zeg ik met stemverheffing, 'maar we moeten muisstil zijn. Niet zingen,' voeg ik er voor de zekerheid aan toe.

Minnie houdt op met zingen en kijkt me wantrouwig aan. 'Koekje?' Gelukt. Oef.

(En oké, ik weet dat het verkeerd is om je kinderen om te kopen, dus geef ik haar vanavond gewoon wat extra boontjes bij wijze van compensatie.)

Ik spring haastig uit de auto en maak Minnie los. Ik geef haar een chocoladekoekje uit mijn noodvoorraad en we lopen over de stoep.

Als we dichterbij komen, kijk ik om me heen, maar ik zie nergens paparazzi. Ze zullen ook wel in de bosjes verstopt zitten. Er lopen een paar moeders met kleine kinderen met ons mee door het hek, en ik kijk onopvallend naar hun gezichten.

Hmm. Ik geloof niet dat er beroemdheden bij zitten, al zijn ze allemaal getraind en gebruind en hebben ze allemaal glanzend haar. De meesten lopen in joggingpakken, en ik neem me voor morgen ook in joggingpak te gaan. Ik wil er zo ontzettend graag bij horen. Ik wil dat Minnie erbij hoort en dat we allebei heel veel vriendinnen krijgen.

'Rebecca!'

Erica begroet ons en ik glimlach opgelucht als ik haar bekende gezicht zie. Erica is een jaar of vijftig, met steil rood haar en bontgekleurde kleding, als een personage uit een kinderfilm. Zij gaat over het peuterprogramma en ze heeft me al een hele rits e-mails gestuurd over 'overgang en losmaken', 'de vreugde van het leren' en 'zelfontdekking', wat geloof ik verkleden is, al durf ik er niet goed naar te vragen.

'Welkom op je eerste dag op Little Leaf, Minnie!' zegt Erica, en ze gaat ons voor naar het peuterleercentrum, dat eigenlijk gewoon een lokaal vol speelgoed is, zoals in elke peuterspeelzaal in Engeland, alleen noemen ze dat hier 'ontwikkelingshulpmiddelen'. 'Kon je je auto goed kwijt?' vervolgt ze tegen mij terwijl ze Minnies bidon aan haar haakje hangt. 'Ik hoorde dat er problemen waren vanochtend.'

'Nee, het ging prima, dank je,' zeg ik. 'Geen probleem.'

'Waar zit die rem?' zegt Minnie opeens, en ze lacht stralend naar Erica. 'Waar zit die rotrem in die verdomde rotauto?'

Ik loop knalrood aan.

'Minnie!' zeg ik bits. 'Stil! Waar heb je dat in vredesnaam... Goh, ik heb geen idee...'

'Amikaanse wegpirááát,' heft Minnie weer aan op de wijs van 'Kortjakje'. 'Amikaanse wegpirááát...'

'Minnie!' Ik krijs bijna. 'Niet doen! Niet zingen!'

Ik kan wel door de grond zakken. Ik zie dat Erica probeert haar lachen in te houden, en er kijken een paar peuterleidsters onze kant op. Joepie.

'Minnie is duidelijk een heel ontvankelijk kind,' zegt Erica beleefd.

Ja. Veel te ontvankelijk, verdomme. Ik zeg nooit meer iets waar Minnie bij is, helemaal nooit.

'Absoluut.' Ik probeer me te vermannen. 'Jeetje, wat een mooie zandbak. Toe maar, Minnie! Ga maar in de zandbak spelen!'

'Goed, zoals ik eerder al had uitgelegd, houden we ons hier aan een gefaseerd loslatingsprogramma,' zegt Erica, die toekijkt hoe Minnie haar handen enthousiast in het zand steekt. 'Dit is het begin van Minnies grote reis naar zelfstandigheid als mens in deze wereld. Dit zijn haar eerste stapjes bij jou vandaan. Ze moet ze in haar eigen tempo zetten.'

'Absoluut.' Erica fascineert me. Ze klinkt alsof ze het over een epische wereldreis heeft, niet gewoon over een peuter die naar de peuterspeelzaal gaat.

'Daarom vraag ik je, Rebecca, om deze eerste ochtend dicht bij Minnie te blijven. Volg haar als een schaduw. Stel haar gerust. Benoem de spannende nieuwe ontdekkingen die ze doet; zie de wereld op haar niveau. Minnie zal in het begin op haar hoede zijn. Laat haar geleidelijk kennismaken met het concept van een leven zonder mammie. Zie haar langzaam opbloeien. Je zult versteld staan van haar vooruitgang!'

'Juist. Super.' Ik knik ernstig.

Vlakbij zit een moeder met haar zoontje, dat blonde krullen heeft. De moeder is graatmager en draagt verschillende T-shirts over elkaar (ik weet toevallig dat die T-shirts honderd dollar per stuk kosten, iets wat mam in geen miljoen jaar zou begrijpen) en ze kijkt aandachtig hoe het jochie verf op een vel papier kloddert.

'Boeiende kleuren, Dylan,' zegt ze doodernstig. 'Mooi, de wereld die je schept.' Het jongetje begint verf op zijn gezicht te smeren, maar ze vertrekt geen spier. 'Je uit jezelf op je eigen lichaam,' zegt ze. 'Die keus heb jij gemaakt, Dylan. We kunnen keuzes maken.'

Jemig. Wat nemen ze alles serieus hier. Maar als ik erbij wil horen, zal ik me ook zo moeten gedragen.

'Als er wat is, ben ik in de buurt.' Erica glimlacht. 'Geniet van deze eerste gezamenlijke ontdekkingstocht!'

Ze loopt naar een ander kind en ik zet mijn telefoon uit. Erica heeft me geïnspireerd. Ik ga me helemaal op Minnie en haar ochtend focussen.

Oké. Het zit zo. Erica heeft mooi praten als ze zegt dat ik bij Minnie moet blijven. Ik wil het echt wel. Ik wil als een moederdolfijn zijn die met haar jong voortglijdt als een prachtig duo, waarbij ze samen de wereld ontdekken.

Alleen kunnen dolfijnenmoeders niet over lego struikelen en staan er geen speelhuisjes in de weg, of peuters die maar niet kunnen beslissen welke kant ze op willen. Minnie had na een seconde of drie al genoeg van de zandbak, rende naar buiten en klom op een driewieler. Ik was net ook buiten, nadat ik over een blokkendoos was gestruikeld, toen ze zich bedacht, weer naar binnen stoof en een pop pakte. Toen rende ze weer naar buiten en smeet de pop van de glijbaan. Ze is al een keer of tien heen en weer gerend. Ik ben buiten adem, zoveel moeite kost het me haar bij te benen.

Ik heb geprobeerd de hele tijd bemoedigend en geruststellend te blijven praten, maar daar had Minnie totaal geen boodschap aan. Al haar spanning van vanochtend lijkt weg te zijn, en toen ik net probeerde haar een stevige knuffel te geven, wrong ze zich los en riep: 'Niet knuf, mammie. Spélen!'

'Dus je ontdekt de, eh… zwaartekracht!' zeg ik als ze een teddybeer op de grond gooit. 'Wat knap, lieverd! Ga je jezelf nu uiten met water?' Minnie is naar de watertafel gelopen en slaat er uitbundig op. 'Je hebt de keus gemaakt jezelf nat te spatten… Argh!' roep ik uit als Minnie water in mijn gezicht plonst. 'Je hebt de keus gemaakt mij ook nat te spatten. Wauw. Dat was een… boeiende keus.'

Minnie luistert niet eens. Ze is naar het speelhuisje gerend, dat echt snoezig is, als het peperkoekhuisje uit 'Hans en Grietje'. Ik snel achter haar aan, waarbij ik bijna over het kleurige letterkleed struikel.

'Nu ben je in het huis!' zeg ik, mijn hersens pijnigend om Minnies ontdekkingstocht onder woorden te blijven brengen. 'Je ontdekt, eh… ramen. Zal ik erbij komen?'

'Nee,' zegt Minnie, en ze slaat de deur in mijn gezicht dicht. Ze kijkt met een kwaad gezicht door het raam. 'Niet mammie! Mínnie huis!' Ze klapt de luiken dicht en ik zak op mijn hurken. Ik ben afgepeigerd. Ik kan geen ontdekkingen van Minnie meer bedenken om te benoemen. Ik wil koffie.

Ik raap een stuk speelgoed op met houten kralen die aan gekleurde spiralen zijn geregen. Het is best een leuk spel, eigenlijk. Je moet de verschillende kleuren kralen in de vier hoeken zien te krijgen, wat moeilijker is dan het klinkt...

'Rebecca?'

Ik voel me betrapt en laat van schrik het kralenspel op de vloer vallen. 'O, hoi, Erica!'

'Hoe gaat het met Minnie?' Erica glimlacht. 'Leert ze die geleidelijke stapjes bij jou vandaan te zetten?'

'Ze speelt in het huisje,' zeg ik met een glimlach, en ik doe de luiken open – maar het huisje is leeg. Shit. 'Of nee, ze wás in het huisje...' Ik kijk verwilderd om me heen. 'O, daar is ze al!'

Minnie marcheert arm in arm met een ander meisje door het lokaal. Ze zingen 'M'n vader is een mooie', dat ze van pap heeft geleerd. Ik spring op en wil erachteraan lopen, wat niet meevalt, al die loopauto's en schuimrubberen jumboblokken in aanmerking genomen.

'Goed zo, lieverd!' roep ik. 'Je uit jezelf door middel van een lied! Eh... wil je mammie vertellen hoe je dat beleeft?'

'Nee,' zegt Minnie, en voor ik haar kan pakken, rent ze naar buiten, klimt de glijbaan op en kijkt triomfantelijk naar beneden.

Ik kijk naar Erica, die sprakeloos lijkt te zijn.

'Minnie is een heel... zelfverzekerd kind,' zegt ze uiteindelijk. 'Heel onafhankelijk.'

'Eh... ja.'

We kijken allebei naar Minnie, die een springtouw in het rond slingert als een lasso. Binnen de kortste keren doen alle kinderen op de glijbaan haar na onder het gillen van: 'O, m'n vader is een mooie, een mooie vuilnisman!', al weten ze waarschijnlijk niet eens wat een vuilnisman is. Dat zal hier wel een 'afvalinzamelaar' of 'opschoningsambtenaar' of zoiets heten.

'Minnie lijkt de overstap vol zelfvertrouwen te maken,' zegt Erica uiteindelijk. 'Misschien heb je zin om in de ouderkamer te gaan zitten, Rebecca. Het is een faciliteit voor ouders van kinderen die in de laatste stadia van het loslatingsprogramma zijn. De ruimte biedt nabijheid, maar toch onafhankelijkheid, en helpt het kind zelfbewustzijn te verwerven terwijl het zich tegelijkertijd veilig kan voelen.'

Ik heb er geen woord van gevolgd. Het enige wat ik heb gehoord, was 'in de ouderkamer zitten', wat altijd beter moet zijn dan 'achter mijn dochter aan rennen, over speelgoedvrachtwagens struikelen en me een idioot voelen'.

'Graag.'

'We vinden het ook een nuttig forum voor de ouders om van gedachten te wisselen over pedagogische kwesties. Ik wil wedden dat je dringende vragen hebt over het leerplan... socialisatie...'

'Ja!' Ik leef op. 'Ik vroeg me inderdaad af... houden de moeders veel koffieochtenden, feestjes, dat soort dingen?'

Erica kijkt me bevreemd aan. 'Ik bedoelde de socialisatie van de kinderen.'

'Aha.' Ik schraap mijn keel. 'De kinderen. Maar natuurlijk.'

We komen bij de lichte houten deur met het opschrift OUDERKAMER en ik krijg een gevoel van opwinding. Eindelijk! Een kans om vrienden te maken. Wat ik moet doen, is me volop in het schoolleven storten en me voor alles als vrijwilliger opgeven, dan moet ik wel een paar aardige mensen leren kennen.

'Hier is het.' Erica zwaait de deur open en ik zie een kamer met schuimrubberen stoelen in vrolijke kleuren. Er zitten drie vrouwen, alle drie in joggingkleren. Ze zijn druk in gesprek, maar zwijgen opeens en lachen vriendelijk naar ons. Ik lach stralend terug en zie nu al dat een van de drie die coole geborduurde tas heeft die ik bij Fred Segal heb gezien.

'Dit is Rebecca,' zegt Erica. 'Rebecca woont nog maar net in LA, en haar dochter Minnie volgt ons peuterprogramma.'

'Hallo!' Ik wuif naar de vrouwen. 'Leuk jullie te ontmoeten.'

'Ik ben Erin.'

'Sydney.'

'Carola. Welkom in LA!' Erica loopt weg en Carola, die donkere krullen en massa's boeiend ogende zilveren sieraden heeft, leunt naar voren. 'Hoelang woon je hier al?'

'Nog maar een paar weken. We zijn hier tijdelijk vanwege het werk van mijn man.'

'En dan heb je een peuterspeelzaal als Little Leaf gevonden?'

'Ja!' zeg ik blij. 'We hebben echt geboft!'

Carola kijkt me even niet-begrijpend aan en schudt dan haar

hoofd. 'Nee. Je begrijpt het niet. Niemand krijgt een plek op Little Leaf. Niemand.'

De anderen knikken nadrukkelijk. 'Niemand,' herhaalt Erin.

'Het zit er gewoon niet in,' beaamt Sydney.

Als niemand een plek krijgt op Little Leaf, waar komen al die kinderen dan vandaan? wil ik vragen, maar ze kijken me allemaal te gespannen aan. Dit is duidelijk een ernstig onderwerp.

'We zijn ook niet zomaar naar binnen gelopen,' leg ik uit. 'Minnie heeft een toelatingstest moeten doen. En ik denk dat mijn man een schenking heeft gedaan,' voeg ik er een beetje gegeneerd aan toe.

Carola kijkt me aan alsof ik er niets van begrijp.

'We moeten allemaal een toelatingstest doen,' zegt ze. 'We doen allemaal een schenking. Wat heb je nog méér gedaan?'

'Wij hebben vijf brieven geschreven,' zegt Erin met een verbeten voldoening. 'Vijf.'

'Wij hebben toegezegd een daktuin op het gebouw te laten aanleggen,' zegt Sydney. 'Mijn man en ik hebben de architect al in de arm genomen.'

'Wij hebben Alexa overgehaald om karate te gaan doen,' mengt Carola zich in het gesprek. 'Ze heeft haar plek hier gewonnen.'

Ik gaap ze met open mond aan. Zijn die vrouwen gestoord? Ik bedoel, het zal vast wel een goede peuterspeelzaal zijn en alles, maar als puntje bij paaltje komt, blijft het toch een groep kinderen die elkaar met klei om de oren slaan.

'Nou, we hebben ons gewoon aangemeld,' zeg ik deemoedig. 'Sorry.'

De deur zwaait open en er stuitert een vrouw met kastanjebruin haar naar binnen. Ze heeft vrolijke donkere ogen en draagt een prachtige blauwe top met plooien die een piepklein zwangerschapsbuikje moet verhullen.

'Hoi,' zegt ze recht op me af stappend. 'Ik ben Faith. Jij bent Rebecca, toch? Erica heeft me net verteld dat we een nieuwkomer in ons midden hebben.'

Ze heeft een zalig zangerig zuidelijk accent wat mij in de oren klinkt alsof het uit Charleston komt. Of Texas. Of misschien... Wyoming? Ligt dat in het zuiden?

Of bedoel ik Wisconsin?

Nee. Echt niet. Dat is de staat van de kaas. Terwijl Wyoming...

Oké, ik moet bekennen dat ik geen idee heb waar Wyoming ligt.

Ik moet Minnies legpuzzel van de Verenigde Staten maken en eens echt naar de namen kijken.

'Hoi, Faith.' Ik beantwoord haar glimlach en geef haar een hand. 'Leuk je te zien.'

'Zorgen de wichtjes een beetje goed voor je?'

De wichtjes. Geweldig. Misschien ga ik dat ook zeggen.

'Nou en of!' zeg ik zangerig terug. 'Wis en waarachtig!'

'Wat wij willen weten, is hoe ze aan een plek is gekomen,' zegt Carola tegen Faith. 'Ze loopt hier gewoon naar binnen, schrijft een cheque uit en klaar is Kees. Ik bedoel, hoe kan dat?'

'Heeft Queenie geen goed woordje voor haar gedaan?' zegt Faith.

'Omdat ze Brits is? Ik geloof dat Erica zoiets heeft gezegd.'

'Oooooo.' Carola loopt leeg als een ballon. 'Is dát het. Oké, dan begrijp ik het.' Ze wendt zich tot mij. 'Je hebt geboft. Dat overkomt niet iedereen. Je mag Queenie wel bedanken. Ze heeft je een grote gunst bewezen.'

'Sorry, maar wie is Queenie?' vraag ik. Ik kan het niet meer volgen.

'De voorzitter van onze ouderraad,' verduidelijkt Sydney. 'Zij heeft ook een dochter die het peuterprogramma volgt. Wacht maar tot je haar ziet. Het is een schatje.'

'Ze is superleuk,' zegt Faith knikkend. 'En ze is ook Brits! We noemen haar Queenie omdat ze net zo praat als Queen Elizabeth.'

'Ze organiseert ongelooflijke evenementen,' zegt Carola.

'En op woensdagochtend geeft ze moederyoga. Om ons allemaal in vorm te wringen.'

'Dat klinkt geweldig!' zeg ik enthousiast. 'Ik wil beslist meedoen!'

Ik ben niet meer zo vrolijk geweest sinds we in LA zijn aangekomen. Ik heb eindelijk een paar vriendinnen gevonden! Ze zijn allemaal ontzettend hartelijk en leuk. En die Queenie klinkt echt fantastisch. Misschien hebben we meteen een klik. We kunnen onze ervaringen in LA vergelijken en potten Marmite delen.

'Hoelang woont Queenie hier al?' vraag ik.

'Niet al te lang. Een paar jaar, misschien?'

'Ze had nogal een bliksemromance,' vertelt Faith. 'Ze ontmoette haar man op dinsdag en op vrijdag waren ze getrouwd.'

'Nee!'

'Echt wel.' Faith lacht. 'Het is een prachtig verhaal. Vraag haar er maar naar.' Ze kijkt door het raam naar het parkeerterrein. 'O, daar komt ze net aan.' Ze wuift naar iemand en wenkt, en ik veer verwachtingsvol op.

'Queenie!' jubelt Carola zodra de deur opengaat. 'Hier is Rebecca.'

'Heel erg bedankt voor je hulp...' begin ik. En dan gaat de deur verder open. De woorden besterven me op de lippen en ik voel mijn hele lichaam verschrompelen. Nee. Néé. Voordat ik me kan bedwingen, ontsnapt me een kermgeluidje.

Carola kijkt me bevreemd aan. 'Rebecca, dit is Queenie. Alicia, zou ik moeten zeggen.'

Het is Alicia Billenkont.

Hier. In Los Angeles. In Minnies peuterspeelzaal.

Ik ben verlamd van schrik. Als ik niet zat, zouden mijn benen het begeven, denk ik.

'Hallo, Rebecca,' zegt ze zacht, en ik huiver. Ik heb die stem in geen jaren gehoord.

Ze is nog net zo lang en dun en blond als altijd, maar haar stijl is anders. Ze draagt een ruime yogabroek, een grijze top en Keds-gympen. Ik heb Alicia nog nooit zonder hoge hakken gezien. En haar haar zit in een lage paardenstaart, wat ook heel anders is. Ik laat mijn blik over haar glijden en zie een armband van in elkaar gedraaid wit- en geelgoud om haar pols. Is dat niet die armband die ze bij Golden Peace dragen?

'Kennen jullie elkaar?' vraagt Sydney belangstellend.

Ik wil in hysterisch lachen uitbarsten. Of we elkaar kénnen? Goh, eens even zien. De afgelopen jaren heeft Alicia geprobeerd mijn carrière, mijn reputatie, het bedrijf van mijn man en mijn bruiloft te ruïneren. Ze heeft me ondermijnd en vernederd waar ze maar kon. Haar alleen maar zien maakt dat mijn hart al begint te bonken van de stress.

'Ja,' piep ik. 'We kennen elkaar.'

'Dus daarom heb je Rebecca aanbevolen!' Carola lijkt er nog steeds door geobsedeerd. 'Ik zei net, hoe heeft ze in godsnaam zo snel een plek gekregen?'

'Ik heb met Erica gepraat,' zegt Alicia.

Haar stem klinkt ook anders, hoor ik. Lager en kalmer. Alles aan haar is zelfs kalmer. Het is eng. Het is alsof ze haar ziel heeft laten botoxen.

'Nou, ben jij geen lieverd?' Faith slaat vol genegenheid een arm om Alicia's schouders. 'Rebecca boft maar met zo'n maatje!'

'We hebben Rebecca alles over je verteld,' zegt Carola. 'Dat was dus niet nodig!'

'Ik ben erg veranderd sinds we elkaar voor het laatst zagen, Rebecca.' Alicia lacht zacht. 'Wanneer was dat?'

Ik ben zo onthutst dat ik letterlijk naar adem snak. Wanneer dat wás? Hoe kan ze het vragen? Staat het niet net zo diep in haar geheugen gegrift als in het mijne?

'Op mijn bruiloft,' pers ik er moeizaam uit. *Toen je werd afgevoerd, schoppend en schreeuwend, nadat je had geprobeerd alles te verpesten.*

Ik wacht op een flits van begrip, berouw, erkenning, wat dan ook, maar haar ogen hebben een vreemde blanco uitdrukking.

'Ja,' zegt ze peinzend. 'Rebecca, ik weet dat er een paar dingetjes zijn die we achter ons moeten zien te laten.' Ze legt een zachte hand op mijn schouder en ik krimp prompt in elkaar. 'Misschien kunnen we het bij een kop muntthee uitpraten, alleen wij tweetjes?'

Wat? Al die afschuwelijke dingen die ze heeft gedaan, zijn maar 'dingetjes'?

'Ik dacht niet... Je kunt niet zomaar...' Ik breek mijn zin af, met een kurkdroge keel, een bonzend hart en gedachten die alle kanten op schieten. Ik weet niet wat ik moet zeggen.

Nee, zou ik willen zeggen. *Je maakt een grapje*, zou ik willen zeggen. *Dat kunnen we niet gewoon achter ons laten.*

Maar ik kan het niet. Ik ben niet in mijn eigen domein. Ik ben in de ouderkamer van een peuterspeelzaal in Los Angeles, omringd door onbekende vrouwen die denken dat Alicia een lieverd is en dat ze me de grootste dienst van de wereld heeft bewezen. En nu word ik door een ander gevoel beslopen. Een verschrikkelijk, keihard inzicht. Die vrouwen zijn allemaal vriendinnen van Alicia. Niet van mij. Alicia's vriendinnen. Het is haar clubje.

Het probleem met Alicia is dat ze er altijd in slaagt me het gevoel te geven dat ik heel nietig ben. Zelfs nu, terwijl ik weet dat ik goed zit en zij fout, voelt het alsof ik met de seconde kleiner word. Zij zit in het coole kliekje. En als ik er ook bij wil, zal ik aardig tegen haar moeten doen, maar dat kan ik niet. Ik kan het gewoon niet. Ik kan amper naar haar kijken, laat staan dat ik aan haar 'moederyoga' zou kunnen meedoen.

Hoe kunnen ze zich allemaal zo door haar laten inpakken? Hoe kunnen ze haar 'lieverd' en 'superleuk' noemen? Ik word overmand door teleurstelling. Heel even was ik zo blij. Ik dacht dat ik een opening had ontdekt. En nu staat Alicia Billenkont ervoor en verspert me de weg.

De deur zwaait open en Erica komt binnen, met haar kleurige shawl die als een zeil achter haar aan wappert.

'Rebecca!' roept ze uit. 'Ik ben blij je te kunnen vertellen dat Minnie het uitstekend doet. Ze is opmerkelijk snel geacclimatiseerd en lijkt nu al vriendjes te maken. Ze beschikt zelfs over natuurlijk leiderschap.' Erica kijkt me stralend aan. 'Ik wil wedden dat ze binnen de kortste keren een groepje achter zich aan krijgt.'

'Wat goed.' Ik forceer een brede glimlach. 'Dank je wel. Dat is fantastisch nieuws.'

En dat is het. Het is een immense opluchting om te weten dat Minnie zich nu al thuis voelt in Los Angeles, dat ze blij is en vriendjes maakt. Ik bedoel, niet dat ik ervan opkijk. Minnie is zelfverzekerd en ze pakt iedereen in die ze tegenkomt, dus het is geen wonder dat ze op haar pootjes terecht is gekomen.

Maar kijkend naar Alicia en haar volgelingen moet ik wel denken... en ik dan?

7

Ik ben nog een paar dagen compleet in shock. Alicia Billington, in LA! Alleen is ze niet meer Alicia Billington, maar Alicia Merrelle. Het wordt steeds erger, merkte ik gisteren toen ik haar googelde. Ze is stinkend rijk en heel LA kent haar, want ze is getrouwd met de grondlegger van Golden Peace. De oprichter in eigen persoon. Hij heet Wilton Merrelle en hij is drieënzeventig, heeft een grijs geitensikje en van die starre, opengesperde ogen die je krijgt van te veel plastische chirurgie. Ze hebben elkaar ontmoet op het strand op Hawaï. Het strand. Wie ontmoet haar man nou op het strand? Ze hebben een dochter, Ora, die een maand jonger is dan Minnie, en volgens een interview hopen ze op 'gezinsuitbreiding'.

Zodra ik begon te googelen, stuitte ik op allemaal artikelen over de 'superstijlvolle huismoeder' met haar 'Britse charme en gevatheid'. Ik stuurde ze naar Suze, die een e-mail van een enkel woord terugstuurde: *WAT???* waar ik iets van opknapte. Suze heeft de pest aan Alicia. Net als Luke. (Wat geen verrassing is, in aanmerking genomen dat ze ooit heeft geprobeerd al zijn cliënten weg te kapen en zijn bedrijf te gronde te richten. O ja, terwijl ze tegelijkertijd mijn reputatie bij de krant naar de knoppen hielp. Het zorgde zelfs voor een breuk tussen Luke en mij. Het was afschuwelijk.) Toen ik het hem vertelde, gromde hij en zei: 'Ik had kunnen weten dat ze op haar Manolo's terecht zou komen.'

Maar het probleem is dat verder iedereen hier haar aanbiddelijk vindt. Ik heb haar niet meer bij de peuterspeelzaal gezien, goddank, maar ik heb wel van een stuk of vijf andere moeders moeten aanhoren hoe fantastisch het is dat Queenie en ik oude vriendinnen zijn (vriendinnen!), en is ze niet goddelijk, en kom ik naar haar wellnessfeestje?

Ik trek het niet, een wellnessfeestje van Alicia Billenkont. Ik trek het gewoon niet.

Nou ja. Niet aan denken. Ik zit er niet mee. Ik maak ergens anders wel vriendinnen. Dat kan overal. En in de tussentijd ga ik me op mijn nieuwe carrière focussen.

Ik heb al een plan, en ik ga het vandaag uitvoeren. Ik ben ontzettend geïnspireerd door het verhaal dat Nenita Dietz bij de kostuumafdeling naar binnen marcheerde en een baan voor zichzelf scoorde, dus vandaag ga ik de rondleiding doen bij Sedgewood Studio's, waar Nenita Dietz werkt, en dan glip ik weg en ga haar zoeken. Luke heeft zelfs een gratis vipkaartje voor me geregeld via een relatie, al heb ik hem niets over mijn plan verteld. Ik wacht eerst tot het is gelukt. Dán mag hij het weten.

Ik heb een collectie van mijn werk als personal shopper samengesteld: *lookbooks*, foto's van cliënten en zelfs een paar schetsen, allemaal in een leren map geritst. Ik heb ook een paar recente films van Sedgewood Pictures gerecenseerd om duidelijk te maken dat ik een filmfan ben. (Zoals die film met buitenaardse wezens, *Darkest Force*. Daar hadden ze echt mooiere kostuums voor kunnen ontwerpen. Die ruimtepakken waren zo lomp. In 2154 gaan we toch zeker in skinny jeans de ruimte in, met stijlvolle helmen van Prada of zoiets?)

Ik heb ook uitgebreid onderzoek gedaan naar Nenita Dietz, want ik wil er zeker van zijn dat het meteen klikt tussen ons. Ik heb een echt coole jurk van Rick Owens aan, een merk waar ze van houdt, en ik heb Chanel N°5 op, wat haar lievelingsgeurtje schijnt te zijn. Verder heb ik Martinique gegoogeld, want daar viert ze haar vakanties. Nu hoef ik haar alleen nog maar te ontmoeten en dan klikt het vast.

Terwijl ik sta te wachten tot de rondleiding begint, bruis ik van opwinding. Mijn leven zou vandaag een radicale nieuwe wending kunnen nemen! Ik sta bij de beroemde poort van Sedgewood, die reusachtig en rijk bewerkt is, met bovenop SP in smeedijzeren letters. Als je die poort kust, zou je diepste wens worden vervuld, en ik zie veel toeristen die elkaar filmen terwijl ze de poort kussen. Nou vraag ik je, wat een kul. Alsof een poort zou kunnen helpen. Alsof een poort over geheime krachten zou kunnen beschikken. Alsof een poort...

O, kom op. Waarom ook niet? Gewoon, voor je weet maar nooit. Net als ik de poort kus en fluister: 'Zorg dat ik een baan krijg, alsjeblieft, ik smeek het je, lieve poort,' gaat er een zijhek open.

'Komt u maar hier voor de viprondleiding!' Een meisje met een headset op loodst ons door het hek en scant onze kaartjes. Ik volg de horde toeristen en sta al snel aan de andere kant van de poort, op het terrein van de studio's. Ik ben er! Ik ben binnen bij Sedgewood Studio's!

Ik kijk snel om me heen om me te oriënteren. Er strekt zich een eindeloze weg voor me uit, geflankeerd door mooie gebouwen in art-decostijl. Daarachter is een gazon, en ik zie meer gebouwen in de verte. Ik kon geen plattegrond op internet vinden, dus ik zal zelf mijn weg moeten zoeken.

'Hierheen, mevrouw.' Een jongen met blond haar in een donker colbertje met een headset op komt naar me toe. 'We hebben nog een plaats over in ons karretje.'

Ik draai me om en zie dat er een hele stoet golfkarretjes is verschenen en dat alle toeristen instappen. De blonde jongen gebaart naar de achterste rij stoelen van een zespersoons karretje dat bijna vol is.

Ik wil niet mee. Ik wil de kostuumafdeling zoeken. Maar ik zal wel geen keus hebben.

'Fijn.' Ik glimlach naar hem. 'Dank je.'

Ik klim onwillig achter in het karretje, naast een oude vrouw in een korte broek van roze bobbeltjesstof die alles filmt met een videocamera, en maak mijn gordel vast. De vrouw draait zelfs opzij om mij te filmen, en ik zwaai even. De blonde jongen is achter het stuur van het karretje gekropen en deelt koptelefoons uit.

'Hallo!' dondert zijn stem in mijn oren zodra ik mijn koptelefoon heb opgezet. 'Ik ben Shaun en ik ben vandaag uw gids. Ik ga u een fascinerende rondleiding geven door Sedgewood Pictures in heden, verleden en toekomst. We gaan naar de plekken waar al uw favoriete series en films zijn opgenomen. En let goed op tijdens de rit, want u zou zomaar een van onze sterren aan het werk kunnen zien. Toen ik gisteren aan net zo'n rondleiding als deze begon, zagen we niemand minder dan Matt Damon langs kuieren!'

'Matt Damon!'

'Ik ben gek op Matt Damon!'

'Zijn films zijn waanzinnig!'

Iedereen begint opeens opgewonden om zich heen te kijken alsof hij zo weer tevoorschijn zou kunnen komen, en een man richt zijn fototoestel zelfs op een lege plek en begint vast te klikken.

Het is net een safari. Het verbaast me eigenlijk dat ze geen sterrensafari's houden. Ik vraag me af wie de 'Big Five' zouden zijn. Brad Pitt, vanzelfsprekend, en Angelina. En stel je voor dat je het hele gezin samen zag. Dat zou zoiets zijn als toen we een leeuwin haar welpen zagen zogen in de Masai Mara.

'Nu reizen we terug in de tijd naar de hoogtijdagen van Sedgewood,' zegt Shaun. 'Ik ga een paar magische momenten uit de filmgeschiedenis met u delen, dus ga ervoor zitten en geniet!'

Het golfkarretje komt in beweging en we kijken allemaal beleefd naar de witte gebouwen, de gazons en de bomen. Na een tijdje stoppen we en wijst Shaun ons op de fontein waar Johnno Mari ten huwelijk vroeg in *We Were So Young*, in 1963.

Ik heb *We Were So Young* nooit gezien. Ik heb er zelfs nooit van gehoord, dus het zegt me niet zo bar veel. Maar het is een mooie fontein.

'En nu naar ons volgende hoogtepunt!' zegt Shaun als we allemaal weer in het karretje zitten. Hij start en we rijden een eeuwigheid langs meer witte gebouwen, gazons en bomen. We nemen een scherpe bocht en kijken allemaal verwachtingsvol naar wat er komt… maar zien alleen meer witte gebouwen, gazons en bomen.

Ik neem aan dat ik wist dat een studioterrein er zo uitzag, maar toch vind ik het een beetje… mwah. Waar zijn de camera's? Waar is die man die 'actie!' roept en, nog belangrijker, waar is de kostuumafdeling? Ik had echt heel graag een plattegrond gehad, en ik wil echt héél graag dat Shaun eens een keer stopt. Alsof hij mijn gedachten kan lezen, zet hij het karretje stil en draait zich naar ons om met een gezicht waar het beroepsmatige enthousiasme van afstraalt.

'Hebt u zich ooit afgevraagd waar dat fameuze rooster was waar Anna's ring in viel, in de film *Fox Tales*? Hier, op het terrein van Sedgewood Studio's! Kom het maar van dichtbij bekijken.'

We stappen allemaal gedwee uit om te kijken. Op een schutting hangt een ingelijste foto uit een zwart-witfilm van een meisje in een jas van vossenbont dat een ring in een rooster gooit. Ik zie alleen een oud rooster, maar alle anderen maken er foto's van en verdringen elkaar om het beter te kunnen zien, dus misschien moet ik dat ook maar doen. Ik neem een paar foto's en maak me dan los van de groep, die nog helemaal opgaat in het rooster. Ik loop naar de hoek en tuur de weg af in de hoop een bord te bespeuren met 'Garderobe' of 'Kostuumontwerp', maar ik zie alleen maar meer witte gebouwen, gazons en bomen. Ik spot ook geen enkele filmster. Ik begin zelfs te betwijfelen of ze hier ooit wel eens komen.

'Mevrouw?' Shaun is uit het niets opgedoken. Hij lijkt wel een speciaal agent met dat donkere colbertje en die headset. 'Mevrouw, u moet wel bij de groep blijven.'

'O, goed. Oké.' Ik loop met tegenzin achter hem aan naar het karretje en stap in. Dit wordt niets. Zolang ik aan dat karretje vastzit, zal ik Nenita Dietz nooit ontmoeten.

'Rechts ziet u de gebouwen waarin een paar van de beroemdste filmproductiebedrijven van de wereld gevestigd zijn,' dondert Shauns stem door de koptelefoon. 'Ze maken hun films allemaal hier op het terrein van Sedgewood! Dan gaan we nu naar de cadeauwinkel...'

Ik tuur om me heen terwijl we doorrijden en lees elk bord dat we passeren. Wanneer we even stilstaan op een kruispunt, ga ik uit het karretje hangen om de opschriften op de gebouwen te lezen. SCAM-PER PRODUCTIONS... AJB FILMS... TOO RICH TOO THIN DESIGN! O, mijn god, daar is ze! Dat is het bedrijf van Nenita Dietz! Vlak voor mijn neus! Oké, ik ben hier weg.

Overmand door opwinding maak ik mijn veiligheidsgordel los en wil uit het karretje klauteren, dat net in beweging komt, zodat ik languit op het gras beland. Iedereen in het karretje schreeuwt het uit.

'O, mijn god!' roept een vrouw. 'Zijn die karren wel veilig?'

'Is ze gewond?'

'Niets aan de hand!' roep ik. 'Geen paniek, ik ben nog heel!' Ik kom snel overeind, klop mezelf af en raap mijn map op. Zo. Klaar voor mijn nieuwe carrière.

'Mevrouw?' Shaun duikt weer naast me op. 'Bent u in orde?'

'O, hallo, Shaun.' Ik lach stralend naar hem. 'Ik wil hier eigenlijk uitstappen. Ik kom zelf wel terug, dank je,' zeg ik. 'Geweldige rondleiding,' voeg ik eraan toe. 'Mooi, dat rooster. Fijne dag nog!'

Ik wil weglopen, maar tot mijn ergernis komt Shaun achter me aan.

'Mevrouw, het spijt me, maar ik kan u niet zonder begeleiding over het terrein laten lopen. Als u de rondleiding wilt afbreken, kan een van onze medewerkers u naar de poort brengen.'

'Dat hoeft niet, hoor,' zeg ik opgewekt. 'Ik weet de weg.'

'Het moet, mevrouw.'

'Maar ik...'

'Dit is een bedrijfsterrein, en onbevoegde bezoekers moeten te allen tijde begeleid worden. Mevrouw.'

Hij is niet te vermurwen, hoor ik aan zijn stem. Nou ja, zeg. Wat nemen ze het serieus allemaal. Waar zijn we nou helemaal, bij de NASA?

Opeens krijg ik een inval. 'Mag ik even naar de wc?' vraag ik. 'Ik wip dat gebouw daar even binnen, ik ben zo terug...'
'Er zijn toiletten bij de cadeauwinkel, en daar gaan we nu naartoe,' zegt Shaun. 'Wilt u alstublieft weer instappen?' Hij vertrekt geen spier. Het is menens. Als ik het op een rennen zet, werkt hij me waarschijnlijk tegen de grond. Ik kan wel krijsen van frustratie. Het ontwerpbedrijf van Nenita Dietz is vlakbij. Ik kan het bijna aanraken.

'Goed dan,' zeg ik uiteindelijk, en ik loop narrig met hem mee terug naar het karretje. De andere passagiers nemen me verwonderd en bevreemd op. Ik kan de gedachtewolkjes boven hun hoofden bijna zien: *waarom zou je uit het karretje stappen?*

We zoeven weer weg, langs meer gebouwen en diverse hoeken om, en Shaun houdt een verhaal over een beroemde regisseur uit de jaren dertig die de gewoonte had naakt op het gras te zonnebaden, maar ik luister niet meer. Wat een sof is dit. Misschien moet ik morgen terugkomen en het dan anders aanpakken. Er meteen tussenuit knijpen, voor ik zelfs maar in een karretje ben gestapt. Ja.

Het enige lichtpuntje is dat er een winkel is, zodat ik tenminste souvenirs voor iedereen kan kopen. Ik loop door de cadeauwinkel, kijk naar de theedoeken en potloden met filmklappers eraan en slaak een moedeloze zucht.

De oude vrouw die naast me zat loopt mijn kant op en pakt een presse-papier in de vorm van een megafoon. Ze kijkt naar Shaun, die ons allemaal met argusogen volgt. Dan komt ze dichter bij me staan en zegt op gedempte toon: 'Niet naar me kijken. Dan krijgt hij argwaan. Alleen luisteren.'

'Oké,' zeg ik verbaasd. Ik pak een mok van Sedgewood Studio's en doe alsof het ding me fascineert.

'Waarom stapte je uit het karretje?'

'Ik wil doorbreken in de filmindustrie,' zeg ik bijna fluisterend. 'Ik wil Nenita Dietz spreken. Haar kantoor is daar.'

'Ik dacht al dat het zoiets was,' zegt de vrouw voldaan knikkend. 'Zoiets zou ik ook hebben gedaan.'

'Echt waar?'

'O, ik was in de ban van de film. Maar wat moest ik? Ik ben opgegroeid in Missouri. Ik mocht niet eens niezen zonder toestemming van mijn ouders.' Ze krijgt een verre blik in haar ogen. 'Ik liep op mijn zestiende van huis weg. Ik was al in LA toen ze me vonden. Ik heb het nooit meer geprobeerd. Ik had het wel moeten doen.'

'Wat erg,' zeg ik schutterig. 'Ik bedoel... wat jammer dat het niet is gelukt.'

'Ja, dat vind ik ook.' Ze lijkt terug te keren in het heden. 'Maar jij hebt nog een kans. Ik zorg voor de afleidingsmanoeuvre.'

'Huh?' Ik gaap haar verbaasd aan.

'De afleidingsmanoeuvre,' herhaalt ze een tikje ongeduldig. 'Weet je wat dat betekent? Dat jij weg kunt komen. Doe wat je te doen staat. Laat Shaun maar aan mij over.'

'O, mijn god.' Ik pak haar benige hand. 'U bent ongelooflijk.'

'Loop naar de deur.' Ze knikt naar de uitgang. 'Ga. Ik ben Edna, trouwens.'

'Rebecca. Dank u wel!'

Met bonzend hart loop ik naar de deur en blijf staan bij een uitstalling van *We Were So Young*-schorten en -honkbalpetjes. Opeens hoor ik een enorm gekletter. Edna heeft zich theatraal laten vallen en een compleet rek met aardewerk meegesleept. Er wordt gegild en geschreeuwd en al het personeel, ook Shaun, haast zich naar haar toe.

Dank je, Edna, denk ik stilletjes terwijl ik de winkel uit sluip. Ik zet het op een rennen op mijn sleehakken van H&M (echt cool, met een zwart-witprint; je zou nooit geloven dat ze maar zesentwintig dollar waren). Als ik uit de buurt ben, ga ik weer gewoon lopen om geen argwaan te wekken en sla een hoek om. Ik zie mensen lopen, fietsen en in golfkarretjes rondrijden, maar niemand valt me lastig. Tot nog toe.

Het enige probleem is dat ik nu geen idee meer heb waar ik ben. Die stomme witte gebouwen lijken ook allemaal zo op elkaar. Ik durf niemand te vragen waar het kantoor van Nenita Dietz is, want dan zou ik de aandacht maar op mezelf vestigen. Ik verwacht zelfs nog half en half dat Shaun in zijn golfkarretje achter me aan komt sjezen om een burgerarrestatie te verrichten.

Ik sla weer een hoek om en blijf in de schaduw van een grote rode luifel staan. Wat nu? Het is een onafzienbaar groot terrein. Ik ben compleet verdwaald. Er komt weer een golfkarretje vol toeristen langs en ik maak me klein in de schaduw. Ik voel me net een vluchteling die de geheime politie ontduikt. Waarschijnlijk hebben ze mijn signalement inmiddels aan alle golfkarbestuurders doorgeseind. Ik sta vast al op een lijst van gezochte misdadigers.

Dan ratelt er opeens iets langs me heen en ik knipper verbluft met mijn ogen. Het is zo blinkend, kleurig en prachtig dat ik wil juichen. Het is een godsgeschenk! Het is een kledingrek! Het is een meisje dat een rek met kleren in plastic hoezen duwt. Ze stuurt het rek behendig met één hand over de stoep, met haar telefoon in haar andere hand, en ik hoor haar zeggen: 'Ik kom eraan. Oké, geen paniek. Ik ben er bijna.'

Ik heb geen idee wie dat meisje is of wat ze doet, maar ik weet wel dat waar kleren zijn, een kostuumafdeling is. Waar zij naartoe gaat, wil ik ook zijn. Ik zet zo onopvallend mogelijk de achtervolging in, achter pilaren wegduikend en met een hand voor mijn gezicht. Ik denk dat ik niet opval, al kijken een paar mensen in het voorbijgaan verwonderd naar me.

Het meisje slaat twee keer een hoek om en neemt een zijpad, en ik blijf achter haar. Misschien werkt ze wel voor Nenita Dietz! En zelfs als dat niet het geval is, zou ik nog andere invloedrijke mensen kunnen ontmoeten.

Het meisje verdwijnt door een klapdeur. Ik wacht even en ga dan ook behoedzaam naar binnen. Ik sta in een brede gang met deuren aan weerszijden, en voor me begroet het meisje een man met een headset op. Zijn blik valt op mij en ik duik snel weg, een zijgangetje in. Daar gluur ik door een glazen paneel en dan hap ik naar lucht. Ik heb de heilige graal gevonden! Ik zie een ruimte vol tafels en naaimachines en overal rekken met kleding. Dit móét ik zien. Er is niemand, goddank, dus duw ik de deur open en loop op mijn tenen naar binnen. Tegen een van de wanden staat een rek met historische kostuums, en ik bekijk ze een voor een en voel aan het prachtige plisséwerk, de ruches en de stoffen knopen. Stel je voor dat je aan een kostuumfilm werkt. Stel je voor dat je al die schitterende jurken mag uitkiezen. En moet je die hoeden zien! Net als ik naar een prachtige luifelhoed met een breed lint erom reik, gaat de deur open en kijkt er een meisje in jeans met een headset op naar binnen.

'Wie ben jij?' vraagt ze streng, en ik schiet schuldbewust overeind. Shit.

Terwijl ik het hoedje terugzet, denk ik als een razende na. Ze mogen me er nu niet uitzetten, dat mag gewoon niet. Ik moet bluffen.

'O, hallo daar,' zeg ik. Ik probeer vriendelijk en normaal te klinken. 'Ik ben nieuw hier. Net begonnen. Daarom ken je me nog niet.'

'O.' Ze fronst haar voorhoofd. 'Is er verder niemand?'

'Eh... nu even niet. Weet jij waar Nenita Dietz is?' vraag ik. 'Ik moet iets aan haar doorgeven.'

Ha! Goed gedaan. Nu alleen nog vragen waar haar kantoor ook alweer is en ik ben binnen.

Het meisje denkt na. 'Zijn ze dan niet nog op locatie?'

Op locatie? De moed zakt me in de schoenen. Het was helemaal niet in me opgekomen dat ze op locatie zou kunnen zijn.

'Of misschien zijn ze gisteren teruggekomen. Ik weet het niet.' Nenita Dietz lijkt het meisje totaal niet te boeien. 'Waar zit iedereen?' Ze kijkt geërgerd om zich heen en ik begrijp dat ze de mensen bedoelt die hier werken.

'Kweenie,' zeg ik schouderophalend. 'Ik heb niemand gezien.' Ik geloof dat ik het wel goed doe. Zo zie je maar: als je maar in jezelf gelooft.

'Beseffen ze niet dat we een film maken?'

'Ja,' zeg ik meelevend. 'Je zou denken dat ze dat beseften.'

'Het is die mentaliteit.'

'Vreselijk,' beaam ik.

'Ik heb echt geen tijd om achter mensen aan te rennen.' Ze zucht. 'Oké, dan moet jij het maar doen.' Ze laat me een witte katoenen blouse met ruches langs de kraag zien.

'Wat?' zeg ik niet-begrijpend, en het meisje knijpt wantrouwig haar ogen tot spleetjes.

'Je bént toch wel coupeuse?'

Mijn hele gezicht verstijft. Coupéúse?

'Eh... natuurlijk,' zeg ik na een eeuwigheid. 'Natuurlijk ben ik coupeuse. Wat zou ik anders moeten zijn?'

Ik moet hier weg. Snel. Maar voordat ik in beweging kan komen, overhandigt het meisje me de blouse.

'Oké. Dit is dus voor de oude mevrouw Bridges. Er moet een zoom in van een centimeter. Je moet deze kleding blind zomen,' voegt ze eraan toe. 'Dat heeft Deirdre je vast wel verteld. Heeft ze je uitgelegd hoe de blindzoomvoet werkt?'

'Absoluut.' Ik doe mijn best om deskundig te klinken. 'Blind zomen. Ik wilde eigenlijk net koffie gaan halen, dus ik doe het straks wel.' Ik leg de blouse naast een naaimachine. 'Leuk je gezien te hebben...'

'Godallemachtig!' barst het meisje uit, en ik maak een sprongetje van schrik. 'Je doet het niet straks, je doet het nú! We zijn aan het draaien. Het is je eerste dag hier en dan stel je je zo op?'

Ze is zo angstaanjagend dat ik achteruitdeins.

'Sorry,' piep ik.

'Nou, komt er nog wat van?' Het meisje knikt naar de naaimachines en slaat haar armen over elkaar. Er is geen ontkomen meer aan. 'Oké,' zeg ik na een korte stilte, en ik ga achter een van de naaimachines zitten. 'Dus.'

Ik heb mam achter de naaimachine gezien. En Danny. Je legt de stof gewoon onder de naald en dan trap je op het voetpedaal. Ik kan dit wel.

Met een verhit gezicht schuif ik de blouse voorzichtig onder het voetje van de naaimachine.

'Moet je die zoom niet eerst afspelden?' vraagt het meisje kritisch.

'Eh... dat doe ik onder het naaien,' zeg ik. 'Dat ben ik zo gewend.'

Ik trap het pedaal in om het uit te proberen en tot mijn opluchting begint de naaimachine enthousiast te snorren, alsof ik een expert ben. Ik reik naar een speld, prik hem door de stof en naai nog een stukje. Ik geloof dat het er wel overtuigend uitziet zolang het meisje niet dichterbij komt staan.

'Kom je het straks halen?' zeg ik. 'Of zal ik het je komen brengen?'

Tot mijn opluchting knettert haar headset. Ze schudt korzelig haar hoofd, probeert te luisteren en stapt de gang in. Ik hou meteen op met naaien. De hemel zij dank. Tijd om het hazenpad te kiezen. Net als ik van mijn stoel kom, zwaait de deur weer open en komt het meisje tot mijn ontzetting terug.

'Ze willen ook een paar paspels in het voorpand. Ben je klaar met die zoom?'

'Eh...' Ik slik. 'Bijna.'

'Schiet dan op en maak die paspels.' Ze klapt in haar handen. 'Hop, hop! Ze zitten te wachten! Nu!'

'Ja.' Ik knik en trap haastig het pedaal weer in. 'Paspels. Zo gepiept.'

'En twee extra mouwplooitjes op de schouder. Zou dat lukken?'

'Mouwplooitjes. Geen probleem.'

Ik stik kwiek een naad, draai de stof om en naai er nog een. Ze kijkt nog steeds naar me. Waarom kijkt ze zo naar me? Heeft ze niets beters te doen?

'Zo,' zeg ik. 'Dan ga ik nu die... paspels maken.'

Ik heb geen idee wat ik doe. Ik schuif de blouse heen en weer, kriskras naden stikkend. Ik durf niet te stoppen; ik durf niet op te kijken.

95

Ik smeek het meisje in mijn gedachten weg te gaan. *Ga weg, alsje-blieft… alsjeblieft, alsjeblieft, ga nou weg…*

'Ben je bijna klaar?' Het meisje luistert naar haar headset. 'Ze zitten erop te wachten.'

Het voelt alsof ik in een oneindige naainachtmerrie zit. De blouse zit vol grillige naden. Ik heb het ding zelfs overal aan elkaar gestikt. Ik schuif hem steeds koortsachtiger heen en weer, heen en weer, biddend dat iets me hieruit zal verlossen…

'Hallo? Pardon?' roept het meisje boven het geluid van de naaimachine uit. 'Hoor je me? Hé!' Ze slaat met haar hand op de tafel. 'Hoor je me?'

'O.' Ik kijk op alsof ik haar nu pas hoor. 'Sorry. Ik zat te naaien.'

'De blouse?' Ze houdt haar hand op.

Ik kijk haar strak aan. Het bloed gonst in mijn oren. Ze kan nu elk moment de blouse onder de naaimachine vandaan trekken en dan is het afgelopen. Ze zal me niet laten gaan; ik word gearresteerd door de speciaal agenten van de studio in hun zwarte colberts en dan is mijn hele plan in duigen gevallen voordat ik goed en wel begonnen ben.

'Weet je… ik geloof dat ik toe ben aan een carrièreswitch,' zeg ik radeloos.

'Wát?' Het meisje kijkt me stomverbaasd aan.

'Ja. Nu besef ik het opeens. Ik wil geen coupeuse meer zijn, ik wil met dieren werken.'

'Met dieren?' Ze is totaal perplex en daar maak ik gebruik van door op te staan en me langs haar heen te werken, in de richting van de deur.

'Ja. Ik ga naar Borneo, met gorilla's werken. Dat is altijd mijn grote droom geweest. Dus, eh, dank je wel voor deze kans.' Ik loop achteruit naar de deur. 'Bedank Deirdre ook maar namens mij. Het was heel prettig werken met jullie!'

Als ik me door de klapdeuren naar buiten haast, kijkt het meisje me nog met open mond na. Ik hoor haar iets roepen, maar ik blijf niet staan om te luisteren. Ik moet hier weg.

The Missouri Echo

Senior uit St. Louis 'ontdekt' in cadeauwinkel in Hollywood

Van onze filmverslaggever

Toen Edna Gatterby (70) uit St. Louis Sedgewood Studio's bezocht, verwachtte ze met een paar souvenirtjes thuis te komen. In plaats daarvan kreeg ze een rol aangeboden in een grote Sedgewood-productie, *Fought the Day*, een tranentrekker die in de Tweede Wereldoorlog speelt. De opnames beginnen volgende maand.

De senior uit Missouri werd door regisseur Ron Thickson uitgenodigd voor een auditie na een ontmoeting in de cadeauwinkel. 'Ik was een cadeautje aan het uitzoeken toen er een oudere dame op de grond viel,' vertelde Thickson. 'Toen ik haar te hulp schoot, zag ik haar gezicht, en dat leek als twee druppels water op mijn visie van Vera, de grootmoeder van de held.' Edna deed later die dag auditie en heeft de bijrol gekregen.

'Ik ben door het dolle heen. Ik heb altijd willen acteren,' zei Edna. 'Ik heb het aan Rebecca te danken,' voegde ze eraan toe, maar ze wilde niet ingaan op de vraag wie 'Rebecca' is.

8

Wat een fiasco. Ik heb Nenita Dietz niet te zien gekregen. Ik heb helemaal niemand gezien. Toen ik buiten kwam was ik zo over mijn toeren dat ik bijna het hele eind naar de poort heb gerend, angstig achteromkijkend of de mannen in het zwart me op de hielen zaten. Ik heb niet eens souvenirs gekocht, dus het was een volkomen nutteloze onderneming. En toen wilde Luke er alles over horen en moest ik doen alsof ik me kostelijk had vermaakt.

Dat was gisteren, en terwijl ik Minnie klaarmaak voor de peuterspeelzaal, voel ik me nog steeds terneergeslagen. Mijn ellende is nog ongeveer een miljoen keer verergerd door een e-mail waarin stond dat Alicia alle ouders vandaag wil spreken over een inzamelingsactie; of we na het afzetten van onze kinderen dus allemaal willen blijven voor een informele bijeenkomst.

Wat betekent dat ik haar, nadat ik haar de afgelopen dagen heb weten te ontlopen, nu toch weer moet zien. Ik weet niet hoe ik mijn zelfbeheersing moet bewaren.

'Wat moet ik doen?' zeg ik tegen Minnie terwijl ik een vlecht in haar vlashaartjes maak.

'Kop thee,' antwoordt Minnie plechtig, en ze geeft me een plastic cocktailglas. We zitten buiten op het terras, waar Minnie 's ochtends meestal wil worden aangekleed (ik kan het haar niet kwalijk nemen, met die heerlijke zon), en al haar knuffels en poppen zitten om ons heen, allemaal met een cocktailglas. Luke komt met zijn koffertje naar buiten en kijkt er verbluft naar.

'Is dit een AA-bijeenkomst voor knuffels?' vraagt hij.

'Nee!' zeg ik giechelend. 'Dat zijn onze cocktailglazen voor in de tuin. Minnie heeft ze in de buitenkeuken gevonden. Ze zijn niet breekbaar, dus laat ik haar er maar mee spelen.'

'Pappie, kop thee,' zegt Minnie, en ze reikt hem een glas aan.

'Oké,' zegt Luke. 'Een snelle kop thee.' Hij zakt door zijn knieën en neemt het glas van haar aan. Dan ziet hij de teddybeer die recht tegenover hem zit. Shit. Ik weet wat hij ziet. Ik had hem moeten verstoppen.

'Becky,' zegt hij, 'draagt die beer mijn Asprey-manchetknopen? Die ik van jou heb gekregen?'

'Eh...' Ik zet een argeloos gezicht op. 'Even zien. Aha. Ja, ik geloof van wel.'

'En mijn Cartier-horloge.'

'Nu je het zegt.'

'En die pop heeft mijn oude jaarclubdas om.'

'Echt?' Ik doe mijn best om niet te giechelen. 'Tja, Minnie wilde haar speelgoed aankleden. Je zou het als een compliment moeten beschouwen dat ze jouw spullen heeft uitgekozen.'

'O, vind je?' Luke ontdoet de beer van zijn horloge, ondanks Minnies protesten. 'Het valt me op dat jíj je onbetaalbare sieraden niet ter beschikking hebt gesteld.'

'Die manchetknopen zijn niet onbetaalbaar.'

'Voor mij misschien wel, omdat ik ze van jou heb gekregen.' Hij trekt zijn wenkbrauwen naar me op en ik voel een schokje, want hoewel ik weet dat hij me plaagt, weet ik ook dat hij het meent.

'Drink thee, pappie,' zegt Minnie gebiedend, en Luke brengt gehoorzaam zijn cocktailglas naar zijn lippen. Ik vraag me af wat de leden van zijn raad van bestuur in Londen zouden zeggen als ze hem zo konden zien.

'Luke...' Ik bijt op mijn onderlip.

'Hm-hm?'

Ik was niet van plan hem lastig te vallen met mijn problemen, maar ik kan me niet bedwingen.

'Hoe moet dat nou met Alicia?'

'Alicia,' zegt Luke knarsetandend, en hij wendt zijn blik hemelwaarts. 'God sta ons bij.'

'Precies! Maar ze is hier, en ik moet haar vandaag op de peuterspeelzaal zien, waar iedereen denkt dat ze fantastisch is, en ik zou willen schreeuwen: "Jullie moesten eens weten wat een boosaardige heks ze is!"'

'Tja, dat zou ik maar niet doen,' zegt Luke met een lachje. 'Niet in het openbaar.'

'Jij hebt nergens last van! Jij bent heel goed met mensen die je niet mag. Jij wordt gewoon heel kalm en ijzig. Ik raak helemaal over m'n toeren.'

'Denk gewoon aan je waardigheid. Een betere raad kan ik je niet geven.'

'Mijn waardigheid!' herhaal ik wanhopig, en Minnie spitst haar oren.

'Waar-de-wijd,' articuleert ze met zorg, en Luke en ik schieten in de lach, waarop zij ons stralend aankijkt en het nog eens zegt. 'Waar-de-wijd. Waar-de-wijd!'

'Zo is dat,' zegt Luke. 'Waardewijd. Ik moet ervandoor.' Hij staat op, en terwijl hij het doet, berooft hij de teddybeer van zijn manchetknopen. Ik neem zogenaamd een slok thee en wens in stilte dat het echt een cocktail was, dat Luke vandaag vrij kon nemen en dat Alicia in Timboektoe woonde. 'Schat, niet tobben,' zegt Luke alsof hij mijn gedachten kan lezen. 'Je kunt het. Kin omhoog, ogen van staal.'

Ik moet wel giechelen, want dat is precies hoe hij eruitziet als hij kwaad op iemand is maar niet van plan is een scène te schoppen.

'Dank je.' Ik sla mijn armen om hem heen en geef hem een kus. 'Ik ken niemand met zoveel waardewijd als jij.'

Luke springt in de houding en buigt als een Oostenrijkse prins, en ik lach weer. Ik heb echt de beste man van de wereld. En ik ben absoluut niet bevooroordeeld.

Tegen de tijd dat ik bij Little Leaf aankom, ben ik eruit. Luke heeft me geïnspireerd. Ik blijf sereen en ik laat me niet door Alicia op de kast jagen. Minnie huppelt meteen naar haar speelkameraadjes en ik zet koers naar de ouderkamer, waar Alicia haar praatje schijnt te houden. Ik hoor een stofzuiger binnen, ga ervan uit dat de kamer nog niet in gereedheid is gebracht en leun tegen de muur om te wachten. Even later hoor ik voetstappen en zie Alicia de hoek omkomen, zoals altijd onberispelijk in haar yogakleren en met iets wat eruitziet als een gloednieuwe Hermès-tas aan haar arm.

Oké, daar ga ik. Kin omhoog. Ogen van staal. Kalm blijven.

'Hallo,' zeg ik. Ik probeer afstandelijk, maar betrokken en onaangedaan over te komen, en intussen het morele gelijk aan mijn kant te houden. En dat allemaal in twee lettergrepen.

'Becky.' Alicia geeft me een knikje en leunt tegen de muur recht tegenover me. Het voelt alsof we in een bizarre schaakwedstrijd zitten. Alleen weet ik niet wat de volgende zet is.

Nou ja. Het is geen schaakspel, hou ik mezelf voor. Het is geen strijd. Ik ga niet eens aan Alicia dénken. Ik ga… mijn telefoon checken. Ja. Terwijl ik een aantal berichten lees die ik al heb gelezen, zie ik Alicia tegenover me hetzelfde doen. Alleen lacht zij de hele tijd zachtjes, en ze schudt haar hoofd en roept dingen als: 'Dat meen je niet!' en 'O, hilarisch', alsof ze duidelijk wil maken hoe boeiend haar leven wel niet is.

Ik herhaal als een razende in mezelf dat ik niet op haar moet letten, niet aan haar moet denken... maar ik kan er niets aan doen. Ons gezamenlijke verleden blijft als een film aan mijn geestesoog voorbijtrekken. Al die keren dat ze me heeft ondermijnd, al haar intriges, haar krengerigheid...

Mijn borstkas begint te zwoegen van verontwaardiging, ik bal mijn vuisten en klem mijn kiezen op elkaar. Het is duidelijk dat Alicia het merkt, want ze stopt haar telefoon weg en neemt me op alsof ik een interessante curiositeit ben.

'Rebecca,' zegt ze op die newage-achtige, mierzoete toon van haar die maakt dat ik haar wel kan slaan, 'ik weet dat je vijandige gevoelens hebt naar mij toe.'

Ze heeft een beetje een Amerikaans accent gekregen. Uiteraard.

'Vijandig?' Ik kijk haar ongelovig aan. 'Natuurlijk heb ik vijandige gevoelens!'

Alicia zucht alleen maar, alsof ze wil zeggen: jammer dat je je zo voelt, maar ik heb geen idee waarom.

'Alicia,' zeg ik vlak, 'herinner je je eigenlijk nog wel hoe je me in de loop der jaren hebt behandeld? Of heb je het allemaal verdrongen?'

'Laat ik je iets over mijn reis vertellen,' zegt Alicia ernstig. 'Toen ik Wilton leerde kennen, zat ik helemaal niet lekker in mijn vel. Ik dacht dat ik op alle mogelijke manieren tekortschoot. Hij heeft me geholpen bij mijn zelfverwezenlijking.'

Argh. Zélfverwezenlijking. Betekent dat wel iets? Zelfverheerlijking, zal ze bedoelen.

'De oude Alicia zat in een negatieve spiraal.' Ze kijkt er droefgeestig bij. 'De oude Alicia was in veel opzichten nog een kind.' Ze praat alsof 'de oude Alicia' niets met haar te maken heeft.

'Dat was jij,' fris ik haar geheugen op.

'Ik weet dat onze relatie in het verleden misschien...' – ze zwijgt alsof ze naar het juiste woord zoekt – '... uit balans was. Maar nu ik het evenwicht heb hersteld, moeten we dat achter ons laten, nietwaar?'

'Het evenwicht hersteld?' Ik gaap haar aan. 'Wat voor evenwicht?'

'Waarom heb ik je dochter anders bij Little Leaf aanbevolen?' zegt ze met een gezicht alsof ze ontzettend in haar nopjes is met zichzelf. Opeens vallen de puzzelstukjes in mijn hoofd op hun plaats. 'Jij hebt Minnie aanbevolen... Waarom, om het goed te maken?' Alicia glimlacht fijntjes en buigt haar hoofd, alsof ze Moeder Teresa is en me zegent.

'Geen dank,' zegt ze.

Geen dank? Ik heb overal jeuk, zo erg vind ik dit. Ik heb zin om de peuterspeelzaal in te banjeren, Minnie van de vloer te plukken en Little Leaf voorgoed achter me te laten, maar dat zou niet eerlijk zijn tegenover Minnie.

'Dus jij denkt dat we nu quitte staan?' vraag ik voor de zekerheid. 'Jij denkt dat je je rekening hebt vereffend?'

'Als jij dat zo ziet, dan werkt dat zo.' Ze haalt losjes haar schouders op. 'Ikzelf zie de wereld niet zo rechtlijnig.' Ze lacht neerbuigend naar me, net als toen zij nog in de financiële pr zat en ik journalist was en haar mantelpak duurder was dan het mijne en we dat allebei wisten.

'Laat dat rechtlijnig maar zitten!' Mijn gedachten zijn zo warrig en fel dat ik het moeilijk vind om ze te verwoorden. Laat staan dat ik mijn waardewijd zou kunnen bewaren. 'Als je maar antwoord geeft op deze ene vraag, Alicia. Heb je ook maar een beetje spijt van alles wat je me hebt aangedaan? Heb je berouw?'

De woorden blijven tartend in de lucht hangen. En terwijl ik naar haar kijk, begint mijn hart plotseling verwachtingsvol te bonzen. Mijn wangen gloeien en ik voel me een kind van tien op het speelterrein. Na alle schade die ze Luke en mij heeft berokkend. Als ze het echt goed wil maken, moet ze sorry zeggen. Ze moet het zeggen en ze moet het echt menen. Ik hou mijn adem in, merk ik. Hier heb ik heel lang op gewacht. Een spijtbetuiging van Alicia Billenkont.

Maar het blijft stil. En als ik opkijk en haar blauwe ogen vind, zie ik dat ze het niet gaat doen. Natuurlijk niet. Al dat geklets over goedmaken. Ze heeft geen greintje spijt.

'Rebecca...' zegt ze bedachtzaam. 'Ik geloof dat je geobsedeerd bent.'

'Nou, en ik denk dat jij nog steeds een boosaardige héks bent!' flap ik er uit voordat ik me kan bedwingen, en ik hoor een luid gehijg achter me. Ik draai me bliksemsnel om en zie een stel moeders op een kluitje achter ons in de gang staan, allemaal met grote ogen en een paar met een hand voor hun mond geslagen.

Mijn hart slaat een slag over. Ze hebben me allemaal gehoord. En ze zijn allemaal dol op Alicia. Ze zouden het in geen miljoen jaar begrijpen.

'Rebecca, ik weet dat je dat niet meende,' zegt Alicia prompt met haar stroperigste newagestem. 'Dit is een stressvolle tijd voor je; het is begrijpelijk, we zijn er allemaal voor je...' Ze reikt naar mijn hand en ik laat lichtelijk verdwaasd toe dat ze hem pakt.

'Queenie, schat, wat ben je toch begripvol!' roept Carola uit terwijl ze mij met vuurspuwende ogen aankijkt.

'Queenie, gaat het?' vraagt Sydney, die de ouderkamer in loopt. De andere moeders lopen achter haar aan en ze hebben allemaal een vriendelijk woord voor Alicia en mijden mijn blik. Het is alsof ik een besmettelijke ziekte heb.

'Ik ga,' mompel ik, en ik trek mijn hand los uit Alicia's koele greep.

'Kom je niet naar het praatje, Rebecca?' vraagt Alicia poeslief. 'Je bent van harte welkom.'

'Ik sla een keer over,' zeg ik, en ik draai me op mijn hakken om. 'Maar toch bedankt.'

Ik loop met opgeheven hoofd door de gang, maar mijn gezicht is knalrood en er ligt een huilbui op de loer. Ik heb het verprutst en Alicia heeft weer gewonnen. Hoe kan het dat ze weer heeft gewonnen? Is dat nou eerlijk?

Weer thuis voel ik me somberder dan ooit sinds we in LA zijn aangekomen. Het gaat allemaal mis, op alle fronten. Ik heb gefaald in mijn missie om Nenita Dietz te ontmoeten. Ik heb gefaald in mijn missie hopen nieuwe vriendinnen te vinden. Iedereen bij Little Leaf zal wel denken dat ik een afgrijselijk psychiatrisch geval ben.

Net als ik de keuken in loop en me afvraag of ik een glas wijn zal inschenken, gaat de telefoon. Het is Luke, tot mijn verbazing. Hij belt meestal niet midden op de dag.

'Becky! Hoe gaat het?'

Hij klinkt zo warm en vriendelijk en vertrouwd dat ik een verschrikkelijk moment lang bang ben dat ik in tranen zal uitbarsten.

'Ik heb Alicia net gezien,' zeg ik, en ik zak op een stoel. 'Ik heb geprobeerd mijn waardewijd te bewaren.'

'Hoe ging dat?'

'Nou, weet je nog dat je tegen me zei dat ik niet moest schreeuwen dat ze een boosaardige heks is? Ik heb geschreeuwd dat ze een boosaardige heks is.'

Luke lacht zo hartelijk en geruststellend dat ik me op slag beter voel.

'Trek het je niet aan,' zegt hij. 'Negeer haar gewoon. Jij staat zo ver boven haar, Becky.'

'Weet ik, maar ze is elke dag op de peuterspeelzaal, en ze zijn allemaal gek op haar…' Mijn stem sterft zwakjes weg. Luke begrijpt de hele schoolpleinkwestie niet goed. Als hij Minnie ophaalt, beent hij regelrecht naar de deur en neemt haar mee, zonder dat hij zelfs maar lijkt te merken dat er andere ouders zijn, laat staan wat ze dragen of waar ze over roddelen, of wie er met scheve ogen naar wie kijkt.

'Ben je thuis?' vraagt hij.

'Ja, ik ben net terug. Hoezo, ben je iets vergeten? Moet ik het komen brengen?'

'Nee.' Luke zwijgt even. 'Becky, ik wil dat je je relaxt.'

'Oké,' zeg ik verwonderd.

'Als je maar relaxed blijft.'

'Ik bén relaxed!' zeg ik korzelig. 'Waarom zeg je de hele tijd dat ik relaxed moet doen?'

'Omdat de plannen zijn gewijzigd. Ik kom naar huis voor een bespreking. Met…' Hij aarzelt. 'Met Sage.'

Als door de bliksem getroffen schiet ik overeind. Al mijn zenuwuiteinden tintelen. Weg is mijn sombere bui. Alicia lijkt opeens niet meer belangrijk in mijn leven. Sage Seymour? Hier? Wat moet ik aan? Heb ik nog tijd om mijn haar te wassen?

'Ik denk niet dat we je zien,' zegt Luke. 'Waarschijnlijk gaan we meteen in de bibliotheek zitten, maar ik wilde je toch waarschuwen.'

'Oké,' zeg ik ademloos. 'Zal ik wat hapjes maken? Ik kan cupcakes bakken. Met quinoa,' voeg ik er haastig aan toe. 'Ik weet dat ze van quinoa houdt.'

'Schat, doe geen moeite.' Luke lijkt even na te denken. 'Misschien zou je zelfs beter weg kunnen gaan.'

Weg? Wég? Is hij niet goed wijs?

'Ik blijf hier,' zeg ik gedecideerd.

'Oké,' zegt Luke. 'Nou… tot over een halfuurtje dan maar.'

Een halfuur! Ik leg mijn telefoon weg en kijk om me heen. Het huis bevalt me opeens niet meer. Het ziet er lang niet cool genoeg

uit. Ik moet de meubelen verzetten. En ik moet de goede outfit uitkiezen, en mijn make-up overdoen... maar alles op zijn tijd. Ik pak
mijn telefoon weer en sms Suze en mam, met vingers die onhandig
zijn van opwinding: Raad eens? Sage komt naar ons huis!

Op de een of andere manier lukt het me om een halfuur later bijna
klaar te zijn. Ik heb mijn haar gewassen en de föhn er keihard op
gezet, en ik heb krulspelden in mijn haar (die ik er gauw uit haal
zodra ik de auto hoor). Ik heb de zitelementen in de woonkamer
anders gezet en de kussens opgeschud. Ik heb mijn nieuwe hemdjurk van Anthropologie aan en ik heb alle nieuwe films van Sage
gegoogeld en de verhaallijnen uit mijn hoofd geleerd.

Ik heb een paar complete outfits klaarliggen voor Sage, maar ik
laat ze niet meteen zien. Ik wil niet dat ze zich overdonderd voelt. Ik
zal dit sowieso subtiel moeten aanpakken, want ik weet dat Luke het
niet op prijs zal stellen als ik zijn bespreking onderbreek. Ik doe het
heel nonchalant, besluit ik. Ik laat de brokaten jas ergens slingeren
en dan bewondert ze hem en past hem en dan komt het balletje vanzelf aan het rollen.

Ik hoor in de verte een auto aan de voorkant van het huis, gevolgd
door het geluid van slaande portieren. Ze zijn er! Ik steek een hand
op om mijn haar glad te strijken – en denk opeens weer aan de krulspelden. Ik trek ze snel uit mijn haar en mik ze een voor een in een
grote bloempot. Ik schud mijn haar uit, ga ongedwongen op de bank
hangen en pak de *Variety*, een briljant rekwisiet, want je ziet er op
slag uit als een cool filmpersoon.

Ik hoor de voordeur. Ze komen binnen. Rustig blijven, Becky...
hou je hoofd koel...

'... in de bibliotheek, dacht ik zo,' hoor ik Luke zeggen. 'Sage, dit
is mijn vrouw, Becky.'

Er komen drie mensen de kamer in en mijn gezicht begint te
tintelen. O, mijn god. Ze is het. Ze is het! Hier, in deze kamer! Ze is
kleiner dan ik had verwacht, met dunne gebronsde armpjes en dat
bekende honingkleurige haar. Kleding: een piepkleine witte spijkerbroek, oranje ballerina's, een grijs hemdje en Het Jasje. Hét Jasje. Ongelooflijk dat ze het aanheeft! Het is van licht, boterzacht suède en
ze stond er vorige week mee in *US Weekly*. Het was in de rubriek
'Wie droeg het het best?' en zij had gewonnen. Natuurlijk had ze
gewonnen.

105

Aran ken ik al: hij is Sage' manager. Hij is groot, gespierd en blond, met blauwe ogen en schuine wenkbrauwen, en hij geeft me een beleefde begroetingszoen.

'Hallo, Becky,' zegt Sage vriendelijk. 'We hebben elkaar aan de lijn gehad, hè? Voor Lukes feest.'

Ze heeft een ongelooflijk accent. Grotendeels Amerikaans, maar met een vleugje Frans, want haar moeder is een halve Française en ze heeft haar vroege jeugd in Zwitserland doorgebracht. *People* heeft het ooit 'het meest sexy accent dat er rondloopt' genoemd, en ik ben het er wel mee eens.

'Klopt,' zeg ik ademloos. 'Ja. Hallo.'

Ik probeer nog iets te verzinnen om te zeggen... iets geestigs... kom op, Becky... maar er is iets met mijn hoofd. Het is leeg. Het enige wat ik kan denken, is: *daar is Sage Seymour! In mijn woonkamer!*

'Jullie hebben een mooie tuin,' zegt Sage op een toon alsof ze een diepzinnige wijsheid verkondigt.

'Dank je. Dat vinden wij ook.' Luke loopt naar de glazen tuindeuren en duwt ze open. Sage en Aran lopen met hem mee naar buiten en ik volg in hun kielzog. We kijken allemaal naar het uitnodigende blauw van het zwembad en ik doe mijn uiterste best om iets te verzinnen om te zeggen, maar het lijkt alsof ik watten in mijn hoofd heb.

'Zullen we hier gaan zitten?' zegt Luke, en hij gebaart naar de buiteneettafel. Er hangt een enorme parasol boven die de zwembadman elke dag schoonspuit met de tuinslang.

'Ja, goed.' Sage glijdt elegant op een stoel, gevolgd door Aran.

'Er is water in de koeler...' Luke deelt flessen rond.

'Wil er iemand koffie?' Het is me eindelijk gelukt een paar woorden aan elkaar te rijgen.

'Nee, dank je,' zegt Aran beleefd.

'Ik denk dat we alles wel hebben, Becky,' zegt Luke. 'Dank je wel.' Hij geeft me een knikje dat ik begrijp. Het betekent: laat ons nu met rust. Ik doe gewoon alsof ik niets heb gezien.

Ze pakken alle drie mappen en papieren, en ik ren het huis in, pak de brokaten jas, een ceintuur en een paar schoenen en zoef weer naar buiten. Ik duik buiten adem naast Sage op en laat haar de jas zien.

'Deze heb ik net gekocht,' babbel ik. 'Mooi, hè?'

Sage kijkt naar de jas. 'Leuk,' zegt ze met een knikje, en ze richt haar aandacht weer op een vel met kopieën van knipsels uit de pers.

'Wil je hem passen?' vraag ik langs mijn neus weg. 'Ik weet zeker dat het jouw maat is. Hij zou je echt goed staan.'

Sage glimlacht afwezig naar me. 'Nee, hoeft niet,' zegt ze.

Ik ben een beetje in shock. Die jas is zo mooi, ik wist zeker dat ze hem aan zou willen. Nou ja, misschien heeft ze niets met jassen.

'Ik heb deze ceintuur ook gekocht.' Ik laat snel de ceintuur zien. 'Is hij niet waanzinnig?'

De ceintuur komt uit Danny's nieuwe collectie. Hij is van zwart suède, met drie grote gespen van groene kunsthars. Draag hem op een simpel jurkje en je hele outfit knalt gewoon.

'Van Danny Kovitz,' vertel ik. 'Ik ben met hem bevriend, toevallig.'

'Super,' zegt Sage, maar ze maakt geen aanstalten om aan de ceintuur te voelen of hem te pakken, laat staan dat ze zou vragen of ze hem even om mocht. Dit gaat helemaal niet volgens plan.

'Jij hebt maat 37, toch?' zeg ik ten einde raad. 'Ik heb deze schoenen gekocht, maar ze passen mij niet. Wil jij ze hebben?'

'Echt?' Ze kijkt me verbaasd aan.

'Ja! Absoluut! Neem maar.' Ik zet ze op de tafel. Het zijn zacht koraalrode sandalen van Sergio Rossi, heel simpel en ontzettend mooi. Ik wil ze stiekem zelf ook hebben, en het was moeilijk om ze niet in mijn eigen maat te kopen, maar in die van Sage.

'Leuk.' Hè, hè! Sage toont eindelijk een beetje belangstelling. Ze pakt een van de schoenen en draait hem in haar hand om. 'Die zal mijn zus mooi vinden. We hebben dezelfde maat. Ze krijgt al mijn afdankertjes. Dank je wel!'

Ik kijk haar ontzet aan. Haar zus? Áfdankertjes?

'Waarom heb je ze in de verkeerde maat gekocht?' bedenkt Sage plotseling. 'Is dat niet raar?'

Ik ben me bewust van Lukes sardonische blik, vanaf de andere kant van de tafel.

'O. Ja.' Ik voel dat ik rood aanloop. 'Nou... ik was in de war met de Britse en de Amerikaanse maten. En ik had ze niet gepast. En ze kunnen niet geruild worden.'

'Goh, balen. Nou, bedankt!' Ze geeft de sandalen aan Aran, die ze in een tas aan zijn voeten stopt, en ik kijk beteuterd hoe ze verdwijnen.

Ze vond helemaal niets mooi van wat ik had gekocht. Ze heeft niet voorgesteld samen te gaan shoppen, ze heeft me geen advies gevraagd voor de volgende keer op de rode loper, niets van dat alles.

Ik voel me tegen wil en dank ontmoedigd, maar ik ga het niet opgeven. Misschien moet ik Sage gewoon wat beter leren kennen.

Luke geeft een vel papier met de kop AGENDA door. Niemand let nog op me. Ik kan niet langer bij de tafel blijven staan dreutelen. Maar ik kan óók niet als een mak schaap naar binnen gaan. Misschien... ga ik zonnebaden. Ja, strak plan. Ik ren het huis in, pak de *Variety* uit de woonkamer, loop nonchalant naar een ligstoel op een paar meter van de tafel en ga erop zitten. Luke kijkt met een licht gefronst voorhoofd naar me, maar ik neem er geen notitie van. Ik mag toch zeker wel zonnebaden in mijn eigen tuin?

Ik sla de *Variety* open en lees een stuk over de toekomst van de 3D-film terwijl ik probeer het gesprek aan de tafel te volgen. Het probleem is dat ze allemaal zo zachtjes praten. Mam klaagt altijd dat de filmsterren van tegenwoordig hun tekst maar een beetje mompelen, en ik moet het wel met haar eens zijn. Ik versta geen woord van wat Sage zegt. Ze zou eens fatsoenlijke spraak- en acteerlessen moeten nemen. Ze zou aan haar stemprojectie moeten werken!

Luke praat al net zo zacht, en de enige wiens stem door de tuin weergalmt, is Aran. En dan vang ik nog maar zo af en toe een los woord op dat mijn nieuwsgierigheid wekt.

'... merk... positioneren... Cannes... volgend jaar... Europa...'

'Vind ik ook,' zegt Luke, 'maar... mompeldemompel... enorm budget... Oscaruitreiking...'

Oscaruitreiking? Ik spits mijn oren. Wat is er met de Oscaruitreiking? God, werden ze maar ondertiteld.

'Weet je wat?' zegt Sage opeens geanimeerd. 'Ze kunnen doodvallen. Het is een stel... mompeldemompel... Pippi Taylor... nou, dat is dan hun keus...'

Ik val bijna van mijn ligstoel in mijn pogingen alles te horen. Ik heb vorige week in de *Hollywood Reporter* gelezen dat Sage de laatste drie audities voor grote rollen had verloren van Pippi Taylor. Er stond ook dat het 'bergafwaarts' ging met Sage, niet dat ik me dat zou laten ontvallen. Ik denk dat ze Luke daarom heeft ingehuurd – om het tij voor haar te keren.

'... toestand met Ramona Kelden...'

'... Ramona Kelden negeren, Sage.'

Ramona Kelden! Ik ga iets rechter zitten en denk als een razende na. Nu weet ik het weer. Er is een oude vete tussen Sage en Ramona

Kelden. Staat er geen clip van ze op YouTube waarin ze op een prijs-
uitreiking achter de coulissen tegen elkaar staan te gillen? Maar ik
kan me niet meer herinneren waar het over ging.
'Negeren, die trut?' roept Sage verontwaardigd uit. 'Na alles wat
ze me heeft aangedaan? Dat meen je toch niet? Ze is een... mompeldemompel...'
'... niet relevant...'
'... wel degelijk relevant!'
O, dit is niet te harden. Deze ene keer kan ik eens iets bijdragen
aan het gesprek! Ik kan me niet meer op de achtergrond houden.
'Ik heb Ramona Kelder ontmoet!' flap ik er uit. 'Ik heb haar pas
nog ontmoet.'
'O, goh.' Sage kijkt even mijn kant op. 'Arme jij.'
'Becky, dat wist ik niet.' Luke kijkt verbaasd op.
'Ja, och. Het was bizar. Jullie raden nooit wat ze aan het doen was.'
Ik voel een flits van triomf als Sage eindelijk opkijkt en ik haar on-
verdeelde aandacht heb.
'Wat deed die maniak dan?'
'Ze...'
Ik zie Ramona's bleke, gespannen gezicht voor me en aarzel even.
Die smekende stem. Haar hand op de mijne. Ik heb beloofd het ge-
heim te houden, denk ik beschaamd. En ik heb me tot nu toe aan die
belofte gehouden. (Behalve dan dat ik het aan Suze heb verteld,
maar dat telt niet.)
Anderzijds, waarom zou ik haar beschermen? Ze heeft de wet
overtreden. Exact. Exact! Eigenlijk had ik haar in haar kraag moeten
grijpen en haar naar het politiebureau moeten sleuren. En toen probeerde ze me af te kopen. Nou, ik laat me niet afkopen. Echt niet.
Niet Becky Brandon. Daar komt nog bij...
Ik bedoel, waar het om gaat...
Oké. De echte, eerlijke waarheid is dat ik alles wil doen om Sage'
aandacht te houden.
'Ze was aan het jatten!' De woorden floepen mijn mond uit voor-
dat ik er nog langer over na kan denken. En als ik op een reactie
hoopte, word ik niet teleurgesteld.
'Dat meen je niet.' Sage' ogen flitsen en ze slaat met haar hand op
tafel. 'Dat méén je niet!'
'Aan het játten?' zegt Aran verbijsterd.
'Kom hier! Kom!' Sage klopt op de stoel naast haar. 'Vertel.'

Ik probeer mijn blijdschap te verdoezelen, haast me naar de tafel en zak op de stoel naast Sage.

O, god, mijn dijen zijn twee keer zo dik als de hare. Nou ja. Ik kijk gewoon niet dijwaarts.

'Wat is er gebeurd?' vraagt Sage happig. 'Waar was je?'

'We waren in een sportzaak in Rodeo Drive. Ze jatte drie paar sokken. Ik bedoel, ze heeft ze wel teruggegeven,' verbeter ik snel. 'Ik denk dat het gewoon... je weet wel... een vlaag van verstandsverbijstering was.'

'En jij hebt haar betrapt?'

'Ik ben achter haar aan gerend,' bevestig ik. 'Ik wist toen nog niet wie ze was.'

'Je bent een held!' Sage steekt een petieterig, beringd handje op en geeft me een high five. 'Goed zo, Becky!'

'Ik had geen idee.' Luke zit er verbijsterd bij.

'Nee, ik had beloofd het tegen niemand te zeggen.'

'Maar je hebt het ons net verteld.' Luke trekt zijn wenkbrauwen naar me op en ik voel een steekje van onbehagen, maar druk het de kop in. Kom op, zeg. Zo erg is het nou ook weer niet. Ik heb het niet wereldkundig gemaakt.

'Jullie vertellen het toch niet door?' Ik kijk naar de anderen. 'Het waren maar drie paar sokken.'

'Nee hoor.' Sage geeft een klopje op mijn hand. 'Bij ons is je geheim veilig.'

'Ze mag blij zijn dat jij haar hebt gepakt en niet de beveiligers van de winkel,' zegt Aran droog.

'Net iets voor haar. Dat kreng komt altijd op haar pootjes terecht.' Sage kijkt vertwijfeld omhoog. 'Als ík haar had gepakt, daarentegen...'

'Hou op, zeg.' Aran lacht blaffend.

'Wat is er tussen jullie gebeurd?' vraag ik voorzichtig. 'Ik weet dat jullie een soort... onenigheid hebben gehad?'

'Onenigheid?' Sage snuift. 'Een aanval zonder enige aanleiding, zul je bedoelen. Dat mens is volkomen doorgedraaid. Ze heeft ze niet allemaal op een rijtje, als je 't mij vraagt.'

'Sage,' zegt Aran met een zucht. 'Geen ouwe koeien uit de sloot halen.' Hij kijkt naar Luke. 'Zullen we doorgaan?'

'Absoluut,' zegt Luke knikkend. 'Laten we...'

'Nee! Becky wil het weten!' Sage trekt zich niets van Aran en Luke aan en wendt zich tot mij. 'Het begon bij de Screen Actors Guild Awards. Ze zei dat zij Beste Actrice had moeten worden omdat zij er in haar film beter uitzag dan ik in de mijne. Hallo? Ik speelde een kankerpatiënt, hoor.'

'Nee!' Ik kijk haar ontzet aan. 'Wat erg.'

'Weet je wat ze zei? "Je krijgt geen onderscheiding voor het afscheren van je haar."' Sage spert haar ogen open. 'Weet je wel hoeveel research ik voor die rol had gedaan?'

'Maar goed...'

'Nou, ze krijgt nu haar verdiende loon.' Sage knijpt haar ogen tot spleetjes. 'Heb je gehoord over die sportfilm die ze aan het maken is? Een nachtmerrie. Ze zijn al tien miljoen over het budget heen en de regisseur heeft het bijltje erbij neergegooid. Iedereen vervloekt haar. Ze gaat eraan.' Haar telefoon piept en ze tuurt naar het scherm. 'O. Ik moet weg. Gaan jullie maar samen door.'

'Je moet wég?' Luke kijkt haar verbaasd aan. 'We zijn nog maar net begonnen!'

'Sage, schat...' Aran zucht. 'We hebben je agenda leeggemaakt voor deze bespreking. We willen horen wat Luke te zeggen heeft.'

'Ik moet weg,' herhaalt ze schouderophalend. 'Ik was vergeten dat ik een les heb bij Golden Peace.'

'Nou, bel dan af.'

'Ik ga niet afbellen!' repliceert ze op een toon alsof Luke gek is. 'Ik zie jullie wel weer.' Ik zie Aran en Luke een gefrustreerde blik wisselen terwijl Sage haar tas pakt, maar wat mij meer boeit, is dat ze naar Golden Peace gaat.

'Zo, ga je vaak naar Golden Peace?' vraag ik langs mijn neus weg.

'O, continu. Het is geweldig. Je zou ook moeten gaan.'

'Dat was ik toevallig al van plan,' zeg ik voor ik het goed en wel besef. 'Dan zie ik je daar!'

'Ga jij naar Golden Peace, Becky?' zegt Luke met een pokerface. 'Daar wist ik niets van.'

'Ja, toevallig wel.' Ik mijd zijn onderzoekende blik. 'Ik ga me opgeven voor een paar lessen.'

'O, doe dat!' zegt Sage ernstig. 'Het is ongelooflijk. Ik heb enorme problemen met mijn, zeg maar, gevoel van eigenwaarde, en daar hebben ze flink aan gewerkt. Ik heb ook assertiviteitsproblemen, zelfacceptatieproblemen... Het is niet niks.' Ze zwiept haar haar naar achteren. 'En jij?'

111

'Ik ook,' zeg ik snel. 'Mijn problemen zijn ook niet niks. Ik heb, eh… spendeerproblemen. Daar wil ik aan werken.'

Ik hoor een proest van Lukes kant, maar ik besluit er geen aandacht aan te besteden.

'Aha.' Sage knikt. 'Ik heb begrepen dat ze daar ook een goed programma voor hebben. Het is gewoon een prima plek om met je shit te dealen. Ik bedoel, wat heeft het allemaal voor nut als we niet van onszelf houden, toch?' Ze spreidt haar armen. 'En hoe kunnen we van onszelf houden als we onszelf niet snáppen?'

'Precies.' Ik knik. 'Zo heb ik er ook altijd over gedacht.'

'Super. Nou, dan zie ik je daar. Zullen we een keer koffie gaan drinken?'

'Ja, leuk,' zeg ik zo onverschillig mogelijk.

'Dit is mijn nieuwe mobiele nummer…' Ze pakt mijn telefoon en toetst een nummer in. 'Sms me even, dan heb ik het jouwe ook.'

O, mijn god! Ik kan mezelf wel knijpen. Ik ga koffiedrinken met Sage! Eindelijk kan ik mam en Suze iets vertellen!

Zodra Sage weg is, haast ik me naar binnen om Suze te bellen.

'Hé, Suze!' begin ik zodra ze opneemt. 'Raad eens?'

'Nee, jíj moet raden!' riposteert ze met een stem die overloopt van enthousiasme. 'We gaan naar LA! Ik heb Tarkie overgehaald. Hij gaat een bespreking houden met zijn investeringsmensen daar. Ik zei tegen hem: "Het is onverantwoordelijk om investeringen in de VS te hebben en niet eens te weten wat voor investeringen." Uiteindelijk ging hij dus overstag. En hij is echt aan vakantie toe.' Ze slaakt een zucht. 'Hij is nog kapot van de Spuiter. Heb je de krantenartikelen gezien?'

'Een paar,' zeg ik met een grimas.

'Zijn vader blijft hem maar krantenknipsels sturen en zeggen dat hij de naam Cleath-Stuart heeft beklad.'

'Nee!' zeg ik ontzet.

'Die arme Tarkie voelt zich een grote mislukkeling. En het stomme is dat de fontein nu wél werkt. Het is een fantastische attractie. Maar iedereen heeft het alleen maar over die mislukte onthulling.'

'Nou, kom dan maar zo snel mogelijk naar LA,' zeg ik resoluut. 'We kunnen strandwandelingen maken en alles vergeten en dan knapt Tarkie wel weer op.'

'Precies. Ik ben nu een vlucht aan het uitzoeken,' zegt Suze. 'O, wat was jouw nieuws?' schiet haar dan te binnen.

'O, niets bijzonders,' zeg ik achteloos. 'Alleen dat ik Sage Seymour heb ontmoet en dat het echt klikte en dat we koffie gaan drinken bij Golden Peace.'

Ha!

'O, mijn god!' Suzes stem blaast me bijna omver. 'Kom op, vertel! Hoe was ze? Wat had ze aan? Wat... Wacht even,' onderbreekt ze zichzelf. 'Zei je daar Golden Peace?'

'Ja.' Ik probeer nonchalant te klinken.

'Die afkickkliniek?'

'Ja.'

'Die is opgericht door de echtgenoot van Alicia Billenkont?'

'Ja.'

'Bex, ben je niet goed wijs? Wat heb je daar te zoeken?'

'Het, eh... koopverslavingsprogramma.'

'Wát?' sputtert Suze.

'Ik wil aan mijn problemen werken.' Ik schraap mijn keel. 'Het is niet niks waar ik mee moet dealen.'

Nu ik het tegen Suze zeg, klinkt het op de een of andere manier minder overtuigend.

'Welnee!' zegt ze honend. 'Jij wilt alleen maar met Sage Seymour en alle beroemdheden rondhangen!'

'Nou, en wat dan nog?' sla ik terug.

'Maar ze zijn allemaal zo ráár,' zegt Suze klaaglijk. 'Bex, ga niet raar tegen me doen, alsjeblieft.'

Ik ben er even stil van. Ze heeft gelijk. Ze zijn echt een beetje raar. Alicia is zo raar als het maar kan. Maar als ik niet naar Golden Peace ga, hoe moet ik dan koffiedrinken met Sage?

'Het komt wel goed. Ik zal maar met een half oor luisteren.'

'Nou... goed dan,' zegt Suze met een zucht. 'Maar laat je niet inpakken. Alsjeblieft niet.'

'Erewoord,' jok ik.

Het is een leugentje om bestwil, want ik ben niet van plan te bekennen hoe het echt zit: ik wíl me laten inpakken. Want het is in me opgekomen dat als Sage naar Golden Peace gaat, er nog veel meer mensen zouden kunnen zijn. Wat voor carrièrekansen zou ik daar kunnen vinden? Stel dat ik een beroemde regisseur tegenkom en we bij een kop kruidenthee of wat ze daar ook maar drinken aan de praat raken over de kostuums voor zijn nieuwe film? (Ze zullen er wel kokoswater drinken, of batatenwater. Bananenwater. Iets goors, in elk geval.)

'Bex?'

'O.' Ik schrik op uit mijn gepeins. 'Sorry, Suze.'

'Kom op, vertel,' zegt ze streng. 'Wat had Sage aan? En niets overslaan.'

'Nou…' Ik leun blij achterover voor een lekker lang gesprek. LA is wel fantastisch en opwindend en alles… maar ik mis mijn hartsvriendin echt.

Van: Kovitz, Danny
Aan: Kovitz, Danny
Onderwerp: Ik leef!!!!

lieve vrienden,

ik schrijf dit vanuit het trainingskamp op het eiland kulusuk (groen-land). ik ben hier nu een dag en ik weet al dat deze ervaring me zal transformeren. ik heb me nog nooit zo levend gevoeld. ik heb foto's gemaakt van de sneeuw, het ijs en de schattige eskimo's in hun snoe-zige kleren. ik ben klaar om de uitdaging aan te gaan. ik ben klaar om mijn grenzen te verleggen. ik ben klaar om één te worden met de weidse machtige natuur die me omringt. het is een mystieke ervaring. ik voel me trots en nederig en energiek en opgewonden. ik ga land-schappen zien die maar weinigen hebben aanschouwd. ik ga het uiterste van mezelf vergen. mijn nieuwe collectie zal gebaseerd zijn op die ervaring.

veel liefs en duim voor me. ik stuur weer een mail vanuit het volgende kamp.

danny xxxxx

9

Ik kan alleen maar zeggen... wauw. Namaste. Of is het sat nam? (Ik leer allemaal spirituele, yoga-achtige woorden en probeer die in gesprekken te verwerken. Alleen verhaspel ik 'sat nam' steeds met 'samsam'.)

Waarom heb ik me nooit eerder in holisme verdiept? Waarom heb ik in Engeland nooit een cursus mindfulness gedaan? Of een cursus verken je innerlijke terrein? Of klankheling van jeugdtrauma's? Ik ga nu twee weken naar Golden Peace en mijn hele leven is veranderd. Het is verbluffend!

Om te beginnen ziet het er fantastisch uit. Het is een enorm terrein aan de kust even ten zuiden van Los Angeles. Het was een golfclub, maar nu is het een en al lage, zandkleurige gebouwen en meren met koikarpers, en er is een atletiekbaan waar ik beslist een keer ga hardlopen. Ze verkopen er verse sapjes en gezonde snacks, tussen de middag is er gratis yoga aan het strand en 's avonds hangt iedereen op zitzakken en worden er buiten inspirerende films vertoond. Je wilt er eigenlijk nooit meer weg.

Ik zit in een licht geparfumeerd zaaltje met een donkere houten vloer en witte gordijnen voor de ramen die opbollen in de bries. Alle ruimtes van Golden Peace ruiken hetzelfde – het is hun onderscheidende geur van ylangylang en cederhout en... nog iets heel gezonds. Je kunt de geurkaarsen bij de cadeauwinkel kopen. Ik heb er al acht gekocht, want het zijn ideale kerstcadeaus.

Alle koopverslavingsgroepen zaten vol toen ik belde, maar het is niet erg, want dat ontzettend aardige meisje dat ik aan de lijn had, Izola, heeft me een heel lesprogramma aangeraden. Waar het om gaat, is dat iedereen aan zijn ziel en innerlijke wezen kan werken, want de spirituele spier moet getraind worden, net als alle andere spieren. (Dat heb ik uit de brochure.)

Ik doe de eigenwaardegroep op maandag, 'compassie in communicatie' op dinsdag, 'het transitieve zelf' op woensdag en op vrijdag een geweldige cursus die 'tappen voor balans' heet. Het is nu donderdagochtend en ik zit bij 'mindfulness voor een positief leven'.

Aan het begin van de les zegt de docente altijd dat mindfulness heel moeilijk is, dat het tijd kost om de buitenwereld los te laten en dat we geduld met onszelf moeten hebben, maar ik vind het eigenlijk een eitje. Ik zal wel een natuurtalent zijn.

Het is stil en we mediteren allemaal op iets in de zaal, zoals elke week. De mensen bij Golden Peace zijn gelukkig allemaal heel stijlvol, dus er is altijd wel iets boeiends om op te mediteren. Vandaag concentreer ik me op een beeldige leren rugtas in het blauwgroen die het meisje tegenover me onder haar stoel heeft geschoven. Ik wil haar vragen of ze er ook in het leigrijs zijn, maar misschien kan ik dat beter na de les doen.

'Brian,' zegt Mona, de docente, met zachte stem. 'Zou je je meditatieve reis van vandaag voor ons willen vocaliseren? Waar mediteer je op?'

Ik heb Brian al eerder gezien. Hij is lang en gespierd en hij heeft een flink geprononceerde neus, wat je niet vaak ziet in LA, en hij komt altijd met koffie van Starbucks binnen, al weet ik zeker dat dat niet is toegestaan.

'Ik focus me op de houtnerf in de vloer,' zegt Brian gewichtig. 'Ik kijk naar de manier waarop het hout draait, als eb en vloed. Ik wil aan mijn ex-vrouw denken, maar die gedachten duw ik weg.' Hij klinkt opeens fel. 'Ik ga niet aan haar denken, of aan haar advocaat...'

'Brian, veroordeel jezelf niet,' zegt Mona vriendelijk. 'Laat je gedachten gewoon teruggaan naar de vloer. Neem elk detail in je op. Elke lijn, elk stipje, elke kronkel. Blijf in het moment. Probeer een toestand van verhoogd bewustzijn te bereiken.'

Brian haalt diep adem en kijkt strak naar de vloer. 'Ik ben in het moment,' zegt hij beverig.

'Goed zo!' Mona glimlacht. Dan wendt ze zich tot mij. 'Zo, Rebecca? We hebben nog niet veel van je gehoord. Hoe gaat je meditatie vandaag?'

'Super, dank je!' Ik lach stralend naar haar.

'Waar mediteer je vandaag op?'

'Die tas.' Ik wijs ernaar. 'Hij is heel mooi.'

'Dank je.' Het meisje van de tas glimlacht naar me.

'Een tas.' Mona knippert even met haar ogen. 'Dat is weer eens

117

iets anders. Focus je je op de textuur van de tas... de gespen... de kleur?'

'De banden,' zeg ik.

'De banden. Goed. Misschien kun je je meditatie met ons delen. Vertel ons maar gewoon... wat er in je omgaat. Breng ons naar waar je gedachten zijn.'

'Oké.' Ik haal diep adem. 'Nou, ik denk dat die banden er heel comfortabel uitzien, maar het hangt er maar van af hoe breed je schouders zijn, nietwaar? Dus toen vroeg ik me af of ik hem na de les even om zou mogen doen. Ik heb hem zelf liever in leigrijs, want ik heb al een blauwgroene tas, maar die zou ik ook aan mijn vriendin Suze kunnen geven, want die vindt hem mooi, en ze komt naar me toe. Ze komt zelfs vandaag al! En toen vroeg ik me af of ze deze tas bij Barneys hebben, want ik heb nog een cadeaubon liggen, al heb ik ook een echt mooi jasje voor mijn dochter Minnie op de kinderafdeling gezien dat ik ook wil kopen...'

'Rebecca, stop!' Mona steekt haar hand op en ik hou verbaasd op. 'Stop!'

Wat is er? Ik dacht dat ik het net zo goed deed. Ik was veel boeiender dan Brian met zijn stomme saaie houtnerf.

'Ja?' zeg ik beleefd.

'Rebecca... Laten we onszelf erop wijzen wat mindfulness inhoudt. Het houdt in dat we onze aandacht op de huidige ervaring richten, van moment tot moment.'

'Weet ik,' zeg ik knikkend. 'Mijn huidige ervaring is denken aan die tas,' leg ik uit. 'Is hij van Alexander Wang?'

'Nee, hij is van 3.1 Phillip Lim,' zegt het meisje. 'Ik heb hem van internet.'

'O, oké!' zeg ik gretig. 'Van welke site?'

'Ik geloof niet dat je het begrijpt,' praat Mona door me heen. 'Rebecca, probeer je te focussen op maar één aspect van de tas. Zodra je merkt dat je gedachten afdwalen, leid je je geest kalm weer terug naar het meditatieobject, oké?'

'Maar mijn gedachten dwaalden niet af,' stribbel ik tegen. 'Ik heb de hele tijd aan de tas gedacht.'

'Ik kan je de link wel sturen,' zegt het meisje van de tas. 'Het is echt een fijne rugtas. Er past een iPad in.'

'O, goh! Mag ik hem even om?'

'Ja hoor.' Het meisje reikt naar de tas.

'Mensen!' Mona's stem klink een beetje kattig en ze glimlacht meteen, ter compensatie, lijkt het. 'Leg die tas weg! Oké! Laten we... gefocust blijven. Rebecca, ik raad je aan even af te zien van de tasmeditatie. Probeer je in plaats daarvan te concentreren op je ademhaling. Word je bewust van je adem, die je lichaam in en uit gaat. Niet oordelen... jezelf niet veroordelen... alleen maar op je ademhaling letten. Zou dat lukken, denk je?'

'Oké,' zeg ik schouderophalend.

'Fijn! We gaan weer vijf minuten mediteren allemaal. Je mag je ogen dichtdoen als je dat prettig vindt.'

Het wordt stil in de zaal en ik probeer me gehoorzaam op mijn adem te concentreren. In. Uit. In. Uit. In.

God, wat is dit saai. Wat kun je nou over ademhalen denken?

Ik weet dat ik geen expert ben op het gebied van mindfulness, maar het is toch zeker de bedoeling dat je je goed gaat voelen? Nou, ik zou me stukken beter voelen als ik op een mooie tas mocht mediteren in plaats van op mijn ademhaling.

Mijn ogen gaan open en dwalen naar de rugtas. Niemand kan zien waar ik op mediteer. Ik zeg gewoon dat het mijn ademhaling was. Geen haan die ernaar kraait.

O, ik vind hem echt mooi. Die ritsen zijn zo cool. En ik zou hem echt moeten kopen, want rugtassen zijn goed voor je houding. Suze zal in de wolken zijn met mijn Marc Jacobs. Ik werp een steelse blik op mijn horloge. Waar zou ze nu zijn? In de aankomsthal, hopelijk. Haar vliegtuig zou al geland moeten zijn en ik heb tegen haar gezegd dat ze regelrecht hierheen moet komen voor de lunch. Goddank is er niet alleen kokoswater; ze hebben ook een redelijke cafeïnevrije cappuccino en suikervrije brownies om je vingers bij af te likken, en Suze had gezegd dat ze wat KitKats voor me mee zou brengen...

'En keer nu langzaam met je gedachten terug naar de groep,' onderbreekt Mona's stem mijn gedachten. Om me heen doen mensen hun ogen open en strekken hun benen, en er gapen er een paar. Mona glimlacht naar me. 'Hoe ging dat? Is het je gelukt je geest gefocust te houden, Rebecca?'

'Eh... ja!' zeg ik opgewekt.

Wat ergens ook zo is. Mijn gedachten waren gefocust, alleen niet op mijn ademhaling.

We sluiten af met een minuut stilte en lopen dan achter elkaar aan

119

het zaaltje uit, naar buiten, met onze ogen knipperend in het felle zonlicht. Iedereen zet meteen zijn telefoon weer aan en kijkt er geconcentreerd naar. Dát is nou focussen, als je het mij vraagt. We zouden op onze telefoon moeten mediteren. Ik zou het volgende week kunnen voorstellen...

Yes! Er piept een bericht mijn telefoon in en ik slaak bijna een juichkreet. Het is van Suze! Ze is er!

Oké, het zit zo met Suze. Ze is een van de mooiste mensen die ik ken, en ik ben niet bevooroordeeld. Ze is lang en slank en ze heeft fantastische kleren. Ze kan shoppen als de beste en ze heeft een keer bijna in de *Vogue* gestaan, maar ze heeft wel de neiging veel in een rijbroek, een spijkerbroek of een stokoude saaie Barbour rond te lopen, zeker nu ze permanent op het platteland woont. Dat verwacht ik dus te zien als ik me naar de ingang rep. Suze in een skinny jeans en op ballerina's, misschien met een leuk linnen jasje, en de kinderen in hun gebruikelijke bultige corduroy overgooiers en shorts, door Nanny persoonlijk gemaakt.

Wat ik niet verwacht te zien, is het visioen voor me. Ik moet met mijn ogen knipperen om me ervan te verzekeren dat het de Cleath-Stuarts zijn. Ze zien eruit als een gevierd gezin uit LA. Hoe kán dat?

Suze ziet er zo spectaculair uit dat ik haar amper herken. Om te beginnen heeft ze een minuscuul denim shortje aan. En dan bedoel ik ook echt minuscuul. Haar benen zijn lang en bruin en ze heeft Havaianas-slippers aan haar gepedicuurde voeten. Haar lange haar is blonder dan anders (zou ze het gebleekt hebben?) en ze heeft een waanzinnige Pucci-zonnebril op. De kinderen zien er ook supercool uit. De twee jongetjes hebben een bomberjack aan en gel in hun haar en Clementine steelt de show in een piepkleine skinny jeans en een hemdje.

Ik kan even alleen maar sprakeloos met mijn ogen knipperen. Dan ziet Suze me en begint als een gek te wuiven, en ik kom weer tot leven en ren naar haar toe.

'Suze!'

'Bex!'

'Je bent er!' Ik sla mijn armen om haar heen en knuffel vervolgens de kinderen een voor een. 'Suze, die kleren!'

'Kan het wel?' zegt Suze meteen nerveus, en ze strijkt met haar hand over haar microshortje. 'Ik wilde niet uit de toon vallen. Zie ik er goed uit?'

'Je ziet er fenomenaal uit! Is dat bruin uit een spuitbus?' Opeens spot ik een dolfijn op haar enkel en snak naar adem. 'Suze, zeg nou niet dat je een tattoo hebt genomen.'

'God, nee.' Ze lacht. 'Hij is nep. Iedereen in Los Angeles heeft tatoeages, dus ik dacht dat ik er ook maar een moest hebben voor de reis. En wat vriendschapsarmbandjes.' Ze steekt haar arm naar me uit en ik zie een stuk of twintig vriendschapsbandjes om haar pols, waar anders altijd een antiek Cartier-horloge zit.

'Je bent heel grondig te werk gegaan!' zeg ik geïmponeerd. 'Je ziet er helemaal op zijn LA's uit. Tarkie ook?'

'Nee.' Haar gezicht betrekt. 'Hij wil niet meedoen. Ik had een cool T-shirt met gaten en een afgeknipte broek voor hem gekocht, maar hij wil ze niet aan. Ik krijg hem niet uit zijn jagersjasje.'

'Zijn jagersjasje? In LA?' Ik onderdruk een giechel. Waar Tarkie gaat, gaat zijn jagersjasje. Het is gemaakt van het familietweed, heeft ongeveer vijfennegentig zakken en ruikt het hele jaar naar natte hond.

'Dat bedoel ik! Ik wilde hem een leren bomberjack aantrekken, maar hij weigerde. Hij vindt vriendschapsarmbandjes stom en mijn tattoo afzichtelijk.' Ze kijkt me verontwaardigd aan. 'Hij is niet afzichtelijk. Hij is cool!'

'Hij is prachtig,' zeg ik geruststellend.

'Ik dacht gewoon dat dit een kans voor hem zou zijn om zich ervan los te maken, snap je?' Suzes verontwaardiging gaat over in de bekende stress. 'Hij moet ophouden met kniezen. Hij moet zijn vader vergeten, en de LHL en al die lui.'

'De LHL?' vraag ik. 'Wat is dat?'

'O.' Ze trekt een grimas. 'Had ik dat niet verteld? De Letherby Hall Ligá. Burgers die Letherby Hall steunen. Ze zijn handtekeningen aan het inzamelen tegen de fontein.'

'Nee!' roep ik ontzet uit.

'Echt waar. En toen is een ander stel handtekeningen gaan inzamelen vóór de fontein. Ze kunnen elkaars bloed wel drinken. Ze zijn allemaal knettergek.' Ze huivert. 'Enfin, laten we erover ophouden. Zijn er nog beroemdheden hier?' Haar ogen flitsen heen en weer op weg naar het loungegedeelte. 'Ongelooflijk dat jij naar Golden Peace gaat.'

'Is het niet geweldig?' zeg ik enthousiast. 'Er zijn fantastische praatgroepen, en er is yoga, en ze hebben brownies...' Ik blijf staan op een pleintje met rondom in slanke stenen pilaren gevatte bronzen klokjes. 'Dit zijn trouwens paden van sereniteit,' vertel ik. 'Je mag de klokjes laten klingelen als je helderheid zoekt.'

'Helderheid?' Suze trekt een wenkbrauw op.

'Ja. Je weet wel. Helderheid in je leven.'

'Je krijgt helderheid door een klokje te laten klingelen?' Proestend van het lachen tikt ze met haar vinger tegen een van de klokjes.

'Ja!' zeg ik beledigd. 'Je moet er wel voor openstaan, Suze. Het is een kwestie van vibraties. Het klingelen van het klokje verandert het ritme van je innerlijke oor, wat inzicht en standvastigheid bevordert, en... eh...' O, god, ik ben de rest vergeten. 'Hoe dan ook, ze klinken mooi,' besluit ik zwakjes.

Bryce, de leider persoonlijke groei, heeft me alles uitgelegd over vibraties en helderheid tijdens mijn introductiesessie, en toen snapte ik het helemaal. Ik zal hem moeten vragen of hij het nog eens wil uitleggen.

Opeens klinkt er overal om ons heen een woest geklingel. Suzes kinderen hebben besloten de klokjes te lijf te gaan. Ernest, mijn peetzoon, schopt zelfs tegen een klokje, en het komt bijna los van zijn pilaar.

'Niet doen!' zegt Suze, en ze sleept ze erbij vandaan. 'Te veel helderheid! Kunnen we hier ergens een kop...' – ze betrapt zichzelf – '... smoothie krijgen?'

Ha. Ze wilde 'een kop thee' zeggen. Ik weet het heus wel.

'Heb je zin in een kop thee, Suze?' zeg ik plagerig. 'Met een lekker koekje erbij?'

'Nee, dank je,' zegt ze prompt. 'Ik heb veel liever een vers sapje. Met een shotje tarwegras.'

'Niet waar.'

'Wel waar,' zegt ze koppig.

Ze snakt naar een kop thee, maar ik zal haar niet meer plagen. Ze kan een kop thee drinken als we weer thuis zijn. Ik heb speciaal Engelse theebuiltjes gekocht, én Frank Cooper's Oxford-marmelade, én Branston Pickle.

Ik loods iedereen naar het loungegedeelte, waar ze een café en een kinderspeelplaats hebben. Een groepje mannen is vlakbij aan het strandvolleyballen en onder de bomen is een les tai chi aan de gang.

'Waarom hebben ze een speelplaats?' vraagt Suze als de kinderen naar de schommels zijn gerend en wij aan een tafeltje gaan zitten. 'Er zijn toch geen kinderen hier?'

'O, nee,' zeg ik wijsneuzig, 'maar de bewoners krijgen vaak familiebezoek.'

'Bewoners?'

'Je weet wel. De opgebrande, drugsverslaafde kliniekbewoners. Die zitten daar.' Ik wijs naar een omheind gedeelte van het terrein. 'Er schijnt momenteel een grote, grote superster te zitten, maar niemand wil zeggen wie.'

'Shit!'

'Ja.'

'Zullen we erlangslopen en onopvallend naar binnen gluren?'

'Dat heb ik al geprobeerd,' zeg ik spijtig. 'Je wordt door de beveiligingsmensen weggejaagd.'

'Maar er komen hier toch wel andere sterren?'

'Ja! Massa's!' Ik wil net een opsomming geven als ik een medewerker langs zie lopen. 'Maar dat is natuurlijk heel vertrouwelijk, zodat ik je niets kan vertellen,' zeg ik snel.

Eerlijk gezegd heb ik maar een paar beroemdheden in de praatgroepen gezien, en die waren niet om over naar huis te schrijven. Zoals dat Victoria's Secret-model dat onze hele eigenwaardegroep ophield door ons allemaal apart een geheimhoudingsverklaring te laten tekenen. Toen had ze haar naam verkeerd gespeld en moesten we allemaal 'Brandie' in 'Brandee' veranderen en er een paraaf bij zetten. En vervolgens had ze niets te melden wat ook maar een beetje boeiend was. Ik bedoel, nou vraag ik je.

'Ik ga koffiedrinken met Sage Seymour!' zeg ik om het goed te maken, maar Suze fronst misnoegd haar voorhoofd.

'Zou je dat niet twee weken geleden al gaan doen?'

'Ja, nou, ze heeft het druk...' Ik zie iemand naar ons toe komen en breek mijn zin af.

'O, mijn god,' fluister ik. 'Wat ziet Tarquin er verschrikkelijk uit.'

'Ja!' zegt Suze. 'Dat bedoel ik nou! Hij had toch minstens een spijkerbroek kunnen aantrekken?'

Maar dat bedoelde ik niet. Ik kijk niet naar zijn tweed jagersjasje, of naar zijn afgetrapte gaatjesschoenen, of naar de mosterdgele tricot stropdas om zijn nek. Het is zijn gezicht. Hij ziet er zo afgetobd uit. En zijn schouders hebben iets kroms en hangerigs wat ik me niet herinner.

Luke heeft ook vaak gedoe op zijn werk, denk ik onwillekeurig, maar dat is anders. Hij heeft zijn bedrijf zelf opgebouwd. Hij was de drijvende kracht. Het is zijn schepping. Terwijl Tarquin zomaar de last van een immens imperium op zijn schouders kreeg geworpen toen zijn grootvader stierf. En zo te zien lijkt die nu te zwaar voor hem te zijn.

'Tarkie!' Ik spring op en ren naar hem toe om hem te begroeten. 'Welkom in Hollywood!'

'O. Ahum.' Hij weet een zwak glimlachje op te brengen. 'Ja. Hollywood. Magnifiek.'

'Tarkie, doe je jagersjasje uit,' zegt Suze. 'Je moet het snikheet hebben. Trouwens, waarom doe je je overhemd niet ook uit?'

'Mijn overhemd uit? In het openbaar?' zegt Tarquin gechoqueerd, en ik onderdruk een giechel. Ik kan maar beter niet met hem naar Venice Beach gaan.

'Wat zon op je lijf! Dat zal je goeddoen! Kijk, die mannen daar lopen ook allemaal in hun blote bast.' Suze wijst bemoedigend naar de strandvolleyballers, die bijna allemaal in een afgeknipte broek lopen en verder alleen een bandana dragen.

Suze kan best bazig zijn als ze wil, en binnen dertig seconden heeft Tarkie zijn jagersjasje, zijn stropdas, zijn overhemd en zijn sokken en schoenen uitgetrokken. Tot mijn verbazing is hij best bruin en gespierd.

'Tarkie, heb je getraind?' vraag ik.

'Hij heeft geholpen met het repareren van de afrasteringen op het landgoed,' zegt Suze. 'Daar wil je je overhemd wel voor uittrekken, hè?'

'Dat is op mijn eigen grond,' zegt Tarkie op een toon alsof het vanzelf spreekt. 'Suze, lieverd, ik geloof dat ik mijn overhemd weer aandoe...'

'Nee! En zet deze op.' Ze overhandigt hem een RayBan-zonnebril. 'Zo! Mooi.'

Net als ik medelijden met Tarquin krijg en hem wil aanbieden een kop Earl Grey voor hem te halen, stuitert de volleybal naar ons toe, en Suze springt op om hem te pakken. Er komt een gebruinde jongen in een afgeknipte broek en een T-shirt van Golden Peace aanrennen, en als hij dichterbij komt, zie ik dat het Bryce is.

Hij is verbijsterend, Bryce. Hij heeft de indringendste blauwe ogen die je ooit hebt gezien en hij kijkt je heel aandachtig aan voordat hij

124

iets zegt. Ik weet niet hoe oud hij is – hij wordt al grijs, maar hij is ongelooflijk lenig en energiek. Hij lijkt geen praatgroepen te leiden, maar hij loopt rond, leert mensen kennen en zegt dingen als 'je reis begint hier' die hij echt lijkt te menen.

'Rebecca.' Hij glimlacht en ik zie lachrimpeltjes bij zijn ogen. 'Hoe is je dag?'

'Heel goed, dank je!' Ik lach stralend naar hem. 'Bryce, dit zijn mijn vrienden, Suze en Tarquin.'

'Hier is je bal,' zegt Suze, en ze geeft hem de bal. Ze zwiept een beetje verlegen haar haar over haar schouder, en ik zie dat ze haar buik inhoudt, niet dat dat nodig is.

'Dank je.' Bryce richt zijn oogverblindende glimlach op haar. 'Welkom, allebei.' Zijn blik valt op Tarquins jagersjasje. 'Coole jas.'

'O,' zegt Tarquin. 'Ahum. Mijn schietjasje.'

'Een schietjasje.' Bryce' ogen lichten op. 'Dat is pas een goed idee. Het is geschikt voor elk weer, zeker? En wat een lekkere zakken. Mag ik?' Bryce pakt het jasje en bekijkt het vol bewondering.

'Handig voor je nachtkijker en zo,' zegt Tarkie.

'O, schiet je ook nachtscènes?' Bryce kijkt geïnteresseerd op. 'Lastig, hoor. Neem me niet kwalijk dat ik het vraag, maar... ken ik je werk?'

Ik hoor Suze opeens proesten, en op hetzelfde moment begrijp ik het zelf ook. Bryce denkt dat Tarkie regisseur is. Tarkie! Ik kan niemand bedenken die minder in aanmerking komt om een film te regisseren.

'Mijn werk?' Tarquin kijkt een beetje gekweld. 'Je bedoelt... mijn werk aan Letherby Hall?'

'*Letherby Hall.*' Bruce kijkt peinzend. 'Ik ben bang dat ik die heb gemist. Is hij wereldwijd uitgekomen?'

Tarkie snapt er niets van. Ik vang Suzes blik en probeer mijn lachen in te houden.

'Maar goed.' Bryce laat de bal een paar keer stuiteren. 'Heb je zin om mee te doen?'

'Mee te doen?'

'Volleybal.' Hij wijst naar de mannen die op het strand op hem wachten.

'O,' zegt Tarquin verbouwereerd. 'Ik denk niet...'

'Toe maar!' zegt Suze. 'Ga maar, Tarkie. Dat is net wat je nodig hebt na die vlucht.'

Tarquin komt onwillig overeind en loopt achter Bryce aan naar het strand. Even later is hij aan het spelen en hij raakt de bal een paar keer goed, zie ik.

'Wat kan Tarkie goed volleyballen!' roep ik uit.

'O, ja, hij is wel goed in dat soort dingen,' zegt Suze afwezig. 'Hij heeft *fives* gespeeld op Eton. Die Bryce is me er een, hè?'

Ze kijkt niet eens naar haar eigen man. Haar ogen zijn strak op Bryce gericht. Zo is Bryce. Iedereen valt op hem, zowel mannen als vrouwen.

Er komt een ober naar ons toe en ik bestel allemaal verschillende sapjes voor ons en voor de kinderen, en net als ik Suze wil vragen wat ze het eerst wil zien, zoals misschien de Walk of Fame of Rodeo Drive of het Hollywood Sign... zie ik iets vanuit mijn ooghoek. Een blond iets, en het loopt over het strand in een witte yogabroek en een roze racerback topje.

Ik draai snel mijn hoofd weg. 'Ze is hier,' zeg ik zacht. 'Niet kijken.'

'Wie?' Suze kijkt meteen links en rechts. 'Een beroemdheid?'

'Nee. Een afschuwelijkheid, in alle opzichten.'

Suze krijgt haar in het vizier. 'Alicia Billenkont!' hijgt ze.

'Sst.' Ik trek aan Suzes topje. 'Niet kijken. Niet mee bemoeien. Afstandelijk en staalhard.'

'Oké,' zegt Suze zonder zich te bewegen.

Ik heb de hele verschrikkelijke ontmoeting met Alicia breed uitgemeten tijdens mijn laatste telefoongesprek met Suze, maar ze was tegelijkertijd haar benen aan het waxen, dus ik weet niet of ze wel goed heeft geluisterd.

'Ze is afgevallen,' zegt Suze opmerkzaam. 'En haar haar ziet er erg goed uit. Leuk topje ook...'

'Hou op met die complimentjes! En zorg dat je haar aandacht niet trekt.'

Maar het is al te laat. Alicia stevent op ons af. Het is niet voor het eerst dat ik haar bij Golden Peace zie, maar het is wel voor het eerst dat ze naar me toe komt. Naar de maatstaven van Golden Peace is Alicia zo ongeveer de koningin. Er hangt ook echt een enorme foto van Wilton en haar in de lobby, en toen ze vorige week een keer samen door het volle café liepen, bogen de mensen allemaal zo ongeveer voor hen. Behalve ik dan.

'Suze.' Alicia keurt mij geen blik waardig, maar begroet Suze met haar nieuwe zachte stem, en ik zie Suze verbaasd met haar ogen knipperen. 'Dat is lang geleden.'

'Hallo, Alicia,' zegt Suze argwanend.

'Je bent zeker bij Rebecca op bezoek? En zijn dat je kinderen?' Ze kijkt naar Ernest, Wilfred en Clementine, die wild om de glijbaan heen rennen. 'Wat een prachtkinderen! En wat een snoezige jackjes hebben ze aan.'

'Goh, dank je wel!' zegt Suze. Zo te horen heeft ze zich laten inpalmen, en ik kook vanbinnen. Dat is echt zo'n achterbakse truc van Alicia. Suze complimenteren met haar kinderen.

'Hoelang blijf je?' vraagt Alicia.

'Dat weten we nog niet,' antwoordt Suze.

'Ik wil alleen maar zeggen, als je ze naar school wilt sturen tijdens je verblijf hier, kan ik wel iets voor je regelen. Onze kinderen gaan naar een uitstekende peuterspeelzaal, is het niet, Rebecca?' Ze krijgt het voor elkaar me een blik toe te werpen zonder me aan te kijken. 'En voor de oudste weet ik een particuliere school in de buurt. Ik kan een goed woordje voor je doen bij het bestuur. Misschien vinden ze het leuk om aan het Amerikaanse schoolsysteem te snuffelen.'

'Wauw.' Suze lijkt onder de indruk te zijn. 'Goh, dat lijkt me fantastisch, maar weet je wel zeker...'

'Het is een kleine moeite.' Alicia glimlacht vluchtig en wordt dan ernstig. 'Suze, ik weet dat onze vriendschap niet altijd probleemloos is verlopen.'

Vriendschap? Ze hebben helemaal geen vriendschap.

'Maar ik wil je zeggen,' vervolgt Alicia, 'dat ik me heb voorgenomen dat pad te herstellen en dat het me spijt als ik je last heb bezorgd in het verleden. Laten we onze levensreis in een andere geest voortzetten.'

'O.' Suze lijkt perplex. Intussen kan ik alleen maar toekijken, verlamd van ontzetting. Heeft ze gezegd dat het haar spijt? Heeft ze tegen Suze gezegd dat ze spijt heeft?

'Ik laat het je nog wel weten van die scholen.' Alicia glimlacht en legt een hand op Suzes schouder alsof ze haar zegent. Ze knikt ernstig naar mij en loopt dan terug naar het strand.

'O, mijn god,' verzucht Suze als Alicia buiten gehoorsafstand is. 'Wat is er met haar gebeurd? Die rare stem, die glimlach... en al dat geklets over haar pad en haar levensreis...' Ze kijkt me giechelend aan, maar ik kan niet meelachen.

'Ze heeft tegen je gezegd dat ze spijt heeft,' zeg ik ongelovig.

'Ja.' Suze lijkt ermee in haar sas te zijn. 'Dat vond ik wel lief. En het was aardig van haar om aan te bieden met die scholen te helpen...'

'Nee!' Ik grijp naar mijn hoofd. 'Je snapt het niet! Ze heeft nooit tegen mij gezegd dat het haar spijt! Na alles wat ze Luke en mij heeft aangedaan, weigerde ze haar excuses aan te bieden. Ik heb het haar recht voor zijn raap gevraagd.'

'Tja...' Suze denkt even na. 'Misschien schaamde ze zich te erg.'

'Ze scháámde zich? Alicia Billenkont schaamt zich nergens voor!'

'Of ze dacht ze dat ze haar excuses al had aangeboden.'

'Je komt voor haar op.' Ik kijk Suze ontzet aan. 'Ongelooflijk. Jij komt voor Alicia Billenkont op.'

'Ik kom niet voor haar op!' riposteert Suze. 'Ik zeg alleen maar dat mensen kunnen veranderen en...' Ze breekt haar zin af, want onze sapjes worden gebracht en de serveerster biedt ons allebei een Golden Peace-geschenktasje aan: glanzend wit met goudkleurige hengsels van koord.

'Alicia heeft me gevraagd deze aan jullie te geven,' zegt de serveerster met een glimlach. 'Een welkomstcadeautje.'

'Ooo! Dank je wel!' zegt Suze, en ze maakt haar tasje meteen open. 'Moet je zien, badolie... en een kaars...'

'Neem je dat aan?' zeg ik verbolgen.

'Natuurlijk neem ik het aan!' zegt Suze op een toon alsof ik niet goed snik ben. 'Het is een verzoenend gebaar. Je moet mensen wel toestaan te veranderen, Bex.'

'Ze is niet veranderd.' Ik kijk Suze kwaad aan. 'Als ze was veranderd, had ze haar excuses wel aangeboden.'

'Dat heeft ze toch gedaan?'

'Niet aan mij!' Ik gil bijna. 'Niet aan míj!'

'Hoor eens, Bex...' Suze zwijgt even terwijl ze wat kruidenthee uitpakt. 'Laten we geen ruzie maken, alsjeblieft. En al helemaal niet over Alicia, in hemelsnaam! Ik vind dat je je geschenktasje moet aannemen en ervan genieten. Kom op.' Ze glimlacht plagerig naar me en stoot me aan. 'Maak open. Ik weet dat je het wilt...'

Ik ben nog ziedend vanbinnen, maar ik kan niet met Suze blijven kibbelen, zeker niet op haar eerste dag hier. Ik span me dus tot het uiterste in om terug te glimlachen. Ik zal nooit tot haar doordringen als het om Alicia gaat, besef ik verdrietig. Misschien zal niemand het ooit echt begrijpen, behalve Luke (zo'n beetje), en moet ik me daar gewoon maar bij neerleggen. Ik trek onwillig het tasje naar me toe en maak het open. In het mijne zit ook een kaars, en een stuk olijfolie-zeep, en... Wauw. Een Golden Peace-bikini. Ik heb hem in de winkel gezien, en hij kost honderd dollar.

Ik bedoel, het is een mooie bikini. Maar Alicia wordt er niet anders door.

'Ik wil echt graag zo'n wit met gouden armband,' zegt Suze, die naar de mijne kijkt. 'Misschien ga ik wat lessen volgen. Eens even zien...' Ze slaat de brochure open, die ook in het tasje zat, en even later legt ze hem weer neer en kijkt me met grote ogen aan. 'Bex, het is hier krankzinnig duur! Hoe vaak kom je hier per week?'

'Eh... elke dag.'

'Elke dag?' Suze spert haar ogen nog verder open. 'Maar wat kost dat wel niet?' Ze bladert verder in de brochure, en bij elke bladzij snakt ze naar adem. 'Heb je gezien wat een yogales kost? Daar heb ik vijf lessen voor in Londen.'

Ze reageert zo verbijsterd dat ik me een beetje aangevallen voel.

'Het gaat niet om geld, Suze. Het gaat om geestelijke gezondheid en spiritueel welbevinden en mijn persoonlijke reis.'

'O ja?' zegt Suze sceptisch. 'Nou, hebben ze je dan al van het shoppen afgeholpen?'

Ik wacht even en zeg dan zwierig: 'Ja!'

'Já?' Suze laat de brochure vallen en gaapt me aan met haar immense blauwe kijkers. 'Bex, hoorde ik je "ja" zeggen?'

Ha. Ha-de-ha. Ik heb zitten wachten tot dit onderwerp ter sprake zou komen.

'Ja,' zeg ik zelfvoldaan. 'Ik heb gisteren een speciale een-op-een-sessie gehad met David, een van de therapeuten. We hebben mijn problemen besproken en hij heeft me allerlei technieken aan de hand gedaan om ermee te dealen. Ik ben een heel ander mens, Suze!'

'O, mijn god,' zegt Suze zwakjes. 'Je meent het.'

'Natuurlijk meen ik het!'

'Dus... Hoe gaat dat, je loopt een winkel in en dan heb je geen zin om iets te kopen?'

'Zo werkt dat niet,' zeg ik minzaam. 'Het is een reis, Suze. We maken allemaal een reis.'

'Goed, maar hoe werkt het dan wél?'

'Ik zal het je laten zien! Kom op, we gaan naar de cadeauwinkel.'

Ik drink mijn glas leeg en spring op, weer helemaal opgevrolijkt.

Ik popel om mijn nieuwe technieken te laten zien. Ik heb nog geen kans gezien ermee te oefenen, behalve dan thuis voor de spiegel. 'Ernie!' zegt Suze gebiedend. 'Jij bent de baas. Blijf op de speelplaats. Wij gaan even naar de winkel, goed?' 'Maak je geen zorgen,' zeg ik. 'We kunnen de speelplaats vanuit de winkel zien. Kom mee!'

Eerlijk gezegd sta ik versteld van mijn eigen spectaculaire vooruitgang. Toen David tijdens de lunch naar me toe kwam en die een-op-eensessie voorstelde 'om over mijn winkelgedrag te praten', stond ik niet te trappelen. Ik zei zelfs: 'Wauw, dat klinkt super, maar ik heb het eigenlijk te druk.'

Vervolgens, toen hij toch een sessie plande, vergat ik per ongeluk expres te komen. En daarna, toen hij tijdens de yogales naar me toe kwam... Nou ja. Ik ontliep hem.

Goed dan, ik rende de les uit en dook achter een boom weg. Ik geef toe dat het een beetje kinderachtig was. Maar later die dag vond hij me in het café en hij praatte heel lief tegen me en zei dat als ik het zo erg vond wat hij zei, ik niet hoefde te luisteren.

Ik ben dus uiteindelijk met hem gaan praten, en ik kan alleen maar zeggen: waarom heb ik dat niet eerder gedaan? David zei telkens: 'Dit zijn de eerste kleine stapjes' en 'Ik weet dat je dit moeilijk zult vinden'. Ik bevestigde dat omdat ik aanvoelde dat hij dat van me wilde horen, maar eigenlijk vond ik het een eitje. Ik moet mentaal wel heel sterk zijn of zoiets.

Hij had het eerst over 'waarom mensen shoppen', waarna hij me vertelde over allerlei verschillende technieken waar we samen aan konden werken, en toen legde hij uit dat de lessen die ik in mijn andere groepen leer, zoals mindfulness en tappen voor balans, allemaal samenkomen in hetzelfde plaatje. Ik knikte ernstig en maakte aantekeningen en toen hadden we het erover dat ik mee kan doen aan het koopverslavingsprogramma als daar een plek vrijkomt.

Maar ik hoef helemaal niet mee te doen aan een koopverslavingsprogramma. Het is duidelijk dat ik een bijzonder snelle leerling ben, want ik heb het al helemaal onder de knie. Ik kan mezelf beheersen! Ik kan niet wachten om het aan Suze te laten zien.

'We zijn er!' Ik duw de deuren van de cadeauwinkel open. Ik moet zeggen dat het een prachtige winkel is. Het is een en al licht hout en brandende geurkaarsen, en waar je maar kijkt zie je iets moois en bevorderlijks voor je levensreis, zoals een kasjmieren yogahoody, of een zacht, in leer gebonden 'gedachtedagboek', of een op doek geprinte positieve bekrachtiging. Er is een sieradenlijn van organische kristallen, en er zijn stapels boeken en cd's, en er is zelfs een make-uplijn met 'helende energie'.

Ik kijk naar Suze in de verwachting dat ze zal zeggen: 'Wauw, wat een ongelooflijke winkel!' maar ze kijkt me alleen maar verwachtingsvol aan.

'Oké,' zegt ze. 'En nu? Kijk je gewoon om je heen en denk je: nee, ik hoef niets?'

'Het is een proces,' zeg ik geduldig, en ik pak mijn notitieboekje. 'Om te beginnen moet ik me afvragen: waarom shop ik? En dan moet ik het antwoord opschrijven.' Ik kijk naar de suggesties die David me heeft gegeven. Verveel ik me? Nee. Voel ik me eenzaam? Nee. Gespannen? Nee. Ik weet het even niet meer. Waarom ben ik eigenlijk aan het shoppen?

'Ik zal opschrijven: om aan een vriendin te laten zien dat ik niet meer te veel shop,' zeg ik uiteindelijk. Ik schrijf het op en zet er trots een streep onder.

'En nu?'

'Shoppen is vaak een manier om een laag zelfbeeld op te vijzelen,' zeg ik betweterig. 'Ik moet mijn zelfbeeld dus zelf opvijzelen, door mezelf te bevestigen.' Ik pak de kaartjes met Positieve Gedachten die David me heeft gegeven en blader ze door. 'Zo bijvoorbeeld: "Ik keur mezelf goed en ik voel me fantastisch over mezelf."'

Ik kijk stralend naar Suze. 'Is het niet fantastisch? Ik heb er nog veel meer.'

'Laat eens zien?' zegt ze meteen, en ze steekt haar hand uit.

'Alsjeblieft.' Ik geef haar een kaartje met de tekst: 'Ik accepteer anderen zoals ze zijn en zij accepteren mij op hun beurt zoals ik ben.'

'Je kunt ze hier kopen,' vertel ik. 'En ze hebben ook leuke T-shirts met bekrachtigingen erop. Zullen we er een paar passen?'

'T-shirts passen?' Suze gaapt me aan. 'Bex, ik dacht dat je het shoppen had opgegeven.'

'Ik heb het shoppen niet ópgegeven.' Haar naïeve, simplistische houding maakt me bijna aan het lachen. 'Daar gaat dit niet om, Suze. Het gaat niet om onthouding, het gaat om het ontwikkelen van een gezond shoppatroon.'

Dat is de les die me echt is bijgebleven van de sessie van gisteren.

Het gaat níét om het ophouden met shoppen. Zodra David dat zei, werd het me allemaal een stuk duidelijker.

'Nou, zou het niet gezonder zijn om helemaal niet te shoppen?' zegt Suze streng. 'Ik bedoel, kunnen we niet beter weggaan?'

'Toevallig is het een heel slecht idee om helemaal niet meer te shoppen,' leg ik uit. 'Je moet leren je beheersingsspier te trainen. Hier zijn is een training voor me.'

'Juist.' Suze kijkt sceptisch. 'En nu?'

'Nu koop ik alleen wat ik nodig heb, rustig en welbewust.' Ik ben gek op die uitspraak. David bleef het maar zeggen, gisteren. *Je moet leren rustig en welbewust te shoppen.*

'Maar je hebt helemaal niets nodig,' brengt Suze ertegenin.

'O, jawel! Toevallig heb ik een boek nodig. Ik moest het kopen van David.' Ik ga naar de afdeling cognitieve gedragstherapie en reik naar een boek met de titel *Gedachten betrappen, een eerste kennismaking met* CGT.

'Dit is wat ik in mijn groep doe,' zeg ik gewichtig, en ik wijs naar de titel. 'Cognitieve gedragstherapie. Als ik iets wil kopen en het is niet nodig, dan moet ik mijn gedachten ombuigen. Ik moet mijn irrationele cognities benoemen en hun inhoud veranderen.'

'Wauw.' Suze lijkt voor het eerst echt onder de indruk te zijn. 'Is dat moeilijk?'

'Nee, het is vrij eenvoudig,' zeg ik door het boek bladerend. 'Ik neem het luisterboek ook, voor als ik aan het joggen ben. En David heeft nog wat titels genoemd waar ik naar moest kijken.'

Ik begin boeken ik mijn mandje te vegen. CGT *gedachtedagboek,* CGT *voor koopverslaving, Het koopverslavingslogboek, Koopverslaafd: doorbreek het patroon...* Gloeiend van deugdzaamheid stapel ik de boeken op. David had gelijk, ik kan me echt van mijn oude gedrag bevrijden. Er zijn ook coole potloden, matzwart met kreten als GROEI en ADEM erop. Ik neem een pakje.

Suze kijkt een beetje confuus toe.

'Maar Bex, wat is het verschil met gewoon shoppen? Wanneer ga je nou ombuigen of hoe het ook maar heet?'

O. Oké, dat was ik even vergeten.

'Dat komt nog,' zeg ik een tikje bits. 'Je legt de dingen in je mandje en dán ga je je gedachten ombuigen.'

Ik pak het bovenste boek en kijk er ingespannen naar. Ik weet eigenlijk niet goed wat ik nu zou moeten doen, al ga ik dat Suze niet aan haar neus hangen.

'Ik heb dit boek nodig,' zeg ik uiteindelijk met sonore stem. 'Ik ben ervan overtuigd. Die overtuiging is gebaseerd op het feit dat David heeft gezegd dat ik het moest hebben. Argumenten tegen die overtuiging zijn... er niet. Dus ga ik dit boek kopen, kalm en welbewust. Amen.'

'Amen?' Suze proest.

'Dat floepte er zomaar uit,' geef ik toe. 'Maar verder was het toch cool? Ik heb geleerd hoe ik mijn irrationele cognities moet identificeren.'

'Nu de potloden,' zegt Suze.

'Oké.' Ik pak de potloden uit mijn mandje en kijk ernaar. 'Ik heb deze potloden nodig. Ik ben ervan overtuigd. Die overtuiging is gebaseerd op het feit dat potloden altijd van pas komen. Argumenten tegen die overtuiging zijn...'

Er valt me iets in en ik breek mijn zin af. Ik heb al een pakje van die potloden gekocht, immers? De eerste keer dat ik hier was. Wat heb ik daarmee gedaan?

'Een argument tegen die overtuiging,' vervolg ik triomfantelijk, 'is dat ik die potloden al heb! Ik ga ze dus terugleggen!'

Ik leg de potloden met een zwierig gebaar terug. 'Zie je wel? Ik beheers me. Ik ben een heel ander mens. Onder de indruk?'

'Nou, oké dan. Maar hoe zit het met al die boeken?' Suze knikt naar mijn mandje. 'Die heb je toch zeker niet allemaal nodig?'

Heeft ze dan geen woord gehoord van wat ik zei?

'Natuurlijk wel,' zeg ik zo geduldig als ik kan. 'Ze zijn essentieel voor mijn vooruitgang. Ik ga ze kalm en welbewust kopen.' Ik reik naar een geweldig notitieblok. 'En dit ga ik ook kalm en welbewust kopen. Ik kan mijn dromen erin bijhouden. Iedereen zou een dromendagboek moeten hebben, wist je dat?'

Ik leg het in mijn mandje, maar Suze lijkt nog steeds niet tevreden.

'Oké, maar aangenomen dat je wél te veel koopt,' zegt ze. 'Wat doe je dan?'

'Dan gebruik je verschillende techieken,' leg ik uit. 'Zoals tappen.'

'Wat is tappen?'

'O, dat is ongelooflijk,' zeg ik enthousiast. 'Je klopt op je gezicht en je kin en zo, en je zegt mantra's, en dat heft blokkades in je meridianen op en geneest je.'

'Wát?' Suze gaapt me aan.

'Het is echt waar!'

Tappen is bijna mijn favoriete les. Daar komt nog bij dat het heel goed moet zijn om de spieren in je gezicht te versterken, dat geklop op je kin aan één stuk door. Ik zet mijn mandje neer en ga voor Suze staan om het voor te doen.

'Je klopt op je voorhoofd en zegt: "Ik weet dat ik te veel heb gekocht, maar ik accepteer mezelf diep en totaal." Zie je wel?' Ik kijk haat stralend aan. 'Eitje.' Ik klop op mijn borst om het af te maken, en op mijn hoofd.

'Bex…' zegt Suze, die me verbijsterd aankijkt.

'Ja?'

'Weet je wel zeker dat je het goed doet?'

'Natuurlijk doe ik het goed.'

Het probleem met Suze is dat ze haar geest niet heeft opengesteld, zoals ik. Zij heeft nog niet gezien wat een weelde aan bevorderlijks er voor geest en ziel bestaat.

'Als je hier een tijdje bent, leer je wel hoe het er in Golden Peace aan toegaat,' zeg ik toegeeflijk. 'Zullen we dan nu T-shirts gaan passen?'

Golden Peace
Cadeauwinkel

Aankoopbevestiging voor cliënt

Mw. Rebecca Brandon
Lidmaatschapsnr.: 1658

Afd.	Item	Aantal	Bedrag
Boeken	*Koopverslaafd: doorbreek het patroon*	1	$ 19,99
Geschenken	Lippenbalsem kokos	5	$ 20,00
Geschenken	Lippenbalsem mandarijn	5	$ 20,00
Wonen	Windorgel (groot)	3	$ 89,97
Wonen	Windorgel (klein)	3	$ 74,97
Luisterboeken	*Nooit meer te veel kopen*	1	$ 24,99
Sieraden	Hanger, aardekristal	2	$ 68,00
Kleding	T-shirt, bekrachtiging: LEER	1	$ 39,99
Kleding	T-shirt, bekrachtiging: GROEI	1	$ 39,99
Kleding	Wandeljack (50% korting)	1	$ 259,99
Boeken	*Het koopverslavingslogboek*	1	$ 15,99
Etenswaren	Manukahoning (kwantumkorting)	10	$ 66,00
Boeken	CGT *voor koopverslaving*	1	$ 30,00
Sieraden	Helende zilveren armband	2	$ 154,00

Blz. 1 van 2

10

Ik had gedacht dat Suze iets dieper onder de indruk zou zijn van Golden Peace. Ik denk dat ze een mentale blokkade heeft. Ze is bevooroordeeld, dat is het. Ze heeft zich voor geen enkele les opgegeven, en ze heeft niet eens een T-shirt gekocht. Ze zegt alleen maar dat ze het allemaal vreselijk duur vindt, en wat heeft het voor nut?

Nut? Heeft ze dan niet gezien dat ik een heel ander mens ben geworden?

Gelukkig staat Tarkie aan mijn kant. Hij vindt Golden Peace tof, en hij heeft echt een klik met Bryce.

'We denken allebei exact hetzelfde over lichtvervuiling,' zegt hij nu. Het is de volgende ochtend, en we zitten allemaal in de keuken aan het ontbijt. 'Lichtvervuiling is een hedendaags kwaad, maar de politiek wil gewoon niet luisteren.'

Ik zie Suze de blik ten hemel wenden en glimlach even naar haar. Tarkie is zo geobsedeerd door lichtvervuiling dat hij continu door Letherby Hall loopt om lichten uit te doen, en Suze achtervolgt hem onopvallend en doet ze weer aan.

'Zo!' Ik loop triomfantelijk met een bord naar de tafel. 'Hier is ons gezonde LA-ontbijt. Het is een gestoomde omelet zonder dooier, met kool.'

Er valt een stilte aan de tafel. Iedereen kijkt vol afgrijzen naar het bord.

Oké, ik geef toe dat het niet echt op een omelet lijkt. Het is wit en vormeloos en de kool is grijsgroen geworden, maar het is wel gezond.

'Een gestoomde omelet?' zegt Suze uiteindelijk.

'Ik heb hem in de magnetron gemaakt, in een ziplockzak,' leg ik uit. 'Hij is vetvrij. Wie wil de eerste?'

Het wordt weer stil.

'Ahum...' begint Tarquin. 'Dat ziet er heerlijk uit, moet ik zeggen, maar heb je toevallig ook bokking?'

'Nee, ik heb geen bokking,' zeg ik wrevelig. 'We zijn hier niet in Schotland, we zijn in LA, en iedereen eet hier gestoomde omelet.' Luke kijkt eindelijk op van de brief die hij zit te lezen. 'Wat is dát?' zegt hij vol afgrijzen. Dan ziet hij mijn gezicht en bindt in. 'Ik bedoel... wat is dat?'

'Een gestoomde omelet.' Ik prik er ontmoedigd met mijn vork in. Ze hebben gelijk, het ding ziet er echt walgelijk uit. En ik ben uren bezig geweest om de eieren te splitsen en al die kool fijn te hakken. Het recept kwam uit een boek dat *Power Brunch* heet en ik dacht dat iedereen geïmponeerd zou zijn. Ik durf niets meer te zeggen over de paddenstoelen-proteïneshake die in de blender staat te wachten.

'Bex, waar zijn de dooiers die je niet hebt gebruikt?' vraagt Suze.

'In een kom.'

'Nou, zal ik daar dan een omelet van bakken?'

Voordat ik iets kan doen, heeft Suze een pan op het gas gezet, doet er een grote klont boter in en bakt de verrukkelijkste, knapperigste gele omelet die ik ooit heb gezien, samen met plakjes bacon die ze uit de koelkast heeft gepakt.

'Zo.'

Ze zet de pan op tafel en iedereen valt erop aan. Ik prik zelf een vorkje en sterf bijna van genot.

'Ze zouden omeletten van eigéél moeten serveren in restaurants,' zegt Suze met volle mond. 'Waarom is iedereen eigenlijk zo bezeten van eiwit? Het smaakt nergens naar.'

'Het is gezond.'

'Lulkoek,' zegt Suze resoluut. 'We voeren onze lammeren dooiers, en ze zijn kerngezond.'

Luke schenkt koffie voor iedereen in, Suze besmeert een snee geroosterd brood met marmelade en de sfeer is een stuk opgewekter.

'Zo.' Luke kijkt om zich heen. 'Ik heb een uitnodiging gekregen. Wie heeft er zin om naar een liefdadigheidsgala in het Beverly Hilton Hotel te gaan?'

'Ik!' roepen Suze en ik synchroon.

'Het is voor...' Luke tuurt naar het papier. 'Slachtoffers van discriminatie. Een nieuwe stichting.'

'Daar heb ik over gelezen!' zegt Suze opgewonden. 'Salma Hayek komt ook! Kunnen we er echt bij zijn?'

'Sage heeft ons allemaal aan haar tafel uitgenodigd, logés incluis.' Luke glimlacht naar Suze. 'Je mag mee.'

'Tarkie, hoor je dat?' Suze leunt zwaaiend met haar geroosterde boterham over het tafelblad. 'We zijn uitgenodigd voor een echt Hollywood-feest!'

'Een feest.' Tarquin trekt een gezicht alsof hij te horen heeft gekregen dat er een kies getrokken moet worden. 'Jottem.'

'Het wordt leuk,' zegt Suze. 'Misschien ontmoet je Salma Hayek wel.'

'Aha.' Tarkie kijkt vaag. 'Magnifiek.'

'Je weet niet eens wie Salma Hayek is, hè?' zegt Suze verwijtend.

'Natuurlijk wel.' Tarkie zit in het nauw. 'Hij is... een acteur. Zeer getalenteerd.'

'Zíj! Zíj is zeer getalenteerd!' Suze zucht. 'Ik zal je les moeten geven voor we gaan. Hier, lees dit maar, om te beginnen.' Ze geeft hem een *US Weekly*, en net op dat moment draven Minnie en Wilfred de keuken in.

Dat de Cleath-Stuarts hier logeren, is fantastisch voor Minnie. Ik geloof dat ze nog nooit zoveel lol heeft gehad. Ze heeft twee honkbalpetjes op elkaar op, houdt een schoenlepel vast bij wijze van rijzweepje en 'berijdt' Wilfred alsof hij een paard is.

'Hop, paardje!' roept ze, en ze trekt aan de 'teugels', die zijn gemaakt van een stuk of vijf aan elkaar gegespte riemen van Luke. Het volgende moment komt Clementine binnen, die Ernest 'berijdt'.

'Laten we springen, Minnie!' gilt ze. 'Laten we over de banken springen!'

'Nee!' zegt Suze. 'Hou op met dat geren en kom ontbijten. Wie heeft er zin in geroosterd brood?'

Het valt me op dat ze de omelet van eiwit tactvol verzwijgt. Ik denk dat we allemaal gaan doen alsof die er nooit is geweest.

Als alle kinderen gaan zitten, zie ik opeens dat Minnie naar mijn telefoon reikt.

'Bief de foon,' zegt ze prompt. 'Biiieeef. Bííiéééf!' Ze drukt hem tegen haar oor alsof het haar boreling is en ik Herodes ben.

Ik heb Minnie een stuk of drie plastic speelgoedtelefoons gegeven, maar daar trapt ze niet in. Daar zou je haar eigenlijk om moeten bewonderen. Uiteindelijk geef ik dus altijd toe en mag ze de mijne vasthouden – al ben ik als de dood dat ze hem in haar melk laat vallen of zoiets.

'Goed dan,' zeg ik. 'Eventjes.'

'Hallo!' zegt Minnie in de telefoon, en ze kijkt me stralend aan. 'Hallo Oraaa!'

Ora. Ora Billenkont?

'Niet met Ora praten, liefje,' zegt ik luchtig. 'Praat maar met iemand anders. Praat maar met Page. Dat is een lief meisje.'

'Ora paten,' zegt Minnie koppig . 'Ora lief.'

'Ora is helemaal niet lief!' val ik uit voordat ik me kan bedwingen.

'Wie is Ora?' vraagt Suze.

'De dochter van Alicia,' pruttel ik. 'Dat Minnie uitgerekend met háár vriendinnetjes moet worden.'

'Bex, echt!' zegt Suze. 'Je stelt je aan. Wat is dit, de Montagues en de Capulets?'

Minnie kijkt van Suze naar mij en weer terug. Dan vertrekt ze haar gezicht voor een schreeuw.

'Ora liiieeef!'

Luke heeft de hele tijd op zijn BlueBerry zitten tikken. Hij heeft het bijna mystieke vermogen zich voor de directe omgeving af te sluiten als die bestaat uit een krijsende Minnie, maar nu kijkt hij op.

'Wie is Ora?'

Ik kan er met mijn verstand niet bij dat onze hele ontbijttafel het over de dochter van Alicia Billenkont heeft.

'Niemand,' zeg ik. 'Minnie, kom hier en help me met brood smeren.'

'Boot!' Haar ogen lichten meteen op en ik moet haar wel een zoen geven. Minnie denkt dat het besmeren van brood de leukste bezigheid van de wereld is, al moet ik haar er wel van weerhouden marmelade én chocopasta én pindakaas door elkaar te smeren. ('Zo moeder, zo dochter,' zegt Luke dan altijd, wat absolute onzin is. Ik weet niet waar hij het over heeft.)

Terwijl ik mijn koffie drink en probeer te voorkomen dat Minnie haar vingers vol boter krijgt, kijk ik onwillekeurig naar Luke. Hij kijkt naar zijn BlackBerry en er klopt een adertje in zijn hals. Hij is gestrest. Hoe komt dat?

'Luke?' zeg ik omzichtig. 'Is er iets?'

'Nee,' zegt hij meteen. 'Niets. Niets.'

Oké. Er is dus iets.

'Luke?' probeer ik nog eens.

Hij kijkt me aan en ademt hoorbaar uit. 'Ik heb een e-mail gekregen van de zaakwaarnemer van mijn moeder. Ze wordt geopereerd. Hij vond dat ik het moest weten.'

'Aha,' zeg ik waakzaam.

Luke kijkt weer kwaad naar het scherm van zijn BlackBerry. Iedereen die hem nu zag, zou denken dat hij gewoon de pest in had, maar ik zie die speciale, gekwelde laag eronder die er altijd is wanneer Luke aan zijn moeder denkt, en mijn hart breekt. Luke kan gewoon het geluk niet vinden met zijn moeder. Vroeger zette hij haar op een veel te hoog voetstuk; nu heeft hij een veel te grote hekel aan haar. Toen hij nog maar een kind was, is Elinor zonder hem naar Amerika vertrokken, en ik geloof niet dat hij haar dat ooit echt heeft vergeven. En nu heeft hij Minnie ook nog; nu weet hij hoe het ouderschap voelt.

'Wat verwacht ze nou van me?' barst hij plotseling uit. 'Wat wil ze dat ik doe?'

'Misschien verwacht ze helemaal niets?' opper ik voorzichtig.

Luke geeft geen antwoord, maar neemt met een moordlustig gezicht een slok koffie.

'Waar wordt ze eigenlijk aan geopereerd?' vraag ik. 'Is het ernstig?'

'Laten we er maar over ophouden,' zegt hij bruusk, en hij staat op van zijn stoel. 'Ik zal aan Aran doorgeven dat er vier mensen naar het gala komen.' Hij geeft me een kus. 'Avondkleding verplicht,' vervolgt hij. 'Tot vanavond.'

'Luke...' Ik pak zijn hand om hem tegen te houden, maar als hij zich omdraait, besef ik dat ik niet weet wat ik moet zeggen, afgezien van: 'Maak het alsjeblieft goed met je moeder', wat ik er niet zomaar zonder enige inleiding uit kan flappen. 'Fijne dag,' zeg ik dus zwakjes, en hij knikt.

'Avondkleding?' zegt Tarquin geschrokken tegen Suze. 'Schat, wat moet ik aan? Ik heb mijn kilt niet bij me.'

Zijn kílt? O, mijn god. Bij het idee dat Tarkie op een liefdadigheidsgala in LA zijn opwachting zou maken in een kilt met zo'n tasje erop en van die wollige kniekousen eronder kan ik wel schateren van het lachen.

'Jij gaat niet in een kilt!' zegt Suze vermanend. 'Jij gaat in...' – ze denkt even na – '... een Armani-smoking. Met een zwart overhemd en een zwart strikje. Dat dragen al die Hollywood-types.'

'Een zwart overhemd?' Nu is het Tarquins beurt om nee te zeggen. 'Suze, lieveling, alleen oplichters dragen een zwart overhemd.'

'Nou, oké, een wit overhemd dan,' geeft Suze toe, 'maar geen opstaand boordje. Je moet er cool uitzien. En ik ga je kennis van beroemdheden nog overhoren.'

Arme Tarkie. Hij loopt de keuken uit alsof hij naar het schavot moet in plaats van naar het coolste feest van de stad.

'Hij is hopeloos,' verzucht Suze. 'Weet je, hij kan wel honderd schapenrassen opnoemen, maar nog niet één van Madonna's mannen.'

'Ik heb nog nooit iemand zó uit zijn element gezien.' Ik bijt op mijn onderlip om niet in de lach te schieten. 'Tarkie is niet erg geschikt voor LA, hè?'

'Nou, we zijn vaak genoeg korhoenders wezen schieten op de hei in de vakantie,' zegt Suze. 'Nu is het mijn beurt. En ik geniet hier.' Ze schenkt zich nog een glas jus d'orange in en vervolgt zachter: 'Wat zou er met Elinor zijn, denk je?'

'Weet ik niet,' zeg ik nog zachter. 'Stel dat ze ernstig ziek is?'

We kijken elkaar angstig aan. Ik weet dat onze gedachten dezelfde kant op gaan en dan terugdeinzen.

'Hij moet weten hoe het zit met het feest,' zegt Suze uiteindelijk. 'Hij moet weten hoe gul ze is geweest. Gewoon voor het geval dat... er iets gebeurt.'

'Maar hoe moet ik het hem vertellen? Hij zou woest worden. Hij zou niet eens willen luisteren!'

'Kun je het niet opschrijven?'

Ik denk er even over na. Ik kan inderdaad vrij goed brieven schrijven, en ik zou Luke kunnen laten beloven dat hij pas gaat schreeuwen als hij alles heeft gelezen, maar terwijl ik het overweeg weet ik al wat ik echt wil doen.

'Ik ga haar uitnodigen,' zeg ik vastbesloten. 'Voor of na haar operatie, dat hangt ervan af.'

'Waar? Hier?' Suze zet grote ogen op. 'Weet je dat wel zeker, Bex?'

'Als ik een brief schrijf, leest hij hem niet. Ik moet die twee bij elkaar zien te krijgen. Ik ga een interventie op touw zetten,' zeg ik vol bravoure.

We hadden het pas bij Golden Peace over interventies, en ik was de enige die er nooit een had meegemaakt. Ik voelde me best wel buitengesloten.

Suze kijkt sceptisch. 'Dat is toch iets voor drugsverslaafden?'

'En familieruzies,' zeg ik betweterig.

Ik weet niet of dat wel echt waar is, maar ik kan altijd mijn eigen soort interventie beginnen, toch? Ik heb een visioen van mezelf waarin ik, gekleed in een golvend wit gewaad en pratend met een zachte, melodieuze stem, harmonie breng in de versplinterde zielen van Luke en Elinor.

Misschien kan ik wat helende kristallen kopen voor de gelegenheid. En een paar geurkaarsen, en een cd met rustgevende melodieën. Ik zet mijn eigen speciale combinatie van technieken in, en ik laat Luke en Elinor niet weggaan voordat ze een soort oplossing hebben gevonden.

'Zou je daar niet iemand voor inhuren die ervoor is opgeleid?' Suze kijkt nog steeds sceptisch. 'Ik bedoel, wat weet jij er nou helemaal van?'

'Meer dan genoeg,' zeg ik een beetje beledigd. 'Ik heb veel opgepikt van Golden Peace, hoor, Suze. Ik heb conflictoplossing gedaan en alles.' Ik kan de verleiding niet weerstaan om te citeren: 'Alles begrijpen is alles vergeven. Boeddha.'

'Oké, als jij zo'n kei bent, mag je dat conflict oplossen.' Suze wijst naar Wilfie en Clemmie, die verbeten vechten om een plastic speelgoedbeestje.

'Eh… hé, Wilfie! Clemmie!' roep ik. 'Wie lust er een snoepje?'

De kinderen laten elkaar meteen los en houden hun hand op.

'Zo!' zeg ik zelfvoldaan.

'Is dat hoe je Luke en Elinor met elkaar wilt verzoenen?' zegt Suze honend. 'Door ze een snoepje aan te bieden?'

'Natuurlijk niet,' zeg ik waardig. 'Ik ga een variëteit aan technieken gebruiken.'

'Nou, ik blijf het link vinden,' zegt Suze hoofdschuddend. 'Ontzettend link.'

'Je kunt niet weigeren te eten, simpelweg omdat het gevaar van stikken bestaat,' zeg ik wijs. 'Chinees spreekwoord.'

'Bex, hou nou eens op met dat gepraat in T-shirtspreuken!' valt Suze opeens uit. 'Ik haat dat stomme Golden Peace! Praat eens over iets normaals. Wat trek je aan naar het gala? En zeg nou niet zoiets stoms als: "Kleren zijn een metafoor voor de ziel."'

'Dat was ik niet van plan,' riposteer ik.

Eigenlijk is het best een goeie. Die zou ik me in Golden Peace tijdens een les kunnen laten ontvallen. *Kleren zijn een metafoor voor de ziel.*

Misschien kan ik het op doek laten printen en als kerstcadeautje aan Suze geven.

'Waarover zit jij je te verkneukelen?' zegt Suze argwanend.

'Nergens over!' Ik zet mijn meest onschuldige gezicht op. 'Dus. Wat trek jíj aan naar het gala?'

11

Suze zegt dat ík te veel shop? De pot verwijt de ketel! Ze heeft niet alleen een nieuwe jurk gekocht voor het gala, maar ook nieuwe schoenen, een nieuwe ketting en nieuw haar. Nieuw háár. Ze had het niet eens aan me verteld. Het ene moment ging ze 'even naar de kapper' en het andere kwam ze terug met de weelderigste, meest glanzende extensions die ik ooit heb gezien. Ze stromen als een blonde waterval over haar rug, en met die bruine benen erbij lijkt ze zelf wel een filmster.

'Je ziet er fantastisch uit,' zeg ik naar waarheid als we samen voor mijn spiegel staan. Ze heeft een met lovertjes bezette hemdjurk aan in de kleur van een glazige zee en er hangt een zeemeermin aan haar ketting. Ik had nog nooit een zeemeerminnenketting gezien, maar nu wil ik er per se ook een.

'Nou, jij ook!' zegt Suze meteen.

'Echt?' Ik pluk aan mijn jurk, een Zac Posen die heel flatteus is rond de taille, al zeg ik het zelf. Ik heb hem opgeleukt met mijn Alexis Bittar-ketting en mijn haar is ontzettend ingewikkeld opgestoken, met allemaal vlechtjes en golven. Bovendien heb ik geoefend met het op de rode loper staan. Ik heb een handleiding gevonden op internet die ik voor ons allebei heb uitgeprint. Benen gekruist, elleboog opzij, kin ingetrokken. Ik neem mijn pose aan en Suze doet me na.

'Zo lijkt het net alsof ik een onderkin heb,' zegt ze tobberig. 'Weet je zeker dat het zo moet?'

'Misschien trekken we onze kin te ver in.'

Ik hef mijn kin en lijk prompt net een soldaat. Intussen neemt Suze een perfecte Posh Spice-pose aan. Met het goede gezicht en alles.

'Dat is 'm!' zeg ik enthousiast. 'Nu alleen nog glimlachen.'

'Ik kan niet zo staan en ook nog eens glimlachen,' perst Suze eruit. 'Ik geloof dat je een slangenmens moet zijn om het goed te doen. Tarkie!' roept ze naar Tarquin, die net langs de open deur loopt. 'Kom eens oefenen voor de fotografen!'

143

Tarquin zag er al verdoofd uit sinds Suze met haar extensions kwam aanzetten, maar nu lijkt hij een terdoodveroordeelde. Suze heeft hem gedwongen een getailleerd smokingjasje van Prada aan te trekken, compleet met een smal zwart strikje en modieuze schoenen. Ik bedoel, hij ziet er prima uit, voor zijn doen. Hij is lang en breed, en Suze heeft zijn haar kunstig warrig gemaakt. Hij lijkt alleen zo... anders.

'Je zou altijd Prada moeten dragen, Tarkie!' zeg ik, en ik zie hem wit wegtrekken.

'Ga daar staan,' commandeert Suze. 'Goed, als je foto wordt genomen, moet je je hoofd schuin houden. En een beetje stemmig kijken.'

'Schat, ik denk niet dat ik op de foto wil,' zegt Tarkie achteruitdeinzend. 'Als je het niet erg vindt.'

'Maar je moet! Ze zetten iedereen op de foto.' Ze kijkt onzeker naar mij. 'Ze zetten iedereen op de foto, toch?'

'Natuurlijk,' zeg ik zelfverzekerd. 'We zijn toch gasten? Dan komen we op de foto.'

Ik bruis van opwinding. Ik sta te popelen! Ik heb altijd op een rode loper in Hollywood gefotografeerd willen worden. Mijn telefoon piept dat ik een bericht heb en ik pak hem uit mijn enveloptasje.

'De auto is er! We gaan!'

'En Luke dan?' zegt Tarquin, die duidelijk snakt naar wat morele steun.

'Die zien we daar wel.' Ik spriets een laatste wolk parfum over me heen en grinnik naar Suze. 'Klaar voor uw close-up, lady Cleath-Stuart?'

'Zeg dat nou niet!' zegt ze meteen. 'Het klinkt alsof ik stokoud ben!'

Ik loop naar de kinderkamer, waar Teri, onze oppas, de leiding heeft over een gigantisch spelletje Twister. Minnie snapt niet hoe het werkt, maar ze weet wel hoe ze over de mat moet rollen om iedereen in de weg te zitten, dus doet ze dat.

'Welterusten!' Ik druk een zoen op haar wangetje. 'Tot morgen!'

'Mammie.' Wilfred kijkt vol ontzag naar Suze. 'Je lijkt wel een vis.'

'Dank je wel, schat!' Suze knuffelt hem. 'Dat is precies waar ik op wilde lijken.'

Tarquin is erbij gekomen en prutst aan Wilfreds speelgoedtreintje.

'Misschien blijf ik maar hier om met de kinderen te helpen,' zegt hij. 'Ik wil met alle plezier...'

144

'Nee!' roepen Suze en ik in koor.

'Je vindt het vast leuk,' zegt Suze, die hem de kamer uit drijft.

'Misschien ontmoet je Angelina Jolie!' val ik haar bij.

'Of Renee Zellweger.'

'Of Nick Park,' zeg ik geraffineerd. 'Je weet wel, de man achter *Wallace & Gromit.*'

'Ja!' leeft Tarkie op. *'Wallace & Gromit.* Dat was pas een goeie film.'

Het Beverly Hilton is de plek waar de Golden Globes worden uitgereikt. We gaan naar de plek waar de Golden Globes worden uitgereikt! Onze auto kruipt vooruit in de avondspits en ik kan amper stil blijven zitten.

'Hé, Suze!' zeg ik opeens. 'Zou het dezelfde rode loper zijn als die van de Golden Globes?'

'Wie weet!'

Ik zie aan Suze dat ze net zo in de ban is van het idee als ik. Ze begint haar extensions op haar schouders te verschikken en ik kijk voor de miljoenste keer of mijn lippenstift goed zit.

Deze kans ga ik niet laten schieten. Er komen grote beroemdheden naar dit gala, en als ik mijn kop erbij hou, kan ik netwerken dat het een aard heeft. Ik heb mijn kaartjes met REBECCA BRANDON, STYLIST in mijn tas en ik heb me voorgenomen elk gesprek op mode te brengen. Er hoeft maar één invloedrijk iemand van mijn diensten gebruik te maken; dan wordt erover gepraat, bouw ik een reputatie op en dan... Nou ja, de mogelijkheden zijn onbegrensd.

Ik moet alleen die ene invloedrijke persoon vinden, dat is het hem.

De auto stopt voor het hotel en ik slaak een kreetje van opwinding. Er staan geen massa's mensen, zoals bij de Golden Globes, maar er zijn wel dranghekken en batterijen fotografen, en er ligt een rode loper! Een echte rode loper! Er hangen grote banieren, bedrukt met *E.Q.U.A.L.*, want zo heet de stichting. (Het staat ergens voor, maar ik heb geen idee waarvoor. Ik geloof niet dat iemand het weet.) Ervoor poseert een elegante blonde vrouw in een huidkleurige jurk, samen met een in smoking geklede man met een baard.

Ik stoot Suze aan. 'Wie is dat?' vraag ik. 'Is dat Glenn Close?'

'Nee, het is die... je weet wel. Uit die serie.' Suze krijgt een denkrimpel in haar neus, 'O, god, hoe heet ze...'

'Kijk!' Ik wijs naar een jonge jongen met piekhaar in een smokingjasje die voor ons uit zijn limo stapt. De fotografen verdringen zich om hem heen, flitsend en roepend, maar hij negeert ze, op een coole manier.

'Dames, zijn jullie er klaar voor?' Onze chauffeur draait zich naar ons om.

'Dus. Ja.' Ik haal diep adem om mijn zenuwen in bedwang te krijgen.

Suze en ik hebben de hele ochtend in haar huurauto geoefend met uitstappen. We hebben foto's van elkaar genomen en we hebben het onder de knie. Van ons krijg je geen ondergoed te zien, en we struikelen ook niet over onze hakken. We gaan evenmin naar de camera wuiven, zoals Suze altijd zo graag wil.

'Klaar?' Suze grinnikt beverig.

'Klaar!'

De chauffeur heeft het portier aan mijn kant opengemaakt. Ik zwiep mijn haar naar achteren en steek elegant een been naar buiten, wachtend op de flitslichten, de uitroepen, het tumult...

O. Hè?

Waar zijn al die fotografen gebleven? Net waren ze er nog. Ik draai me geërgerd om en zie dat ze zich allemaal op de limo achter ons hebben gestort. Er stapt een in het blauw gekleed meisje met rood haar uit dat bekoorlijk om zich heen glimlacht. Ik herken haar niet eens. Is ze wel een echte beroemdheid?

Suze stapt naast me uit de limo en kijkt verwilderd om zich heen.

'Waar zijn de fotografen?'

'Daar,' wijs ik. 'Bij haar.'

'O.' Ze kijkt net zo mismoedig als ik. 'En wij dan?'

'Wij zijn geen beroemdheden,' zeg ik onwillig.

'Nou ja, geeft niet.' Suze fleurt op. 'We hebben de rode loper nog. Kom op!'

Tarquin is ook uit de limo gestapt en ze pakt hem bij zijn arm. 'Tijd voor de rode loper!'

We lopen naar het hotel, waar allemaal mensen in avondkleding drentelen, maar we slagen erin ons een weg te banen naar het begin van de rode loper. Ik tintel van verwachting. Het gaat beginnen!

'Hallo!' Ik lach stralend naar een beveiliger. 'We zijn uitgenodigd.' Ik laat onze uitnodigingen zien, waar hij onaangedaan naar kijkt.

'Daarheen, dame.' Hij wijst opzij, weg van de beroemdheden, naar een soort zijdeur waar mensen in avondkleding door verdwijnen.

'Nee, we moeten naar het gala,' leg ik uit.

'Dat is de weg naar het gala.' De beveiliger knikt en tilt een koord voor ons op. 'Fijne avond gewenst.'

Hij snapt het niet. Misschien is hij een beetje traag van begrip. 'We moeten dáárheen.' Ik wijs duidelijk naar de batterij fotografen.

'Over de rode loper,' vult Suze aan. Ze wijst naar onze uitnodiging. 'Er staat "Rode loper entree".'

'Er ligt een rode loper, mevrouw.' Hij wijst weer naar de zijdeur en Suze en ik kijken elkaar ontstemd aan.

Oké, strikt genomen zal er wel een loper liggen. En hij is een soort dofrood. Maar je maakt mij niet wijs dat we daaroverheen moeten.

'Die is niet rood,' stribbelt Suze tegen. 'Het is eerder kastanje.'

'En er zijn geen fotografen en zo. We willen over díé rode loper.' Ik wijs achter hem.

'Die loper is alleen voor gasten van de gouden lijst, mevrouw.'

Gasten van de gouden lijst? Waarom zijn wij geen gasten van de gouden lijst?

'Kom op,' zegt Tarkie hoorbaar verveeld. 'Zullen we naar binnen gaan, een neut halen?'

'Maar het gaat juist om de rode loper! Hé, kijk, daar is Sage Seymour!' Ik zie haar opeens ernstig in een tv-camera praten. 'We zijn bevriend,' zeg ik tegen de beveiliger. 'Ze wil me vast begroeten.'

'U kunt haar binnen wel begroeten,' zegt de beveiliger onvermurwbaar. 'Wilt u doorlopen, dame? Er staan mensen achter u te wachten.'

We hebben geen keus. We lopen allemaal verbolgen door de afzetting de volkomen inferieure niet-rode loper voor niet-gouden-lijstgasten op. Ongelooflijk. Ik dacht dat we met Sage en alle andere beroemde mensen op de rode loper zouden staan. Niet dat we als vee over een slecht verlichte kastanjekleurige loper met vlekken gedreven zouden worden.

'Hé, Suze,' fluister ik in een opwelling. 'Laten we omkeren. Zien of we op de echte rode loper kunnen komen.'

'Doen we,' zegt Suze. 'Hé, Tarkie,' zegt ze iets harder. 'Mijn beha zit niet goed. Ik zie je binnen wel, oké? Haal maar een neut voor ons.'

Ze geeft hem zijn uitnodiging, en dan maken we rechtsomkeert en haasten ons terug over de niet-rode loper. Er zijn nu zoveel mensen in avondkleding, behangen met sieraden en in wolken parfum, dat

147

het voelt alsof we tegen een flonkerende, glamoureuze stroom op moeten zwemmen.

'Sorry,' zeg ik telkens. 'Iets vergeten... Pardon...'

We bereiken het begin van de loper weer en komen even op adem. De beveiliger staat nog op zijn post mensen de kastanjekleurige loper op te sturen. Hij heeft ons nog niet in de peiling, maar dat komt doordat we achter een scherm zijn weggedoken.

'Wat nu?' zegt Suze.

'Een afleidingsmanoeuvre.' Ik denk even na en kerm dan: 'O, mijn god! Mijn Harry Winston-oorbel! Help! Ik ben mijn Harry Winston-oorbel kwijt!'

Alle vrouwen in de nabije omgeving zijn verlamd van schrik. Ik zie gezichten wit wegtrekken. Harry Winston is geen kattenpis in LA.

'O, mijn god,' klinkt het.

'Harry Winston?'

'Hoeveel karaat?'

'Alsjeblieft!' zeg ik bijna in tranen. 'Help me zoeken!'

Een stuk of tien vrouwen zakken door hun knieën en bekloppen de loper.

'Hoe ziet hij eruit?'

'Frank, help! Ze is haar oorbel kwijt!'

'Ik ben mijn Harry Winston-ring een keer kwijt geweest, we moesten het hele zwembad leeg laten lopen...'

De chaos is compleet. Er kruipen vrouwen rond, er proberen mensen op de kastanjekleurige loper te komen en mannen proberen hun vrouw mee te krijgen. De beveiliger roept de hele tijd: 'Doorlopen, mensen! Doorlopen, alstublieft!'

Ten slotte laat hij zijn koord maar vallen en beent de loper op.

'Mensen, wel blijven lopen.'

'Au! Je staat op mijn hand!' roept een vrouw.

'Niet op de oorbel gaan staan!' waarschuwt een andere vrouw.

'Heeft iemand de oorbel al gevonden?'

'Wat voor oorbel?' De beveiliger lijkt ten einde raad te zijn. 'Wat is hier in godsnaam aan de hand?'

'Nu,' fluister ik in Suzes oor. 'Rénnen!'

Voordat ik me kan bedenken, stuiven we over de kastanjekleurige loper, langs het onbewaakte koord en de rode loper op.... en ik lach triomfantelijk. We zijn er! Op de echte, fatsoenlijke rode loper! Suze ziet er ook opgetogen uit.

'We hebben het voor elkaar!' zegt ze. 'Zo, dat noem ik nou rood.' Ik kijk om me heen om me te oriënteren terwijl ik probeer mijn pose aan te nemen en te glimlachen. De loper is onmiskenbaar rood. Hij voelt ook best groot en leeg, wat zou kunnen komen doordat alle fotografen zich hebben afgewend. Suze en ik lopen er langzaam overheen en nemen onze mooiste Hollywood-poses aan met onze ellebogen opzij en alles, maar niet één fotograaf ziet ons. Als ze niet nog om de jonge jongen met het piekhaar heen staan, zijn ze wel aan het bellen.

Ik bedoel, ik weet wel dat we niet echt beroemd zijn, maar toch. Ik voel me diep gekrenkt omwille van Suze, die er absoluut adembenemend uitziet.

'Suze, doe die pose nog eens waarbij je met je rug gedraaid over je schouder kijkt?' zeg ik, en vervolgens ren ik naar een fotograaf met zwart haar in een spijkerjack die tegen een dranghek geleund staat te gapen. Hij gaapt!

'Hé, maak eens een foto van haar!' zeg ik naar Suze wijzend. 'Ze ziet er fantastisch uit!'

'Wie is dat?' riposteert hij.

'Herken je haar dan niet?' Ik probeer ongelovig te klinken. 'Dat gaat je je baan kosten! Ze is nu helemaal hip!'

De fotograaf is niet onder de indruk. 'Wie is ze?' vraagt hij weer.

'Suze Cleath-Stuart. Ze is Brits. Echt helemaal in.'

'Wie?' Hij bladert in een spiekboekje met foto's en namen van beroemdheden. 'Nee. Ik dacht het niet.' Hij bergt het boekje weer op, pakt zijn telefoon en begint te sms'en.

'O, maak nou een foto van haar,' smeek ik zonder nog te doen alsof. 'Kom op! Gewoon voor de lol.'

De fotograaf kijkt naar me alsof hij me nu pas echt ziet. 'Hoe ben jij op de rode loper gekomen?'

'Stiekem,' beken ik. 'We zijn op bezoek in LA. En als ík Hollywood-fotograaf was, zou ik niet alleen foto's maken van beroemdheden, maar ook van gewone mensen.'

Een onwillig glimlachje trekt aan de mondhoeken van de fotograaf.

'O ja?'

'Ja!'

Hij zucht en wendt zijn blik hemelwaarts. 'Vooruit dan maar.' Hij heft zijn camera en richt hem op Suze. Yesss!

'Ik ook!' piep ik, en ik stuif over de rode loper naar Suze toe. Oké, snel. Elleboog opzij. Benen gekruist. Het gebeurt echt! We laten ons echt op de foto zetten, in Hollywood, op de rode loper! Ik glimlach zo natuurlijk mogelijk in de lens en wacht op de flits…
'Meryl! Meryl! Méryl!'
De lens is in een oogwenk verdwenen. Als een kudde wildebeesten stampen de fotografen, ook de onze in zijn spijkerjack, naar de andere kant van de rode loper. Ik denk niet dat hij ook maar één foto van ons heeft gemaakt, en nu staat hij tussen de paparazzi te gillen en te schreeuwen.
'Hier, Meryl! Meryl! Meryl! Hier!'
De flitsen zijn oogverblindend. Het lawaai is ongelooflijk. En dat allemaal omdat Meryl Streep is gearriveerd.
Nou ja. Oké. Moet kunnen. Niemand kan Meryl Streep evenaren.
We kijken allebei gefascineerd en vol ontzag toe hoe ze elegant over de rode loper schrijdt, omringd door hielenlikkers.
'Meryl!' roept Suze brutaal als ze vlakbij is. 'Ik ben gek op je films!'
'Ik ook!' roep ik.
Meryl Streep kijkt opzij en glimlacht enigszins confuus naar ons.
Yes! We hebben op de rode loper genetwerkt met Meryl Streep! Wacht maar tot ik dát aan mam vertel.

Nog in een roes loop ik de balzaal in waar het gala wordt gehouden. Dan heeft er maar niemand een foto van ons gemaakt, dit is precies hoe ik me Hollywood had voorgesteld. Allemaal mensen in ongelooflijke outfits, Meryl Streep, een band die lekkere jazz speelt en heerlijke citrusachtige cocktails.
Alles is lichtgrijs en roze versierd, er is een podium waarop al dansers optreden en er is een dansvloer met allemaal ronde tafels eromheen. En ik zie al geschenktasjes op alle stoelen liggen! Ik kijk rond om alle beroemdheden in het vizier te krijgen en Suze doet hetzelfde.
Ik zie Luke bij de bar en haast me naar hem toe. Hij staat er met Aran en een paar mensen die ik niet ken. Hij stelt ze aan me voor als Ken en Davina Kerrow, en ik herinner me dat hij me vorige week over ze heeft verteld. Ze zijn allebei producer en ze maken een film over de Krimoorlog. Luke en Aran proberen ze over te halen Sage auditie te laten doen voor de rol van Florence Nightingale. Sage schijnt toe te zijn aan 'een andere richting' en 'een nieuw imago', en daar zou de rol van Florence Nightingale bij kunnen helpen.

Ikzelf vind haar absoluut geen geschikte Florence Nightingale, maar dat ga ik niet tegen Luke zeggen.

'Sage is heel geïnteresseerd in de rol,' zegt Luke tegen Ken, die een baard heeft en vaak zijn voorhoofd fronst. Hij maakt een gedreven indruk. 'Ik durf zelfs te beweren dat ze haar zinnen erop heeft gezet.'

Davina is ook heel gedreven. Ze heeft een zwarte smoking aan, kijkt telkens naar haar BlackBerry en zegt 'hm?' als Luke midden in een zin zit.

'Sage vindt dat dit verhaal verteld moet worden,' houdt Luke vol. 'Ze voelt zich echt aangesproken door de rol... Ha, daar is ze! We hadden het net over je, Sage.'

Ooo! Daar komt Sage aan in een ruisende rode jurk die perfect bij haar honingkleurige haar past. Ik voel een siddering van opwinding bij het idee dat ik haar aan Suze en Tarkie ga voorstellen.

'Ik mag hopen dat je het over mij hebt,' zegt Sage tegen Luke. 'Waar betaal ik je anders voor?' Ze lacht hard en Luke glimlacht beleefd.

'We hadden het over Florence,' zegt hij. 'Ik zei net dat je je aangesproken voelt door de rol.'

'O, zeker.' Sage knikt. 'Heb je mijn nieuwe tattoo al gezien?' Ze steekt haar pols uit en Luke krimpt in elkaar.

'Sage, lieverd,' zegt Aran effen. 'Ik dacht dat we hadden afgesproken dat er geen tatoeages meer bij zouden komen.'

'Ik moest hem hebben,' zegt Sage gekwetst. 'Het is een zwaluw. Hij staat voor vrede.'

'Je bedoelt een duif,' zegt Aran, en ik zie hem een blik wisselen met Luke.

'Ha, Sage,' zeg ik nonchalant. 'Je ziet er beeldig uit.'

'Wat lief van je.' Sage laat een oogverblindende glimlach over mij, Suze en Tarkie heen glijden. 'Welkom op het gala. Wil je een foto? Aran, deze mensen willen graag een foto, zou je...?'

Ik kijk haar gefrustreerd aan. Ze denkt dat ik zomaar een fan ben.

'Ik ben het, Becky,' zeg ik blozend van gêne. 'De vrouw van Luke? We hebben elkaar pas nog gesproken?'

'O, Bécky!' Ze barst weer in lachen uit en legt een hand op mijn arm. 'Maar natuurlijk. Mijn fout.'

'Sage, mag ik je voorstellen aan mijn vrienden, Suze en Tarquin Cleath-Stuart? Suze en Tarkie, dit is...' Ik breek mijn zin af. Sage heeft ons de rug toegekeerd en begroet vol enthousiasme een man in een nachtblauwe smoking.

Er valt een onbehaaglijke stilte. Hoe kan Sage zich zo onbeschoft gedragen?

'Sorry,' mompel ik uiteindelijk.

'Bex, jij kunt er ook niets aan doen,' zegt Suze. 'Ze is nogal... eh...'

Ze zwijgt en ik zie aan haar dat ze probeert zich diplomatiek uit te drukken.

'Ja.'

Sage komt hyper op me over. Is ze soms high? Nu praat ze weer op luide toon over Ben Galligan, haar ex-vriendje van een jaar of drie geleden. Hij bedroog Sage tijdens de opnames van *Hour of Terror 5* en dumpte haar op de première, en nu is zijn nieuwe vriendin zwanger. Sage is er nooit overheen gekomen.

Het stond allemaal in *People* en volgens Luke is het grotendeels waar, maar toen ik hem vroeg me precies te vertellen wat er waar was en wat niet, zei hij tot mijn ergernis dat ik moest ophouden die rommel te lezen en dat ik erom moest denken dat beroemdheden ook mensen zijn.

'Is die rat hier?' Sage kijkt verwilderd om zich heen. 'Want ik zweer je dat ik zijn ogen uit zijn kop krab.'

'Sage, hier hebben we het over gehad!' zegt Aran zacht. 'Vanavond ben jij de ambassadrice van wereldwijde gelijkheid en rechtvaardigheid, oké? De pissige ex-vriendin speel je maar in je eigen tijd.'

Sage lijkt hem niet te horen. Haar ogen flitsen door de zaal. 'Stel dat ik een fles wijn over hem heen gooi. Denk aan de publiciteit. Het zou de hele wereld over gaan.'

'Dat is niet het soort aandacht dat we willen. Sage, we hebben een strategie, weet je nog?'

'Ik kan je echt niet vertellen wie er verder nog in beeld zijn,' hoor ik Davina Kerrow tegen Luke zeggen. 'Al kun je het vermoedelijk wel raden...'

'Ramona,' zegt Sage, die het ook heeft gehoord en een kwaad gezicht trekt. 'Ze wil Florence spelen, ik weet het zeker. Kun jij het voor je zien, Ramona als verpleegster? Verpléégster? We hebben het wel over die troel die heeft gezegd dat je geen acteerprijs krijgt voor het afscheren van je haar, hoor.'

'Niet weer.' Aran doet zijn ogen dicht.

'Ze zou een gestoorde psychopathische verpleegster kunnen spelen. Dat zou ze goed doen. Of misschien een kleptomane verpleegster, hè, Becky?' zegt ze met een plotselinge, vileine glimlach naar mij.

Ik hoor het woord 'kleptomane' en schrik me kapot. Sage praat echt hard, en het krioelt hier van de mensen. Iedereen kan het horen. 'Eh, Sage…' Ik kom dichter bij haar staan en ga zachter praten. 'Ik had je dat over Ramona in vertrouwen verteld.'

'Ja, ja,' zegt Sage. 'Ik maak maar een grapje, oké? Oké?' Ze lacht weer flitsend naar me.

God, wat is die Sage vermoeiend. Ze glibbert alle kanten op, zo glad als een aal. Ik snap niet hoe Luke zaken met haar kan doen.

Ik draai me om naar Tarkie en Suze om te kijken hoe het met ze gaat en zie dat Tarkie in gesprek is met Ken Kerrow. Oké, dit zou boeiend kunnen zijn.

'We noemen de film *Florence in Love*,' zegt Ken Kerrow geanimeerd. 'Net als *Shakespeare in Love*, maar dan authentieker. We zetten Florence neer als een Amerikaanse, maar we willen haar essentie behouden. Haar conflict. Haar groei. Haar seksuele ontwaken. We denken dat ze zich als jongen zal hebben verkleed om op het slagveld te komen. We denken dat ze deel uitmaakte van een gepassioneerde driehoeksverhouding. Denk aan een combinatie van *Age of Innocence*, *Saving Private Ryan* en *Mulan*.'

'Juist.' Tarkie is er zo te zien niets wijzer van geworden. 'Ik vrees dat ik die films allemaal niet heb gezien, maar ze zijn vast goed.'

Ken Kerrow reageert geschokt. 'Heb je *Mulan* niet gezien?'

'Eh…' Tarkie voelt zich in het nauw gedreven. 'Sorry… zei je "boeman"?'

'*Mulan*!' Ken Kerrow schreeuwt nu bijna. 'Disney!'

Arme Tarkie. Hij begrijpt duidelijk geen woord van wat Ken zegt. 'Ik kijk veel natuurdocumentaires,' zegt hij radeloos. 'David Attenborough. Magnifieke kerel.'

Ken Kerrow schudt medelijdend zijn hoofd, maar voordat hij weer iets kan zeggen, grijpt Suze in.

'Schat, kom mee naar de dansers kijken.' Ze glimlacht charmant naar Ken Kerrow. 'Sorry dat ik mijn man bij je wegsleep. Bex, zullen we naar de dansers gaan kijken?'

Op weg naar het podium valt mijn blik op een tafel waarop een bordje staat met KAVELS GESLOTEN VEILING erop.

'Ik ga even snel een kijkje nemen,' zeg ik tegen Suze. 'Ik kom zo.' Op een plateau ligt een waanzinnige ketting die ook wordt geveild en als ik dichterbij kom, voel ik de hebzucht aan me trekken. God, wat is hij mooi, een en al lichtroze kristallen en een gehamerd zilveren hart, ik vraag me af hoe…

O, mijn god. Opeens zie ik het gedrukte kaartje eronder: LIMIET $ 10.000. Ik deins haastig achteruit voor het geval iemand denkt dat ik erop wil bieden. Tienduizend dollar? Serieus? Ik bedoel, het is een leuke ketting en alles, maar… tienduizend dollar? Voor wat roze kristallen? Ik durf niet eens meer in de buurt te komen van het paar horloges aan het eind van de tafel. Of die bon voor een villa in Malibu. Misschien kan ik beter met Suze naar de dansers gaan kijken. Net als ik me wil omdraaien, zie ik een beverige oude man langzaam langs de tafel met veilingobjecten lopen. Hij ziet er broos uit, en hij klampt zich aan de tafel vast om zijn evenwicht niet te verliezen.

Geen mens helpt hem, wat me boos maakt. Ik bedoel, wat heeft het voor nut om naar een gala te komen om mensen te helpen en dan zo'n arme, hulpbehoevende man vlak voor je neus te negeren?

'Gaat het, meneer?' Ik haast me naar hem toe, maar hij wuift me weg.

'Prima, prima!'

Hij is heel gebruind, met iets wat verdacht veel op een wit toupetje lijkt op zijn hoofd en een volmaakt gebit, maar zijn vingers zijn krom en zijn ogen een beetje waterig. Echt, er zou iemand op hem moeten passen.

'Het is een mooi gala,' zeg ik beleefd.

'O ja.' Hij knikt. 'Voor een uitstekende zaak. Discriminatie is de vloek van ons bestaan. Ik ben zelf homo, en ik kan je zeggen dat de wereld niet voor ons openstaat. Nog niet.'

'Nee,' val ik hem bij.

'Zeg nou niet dat je zelf niet bent gediscrimineerd. Als vrouw. En op andere manieren. Want naar mijn mening is geen mens op deze aarde vrij van discriminatie, op welke manier dan ook.'

Hij is zo bevlogen dat ik hem niet wil tegenspreken.

'Zo is dat,' zeg ik knikkend. 'Ik ben op allerlei manieren gediscrimineerd. Massa's. Continu.'

'Geef me eens een paar voorbeelden van dat schokkende gedrag?' Hij richt zijn waterige ogen gretig op mij.

Mijn hoofd is leeg. Kom op, snel. Discriminatie.

'Nou, omdat ik een vrouw ben natuurlijk... en...' Ik pijnig mijn hersens. 'Ik moest een keer mijn oorbellen uitdoen om in een café te mogen werken, dus dat was discriminatie op grond van sieraden... en... eh... je kunt gediscrimineerd worden in verband met een hobby en... huisdieren...' Ik heb geen idee wat ik uitkraam. 'Het is verschrikkelijk,' besluit ik knullig. 'We moeten ertegen vechten.'

'En dat gaan we doen ook.' Hij pakt mijn hand. 'Samen.'

'Trouwens, ik ben Rebecca,' voeg ik eraan toe. 'Rebecca Brandon.'

'En ik ben Dix.' Hij lacht zijn witte tanden bloot. 'Dix Donahue.'

Wacht eens even. Dix Donahue. Dat klinkt bekend. Ik kijk naar een affiche dat vlakbij hangt en ja hoor, daar staat het, in grote grijze letters: GASTHEER: DIX DONAHUE.

Is dit de gastheer? Hij ziet eruit alsof hij wel honderd is.

'Dix!' Een gezette man met een zwart snorretje duikt op ons en geeft hem een hand. 'Victor Jamison van E.Q.U.A.L. Ik ben een groot fan. Ben je klaar voor je openingstoespraak?'

'Ik doe continu inspiratie op.' Dix glimlacht weer naar me en ik lach stralend terug. Hij moet op de een of andere manier beroemd zijn. Hoe? Luke weet het vast wel.

De beide mannen lopen weg en ik drink mijn glas leeg. Ik moet echt terug naar Luke en Suze, maar het probleem is dat iedereen op een kluitje bij het podium is gaan staan en ik er niet overheen kan kijken. De dansers zijn opgehouden, de band zwijgt en de sfeer is verwachtingsvol. Dan zet de band opeens een melodie in die iedereen lijkt te herkennen, te oordelen naar de knikjes en glimlachjes over en weer. Dix Donahue neemt de treden naar het podium met een sprong en een huppel – het is duidelijk dat hij een artiest is. Hij lijkt te sprankelen onder de lichten, ook al is hij een ziljoen jaar oud.

Als hij grappen begint te maken, schuif ik om het publiek heen en dan zie ik Luke opeens. Net als ik bij hem wil gaan staan, wordt het donker in de zaal. Er glijdt een schijnwerper over de gezichten en Dix Donahue wordt ernstig.

'Maar nu even serieus, lui,' zegt hij. 'We zijn hier vanavond voor een nobele zaak. Discriminatie is een kwaad dat zich in alle vormen en maten voordoet, vaak waar je het het minst zou verwachten. We gaan het verhaal van Pia Stafford nog horen, die tegen discriminatie op de werkvloer heeft gestreden toen ze een beperking kreeg door een verkeersongeluk.'

De schijnwerper valt op een vrouw in het zwart die een hand opsteekt en ingetogen knikt.

'Maar weet u, ik sprak zojuist een jongedame die me misschien wel het vreemdste discriminatieverhaal vertelde dat ik ooit heb gehoord…' Dix Donahue houdt een hand boven zijn ogen en tuurt het publiek in. 'Waar ben je, Rebecca? Ha, daar!'

Bedoelt hij míj? Ik kijk geschrokken naar hem op. Even later schijnt het felle licht van de schijnwerper in mijn gezicht.

'Rebecca is gediscrimineerd vanwege, nou vraag ik u…' – hij schudt meewarig zijn hoofd – '… haar huisdier.'

Mijn ogen rollen bijna uit hun kassen. Hij kan me niet serieus hebben genomen. Ik zei alleen maar 'huisdieren' omdat ik niets anders meer kon verzinnen.

Ze hadden nooit een honderdjarige gastheer moeten inhuren. Hij is kinds.

'Rebecca, vertel ons je verhaal,' zegt Dix Donahue op zachte, overredende toon. 'Wat had je voor huisdier?'

Ik kijk hem gebiologeerd aan.

'Een… hamster,' zeg ik werktuiglijk.

'Een hamster, dames en heren.' Dix Donahue begint te klappen en er gaat een lauw applausje op. Ik zie mensen verbaasd naar elkaar fluisteren, en terecht.

'En hoe uitte de discriminatie zich?'

'Eh… nou… De mensen wilden het niet accepteren,' zeg ik omzichtig. 'Ik werd uit mijn kring gestoten. Vrienden keerden zich tegen me en mijn carrière had eronder te lijden. Mijn gezondheid ook. Ik denk dat het aan de overheid en de maatschappij is om die mentaliteit te veranderen. Want alle mensen zijn gelijk.' Ik begin de smaak te pakken te krijgen. 'Allemaal, wat voor godsdienst we ook belijden, wat voor huidskleur we ook hebben en of we, nou ja, een hamster hebben of niet… we zijn gelijk!'

Ik maak een zwierig gebaar en vang Lukes blik. Hij staat op een paar meter afstand met open mond naar me te kijken.

'Dat was het,' besluit ik snel.

'Geweldig!' Dix Donahue zet weer een applaus in en deze keer voelt het oprecht. Ik word zelfs door een mevrouw op mijn rug geklopt.

'Nog een laatste vraag voordat we verdergaan.' Dix Donahue kijkt me met twinkelende ogen aan. 'Hoe heette je hamster, Rebecca?'

'Eh...' Shit. Mijn hoofd is helemaal leeg. 'Hij heette... eh...'
'Ermintrude,' klinkt Lukes diepe stem. 'Ze was een volwaardig lid
van het gezin.'

O, ha, ha. Leuk, hoor.

'Ja, Ermintrude.' Ik forceer een glimlach. 'Ermintrude de hamster.'
De schijnwerper zwenkt eindelijk weg, Dix Donahue komt aan het
eind van zijn toespraak en als ik opkijk, zie ik Luke, die door de
massa naar me toe komt, naar me knipogen.

'Ik geef je met Kerstmis wel een nieuwe hamster, schattebout,'
zegt hij boven het applaus uit. 'We zullen de discriminatie samen
bestrijden. Als jij er dapper genoeg voor bent, ben ik het ook.'

'Sst!' Ik giechel tegen wil en dank. 'Kom op. Het is etenstijd.'

Dat was de laatste keer dat ik zuiver uit vriendelijkheid een praatje
aanknoopte met een oude man. Op weg naar onze tafel word ik telkens staande gehouden door mensen die me willen complimenteren. Ze vragen naar de hamster en vertellen dat hun kinderen een
konijn hebben en dat ze geen discriminatie toleren, schandelijk is
het, in deze tijd. Ik schaam me dood.

Ten slotte kunnen we dan toch gaan zitten, en het goede nieuws is
dat het eten verrukkelijk is. Ik ga zo op in mijn ossenhaas dat ik weinig aandacht heb voor de conversatie, wat niet erg is, want die bestaat alleen uit de beide Kerrows die maar doorzeveren tegen de
hele tafel over die Florence Nightingale-film die ze willen maken. Ze
praten als in een soort duet, elkaar overlappend, en niemand kan er
een speld tussen krijgen. Dat is ook een les die ik hier in Hollywood
leer. Je zou denken dat het spannend is om over een film te horen,
maar het is dodelijk saai. Ik zie dat Suze het net zo zat is als ik, want
ze kijkt glazig uit haar ogen en bovendien zegt ze de hele tijd geluidloos 'saaaaai' tegen me.

'... locaties zin de uitdaging...
'... geweldige regisseur...'
'... problemen met de derde akte...'
'... voelt de spanningsboog echt aan...'
'... met de studio over het budget gepraat...'
'... financieel rond. We wachten nog op de laatste investeerder,
maar het hangt af van de een of andere Brit met een idiote naam.
John John Saint John. Wat is dat nou voor naam?' Kerrow spietst een
peultje aan zijn vork, stopt het in zijn mond en kauwt er woest op.

'Bedoelt u John St.-John John?' mengt Suze zich plotseling in het gesprek. 'Hoe kent u die in vredesnaam?' Ze richt zich tot mij. 'Dat is Pucky. Ken je Pucky?'

God mag weten of ik Pucky ken. Alle vrienden uit Suzes kindertijd hebben namen als Pucky en Binky en Minky. Voor mij vormen ze samen een enkele bekakt blaffende, opgewekte menselijke labrador.

'Eh... misschien.'

'Jij kent Pucky wel,' wendt Suze zich tot Luke. 'Ik weet zeker dat je hem hebt ontmoet.'

'Tarquins vermogensbeheerder,' zegt Luke peinzend. 'Ja, die ken ik wel. Hij doet toch de mediapoot van jullie zakelijke belangen?'

'Zoiets,' zegt Suze vaag, en dan lacht ze stralend naar Tarkie, die even naar de wc is geweest. 'Schat, ze kennen Pucky.'

'Mijn hemel.' Tarkies gezicht klaart op. 'Wat een uitzonderlijk toeval.'

'Pucky?' herhaalt Ken Kerrow perplex.

'Zo heet hij sinds zijn kostschooltijd,' legt Tarkie uit. 'Magnifieke kerel. Hij werkt nu – hoelang? – tien jaar voor me?'

'Hij werkt voor je?' Ken Kerrow beziet Tarquin met andere ogen. 'Zit je in de film?'

'Film?' Tarkie lijkt van het idee te gruwen. 'Mijn hemel, nee. Ik ben boer.' Hij wendt zich beleefd tot Ken Kerrow. 'U zei iets over een "boog"? Had u het over boogschieten?'

'Tarquin, mag ik je iets vragen?' zegt Luke. Zijn mondhoeken trekken alsof hij iets bijzonder grappig vindt. 'Ik weet dat je een paar mediabelangen in je portefeuille hebt. Heeft Pucky ooit voor je in films geïnvesteerd?'

'O!' Tarquins gezicht klaart op. 'Aha. Goh. Toevallig wel, ja. Misschien is dat de connectie.'

'Films?' Suze kijkt hem met grote ogen aan. 'Dat heb je me nooit verteld!'

'Dit is je investeerder,' zegt Luke tegen Ken Kerrow, en hij wijst met zijn duim naar Tarquin. 'Lord Cleath-Stuart.'

'Alsjeblieft,' zegt Tarkie, die rood aanloopt. 'Zeg maar Tarquin.'

Ken Kerrow ziet eruit alsof hij zich in zijn ossenhaas heeft verslikt. 'Ben jíj dat?'

'Lord?' Sage kijkt voor het eerst op van haar telefoon.

'Lord Cleath-Stuart.' Ken Kerrow gebaart naar zijn vrouw. 'Dit is

158

die Britse investeerder.' Dan lijkt hem een lichtje op te gaan. 'Jij hebt *Fiddler's Game* gefinancierd,' zegt hij tegen Tarquin. 'Ja toch?' 'Eh... ja.' Tarquin zit er een beetje betrapt bij. 'Dat geloof ik wel.' 'Die heeft in het eerste weekend dertig miljoen opgeleverd. Je hebt een kaskraker uitgezocht.'

'Nou, dat was Pucky,' zegt Tarquin bescheiden. 'Ik bedoel, ik kan de ene film niet van de andere onderscheiden.'

'Neem me niet kwalijk,' zegt Ken Kerrow. 'Ik ga mijn coproducer zoeken. Ik wil hem heel graag aan je voorstellen.' Hij springt op en rent zo ongeveer naar een andere tafel, waar ik hem verwoed zie smiespelen met een andere man in smoking.

'Tarkie!' roept Suze uit, en ze slaat met haar vuist op tafel. 'Sinds wanneer investeren wij in films? Dat had je me moeten vertellen!'

'Maar lieverd,' zegt Tarkie nerveus, 'je zei dat onze investeringen je niet boeiden.'

'Saaie dingen als aandelen en obligaties, bedoelde ik! Niet films...' Suze zwijgt opeens en kijkt Tarkie verwijtend aan. 'Eerlijk zeggen. Zijn wij uitgenodigd voor premières?'

'Eh...' Tarkies ogen schichten nerveus heen en weer. 'Dat zou je aan Pucky moeten vragen. Ik heb waarschijnlijk tegen hem gezegd dat we geen belangstelling hadden.'

'Geen belángstelling?' Suzes stem zwelt aan tot een schel gekrijs.

'Uwe edelheid!' Ken Kerrow is weer terug bij onze tafel. 'Het is me een eer u voor te stellen aan mijn coproducer, Alvie Hill.'

Een brede man zwengelt met een vlezige hand die van Tarkie op en neer. 'Uwe lordschap. Wat een genoegen om u in Los Angeles te mogen verwelkomen. Als we ook maar íéts kunnen doen om uw verblijf hier te veraangenamen...'

Hij blijft nog een minuut of vijf aan het woord. Hij complimenteert Tarkie, hij complimenteert Suze, hij beveelt restaurants aan en hij biedt aan ze naar de canyons te brengen voor een trektocht.

'Ahum, dank u wel,' zegt Tarkie met een gegeneerde glimlach. 'Heel vriendelijk van u.' Als Alvie eindelijk weg is, richt Tarkie zich tot de tafel. 'Wat een drukte. Laten we verder eten.'

Maar dat was nog maar het begin. Een uur later lijken alle gasten in de zaal naar onze tafel te zijn gekomen om met Tarkie aan te pappen. Ze doen voorstellen voor films, ze nodigen hem uit voor voorvertoningen, ze proberen afspraken los te peuteren en iemand heeft zelfs voorgesteld het hele gezin naar zijn ranch in Texas over te vliegen. Tarkie is een grote speler in LA. Ik kan het bijna niet geloven.

In feite kan niemand het geloven. Luke barstte vaak in lachen uit, vooral toen een studiobaas Tarkie vroeg wat hij van de *American Pie*-franchise vond en Tarkie zei dat hij het eigenlijk niet wist – was het net zoiets als Starbucks? Intussen lijkt Tarkie zelf niet te weten wat hem overkomt. Ik vind het eigenlijk best sneu voor hem. Hij is hierheen gekomen om even weg te zijn van alles, niet om belegerd te worden door mensen die op zijn geld uit zijn.

Ik begrijp nu wel waarom hij zo vaak in zijn eentje over de hei zwerft. De herten komen tenminste niet om de haverklap naar hem toe om te zeggen dat ze een geweldig concept hebben dat ze hem graag bij een werkontbijt willen voorleggen. Nu vraagt er weer een man in een glimmend grijs pak aan Tarkie of hij naar een filmset wil komen.

'We nemen een fantastisch drama op, het speelt op volle zee, breng de kids mee, ze zullen genieten...'

'Heel vriendelijk van u.' Tarkie begint mechanisch te klinken. 'Maar ik ben hier met vakantie...'

'Ik wil wel!' onderbreekt Suze hem.

'Fijn!' De man in het grijs glimlacht naar haar. 'We willen u graag welkom heten en een rondleiding geven. U mag een paar opnames bijwonen...'

'Krijg ik een bijrol?' vraagt Suze brutaal.

De man in het grijze pak kijkt haar verbluft aan.

'U wilt...'

'Een bijrol in de film. En mijn vriendin Bex ook.' Ze trekt me naar voren. 'Ja, toch?'

'Ja! Zeker weten!'

Ik heb altijd al in een film willen spelen! Ik lach stralend naar Suze en ze grinnikt terug.

'Uwe edelheid.' De man lijkt totaal overdonderd. 'U zou het niet makkelijk krijgen in een bijrol. De draaidagen zijn lang, de omstandigheden zijn primitief, de scènes moeten eindeloos opnieuw worden opgenomen... Waarom kijkt u niet gewoon naar de scène, en dan kunt u de acteurs ontmoeten en gaan we ergens lekker lunchen...'

'Ik wil meedoen,' houdt Suze koppig vol. 'En Bex ook.'

'Maar...'

'We willen er niet naar kijken, we willen het ervaren.'

'We willen het ervaren,' zeg ik haar nadrukkelijk na.
'Goh.' De man lijkt zich gewonnen te geven. 'Oké. Geen enkel probleem. Mijn mensen regelen het voor u.'
'Bex, we krijgen een rol!' Suze slaat opgewonden haar armen om me heen.
'We komen in een film!'
'We kunnen naar onszelf gaan kijken in de bioscoop! Iedereen ziet ons...' Dan schiet Suze iets te binnen. 'O, waar gaat het over?' De man, die bezig was zijn mobiele nummer op een kaartje te noteren, kijkt op.
'Piraten.'
Piraten? Ik kijk Suze met een hernieuwd enthousiasme aan. We komen in een piratenfilm!

DiscriminHate LA

p/a Kester Avenue 6389
CA 91411 Los Angeles

Geachte mevrouw Brandon,

Andy Wyke, die aanwezig was bij het recente benefietgala van
E.Q.U.A.L., hoorde uw inspirerende verhaal en heeft uw naam aan mij
doorgegeven.

Ik ben de voorzitter van de Stichting DiscriminHate LA, een lobby-
groep die is opgericht om discriminatie in welke vorm dan ook te
bestrijden. Naar onze mening zijn de huidige definities van discriminatie veel te beperkt. We hebben niet minder dan zesenvijftig gang-
bare gronden voor discriminatie gevonden en de lijst wordt met de
dag langer.

U bent echter het eerste geval van 'huisdierisme' dat we zijn tegengekomen, en we willen uw ervaringen graag met u bespreken. Veel
van onze leden hebben campagne gevoerd en we hopen dat u dat
ook zult willen doen. U zou bijvoorbeeld:

- Een verslag van uw discriminatieverhaal kunnen schrijven voor
  onze website
- Een hulpverleningsprogramma kunnen ontwikkelen voor scholie-
  ren die onder eenzelfde soort discriminatie te lijden hebben
- Bij uw plaatselijke volksvertegenwoordiger kunnen lobbyen voor
  'de Ermintrude-wet'

Mag ik u, op dit punt, mijn oprechte solidariteit en sympathie be-
tuigen? Ik ben niet bekend met de precieze gegevens van uw zaak,
maar ik heb begrepen dat het een ontroerend verhaal was, en dat
het pijnlijk voor u moet zijn geweest om erover te praten.

Ik verheug me erop van u te horen en u welkom te heten in onze strijd.

Met vriendelijke groet,

R. Anzig
Voorzitter DiscriminHate LA
Overlever en bestrijder van discriminatie op grond van omvang, naam, geur en seksuele praktijken.
Auteur van: *Ik ben anders, jij bent anders, hij/zij is anders*

LHL
Letherby Hall Liga
De Pastorie
Letherby Coombe
Hampshire

Geachte mevrouw Ermintrude Endwich,

Dank u voor het schrijven dat wij onlangs van u mochten ontvangen.

Het is altijd boeiend om de mening te horen van een 'onbevooroor-deelde buitenstaander', zoals u zichzelf noemt. Ik ben het echter niet eens met uw stellingen. De LHL is geen 'stelletje nazi's dat niets beters te doen heeft dan over fonteinen zeuren'. Het is niet waar dat we 'elke avond bij elkaar kruipen in een lugubere grot' en evenmin 'stoken we als de heksen in *Macbeth*'. De wijze waarop we ons kleden doet niet ter zake, dunkt mij.

Ik wil ook uw bewering weerleggen dat de Spuiter 'een van de wereldwonderen' zou zijn. Dat is hij niet. We zullen ook niet allemaal 'spijt hebben als haren op ons hoofd wanneer de geniale Tarquin Cleath-Stuart er een medaille voor krijgt van de koningin'. Ik kan mij niet goed voorstellen wat voor medaille dat zou zijn.

Kunt u me uw adres in het Verenigd Koninkrijk geven? Uw naam is niet bekend bij de burgerlijke stand.

Maureen Greywell,
Voorzitter LHL

12

Ik heb me erin verdiept. Ik neem dit serieus. Ik word de beste figurant aller tijden.

Nee, niet 'figurant'. De correcte benaming is 'achtergrondacteur'. Ik heb zoveel op internet ontdekt over figureren dat ik me uitstekend voorbereid voel. Je moet bijvoorbeeld altijd een spel kaarten of een boek bij je hebben, voor als je je gaat vervelen. En je mag geen groen dragen voor het geval ze een groen scherm gebruiken voor computeranimatie. En je moet verschillende outfits meebrengen. Al is dat in dit geval niet van toepassing, want we schijnen kostuums te krijgen. We krijgen ook een limo die ons naar de set brengt, wat beslist niet gangbaar is. Ze doen superaardig tegen ons omdat Suze de vrouw van Tarkie is.

Ik hoop zelfs stiekem dat ze zo aardig zullen zijn dat we allebei een zinnetje mogen zeggen. Ik bedoel, waarom niet? Geen lange zinnen of een hele monoloog of zo, natuurlijk. Gewoon, iets kleins. Ik zou 'aye aye, kapitein', kunnen zeggen nadat de piratenkapitein een verhaal heeft gehouden. En Suze zou 'land ahoi!' of 'schip ahoi!' of 'piraat ahoi!' kunnen roepen. Als er maar 'ahoi' in zit, eigenlijk. Ik heb een speciale, grommerige piratenvrouwenstem geoefend voor de spiegel, en ik heb een artikel gelezen over acteren voor de film. Er stond in dat de vaakst voorkomende fout overacteren is, ook voor geoefende acteurs, en dat de camera de miniemste bewegingen registreert en uitvergroot en je alles dus klein moet houden.

Ik weet niet of Suze dat wel beseft, want ze heeft tijdens het ontbijt continu rumoerige oefeningen gedaan om zich op te warmen en met haar handen geschud om zich 'los te maken' en ze bleef maar 'wibbel-wobbel' zeggen. Maar ik kan haar niets over acteren vertellen, want dan zegt ze alleen maar: 'Bex, ik heb op de tonéélschool gezeten, weet je nog?'

De film wordt opgenomen in een studio in Burbank, en daar gaan we nu naartoe. Luke brengt Minnie vandaag naar de peuterspeelzaal, samen met Suzes kinderen (toen de directrice hoorde wie Tarkie was, wist ze niet hoe snel ze de Cleath-Stuarts drie tijdelijke plaatsen moest aanbieden). We zitten in de limo, kijken naar de voorbijzoevende billboards en grinniken als gekken naar elkaar. Dit is het allerspannendste wat ik ooit heb gedaan, in mijn hele leven.

Ik weet niet waar de scène over gaat – ik weet zelfs niet waar de film over gaat, want op internet staat er alleen maar 'drama op volle zee' –, maar ik heb een beetje geoefend in het zwaaien met een piratenzwaard (of eigenlijk een keukenmes), want je weet maar nooit, het zou een vechtscène kunnen zijn.

'Hé, Suze, als ik met iemand moet vechten, hoop ik dat jij het bent,' zeg ik.

'Ik ook,' zegt Suze prompt. 'Maar moet het vrouwvolk wel vechten? Misschien moeten we alleen maar toekijken en joelen.'

'Er zijn ook vrouwelijke piraten,' zeg ik betweterig. 'Die kunnen wij zijn. Kijk maar naar Elizabeth Swann.'

'Ik wil met kapitein Jack Sparrow vechten,' zegt Suze smachtend.

'Die doet niet mee!' zeg ik voor de miljoenste keer. Suze valt op Johnny Depp, en ik denk dat ze hoopte dat we in *Pirates of the Caribbean* zouden komen, maar dat is niet zo. Onze film heet *The Black Flag* en er speelt niemand in die ik ken, behalve April Tremont dan, die 'Gwennie' is.

'Weet ik wel, maar toch. Zou het niet waanzinnig zijn?' Ze zucht.

'Onze piratenkoning is vast nog aantrekkelijker,' zeg ik, en op hetzelfde moment gaat mijn telefoon. Het is pap, wat me verbaast, want meestal belt mam, en dan geeft ze me door aan pap en grist het toestel meteen weer uit zijn hand omdat ze was vergeten me iets te vertellen over Janice' nieuwe meubelhoezen of de geraniums.

'Pap!' roep ik uit. 'Raad eens wat Suze en ik aan het doen zijn?'

'Jus d'orange drinken in de zon?' zegt pap met een lach. 'Dat hoop ik tenminste.'

'Fout! We zitten in een limo op weg naar de studio!'

Pap en mam weten al dat we in een film gaan spelen, want ik heb ze onmiddellijk opgebeld om het te vertellen. En Janice en Martin. En Jess en Tom, en Danny, en Derek Smeath, de filiaalchef van mijn oude bank...

Ik heb best veel mensen gebeld, nu ik erover nadenk.

'Wat fijn, lieverd!' zegt pap. 'Zorg dat je vrienden wordt met de filmsterren.'

166

'Doen we!'

'Wat ik me afvroeg: is het je nog gelukt mijn oude vriend Brent te vinden?'

O. Shit. Ik heb het zo druk gehad met Golden Peace en Suzes komst dat het me helemaal ontschoten is.

'Nog niet,' zeg ik schuldbewust. 'Ik ben er nog niet aan toegekomen, maar ik ga het doen, dat beloof ik.'

'Nou, dat zou fantastisch zijn.'

'Ik ga binnenkort naar hem toe,' beloof ik. 'En dan vertel ik hem alles over je.' We zijn bij de slagbomen aangekomen van een groot complex met gebouwen en pleinen, en als de chauffeur vaart mindert, zie ik een rij trailers staan. Echte filmtrailers!

'We zijn er! Ik zie trailers!' zeg ik opgewonden. 'O, pap, je zou het moeten zien!'

'Klinkt fantastisch,' zegt pap. 'Nou, hou me op de hoogte over Brent.'

'Doe ik,' zeg ik maar half luisterend. 'Dag, pap.'

De chauffeur geeft onze namen door aan de portier. Suze en ik kijken vol verwachting naar buiten en dan zie ik een man in piratenkostuum naar een trailer lopen, op de deur kloppen en naar binnen gaan.

'O, mijn god,' zegt Suze.

'Ja!' Ik kan een giechel niet onderdrukken.

We zoeven het complex in en ik draai mijn hoofd van links naar rechts om niets te missen. Het is allemaal precies zoals ik het me had voorgesteld. Ik zie meisjes met klemborden en oortjes. Ik zie een man met iets wat lijkt op een marmeren standbeeld onder zijn arm. Een vrouw in een hoepelrok praat met een man in een leren jack.

'Ik ben zenuwachtig,' zegt Suze opeens. 'Stel dat ik waardeloos ben?'

'Zenuwachtig?' zeg ik verbaasd. 'Suze, je gaat het fantastisch doen!' De limo stopt en ik geef een bemoedigend kneepje in haar arm. 'Kom op, dan gaan we ergens koffie scoren. Weet je, het allerbelangrijkste van in een film zitten is de catering.'

Ik heb helemaal gelijk wat die catering betreft. We dolen een paar minuten rond en vinden dan een enorme tafel, het buffet van de catering, vol koffie, thee, koekjes, cupcakes en zelfs sushirolletjes. Ik ben aan mijn derde amandelspijskoekje met een kers erop bezig als er een gejaagde man met een headset op naar ons toe komt.

'Bent u lady Cleath-Stuart?'

'Hier,' zegt Suze met haar mond vol muffin.

'Ik ben Dino, de tweede regieassistent. Ik heb bij de ingang op u staan wachten.'

'O, sorry. We hadden zin in koffie.' Suze lacht stralend naar hem. 'Die latte met hazelnoot is verrukkelijk!'

'O. Fijn.' Hij prevelt iets in zijn headsetmicrofoontje en kijkt weer op. 'Goed, ik breng jullie naar Don. Hij is onze publiciteitsman en hij neemt jullie vandaag onder zijn hoede.'

Don is een parmantig mannetje en hij heeft de vreemdste jukbeenderen die ik ooit heb gezien. Wat is daar in vredesnaam mee gebeurd? Heeft hij ze laten opvullen? Of heeft hij zijn wangvet laten afzuigen? Het is hoe dan ook geen succes, al zal ik dat niet zeggen en ga ik hem ook niet aanstaren. Niet echt. Hij loodst ons een enorme ruimte in, een soort loods, en praat zacht tegen ons terwijl we over snoeren en kabels heen stappen.

'Lady Cleath-Stuart,' zegt hij eerbiedig, 'het is ons een genoegen u welkom te heten op de set van *The Black Flag*. We willen deze dag zo aangenaam en boeiend mogelijk voor u maken. Volg mij, alstublieft. We dachten dat u de set wel zou willen zien voordat we u naar de kostuumafdeling brengen.'

Suze is een echte vip! Wat fantastisch! We haasten ons allebei achter hem aan, een paar mannen ontwijkend die met een zogenaamd stenen muur van hout lopen te zeulen. We naderen een stel regisseursstoelen en een monitor, en hopen mensen met koptelefoons en ernstige gezichten.

'Dit noemen we "video village",' zegt Don gewichtig. 'Hier kijkt de regisseur naar de opnames. Controleer alstublieft of uw telefoon is uitgeschakeld. Ik denk dat we gaan draaien.'

We schuifelen rond tot we de set goed kunnen zien. Twee acteurs zitten in armfauteuils in een bibliotheek. De vrouw draagt een fluwelen jurk met een hoepelrok en de man een pandjesjas. Een magere jongen in spijkerbroek met knalrood haar staat gebukt op ze in te praten.

'Dat is Ant, de regisseur,' zegt Don zacht. Terwijl we kijken, springt Ant achteruit naar zijn stoel, zet zijn koptelefoon op en kijkt gespannen naar zijn monitor.

'Camera loopt!' roept iemand vanaf de set.

'Camera loopt!' roepen een paar anderen meteen. 'Camera loopt! Camera loopt!'

Zelfs achter ons, bij de deur, roepen twee meisjes: 'Camera loopt!' 'Camera loopt!' doe ik behulpzaam mee. 'Camera loopt!' Wat is dit cool. Ik voel me nu al opgenomen in de filmploeg!

'En... actie!' roept Ant, en als bij toverslag wordt het muisstil. Iedereen die bewoog, blijft als een standbeeld staan en alle gesprekken zijn midden in een zin afgebroken.

'Ontvoerd,' zegt de vrouw in de fluwelen jurk. 'Ontvoerd!' De man pakt haar hand en ze kijkt hem droevig aan.

'Cut!' roept Ant, en hij springt de set weer op.

'Deze scène speelt zich af in het huis van lady Violet,' fluistert Don. 'Ze heeft net gehoord dat haar dochter Katriona door piraten is ontvoerd. Willen jullie dichterbij komen?'

We lopen op onze tenen naar voren tot we bij 'video village' zijn. Op de rug van een paar regisseursstoelen staat een naam en ik kijk er hebberig naar. Ik zou een moord doen voor een stoel met mijn naam erop. Opeens word ik gegrepen door een beeld van een stoel met op de rug: BECKY BRANDON, KOSTUUMONTWERPER. Stel je voor dat ik bij de film ging werken en mijn naam op een stoel kreeg! Ik zou er nooit meer af willen komen. Ik zou hem aan mijn achterste vastnieten.

De kostuumontwerper van deze film heet Renee Slattery. Ik heb haar al gegoogeld en weet wat ik ga zeggen als ik haar ontmoet. Ik begin met een complimentje voor de kostuums in *Saw Her Too Soon*, een andere film waaraan ze heeft meegewerkt, en dan begin ik over de uitdagingen van het werken met historische kostuums. (Niet dat ik er veel van weet, maar ik bluf me er wel uit.) En dan vraag ik langs mijn neus weg of ze hulp nodig heeft, misschien met de inkoop van grosgrain lint of laarzenknoopjes of wat dan ook?

Ik bedoel, ze moet toch hulp nodig hebben? En dan kunnen we samen gaan werken en met ideeën stoeien, en dan wurm ik me zo naar binnen.

Suze en ik krijgen allebei een regisseursstoel met GAST op de rug en we gaan verlegen zitten kijken hoe de scène nog twee keer wordt gedraaid. Ik kan het verschil tussen de opnames eigenlijk niet goed zien, al zal ik dat niet toegeven.

Ant blijft koffie slurpen en naar zijn monitor turen en instructies roepen naar iemand met een hoge camera links. Opeens draait hij zich om, kijkt naar Suze en mij en zegt bijna agressief tegen Don: 'Wie zijn dat? Wat moeten ze op mijn set?'

Don buigt zijn hoofd en ik hoor hem mompelen: 'Lord Cleath-Stuart... geldschieter... speciale gasten... studio...'

'Nou, hou ze uit de buurt,' zegt Ant bot.

Nou vraag ik je! Wie heeft er nou last van ons? Ik kijk verbolgen naar Suze, maar die heeft ergens een script gevonden en leest het in zichzelf prevelend door. Suze was echt heel graag actrice geworden. (Of dressuuramazone. Of kunstenares. Of nieuwslezeres. Ze heeft van alles willen worden, eerlijk gezegd.)

'Dylan!' roept de regisseur plotseling. 'Waar is Dylan?'

'Hier!' Een muizige man in een grijs T-shirt komt aangesneld.

'Dit is de scenarioschrijver,' vertelt Don aan Suze en mij. 'Hij blijft op de set voor het geval we extra dialoog nodig hebben.'

'We moeten nog een zin voor lady Violet hebben,' zegt Ant. 'We moeten de ernst van het gebeurde overbrengen, maar ook de waardigheid, zeg maar, van lady Violet. Ze zal niet bezwijken. Ze gaat vechten.' Hij zwijgt even. 'Maar dan in, zeg maar, drie of vier woorden.'

'Juist.' Dylan knikt nerveus. 'Juist.'

Ant beent weg. Dylan begint in een kladblok te schrijven en ik kijk er gefascineerd naar. Hij is een film aan het scheppen, hier ter plekke. We zien hoe er filmgeschiedenis wordt geschreven! Dan krijg ik een inval die zo goed is dat ik bijna hoorbaar naar adem snak.

'Sorry,' zeg ik, en ik wuif naar Dylan om zijn aandacht te trekken. 'Neem me niet kwalijk. Ik wil niet storen, maar er welde een zin in me op die je misschien zou kunnen gebruiken. Ik had hem zomaar,' besluit ik bescheiden.

'Goed zo, Bex!' roept Suze uit.

Dylan zucht. 'Wat dan?'

'Met grote kracht komt grote verantwoordelijkheid.' Nu ik het hardop hoor, moet ik wel trots op mezelf zijn.

'Dat is geniaal!' zegt Suze. 'Je moet het alleen met meer passie zeggen. "Met grote kracht komt grote verantwoordelijkheid,"' herhaalt ze met een laag, ronkend stemgeluid. '"Met grote krácht komt grote verantwóórdelijkheid."'

'Perfect!' Ik wend me tot Dylan. 'Ze heeft op de toneelschool gezeten, hoor.'

Dylan kijkt naar ons alsof we allebei krankzinnig zijn.

'Die zin komt uit *Spider-Man*,' zegt hij kortaf.

Spider-Man?

'Echt waar?' Ik frons mijn voorhoofd. 'Weet je dat heel zeker? Want ik herinner me niet...'

'Natuurlijk weet ik dat zeker! Tjeesus!' Hij streept door wat hij net heeft geschreven en noteert iets anders.

'O,' zeg ik bedremmeld. 'Op zo'n manier. Sorry.'

'Nou, maar wat dacht je dan van: "Met groot verdriet komt grote uitdaging"?' oppert Suze.

'Of: "Met grote moeilijkheid komt groot geluk"?' vul ik enthousiast aan. 'Of: "Met grote droefenis komt groot licht"?' Op die laatste ben ik best trots, maar Dylan lijkt over zijn toeren te raken.

'Willen jullie me alsjeblieft rustig laten denken?' snauwt hij.

'O. Oké. Sorry.' Suze en ik doen er het zwijgen toe en trekken gezichten naar elkaar. We kijken gefascineerd hoe Dylan een bladzij vol schrijft en dan bruusk opstaat en naar Ant loopt.

'Wat dacht je hiervan?'

'Oké. We proberen het.' Ant loopt de set op en ik zie dat hij de tekst aan de actrice in de fluwelen jurk laat zien.

'Waarom breng je de tekst niet zelf naar de acteurs?' vraag ik als Dylan weer gaat zitten.

'Ik kom niet op de set.' Het idee lijkt hem te choqueren. 'De regisséúr komt op de set.' Hij klinkt alsof hij zegt dat hij niet op gewijde grond komt. Jemig, wat zijn die filmsets ingewikkeld. 'Zo, ik hoop dat jullie het leuk vonden,' voegt hij eraan toe. Het kost hem duidelijk veel moeite om beleefd te blijven. 'En leuk jullie te ontmoeten.'

'O, we gaan nog niet weg, hoor,' zeg ik.

'We komen in de film!' vult Suze aan.

'We zijn figuranten!'

'Jullie?' Hij kijkt van mij naar Suze en weer terug.

Net als ik wil zeggen dat hij niet zo sceptisch hoeft te kijken, komt Ant terug. Hij kijkt kwaad naar Dylan en gooit het kladblok naar hem toe.

'Yolanda zegt dat dit slap is en ik ben het met haar eens. Kun je niets beters verzinnen?'

Nou ja, zeg. Wat een tiran. Ik wil wedden dat Dylans tekst briljant was. (Maar niet zo goed als: 'Met grote kracht komt grote verantwoordelijkheid.')

'Ik werd afgeleid door die twee,' zegt Dylan vals. Hij wijst naar ons en mijn medeleven verdampt op slag. Hij hoeft ons de schuld niet te geven! We wilden hem helpen! Ant kijkt dreigend naar ons en dan nog dreigender naar Dylan. 'Nou, geef me nog een paar opties. We pauzeren even.' Ant beent weg en Dylan buigt zich weer met gefronst voorhoofd over zijn kladblok en kauwt op zijn pen. De sfeer is nogal gespannen, en ik ben blij als Don opduikt en ons wenkt.

'De acteurs hebben even pauze,' zegt hij, 'dus ik dacht dat jullie de set wel even wilden zien voordat we naar de kostuumafdeling gaan.'

We lopen met hem mee naar de set en stappen behoedzaam op het kleed. We staan op een echte filmset! Hij is vrij klein, maar mooi uitgevoerd, met planken vol boeken en een tafel met siervoorwerpen en een nepraam met een velours gordijn ervoor.

Dons telefoon zoemt. 'Neem me niet kwalijk,' zegt hij. 'Ik moet dit gesprek aannemen.' Hij stapt de set af en Suze gaat op de stoel van lady Violet zitten.

'Ontvoerd,' weeklaagt ze. 'Ontvoerd!'

'Heel goed!' zeg ik. 'Vind jij ook niet dat lady Violets jurk een beetje bobbelig is? Dat moet flatteuzer kunnen, volgens mij. Misschien zeg ik dat wel tegen de kostuumpersoon.'

'Ontvoerd!' zegt Suze weer. Ze kijkt in de camera en steekt haar handen uit alsof ze op een enorm toneel in Londen staat en zich tot haar publiek richt. 'O, mijn god. Ontvoerd! Komt er dan nooit een eind aan onze nachtmerrie?'

'Wat ziet het er allemaal realistisch uit,' zeg ik, en ik strijk met mijn hand over een rij nepboeken. 'Moet je die kast zien.' Ik rammel aan de deur, maar die zit vast. 'Hij ziet er heel echt uit, maar het is nep, zoals alles.' Ik drentel naar het tafeltje. 'Ik bedoel, moet je die cakejes zien. Ze zien er volkomen echt uit. Ze ruiken zelfs echt. Het is zo knap gedaan.'

'Misschien zíjn ze wel echt,' merkt Suze op.

'Natuurlijk zijn ze niet echt. Niets op een filmset is echt. Kijk maar.' Ik pak zelfverzekerd een cakeje en neem een hap.

Shit. Het is wel echt. Ik heb een mond vol cake en slagroom.

'Bex!' Suze kijkt me ontsteld aan. 'Dat cakeje zit in de film! Je mag het niet opeten!'

'Ik deed het niet expres!' schiet ik in de verdediging.

Ik voel me lichtelijk verontwaardigd. Ze horen geen echte cakejes te hebben op een filmset. Dat druist helemaal tegen de geest van het gegeven in.

Ik kijk om me heen, maar niemand lijkt me te hebben gezien. Wat nu? Ik kan geen half cakeje op de tafel terugleggen.

'Oké, daar gaan we weer!' klinkt een donderende stem. 'Weg van de set!'

O, god. De acteurs komen terug en ik heb nog een half cakeje in mijn hand.

Misschien merken ze het niet.

Ik druip haastig af, met mijn handen op mijn rug, en vind een plekje achter een stenen pilaar waar ik bijna onzichtbaar ben. De twee acteurs gaan weer zitten en iedereen maakt zich klaar voor een nieuwe opname.

'Wacht even.' Een helemaal in het zwart gekleed meisje rent de set op. Ze tuurt van het scherm van een kleine camera naar de tafel. 'Waar is dat ene cakeje gebleven?'

Shit.

De acteurs kijken wezenloos om zich heen, alsof ze niet eens wisten dat er cakejes in de scène zaten.

'Cakeje?' zegt de man ten slotte.

'Ja, cakeje! Er zouden er zes moeten zijn!' Ze wijst priemend naar haar camerascherm. 'Waar is het gebleven?'

'Nou, je hoeft niet naar mij te kijken, hoor!' zegt de man gepikeerd. 'Ik heb geen cakeje gezien.'

'O, jawel!'

'Ik geloof dat het er vijf waren,' zegt de actrice die lady Violet speelt.

'Neem me niet kwalijk,' zegt het meisje in het zwart verbeten, 'maar als ik zeg dat het er zes waren, waren het er zes, en tenzij jullie alles wat we vanochtend hebben gedaan over willen doen, raad ik jullie aan van de rekwisieten af te blijven.'

'Ik heb nergens aangezeten!' riposteert lady Violet.

Ik moet het opbiechten. Kom op, Becky. Ik dwing mezelf achter de pilaar vandaan te komen en schraap mijn keel.

'Eh, pardon?' zeg ik schutterig. 'Het is hier. Sorry.'

Ik steek mijn hand uit en iedereen kijkt naar het half opgegeten, kruimelige cakeje. Mijn wangen gloeien van schaamte, helemaal als er opeens een stuk cake op de vloer valt. Ik buk me snel om het op te rapen en voel me nog ellendiger.

'Zal ik het weer op de tafel leggen?' stel ik voor. 'We kunnen de kant met de hap eruit verdoezelen...'

Het meisje in het zwart kijkt me ongelovig aan.

'Heb jij een rekwisiet opgegeten?'

'Niet expres!' zeg ik snel. 'Ik dacht dat het nep was, en ik beet er gewoon in om het te bewijzen...'

'Ik wist dat het niet nep was,' mengt Suze zich in het gesprek. 'Ik heb het nog tegen haar gezegd. Ik zei, nepcakejes kunnen nooit zo goed...'

'Echt wel!' spreek ik haar tegen. 'Ze hebben verbluffende moderne technologieën.'

'Niet zó verbluffend.'

'Maar goed.' Ik krijg een inval. 'Misschien is het maar beter zo, want zouden ze echt zoveel cakejes hebben?' vraag ik aan Ant. 'Zes is wel veel voor twee mensen. Je wilt toch niet dat ze gulzig lijken? Je wilt toch niet dat het publiek denkt: geen wonder dat lady Violet een korset nodig heeft als ze al die cakejes opeet...'

'Genoeg!' schiet Ant opeens uit zijn slof. 'Haal die meiden van mijn set!' Hij kijkt kwaad naar Don. 'Kan me niet schelen wie ze zijn, ze zijn verbannen.'

Verbannen? Suze en ik kijken elkaar geschrokken aan.

'Maar we zouden figureren!' zegt Suze radeloos.

'Het spijt me echt heel erg dat we jullie hebben lastiggevallen,' zeg ik haastig. 'Het was niet mijn bedoeling een hap uit dat cakeje te nemen. Ik zal verder niets meer eten.'

'Ant, luister even,' zegt Don sussend. Hij haast zich naar Ant toe en begint in zijn oor te fluisteren.

Ik zie Ant dreigend naar ons kijken, maar uiteindelijk zucht hij boos en zegt: 'Mij best. Zie maar. Ik moet dóór.'

Ik hou mijn adem in. Don komt naar ons terug en neemt ons mee de set af.

'Mogen we nog figureren?' vraagt Suze angstig.

'Tuurlijk,' zegt hij met een gespannen glimlach. 'Geen probleem. Ik breng jullie even naar de kostuumafdeling en dan... Nou ja. Ik zou jullie aanraden in de volgende scène wat meer op de achtergrond te blijven.'

'Niet met de regisseur praten, bedoel je,' zegt Suze. 'En geen rekwisieten opeten.'

'Dat soort dingen,' zegt Don knikkend.

'Hoor je dat, Bex?' Suze stoot me aan. 'Niet de hele set opschrokken.'

Oké, ik ga mijn leven beteren. Ik zal heel stil en onopvallend zijn op de set. Of in elk geval zo onopvallend als ik kan, in aanmerking genomen dat ik een pruik met rode krullen opheb, mijn tanden zwart zijn gemaakt en ik een jurk draag met een hoepelrok en een ingesnoerd lijfje waardoor mijn borsten nogal... Hm. Pront lijken, zou je kunnen zeggen. Of bespottelijk, zou je ook kunnen zeggen.

Mijn make-up werd er in een seconde of vijf op gesmeerd door een meisje dat intussen naar een iPod luisterde, maar desondanks ben ik onherkenbaar veranderd! Ik zie er vuil, groezelig, gerimpeld en best eng uit. Suze lijkt op een oude heks. Ze heeft een zwarte, warrige pruik op, een soort gebitje in dat de vorm van haar mond verandert en allemaal wratten op haar handen. Ze loopt kreupel en echt, ze lijkt sprekend op een piraat. Ik hink niet, maar ik zou mijn handen een beetje kunnen laten beven. Of ik veins een zenuwtrekje. Héél subtiel.

We zijn in een zijkamer gezet en alle andere figuranten zitten verveeld te lezen, maar ik loop rond en blijf alert. De enige minieme tegenvaller is dat ik er nog niet in ben geslaagd met iemand van de kostuumafdeling over een mogelijke baan te praten. Renee Slattery is nergens te bekennen en de medewerkers zijn allemaal erg gejaagd. Toen ik iets over de lengte van mijn petticoat vroeg, zei het meisje dat de leiding had: 'Doet er niet toe. Volgende!'

Doet er niet toe? Hoe kan een petticoat er nou niet toe doen?

Toen vroeg ik haar hoe zij aan haar baan was gekomen, en ze zei: 'Ik was idioot genoeg om de rest van mijn leven om vijf uur 's ochtends te willen opstaan,' wat geen antwoord is, en toen joeg ze me weg.

'Achtergrondacteurs!' De tweede regieassistent, Dino, staat in de deuropening. 'Achtergrondacteurs naar de set, graag!'

Ooo! Dat zijn wij!

We lopen achter elkaar aan door de studio de set op en ik tintel van opwinding. Het gebeurt echt! Ik kom in een film! Deze set is veel groter dan de vorige en stelt een scheepshut voor. Er zijn een stuk of tien figuranten, met Suze en mij erbij – allemaal vrouwen – en uit een gesprek dat ik net opving heb ik begrepen dat dit een heel belangrijke sleutelscène is.

Een heel belangrijke sleutelscène! Stel dat het zo'n beroemde filmscène wordt die de hele tijd op tv is en dat ik er dan in zit! Misschien word ik wel ontdekt! Opeens voel ik een bespottelijk sprankje hoop.

175

Ik bedoel, ik weet dat ik nooit op het idee ben gekomen acteur te worden, maar als ik nou eens zonder het te weten een echt filmgezicht heb?

Ik word gegrepen door een plotseling opkomende fantasie waarin Ant de opname opeens afbreekt, de camera op mij richt en dan simpelweg tegen zijn assistent zegt: 'Mijn god, moet je die jukbeenderen zien.'

Ik bedoel, oké, ik weet dat de kans niet zo heel groot is, maar ik heb wel goede jukbeenderen, en alles ziet er anders uit als je door een camera kijkt en...

'Bex!' Suze geeft me een por. 'Dino roept je!'

Ik haast me naar Dino en kijk hem verwachtingsvol aan in de hoop dat hij iets zal zeggen als: 'Ik wil je graag auditie laten doen voor het rolletje van de piratenprinses.'

'Oké, jij daar. Cakevreetster.' Hij kijkt op van een lijst.

Cakevreetster?

'Ik heet Becky,' zeg ik.

'Mooi.' Hij luistert duidelijk niet naar me. 'Goed, ik zet je ergens waar Ant je niet kan zien. We willen hem niet nog erger opfokken. Jij poetst Gwennies schoenen met deze oude lap en zo blijf je de hele scène zitten. Hou je hoofd gebogen, je gezicht afgewend van de camera. Begrepen? Afgewend van de camera.' Hij draait zich om en roept het volgende meisje. Ik kijk hem teleurgesteld na.

Mijn gezicht afgewend van de camera? Maar dan ziet niemand me. *Hoe zit het dan met mijn ouders?* wil ik jammeren. Hoe moeten ze zien dat ik het ben?

Ik neem verpletterd mijn nederige positie op de vloer in met een vies oud vod in mijn hand. Zo had ik het me absoluut niet voorgesteld. Een meisje dat een beetje op April Tremont lijkt gaat op de stoel voor me zitten en werpt me een ongeïnteresseerde blik toe. Ik denk dat ze de stand-in is.

'Mensen!' Dino klapt in zijn handen. 'Wat achtergrondinformatie over de scène die we gaan spelen. Het vrouwvolk van de piraten bereidt zich voor op de huwelijksceremonie. Gwennie, gespeeld door April Tremont...' Een paar figuranten zetten een applaus in en Dino neemt het glimlachend in ontvangst. 'Gwennie wordt aan de piratenschurk Eduardo gegeven, maar ze houdt van zijn rivaal, kapitein Arthur oftewel de kapitein van de *Black Flag*, en in deze scène zien we hoe Eduardo dat ontdekt.'

'Hallo,' zeg ik zielig tegen de stand-in. 'Ik moet je schoenen poetsen.'
'Je doet maar.' Ze tilt haar rok op en ik begin mismoedig haar schoen op te wrijven.
'Oké, we gaan repeteren!' klinkt Dino's stem. 'Actie!'
'Trouwen met Eduardo,' zegt de stand-in monotoon. 'Over mijn lijk.' Ze haalt een omslagdoek tevoorschijn en aait erover. 'O, Arthur.'
'Achtergrondacteurs,' zegt Dino, 'ik wil dat jullie naar de omslagdoek kijken. Die boeit jullie.'
Ik verdraai gehoorzaam mijn nek om naar de omslagdoek te kunnen kijken, maar Dino zegt meteen: 'Jij niet, cakevreetster.'
Joepie. Iedereen mag naar de omslagdoek kijken terwijl ik over de vloer moet kruipen. De deur zwaait krakend open en ik hoor het stampen van zware laarzen.
'Wat heb je daar voor moois?' zegt een diepe, mannelijke stem.
'Laat zien.'
'Nooit,' zegt de stand-in.
Er volgt een soort worsteling, maar ik kan het niet zien omdat ik mijn hoofd niet durf op te tillen. O, wat is dit frustrerend. Ik snak ernaar om te zien wat er gaande is, maar ik zie geen fluit hier op de vloer. Ik kom niet aan mijn zenuwtrekje toe, laat staan dat ik 'aye aye, kapitein' zou mogen zeggen. Het is om te janken.
'Cut!'
Ik richt me op, zwaai naar Suze en probeer niet jaloers te zijn. Zij heeft niets te klagen, zij staat op een traptree, zodat iedereen haar kan zien. Ze heeft zelfs een rekwisiet gekregen, een oude, kapotte kam, die ze met een theatrale zwier door haar warrige pruik haalt.
'Pardon.' Een welluidende stem bereikt mijn oor en er duikt een petieterig knooplaarsje voor mijn ogen op. Ik kijk op en krijg een schok van ontzag. Het is April Tremont! Zelf! Ze gaat op de stoel zitten en tilt haar rokken op zodat ik met de lap over haar laarsjes kan wrijven.
'Ik neem aan dat jij deze moet poetsen?' zegt ze met een knikje.
'Arme jij.'
'O, geeft niets!' zeg ik snel. 'Het is juist leuk. Ik ben gek op laarzen poetsen, weet je. Ik bedoel, niet alleen op filmsets, maar ook thuis, en in de tuin, en... eh...'
Argh. Niet bazelen, Becky.
'Ik ben April,' zegt April vriendelijk.
Alsof ik dat nog niet wist. Alsof ze niet ontzettend beroemd is.

'Ik ben Becky.'

'Ben jij degene die dat cakeje had opgegeten?'

'Het was per ongeluk,' zeg ik haastig.

'Ik vond het wel grappig.' Ze glimlacht, die ongelooflijke glimlach die ik in tig films heb gezien. Of nee, geen tig films, eigenlijk. Twee films, een comedyserie en een reclamecampagne voor vochtinbrengende crème. Maar toch.

'April. David. Kan ik jullie even spreken?' Ant komt onze kant op en ik druk mijn gezicht snel in Aprils rok om te zorgen dat hij me niet ziet. Niet dat hij ook maar één figurant lijkt te zien, overigens.

'Ik wil echte agressie in deze scène,' hoor ik hem boven mijn hoofd zeggen. 'David, als jij het embleem van je vijand op Gwennies omslagdoek ziet, wordt alles anders. Je weet dat ze van Arthur houdt en het maakt je razend. Denk erom, deze scène is de spil; dit is wat je ertoe drijft de Vloot der Vijanden aan te vallen, dit zet de hele opeenvolging van gebeurtenissen in gang. Oké, jongens? Passie. Intensiteit. We gaan ervoor.'

Ondanks alles voel ik een schokje van opwinding. We gaan ervoor! We gaan draaien! Het gebeurt!

Een uur later voel ik me een tikkeltje minder opgewonden. We hebben de scène opnieuw en opnieuw gedaan; ik moet telkens mijn hoofd gebogen houden terwijl de actie zich boven me afspeelt, en ik krijg zere knieën van het knielen.

Daar komt nog bij dat hoe vaker we de scène doen, hoe minder ik ervan begrijp.

'Gaat het nog?' April Tremont kijkt glimlachend op me neer terwijl haar make-up wordt bijgewerkt. 'Het zal wel zwaar zijn daar beneden.'

'O, nee hoor!' zeg ik snel. 'Het gaat goed! Echt fantastisch!'

'Hoe vind je de scène?'

'Eh…' Ik aarzel. Ik weet dat ik nu 'geweldig!' moet zeggen, maar eerlijk gezegd kan ik me gewoon niet inleven.

'Ik snap het niet,' zeg ik uiteindelijk. 'Maar jíj bent ontzettend goed,' voeg ik er snel aan toe.

'Wat snap je dan niet?' vraagt April belangstellend.

'Nou, waarom speel je met je omslagdoek?'

'Het is een aandenken aan mijn geliefde, Arthur,' legt April uit.

'Zijn eigen embleem staat erop, zie je wel?' Ze houdt me de omslagdoek voor.

'Dat weet ik wel,' zeg ik knikkend, 'maar je bent op het schip van Eduardo. Hij is gewelddadig en hij heeft de pest aan Arthur. Waarom verstop je hem dus niet? Als je echt van Arthur hield, zou je hem toch beschermen?'

April Tremont kijkt me even zwijgend aan. 'Daar zeg je me wat,' zegt ze dan. 'Waarom speel ik met die omslagdoek?'

'Misschien om duidelijk te maken dat je een beetje dom bent?' opper ik.

'Nee!' zegt April vinnig. 'Dat ben ik niet. Ant!' roept ze. 'Ant, kom eens hier!'

O, god. Ik verstop mijn gezicht weer in haar rok en probeer zo min mogelijk op te vallen.

'Ant, ik heb een probleem met mijn motivatie,' zegt April. 'Waarom haalt Gwennie die omslagdoek tevoorschijn?'

Ik gluur even snel omhoog en zie Ant naar April kijken alsof hij denkt dat het een strikvraag is.

'Dat hebben we al doorgenomen,' zegt hij. 'Het is een sentimenteel gebaar. Ze denkt aan haar geliefde.'

'Maar waarom juist nu die omslagdoek pakken, nu het zo gevaarlijk is? Ze zit op een vijandelijk schip. Waarom zou ze zo roekeloos zijn?'

Het blijft een paar tellen stil en dan roept Ant: 'Dylan! Kom hier. Leg April de motivatie van haar personage uit, alsjeblieft.'

Dylan komt meteen aangesneld. De zolen van zijn sportschoenen piepen op de vloer van de studio.

'O, oké,' zegt hij een beetje zenuwachtig. 'Nou, Gwennie denkt aan Arthur, haar geliefde. Ze herinnert zich hun tijd samen. Dus pakt ze de omslagdoek...'

'Waarom?' onderbreekt April hem.

'Omdat die haar aan hem herinnert.' Dylan klinkt lichtelijk verbijsterd. 'Dat is haar motivatie.'

'Maar ze kan toch ook zonder omslagdoek herinneringen aan hem ophalen? Waarom zou ze zijn leven op het spel zetten om een omslagdoek?'

'Ze is een vrouw,' zegt Dylan zwakjes. 'Ze is sentimenteel.'

'Ze is een vrouw?' herhaalt April, die opeens ziedend klinkt. 'Ze is een vróúw? Dat is geen antwoord! Dat ze een vrouw is, maakt

179

haar nog geen imbeciel! Ik doe het niet,' zegt ze gedecideerd. 'Ik pak die omslagdoek niet. Gwennie is niet gek. Dat zou ze nooit doen.'

'Maar je moet de omslagdoek pakken!' zegt Dylan overstuur. 'Dat is het hele punt van die scène!'

'Nou, dan zoek je maar een ander punt voor die scène.'

'April, lieverd,' zegt Ant zwaar ademend, 'je moet die omslagdoek pakken. Als Eduardo de omslagdoek niet ziet, valt hij de Vloot der Vijanden niet aan. Dat is de hele tweede akte. Dat is de hele film, verdomme.'

'Nou, het slaat nergens op,' zegt April koppig. 'Becky heeft gelijk.'

'Becky?' Ant is zo te horen ten einde raad. 'Wie is Becky?'

Ik kijk onwillig op van Aprils rokken en zie Ant met een ongelovige woede naar me kijken.

'O, hallo,' zeg ik nerveus, en ik glimlach op goed geluk. 'Geweldige regie,' voeg ik er snel aan toe. 'Heel bevlogen.'

'Jij weer?' zegt Dylan verbijsterd.

'Wie bén jij in godsnaam?' valt Ant uit. 'Je zet mijn hele film op losse schroeven!' Hij ziet eruit alsof hij me wil slaan.

'Niet waar!' zeg ik ontdaan. 'Ik bedoel... dat wilde ik niet!'

'Je zou haar dankbaar moeten zijn!' zegt April. 'Er zat een groot gat in die scène en zij is de enige die het zag.' Ze gaat staan. 'Maak die scène in orde, heren. Ik ben in mijn trailer. Gilly, Uggs?'

Een van de kostuumassistentes rent naar April toe en maakt de laarzenknoopjes los.

'April!' zegt Ant. 'Stel je niet aan!'

'Als jij het niet oppikt, doen de recensenten het wel,' dient ze hem van repliek. Ze stapt in een paar Uggs en beent door de studio. Ze loopt weg. O, mijn god.

'Kom terug!' roept Ant woest.

'Maak die scène in orde!' zegt ze over haar schouder.

Ik zie Ant en Dylan verontrust naar elkaar kijken.

'April, niet zo onredelijk.' Ant haast zich achter haar aan. 'Hoor eens, we kunnen erover praten.'

Ik kijk om me heen en zie dat alle figuranten en leden van de filmploeg gefascineerd toekijken. Wat nu?

Dino en een andere vent met een headset op overleggen geagiteerd en dan beent Dino naar de set.

'Oké, lunch. Lunch, mensen.'

De figuranten lopen allemaal op slag weg, en Suze springt over de set naar me toe, zo snel als ze kan in die hoepelrok.

'Wat heb je gedaan?' vraagt ze streng.

'Ik heb niets gedaan!'

'Nou, iedereen denkt dat het door jou komt.'

'Echt?' Ik kijk haar geschrokken aan. 'Dat is gemeen!'

'Nee, ze zijn juist blij. Misschien krijgen ze overuren uitbetaald. Zullen we gaan lunchen? Er zou nog wat sushi kunnen zijn. Weet je, ik overweeg fulltime figurant te worden,' voegt ze er onder het lopen aan toe. 'Ik ben heel veel te weten gekomen. Je kunt je laten inschrijven bij een speciaal bureau en als je het juiste uiterlijk hebt, is er werk genoeg. Je kunt er goed mee verdienen!'

Goed verdienen? Ik wil Suze erop wijzen dat ze helemaal niets hoeft te verdienen, aangezien haar man ziljonair is, maar ze ziet er zo blij uit dat ik mijn mond maar hou.

'En als je kunt paardrijden, telt dat als een bijzondere vaardigheid,' zegt ze net als er een meisje met een fris gezicht naar ons toe komt.

'Becky? Is een van jullie tweeën Becky?'

'Ja, ik,' zeg ik een beetje nerveus.

'Mevrouw Tremont vraagt of u naar haar trailer wilt komen.'

Suze en ik kijken elkaar opgewonden aan. Een trailer! Een echte filmster wil dat ik naar haar trailer kom!

'Mag mijn vriendin ook mee?' vraag ik.

'Ja hoor. Deze kant op.'

De trailer is een tikkeltje teleurstellend, eerlijk gezegd. Ik had verwacht dat hij vol rozen en ijsemmers met champagne zou staan, en dat er kaartjes van de producers zouden hangen en misschien een paar gesigneerde foto's van George Clooney. Maar het lijkt gewoon een kleine caravan waar tijdschriften, flessen Evian en energierepen in rondslingeren. April zit te bellen als we binnenkomen, en ik ga omzichtig naast Suze op een bankgeval zitten.

Ik wil ook wel een trailer, denk ik onwillekeurig. Stel je voor dat er overal waar je kwam een trailertje op je stond te wachten waar je in kon chillen wanneer je maar wilde.

Stel je voor dat je met een trailer zou kunnen gaan shoppen. God, ja! Je zou al je tassen erin kunnen leggen, even uitrusten, een kop thee voor jezelf zetten en dan...

'Becky.' April legt haar telefoon neer en glimlacht naar me. 'Hoe is het ermee?'

'Eh, goed!' zeg ik. 'Dank je. Dit is mijn vriendin Suze.'

'Ha, Suze.' April werpt Suze haar stralende glimlach toe en richt zich dan weer tot mij. 'Ik wilde gewoon even weten of het wel goed met je ging. Ik wil niet dat Ant zijn woede op jou koelt. Als je problemen met hem hebt, kom je maar bij mij.'

'Dank je wel!' zeg ik ontroerd.

'Nou, ik sta bij je in het krijt.' Ze zucht. 'Ik had het zelf moeten opmerken bij de eerste lezing. Of iemand anders. Die lui zijn idioten.'

'Wat gaan ze nu doen?' vraag ik angstig. 'Heb ik echt de hele film op losse schroeven gezet?'

'Jeetje, nee!' April lacht. 'Ze schrijven een andere scène. Ze lossen het op. Dat is hun werk. Maar ik zou je graag een wederdienst bewijzen, als het kan.' Ze kijkt me ernstig aan. 'Heb je een agent? Wil je een betere? Wil je een referentie van me? Ik weet hoe zwaar het is in het wereldje, alle kleine beetjes helpen.'

'Ik heb eigenlijk geen agent,' begin ik uit te leggen. 'Dit is niet wat ik echt doe...'

'Ik wil heel graag een agent!' onderbreekt Suze me. 'Ik wil figurant worden. Ik geloof echt dat het mijn nieuwe carrière zou kunnen worden.'

April Tremont neemt ons allebei belangstellend op. 'Zijn jullie geen acteurs?'

'Ik heb op de toneelschool gezeten,' zegt Suze snel. 'Ik heb een diploma. Ik kreeg veel lof voor mijn hedendaagse voordracht.'

'Ik zit in de mode.'

'We zijn op de set gekomen door Tarkie.'

'Tarkie is haar man,' verduidelijk ik. 'Hij financiert films.'

'Dat heb ik laatst pas gehoord,' zegt Suze verbitterd.

'Dus ze hadden iets van, willen jullie zien hoe een film wordt gemaakt, en wij zeiden nee, we willen meedoen.'

'En daar zijn we dan!'

We zwijgen allebei en kijken verwachtingsvol naar April, die ons maar moeilijk lijkt te kunnen volgen.

'Dus jíj wilt een agent,' zegt ze tegen Suze.

'Ja, graag!' zegt Suze.

'En jíj wilt...' Ze kijkt naar mij. 'Wil jij ook iets?'

'Ik wil dolgraag aan de slag als stylist,' zeg ik. 'Dat is mijn terrein.'

Ik heb bij Barneys gewerkt, en nu probeer ik het te maken in Hollywood, maar het is heel moeilijk om ergens een voet tussen de deur te krijgen.'

'Bex is geniaal,' zegt Suze solidair. 'Zij kan iedereen er goed uit laten zien. Zelfs mijn schoonzus, Fenella, en neem maar van mij aan...' Ze trekt een grimas.

'Ze heeft goede schouders,' zeg ik. 'Je moet de nadruk gewoon op de schouders leggen.'

'O-ké,' zegt April peinzend. 'Nou, wat dacht je hiervan? Ik heb een vriendin die stylist is en zich over de kop werkt. Ik weet dat ze altijd op zoek is naar getalenteerde mensen om mee te werken. Zal ik een afspraak voor je regelen?'

'Dat zou fantastisch zijn!' zeg ik ademloos. 'Echt?'

'Ik zie haar bij de Actors' Society Awards, vrijdagavond. Zal ik een uitnodiging voor je regelen? Ik zorg dat jullie er allebei een krijgen. Het is een leuke avond.'

'Dank je wel!' Ik grijns opgetogen naar Suze. 'Hartstikke bedankt!'

'Mijn vriendin heet Cyndi.' April noteert de naam op een velletje papier. 'Ze komt met haar nieuwe cliënt, dus dan kun je die ook ontmoeten. Misschien gaan jullie allemaal samenwerken!'

'Wauw!' Ik neem het papiertje aan. 'Dank je wel. Wie is die nieuwe cliënt?'

'Ramona Kelden,' zegt April, en ik verstijf. Ik zie dat Suze grote ogen opzet en doe mijn uiterste best om er niet op te letten.

'Wat is er?' vraagt April, die de spanning aanvoelt. 'Ken je Ramona soms?'

'Nee,' zeg ik snel. 'Absoluut niet. Nee. Nooit gezien. Waarom zou ik Ramona Kelden kennen?' Ik stoot een schrille, gekunstelde lach uit.

'Oké. Nou, Ramona is een schat,' zegt April. 'Ik ben ook met haar bevriend, we zijn zelfs buren. We wonen allebei al sinds mensenheugenis op Doheny Road. Jullie kunnen het vast goed met elkaar vinden.'

Het is voor het eerst dat ik iemand Ramona een schat hoor noemen, en mijn verbazing ontgaat April niet.

'Wat is er?' vraagt ze.

Ik weet dat ik mijn mond moet houden, maar de drang is te sterk.

'Ik heb gehoord dat Ramona... lastig in de omgang is?' zeg ik voorzichtig. 'Zijn er geen problemen met haar nieuwe film?'

April slaakt een zucht. 'Had Ramona die reputatie maar niet. Het is een fantastische meid. En de film wordt ook fantastisch. Het is het verhaal van de eerste sportvrouwen, weet je, en er worden originele beelden van de Olympische Spelen in verweven. Zo intelligent gedaan. En ja, er zijn wat probleempjes, maar er zijn problemen bij elke film.'

'Sorry,' zeg ik opgelaten. 'Het was niet mijn bedoeling... Ik had alleen gehoord...'

'Ik weet het.' April steekt in een wanhopig gebaar haar handen op en laat ze weer zakken. 'Iedereen zegt hetzelfde. Het zit zo: Ramona is slim, ze stelt hoge eisen, en daar maakt ze niet altijd vrienden mee. Maar je zult haar aardig vinden, daar ben ik van overtuigd.'

Ze krijgt een sms binnen en reikt naar haar telefoon. 'Sorry, ik moet weg. Geef je adres maar aan mijn assistent, dan stuur ik een koerier met de uitnodigingen. Jullie komen er wel uit?'

Ze banjert de treden van de trailer af op haar Uggs, en Suze en ik kijken elkaar sprakeloos aan.

'Ramona Kelden,' zegt Suze uiteindelijk. 'O, mijn god, Bex.'

'Ik weet het.' Ik wrijf over mijn voorhoofd. 'Bizar.'

'Wat ga je tegen haar zéggen? Ik bedoel, over... je weet wel.'

'Ik zeg niets. Het is nooit gebeurd, oké? En ik heb jou ook nooit iets verteld.'

'Goed.' Suze knikt verwoed en kijkt dan op. 'Hé, wat zou Luke ervan vinden als jij met Ramona aanpapt? Is Ramona niet de grootste rivaal van Sage? Hoor jij niet in Team Sage te zitten?'

O, god. Dat was ik helemaal vergeten in de opwinding van het moment. Shit. Ik reik naar een energiereep en denk diep na. Oké, het is niet ideaal. Als ik een andere beroemdheid had kunnen uitkiezen, had ik het wel gedaan, maar dit buitenkansje kan ik niet laten schieten. Echt niet.

'Luke zal vierkant achter mijn carrière staan,' zeg ik uiteindelijk iets zekerder dan ik me voel. 'Ik bedoel, we hoeven toch niet allebei in Team Sage te zitten? We kunnen denkbeeldige...'

'Wat?' Suze kijkt me niet-begrijpend aan. 'Vriendjes nemen?'

'Nee!' Ik schiet tegen wil en dank in de lach. 'Muren optrekken. Als je aan verschillende kanten staat, maar elkaar geen gevoelige informatie verstrekt.'

'Muren?' zegt Suze wantrouwig. 'Ik heb het niet zo op muren. Muren horen niet in een huwelijk.'

'Geen echte muren, denkbééldige muren.'

Suze is er niet gerust op. 'Ik vind het nog steeds niks. Ik vind dat je aan dezelfde kant moet staan.'

'Nou, ik ook,' zeg ik afwerend, 'maar wat kan ik eraan doen? Ik heb geprobeerd Sage te stylen, maar ze had geen belangstelling.'

'Ga dan een andere beroemdheid stylen.'

'Wie? Ze staan niet bepaald voor me in de rij, hè?' Ik doe een beetje kribbig tegen Suze, deels omdat ik weet dat ze gelijk heeft. 'Hoor eens, het komt wel goed. Het wordt net als in die film over die getrouwde advocaten die in de rechtszaal tegenover elkaar staan, maar het thuis heel fijn hebben samen.'

'Wat is dat voor film?' zegt Suze wantrouwig.

'Eh... je weet wel. Die film.'

Ik zuig het uit mijn duim, maar dat ga ik niet toegeven.

'Hoe heet-ie dan?' vraagt Suze.

'De titel doet er niet toe. Hoor eens, ik ben maar één keer in Hollywood, Suze. Ik moet toch ten minste probéren het te maken als stylist?' Terwijl ik het zeg, besef ik hoe ik naar deze kans heb gesnakt; hoe teleurgesteld ik ben over al mijn mislukkingen. En nu heb ik een echte, geweldige kans binnen handbereik. 'Luke begrijpt het wel,' voeg ik eraan toe. 'We komen er wel uit samen. Het komt allemaal goed.'

Background Artists Unlimited Agency

Inschrijfformulier voor acteurs

Aanspreekvorm (doorstrepen wat niet van toepassing is):
~~Dhr./Mw.~~ *Lady*

Voorna(a)m(en): *Susan deLaney Margaret*

Achternaam: *Cleath-Stuart*

Geboortedatum: *Weten jullie niet dat het onfatsoenlijk is om naar iemands leeftijd te vragen?*

Geboorteplaats: *Sandringham, in de paardenstallen (mammie kwam net terug van de jacht)*

Acteerervaring: *Ik heb een hommel gespeeld op Mrs Darlingtons Academie, en toen was ik een konijn, en toen dat meisje in* De koopman van Venetië. *O, en Julia, alleen deden we maar drie scènes, want Shakespeare is echt een beetje langdradig.*

Speciale vaardigheden (zoals paardrijden, jongleren): *O, van alles! Paardrijden, tennissen, vliegvissen, yoga, fotolijstjes maken, bloemschikken, servetten vouwen, taarten glazuren (ik heb een cursus gevolgd, pappie dacht dat ik de catering in zou kunnen gaan). Ik kan niet zo goed typen, maar ik kan altijd doen alsof. En als jullie op een set in een oud Engels huis filmen, kan ik jullie vertellen hoe de messen en vorken moeten liggen, want dat doen jullie altijd fout. En de Engelsen lopen niet allemaal de hele tijd in tweed. O, en waarom zijn de slechteriken altijd Brits?*

Accenten: *Ik heb een briljant Amerikaans accent. En Frans. Ik kan ook Welsh doen, maar dat gaat Indiaas klinken.*

Bent u bereid naakt te verschijnen? *Zijn jullie getikt? Wat zou pappie zeggen? En mijn man? Trouwens, waarom zou iemand naakt moeten verschijnen? Als ze zich in een film beginnen uit te kleden, weet ik niet waar ik het zoeken moet, en mijn man staat op en zegt: 'Wie lust er een neut?' Mensen in films moeten hun kleren _aan_ houden. Behalve kapitein Jack Sparrow dan, die mag ze wel uitdoen! (Niet tegen Tarkie zeggen dat ik dat heb gezegd.)*

Blz. 1 van 3

13

Het komt wel goed. Ik heb de nodige gênante ontmoetingen gehad in de loop der tijd; het komt echt wel goed. Ik bedoel, oké, dan heb ik maar nooit een filmster ontmoet die: 1. door mij op winkeldiefstal is betrapt; 2. een wankele reputatie heeft (wellicht onverdiend); 3. ik van haver tot gort ken, aangezien ik haar een dag of drie aan één stuk door heb zitten googelen.

Maar toch. Ik verwacht dat het van een leien dakje zal gaan. Waarschijnlijk hebben we meteen een klik, en dan gaan we samen koffiedrinken, shoppen...

Nee, roep ik mezelf tot de orde. Níét shoppen. Ik bedoel, stel dat ze iets jat? Stel dat ze me vraagt haar handlanger te zijn en ik geen nee durf te zeggen? Opeens krijg ik een afgrijselijk visioen van de krantenkoppen: *Stylist en filmster gearresteerd in Barneys wegens dure sokken in tassen proppen. Zie foto's blz. 8, 9, 10.*

Argh. Kappen, Becky. Dat gaat niet gebeuren. Besluit 1: als Ramona mij als stylist aanneemt, zeg ik tegen haar dat ik nooit met cliënten ga shoppen. En als we toevallig toch gaan shoppen en ze vraagt me iets te jatten, dan... dan doe ik alsof ik het niet begrijp en zet een stap achteruit. En dan ren ik weg. Ja. Goed plan.

Ik heb mijn huiswerk in elk geval gedaan. Ik weet zoveel van Ramona Kelden dat ik een boek over haar zou kunnen schrijven. Ik weet dat haar carrière begon toen ze op haar tweede in een infomercial over verkeersveiligheid zat, dat ze op haar derde al een agent had en dat haar ouders hun eigen baan hadden opgezegd om zich aan haar loopbaan te wijden. Haar moeder was de ambitieuze en haar vader was degene die alsmaar vreemdging en wegliep, dus hem zal ik niet ter sprake brengen.

Ik ga Sage ook niet ter sprake brengen. Ik besefte niet hoe groot de vete tussen die twee is. Het is niet alleen die opmerking over kankerpatiënten en geschoren hoofden waar Sage maar niet over op kan houden, het is eeuwen geleden al begonnen, toen ze allebei ergens hun opwachting maakten in dezelfde knalgroene jurk en Sage Ramona van opzet beschuldigde. Vervolgens kwam Sage niet opdagen bij een aids-evenement dat Ramona had georganiseerd. Het was de bedoeling geweest dat ze de hele avond zou presenteren, schijnt het, en Ramona zei dat ze zich 'onheus bejegend en in de steek gelaten' voelde, maar dat ze er niet van stond te kijken dat Sage weer eens 'blijk had gegeven van haar ingebakken egoïsme'.

Toen werd Ramona vorig jaar opgenomen in de Walk of Fame en zei in haar toespraak: 'Hollywood zit in mijn DNA.'

Waarop Sage onmiddellijk op Facebook opmerkte: 'God sta Hollywood bij.'

Het trieste is dat ze vriendinnen waren, jaren geleden. Ze hebben zelfs als kind samen in een tv-serie gezeten. Maar de actrice van de eenentwintigste eeuw heeft het zwaar in Hollywood, en ze leert alle andere sterren als vijanden te zien (volgens Hollywouldn't.com, een supercoole blog die ik heb gevonden). Actrices schijnen om rollen, mannen, reclamecampagnes en zelfs plastische chirurgen te vechten. Ze bakenen hun terrein af alsof het een koninkrijk is en zijn paranoïde ten aanzien van hun rivalen, zelfs die met wie ze 'bevriend' zijn.

Het klinkt allemaal ontzettend stressvol. Ik kan me niet voorstellen dat ik met Suze zou wedijveren om een plastisch chirurg. Al gebiedt de eerlijkheid me te zeggen dat we wel een keer trammelant hebben gehad om een jas van Orla Kiely op eBay die we allebei wilden hebben. (Suze heeft hem gekregen. Maar ik mag hem lenen.)

Maar goed, er zijn dus vrij veel gespreksonderwerpen die een potentiële gevarenzone vormen als ik Ramona vandaag ontmoet. Ik zal het niet hebben over Sage, of over winkeldiefstal (of winkelen), of over Ramona's vader, of over Ramona's laatste film *The Spiked Bed* (die niet goed is ontvangen), of over geraffineerde suiker (een duivels kwaad, denkt ze). Niet dat ik van plan was het onderwerp geraffineerde suiker aan te kaarten, maar toch. De moeite van het onthouden waard. Onderwerpen die ik wél veilig kan aankaarten: Ramona's Golden Globe, kettlebells en macadamianoten. Ik heb het opgeschreven voor het geval ik met mijn mond vol tanden kom te staan.

'Waarom macadamianoten?' vraagt Suze, die de lijst met belangstelling heeft gelezen.

'Omdat Ramona er dol op is,' zeg ik. 'Het stond in *Health and Fitness*. Ik doe dus of ik er ook dol op ben, dan hebben we een klik.'

'Maar wat kun je nou over macadamianoten zeggen?' werpt Suze tegen.

'Weet ik veel!' zeg ik afwerend. 'Ik zeg gewoon: "Wat zijn ze lekker notig, hè?"'

'En wat kun je over kettlebells zeggen? Heb je ooit wel eens een kettlebell gezien?'

'Daar gaat het niet om. Ramona heeft een kettlebell-dvd opgenomen, dus is het een goed gespreksonderwerp.'

We zijn ons in mijn kamer aan het optutten voor de Actors' Society Awards of 'ASA's', zoals iedereen ze noemt. En ik voel me tegen wil en dank een beetje hyper. Ik mag geen fouten maken vanavond. Ik moet een goede indruk maken. Ik heb Ramona's stijl de afgelopen dagen eindeloos onder de loep genomen en ik heb massa's ideeën voor haar. Ik denk dat ze er veel jonger en glamoureuzer uit zou kunnen zien. Ze draagt jurken die te ouwelijk voor haar zijn. En wie doet haar haar in vredesnaam?

'Ik heb vandaag weer een stuk in *Variety* gelezen waarin stond dat het bergafwaarts ging met Ramona's carrière,' zegt Suze. 'Haar opgestoken of los?' Ze draait haar haar in een chignon en ik kijk er kritisch naar.

'Opgestoken. En het gaat niet bergafwaarts met haar carrière.'

'Nou, haar prijs is gezakt. Ze schijnt heel chagrijnig te zijn. Shannon heeft met haar gewerkt. Shannon zegt dat ze continu gespannen is.'

'Shannon is gewoon jaloers,' kat ik.

Ik begin een beetje genoeg te krijgen van die Shannon. Sinds ons optreden in *The Black Flag* heeft Suze een baan gevonden als figurant in een tv-serie, *Cyberville*, en daar heeft ze vriendschap gesloten met Shannon, die al meer dan twintig jaar beroepsfigurant is. Shannon beschouwt zichzelf als een expert op het gebied van Hollywood en Suze luistert eerbiedig naar alles wat ze zegt en geeft het dan aan mij door. Ik bedoel, nou vraag ik je. Dat je in *The Matrix* hebt gezeten, wil nog niet zeggen dat je alwetend bent.

'Ramona heeft gewoon een spannende nieuwe look nodig,' zeg ik gedecideerd. 'Die ik haar ga geven.'

'Wat vond Luke ervan?' mompelt Suze met een mond vol haarspelden. 'Dat heb je me nog helemaal niet verteld.'

'O. Hm.' Ik probeer tijd te winnen door zorgvuldig mijn lippen te omlijnen, ook al heb ik dat al gedaan.

'Hij vindt het toch wel goed?' Suze draait zich om en kijkt me streng aan. 'Bex, je hebt het hem toch wel verteld?'

'Moet je horen.' Ik zoek koortsachtig naar het beste antwoord. 'Het heeft geen zin om het hem nu al te vertellen.'

'Je moet het hem vertellen!' Suze schuift een flonkerende speld in haar haar. 'Je kunt je niet zomaar bij Team Ramona aansluiten zonder dat hij het weet!'

'Ik heb Ramona nog niet eens gezien,' repliceer ik, terwijl ik probeer mijn korsetjurk dicht te krijgen. 'Stel dat we geen klik hebben? Dan heb ik het Luke voor niets verteld. Ik wacht tot ik word aangenomen en dan vertel ik het hem.'

Ik wil Luke nog niet over Ramona vertellen. Ten eerste omdat ik stiekem weet dat Suze gelijk heeft: Luke zou bezwaar kunnen maken. En ten tweede wil ik het hem pas vertellen als ik al succes heb. Ik wil bewijzen dat ik het hier wél op eigen kracht kan maken.

'Stel dat hij je vanavond met Ramona ziet praten?'

'Suze, het is de Koude Oorlog niet! Ik mag best met mensen praten! Ik zeg gewoon dat we een babbeltje maakten. Wil je mijn haakjes vastmaken?'

Suze begint aan de stof van mijn jurk te trekken. Dan krijg ik opeens drie sms-berichten achter elkaar en ik reik naar mijn telefoon, die op een stoel ligt.

'Niet doen!' zegt Suze vermanend. 'Ik kan je haakjes niet doen als je telkens beweegt. Het is maar een berichtje.'

'En als het nou een noodgeval is?'

'Ik denk dat het Luke maar is.'

'Hoe bedoel je, máár?' zeg ik terwijl ik mijn wachtwoord intoets. 'Ik zeg toch ook niet dat het "maar" Tarquin is?'

'O, jawel, dat zeg je zo vaak.' Suze trekt aan mijn jurk. 'Weet je zeker dat dit de goede maat is?'

Ik kan niets terugzeggen. Ik kijk in shock naar mijn telefoon.

'Bex?' Suze stoot me aan. 'Hallo?'

'Ze komt,' zeg ik uiteindelijk.

'Wie komt?'

'Elinor. Hier.'

'Nu?' zegt Suze paniekerig.

'Nee, niet nu, maar wel gauw. Over een week of zo. Ik heb haar een sms gestuurd om te vragen of ze wilde komen, maar ik had nooit gedacht...' Ik draai me om naar Suze, opeens verlamd van angst. 'O, god. Wat moet ik doen?'

'Je zou een interventie organiseren, weet je nog?' zegt Suze. 'Omdat je zo geweldig bent in conflictoplossing, wéét je nog?'

'Juist.' Ik slik. 'Ja.'

In theorie klonk het op de een of andere manier beter. Het idee dat Elinor echt het vliegtuig naar LA neemt, en dat Luke van niets weet, en dat ik die twee in de hand moet zien te houden...

'Suze, je moet me helpen,' zeg ik smekend.

'Ik ga jou niet helpen!' zegt ze prompt. 'Reken maar niet op mij. Ik heb het van het begin af aan een slecht idee gevonden.'

'Het is geen slecht idee! Maar... het zou moeilijker kunnen worden dan ik dacht.'

'Ik dacht dat je zo'n expert was,' zegt Suze genadeloos. 'Ik dacht dat jij allerlei technieken uit je mouw kon schudden en dat Boeddha je met zijn oneindige wijsheid zou leiden.' Ze zwijgt even en voegt er dan aan toe: 'Weet je wat? Ik koop wel een windorgel voor je, als je wilt.'

'Heel gevat.'

'Even serieus, Bex, je bent niet goed bij je hoofd. Hoe zit het eigenlijk met die operatie van Elinor?'

'Die is afgeblazen,' zeg ik terwijl ik de derde sms nog eens lees. 'Het was maar een kleine ingreep aan haar teen.'

'Haar téén?' Suze zet grote ogen op. 'Ik dacht dat ze op sterven lag!'

'Ik ook,' beken ik.

'Nou, ik vind dat je het moet afzeggen. Zeg maar dat je je hebt vergist en dat je er niet bent.' Ze duwt tegen mijn schouder. 'Omdraaien. Ik moet nog een haakje doen.'

Ik draai me piekerend om. Dat is de voor de hand liggende optie. De makkelijke oplossing. Ik kan Elinor een sms sturen. Zeggen dat ze niet moet komen; een smoes verzinnen. Waarschijnlijk krijgen we haar dan nooit meer te zien. Maar is dat echt wat ik wil? Is dat echt het beste voor ons allemaal? Voor Luke? Voor Minnie?

'Zo. Klaar.' Suze maakt het laatste haakje dicht. 'Je kunt altijd zeggen dat Minnie ziek is,' vervolgt ze. 'Dat doe ik zo vaak. Ernie heeft al een keer of vijf kinkhoest gehad, de arme ziel...'

'Ik ga het niet afzeggen.' Ik draai me vastbesloten om. 'Elinor en Luke moeten het bijleggen, en ik denk echt dat ik ze kan helpen. Hoe langer ik het blijf uitstellen, hoe moeilijker het wordt.'

'God sta ons bij.' Suze kijkt me ongelovig aan. 'Je gaat echt een interventie op touw zetten.'

'Waarom niet? Ik weet zeker dat ik het kan. Met of zonder hulp,' zeg ik bits.

'Wie heeft er hulp nodig?' klinkt Lukes stem op de overloop, en ik verstrak. Ik schakel gehaast mijn telefoon uit en plak een achteloze glimlach op mijn gezicht.

'Hé, hallo!' zeg ik vrolijk als hij binnenkomt, chic in zijn smoking. 'We hadden het gewoon over... kettlebells.'

'Leuk,' zegt Luke, die me bevreemd aankijkt. 'Wat is dat toch? Ik hoor er steeds over praten.'

'Het is een trainingsattribuut,' improviseer ik. 'Het lijkt op een ketel. En op een bel, natuurlijk. Allebei. Zo, hoe laat zullen we weggaan?' voeg ik er snel aan toe.

'O, god, is het al zo laat?' Suze klinkt opeens geërgerd. 'Waar is Tarkie?'

'Ik heb hem niet gezien.' Luke kijkt op zijn horloge. 'We moeten over een minuut of twintig weg.'

Luke was niet van plan om mee te gaan naar de ASA's, maar toen zei Sage opeens dat ze erheen wilde, en toen moest haar hele entourage mee. Het schijnt dat ze een aapje wilde meenemen bij wijze van publiciteitsstunt en dat Luke het haar uit haar hoofd heeft moeten praten. Een aapje! Stel je voor dat het niet zindelijk is.

Nu valt Lukes oog op een glanzende tas op het bed, waar een met stras bezette clutch uit piept.

'Weer een tas, Becky?' Hij trekt een wenkbrauw op. 'Ik dacht dat die tas waar je zaterdag mee thuiskwam zo perfect was dat je hem tot in de eeuwigheid wilde gebruiken, dat het je handelsmerk zou worden en dat iedereen je "het meisje met de tas van Lara Bohinc" zou noemen?'

Ik voel een steekje van gerechtvaardigde verontwaardiging. Echtgenoten horen geen gesprekken woord voor woord in hun geheugen te prenten. Dat druist tegen de hele geest van het huwelijk in. Maar in dit geval vind ik het niet erg, want wat hij ook denkt, hij heeft het mis.

'Die clutch is niet voor mij. Ik heb hem in mijn hoedanigheid van stylist gekocht. Het is een aftrekpost,' voeg ik er bijdehand aan toe.

Ik weet eigenlijk niet of dat wel zo is, maar het zal toch zeker wel?

'Juist. Natuurlijk. Stylist.' Luke kijkt vragend. 'Hoe gaat het daarmee?'

'Super!' zeg ik stoer. 'Veel potentieel. Veel ijzers in het vuur.'

Luke zucht. 'Becky, lieverd, laat me je toch helpen. Ik weet zeker dat ik je aan een paar mensen...'

'Ik heb jouw hulp niet nodig!' zeg ik gepikeerd. 'Ik zit erbovenop.' Dit is nu precies waarom ik nog niet over Ramona Kelden wil beginnen. Ik wil me bewijzen. Dat tasje is voor Ramona, natuurlijk. Het is een unicum uit een vintage winkel en ik denk dat ze het artdeco-ontwerp prachtig zal vinden. Ramona draagt altijd heel subtiele, gedempte tinten, wat heel leuk en aardig is, maar ik vind dat ze meer moet knallen en daar is dit tasje ideaal voor. Vooral in contrast met al dat prachtige zwarte haar. Ik wil het haar vanavond geven, om het ijs te breken, en hopelijk gaat de rest dan vanzelf.

'Waar blijft hij toch?' Suze tikt een bericht op haar telefoon. 'Echt, dat stomme Golden Peace...' Ze werpt me een beschuldigende blik toe, wat hartstikke onredelijk is. 'Ik had tegen hem gezegd dat hij ruim op tijd terug moest zijn,' moppert ze terwijl ze het bericht verzendt. 'Hij verliest de tijd altijd uit het oog. Wat spookt hij toch uit?'

Ik weet dat Suze vindt dat Tarkie veel te veel tijd bij Golden Peace doorbrengt, maar ze is gewoon bevooroordeeld. In feite amuseert Tarkie zich kostelijk met zijn volleybalclub, waar hij gewoon een van de jongens is. Geen mens valt hem lastig met monumentale daken of investeringen in Zuid-Afrika. Ze proberen hem ook geen plannen voor films voor te leggen, want dat soort dingen is streng verboden bij Golden Peace. Ik denk dat hij voor het eerst ergens is waar hij gewoon zichzelf is. Tarkie. De mens.

Ik hoor buiten portieren slaan. Even later hoor ik de voordeur open- en dichtgaan, gevolgd door voetstappen in de hal. Daar gaan we. Ik wist wel dat Tarkie zou komen.

'Zie je nou? Daar is hij al.' Ik pak mijn eigen clutch van Lara Bohinc en die met stras voor Ramona. 'Laten we een drankje doen terwijl hij zich omkleedt.'

Suze stapt in haar torenhoge hakken, waardoor ze nog langer en slanker lijkt dan anders. Haar blonde haar is hoog opgestoken in kronkelige krullen en ze ziet er adembenemend uit: een en al zongebruinde ledematen, nepwimpers en hooghartige frons. Niemand kan zo fronsen als Suze. Ze is echt eng, zeker als ze boven je uittorent op haar Louboutins. Dat heeft ze van haar moeder, die er net zo vervaarlijk uitziet. Het schijnt dat haar stamboom teruggaat tot Boudicca. (Of was het Boadicea? Die woeste vechtvrouw, in elk geval.)

Nu pakt Suze haar clutch (Tory Burch, slangenleer, afgeprijsd bij Bloomingdale's) en beent de kamer uit. 'Tarkie!' roept ze. 'Waar was je nou? We moeten weg!'

Ik haast me achter haar aan de galerij op en blijf op hetzelfde moment als zij stokstijf staan. Tarkie staat beneden in de hal, maar hij is niet alleen. Hij heeft Bryce bij zich, met zijn lachrimpeltjes en gebronsde huid. Ze hebben allebei een ruimzittende surfershort aan en een bandana om hun hoofd, en Tarkie houdt een frisbee vast. Ik heb Tarkie in de loop der jaren de gekste dingen zien vasthouden: een geweer uit de Eerste Wereldoorlog, een antieke opgezette uil, een eeuwenoude zeis – maar Tarkie met een frisbee werkt op de een of andere manier op mijn lachspieren.

Ik kijk naar Suze en zie dat ze er de humor niet van inziet.

'Hallo, Bryce,' zegt ze overdreven vriendelijk terwijl ze de trap af loopt. 'Wat enig om je weer te zien. Stoor je niet aan ons, alsjeblieft. Tarkie, je moet je omkleden.'

Oei. Suzes afgemeten, beleefde woorden komen aan als glasscherven. Haar glimlach is ijzig en de sfeer is uitgesproken onbehaaglijk.

'Schat, ik ga liever niet mee, als je het niet erg vindt,' zegt Tarkie, die kennelijk niets in de gaten heeft. 'Bryce heeft een avondwandeling georganiseerd met een paar van de jongens. Het klinkt wel lollig.'

'Maar schát, we gaan naar de Actors' Society Awards, weet je nog? Dat hadden we afgesproken?' Suzes stem is zo onverbiddelijk dat zelfs Tarkie onraad lijkt te ruiken.

'O, Suze, daar heb je mij toch niet bij nodig?' zegt hij smekend. 'Het wemelt daar vast van de verschrikkelijke mensen.'

Alleen Tarkie kan het neusje van de zalm op het gebied van Hollywood-beroemdheden 'verschrikkelijke mensen' noemen.

'Ja, daar heb ik je wel bij nodig!' roept Suze uit. 'En je had niet zomaar de hele dag weg hoeven te blijven. Waar heb je eigenlijk uitgehangen?'

'We hebben gevolleybald,' zegt Tarquin ontwijkend. 'En we hebben geluncht… en gepraat…'

'De hele middag?' Suzes stem wordt steeds schriller.

'Mijn excuses,' zegt Bryce charmant met die gladde, hypnotiserende stem van hem. 'Ik heb Tarquin meegesleept. We raakten aan de praat en verloren de tijd uit het oog.'

'Je hoeft je niet te verontschuldigen! Het was een fantastische dag.' Tarkie wendt zich geestdriftig tot Suze. 'Suze, lieverd, Bryce heeft allemaal briljante inzichten. Ik zou hem graag willen uitnodigen om 's avonds een keertje bij ons te komen eten. En Bryce...' Hij kijkt weer naar Bryce. 'Ik wil heel graag naar die cursus waar je het over had. Meditatie, toch?'

'Mindfulness.'

'Dat bedoel ik! Het klinkt... eh... fascinerend.'

'Ik kan fantastisch mediteren,' zeg ik gedienstig. 'Er is geen kunst aan.'

'Je hoeft niet op een cursus, Tarquin!' snauwt Suze.

'Nee,' valt Bryce haar gek genoeg bij. 'Dat lijkt mij ook niet nodig. Tarquin, ik denk dat jij zo iemand bent die zichzelf langzaam en op natuurlijke wijze zal helen. Als je maar niet bang bent om te praten.'

'Juist. Ahum... absoluut.' Tarquin lijkt zich niet op zijn gemak te voelen. 'Maar weet je, het is nog niet zo makkelijk...'

'Ik weet het.' Bryce knikt. 'Het is moeilijk. Maar het komt wel. Denk erom, je hoeft niet met een persóón te praten. De zee hoort je. De wind hoort je. Als je je maar uit, dan vindt je ziel de oplossingen wel.'

Ik luister gebiologeerd, maar Suze zet haar stekels op.

'Tegen de zee praten?' schampert ze. 'Wat, en iedereen laten denken dat je gek bent?'

'"Gek" is een woord dat ik liever niet gebruik,' zegt Bryce onverstoorbaar. 'En ja, ik denk dat een gesprek met andere mensen zijn eigen, averechts werkende bagage met zich mee kan brengen. Soms moet je gewoon met een entiteit praten. De leegte. Je godheid. We doen veel helend werk met dieren.'

'Tarkie hoeft niet geheeld te worden,' zegt Suze verontwaardigd.

'Dat denk jij.' Bryce haalt op een wereldwijze, alwetende manier zijn schouders op, alsof hij wil zeggen: *ik heb daar een betere kijk op, want ik heb meer ervaring met menselijke problemen en neuroses en stress dan jullie ooit zouden kunnen raden, al heb ik geheimhoudingsplicht en zal ik nooit iets over een beroemdheid doorvertellen.*

Nou ja, zo interpreteer ik het althans.

'Ik ben zijn vrouw,' zegt Suze onverzettelijk.

'Natuurlijk.' Bryce steekt zijn handen op. 'Suze, ik respecteer je.'

Er is een echt raar spanningsveld tussen Suze en Bryce. Bijna vonkend komt ze vechtlustig tegenover hem staan...

O, mijn god, valt ze op hem? Ik bedoel, iedereen valt min of meer op Bryce, je zou van steen moeten zijn om niet... Maar vált ze echt op hem?

195

Dan kijkt ze naar Tarkie. 'Kom op,' zegt ze. 'We moeten gaan.'

'Ik zie je, Tarquin,' zegt Bryce op het oog onaangedaan.

'Bel je me, Bryce?' zegt Tarkie. 'Als jullie gaan volleyballen, of als er weer een trektocht is...' Hij klinkt zo verlangend en hoopvol dat hij me doet denken aan een jochie dat op het speelplein achter de coole kinderen aan loopt.

'Ik bel je.' Bryce knikt vriendelijk en loopt dan weg.

'Zo!' verzucht Suze als de deur zich achter hem heeft gesloten.

'Boeiende vent,' zegt Luke diplomatiek. 'Wat is zijn achtergrond, Tarquin?'

'Weet ik niet,' zegt Tarkie. 'En het doet er ook niet toe.' Hij wendt zich tot Suze. 'Ik vind dat je wel iets beleefder kunt zijn tegen mijn vrienden.'

'Hij is je vriend niet,' pareert Suze.

'Dat is hij wel! Meer dan de meeste mensen in mijn leven! Hij is slimmer en aardiger, en hij begrijpt meer...' Tarkie breekt zijn zin af en we gapen hem allemaal aan. Ik geloof dat ik Tarkie nog nooit zo vurig heb gezien.

Ik bedoel, ik moet het beamen. Ik ken Tarquins vrienden en de meesten kennen maar zes woorden: 'goed schot', 'nog een neut?' en 'rotfazant'. Ik kan me niet voorstellen dat zij ooit zouden zeggen dat de ziel de oplossingen wel vindt.

En Suze begaat een grote fout, als je 't mij vraagt. Waarom zou Tarkie zijn hart niet mogen uitstorten bij de zee als hij daarvan opknapt? Hij was er slecht aan toe voor hij hier kwam, en nu blozen zijn wangen tenminste weer.

'Als je dat zelf niet ziet, kan ik het je ook niet uitleggen,' besluit Tarquin uiteindelijk.

'Nou, ik zie het niet,' zegt Suze kwaad.

Tarquin loopt in stilte de trap op, met zijn frisbee langs zijn zij. Ik wissel een gespannen blik met Luke en kijk naar Suze. Die staat met haar handen in haar zij en een verbeten trek om haar mond.

'Suze,' sis ik zodra Tarkie buiten gehoorsafstand is. 'Wat heb jij?'

'Ik weet het niet. Het is gewoon...' Ze ademt hoorbaar uit. 'Ik mag die vent gewoon niet. Ik krijg de kriebels van hem.'

Ze krijgt de kriebels van hem. Nou, dat is het bewijs. Ze valt inderdaad op hem, ook al heeft ze het zelf niet door. Het is een kwestie van seksuele aantrekkingskracht; ze probeert zich ertegen te verzetten en reageert zich op die arme Tarkie af met ongegronde vooroordelen. Boem! Diagnose gesteld!

Echt, ik zou de psychologie in moeten gaan. Het is wel duidelijk dat ik er aanleg voor heb.

'Je weet niet hoe Tarkie doet,' vervolgt Suze. 'Je hebt hem de laatste tijd niet zo vaak gezien. Hij zegt rare dingen. Hij gedraagt zich anders.'

Ja, en dat is een goede zaak! wil ik uitroepen. *Ben je vergeten hoe beroerd hij eraan toe was?* Alleen is dit niet het juiste moment.

'Hé, laat maar,' zeg ik sussend. 'Laten we lol gaan maken. We hebben het er nog wel over.'

Eigenlijk zou Suze zelf eens tegen de zee moeten praten voor een natuurlijke heling en om haar ziel te vinden en zo. (Maar dat durf ik niet te zeggen, want dan stampt ze waarschijnlijk op mijn voet en ze heeft haar puntigste Louboutins aan.)

De Actors' Society Awards worden uitgereikt in het Regis Hotel en volgens het programma zijn ze voor 'minder bekende acteurs wier kunst elders mogelijk niet wordt erkend'. Het probleem is dat het er wemelt van de grote beroemdheden, zodat de 'minder bekende acteurs' er helemaal niet aan te pas komen. Ik heb Diane Kruger al gezien, en Hugh Jackman, en die blonde uit die serie met die kangoeroe. En nu roepen de fotografen buiten door het dolle heen: 'Tom! Tom!', al weet ik niet of het Cruise of Hanks is.

(Of Selleck?)

(Of een andere nieuwe, populaire Tom die ik niet ken?)

Er was in elk geval maar één rode loper deze keer, niet dat ik er meer dan een halve minuut op heb doorgebracht. De sterren poseerden allemaal aan de ene kant voor de fotografen, terwijl wij mindere stervelingen achter hen langs werden gedreven door kordate mannen met headsets op die zo ongeveer met prikstokken werkten. Ik bedoel, ik rende bijna, en Suze is door haar enkel gegaan.

'Beste Haarlak,' zegt Suze met een knikje naar een vrouw met een gietijzeren kapsel.

'Beste Neptieten,' doe ik mee, en ik wijs naar een voorbijschrijdend meisje in een strapless jurk.

'O, kijk! Beste Producer Die Gemeen Doet tegen Haar Assistent,' zegt Suze. Ze gebaart naar een schriele vrouw in smoking die woest vanuit haar mondhoek tekeergaat tegen een jong meisje dat zo te zien elk moment in tranen kan uitbarsten.

De echte uitreiking begint pas over een heel uur, en voor zover ik het kan zien, zijn Sage en Ramona er allebei nog niet. Suze zegt dat ze te veel pijn in haar enkel heeft om rond te drentelen en Tarkie is ervandoor gegaan met een volleybalvriend, dus zitten we met een glas wijn aan onze tafel onze eigen onderscheidingen uit te reiken.

Er loopt een beeldschoon meisje met rood haar langs en Suze stoot me aan. 'Die heb ik op de wc's gezien. Zij krijgt de onderscheiding voor het Beste Gebruik van Concealer. En voor het Beste Drogen van Oksels onder de Handendroger... O!' Ze breekt haar zin af. 'April! Hallo!'

Ik draai me om en verslik me bijna. Daar is April Tremont, superslank in een nauwsluitende pauwblauwe jurk. En naast haar staat...

O, mijn god. Mijn hart bonst opeens in mijn keel.

'Ramona, mag ik je voorstellen aan Rebecca Bloomwood?' zegt April. 'Rebecca, dit is Ramona Kelden.'

Beroemdheden in het echt zien is alsof je naar een stereogram kijkt. Eerst lijken ze totaal niet echt, als een tot leven gekomen tijdschriftfoto of een affiche. Dan wennen je ogen er langzaam aan en ga je ze driedimensionaal zien. En ten slotte worden ze echte mensen. Min of meer.

Ramona's gezicht is zelfs nog smaller dan toen ik haar bij de sportwinkel zag. Haar huid is bijna doorschijnend bleek. Haar golvende haar is losjes opgestoken en ze draagt een wijd uitlopende, zijdeachtige grijze jurk waarin ze op een schaduw lijkt.

'Hallo,' zegt ze zacht.

'Hallo,' zeg ik oenig, en ik steek mijn hand uit. 'Leuk om, eh... kennis te maken.'

Ze pakt mijn hand... en ik zie het aan haar ogen. Ze heeft het door. Ze heeft me herkend. Mijn maag verkrampt van angstige spanning. Hoe zal dit gaan?

Ik moet het Ramona nageven dat ze geen spier vertrekt. Haar pupillen worden niet eens groot. Geen mens zou vermoeden dat we elkaar eerder hebben gezien. Dat leer je op de acteeropleiding, vermoed ik.

'Becky,' zegt ze langzaam.

'Precies.' Ik slik. 'Ik ben Becky.'

Niet over winkeldiefstal beginnen, druk ik mezelf op het hart. *Niet eens aan winkeldiefstal dénken.* Het probleem is dat hoe harder ik probeer er niet aan te denken, hoe harder ik er juist wel aan denk. Het voelt alsof haar geheim in mijn binnenste op en neer springt en 'laat me eruit!' schreeuwt.

'Ik ben dol op macadamianoten,' flap ik er in mijn radeloosheid uit. 'Jij ook?'

'Hm.' Ramona kijkt verbaasd en vervolgt dan: 'Zo, ik hoorde van April dat je stylist wilt worden.'

'Becky is al stylist!' zegt Suze loyaal. 'Ze heeft als personal shopper bij Barneys gewerkt. Ze is fantastisch. Ik ben Suze, trouwens. Ik zit ook in het vak,' voegt ze er gewichtig aan toe. 'Ik ben achtergrondacteur.'

Nou vraag ik je. *Ik zit ook in het vak.*

'Ik ben wel eens bij Barneys geweest toen ik een film draaide in New York,' zegt Ramona. 'Toen werd ik geholpen door... Janet?'

'Janet was mijn baas!' Ik probeer niet al te opgewonden te klinken. 'Ik heb alles van haar geleerd!'

'O, oké.' Ramona neemt me kritisch op. 'Dus je weet wat je doet.'

'Ik heb tegen Becky gezegd dat ik haar aan Cyndi zou voorstellen,' mengt April zich in het gesprek. 'Dat is onze stylist,' legt ze mij uit. 'Ze is er nog niet, maar ze wil je vast graag ontmoeten.'

'Dat zou fijn zijn,' zeg ik een tikkeltje nerveus. 'En intussen...' – ik reik naar de artdeco-clutch – '... heb ik deze voor je meegebracht.' Ik bied Ramona het tasje aan. 'Ik zag het en het leek me jouw stijl, het is vintage...' Mijn stem sterft weg en ik hou mijn adem in.

Er valt een stilte waarin Ramona de clutch inspecteert en ik ademloos toekijk. Het voelt alsof ik in de finale van *MasterChef* zit en Michel Roux jr. mijn soesjes keurt.

'Mooi,' oordeelt Ramona dan eindelijk. 'Heel mooi zelfs. Verkocht.'

'Super!' zeg ik. Ik onderdruk de neiging om te juichen van blijdschap. 'Nou, het komt uit een te gekke vintage winkel, ik kom er zo vaak, ik zou er makkelijk meer dingen voor je kunnen scoren...'

'Dat lijkt me leuk.' Ramona werpt me die betoverende, ingetogen glimlach toe, die uit *Tess*, als Angel stript en een sexy dansje voor haar doet. (Zat dat ook in het boek? Iets zegt me van niet.)

Ze lijkt een schatje en heel relaxed. Ik kan me niet voorstellen waarom mensen haar achterbaks vinden. Nu kijkt ze met gefronst voorhoofd naar haar telefoon. 'Mijn agent. Ik moet een paar mensen spreken. Ik kom nog terug voor dit geweldige tasje.' Ze legt het op onze tafel. 'En dan praten we over de voorwaarden.' Ze glimlacht nog eens naar me en loopt dan weg, de volle zaal in.

'Als je weer gaat shoppen, wil ik met je mee,' zegt April met een glimlach. 'Je mag ook zo'n tasje voor mij zoeken.'

'Natuurlijk! En heel erg bedankt dat je ons aan elkaar hebt voorgesteld.'

'Met alle plezier! En jij nogmaals heel erg bedankt dat je me erop hebt gewezen dat die scène nergens op sloeg. Ze zijn hem nog steeds aan het herschrijven, geloof ik.' Ze knipoogt naar me. 'Tot later, meiden.'

Ze gaat in de menigte op en ik kijk blij naar Suze.

'Zag je dat? Ramona vond de tas mooi! Ze wil over voorwaarden praten!'

'Natuurlijk vond ze de tas mooi!' zegt Suze, die me een knuffel geeft. 'Goed gedaan, Bex! Ramona lijkt me heel aardig,' voegt ze er peinzend aan toe. 'Ik dacht dat het zo'n kreng was.'

Net als ik wil zeggen dat ze me de woorden uit de mond haalt, hoor ik Lukes stem.

'Schat, alles goed?' Ik kijk op en zie hem met Aran, twee vrouwen die ik niet ken en Sage, die een zilverkleurige jurk met dito schoenen draagt en een suikerspinkapsel heeft.

'Als die trut hem krijgt,' zegt ze verbeten. 'Als die gestoorde trut hem krijgt...'

'Sage, relax,' prevelt Aran.

'Heb je het naar je zin?' vraagt Luke.

'Ja!' zeg ik, nog steeds in een gloed van blijdschap. 'We genieten! Hallo Aran, ha Sage...'

Terwijl ik aan de twee vrouwen word voorgesteld, ploft Sage op een stoel en begint als een razende op haar telefoon te tikken.

'Wat is er?' vraag ik zacht aan Luke.

'Ramona Kelden,' fluistert hij terug. 'Florence Nightingale. Ik heb zo'n gevoel dat Ramona de rol gaat krijgen. Begin er maar niet over, oké?'

'O.' Ik krijg een onbehaaglijk gevoel vanbinnen. 'Goed.'

Ik voel Suzes borende blik en weet wat ze wil zeggen: dat ik Luke moet vertellen dat ik met Ramona Kelden ga werken. Ze heeft gelijk. Dat zou ik moeten doen. Alleen weet ik niet goed hoe, met Sage erbij.

Zal ik het hem sms'en?

Ik pak mijn telefoon, open een bericht en begin te tikken. Luke, ik heb een nieuwe cliënt. Het is Ramona Kelden.

Nee. Te bot. Ik wis alles en begin opnieuw.

Luke, ik heb een ongelooflijke nieuwe kans gekregen waar ik niet hardop over kan praten. En ik hoop dat je blij voor me bent. Ik denk dat je blij voor me bent. Er zou een klein beetje sprake kunnen zijn van belangenverstrengeling, maar we kunnen altijd denkbeeldige muren...

Shit. De ruimte is vol. Net als ik een stuk wis, kijkt Sage op van haar eigen telefoon en krijgt de artdeco-clutch in het vizier.

'Snoezig,' zegt ze, en ze trekt het tasje naar zich toe. 'Is dit van jou, Becky?'

Shit. Shít.

'O, eh...' Terwijl ik pieker, bemoeit Luke zich ermee.

'Dat is een werkaankoop van Becky,' zegt hij. 'Je weet toch dat ze stylist is, Sage? Ze heeft bij Barneys en bij een groot warenhuis in Londen gewerkt. Weet je nog dat ik je gisteren over haar werk vertelde?'

Nu kijkt Aran op van zijn telefoon. 'Ik wel,' zegt hij. 'Je wist van geen ophouden.' Hij geeft me een knipoog en tikt weer door.

Ik voel me tegen wil en dank geroerd. Ik had geen idee dat Luke zo hoog opgaf van mijn werk.

Sage fronst haar voorhoofd alsof ze een verre herinnering uit een vorig leven terug probeert te halen.

'Ja hoor,' zegt ze dan vaag. 'Dat had je verteld. Voor wie is die tas dan?'

'Ik denk dat hij wel eens voor jou zou kunnen zijn!' zegt Luke met pretlichtjes in zijn ogen. 'Heb ik gelijk, Becky?'

Nee. Nééééé!

Catastrofe. Totale catastrofe. Waarom heb ik die clutch niet onder de tafel gehouden?

'Eh...' Ik schraap mijn keel. 'Eigenlijk...'

'Voor mij?' Sage leeft op. 'Cool, zeg. Hij past precies bij mijn jurk.'

Is ze niet goed wijs? Het is helemaal de verkeerde kleur zilver.

'Nou... Het is niet...' Ik reik naar de clutch, maar het is al te laat. Sage heeft hem van tafel gegrist en poseert ermee alsof ze op de rode loper staat. Ik vang Suzes blik – en ze kijkt net zo ontdaan als ik me voel.

'Ik geloof dat je raak hebt geschoten, Becky,' zegt Luke blij. 'Bravo.'

'Maar eigenlijk is dat tasje voor een cliënt,' zeg ik onbeholpen. 'Ik had het haar al beloofd. Sorry. Ik kan proberen er net zo een voor jou te vinden.'

'Wie dan?' Sage' gezicht betrekt.

'Gewoon, een... eh... vrouw...' zeg ik handenwringend. 'Je kent haar denk ik niet...'

'Dan zeg je toch tegen haar dat je het kwijt bent?' Sage trekt een bekoorlijk pruilmondje. 'Het is zo snoezig, ik moet het gewoon hebben.'

'Maar ik had het haar beloofd...' Ik probeer het tasje onder haar arm vandaan te trekken, maar ze danst weg.

'Die tas is nu van mij!'

Voordat ik iets kan doen, loopt ze de menigte in, langs een groepje mannen in smoking, en dan is ze weg.

'Luke!' Ik ben zo gefrustreerd dat ik hard op de tafel sla. 'Hoe kon je? Je hebt alles bedorven! Die clutch was niet voor haar!'

'Nou, dat spijt me dan, maar ik dacht dat ik je hielp!' zegt hij in zijn wiek geschoten. 'Je hebt het er al weken over dat je Sage' stylist wilt worden.'

'Dat wil ik ook, maar ik heb nog een cliënt...'

'Wie dan?' vraagt hij sceptisch. 'Bestaat ze eigenlijk wel?'

'Ja!'

'Nou, wie is het dan?' Hij kijkt naar Suze. 'Ken jij die cliënt?'

'Ik denk dat Becky je dat beter zelf kan vertellen,' zegt Suze afkeurend.

'Eh... Luke,' zeg ik, en ik slik iets weg. 'Ga je mee naar de bar?'

Op weg naar de bar voel ik me heen en weer geslingerd tussen blijdschap omdat ik eindelijk een cliënt heb en angst om het aan Luke te vertellen. Blij-bang-blij-bang... Mijn hoofd tolt, mijn vuisten zijn gebald, mijn knieën knikken en al met al ben ik opgelucht als we bij de bar zijn.

'Luke, ik moet je iets vertellen,' brand ik los. 'Het is goed, maar het is niet goed. Of eventueel niet goed. Of...' Ik weet geen variaties meer. 'Ik moet het je vertellen,' besluit ik zwakjes.

Luke neemt me even zwijgend op.

'Is het iets wat om een stevige borrel vraagt?' zegt hij uiteindelijk.

'Dat zou kunnen.'

'Twee wodka-lime,' zegt hij tegen de barman. 'Zonder ijs.'

Luke bestelt regelmatig voor me omdat ik nooit weet wat ik wil.

(Mam is net zo. Chinees bestellen duurt ongeveer een uur bij ons thuis.)

'Dus, het goede nieuws is dat ik een cliënt heb.'

'Dat zei je al.' Luke trekt zijn wenkbrauwen op. 'Goed gedaan! En het slechte nieuws?'

'Het slechte nieuws is...' Ik zet me schrap. 'Dat het Ramona Kelden is.'

Ik verwacht dat Luke me de les zal lezen, of zijn voorhoofd zal fronsen, of misschien met zijn vuist op de bar zal slaan en zeggen: 'Van alle filmsterren op de hele wereld...' waarbij hij dan een moordlustig gezicht trekt. In plaats daarvan kijkt hij me verwonderd aan.

'En?'

Ik voel me een beetje verontwaardigd. Hoe kan hij zo kalm blijven terwijl ik helemaal van de kook ben? 'En! Sage zal des duivels zijn! Ik zit in Team Ramona en jij in Team Sage en dan wordt het een drama en...'

'Het wordt géén drama.' Nu klinkt Luke eindelijk kwaad. 'Ik pik het niet meer! Het is afgelopen met die zogenaamde vete. Sage is een volwassen vrouw en het wordt tijd dat ze zich eens waardig en verstandig gaat gedragen.' Hij kijkt me woest aan, alsof het mijn schuld is.

'Het is niet alleen Sage,' zeg ik, want eerlijk is eerlijk. 'Ze doen het allebei. Ramona had een keer dezelfde jurk aan als Sage, en toen liet Sage haar in de steek bij een liefdadigheidsding...'

'Het zal wel,' kapt Luke me af. 'Het is afgelopen. En wat jouw carrière betreft: je bent een onafhankelijke vrouw, en als Sage er een probleem mee heeft dat jij voor Ramona Kelden werkt, krijgt ze het met mij aan de stok. Oké?'

Hij klinkt zo vastbesloten dat ik gloei van blijdschap. Ik wist wel dat hij me zou steunen. (Nou ja, zo'n beetje.) Onze drankjes worden gebracht en Luke heft zijn glas naar me.

'Op jou, Becky. Je eerste cliënt in Hollywood. Bravo. Ik hoop voor jou dat ze niet zo geschift is als mijn cliënt.'

Ik schiet in de lach. Het is niets voor Luke om zijn cliënten af te kraken – daar is hij meestal veel te discreet voor.

'Is Sage dan zo moeilijk om mee te werken?'

Luke doet zijn ogen even dicht en neemt een teug van zijn wodkalime. Hij doet zijn ogen weer open en glimlacht wrang.

'In dat goddelijke, weelderige lichaam zit een verwend nest dat ergens in haar puberteit is blijven steken. Ik ben nog nooit iemand tegengekomen met zoveel kapsones. En ik heb met bankiers gewerkt,' voegt hij er vertwijfeld aan toe.

'Is ze erger dan een bankíér?' speel ik het spelletje mee.

'Ze denkt dat ze alles kan doen wat ze maar wil, wanneer ze maar wil.'

'Kunnen filmsterren dan niet doen wat ze willen?'

'Soms wel. Als ze een bepaald niveau hebben bereikt.' Luke neemt nog een slok. 'Sage denkt dat ze Sandra Bullock is. Maar ze is Sandra Bullock niet. Nog niet. Haar probleem is dat het succes haar in het begin van haar carrière in de schoot geworpen is, en dat het sindsdien niet meer is geëvenaard.'

'Hoe kan ze dan weer zo succesvol worden?'

'Daar werken we nu aan. Maar het is een proces.' Luke glimlacht weer wrang. 'Neem maar van mij aan dat de meest onhebbelijke beleggingsmannetjes in Londen minder irritant zijn dan Sage Seymour. Als ik een raad van bestuur toespreek, wordt er naar me geluisterd. We stellen samen een plan de campagne op. We zetten het in gang. Als ik iets tegen Sage zeg, weet ik niet eens of ze me wel hoort.'

'Nou, Aran heeft een hoge pet van je op,' zeg ik. 'Dat heeft hij me pas nog verteld.'

'Aran is een goeie vent,' zegt Luke knikkend. 'Hij denkt er in elk geval net zo over als ik.' Hij pakt zijn glas weer. 'En daarom, schat van mijn hart, hoop ik voor je dat jouw cliënt minder mesjokke is dan de mijne.'

Ik grinnik naar hem en nip van mijn drankje. Het is fijn om eens een echt onderonsje te hebben samen. De afgelopen weken zijn zo hectisch geweest dat ik Luke amper heb gezien, laat staan dat we tijd samen hebben doorgebracht, als stel. Net als ik dat tegen Luke wil zeggen, loopt er een man in smoking met lang, glanzend zwart haar langs. Hij moet er iets in hebben gedaan om het zo steil te krijgen, en minstens een hele fles ook. Ik kijk naar Luke, die de man kennelijk ook heeft gezien.

'Zal ik ook zulk haar nemen?' zegt hij met een bijna uitgestreken gezicht.

'Ja!' zeg ik enthousiast. 'Doe dat! Ik was dol op je lange haar.' Ik steek mijn hand uit om over zijn haar te aaien. 'Ik aanbid je haar. Hoe meer, hoe beter.'

Toen we op huwelijksreis waren, liet Luke zijn haar groeien en had hij zelfs rastavlechtjes, maar zodra we terug in Londen waren, ging alles er weer af. Ik heb altijd gedacht dat Langharige Luke iets anders was dan Kortharige Luke. Meer relaxed.

'Je zou je haar moeten laten groeien en op slippers naar je werk gaan,' zeg ik. 'Zo hoort dat in LA.'

'Britse mannen gaan niet op slippers naar hun werk,' zegt hij resoluut.

'Je bent nu een Angelesiaan,' wijs ik hem terecht.

'Niet bepaald!' zegt Luke lachend.

'Nou, bijna. En Minnie is hier al helemaal thuis. Ze is gek op kokoswater. En wist je dat ze yogales krijgt op de peuterspeelzaal? Ze is pas twee, en ze doet kundalini yoga. Ze beginnen met een les Sanskriet, en ze verspreiden de geur van saffraan in de lucht en de juf vraagt alle kinderen te vocaliseren wat de sessie voor hen betekende.'

'Wat zegt Minnie?' vraagt Luke belangstellend.

'Ik heb nog maar één sessie meegemaakt,' beken ik. 'Toen zei ze: "Bil-bil-bil."'

'"Bil-bil-bil."' Luke verslikt zich en de wodka sproeit in het rond.

'Ons welbespraakte kind.'

'Ze had nog gelijk ook!' Ik schiet nu ook in de lach. 'Ze deden de neerwaartse hond. Jij zou ook op yoga moeten gaan, weet je,' zeg ik plagerig tegen Luke. 'Als je haar op je middel hangt en je een slobberbroek hebt gekocht, hoor je er helemaal bij hier.'

'Wil jij er graag bij horen hier, Becky?' Luke houdt mijn blik vast alsof er meer achter zijn vraag zit.

'Ik... weet niet,' zeg ik. 'Ja. Natuurlijk. Jij niet?'

'Misschien,' zegt Luke na een korte stilte. 'Vreemde stad, dit. Sommige dingen bevallen me wel. Andere minder.'

'Nou, dat is altijd zo,' merk ik op. 'Weet je nog, toen je voor die ontwerpers in Hoxton werkte? Je bleef maar zeggen dat ze zo anders waren dan mensen uit de stad.'

'Die zit.' Hij grinnikt en drinkt zijn glas leeg. 'Moet jij niet eens naar je cliënt?'

'Als ik Sage dat tasje niet ontfutsel, heb ik niet eens een cliënt meer,' zeg ik terwijl ik gespannen naar het gewemel kijk. 'Kun jij Sage niet op de een of andere manier afleiden, zodat ik het kan pakken?'

'Ik zal mijn best doen. Kom op.'

Terwijl we de balzaal in lopen, klinkt er trompetgeschal door de luidsprekers en een diepe stem zegt: 'Dames en heren! De uitreiking van de Actors' Society Awards gaat beginnen. Op uw plaatsen, alstublieft.'

Ik kijk om me heen, zoekend naar een flits zilver, maar zonder resultaat. Mensen lopen de balzaal in en het wordt voller en voller. En nu verdringen de paparazzi zich om een grote beroemdheid die zijn entree maakt.

'Dames en heren!' dondert de stem weer. 'Gaat u alstublieft zitten voor de uitreiking!'

Ik voel een klopje op mijn schouder en draai me bliksemsnel om in de hoop dat het Sage is, maar het is Ramona.

'Becky, ik heb je gezocht,' zegt ze met die zachte stem van haar. 'We waren nog niet uitgepraat.'

Ik kan niets terugzeggen. Ik ben in shock. Ze heeft de artdeco-clutch onder haar arm. Hoe is dat mogelijk?

'Hoe kom je aan die tas?' flap ik er uit.

'Hij lag op een tafel. Er stond nota bene een champagneglas op!' Ze glimlacht quasiverwijtend naar me. 'Je zou beter op zoiets moois moeten passen. Ik moet nu een onderscheiding presenteren, maar ik zie je nog, oké?' Ze knipoogt naar me en haast zich weg.

Lichtelijk verdwaasd loop ik naar onze tafel en zak op mijn stoel.

'Waar was je?' vraagt Suze verwijtend. 'Je bent een eeuwigheid weggebleven!'

'Het is geregeld. Luke vindt het geen probleem en Ramona heeft de clutch.'

'Goed werk!' zegt Luke lovend.

'Dank je.' Ik lach naar hem en kom eindelijk tot rust. 'Zo, waar zijn die onderscheidingen voor?' Ik reik naar het programmaboekje en blader erin. 'Beste Debuut. Suze, die zou jij kunnen winnen!'

'Ze zouden een onderscheiding voor de Beste Achtergrondacteur moeten hebben,' zegt Suze, die misnoegd opkijkt van haar eigen programmaboekje. 'Wij houden de filmindustrie overeind. Waarom hebben we geen eigen Oscar?' Tarkie voegt zich bij ons. 'Tarkie!' roept Suze uit. 'Ik wil dat jij een nieuwe onderscheiding gaan sponsoren. Voor achtergrondacteurs.'

'Eh...' zegt Tarquin omzichtig. 'Misschien.'

'De grote filmproducenten bekommeren zich niet om ons, maar waar zouden ze zijn zonder het talent en de inzet van de achtergrondacteur?' Suze klinkt alsof ze de barricades op wil. 'Waar zouden hun kaskrakers dan zijn? We hebben recht op erkenning. We hebben recht op respect!'

'En jij wilt een prijs winnen,' vul ik aan.

'Daar gaat het niet om,' zegt ze streng. 'Ik vertolk alleen wat er leeft in mijn beroepsgroep.'

'Maar je zou een prijs krijgen.'

'Wie weet,' zegt ze zelfvoldaan. 'We zouden net zulke beeldjes kunnen nemen als de Oscars, maar dan van zilver.'

'En die noemen we dan "Suzes".'

'Hou op!' Ze geeft me een duw. 'Hoewel... waarom niet, eigenlijk?'

'Dames en heren!' De diepe, donderende stem komt terug, en er cirkelen schijnwerpers door de zaal. 'Welkom bij de jaarlijkse uitreiking van de Actors' Society Awards. Een hartelijk applaus graag voor uw gastheer, Billy Griffiss!'

Er breekt een applaus los, muziek schalt uit de luidsprekers en Billy Griffiss rent een trap met verlichte treden af naar het podium. (Ik weet niet precies wie hij is. Misschien een komiek.) Hij begint aan zijn toespraak, maar ik luister maar half.

Sage komt naar de tafel, flonkerend onder de cirkelende schijnwerpers. 'Sage!' zegt Aran. 'We waren je kwijt. Wil je iets drinken, schat?'

'Ik zocht mijn tasje,' zegt Sage wrevelig. 'Ik had het net nog. Ik had het even neergelegd, en weg was het.'

'Geeft niet,' zegt Suze snel. 'Ik vond eigenlijk dat het niet zo goed bij je jurk paste.'

'En nu wil ik u voor de uitreiking van de eerste onderscheiding voorstellen aan een jongedame die meer voor het aandeel Kleenex heeft gedaan dan welke acteur ook. We hebben haar op het schavot gezien, we hebben haar gestrand in de ruimte gezien en nu zien we haar hier. De koningin van de tranentrekker... Ramona Kelden!'

De herkenningsmelodie van *Tess* knalt uit de luidsprekers en Ramona verschijnt boven aan de verlichte trap. Ze ziet er slank, etherisch en beeldschoon uit... en ze heeft het artdecotasje onder haar arm.

Shit.

Oké. Denk na. Snel. Sage mag niet naar het podium kijken en die clutch zien.

'Sage!' zeg ik in het wilde weg. 'Ik moet je spreken. Nu.'

Ik zie dat Suze het tasje ook heeft gespot en grote ogen opzet.
'Au!' Suze grijpt naar haar borst. 'Ik voel me niet zo lekker. Sage, heb ik uitslag? Wil je even kijken?'
Sage kijkt verbaasd naar Suzes decolleté.
'Nee hoor,' zegt ze, en ze richt haar aandacht weer op het podium.
'Sage!' Ik haast me naar haar stoel en kniel, zodat ze wel naar me moet kijken. 'Ik heb een fantastisch idee voor een jurk! Een zeemeerminnenmodel met een soort van... lijfje...'
'Klinkt goed.' Sage wendt haar hoofd af. 'We hebben het er nog wel over. Ik wil zien hoe Ramona dit verknalt.'
'En de genomineerden zijn...' zegt Ramona, die nu achter het spreekgestoelte staat en de clutch er duidelijk zichtbaar op heeft gelegd.
'Ze is zo mager als een lat,' zegt Sage medelijdend terwijl ze haar eigen decolleté opschudt. 'Wat een zielige verschijning. Ze is...' Opeens knijpt ze haar ogen tot spleetjes. 'Wacht eens even. Is dat mijn tasje?' Ze snakt zo luid naar adem dat de mensen aan de tafel naast ons ervan opkijken. 'Is dat mijn tasje? *Heeft die heks mijn tasje gestolen?*'
'Nee!' zeg ik gejaagd. 'Het moet een misverstand zijn...'
'Een misverstand? Ze heeft het gejat!' Tot mijn afgrijzen springt Sage overeind. 'Ramona, geef mijn tas terug!' gilt ze.
'O, jezus,' zegt Aran, en hij kijkt naar Luke.
'Wat doet ze nou?' zegt Luke ontzet.
Ramona houdt even op met lezen en kijkt onzeker de zaal in. Sage beent op haar af. Haar ogen schieten vuur en haar jurk flonkert in het licht van de schijnwerpers. Dan klimt ze tot mijn verbijstering op het podium.
'Dat is mijn tasje,' zegt ze terwijl ze het van het spreekgestoelte grist. 'Je bent een dief, Ramona. Een ordinaire dief.'
'Néé!' Aran ziet alle fotografen met hun camera in de aanslag naar het podium rennen en bonkt met zijn voorhoofd op tafel.
'Ik ben geen dief.' Ramona is perplex. 'Ik heb dat tasje gekregen van Rebecca, mijn stylist.'
'Ze had het aan mij gegeven,' repliceert Sage, die het tasje openmaakt. 'Goh, moet je zien. Mijn telefoon. Mijn lippenstift. Mijn amulet. Wil je nu nog steeds zeggen dat het jouw tas is?'
Ramona kijkt verbluft naar Sage' spullen in het tasje. Dan kijkt ze met grote angstogen op.

'Ik had het gekregen,' zegt ze. 'Ik begrijp het niet.'

Met knikkende knieën kom ik overeind en roep: 'Het is mijn schuld! Ik heb het jullie allebei toegezegd! Het spijt me ontzettend...'

Maar geen mens die op me let, ook al zwaai ik met mijn armen om de aandacht te trekken.

'Dames, ik weet zeker dat het een misverstand is,' zegt Billy Griffiss. 'Dat doet me denken aan de kalenderdief. Kennen jullie die? Hij kreeg twaalf maanden en ze zeggen dat zijn dagen geteld zijn.' Hij lacht bulderend om zijn eigen grap, maar als hij dacht dat er iemand mee zou doen, had hij het mis. Iedereen kijkt als gehypnotiseerd naar Sage. Er zijn twee mannen met een headset op bij haar komen staan, maar ze slaat ze van zich af.

'Hallo?' Ik zwaai nog eens met mijn armen. 'Sage?'

'Het wordt tijd dat de mensen de waarheid over jou eens horen, Ramona,' tiert Sage. 'Je doet wel alsof je heel wat bent, maar je bent gewoon een crimineel. Je bent een dief! Een winkeldievegge!'

Er gaat een ontzet geroezemoes op in de zaal. Iemand roept: 'Boe!' en iemand anders: 'Weg met haar!'

'Kom, kom.' Billy Griffiss klinkt ook aangeslagen. 'Dat lijkt me wel genoeg...'

'Het is echt waar! Ze heeft gestolen bij... Pump! Ja toch, Ramona?'

Ramona ziet eruit alsof ze moet overgeven.

'Er zijn bewakingsbeelden,' zegt Sage voldaan. 'Kijk daar maar eens naar.'

'Je weet niet waar je het over hebt,' zegt Ramona beverig.

'O, jawel. Becky heeft het gezien. Becky, jij hebt Ramona toch zien stelen? Zeg het dan! Dit is mijn getuige!' Ze maakt een theatraal gebaar naar mij.

Ik sta nog, dus iedereen kan me zien. Van het ene moment op het andere lijkt de hele zaal naar mij te kijken. Fotografen richten hun lens op mij. Er gaan al een paar flitsen af, en ik knipper verblind met mijn ogen.

'Jij hebt Ramona toch zien stelen?' zegt Sage met een stem die de hele zaal bestrijkt; haar mondhoeken krullen op in een wreed glimlachje. 'Zeg op, Becky. Vertel de waarheid.'

Het bloed dendert als een goederenwagon in mijn oren. Ik kan niet meer denken. De hele wereld kijkt naar mij en ik moet iets doen, maar ik ben te confuus en de tijd tikt door...

Ik heb vaak genoeg gejokt in mijn leven. Ik heb een keer gezegd dat ik een gebroken been had. Ik heb een keer gezegd dat ik klier-koorts had. Ik heb gezegd dat mijn laarzen honderd pond hadden gekost terwijl ze eigenlijk tweehonderdvijftig pond kostten. Maar die leugens gingen over míj. Ik heb nog nooit over een ander gelogen. Ik kan niet rondbazuinen dat Ramona een winkeldief is. Maar ik kan ook niet rondbazuinen dat ze het níét is. 'Ik...' Ik kijk radeloos naar Ramona. 'Ik... Geen commentaar.' Ik zak misselijk terug op mijn stoel.

'Zie je nou!' kraait Sage. 'Kijk maar naar de bewakingsbeelden! Becky heeft alles gezien. Zij is je getuige. Neem haar een kruisver-hoor af!' Ze maakt een reverence naar de zaal en zeilt het podium af.

Aran en Luke kijken elkaar geschrokken aan.

'Becky.' Luke buigt zich naar me over en geeft een kneepje in mijn hand. 'Gaat het?'

'Ja. Nee.' Ik slik. 'Wat had ik moeten doen?'

'Het was een onmogelijke situatie.' Lukes mond is strak van woede. 'Een situatie waar je niet in verzeild had mogen raken.'

'Daar zijn ze.' Aran kijkt naar de paparazzi die onze kant op komen en werpt me een meelevende blik toe. 'Pas op, meid. Je leven is zojuist voorgoed veranderd.'

'Becky!' Een journalist houdt me een dictafoon voor. 'Becky! Heb je Ramona zien stelen?'

'Heb je haar op heterdaad betrapt?' valt een tweede hem bij.

'Becky, hierheen kijken!'

'Hierheen, alsjeblieft, Becky!'

'Laat haar met rust,' commandeert Luke woedend, maar er komen alleen maar meer persmuskieten bij.

'Becky! Naar rechts, alsjeblieft!'

Ik heb me altijd afgevraagd hoe het zou zijn om in de schijnwer-pers van de paparazzi te staan. Nu weet ik het. Het is alsof je midden in een onweersbui zit. Het is een en al witte lichtflitsen en herrie en gesuis in mijn oren. Van alle kanten roepen stemmen naar me. Ik weet niet waar ik moet kijken of wat ik moet doen. Het enige wat nog tot me doordringt, is mijn naam die keer op keer wordt geroepen.

'Becky!'

'Becky!'

'Beckiiieee!'

14

Ik neem aan dat we in de tijd van weleer zouden hebben gewacht tot de eerste edities uitkwamen. Misschien hadden we zelfs nog even kunnen slapen. Maar dit is het vierentwintiguurs internettijdperk. Het nieuws was er meteen, op hetzelfde moment.

Het is nu zes uur 's ochtends en we zijn geen van allen naar bed gegaan. Ik heb rond de tweehonderd verschillende stukken online gelezen. Ik kan er niet mee ophouden. De koppen veranderen met het uur, afhankelijk van nieuwe informatie die binnen komt sijpelen:

RAMONA IS WINKELDIEVEGGE!!!

ASA-CEREMONIE VERSTOORD

SAGE BESCHULDIGT RAMONA VAN DIEFSTAL, ONDERBREEKT UITREIKING

WINKELBEDIENDE BEVESTIGT DIEFSTAL, POLITIE 'MAAKT ER NOG GEEN ZAAK VAN'

SAGE: IK VOEL ME VERRADEN DOOR VROEGERE VRIENDIN

En dan is er nog een hele lading over mij alleen:

GETUIGE BECKY 'HEEFT ALLES GEZIEN'

BECKY 'GAAT MISSCHIEN VERKLARING AFLEGGEN VOOR DE RECHTBANK'

STERREN VECHTEN OM TASJE VAN STYLIST BECKY

Het gaat maar door. De gekste is deze, die ik op een roddelsite heb gevonden:

BECKY DRONK COCKTAILS VOOR RUZIE, MELDT BARKEEPER

Ik bedoel, nou vraag ik je. Waar slaat dat nou op? Ze kunnen net zo goed schrijven: RAMONA EN SAGE BEZOCHTEN TOILET OP DAG REL. Waarschijnlijk gaan ze dat ook echt schrijven.

We zeggen niet meer tegen elkaar hoe bizar het is. Suze en Tarkie zitten met alle kinderen op de bank cornflakes te eten en naar E! te kijken, dat eigenlijk alleen maar telkens een lus uitzendt van Sage die naar Ramona schreeuwt, gevolgd door een close-up van mijn verbijsterde gezicht. Ik heb het nu een keer of zevenenveertig gezien. Ik heb er genoeg van.

Luke zit met Aran in de keuken op zorgelijke toon te praten. Ze hebben Sage op de een of andere manier overgehaald geen interviews meer te geven en naar huis te gaan, en ze heeft beloofd dat ze zou gaan slapen. Aran heeft haar persoonlijk overgedragen aan de huishoudster, die hij een reusachtige fooi heeft gegeven met de woorden: 'Dit meisje moet naar bed.' Maar ik wil wedden dat Sage ook de hele nacht is opgebleven. Ik wil wedden dat ze erin zwelgt.

Ik heb geen idee hoe het met Ramona is. Haar mensen kwamen vrijwel meteen om haar heen staan en loodsten haar weg. Het was weer alsof ik naar een gekooid dier keek. Telkens als ik eraan denk, verkrampt mijn maag van het schuldgevoel.

'Wil Barney kijken!' bestookt Minnie me, en ik schrik op uit mijn gepeins. 'Wil Barney kijken, niet mammie. Niet mámmie,' herhaalt ze minachtend.

Het zal ook wel een beetje saai zijn, je moeder telkens op tv voorbij zien komen terwijl je op een grote paarse dinosaurus hoopte.

'Kom op.' Ik til haar op, konijnenpantoffels en bijpassend badjasje en al. 'Dan gaan we Barney zoeken.'

Ik breng haar naar boven en zet haar op ons bed met een dvd van Barney en een bakje suikervrije speltknabbels. (Die naar karton smaken, maar gek genoeg haar lievelingssnack zijn. Ze begint echt een kind van LA te worden.) Dan trek ik de gordijnen open en schrik me rot. Er staat een cameraploeg bij ons hek. Een echte cameraploeg! Een seconde later hoor ik de zoemer van de intercom. Iemand belt aan, telkens weer. Ik storm over de overloop en wil de trap af rennen, maar Luke staat me beneden op te wachten.

'Niet opendoen!' zegt hij. 'Aran knapt het op.'

Hij neemt me mee, weg van de voordeur en de keuken in. 'Je zult je de komende dagen koest moeten houden,' zegt hij. 'Wat saai is, maar zo gaan die dingen. We stellen een verklaring op en die geven we halverwege de ochtend.'

'Becky!' hoor ik een gedempte mannenstem van buiten. 'Becky, we willen je een aanbod doen voor een exclusief interview!'

212

'Moet ik misschien niet toch een interview geven?' stel ik aan Luke voor. 'Om een en ander te verduidelijken, zeg maar?'

'Nee!' zegt Luke op een toon alsof het idee hem een gruwel is. 'Een verklaring is genoeg. We willen de gemoederen niet verder verhitten. Hoe meer je ze geeft, hoe meer ze van je willen. Koffie?'

'Nee, dank je. Ik moet even... mijn lipgloss pakken...'

Ik schiet de hal weer in en ren de trap op. Halverwege zit een raam waardoor ik de voorkant van het huis kan zien, en ik tuur door het glas. Aran staat bij het hek met de cameraploeg te praten. Hij lacht relaxed en geeft een van de mannen zelfs een high five. Ik kan me niet voorstellen dat Luke dat zou doen.

'Sorry, lui,' hoor ik hem zeggen, en dan draait hij zich om naar het huis. 'Ik laat het jullie meteen weten als het zover is.'

'Aran!' zeg ik zodra hij door de voordeur komt. 'Wat is er aan de hand?'

'O, niet veel.' Hij glimlacht zorgeloos. 'De wereldpers die zich op ons stort, altijd hetzelfde liedje.'

'En ze willen mij interviewen?'

'Nou en of.'

'Wat heb je gezegd?'

'Geen krassen op het hek maken, ellendige louche aasgier.'

Ik glimlach, of ik wil of niet. Aran lijkt alles zo luchtig op te vatten. De zoemer gaat weer en hij gluurt door een zijraam.

'Krijg nou wat,' merkt hij op. 'Daar zullen we ABC hebben. Het verhaal gaat het hele land door.'

'Luke zegt dat ik binnen moet blijven en me er niets van aan moet trekken,' zeg ik weifelend. 'En dat we later wel een verklaring geven.'

'Als je wilt dat dit ophoudt, is dat de beste strategie,' zegt hij op neutrale toon. 'Absoluut. Laat je niet zien, dan krijgen ze er wel genoeg van.'

Ik voel een 'maar' tussen ons in zweven en kijk hem vragend aan, maar hij haalt vrijblijvend zijn schouders op.

Hij gaat geen woord meer zeggen, tenzij ik hem onder druk zet. Ik loop een stukje verder bij de keuken vandaan en wacht tot Aran bij me is.

'Maar?' zeg ik.

Aran zucht. 'Becky, je bent Lukes vrouw. Het is niet aan mij om jou advies te geven.'

213

'Maar?'

'Het hangt er maar van af wat je wilt. En wat Luke wil.'

'Ik weet niet wat ik wil,' zeg ik confuus. 'Ik weet niet eens wat je bedoelt.'

'Oké. Ik zal het uitleggen.' Hij lijkt zijn gedachten op een rijtje te zetten. 'Ik heb gezien hoe jij probeerde het in Hollywood te maken als stylist. Zonder veel succes, heb ik gelijk?'

'Ja,' zeg ik onwillig.

'Weet je wat je nodig hebt om het in Hollywood te maken? Mediaaandacht. Die heb je nu. Al die belangstelling, de hype...' Hij gebaart naar de voorkant van het huis. 'Dat is stuwkracht. En noem me maar een milieuactivist, maar ik zie niet graag energie verloren gaan.'

'Nee.' Ik knik onzeker. 'Ik ook niet.'

'Of je het nou leuk vindt of niet, je komt hier niet ver met talent of hard werken. Oké, misschien is het voor tien procent talent.' Hij steekt zijn handen op. 'Voor de andere negentig procent is het een kwestie van kansen grijpen. Dus nu moet je kiezen. Je kunt gisteravond als een ongemakkelijk moment zien dat in de doofpot moet verdwijnen en dat je achter je wilt laten... of je kunt het zien als de mooiste kans die je ooit hebt gekregen.' Opeens kijkt hij me indringend aan. 'Becky, gisteravond heeft de voorzienigheid je een voorrangskaart gegeven. Je kunt in één keer vooraan in de rij komen te staan als je wilt. Je kunt je succes grijpen. Wil je dat?' Ik beantwoord zijn blik, gegrepen door zijn woorden. Ik kan vooraan in de rij komen te staan? Het succes grijpen? Waarom zou ik dat in vredesnaam niet willen?

'J-ja!' hakkel ik. 'Natuurlijk wil ik dat. Ma-maar wat bedoel je precies? Wat moet ik doen?'

'We kunnen een plan maken. We kunnen deze stuwkracht gebruiken. Maar je moet wel weten waar je aan begint. Je moet bereid zijn door te zetten.'

'De media gebruiken, bedoel je?' zeg ik aarzelend. 'Interviews geven?'

'Loods de energie in goede banen, is het enige wat ik zeg. Je staat volop in de belangstelling, maar de wereld kent je als Becky Brandon, getuige van winkeldiefstal. Als je dat nu eens kon ombuigen naar Becky Brandon, sterrenstylist? Becky Brandon, modekenner van Hollywood. Becky Brandon, degene die je moet hebben voor een fantastische look. We kunnen je in de markt zetten zoals we willen.'

Ik kijk hem aan, te overdonderd om iets te kunnen zeggen. In de markt zetten? Sterrenstylist? Ík? 'Wist je dat die tas van jou overal op internet te vinden is?' vervolgt hij. 'Besef je wel hoe hot je op dit moment bent? En als het een rechtszaak wordt, zullen ze zich op je storten. Jij zult de kroongetuige zijn en neem maar van mij aan dat de wereld zal toekijken.'

Ik begin te tintelen van opwinding. Kroongetuige! Ik moet een compleet nieuwe garderobe hebben! Ik trek elke dag van die Jackie O-mantelpakjes aan. En ik neem steil haar. Nee, ik steek mijn haar op. Yes! Misschien kan ik het elke dag anders dragen, en dan noemen ze me 'het meisje met de ongelooflijke kapsels', en...

'Begint het tot je door te dringen wat je te pakken hebt?' onderbreekt Aran mijn gemijmer. 'Andere mensen zouden een moord doen voor al die publiciteit.'

'Ja, maar...' Ik probeer mijn tollende gedachten tot bedaren te brengen. 'Wat moet ik nú doen? Vandaag?'

'Tja.' Aran klinkt opeens een stuk zakelijker. 'We gaan ervoor zitten en maken een plan. Ik kan wat collega's inschakelen, je moet een agent hebben...'

'Hou op!' zeg ik als de realiteit me plotseling overvalt. 'Het gaat allemaal te snel.' Ik ga iets zachter praten. 'Besef je wel dat alles wat jij zegt precies het tegenovergestelde is van wat Luke zegt? Hij wil dat het allemaal overwaait.'

'Ja.' Aran knikt. 'Becky, wat je wel in je achterhoofd moet houden, is dat Luke je niet als een cliënt ziet. Hij ziet je als zijn vrouw. Hij is heel beschermend naar jou en Minnie toe. Natuurlijk is hij dat. Ik? Ik zie iedereen als een cliënt. Of een mogelijke cliënt.' Hij grinnikt. 'We hebben het er nog wel over.'

De zoemer gaat weer en ik schrik.

'Laat maar,' zegt Aran. 'Laat ze maar wachten.'

'En wat heeft dit allemaal voor gevolgen voor Sage?'

'Sage!' Hij lacht blaffend. 'Als die meid nog verder offpiste gaat, skiet ze het ravijn in. Ze redt zich wel. We krijgen haar wel weer op het goede pad, Luke en ik. Ze zal zich met hand en tand verzetten en het wordt niet fraai, maar niets aan Sage is nu eenmaal fraai. Behalve haar gezicht. Als ze net uit de make-up komt,' voegt hij eraan toe.

'Daarvoor wil je haar niet zien.' Hij trekt een gezicht. 'Beestachtig.'

'Onzin!' Ik giechel geschrokken. 'Ze is mooi!'

'Als jij het zegt.' Hij trekt komisch zijn scheve wenkbrauwen op.

Wat is hij oneerbiedig en onaangedaan. Het lijkt wel of hij het allemaal grappig vindt. Ik kijk hem aan in een poging hem te doorgronden.

'Je lijkt lang niet zo boos te zijn als Luke. Heeft Sage je strategie niet in de war geschopt?'

'Goed mogelijk, maar ik hou wel van een uitdaging,' zegt hij schouderophalend. 'Sterren zijn net als elke andere investering. De koers kan stijgen en dalen.'

'En Ramona? Denk je dat dit haar...' Ik kan het bijna niet over mijn lippen krijgen. '... zal ruïneren?' Ik krijg weer een knoop in mijn maag van schuldbesef. Had ik mijn mond maar gehouden. Had ik mijn belofte maar niet gebroken. Ik word achtervolgd door de herinnering aan Ramona, wankelend van schrik op het podium. Ze zag er zo radeloos uit. En het was allemaal mijn schuld.

'Hangt ervan af hoe ze het speelt,' zegt Aran monter. 'Het is een slimmerik, Ramona. Ik zie haar er wel voor aan dat ze als winnaar uit de bus komt.'

Ongelooflijk, wat is die man harteloos.

'Heb je haar dan niet gezien?' roep ik uit. 'Ze stond op instorten! Ik dacht dat ze ter plekke flauw zou vallen, daar op dat podium!'

'Ze had die avond zeker niet genoeg gegeten.' Arans telefoon gonst. 'Ik moet weg, maar we praten er nog wel over. En Becky...' – hij kijkt me veelzeggend aan – '... wacht niet te lang. Denk erom, als je van dit moment wilt profiteren, moet je die media-aandacht hebben. En die blijft niet eeuwig duren.' Hij draait zich om. 'Hoi,' zegt hij in zijn telefoon.

'Wacht! Aran.' Ik werp een blik op de keuken en vervolg zachter: 'Als je me advies zou moeten geven over hoe ik het vandaag moet spelen... wat zou je dan zeggen?'

'Moment,' zegt Aran in zijn telefoon, en hij kijkt om. 'Ik adviseer je niet officieel, Becky, vergeet dat niet,' zegt hij, ook met een blik op de keuken.

'Ik begrijp het,' zeg ik bijna fluisterend.

'Maar als ik een cliënt in jouw situatie had die al die aandacht ten volle wilde benutten, zou ik haar adviseren zich te laten zien. Vertoon je, maar zeg niets. Blijf waardig en vriendelijk terwijl je je dagelijkse dingen doet, maar laat je zien. Laat je fotograferen. En denk na over wat je aantrekt,' voegt hij eraan toe. 'Wees nonchalant, maar cool. Maak een gespreksonderwerp van je outfit.'

'Oké,' zeg ik ademloos. 'Bedankt.'

Terwijl Aran telefoneert, loop ik weer naar het raam bij de trap en gluur naar buiten. Er staan nu nog meer journalisten achter het hek. Op mij te wachten. Ik ben hot! Arans woorden blijven door mijn hoofd spelen. Ik bedoel, hij heeft gelijk. Ik heb al die tijd geprobeerd het te maken in Hollywood en hier is een buitenkans, die me zomaar in de schoot is geworpen, en als ik er nu mijn voordeel niet mee doe, krijg ik misschien nooit meer een nieuwe kans...

'Becky?' Ik schrik van Lukes stem. 'Ik heb thee voor je gezet.'

'Dank je wel,' zeg ik, en ik neem het kopje nerveus glimlachend aan. 'Het is allemaal wel raar, hè?' Ik gebaar naar de horde journalisten.

'Maak je niet druk. Het gaat vanzelf over.' Luke geeft me een snelle zoen. 'Waarom gaan Minnie en jij geen film kijken in het souterrain? Dan hoef je ze niet eens te zien.'

'Hm,' zeg ik na enig nadenken. 'Ja. Dat zouden we kunnen doen.'

Ik kijk weer door het raam. Ik zie een camera waar NBC op staat. NBC!

Mijn telefoon gaat voor de zoveelste keer, en ik pak hem in de verwachting weer 'Anoniem' op het scherm te zien. Er hebben vandaag al een stuk of vijf journalisten gebeld; god mag weten hoe ze aan mijn nummer...

Maar het is geen anonieme beller, het is mam.

'Het is mam!' roep ik naar Luke. 'Eindelijk! Hoi, mam. Ik heb de hele nacht geprobeerd je te bellen! Waar zit je?'

'In de auto! Ik had je toch verteld dat we er even tussenuit gingen met Janice en Martin? Naar de Schotse meren. Geen bereik. Maar een schitterend uitzicht overal, hoewel het wel een béétje koud was in het hotel. We moesten extra dekens vragen, maar daar deden ze helemaal niet moeilijk...'

'Ja,' probeer ik ertussen te komen. 'Eh, mam, er is iets gebeurd...'

'Weet ik!' zegt mam triomfantelijk. 'We zaten net op de snelweg toen er iemand van de *Daily World* belde. Ze vroeg of ik wist dat mijn dochter een sensatie was in Hollywood. Nee, maar! Ik zei dat ik geen idee had, maar dat het me niets verbaasde. Ik heb altijd geweten dat je sensationeel bent. Janice heeft net een foto van je gevonden op haar smartphone. We hebben hem allemaal gezien. Mooie jurk. Waar heb je die gekocht, kind?'

'Mam, je hebt toch niet met die vrouw gepraat, hè? Want Luke zegt dat we de pers niet te woord moeten staan. Hang maar gewoon op.'

217

'Ik wilde niet ophangen!' zegt mam verontwaardigd. 'Ik wilde er om te beginnen alles over horen. Zo'n lieve meid. Ze heeft me haarfijn verteld hoe het zat.'

'Hoelang heb je met haar gepraat?'

'Oei, ik denk... Hoelang heb ik aan de telefoon gezeten, Janice? Iets van drie kwartier?'

'Drie kwartíér?' herhaal ik ontzet.

Luke zegt dat we niet met de pers moeten praten en zelfs Aran heeft me geadviseerd niets te zeggen, en dan geeft mam een diepteinterview aan de *Daily World.*

'Nou, als je verder maar niets meer zegt!' geef ik haar te verstaan. 'In elk geval niet tot je Luke hebt gesproken.'

'Ze wilde weten of jij wel eens iets uit een winkel had gestolen,' zegt mam. 'Het idee! Absoluut nooit, zei ik, of je moet die keer meetellen dat je uit de speelgoedwinkel in Londen kwam met zes paar poppenschoentjes in je zakken, maar toen was je pas drie, arme ziel. We hebben ze in een envelop gestopt en teruggestuurd, weet je nog?'

'Zeg dat je dat niet hebt verteld!' jammer ik. God mag weten wat ze nu over me gaan schrijven. 'Mam, kan ik pap even spreken? Rijdt hij?'

'Nee, het is Martins beurt. Ik geef je aan pap.'

Ik hoor geritsel en dan de stem van mijn vader, diep en geruststellend.

'Hoe is het met mijn kleine meid? Je hebt weer consternatie veroorzaakt, hoor ik! Hebben de media al postgevat bij je huis?'

'Daar komt het wel op neer.'

'Aha. Nou, je weet dat er maar één ding erger is dan dat ze over je praten, hè?'

'Dat ze níét over je praten,' zeg ik met een glimlach. Pap heeft voor elke situatie wel een toepasselijk gezegde.

'Als je wilt dat we op het vliegtuig stappen om je bij te staan, zal je moeder met alle plezier een nieuwe outfit kopen voor de gelegenheid.'

'Pap!' Ik kan mijn lachen niet bedwingen.

'Even, serieus, Becky.' Zijn stem wordt ernstig. 'Maak je het goed? En Minnie?'

'Ja hoor.'

'Want we komen echt, als je ons nodig hebt. Met de eerste de beste vlucht.'

'Weet ik,' zeg ik ontroerd. 'Maak je geen zorgen, pap. Maar kun je ervoor zorgen dat mam niets meer tegen de pers zegt?'

'Ik zal mijn best doen,' zegt hij. 'Goed, even los van het verijdelen van winkeldiefstal en een wereldwijde mediasensatie worden, hoe bevalt het leven in Hollywood? De zon niet te warm? De lucht niet te blauw?'

'Nee, het is allemaal prima.' Ik lach weer.

'Je hebt zeker nog geen kans gezien om die oude vriend van me op te zoeken?'

Shit. Shit! Ik had me heilig voorgenomen om het te doen. Dit is al de tweede keer dat hij het vraagt. Ik voel me verschrikkelijk.

'Pap, het spijt me ontzettend,' zeg ik. 'Het was me ontschoten, maar ik ga het doen, ik beloof het...'

'Schat, maak je geen zorgen! Je hebt het erg druk. Dat weet ik.'

Door zijn begrip ga ik me nog ellendiger voelen.

'Ik doe het,' zeg ik. 'Erewoord.'

Ik leg mijn telefoon weg en denk diep na. Ik zie weer een busje van een nieuwszender bij het hek stoppen en hoor Arans woorden in mijn hoofd. *Wacht niet te lang. De aandacht blijft niet altijd duren.*

'Alles goed met je ouders?' vraagt Luke, die de hal in loopt.

'Ja, prima. Alleen heeft mijn moeder een interview gegeven aan de *Daily World.*' Ik zie zijn ontzette gezicht en voeg er snel aan toe: 'Het is al goed. Ik heb tegen haar gezegd dat ze het niet meer moet doen.'

'Tja. Nou ja,' verzucht hij. 'Niets meer aan te doen. Goed, ik heb een verklaring opgesteld die we over een uur of twee zouden kunnen geven. Ik zal Arans juridische team eerst laten controleren of er geen gaten in zitten. Waarom ga jij niet lekker in bad?' vervolgt hij. 'Of ga tv kijken met Suze en de anderen. Neem een kop koffie. Zorg voor afleiding.'

'Ik moet eigenlijk weg,' zeg ik zo achteloos als ik kan.

'Weg?' Luke kijkt me aan alsof ik getikt ben. 'Hoe bedoel je, weg?'

'Ik moet iets voor mijn vader doen. Ik moet zijn oude vriend opzoeken, Brent Lewis. Dat had hij me gevraagd, weet je nog?'

'Jawel, maar... moet dat nú?'

'Waarom niet?' pareer ik opstandig.

'Waarom niet? Moet je die aasgieren zien!' zegt Luke verontwaardigd door het raam wijzend. 'Als je ook maar een voet buiten het hek zet, storten ze zich op je!'

'Nou, misschien vind ik dat niet erg! Misschien vind ik het belang-

219

rijker om iets voor mijn vader te doen. Waarom zou de pers me ver-
hinderen mijn normale leven te leiden?' Ik begin me op te winden.
'Waarom zou ik opgesloten moeten zitten in mijn eigen huis? Ben ik
soms een gevangene?'

'Niet bepaald,' zegt Luke korzelig. 'Ik denk gewoon dat je, alleen
vandaag...'

'Ik heb het mijn vader beloofd, Luke!' zeg ik met vurige stem. 'Ik
zal me aan mijn belofte houden, koste wat het kost. En ik laat me
door niemand weerhouden, niet door de pers, niet door jou, door
niemand!'

'Ook goed,' zegt Luke na een korte stilte. 'Je doet maar. Als het
dan per se moet, stap dan meteen in de auto en rij weg. Niet met de
pers praten.'

'Nee,' zeg ik.

'Al proberen ze je op de kast te krijgen, niet op reageren.' Hij
schudt zijn hoofd. 'Becky, het lijkt me echt beter als je binnen blijft.'

'Luke,' zeg ik met trillende stem, 'je begrijpt het niet. Ik moet dit
doen. Voor mijn vader. Voor mezelf. Voor ons allemaal.'

Voordat hij kan vragen wat ik daarmee bedoel (geen idee), loop ik
de trap op. Ik voel me ontzettend nobel, als een prins die zich aan-
gordt voor de strijd. Wat ook een beetje zo is. En waar het om gaat,
is dat ik moet winnen. Dit is mijn kans. Mijn grote Hollywood-kans
uit duizenden op een fotomoment.

O, mijn god. Wat moet ik áán?

Oké. Het heeft me een uur, drie spiegels en rond de tweehonderd
foto's op mijn telefoon gekost, maar uiteindelijk heb ik de volmaakte
nonchalant-coole outfit samengesteld waarin ik me aan de pers kan
vertonen. Mijn meest flatteuze capribroek van Stella McCartney, wit
met kleine ritsjes. Torenhoge naaldhakken van D&G en een knalroze
mouwloos topje van J Crew dat er echt uit zal springen. En als pièce
de résistance een ongelooflijke, bovenmaatse zonnebril uit dezelfde
winkel waar ik de clutch met stras heb gevonden. Het is een vintage
Missoni en het montuur heeft roze en groene krullen. Je kunt er niet
omheen. Er zal beslist over worden gepraat.

Wat ik nu moet doen, is op een flatteuze manier het portier van de
auto openmaken. Ja. En dingen zeggen als: 'Laat me alstublieft met
rust', 'geen pers alstublieft' en 'ik hoop dat u mijn privacy respecteert'.

Ik haal de krulspelden uit mijn haar, werk mijn lippen een laatste keer bij en kijk in de spiegel. Oké. Mooi. Ik moet snel naar buiten, voordat de pers zich gaat vervelen en het voor gezien houdt. Luke is al met Aran op weg naar Sage gegaan en ik hoorde de journalisten schreeuwen toen ze wegreden. En nu is het mijn beurt! Ik voel me een gladiator die op het punt staat de arena in te lopen.

Na een telefoontje of vijf heb ik het adres van Brent Lewis achterhaald. Hij woonde natuurlijk niet meer op het adres dat ik van pap had gekregen, maar iemand daar had het nummer van zijn moeder, en toen kreeg ik het nummer van een zus, en uiteindelijk kreeg ik een adres – in iets wat Shining Hill Home Estate heet, aan een afslag van de San Fernando Road. Ik heb het op de kaart opgezocht en het is in een deel van LA waar ik nog nooit ben geweest, maar dat geeft niet. Ik heb een navigatiesysteem.

Minnie is in het souterrain, waar ze een hoogst chaotisch balspel doet met de Cleath-Stuarts. Ik steek mijn hoofd om de hoek van de deur en zeg achteloos: 'Ik moet even weg. Tot straks.'

'Zonnebril hebben!' zegt Minnie, die de vintage Missoni meteen heeft gezien. 'Géééf.'

'Minnie,' zeg ik streng. 'We zeggen niet "geef"!'

'Bief,' verbetert ze zichzelf direct. 'Biiieeef!'

'Nee, schat.' Ik geef haar een zoen. 'Die bril is van mammie.'

'Biiieeef!' Ze doet een vastberaden poging de bril van mijn hoofd te trekken.

'Jij krijgt... eh...' Ik kijk om me heen, zie een speelgoedtasje en geef het haar. 'Dit.'

Minnie werpt er een minachtende blik op. 'Zo passé,' zegt ze zorgvuldig articulerend, en ze smijt het op de vloer.

O, mijn god. Hoorde ik Minnie echt 'zo passé' zeggen? Ik vang Suzes blik en we giechelen allebei gechoqueerd.

'Dat heeft ze niet van mij,' zeg ik.

'Ook niet van mij!' zegt Suze.

Ik kijk naar Clemmie, maar die zit vrolijk te spelen in haar hemdje, met een rok van Minnie op haar hoofd. De kinderen Cleath-Stuart kunnen er geen idee van hebben wat 'zo passé' betekent.

'Het komt door Ora!' zeg ik, en opeens weet ik het zeker. 'Ze heeft een slechte invloed op Minnie. Ik wist het!'

'Dat is nog maar de vraag,' zegt Suze sceptisch. 'Het kan iedereen geweest zijn.'

'Ik wil wedden dat zij het was. Minnie, die tas is níét passé.' Ik raap de tas op en geef hem weer aan Minnie. 'Het is een tijdloze klassieker. En we gooien geen tassen op de vloer, zelfs al zíjn ze passé.' 'Waar ga je heen?' Suze bekijkt me van top tot teen. 'Leuke schoenen.'

'Even bij iemand langs, voor mijn vader.'

'Je weet toch dat het buiten nog krioelt van de journalisten?'

'Ja.' Ik doe mijn best om nonchalant te klinken. 'Geen punt. Ik moet ze gewoon, eh... negeren.'

Suze neemt me kritisch op. 'Bex, heb je je haar gekruld?'

'Nee!' zeg ik betrapt. 'Ik bedoel... een beetje maar. Gewoon, om er wat volume in te krijgen. Wat is daar mis mee?'

Suze richt haar blik op mijn gezicht. 'Zijn dat valse wimpers?'

'Een paar haartjes maar,' zeg ik nerveus. 'Wat is dit, een kruisverhoor? Ik moet nu echt weg, trouwens. Toedeloe!'

Ik draai me om en haast me de trap op. Bij de voordeur haal ik drie keer diep adem voordat ik hem openduw. Daar gaan we dan. Sterrenstad, *here I come*.

Ik word meteen van alle kanten bestookt.

'Becky! Beckiiieee! Hier!'

'Becky, heb je Ramona nog gesproken?'

'Heb je de politie gesproken?'

'Becky! Hier!'

O, mijn god. Het zijn er twee keer zoveel als eerst. Het is een meter of tien van de voordeur naar het hek – hoog, met smeedijzeren spijlen en siersmeedwerk – en tussen alle spijlen door worden camera's op me gericht. Heel even wil ik het huis weer in duiken, maar daar is het nu te laat voor. Ik ben buiten.

Het probleem met een horde fotografen die allemaal hun camera op je richten is dat ze élk moment een foto kunnen nemen. Ik moet alles flatteus doen. Met ingehouden buik en naar achteren getrokken schouders loop ik langzaam naar de auto en probeer me niets aan te trekken van het geroep.

'Becky, kunnen we een interview krijgen?' roept een man steeds.

'Laat me alstublieft met rust,' roep ik terug, en ik zwiep mijn haar over mijn schouders. 'Dank u.'

Mijn autosleutels zitten in mijn zak en het lukt me ze in een vloeiende beweging te pakken. Ik maak het portier open, waarbij ik ervoor zorg dat ik mijn benen kruis in een Victoria Beckhamachtige pose, en stap in. Ik trek het portier dicht en laat mijn ingehouden adem ontsnappen. Zo. Klaar.

Alleen... stel dat ze geen van allen een goed plaatje hebben? Had ik dichter bij het hek moeten komen? Had ik langzamer moeten lopen?

Dit is mijn énige kans om door de wereldpers te worden vastgelegd in een iconische, bepalende, geruchtmakende foto die mijn carrière als Hollywood-stylist zal inluiden. Ik denk dat ik beter kan uitstappen om het nog eens te doen.

Ik wik en weeg een paar seconden, maar dan maak ik mijn portier weer open en stap zo elegant als ik kan uit. Ik doe alsof ik de fotografen negeer, drentel naar het hek en bestudeer aandachtig een struik.

'Becky! Beckiiieee! Hier!'

'Geen pers,' zeg ik, mijn jasje gladstrijkend. 'Geen pers, alstublieft. Ik hoop dat u mijn privacy respecteert.'

Ik trek nonchalant mijn jasje uit en sla het over mijn schouder. Dan trek ik het weer aan. Ik draai me een paar keer naar links en naar rechts en zwaai met mijn armen. Misschien moet ik het hek openzetten, dan kunnen ze mijn schoenen beter zien. Ik richt de afstandsbediening op het hek, dat langzaam openzwaait.

'Becky!' Een vrouw steekt een microfoon uit. 'Sharon Townsend, NBC. Vertel eens over de winkeldiefstal van Ramona!'

'Laat me alstublieft met rust,' zeg ik. 'Ik heb geen commentaar.'

Ik krijg een geniale inval en loop naar de auto. Ik hijs me op de motorkap, neem een nonchalante pose aan en pak mijn telefoon. Ik mag toch wel op mijn eigen oprit op mijn auto gaan zitten telefoneren? Dat is toch de normaalste zaak van de wereld?

'Hallo,' zeg ik in de telefoon. 'Ja. Absoluut.' Ik sla mijn benen iets flatteuzer over elkaar en gebaar geanimeerd met mijn zonnebril in mijn hand. 'Ik weet het. Vreselijk.'

Het geklik van de camera's klinkt steeds fanatieker. Ik straal tegen wil en dank van opwinding. Het gebeurt echt! Ik ben beroemd!

'Becky, van wie zijn die schoenen?' roept iemand.

'Wilt u geen inbreuk maken op mijn privacy, alstublieft?' antwoord ik minzaam. 'Ik kan u niet te woord staan.' Ik til mijn voeten op en beweeg ze om iedereen de coole zilveren hakken te laten zien.

'Ze zijn van Yves Saint Laurent,' hoor ik een vrouw zeggen.

'Nietes!' Ik vergeet mijn plan om niets te zeggen, spring van de auto en loop naar het open hek. 'Ze zijn van Dolce & Gabbana. Mijn topje is van J Crew en mijn broek is van Stella McCartney. En mijn zonnebril is een vintage Missoni.' Moet ik ook nog zeggen dat ik tegen een redelijk honorarium beschikbaar ben als stylist, meer informatie binnen, geen klus te klein?

Nee. Dan leg ik het er te dik op.

'Wat wil je tegen Ramona zeggen?' Ik krijg een hele tros microfoons onder mijn neus geduwd.

'Van wie was die clutch nou echt, Becky?'

'Zaten er drugs in? Is Ramona verslaafd?'

Oké, nu loopt het uit de hand.

'Dank u wel,' zeg ik een beetje schril. 'Ik heb geen commentaar. Ik moet iets belangrijks doen. Dank u voor het respecteren van mijn privacy.' Opeens schiet mijn houding me te binnen. Ik ga anders staan om mijn bovenbenen dunner te laten lijken en zet een hand in mijn zij, als een supermodel.

'Hoe zit het met dat telefoontje?' vraagt een vent in spijkerbroek cynisch.

O ja. Het telefoontje. Dat was ik glad vergeten.

'Eh... tot ziens dan maar!' zeg ik in mijn telefoon, en dan stop ik hem snel weg. 'Dank u wel,' zeg ik tegen de journalisten. 'Heel erg bedankt. Geen pers, alstublieft.' Ik loop lichtelijk geagiteerd naar de auto, pak mijn sleutels en laat ze subiet vallen. Shit.

Ik ga echt niet bukken voor een batterij camera's, dus buig ik behoedzaam mijn knieën, alsof ik een reverence wil maken, hou mijn rug kaarsrecht en slaag erin de sleutels op te hengelen. Ik laat me achter het stuur zakken, start de motor en rij voorzichtig naar het hek. De horde wijkt uiteen om de auto door te laten, maar het geflits en geroep blijven aanhouden, en er slaat zelfs iemand op het dak van de auto.

Als ik eindelijk ontsnapt ben, zak ik onderuit en slaak een zucht. Dat duurde maar vijf minuten en ik ben afgepeigerd. Hoe dóén die beroemdheden dat?

Maar goed. Waar het om gaat, is dat ik het heb gedaan. Tien minuten later heb ik geen bonkend hart meer en voel ik me best in mijn nopjes met mezelf. Ik rij over de Hollywood Freeway, hou mezelf hardop voor dat ik rechts moet rijden, réchts, en laat me door mijn navigatiesysteem vertellen dat ik rechtdoor moet. Wat goed uitkomt, want ik rij niet op de goede rijstrook om af te slaan. Opeens gonst de vernuftige handsfree autotelefoon. Ik zie Lukes nummer en druk op de groene toets om op te nemen.

'Lieverd. Hoi. Ben je heelhuids ontkomen?'

'Ja hoor,' zeg ik. 'Ik zit op de weg.'

'De pers was toch niet te opdringerig, hè?'

'Eh... nee! Geen probleem.'

'En je bent meteen in de auto gestapt en weggereden?'

'Zo'n beetje.' Ik schraap mijn keel. 'Ik bedoel, misschien hebben ze een paar foto's van me...'

'Je hebt het vast fantastisch gedaan, schat. Het is niet makkelijk om het hoofd koel te houden als je omringd wordt door camera's.'

'Hoe is het bij Sage?'

'Hectisch,' zegt Luke. 'Ze heeft al heel veel aanbiedingen gekregen, en ze wil overal op ingaan.'

'Wat voor aanbiedingen?'

'Noem maar op. Interviews, filmrollen, naaktreportages, goede doelen. Allemaal niet de moeite waard, soms zelfs ordinair. Beslist niet wat onze strategie had moeten opleveren, niet dat zij dat inziet.'

Hij klinkt zo vertwijfeld dat ik een giechel moet onderdrukken. Ik kan me voorstellen dat Sage Seymour een grote verandering is na al die verstandige zakenmannen in pak.

'Nou, succes ermee!'

'Jij ook. Tot later.'

Ik beëindig het gesprek en dan bel ik pap met de autotelefoon.

'Becky?'

'Hoi, pap! Moet je horen, ik ga naar je vriend Brent. Ik zit nu in de auto.'

'Lieverd!' zegt pap verbaasd. 'Dat is snel. Het hoefde niet op stel en sprong.'

'Kleine moeite,' zeg ik. 'Hij zit ergens in Shining Hill Home Estate, zegt dat je iets?'

'Dat klinkt duur!' zegt pap. 'Het zal wel kloppen. Ik weet zeker dat hij goed terecht is gekomen. Hij zal wel in een villa wonen.'

'Echt?' zeg ik. Mijn nieuwsgierigheid is gewekt. 'Wat doet hij dan?'

'Ik weet het niet. Destijds was hij promovendus.'

'Hoe weet je dan dat hij in een villa woont?'

'O, ik weet zeker dat hij goed terecht is gekomen,' zegt pap grinnikend. 'Laat ik het erop houden dat hij al op de goede weg zat... O, Becky!' onderbreekt hij zichzelf. 'Mam zegt dat er een nieuwe foto van je op internet staat! Voor je huis. Is die vanochtend gemaakt, lieverd?' 'Ja!' zeg ik opgewonden. 'Is hij nu al geplaatst? Wat staat er?' '"Getuige Becky charmant in het roze,"' leest pap zorgvuldig. '"Britse gaat verklaring afleggen voor de rechtbank." Dat staat op de site van de *National Enquirer*.'

De *National Enquirer*! Charmant in het roze! Ik word overmand door opwinding. Hoewel, verklaring afleggen? Daar heb ik niets over gezegd.

'Maar sta ik er goed op?' vraag ik. Daar gaat het maar om.

'Je staat er fantastisch op! O, wacht, mam heeft er nog een gevonden. "Becky gaat stappen op schoenen van YSL."'

Wel verdorie. Ik had nog zo gezegd dat die schoenen niet van Yves Saint Laurent waren.

'Snoes, je bent een hele beroemdheid!' zegt pap. 'Je vergeet ons toch niet?'

'Nee hoor!' Ik lach, en dan schrik ik als ik zie dat er iemand in de wacht staat. Het is Luke weer.

'Ik moet ophangen, pap. Ik spreek je nog.' Ik druk op Aannemen. 'Ha, Luke.'

'Becky, lieveling,' zegt hij op die effen, geduldige toon die hij opzet als hij in feite de pest in heeft. 'Ik dacht dat je had gezegd dat je regelrecht naar de auto was gelopen en was ingestapt?'

'Eh... ja. Min of meer.'

'Hoe kan het dan dat ik naar een foto van jou op de website van de *Daily World* zit te kijken waarop jij op de motorkap van de auto met je zonnebril zit te zwaaien en stralend in de lens lacht?'

'Ik zat te telefoneren,' verdedig ik mezelf. 'Ik zat toevallig op de auto. Ze moeten me hebben betrapt.'

'Je zat toevallig op de auto?' herhaalt Luke ongelovig. 'Hoe kun je nou toevallig op een auto zitten?'

'Ik deed gewoon mijn ding,' hou ik vol. 'Ik kan er ook niets aan doen dat de pers me achtervolgt en lastigvalt.'

'Becky,' zegt Luke met een zucht. 'Wat voor spelletje probeer je nou te spelen? Want het is een gevaarlijk spel. Als je die lui eenmaal in je leven toelaat, is het heel moeilijk om ze er weer uit te krijgen.'

Ik wil ze er niet uit hebben, denk ik rebels. *Ik wil het ijzer smeden nu het heet is.*

Maar dat zou Luke niet begrijpen, want hij is helemaal verwrongen door zijn werk. Ik heb zijn persoonlijke meningen eerder gehoord, als hij een paar glazen wijn ophad. Hij denkt dat roem wordt overschat, dat privacy de grootste luxe van de moderne wereld is en dat de tsunami aan sociale media tot de permanente desintegratie van menselijke interactie zal leiden. (Of zoiets. Ik luister soms niet meer, eerlijk gezegd.)

'Ik speel geen spelletje,' zeg ik. Ik probeer gerechtvaardigd verontwaardigd te klinken. 'Ik ga gewoon zo goed mogelijk met de situatie om. En wat jij zou kunnen doen, Luke, is mij steunen.'

'Ik steun je toch? Ik adviseer je! Ik had gezegd dat je binnen moest blijven! Nu sta je in alle kranten...'

'Het is voor mijn carrière!' voer ik aan.

Het blijft stil aan de andere kant van de lijn en opeens merk ik dat het navigatiesysteem tegen me praat.

'Afslag naar rechts niet genomen,' zegt ze. 'Keer zo snel mogelijk om.'

Shit. Ik heb mijn afslag gemist. Het komt allemaal door Luke.

'Hé, ik moet ophangen,' zeg ik. 'Ik moet me op de weg concentreren. We hebben het er nog wel over.'

Ik hang op, boos en geïrriteerd. Iedere andere echtgenoot zou juist trots zijn op zijn vrouw. Ik wil Aran spreken. Hij begrijpt het wel.

'Keer zo snel mogelijk om,' dramt het navigatiesysteem door.

'Ja-ha! Hou je kop!'

Ik moet me echt op de weg concentreren. Ik heb geen idee waar ik ben, al weet ik wel dat ik de verkeerde kant op ga. Eerlijk gezegd is LA nog grotendeels onbekend terrein voor me. Ik bedoel, hoe zou je in vredesnaam de hele stad moeten leren kennen? LA is zo ontzettend groot. Het is ongeveer zo groot als Frankrijk.

Oké, misschien niet zo groot als Frankrijk. België, misschien.

Hoe dan ook, ik moet opschieten. Ik vind eindelijk een plek om te keren. Ik geef een ruk aan het stuur, zonder aandacht te besteden aan het getoeter van een paar andere volslagen onredelijke automobilisten die niet zo snel hadden moeten rijden, en vervolg mijn tocht, maar nu de goede kant op.

Shining Hill Home Estate, *here we come*!

Als ik er bijna ben, kijk ik om me heen of ik een mooie, lichtende heuvel zie, maar nee. Ik zie alleen een lange, brede weg, geflankeerd door motels en billboards, waarover vrachtwagens denderen.

Dit is helemaal niet wat ik had verwacht. Het navigatiesysteem draagt me op een nog minder opwekkende zijstraat in te slaan en ik tuur argwanend om me heen. Er zijn geen villa's. Er staan geen dure auto's. Wel zie ik een sjofel tankstation en een motel waar je voor negenendertig dollar kunt overnachten. Zou paps vriend echt hier wonen?

'Bestemming bereikt over tweehonderd meter rechts,' zegt het navigatiesysteem. 'Bestemming bereikt over honderd meter. U hebt uw bestemming bereikt.'

Ik stop langs de weg en kijk naar buiten. Mijn mond zakt open van verbazing. Het navigatiesysteem heeft gelijk: ik ben bij Shining Hill Home Estate aangekomen. Alleen is het geen villa. Het is een woonwagenkamp. Aan het verzinkte hek hangt een verbleekt bord en daarachter zie ik rijen en rijen woonwagens. Ik kijk nog eens op mijn papiertje. Shining Hill Home Estate 431. Brent Lewis moet in woonwagen 431 wonen.

Ergens zou ik pap het liefst meteen opbellen om te zeggen dat hij er helemaal naast zat, maar ik besluit eerst op onderzoek uit te gaan. Ik sluit de auto af en loop op mijn hoede door het hek. Niemand houdt me tegen, en aan de hand van een plattegrond op een bord kom ik er snel achter waar nummer 431 moet zijn. Op weg langs een rij woonwagens voel ik de blikken van mensen die buiten zitten, en zelf kijk ik onwillekeurig ook nieuwsgierig om me heen. Sommige woonwagens zien er mooi en goed onderhouden uit, met planten en leuke gordijnen, maar andere zijn verschrikkelijk. Er is er een met allemaal kapot tuinmeubilair ervoor dat de toegang bijna verspert. Uit een andere komt geschreeuw. Van weer een andere zijn alle ruiten ingeslagen.

Ik kom bij nummer 431 aan en zie dat het een gewone woonwagen is, niet vervallen, maar ook niet bijster aantrekkelijk. De deur is dicht, net als de luxaflex, en ik zie geen teken van leven. Op de voordeur is een vel papier geplakt en ik kijk ernaar terwijl ik aanklop. Bovenaan staat: UITZETTINGSBEVEL.

Ik laat mijn blik over de tekst glijden, die betrekking heeft op de heer Brent Lewis, Shining Hill Home Estate 431, die een huurachterstand van zes maanden heeft, wat noopt tot maatregelen. Was getekend: Herb Leggett, beheerder.

'Ben jij een vriendin van Brent?' Ik draai me om naar de stem en zie een schriele vrouw op de treden van de woonwagen tegenover die van Brent staan. Ze heeft een zwarte jeans aan en een paarden-staart in haar haar, en ze houdt een jongetje op haar heup.

'Is Brent hier ergens?' vraag ik. 'Ik ben niet echt een vriendin, maar ik wil hem graag spreken.'

'Ben je van het maatschappelijk werk?' Ze knijpt haar ogen tot spleetjes. 'Politie?'

'Nee!' zeg ik ontdaan. 'Niets van dat alles. Ik ben gewoon... Mijn vader kent hem van jaren geleden.'

'Ben je Brits?'

'Ja. Mijn vader ook.'

De vrouw snuift en knikt. 'Nou, je bent hem net misgelopen. Hij is gisteren pleite gegaan.'

Hij is pléíte gegaan? O, god. Wat zal pap wel niet zeggen?

'Heeft hij een adres achtergelaten?' vraag ik, en ze haalt haar schouders op.

'Hij zei dat zijn dochter volgende week de woonwagen zou komen ontruimen. Ik zou het aan haar kunnen vragen.'

'Wilt u dat doen?' zeg ik gretig. 'Ik ben Becky Brandon, hier is mijn nummer...' Ik pak een kaartje uit mijn tas en geef het haar. 'Als zij me zou kunnen bellen, zou dat fantastisch zijn, of misschien kunt u me bellen, of...'

De vrouw schokschoudert weer en wil het kaartje in de zak van haar spijkerbroek stoppen, maar het jochie pakt het en gooit het op de grond.

'Nee!' Ik spring naar voren. 'Ik bedoel... laten we dat niet kwijt-raken. Zal ik het even voor u opbergen?'

De vrouw haalt haar schouders weer op. Ik heb er eigenlijk niet veel vertrouwen in dat ze met Brents dochter gaat praten, maar toch zet ik het kaartje veilig in het raam in haar deur.

'Nou, dan verheug ik me erop iets van Brents dochter te horen,' zeg ik zo opgewekt mogelijk. 'Of van u. Een van beiden. Ik zou het echt heel fijn vinden. Maar goed, eh... fijn dat ik u heb gesproken. Ik ben Becky, trouwens.'

'Dat had je al gezegd.' De vrouw knikt, maar zegt niet hoe ze zelf heet.

Ik kan niet tegen haar blijven wauwelen, dus glimlach ik nog een keer vriendelijk naar haar voordat ik rechtsomkeert maak. Ik vind het nog steeds ongelooflijk dat paps vriend hier terecht is gekomen. Wat tragisch.

229

Zodra ik weer op de weg zit, bel ik pap.

'Pap!'

'Lieverd! Heb je hem gezien?'

'Niet echt.' Ik trek een grimas. 'Pap, ik denk dat je ernaast zat, helaas. Brent Lewis woonde in een woonwagenkamp en daar is hij net uitgezet omdat hij de huur niet had betaald. Ik heb zijn nieuwe adres niet.'

'Nee. Nee!' Pap lacht blaffend. 'Lieverd, dat kan niet kloppen. Dat moet een andere Brent Lewis zijn. Sorry van je tijd, maar...'

'Nou, het was het adres dat ik van zijn zus had gekregen. Het moet hem wel zijn.'

Het blijft vrij lang stil.

'Hij woont in een woonwagenkamp?' zegt pap ten slotte.

'Ja. Ik bedoel, het is wel een mooie woonwagen,' zeg ik snel. 'Niet vervallen of zo. Maar hij is er dus uitgezet.'

'Dit kan niet kloppen.' Pap klinkt bijna boos. 'Je moet je vergissen, Becky.'

'Ik vergis me niet!' zeg ik gepikeerd. Denkt hij soms dat ik achterlijk ben? 'Ik heb het uitzettingsbevel zelf gezien. Brent C. Lewis. Ik weet niet waar die C voor staat.'

'Constantine. Hij had een Griekse moeder.'

'Nou, zie je wel?'

'Maar...' Hij zucht. 'Het kan gewoon niet.'

'Hoor eens, pap,' zeg ik vriendelijk. 'Het is lang geleden. Wie weet wat er in het leven van Brent Lewis is voorgevallen? Hij kan het bedrijfsleven zijn ingegaan, hij kan zes keer gescheiden zijn, hij kan een misdadiger zijn geworden...'

'Becky, je begrijpt het niet,' zegt pap verhit.

'Nee, dat klopt!' roep ik uit. 'Als hij zo'n goede vriend van je was, waarom hebben jullie dan geen contact gehouden?'

Er valt een stilte en ik heb het gevoel dat ik een gevoelige plek heb geraakt. Ik vind het een beetje gemeen van mezelf dat ik pap zo voor het blok zet, maar echt, hij drijft me tot waanzin. Om te beginnen weigert hij Skype, Facebook of iets anders normaals te gebruiken. Vervolgens stuurt hij mij achter zijn vriend aan en als ik hem dan verslag uitbreng, gelooft hij me niet.

Ik zie 'Aran' op mijn scherm knipperen ten teken dat er nog een gesprek binnenkomt.

'Pap, ik moet ophangen,' zeg ik. 'We hebben het er nog wel over, oké? Het gaat vast goed met Brent Lewis,' voeg ik er geruststellend aan toe. 'Pieker er maar niet meer over.' Ik beëindig het gesprek en neem op. 'Aran! Hoi!'

'Becky,' klinkt zijn ontspannen stem uit de telefoon. 'Hoe gaat het? Heb je de paparazzi al afgeschud?'

'Met moeite!' zeg ik met een lach.

'Nou, dat was me de fotosessie wel, vanochtend. Snoezige outfit. Coole zonnebril. Je hebt opzien gebaard. Goed gedaan.'

'Dank je wel!' Ik straal ervan. Ik wist wel dat Aran mijn inspanningen zou waarderen.

'De telefoon staat dan ook roodgloeiend.'

'Echt waar?' Ik voel een sprankje opwinding. 'Wie bellen er dan? Journalisten? Moderedactrices?'

'Journalisten, producers, allerlei mensen. Je bent hot, zoals ik al zei. En ik heb een fantastische aanbieding voor je. Ik ben zo vrij geweest het zelf te regelen, maar als je wilt, kan ik alles aan Luke overdragen...'

'Nee!' zeg ik net iets te snel. 'Ik bedoel... hij is mijn man. Dat is iets te dichtbij, vind je ook niet?'

'Ja. Goed, de aanbieding is een optreden in *Breakfast Show USA*. De producer heeft net gebeld en ze wil je graag in het programma hebben. Ik heb tegen haar gezegd dat je stylist bent en ze vond het super. Ze willen je met alle plezier een plekje geven. Je kunt het over nieuwe trends hebben, nieuwe looks, zie maar. We komen er wel uit.'

'O, mijn god.' Ik stik bijna. Een optreden in *Breakfast Show USA*. Dit is enorm. Dit is gigantisch!

'Goed, je moet een agent hebben,' vervolgt Aran. 'Ik ga een afspraak regelen met onze vrienden van CAA. Mijn assistent belt je nog, oké?'

CAA! Zelfs ik weet dat CAA het grootste artiestenbureau van Hollywood is. Tom Hanks is erbij aangesloten. En Sting! Het duizelt me. Ik had in geen miljoen jaar verwacht dat ik zo beroemd zou worden.

Dan schiet me iets te binnen.

'Weet Luke hiervan?'

'Ja, uiteraard.'

'Wat zei hij?'

'Hij zei dat het jouw beslissing is.'

'Aha.'

Ik voel me een beetje gekwetst. Het is mijn beslissing. Wat is dat

231

voor lauwe reactie? Waarom heeft hij niet gezegd: 'O, mijn god, waanzinnig, ik heb altijd al geweten dat mijn vrouw een ster zou worden?' Waarom heeft hij me nog niet gebeld om te zeggen dat mijn hele leven gaat veranderen en dat hij geen moment van mijn zijde zal wijken?

'En, wat heb je besloten?' vraagt Aran.

Moet hij dat nog vragen?

'Dat ik het ga doen, natuurlijk!' zeg ik blij. 'Ja! Een groot, hartgrondig ja!'

15

Ik heb nog nooit zoiets als CAA gezien. Het gebouw lijkt wel een soort ruimteschip waarin alle mannen uit *Men in Black* komen, alle vrouwen uit de *Vogue* en het complete interieur uit *Architectural Digest*. Vijf minuten in de lobby zitten was al een betere Hollywoodervaring dan die hele rondleiding bij Sedgewood Studio's. Ik heb drie meiden uit *Gossip Girl* gezien, en een coole rapper die zijn piepkleine jonge hondje met een pipetje voerde, en twee beroemde tv-komieken die op gedempte toon ruzieden over royalty's of zoiets terwijl ze naar een heel mooi meisje achter de receptiebalie bleven glimlachen. (Ik weet hun namen niet precies. Ik geloof dat ze allebei Steve Huppeldepup heten.)

En nu zit ik in een superchique kamer, zo eentje voor de directie, aan een gladde, lichthouten tafel te luisteren naar twee vrouwen. De ene heet Jodie, de andere Marsha, en ze zijn allebei 'talent agent'. Kennelijk ben ik het 'talent'. Ik! Talent! Wacht maar tot ik dat aan Luke vertel.

Ze zijn heel intelligent en heel gedreven. Ze zien er allebei uit om door een ringetje te halen, op een dure gesoigneerd-donkerblauw-Prada-mantelpakmanier. De een heeft een knots van een diamant om haar vinger die me zo fascineert dat ik me nauwelijks kan concentreren op wat ze zegt. Alleen schiet ik telkens terug naar de werkelijkheid door woorden als 'fans' en 'wereldwijde aantrekkingskracht'.

'Emotie,' zegt Jodie of Marsha, in elk geval de vrouw met het donkere haar. 'Hoe denk je daarover?'

Ik wil zeggen dat ik mijn greep op mijn emoties helemaal kwijt ben, maar ik heb zo'n gevoel dat het niet het goede antwoord is. Ik nip van mijn ijswater, dat zo koud is dat ik prompt hoofdpijn krijg. Waarom houden de Amerikanen zo van koude drankjes? Stammen ze af van eskimo's of zo? Goh, dat zou best kunnen. Misschien zijn ze van Alaska naar hier getrokken, miljoenen jaren geleden. Logischer kan niet. Heb ik een gloednieuwe evolutietheorie te pakken?

'Becky?'

'Ja!' Ik ben weer in de kamer. 'Zeker! Eh, wat bedoel je precies met "emotie"?'

'Emotie-tv,' zegt Marsha-of-Jodie geduldig. 'We denken dat we een fantastische serie in de markt zouden kunnen zetten over jou, je gezin, je excentrieke Britse vrienden...'

'Bedoel je dat we dan overal worden gevolgd door camera's?'

'Jullie worden aangestuurd en er wordt gemonteerd. Het is een minder grote inbreuk op je privacy dan je misschien denkt.'

'Juist.'

Ik probeer me voor te stellen dat ik in de keuken met Luke een aangestuurd gesprek voer voor de camera's. Hmm.

'Ik weet niet helemaal zeker of mijn man dat zou willen,' zeg ik uiteindelijk. 'Maar ik kan het hem vragen.'

'We hebben nog een ander format voor je, *BFF's in Hollywood*,' zegt Marsha-of-Jodie. 'Je zou samenwerken met Willa Tilton, een jonge actrice. Het zou gaan over twee beste vriendinnen die het willen maken in Hollywood, elkaar in vertrouwen nemen, samen kleren gaan kopen, op de rode loper verschijnen en zich in de nesten werken. Jij zou de getrouwde vriendin zijn en Willa de single. Ik denk dat het kan scoren.'

'Ik denk dat ze goed zouden kunnen samenwerken als beste vriendinnen,' zegt Jodie-of-Marsha instemmend.

'Maar Willa Tilton is mijn beste vriendin niet,' zeg ik confuus. 'Ik heb haar zelfs nog nooit gezien. Mijn beste vriendin heet Suze.'

'Ze zou je beste vriendin vóór de camera zijn,' zegt Marsha-of-Jodie op een toon alsof ik niet goed snik ben. 'Het is een reálitysoap.'

'Oké,' zeg ik, al snap ik het nog steeds niet. 'Ik zal erover nadenken.'

Ik neem nog een slokje water en probeer mijn gedachten op een rijtje te krijgen. Op de een of andere manier kan ik het allemaal niet serieus nemen. Ik? In een realitysoap? Maar als ik van Jodie naar Marsha (of andersom) kijk, besef ik dat ze het menen. Ze zouden me geen blik waardig keuren als ze het niet meenden.

'Intussen hebben we nog dat optreden in *Breakfast Show USA*,' zegt Jodie-of-Marsha, 'dat veel aandacht zal krijgen. Goed, heb je een assistent?'

'Nee,' zeg ik, en de vrouwen wisselen een blik.

'Je zou kunnen overwegen er een te nemen,' zegt Marsha-of-Jodie.

'Je leven zal iets anders gaan aanvoelen,' voegt Jodie-of-Marsha eraan toe.

'Zorg dat je cameraklare outfits hebt.'

'Denk eens na over het bleken van je tanden.'

'En je mag wel een paar pondjes afvallen.' Marsha-of-Jodie glimlacht er vriendelijk bij. 'Het is maar een idee.'

'Juist.' Het duizelt me. 'Oké. Goed... bedankt dan maar!'

'Het is me een genoegen.' Marsha-of-Jodie schuift haar stoel naar achteren. 'Spannend, hè?'

Als ik even later door een van de museumachtige gangen loop met een assistent die Tori heet (van top tot teen in Chloe gestoken), hoor ik een gilletje achter me. Ik kijk om en zie Sage met uitgestrekte armen naar me toe rennen.

'Beckiiieee! Ik heb je zóóó gemist!'

Ik knipper verbaasd met mijn ogen. Ik heb nog nooit iemand zo schaars gekleed gezien. Haar knalblauwe topje met stippen is niet meer dan een bikinibovenstukje en haar minuscule gerafelde shortje is eerder een onderbroek.

En wat bedoelt ze eigenlijk? Hoezo heeft ze me gemist?

Ze slaat haar armen om me heen en ik krijg de geur van Marc Jacobs Grapefruit en sigaretten in mijn neus.

'Wat is dat lang geleden! We hebben zoveel te bespreken! Ben je klaar hier? Waar ga je naartoe?'

'Gewoon naar huis,' zeg ik. 'Ik geloof dat ze een auto voor me regelen.'

'Néééé! Rij met mij mee!' Ze pakt haar telefoon en typt iets. 'Mijn chauffeur brengt je thuis, en we kunnen praten.'

'Becky, ga je met Sage mee?' vraagt Tori. 'Heb je geen auto nodig?'

'Ik denk het niet,' zeg ik. 'Maar bedankt.'

'We redden ons wel,' zegt Sage tegen het meisje dat haar vergezelde. 'We komen er wel uit. We moeten praten!' Sage drukt op de knop van de lift en haakt haar arm door de mijne. 'Je bent zó hot momenteel.' De lift is er en we stappen in. 'Wij allebei,' voegt ze er voldaan aan toe. 'Wist je dat ze me smeken om Florence Nightingale te doen? Je man vindt dat ik ja moet zeggen, maar ik heb nu zoveel aanbiedingen... Playboy heeft me een ziljard geboden.' Ze haalt een pakje kauwgom tevoorschijn en houdt het me voor.

'*Playboy*?'

'Ja, ik weet het.' Ze giert van het lachen. 'Als ik dat doe, moet ik snel naar de sportschool.'

Ik knipper verbaasd met mijn ogen. Gaat ze het doen? Ik kan me niet voorstellen dat Luke of Aran Sage in de *Playboy* zou willen hebben.

'Leuke zonnebril,' vervolgt ze met een blik op de Missoni, die ik in mijn haar heb geschoven. 'Die had je gisteren ook op, toch? De pers was er wild van.'

Ze heeft gelijk. Er hebben foto's van mij met mijn Missoni in alle roddelbladen en op miljoenen websites gestaan. Het is allemaal heel onwezenlijk. Als ik naar de foto's kijk, voelt het niet alsof ik het ben. Het voelt als iemand anders die poseert als 'Becky Brandon'.

Maar ik ben het echt. Toch?

O, god, het is zo verwarrend. Raken beroemdheden er ooit aan gewend dat ze twee mensen zijn, iemand privé en iemand in het openbaar? Of vergeten ze hun privé-ik gewoon? Ik wil het wel aan Sage vragen, maar ik vraag me af of die wel ooit een privéleven heeft gehad.

'Hij is echt uniek.' Sage is nog steeds op mijn zonnebril gefixeerd. 'Waar heb je hem gekocht?'

'Hij is vintage. Je mag hem wel hebben, als je wilt,' voeg ik er enthousiast aan toe, en ik reik haar de zonnebril aan.

'Cool!' Sage pakt de zonnebril, zet hem op en bewondert zichzelf in de spiegelwand van de lift. 'Hoe zie ik eruit?'

'Heel goed.' Ik pruts een beetje aan haar haar. 'Zo. Beeldschoon.'

Eindelijk! Ik ben een Hollywood-ster aan het stylen, precies zoals ik steeds wilde.

'Slim van je, Becky,' zegt Sage. 'Dit is een geweldig modeverhaal. Ik heb de zonnebril op die jij gisteren droeg. De pers zal ervan smullen. Dit gaat de wereld rond.'

Dat is niet waarom ik haar die zonnebril heb gegeven, maar ze zal wel gelijk hebben. Ze zal alles wel in termen van publiciteit zien. Moet ik ook zo gaan denken?

De deuren gaan open op de begane grond en ik volg Sage, die regelrecht naar een grote kerel in een blauwe blazer loopt die in een hoek op een stoel zit. Hij heeft Slavische trekken, immens brede schouders en een strak gezicht. 'Dit is Yuri, mijn nieuwe lijfwacht,' zegt Sage opgewekt. 'Heb jij beveiliging, Becky?'

'Ik?' Ik schiet in de lach. 'Nee.'

'Je zou het wel moeten overwegen,' zegt ze. 'Ik heb Yuri in dienst moeten nemen nadat een massa fans mijn huis was binnengedrongen. Je kunt niet voorzichtig genoeg zijn.' Ze kijkt op haar horloge. 'Oké, zullen we?'

We lopen naar de uitgang, maar dan schrik ik me wild. Er staat een groep fotografen te wachten, en ze beginnen meteen te roepen: 'Sage! Hier, Sage!' Ze waren er nog niet toen ik hier aankwam.

'Hoe wisten ze dat je hier zou zijn?' zeg ik verbluft.

'Je geeft ze je schema,' zegt Sage op gedempte toon. 'Je leert het nog wel.' Ze haakt haar arm steviger door de mijne en lacht kuiltjes in haar wangen. Haar lange, goudbruine benen zijn ongelooflijk en de Missoni-zonnebril vloekt op een briljante manier met haar gestippelde topje.

'Becky!' hoor ik iemand roepen. 'Becky, hierheen, alsjeblieft!' O, mijn god, ik ben herkend! 'Beckiiieee!'

Het geroep zwelt aan tot een spreekkoor. Ik hoor alleen maar: 'Becky! Sage! Hier!' Sage neemt speels de ene pose na de andere aan, de meeste met haar arm om me heen. Er komen een paar toeristen aan en Sage deelt met een charmante glimlach handtekeningen uit. Het dringt niet meteen tot me door dat ze de mijne ook willen.

Even later stopt er een SUV met getint glas en Sage huppelt erheen, op de voet gevolgd door Yuri. We stappen in, nog omstuwd door de fotografen, en de chauffeur manoeuvreert de auto tussen de massa door.

'O, mijn god.' Ik leun achterover in de leren stoel.

'Je zou beveiliging moeten hebben,' zegt Sage nog eens. 'Je bent geen gewone burger meer.'

Dit is niet echt. Ik ben geen gewone burger meer! Ik hoor erbij!

Sage zapt langs de zenders van de inbouw-tv tot ze haar eigen gezicht ziet, met de tekst: 'Sage vertelt het hele verhaal'.

'Hé! Moet je zien!' Ze trekt een blikje cola light open, biedt mij er een aan en zet het geluid van de tv harder.

'Ik voel me persoonlijk verraden door Ramona,' zegt de Sage op het scherm. 'Ik vind dat ze me heeft laten stikken, niet alleen als collega, maar ook als vrouw en als mens. Als ze problemen heeft, leef ik met haar mee, maar die moet ze op een adequate manier oplossen in plaats van anderen ermee op te zadelen. We waren ooit vriendinnen, hoor. Maar nooit meer. Ze heeft de hele beroepsgroep teleurgesteld.'

'Dat is een beetje hardvochtig,' zeg ik beduusd.

'Ze heeft mijn tasje gestolen,' zegt Sage onaangedaan. 'Ze is een psychopaat.'

'Ze heeft het niet gestolen. Het was een misverstand.'

'Harde woorden van Sage Seymour,' zegt een tv-presentator op het scherm. 'In de studio zijn bij ons aangeschoven om het schandaal te bespreken Hollywood-commentator Ross Halcomb, filmrecensent Joanne Seldana en...'

'Sage,' probeer ik nog eens, 'je weet toch dat het een misverstand was?'

'Sst!' zegt Sage, die geërgerd een hand opsteekt. We zwijgen terwijl een stel mensen in een studio discussieert over de vraag of Sage Seymours carrière nu een astronomische hoogte zal bereiken, en zodra dat afgelopen is, zapt Sage naar weer een nieuwtje over haarzelf. Ik ga me steeds onbehaaglijker voelen, maar ik mag niets zeggen van Sage. De tv-ether lijkt vol van haar te zijn, op elke zender – tot ze nog eens zapt en Ramona's gezicht opeens opduikt.

'Ramona!' Sage leunt geanimeerd naar voren.

De camera zoomt uit en ik zie dat Ramona bij haar huis wordt gefilmd, een kolossale villa in Spaanse stijl. Ze heeft een opbollend wit nachthemd aan, loopt op blote voeten en lijkt naar iemand te schreeuwen, maar er is geen geluid.

'Wat dóét ze?' Sage kijkt geboeid naar het scherm.

'Waarom is ze niet binnen?' zeg ik beverig. 'Ze ziet er niet goed uit.'

Ramona ziet er verschrikkelijk uit, en dan bedoel ik ook echt verschrikkelijk. Ze ziet bleek, haar ogen liggen diep in hun kassen, haar haar hangt slap en ze draait een lok om haar vingers.

Ik vraag me af of ze al iets van de politie heeft gehoord. Niemand weet of het een zaak zal worden; niemand weet nog iets. Ik blijf maar verwachten dat ik zal worden gesommeerd om naar een politiebureau te komen, maar tot nog toe heb ik niets gehoord. Toen ik het aan Aran vroeg, zei hij: 'Becky, maak je geen zorgen. Iedereen kent je al, ook zonder rechtszaak.'

Maar dat bedoelde ik niet. Ik dacht aan Ramona.

'Laat me met rust.' Opeens is haar stem hoorbaar. 'Laat me met rust, alsjeblieft.'

En nu horen we de fotografen en journalisten achter het hek ook.

'Ramona, ben je een dief?'

'Heb je Sage' tasje gestolen?'

'Ben je in staat van beschuldiging gesteld?'

'Heb je een boodschap aan het Amerikaanse volk?'

Ramona's ogen zijn donker en wanhopig en ze bijt zo hard op haar onderlip dat ik bloeddruppeltjes zie opwellen. Ze ziet eruit alsof ze op het randje balanceert, net als toen ik haar die eerste keer op straat staande hield. De voordeur slaat dicht en er wordt overgeschakeld naar een studio, waar een vrouw in een getailleerd rood jasje ernstig naar een scherm kijkt.

'En daar hebben we de eerste beelden van Ramona Kelden sinds het incident,' zegt ze. 'Dr. Nora Vitale, u bent een expert op het gebied van geestelijke gezondheid. Zou u zeggen dat Ramona Kelden een zenuwinzinking heeft?'

'Nou, nee.' Dr. Nora Vitale is een magere, ernstig kijkende vrouw in een verrassend frivole roze jurk. 'We gebruiken het woord "zenuwinzinking" tegenwoordig niet meer...'

'Tjeesus.' Sage schakelt de tv uit. 'Dat zal als een lopend vuurtje door Hollywood gaan. Weet je wat ze zeggen?'

'Nou?'

'Ze zeggen dat dit al jaren speelt. Dat ze haar hele leven al jat.'

'Wat?' zeg ik vol afgrijzen. 'Nee! Ik weet zeker dat het iets eenmaligs was. Ze stond zwaar onder druk, ze beging een fout... Iedereen maakt fouten!'

'Tja.' Sage haalt laconiek haar schouders op. 'Wat jij ook denkt, er komen verhalen los. Van mensen met wie ze heeft gewerkt. Visagisten en assistenten die zeggen dat ze ook van hen heeft gestolen. Ze komt straks om in de rechtszaken.'

'O, god.'

Mijn maag verkrampt van het schuldbesef. Ik voel me warm en koud van berouw. Dit is allemaal mijn schuld.

'Zo, wanneer zie ik je weer?' Tot mijn verbazing slaat Sage haar armen om me heen. 'Ik wil dat jij me stylet voor mijn volgende evenement. Van top tot teen.'

'Wauw,' zeg ik geïmponeerd. 'Graag!'

'En we moeten praten voorafgaand aan ons interview. We kunnen gaan lunchen. Bij Spago, misschien. Klinkt dat goed?'

'Ja! Super.'

'We zitten hier samen in, Becky.' Ze geeft me nog een kneepje voordat de achterportieren als bij toverslag openschuiven.

239

Er staat een zwerm fotografen bij mijn hek. Ik begin er al bijna aan gewend te raken. Ik inspecteer mezelf in mijn make-upspiegeltje en stap dan behoedzaam uit de SUV. Ik open het hek met mijn afstandsbediening en wuif naar Sage. Bijna op hetzelfde moment komt Minnie over de oprit naar me toe rennen. Ze heeft haar beeldige gele jurkje aan en houdt een schilderwerkje in haar hand dat ze net moet hebben gemaakt. Ik heb haar vandaag thuisgehouden, want ze klaagde vanochtend over oorpijn. (Al kan het ook gewoon maar een te strakke haarband zijn geweest.)

'Mammie!' Ze zwaait triomfantelijk met haar schilderij naar me en ik til haar op. 'Vroemen!'

Minnie is de laatste tijd bezeten van bloemen, die ze 'vroemen' noemt. Ze huilt als Luke zijn enige stropdas met 'vroemen' niet draagt, dus doet hij hem elke ochtend om en in de auto weer af. Ik zie niet echt bloemen op haar schilderij, alleen grote rode spatten, maar ik hap bewonderend naar adem en zeg: 'Wat een mooie rode bloemen!'

Minnie kijkt ijzig naar de rode spatten. 'Dat niet de vroemen. Dát de vroemen.' Ze wijst met een priemende vinger naar een piepklein blauw streepje dat me niet eens was opgevallen. 'Dát de vroemen.' Ze kijkt me van onder haar hooghartig gefronste wenkbrauwen aan. 'Dát de vroemen!' brult ze opeens als een officier die een bevel tot executie geeft.

'Ja,' zeg ik snel. 'Wat dom van mama. Natuurlijk zijn dat de vroemen. Heel mooi!'

'Is dat je dochter?' Tot mijn verbazing is Sage ook uit de SUV gestapt. 'Ik moet haar even begroeten. Wat een dotje! Moet je dat Britse accentje horen! Kom hier, snoezepoes.' Ze tilt Minnie op en zwiert haar in het rond tot ze giert van het lachen. De fotografen klikken er allemaal zo razendsnel op los dat het klinkt als een insectenplaag.

'Sage,' zeg ik. 'We willen niet dat Minnie wordt gefotografeerd.'

Maar Sage hoort me niet. Ze rent met Minnie over de oprit, en ze hebben allebei de slappe lach.

'Biiieeef!' Minnie reikt naar de Missoni-zonnebril met de krullen. 'Biiieeef!'

'Nee, die is van mij! Maar jij mag er ook een.' Sage rommelt in haar tas en diept er een andere zonnebril uit op. Ze geeft Minnie een zoen op haar neus en zet haar de zonnebril op. 'Aanbiddelijk!'

'Sage!' doe ik weer een poging. 'Niet doen! Minnie moet naar binnen!'

Opeens piept mijn telefoon en ik haal hem gejaagd uit mijn tas. Ik heb een sms van mam.

Becky. Heel dringend. Mam.

Wat? Wat is er heel dringend? Ik voel paniek opkomen, vermengd met frustratie. Wat is dat nou voor boodschap, 'heel dringend'? Ik kies haar nummer en wacht ongeduldig tot ze opneemt.

'Mam!' zeg ik zodra ik haar stem hoor. 'Wat is er?'

'O, Becky,' zegt ze beverig. 'Het is pap. Hij is weg.'

'Weg?' herhaal ik stompzinnig. 'Hoe bedoel je, weg?'

'Hij is naar LA! Hij heeft een briefje achtergelaten! Een bríéfje! Na al die jaren huwelijk, een bríéfje! Ik was een dag naar Bicester Village geweest met Janice – ik heb een heel mooie tas gekocht bij de outletwinkel van Cath Kidston – en toen ik terugkwam was hij weg! Naar Amerika!'

Ik kijk perplex naar mijn telefoon. 'Maar wat... Ik bedoel, waar...'

'Hij schreef dat hij op zoek moest naar zijn vriend. Brent Lewis? Die jij hebt getraceerd?'

O, god sta me bij. Niet weer.

'Maar waarom?'

'Dat stond er niet bij!' Mams stem schiet hysterisch omhoog. 'Ik heb zelfs geen idee wie die vriend is!'

Haar stem heeft iets panisch, wat ik me kan voorstellen. Het probleem met mijn vader is dat hij een heel rechtschapen, normaal gezinshoofd lijkt, maar dat er meer achter zit. Een paar jaar geleden kwamen we er allemaal achter dat hij nog een dochter had, mijn halfzus Jess, wat we geen van allen wisten.

Ik bedoel, eerlijk is eerlijk, pap wist het ook niet. Hij had geen groot geheim voor ons of zo. Maar ik kan me indenken dat mam een beetje paranoïde is.

'Hij zei dat hij iets moest "rechtzetten",' vervolgt mam. '"Rechtzetten"! Wat bedoelt hij daarmee?'

'Ik weet het niet,' zeg ik hulpeloos. 'Behalve dan dat hij heel ontdaan was toen ik hem vertelde dat Brent Lewis in een woonwagen woonde.'

'Waarom zou hij niet in een woonwagen mogen wonen?' Mams stem schiet weer hoog uit. 'Wat kan het je vader schelen waar die man woont?'

'Hij zei telkens maar dat het niet klopte,' herinner ik me. 'Maar ik heb geen idee wat hij daarmee bedoelde.'

'Ik weet niet welke vlucht hij heeft genomen, of waar hij slaapt…
Moet ik achter hem aan gaan? Moet ik hier blijven?' Dan zegt ze met
gedempte stem: 'Het is Becky. De sherry staat op de tweede plank,
Janice.' Ze komt weer aan de lijn. 'Becky, ik weet me geen raad. Janice
zei dat het zijn midlifecrisis was, maar ik zei: "Janice, die hebben we
al gehad, toen met die gitaarlessen." Dus wat is dit?'
'Mam, kalmeer. Het komt wel goed.'
'Hij zal wel naar jou toe komen, Becky. Hou een oogje op hem,
schat. Alsjeblieft.'
'Dat zal ik doen. Ik bel je zodra ik iets hoor.' Ik sluit het gesprek af
en typ meteen een sms aan pap.

Pap. Waar zit je? Bel me!!! Becky xxx

God, wat een toestand. Waar is pap in vredesnaam mee bezig? Ik
verstuur het bericht en draai me om, want ik vraag me af waarom ik
gelach hoor, en dan besterf ik het.

Sage poseert op een overdreven manier voor de camera's, als een
aankomend sterretje, en Minnie doet haar perfect na. Ze heeft een
hand op haar heup, houdt haar hoofd schuin en draait haar schouders naar voren en naar achteren, net als Sage. Iedereen brult van het
lachen en de camera's klikken.

'Hou op!' zeg ik woedend. Ik til Minnie op en druk haar hoofd
tegen mijn borst, uit het zicht. 'Plaats die foto's alsjeblieft niet!' zeg
ik tegen de fotografen. 'Ze is nog maar een kind.'

'Wil wuiven doen!' Minnie spartelt om zich uit mijn greep te bevrijden. 'Wil wuiven doen!'

'Niet meer wuiven, lieverd,' zeg ik, en ik geef haar een zoen op
haar bolletje. 'Ik wil niet dat je naar die mensen wuift.'

'Becky, relax!' zegt Sage. 'Ze kan er maar beter aan wennen, niet
dan? Trouwens, ze is gek op de schijnwerpers, hè, honnepon?' Ze
woelt door Minnies haar. 'We moeten ook een agent voor jou zoeken,
poppetje.' Ze wendt zich weer tot mij. 'Je gaat toch een eigen realitysoap doen, Becky? Dat zei Aran tenminste. Slimme zet.'

'Ik weet het niet,' zeg ik. Ik voel me bestookt. 'Ik moet het met
Luke bespreken. Hé, ik kan Minnie nu beter naar binnen brengen.'

'Goed, hoor,' zegt Sage monter. 'We spreken elkaar binnenkort,
oké?'

Sage rijdt weg in haar suv en ik ren naar binnen en sla de reusachtige voordeur dicht. Mijn hart bonst en mijn gedachten buitelen
over elkaar heen. Ik weet niet waar ik me het eerst op moet richten,

zo krankzinnig druk is het in mijn hoofd. Pap. Realitysoap. Minnie. Pers. Sage. Ramona. Pap.

Ik kan gewoon niet geloven dat pap naar LA komt. Het is waanzin. Pap hoort niet in LA, hij hoort thuis. In de tuin. Op de golfbaan. 'Bex!' Suze komt de hal in en neemt me verwonderd op. 'Alles goed?'

Het dringt tot me door dat ik met mijn rug tegen de voordeur gedrukt sta, alsof ik een aanval wil afweren.

'Mijn vader komt naar LA.'

'O, gaaf!' Haar gezicht licht op. 'En je moeder?'

'Het is niet gaaf. Hij is weggelopen, en hij heeft alleen een briefje voor mam achtergelaten.'

'Wát?' Ze kijkt me ongelovig aan. 'Je vader is weggelopen?'

'Er zit een luchtje aan.' Ik schud mijn hoofd. 'Ik weet niet wat er aan de hand is. Het heeft allemaal te maken met die reis die hij in zijn jonge jaren heeft gemaakt. Hij wil een van zijn vrienden uit die tijd opsporen.'

'Wat voor reis? Waar is hij geweest?'

'Kweenie,' zeg ik schokschouderend. 'Een rondreis door Californië en Arizona. Ze hadden een kaart. Ze zijn in LA geweest... Las Vegas... misschien ook in Utah. Death Valley!' schiet me opeens te binnen. 'Ik heb foto's van pap en die vriend in Death Valley gezien.'

Ik heb er nu spijt van dat ik niet beter heb geluisterd. Elk jaar met Kerstmis vertelde pap me over zijn reis, en dan liet hij me die oude kaart zien met de rode stippellijn van hun route.

'Nou, hij komt wel weer boven water,' zegt Suze geruststellend. 'Het zal wel gewoon een midlifecrisis zijn.'

Ik schud mijn hoofd. 'Die heeft hij al gehad. Toen is hij op gitaarles gegaan.'

'O.' Suze denkt even na. 'Is er ook zoiets als een later-lifecrisis?'

'God mag het weten. Vast wel.'

We gaan naar de keuken en ik trek de koelkast open om een glas witte wijn voor ons in te schenken. Kan me niet schelen hoe laat het is, ik heb het nodig.

'Sap,' zegt Minnie meteen. 'Sáp! Sáááp!'

'Oké!' zeg ik, en ik schenk een glas biologisch wortel-bietensap voor haar in. Daar is ze op de peuterspeelzaal aan verslingerd geraakt. Ik heb nog nooit zoiets weerzinwekkends geproefd en het kost tien dollar negenennegentig voor een minipakje, maar het schijnt

243

'ontgiftend en suikervrij' te zijn, dus hebben ze ons gevraagd dit te geven in plaats van vruchtensap. En het ergste is nog wel dat Minnie er dol op is. Als ik niet oppas, gaat ze bij de kindersappolitie en moet ik al mijn KitKats voor haar verstoppen en haar wijsmaken dat chocoladesinaasappels macrobiotisch zijn.

'Zo, waar is Tarkie?' vraag ik terwijl ik Minnie haar sap geef.

'Moet je dat nog vragen?' Suzes gezicht verstrakt. 'Wist je dat hij elke ochtend om zes uur de deur uitgaat voor een "persoonlijke validatiesessie" met Bryce? Ik zie hem amper nog.'

'Wauw. Wat is dat, persoonlijke validatie?'

'Weet ik veel!' barst Suze uit. 'Hoe moet ik dat weten? Ik ben zijn vrouw maar!'

'Neem een slok,' zeg ik gauw, en ik reik haar een glas wijn aan. 'Het is vast goed voor Tarkie om zulke dingen te doen. Ik bedoel, het moet toch iets positiefs zijn? Persoonlijke validatie? Het is in elk geval beter dan ónpersoonlijke validatie.'

'Wat ís validatie?' kaatst Suze terug.

'Dat is, eh… jezelf zijn. Zoiets.' Ik probeer deskundig te klinken. 'Je moet loslaten. En… gelukkig zijn.'

'Gelul.' Suzes ogen schieten vuur.

'Tja… nou ja. Proost.' Ik hef mijn glas en neem een slok. Suze neemt een enorme teug, dan nog een, slaakt een zucht en lijkt tot bedaren te komen.

'Zo, hoe was de agent?' vraagt ze, en ik fleur subiet op. Er gaat tenminste nog iets goed.

'Ongelooflijk!' zeg ik. 'Ze zeiden dat we mijn toekomst met zorg moeten uitstippelen, en dat ze me gaan helpen alle aanbiedingen te hanteren. En ik moet beveiliging inhuren,' besluit ik gewichtig.

'Beveiliging?' Suze zet grote ogen op. 'Een lijfwacht, bedoel je?'

'Ja.' Ik doe mijn best om achteloos over te komen. 'Dat is verstandig, nu ik beroemd ben.'

'Zo beroemd ben je nou ook weer niet.'

'Wel waar! Heb je die fotografen achter het hek niet gezien?'

'Die krijgen er binnen de kortste keren genoeg van. Echt, Becky, je blijft misschien een minuut of vijf beroemd. Ik zou geen geld verspillen aan een lijfwacht.'

'Vijf minuten?' zeg ik gebelgd. 'Denk je dat? Ze hebben me een realitysoap aangeboden, toevallig. Ik word wereldwijd in de markt gezet. Dit is nog maar het begin.'

'Ga je een realitysoap doen?' zegt Suze stomverbaasd. 'Vindt Luke dat goed?'

'Nou… het staat nog ter discussie,' draai ik eromheen.

'Weet Luke van die lijfwacht?'

'Dat hoeft hij niet te weten!' Ik raak steeds geïrriteerder. Bij CAA leek alles zo zonnig en opwindend, en nu zet Suze een domper op de feestvreugde. 'Ik ben de beroemdheid, niet Luke.'

'Je bent geen beroemdheid,' zegt Suze honend.

'Wel waar!'

'Geen echte. Niet zoals Sage.'

'Welles!' zeg ik woedend. 'Ze zeiden het allemaal bij CAA. Zelfs Sage. Dus ik moet een lijfwacht hebben. En dat ga ik nú regelen.' Ik loop verontwaardigd weg. Ik zal Suze een poepje laten ruiken. Ik ga Arans assistent bellen om de naam van het beste beveiligingsbedrijf van Hollywood te vragen en dan huur ik een lijfwacht. Het kan me niet schelen wat ze ervan vindt.

Van: Wilson.Blake@firstmovesecuritysolutions.com
Aan: Rebecca Brandon
Onderwerp: Beveiligingsverzoek

Beste Rebecca,

Goed dat we elkaar hebben gesproken. In de bijlage vind je een brochure van onze producten en diensten. Ik weet zeker dat we je alle beveiligingsoplossingen kunnen bieden die je nodig zult hebben in je nieuwe positie als beroemdheid, of het nu in de vorm van manschappen of bewakings- en observatieapparatuur thuis is.

Met betrekking tot de DF 4000 DeLuxe-röntgenscanner waar we het over hebben gehad kan ik je verzekeren dat ik nog nooit heb meegemaakt dat een echtgenoot die gebruikte om 'verborgen aankopen op het lichaam van zijn vrouw te traceren'.

Ik kijk ernaar uit van je te horen en in al je beveiligingsbehoeftes te voorzien.

Vriendelijke groet,

Wilson Blake

16

Niets aan de hand. Geen vuiltje aan de lucht. We wennen er wel aan. Ik weet zeker dat elk gezin er in het begin moeite mee heeft, zo'n lijfwacht. Ik had binnen vierentwintig uur een beveiligingsteam om me heen. Het bedrijf had niet behulpzamer kunnen zijn, en Blake begreep volkomen dat ik extra bescherming nodig heb nu ik een publieke figuur ben. Na enig overleg stelden we vast dat ik misschien niet dag en nacht een gewapend peloton om me heen hoefde te hebben, maar dat ik kon beginnen met 'medium bescherming', zoals hij het noemde. Mijn team is vanochtend begonnen, en tot nog toe doen ze het geweldig. Het team bestaat uit Jeff en Mitchell, allebei in een zwart pak en met een zonnebril op, en Echo, de Duitse herder die een training in Rusland schijnt te hebben gevolgd. We hebben een briefing gehouden om mijn behoeftes te inventariseren en mijn schema voor vandaag door te nemen. Mitchell loopt nu met Echo door het huis om de 'continue beveiliging van het perceel' te waarborgen, terwijl Jeff in de keuken zit om mijn 'persoonlijke integriteit' te handhaven.

Alleen voel ik me niet op mijn gemak, in de keuken aan het ontbijt met Jeff erbij. Hij zit daar maar, een beetje afzijdig, strak naar iedereen te kijken en in zijn headset te prevelen. Maar we zullen eraan moeten wennen, nu we een beroemd gezin zijn.

Pap heeft nog niets van zich laten horen, op een sms'je na dat mam gisteren van hem heeft gekregen: Veilig en wel in LA geland. Moet dingen regelen. Vergeet niet de rozen water te geven. Graham. *Vergeet niet de rozen water te geven.* Ik bedoel, nou vraag ik je. Mam kreeg zo ongeveer een hartverzakking. Ik heb haar vandaag al aan de telefoon gehad, en ik moet van alles aan pap doorgeven, mocht ik hem zien. (Het meeste zou in een onmiddellijke scheiding resulteren, dus misschien kan ik dat beter voor me houden.) Ik hoop alleen maar dat het goed met hem gaat. Ik bedoel, ik weet wel dat hij volwassen is, maar toch maak ik me zorgen. Wat voor 'dingen' wil hij regelen? Waarom heeft hij mam niets verteld? Wat is er zo geheim? Ik schenk mezelf een kop koffie in en wil de koffiekan aan Tarquin doorgeven, maar hij ziet het niet. Hij knabbelt op een geroosterde boterham en luistert naar zijn iPod, zijn nieuwste bevlieging. Hij zegt dat hij de dag moet beginnen met een uur geleide meditatie, en het maakt Suze woest.

'Tarkie!' Ze geeft hem een por. 'Ik zei dat ik vanmiddag misschien een bespreking heb met mijn agent. Kun jij de kinderen ophalen?'

Tarkie kijkt haar wezenloos aan en neemt nog een hap brood. Hij ziet er heel anders uit dan vroeger. Hij is gebruind, zijn haar is ge-millimeterd (wat Suze ook vreselijk vindt) en hij draagt een zacht, grijs T-shirt met een zon erop. Ik heb die shirts in de cadeauwinkel van Golden Peace gezien. Er is een speciale cursus 'wend je tot de zon' met veel merchandise, al weet ik niet waar het over gaat, want ik volg die cursus niet.

Ik moet toegeven dat ik niet meer zo vol ben van Golden Peace als in het begin. Ik denk dat ik het ben ontgroeid. Het is een natuurlijk proces: je haalt alles eruit wat erin zit en dan ga je verder. Ik bedoel, ik ben helemaal genezen van het shoppen, dus wat heb ik er nog te zoeken? (Bovendien hebben ze ook een webwinkel, dus als ik iets nodig heb, kan ik gewoon inloggen.)

'Tarkie!' Suze trekt een dopje uit Tarkies oor en hij geeft een ge-ergerde ruk met zijn hoofd.

'Suze, ik moet me concentreren,' zegt hij, en hij schuift zijn stoel met een schrapend geluid naar achteren.

'Helemaal niet! Wat zegt dat ding eigenlijk? "Luister niet meer naar je vrouw"? "Bemoei je niet meer met het echte leven"?'

Tarkie kijkt haar kwaad aan. 'Het is een op mij afgestemde medi-tatie die Bryce voor me heeft opgenomen. Hij zegt dat mijn psyche is mishandeld door de wereld en dat ik me terug moet trekken.'

'Ik zal hém eens mishandelen,' moppert Suze.

'Waarom doe je zo negatief?' Tarkie grijpt naar zijn hoofd. 'Suze, je hebt een negatieve invloed op me. Ik begin mijn hoofd eindelijk op orde te krijgen en dan vind jij het nodig om me te… te… sabo-teren.'

'Ik saboteer je niet!' gilt Suze. 'Waag het niet mij een negatieve in-vloed te noemen! Aan wie heb je het eigenlijk te danken dat je hier in LA bent? Wie zei dat je er even tussenuit moest? Ik!'

Tarkie luistert niet naar haar, zie ik. Hij kijkt strak naar een hoek van de keuken en haalt diep adem.

'Tarkie?' Suze wuift met haar hand voor zijn gezicht. 'Tar-quin.'

'Bryce had voorspeld dat het zo zou gaan,' zegt hij alsof hij het tegen zichzelf heeft. 'Mensen buiten de methode zijn er bang voor.'

'Wat voor methode?' zegt Suze verbolgen.

'Je moet jezelf helemaal afbreken om jezelf weer te kunnen opbouwen,' zegt Tarquin op een toon alsof het feit dát hij het moet uitleggen hem al ergert. 'Je moet met de billen bloot, op elk niveau. Weet je wel hoeveel niveaus ieder individu heeft?' zegt hij belerend tegen Suze. 'Besef je wel hoeveel werk ik nog moet doen?'

'Jij hebt wel genoeg werk gedaan!' tiert Suze.

'Niet waar! Je belemmert me!' Zijn blik omvat de hele keuken. 'Jullie belemmeren me allemaal!' Hij duwt het dopje weer in zijn oor, draait zich op zijn hakken om en beent de keuken uit.

Mijn mond zakt ervan open. Ik heb Tarkie nog nooit zo vijandig gezien. Hij grauwde zo ongeveer naar Suze. Ik bedoel, enerzijds is het fantastisch, want ik heb altijd het idee gehad dat hij zich te veel op zijn kop liet zitten. Anderzijds lijkt Suze zijn bloed wel te kunnen drinken. Nee, herstel: ze lijkt míjn bloed wel te kunnen drinken.

'Dit is allemaal jouw schuld,' keert ze zich tegen mij.

'Míjn schuld?'

'Jij hebt hem naar dat oord gehaald! Jij hebt hem aan Bryce voorgesteld! Nu noemt hij mij negatief! Zijn eigen vrouw! Hij praat niet met me, hij luistert niet, hij loopt alleen maar zweverig rond met die verdomde iPod, god mag weten wat dat ding allemaal zegt...'

'Waarschijnlijk alleen maar heel positieve, bruikbare dingen,' bijt ik van me af. 'Ik bedoel, ik heb tig cursussen bij Golden Peace gevolgd en er is niets mis met mij.'

'Jij bent niet zo kwetsbaar als Tarkie!' snauwt Suze. 'Echt, Bex, ik kan je wel villen!'

Jeff springt overeind.

'Zijn er problemen?' Hij komt op Suze af, met zijn hand al op zijn holstergeval. (Hij heeft geen pistool. Hij heeft een wapenstok.)

Suze kijkt hem ongelovig aan.

'Bedreig je me nou? Bex, gebeurt dit echt?'

'Ik controleer alleen of er geen problemen zijn, mevrouw,' zegt Jeff onverstoorbaar. 'Rebecca, alles goed?'

'Ja hoor,' zeg ik gegeneerd. 'Niets aan de hand, Jeff.'

Hij gaat weer zitten en Ernie, Clementine en Wilfie komen de keuken in gehold. Ze zijn gek op de nieuwe lijfwachten. Eerst hebben ze achter Mitchell aan door de tuin gelopen en nu komen ze voor Jeff tot stilstand. Ernest staat vooraan en Clementine vormt de achterhoede, met haar duim in haar mond.

'Waar is jouw hond?' vraagt Wilfie aan Jeff.

'Jeff heeft geen hond,' zeg ik.

'Sarabande van school heeft altijd een lijfwacht bij zich,' zegt Ernest gewichtig. 'Haar vader is miljardair. Haar lijfwacht heet Tyrell en hij kan goochelen.'

'Kijk eens aan,' zegt Suze korzelig. 'Boft die Sarabande even.'

'Als mensen je aanvallen, houdt je lijfwacht ze tegen,' doceert Ernie. 'Help! Jeff!' Hij grijpt naar zijn keel. 'Ik word aangevallen door ruimtewezens! Help!'

'Help!' doet Wilfie mee. Hij laat zich op de vloer vallen en zet het op een kronkelen. 'Ik word opgegeten door een slang! Red me! Jeff.' Hij kijkt naar Jeff alsof hij in doodsnood verkeert. 'Jeff! Mijn benen zijn weg!'

'Ophouden, jongens,' zegt Suze giechelend. 'Wilfie, opstaan.'

Jeff heeft geen spier vertrokken. Hij kan er duidelijk niet om lachen. Wilfie komt overeind en neemt hem kritisch op.

'Heb jij speciale krachten?' vraagt hij. 'Kun je je onzichtbaar maken?'

'Natuurlijk kan hij zich niet onzichtbaar maken,' zegt Ernie op vernietigende toon. 'Hij kan kungfu. Hai-ya!' Hij slaakt een hoge gil en rent schoppend en springend door de keuken.

'Mag ik op schoot?' vraagt Clementine, die tegen Jeffs been duwt. 'Wil je een verhaaltje vertellen? Waarom heb jij een snor? Het is net een rups.'

'Clemmie, wil je een glaasje sinaasappelsap?' zeg ik snel. 'Kom maar aan tafel zitten.' Net als ik een glas voor haar wil inschenken, springt Jeff van zijn stoel. Voor ik het goed en wel besef, staat hij bij de keukendeur. Hij maakt zich breed en prevelt gespannen in zijn headset.

'Meneer, mag ik u om een legitimatiebewijs vragen?' zegt hij dan. 'Meneer, wilt u daar blijven staan?'

'Ik ben Luke Brandon,' hoor ik Luke geërgerd vanaf de andere kant van de deur zeggen. 'De heer des huizes. Dit is mijn dochter Minnie.'

'U staat niet op mijn lijst, meneer. Wilt u alstublieft opzij stappen?'
'Laat maar!' roep ik gejaagd. 'Dat is mijn man!'
'Rebecca, hij staat niet op de lijst.' Jeff werpt me een verwijtende blik toe. 'Iedereen moet op de lijst staan.'
'Sorry! Ik dacht dat het vanzelf sprak.'
'Als het op je persoonlijke veiligheid aankomt, spreekt niks vanzelf,' zegt Jeff streng. 'Goed, meneer, komt u maar.'
'Had je mij niet op de lijst gezet?' Luke komt de keuken in, met Minnie aan zijn hand en grote ogen van verbazing. 'Had je míj niet op de lijst gezet?'
'Ik was het wel van plan! Ik bedoel... ik wist niet dat het moest.'
'Becky, dit is bespottelijk. Twee lijfwachten?'
'Op advies van Sage,' verweer ik me. 'Ze zei dat je niet voorzichtig genoeg kunt zijn.'
'Hondje!' Minnie wijst blij naar het raam, waar Mitchell, die druk in zijn headset praat, net voorbijkomt met Echo. 'Hondje zien!'
'Jij komt niet in de buurt van dat hondje,' zegt Luke resoluut.
'Becky, die hond scheurt Minnie nog aan flarden.'
'Dat doet Echo niet. Ze is gehoorzaam. Ze is in Rusland getraind!' zeg ik trots.
'Kan me niet schelen waar ze is getraind! Het is een aanvalshond!'
De zoemer gaat en Jeff verstrakt op slag.
'Ik regel dit wel.' Hij prevelt in zijn headset: 'Mitch, hoor je me? Stel zone A veilig voor aankomst pakketbezorging. Ik herhaal, stel zone A veilig.'
Hij beent de keuken uit en Luke en Suze kijken elkaar veelbetekenend aan.
'Zo kunnen we niet leven.' Luke schenkt zichzelf een kop koffie in. 'Becky, voor hoelang heb je die jokers ingehuurd?'
'Het zijn geen jokers! En ik heb ze voor een week ingehuurd.'
'Een wéék?'
'Pakketje voor u.' Jeff komt de keuken in, zeulend met een groot krat met FIRST MOVE SECURITY SOLUTIONS op de zijkant.
'Security Solutions?' Luke kijkt met grote ogen naar het krat. 'Wat is dit?'
'Dit zijn, eh... wat spullen die ik heb gekocht.'
'Godallemachtig.' Luke doet zijn ogen even dicht. 'Wat heb je nou weer gedaan?'
'Je hoeft niet zo te doen! Het is me aangeraden door de experts!'

Ik pak een mes en wrik de bovenkant van het krat eraf. 'Ze zeiden dat ik misschien in extra beveiliging voor mijn gezin wilde investeren, dus heb ik dit gekocht...'

Ik tuur in het krat en word een beetje onzeker. Ze zien er iets militanter uit dan ik had gedacht.

'Wat?' vraagt Luke streng. 'Wat heb je gekocht?'

'Beschermende kleding.' Ik probeer het achteloos te zeggen. 'Gewoon, uit voorzorg. Zoveel beroemdheden hebben het.'

'Beschermende kleding?' Lukes stem schiet ongelovig omhoog. 'Kogelwerende vesten, bedoel je?'

'Kogelwerende vesten?' Suze verslikt zich in haar thee. 'Bex, zeg dat het niet waar is.'

'Deze is voor jou.' Ik pak het 'Panter'-model in taupe uit het krat. Ik dacht dat het Suze heel goed zou staan.

'Ik trek geen kogelwerend vest aan!' zegt ze vol afgrijzen. 'Weg met dat ding.'

'Wat hebben die dingen gekost?' Luke houdt model 'Luipaard', in kakigroen, tussen zijn vinger en duim.

'Het doet er niet toe wat ze hebben gekost,' zeg ik afwerend. 'Wie kan er een prijskaartje hangen aan de veiligheid van zijn dierbaren? Trouwens, het was een speciale aanbieding. Bij vier kledingstukken een gratis taser.'

'Een *taser*?' zegt Luke geschrokken.

'Mag in geen huishouden ontbreken,' zeg ik zelfverzekerder dan ik me voel.

'Je bent gek geworden.' Luke wendt zich tot Suze. 'Ze is krankzinnig.'

'Luke, ik ben geen gewone burger meer,' roep ik uit. 'Ons leven is veranderd! Begrijp je dat dan niet?'

O, wat frustrerend. Waarom snappen ze het niet? Sage begrijpt het, en de man van de beveiligingswebsite begreep het helemaal. Hij vond zelfs dat ik ook een beveiligingspoortje bij de voordeur moest hebben en al onze sloten moest laten vervangen door anti-paniek-sloten.

'Becky, schat van mijn hart,' zegt Luke vriendelijk. 'Je bent volslagen misleid als je denkt...'

Luke wordt onderbroken door een woest geblaf buiten. Jeff springt op en luistert geconcentreerd naar zijn oortje.

'Blijf waar je bent,' zegt hij bars tegen mij. 'Toestand kritiek.' Hij

rent de keuken uit en ik hoor hem blaffen: 'Beschrijf de indringer.'
Toestand kritiek? Indringer? Mijn hart bonst van angst.
Nou ja, als ik eerlijk ben half van angst en half van triomf.
'Zie je nou?' zeg ik tegen Luke. 'Zie je wel? Minnie, lieverd, kom
hier,' vervolg ik met beverige stem, en ik trek haar naar me toe. Ze
kijkt met reusachtige, vragende ogen naar me op en ik aai over
haar voorhoofd. 'Kinderen, weg bij de ramen. Het komt allemaal
goed.' Ik doe mijn best om dapper en optimistisch te klinken.
'Laten we allemaal kalm blijven en "De dingen waar ik zo van
hou" zingen.'
We moeten een gepantserde schuilkamer hebben. Dát is wat
beroemdheden hebben. En meer honden, misschien.
'Is het een inbreker?' Clemmie barst in huilen uit.
'Ik ga met hem vechten,' zegt Ernest stoer. 'Hai-ya!'
'Luke,' zeg ik zacht. 'Pak de taser uit het krat.'
'Ben je niet goed wijs?' Luke wendt zijn blik ten hemel. Hij pakt
een geroosterde boterham uit de rooster, besmeert hem kalm met
boter en neemt een hap. Ik kijk hem verontwaardigd en ongelovig
aan. Heeft hij dan geen hart? Geeft hij niets om onze veiligheid?
'Laat los!' roept een mannenstem buiten. O, mijn god, het is de in-
dringer. 'Roep die hond terug! Roep die hond terug!'
'Legitimeer je!' dondert Mitchells stem, en Echo gaat nog harder
blaffen. Tegen wil en dank voel ik me doodsbang en opgewonden
tegelijk. Het lijkt wel iets op tv!
'Daar is de inbreker!' Clementine barst weer in tranen uit van
angst, en na een nanoseconde doet Minnie met haar mee.
'Godallemachtig!' zegt Suze met een kwade blik op mij. 'Heb je
nou je zin?'
'Kan ik er wat aan doen?'
'Hij gaat ons pakken,' jammert Clementine. 'Hij komt eraan!'
Ik hoor mannengeschreeuw in de hal, alsof ze vechten, en een
plotselinge bons en een woedende uitroep van een van de mannen,
die opeens precies zo klinkt als...
Wacht eens even. Dat is toch niet...
'Pap?' gil ik ongelovig, en op hetzelfde moment duiken Jeff en
Mitchell bij de keukendeur op, met mijn vader tussen zich in alsof
ze politiemensen in een film zijn en mijn vader de verraderlijke
vicepresident is die is gepakt toen hij probeerde door een raam te
klimmen.

'Becky!'

Het is hem echt!

'Opa!'

'Deze suspecte persoon sloop over de oprit...'

'Ik sloop niet!'

'Laat hem los!'

We praten allemaal door elkaar heen, en die arme Wilfie drukt zijn handen tegen zijn oren.

'Laat hem los!' roep ik nog eens boven het tumult uit. 'Hij is mijn vader!'

Mitchell laat onwillig paps arm los, die hij op zijn rug had gedraaid. Nou vraag ik je. Hoe konden ze pap voor een indringer aanzien? Niemand kan er minder verdacht uitzien dan mijn vader. Met zijn zomerbroek, blazer en panamahoed ziet hij eruit alsof hij op weg is naar een cricketwedstrijd.

'Hoe is het met mijn Minnie?' zegt hij verrukt als Minnie zich op hem stort. 'Hoe is het met mijn kleine snoes?'

'Pap, wat moet dit voorstellen?' vraag ik streng. 'Wat kom je hier doen? Mam is vreselijk ongerust!'

'Weet je zeker dat het je vader is?' vraagt Mitchell wantrouwig.

'Natuurlijk weet ik het zeker!'

'Nou, hij staat niet op de lijst.' Jeff kijkt me weer verwijtend aan. 'Rebecca, zonder complete informatie kunnen we niet doelmatig werken.'

'Ik wist niet dat hij zou komen!'

'Hoe is hij door het hek gekomen?' Jeff kijkt nog steeds achterdochtig naar pap.

'Het heeft dezelfde code als onze garage thuis,' zegt pap vrolijk. 'Ik dacht kom, ik probeer het, en ja hoor.'

'Ik gebruik altijd dezelfde code,' leg ik Jeff uit. 'Het is ook mijn pincode. En die van mijn moeder, zodat we geld voor elkaar kunnen opnemen. Het is heel handig.'

'Gebruik je voor alles dezelfde code?' zegt Jeff ontzet. 'Heeft je moeder dezelfde pincode? Rebecca, we hebben het toch over veilige codes gehad?'

'O ja,' zeg ik schuldbewust. 'Oké, ik verander hem wel. Ik verander er eentje. Of allemaal.'

(Ik ga helemaal niets veranderen. Vier cijfers zijn al moeilijk genoeg te onthouden.)

'Welkom, Graham,' zegt Luke, en hij geeft pap een hand. 'Heb je al ontbeten? Je blijft hier logeren, natuurlijk.'

'Als het mag.'

'Pap, waar heb je gezeten?' meng ik me ongeduldig in het gesprek. 'Wat is er aan de hand? Waarom ben je in LA?'

Het wordt stil in de keuken. Zelfs Jeff en Mitchell zien er nieuwsgierig uit.

Pap glimlacht omzichtig naar me. 'Ik moet gewoon iets regelen, meer niet. Ik heb vannacht in een hotel geslapen en nu ben ik hier.'

'Het heeft iets met Brent Lewis te maken, hè? Pap, wat is er toch zo geheim?'

'Niets,' zegt pap. 'Alleen...' Hij aarzelt. 'Ik moet alleen iets rechtzetten. Mag ik een kop thee voor mezelf zetten?' Hij reikt naar de fluitketel en kijkt er verwonderd naar. 'Moet je dat ding op het fornuis zetten?'

'Zo doen ze dat in Amerika,' leg ik uit. 'Ze snappen hier niets van elektrische waterkokers. Maar ze snappen eigenlijk ook niets van thee. Wacht, ik doe het wel.' Ik hou de ketel onder de kraan, smak hem op een pit en sms dan onmiddellijk naar mam: Hij is er!!!

Pap is met Minnie op schoot aan tafel gaan zitten. Hij zingt 'Hansje pansje kevertje' voor haar en zij maakt de gebaren. Al snel komen de andere kinderen er ook bij staan, en pap merkt niet eens dat ik sms. Een minuut of twee later gaat mijn telefoon, en het is mam.

'Waar is hij?' vraagt ze met schrille stem. 'Wat doet hij? Weet hij wel hoe ongerust ik ben geweest?'

'Vast wel,' zeg ik snel. 'Hij heeft er vast heel veel spijt van. Ik weet zeker dat hij er een briljante verklaring voor heeft.' Pap kijkt vragend naar me op en ik maak woeste handgebaren om hem duidelijk te maken dat ik mam aan de lijn heb.

'Geef hem dan!' zegt mam.

'Eh, pap?' zeg ik. 'Hier is mam. Ze wil je spreken.' Ik reik hem behoedzaam de telefoon aan en zet een stap achteruit.

'Jane,' zegt pap zodra hij de telefoon heeft aangenomen. 'Wacht even, Jane. Jane, luister. Jane...'

Ik hoor mams blikkerige stem in een aanhoudende, schelle stroom uit de telefoon komen. Pap kan er geen speld tussen krijgen, zoveel is duidelijk.

Suze kijkt me met vragend opgetrokken wenkbrauwen aan en ik

haal machteloos mijn schouders op. Ik heb nog nooit zó met de handen in het haar gezeten.

'Je moet je geen zorgen maken,' zegt pap. 'Ik heb je al gezegd dat het gewoon een probleempje is met een paar oude vrienden.' Hij schenkt kokend water in de theepot. 'Nee, ik kom niet met het eerstvolgende vliegtuig naar huis! Ik moet dit doen.' Hij klinkt opeens vastbesloten.

Ik kijk vragend naar Luke, die schokschoudert. Het is om gek van te worden.

'Schat, ze wil jou weer spreken,' zegt pap, en hij geeft me mijn telefoon terug. Mams tirade lijkt hem koud te laten.

'Waarom wil hij me niet vertellen waar hij mee bezig is?' schettert mams stem in mijn oor. 'Hij blijft maar zeggen dat hij iets recht moet zetten met die Brent Lewis. Ik heb hem gegoogeld, weet je. Niets gevonden. Heb jij hem gezien?'

'Nee.' Ik kijk naar pap, die van zijn thee nipt.

'Nou, hou hem in de gaten.'

'Doe ik.'

'En ik kom naar LA, zodra ik kan. Het valt uiteráárd samen met de bazaar van de kerk.' Mam slaakt een diepe zucht. 'Ik had die gitaarlessen liever. Dat deed hij tenminste in de garage.'

Als het gesprek is afgelopen, kijk ik naar pap en zie dat hij met een soort spijt in zijn blik naar mijn hanger kijkt. Het is die van Alexis Bittar die hij van zijn DB voor me heeft gekocht.

'Ik vind hem zo mooi,' zeg ik, en ik leg mijn hand erop. 'Ik heb hem altijd om.'

'O ja, schat? Mooi zo.' Hij glimlacht, maar er klopt iets niet. Ik kan wel schreeuwen. Wat is er toch aan de hand?

Hij drinkt zijn thee op en komt overeind. 'Ik moet ervandoor.'

'Maar je bent er net! Waar ga je heen? Naar Brents woonwagen?'

'Becky, dat zijn mijn eigen zaken.' Hij klinkt onvermurwbaar. 'Tot later.'

Niemand zegt een woord tot hij de keuken uit is – en dan lijken we allemaal een zucht te slaken.

'Waar is hij mee bézig?' Mijn stem slaat over van frustratie.

'Zoals hij al zei,' merkt Luke op, 'zijn het zijn eigen zaken. Waarom laat je hem niet begaan? Kom hier, poppetje,' richt hij zich tot Minnie. 'Tandjes poetsen. Kom op, jullie,' vervolgt hij tegen de kinderen Cleath-Stuart. 'Jullie ook je tanden poetsen.'

'Dank je wel, Luke,' zegt Suze dankbaar. De kinderschaar gaat met Luke mee de keuken uit en Suze slaakt weer een diepe zucht. Ze kijkt door het raam, en ik zie een fronsje tussen haar wenkbrauwen dat er eerder niet was.

'Gaat het?'

'Ik heb het wel gezien in LA,' zegt ze. 'Het is hier niet goed voor ons.'

Ik kijk haar verbluft aan. 'Juist wel! Moet je jezelf zien! Je werkt als figurant en je bent helemaal slank en bruin, en Tarquin is een grote vip en...'

'Niet goed voor ons als gezín,' kapt ze me af. 'Ja, we hadden veel beslommeringen in Engeland, maar we losten alles samen op. Ik heb het gevoel dat ik Tarkie begin kwijt te raken.' Haar stem trilt opeens. 'Bex, ik ken hem niet meer.'

Tot mijn ontzetting zie ik tranen opwellen in haar ogen.

'Suze!' Ik rep me naar haar toe en sla mijn armen om haar heen. 'Maak je geen zorgen! Het is gewoon een fase. Hij is op zoek naar zichzelf.'

'Maar hij praat niet met me! Hij kijkt naar me alsof ik de vijand ben!' Suze zucht beverig. 'Bex, als de kinderen straks naar school zijn, zullen we dan gaan wandelen en gewoon kletsen? We zouden naar Runyan Canyon kunnen gaan, misschien een lunch...'

'Suze, heel graag,' zeg ik spijtig, 'maar ik moet shoppen voor Sage.'

Heel even zie ik een vreemde blik in Suzes ogen. 'Juist.' Ze ademt uit. 'Maar natuurlijk. Je moet shoppen.'

'Niet voor mezélf!' zeg ik gekwetst. 'Mijn tv-optreden komt eraan! Ik moet kleding voor Sage scoren! Ik moet naar vintage shops gaan en connecties maken! Het is een enorm karwei. Suze, dit is mijn grote kans. Het is nu of nooit!'

'Uiteraard,' zegt ze op een toon die ik niet goed kan duiden.

'Een andere keer?'

'Een andere keer.' Ze knikt en gaat van tafel.

Ik blijf alleen met Jeff in de keuken achter, en ik kijk naar hem. Hij zit zwijgend en onverstoorbaar voor zich uit te kijken, maar toch heb ik het gevoel dat hij me veroordeelt.

'Ik moet wel gaan shoppen!' verdedig ik mezelf. 'Dit is mijn grote kans om een Hollywood-stylist te worden.'

Jeff zegt niets, maar ik weet dat hij me veroordeelt. Ze veroordelen me allemaal.

257

Zo gaat dat als je beroemd bent. Je naasten begrijpen het niet. Niemand begrijpt het. Geen wonder dat ze zeggen dat hoge bomen veel wind vangen.

Om positief te blijven: shoppen voor een filmster blijkt de ideale manier te zijn om te shoppen. Ik wilde dat ik eerder een filmster had leren kennen.

Er is een ongelooflijke vintage winkel aan Melrose Avenue, en Marnie, de eigenares, zit absoluut op mijn golflengte. Tegen lunchtijd heb ik al drie nieuwe avondtasjes, twee stola's en een vintage hoofdtooi met stras gekocht. Ik heb drie avondjassen en vijf jurken opzij laten hangen, en een fantastische velours cape die ik, als Sage hem niet wil, beslist voor mezelf ga kopen.

Ik heb ook een paar kleinigheidjes voor mezelf gekocht – niet meer dan een avondjurk met lovertjes en wat schoenen, want die heb ik nodig voor mijn nieuwe manier van leven. Ik heb zelfs mijn Golden Peace-notitieboekje gebruikt om er zeker van te kunnen zijn dat ik niet op een ongezonde manier aan het shoppen was. Als antwoord op de vraag: waarom shop ik? heb ik opgeschreven: *Omdat ik nu een sterrenstylist ben.* Ik bedoel, daar krijg je geen speld tussen.

Als ik de winkel uit kom, staat de SUV met getint glas bij de stoeprand te wachten. Mitch houdt de wacht, met een zonnebril op die het licht weerkaatst, en Jeff begeleidt me naar het portier. Ik zie een paar mensen nieuwsgierig naar me kijken en steek als een echte superster een hand op om mijn gezicht af te schermen.

Ik stap in, omringd door tassen, en voel me opgetogen. Mijn nieuwe carrière zit helemaal op het goede spoor! Het enige wat me een beetje zorgen baart, is dat ik morgen in *Breakfast Show USA* kom, maar dat ik nog steeds niet heb gehoord wat ze precies willen. Hoe kan ik een mode-item voorbereiden zonder instructies? Ik heb Aran er al een ziljoen berichten over gestuurd, maar ik besluit toch nog eens te proberen hem te bereiken, en nu neemt hij op.

'O, hallo, Aran,' zeg ik. 'Hoor eens, heb jij nog van *Breakfast Show USA* gehoord wat voor soort kleding ik mee moet brengen? Want het is morgen al! Ik moet iets bij elkaar zoeken!'

'O!' zegt Aran met een lach. 'Mijn schuld. Ja, dat wilde ik nog tegen je zeggen. Je hoeft je geen zorgen te maken om de kleding, hebben ze gezegd. Dat regelen zij allemaal wel. Jij hoeft alleen maar te praten.'

Ik hoef me geen zorgen te maken om de kleding? Ik kijk sprakeloos naar mijn telefoon. Hoe kan ik me nou geen zorgen maken om de kleding? Ik ben toch de stylist?

'Maar hoe gaat dat dan? Hoe moet ik me voorbereiden?'

'Becky, je doet het vast fantastisch,' zegt Aran. 'Je kunt commentaar geven op de kleding, een babbeltje maken, zorgen dat je persoonlijkheid goed overkomt.'

'O,' zeg ik. 'Nou, oké dan. Dank je wel.'

Ik snap het nog steeds niet. Dit is allemaal heel raar, maar misschien doen ze de dingen in Amerika anders. Misschien zou ik wat onderzoek moeten doen. Ik zet de tv aan om te zien of er modeprogramma's zijn om naar te kijken en zap langs de zenders tot een beeld mijn aandacht trekt. Heel even begrijp ik niet eens wat ik zie.

Het is een korrelige nachtopname van Ramona's huis. Op haar oprit staat een ambulance met draaiende zwaailichten, verpleegkundigen lopen met een brancard en het bijschrift is BREAKING NEWS: *zelfmoordpoging Ramona?*

Zelfmoord?

Zelfmoordpoging?

O, god, o, gottegottegot...

Met bonzend hart zet ik het geluid harder en leun gespannen naar voren om het verslag te horen.

'We hebben onbevestigde berichten dat Ramona Kelden vannacht in allerijl naar het ziekenhuis is gebracht na, zoals een van onze bronnen het noemde, "een wanhoopsdaad van een wanhopige ster". We schakelen over naar onze verslaggever Faye Ireland.'

Het volgende moment zie ik een vrouw voor Ramona's huis staan die ernstig in een microfoon praat.

'Omwonenden bevestigen dat er gisteravond rond middernacht een ambulance bij het huis stopte. Volgens een van de getuigen werd Ramona Kelden op een brancard afgevoerd. Ergens in de vroege ochtend leek ze terug te komen, en daarna is ze niet meer gezien.'

Op het scherm verschijnt een wazige, met een telelens gemaakte opname van een in een laken gewikkelde vrouw die het huis in wordt geholpen. 'Sinds de onthulling dat de onderscheiden actrice een dievegge zou zijn, maken vrienden zich zorgen om haar geestelijke gesteldheid.' Dan volgen de bekende beelden van Ramona die bij de ASA's op het podium in elkaar krimpt van schrik. 'De woordvoerder van mevrouw Kelden weigerde commentaar op deze nieuwste zorgwekkende gebeurtenissen. Terug naar de studio.'

'En nu naar de sport...' zegt een vrouw in een paarse jurk, en ik zet de tv uit.

Ik tril over mijn hele lijf. Ik had in geen miljoen jaar gedacht dat er zoiets zou gebeuren. Ik had geen idee... Ik wist niet...

Ik bedoel, het is niet míjn schuld.

Nee. Echt niet.

Nee toch?

In een opwelling bel ik Sage. Als er iemand weet hoe ik me voel, moet zij het zijn. Zij moet zich zelfs nog beroerder voelen.

'Sage,' zeg ik zodra ze opneemt. 'Heb je het nieuws over Ramona gezien?'

'O,' zegt ze onverschillig. 'Dat.'

'Sage, dat hebben wij haar aangedaan!' zeg ik met overslaande stem. 'Ongelooflijk dat het zo uit de hand is gelopen. Ben je bij haar geweest, heb je haar gebeld of zo?'

'Of ik bij die maniak ben geweest?' pareert Sage. 'Ben je mal!'

'Maar moeten we niets doen? Zoals... Ik weet het niet. Onze excuses aanbieden?'

'Nee,' zegt Sage botweg. 'Dat zit er niet in.'

'Gewoon "nee"?'

'Dit is haar probleem, Becky. Ze komt er wel uit. Ik moet ophangen.' En weg is ze.

Sage klinkt heel zelfverzekerd, maar zo kan ik me niet voelen. De twijfels kriebelen als mieren over me heen. Ik trek dit niet. Ik wil iets doen. Ik moet iets doen. Het goedmaken.

Maar hoe kan ik het goedmaken?

Ik doe mijn ogen dicht, denk even diep na, doe ze weer open en pak mijn telefoon. Ik heb het nummer van April Tremont nog in mijn telefoon zitten, en ze neemt vrijwel meteen op.

'Rebecca?'

Ze klinkt niet bepaald dolblij me te horen.

'Eh, hallo, April,' zeg ik nerveus. 'Sorry dat ik je lastigval. Alleen, ik heb net het nieuws over Ramona gezien. Ik voel me verschrikkelijk over alles wat er is gebeurd en ik wil Ramona heel graag mijn excuses aanbieden en het op de een of andere manier weer goedmaken. Misschien kan ik haar helpen, of zoiets...' besluit ik zwakjes.

'Haar hélpen?' Aprils stem klinkt zo bijtend dat ik in elkaar krimp.
'Je hebt wel genoeg voor haar gedaan, vind je ook niet?'
'Ik weet dat je haar vriendin bent,' zeg ik nederig. 'Je zult me wel
een rotmens vinden, maar ik besefte niet dat het zo zou uitpakken,
het is nooit mijn bedoeling geweest haar te verraden. En ik vroeg me
af of jij me misschien kon helpen haar te spreken te krijgen? Zodat ik
sorry kan zeggen?'
'Ramona staat niemand te woord,' zegt April kortaf. 'Ik heb haar
al tig keer gebeld, maar ze neemt niet op. En al deed ze dat wel, dan
ben jij sowieso de laatste die ze wil spreken. Ja, ze heeft hulp nodig.
Al heel lang, als je 't mij vraagt. Maar niet van opportunistische pro-
fiteurs zoals jij.'
'Ik ben geen opportunistische profiteur!' zeg ik vol afgrijzen.
'Zeg nou niet dat dit jou niets oplevert,' snauwt April, en dan ver-
breekt ze de verbinding. Ik kijk naar mijn telefoon, met gloeiende
wangen. Het voelt alsof ik een klap in mijn gezicht heb gekregen. Ik
kijk op, zie Jeffs stierennek voor me en krimp weer in elkaar van
schaamte. Hier zit ik, in een SUV met lijfwachten en winkeltassen, en
ik ga een glanzende carrière tegemoet. En intussen werd Ramona
per ambulance naar het ziekenhuis gebracht.
Jeff heeft de hele tijd geen woord gezegd, maar ik weet dat hij
heeft geluisterd. En geoordeeld. Ik zie het aan de spieren in zijn nek.
'Ik ben geen opportunist,' verdedig ik mezelf. 'Ik had dat verhaal
weken geleden al kunnen verkopen, toch? Maar dat heb ik niet gedaan. Het is niet mijn schuld dat Sage haar mond voorbij heeft gepraat. En ik wil al mijn hele leven Hollywood-stylist worden. Kun je
het me kwalijk nemen dat ik mijn kans grijp? Dat wil nog niet zeggen dat ik opportunistisch ben.'
Jeff blijft zwijgen, maar ik weet wat hij denkt.
'Wat kan ik doen?' zeg ik bijna kwaad. 'Als April me niet met
Ramona in contact wil brengen, kan ik niets beginnen! Ik kan niet
zeggen dat het me spijt, of hulp aanbieden of wat dan ook. Ik weet
niet eens waar ze...'
Ik breek mijn zin af als me te binnen schiet wat April heeft gezegd
toen we in haar trailer zaten. *We wonen allebei al sinds mensenheugenis
op Doheny Road.*
Ik leun naar voren. 'Mitchell,' zeg ik, 'de plannen zijn gewijzigd.
Ik wil naar Doheny Road.'

Het kost ongeveer een halfuur om bij Doheny Road te komen, en zodra we er zijn, is het wel duidelijk waar Ramona woont. Journalisten hebben zich bij het hek verschanst en hangen rond in de straat, en ik zie dat er een paar omwonenden worden geïnterviewd. We stoppen een eindje van Ramona's huis, bij een villa die op een Griekse tempel lijkt.

'Blijf in de auto, Rebecca,' zegt Mitchell. 'We moeten het pand verkennen.'

'Oké,' zeg ik zo geduldig mogelijk. Ze slaan de portieren achter zich dicht en lopen naar Ramona's huis. Ze vallen wel op in hun zwarte pakken. Al dat 'verkennen' en 'veiligstellen' begint me op mijn zenuwen te werken. Als het nieuwtje er eenmaal af is, zijn lijfwachten alleen maar lastig.

Ik moet een eeuwigheid wachten terwijl zij overal rondneuzen. Bij hun terugkeer kijken ze nog ernstiger dan anders.

'Het pand wordt momenteel onveilig gemaakt door een hoge mediadichtheid,' zegt Mitchell. 'We voorzien de ontwikkeling van een situatie met een hoge risicofactor. We raden je aan van je plannen af te zien.'

'Bedoelen jullie dat ik er niet heen moet gaan?' vraag ik.

'We raden je aan van je plannen af te zien,' zegt Mitchell knikkend. 'Op dit moment.'

'Maar ik wil niet van mijn plannen afzien.'

'Nou, we raden je aan dat wel te doen.'

Ik kijk van Jeff naar Mitchell. Ze zien er allebei heel serieus uit met hun donkere brillen die hun gezichtsuitdrukking maskeren (al hebben ze er waarschijnlijk geen).

'Ik blijf bij mijn plan,' zeg ik opstandig. 'Oké? Ik moet Ramona Kelden spreken. Ik vergeef het mezelf nooit als ik niet op zijn minst een poging doe.'

'Rebecca,' zegt Mitchell streng. 'Als je het pand vanaf de voorkant benadert, kunnen we niet voor je veiligheid instaan.'

'Het is een riskante situatie,' valt Jeff hem knikkend bij.

Ik kijk over hun schouders naar de massa journalisten. Het is een beetje een volksoploop. Ze zouden gelijk kunnen hebben.

'Nou, dan moet ik aan de achterkant zien in te breken,' zeg ik. 'Kan een van jullie me helpen door een raam te klimmen?'

Jeff en Mitchell kijken elkaar aan.

'Rebecca,' zegt Jeff dan, 'in onze arbeidsovereenkomst staat dat we jou, de cliënt, niet mogen assisteren bij handelingen die wettelijk verboden zijn.'

'Wat zijn jullie bekrompen!' roep ik machteloos uit. 'Vinden jullie het zelf niet saai om in een zwart pak rond te rijden en de hele tijd te doen alsof alles heel ernstig is? Nou, goed, dan doe ik het zelf wel. En als ik word gepakt, zeg ik: "Mitchell en Jeff hadden er niets mee te maken, agent." Nou goed?'

Ik pak mijn tas, laat me uit de auto glijden en loop met tikkende hakken naar Ramona's huis.

'Rebecca, wacht!' roept Jeff me na.

'Wat nou weer?' Ik draai me om. 'Ik weet het al, je vindt dat ik het huis niet moet benaderen. Je bent nog erger dan dat stomme navigatiesysteem.'

'Dat is het niet.'

'Wat dan wel?'

Hij aarzelt en zegt dan op gedempte toon: 'Er zit een zwakke plek in de schutting, vlak bij het tuinhuis. De bewakingscamera komt er net niet. Probeer het daar maar.'

'Bedankt, Jeff!' Ik lach stralend naar hem en werp hem een kushandje toe.

Ramona's tuin is zo diep dat het me een eeuwigheid kost om bij de schutting aan de achterkant te komen. Ik ren door een zijstraat, met de minuut nerveuzer. Ik heb nog nooit iemand ontmoet die suïcidaal was. Ik bedoel, niet écht. Had ik geen cursus moeten volgen of zo? Nou ja, daar is het nu te laat voor. Ik zal gewoon heel voorzichtig moeten zijn. En bemoedigend en positief. En ik zal me moeten verontschuldigen, uiteraard.

Stel dat ze mij de schuld geeft van alles?

Ik voel een steekje van onbehagen. Ik wil Ramona echt heel graag duidelijk maken dat ik het niet heb rondgebazuind. Goed, ik heb het aan Sage doorverteld, maar ik heb erbij gezegd dat ze het geheim moest houden.

Maar als Ramona dat nu eens niet wil inzien? Als ze tegen me gaat schreeuwen? Stel dat ze een mes pakt en zegt dat ze zichzelf nu meteen gaat doodsteken, waar ik bij sta, en ik me nog op haar stort om haar te redden, maar net te laat ben? O, god...

Een beetje misselijk van al die lugubere ideeën dwing ik mezelf door te lopen. Ten slotte kom ik bij een tweeënhalve meter hoge schutting met aan de andere kant iets wat het tuinhuis moet zijn. Ik kan er met geen mogelijkheid overheen klauteren, maar nadat ik een paar keer langs de schutting heen en weer heb gelopen, zie ik waar Jeff op doelde. Er zitten twee planken los. Ik wrik ze opzij, zodat er een opening ontstaat, en kijk er ongelovig naar. Moet ik me dáár doorheen zien te wurmen? Wat voor maat denkt hij dat ik heb, min achtenveertig?

Maar er zit niets anders op, dus buk ik me en begin me door de opening te wringen. Ik voel het hout over mijn rug schrapen, en mijn haar blijft een paar keer haken, en een verschrikkelijk moment lang vrees ik nooit meer los te zullen komen, maar uiteindelijk floep ik erdoor. (Waarbij er nog eens twee planken breken. Ik heb dit stukje schutting in wezen verwoest. Ik neem aan dat Ramona een aanklacht tegen me gaat indienen.)

Het tuinhuis is ongeveer zo groot als het hele huis van mijn ouders in Oxshott. Het zwembad is ook gigantisch. Verder zie ik nog een soort hangende siertuin die er heel vreemd en misplaatst uitziet, een gazon en een groot terras met banken en stoelen en dan, eindelijk, het huis. Dat kolossaal is, vanzelfsprekend.

Oké. Wat nu? Opeens herinner ik me dat Jeff iets over een bewakingscamera heeft gezegd. Waarschijnlijk word ik op dit moment gefilmd. Argh. Ik moet snel zijn, voordat de aanvalshonden me te pakken krijgen. Ik haast me naar een zijkant van het terrein en loop behoedzaam langs de schutting naar het huis. Mijn hart gaat tekeer en ik verwacht elk moment staande te worden gehouden, maar ik troost me met de gedachte dat als ik Ramona te zien kan krijgen, al is het maar een seconde, ze zal weten dat ik het heb geprobeerd. Dan weet ze dat ik aan haar heb gedacht.

Ik kom hijgend aan bij het terras en duik weg achter een gigantische pot met een varen erin. Nog vijf meter, dan ben ik bij de tuindeuren. Ze staan open. Kan ik plompverloren naar binnen lopen? Stel dat ze zich kapot schrikt?

Misschien kan ik haar beter een briefje schrijven. Ja. Stukken beter. Dat ik daar niet eerder op ben gekomen! Ik schrijf een briefje, leg het op het terras en maak me uit de voeten, en dan kan ze het lezen wanneer ze wil. Ik rommel in mijn tas en vind het notitieboekje en de pen die ik gebruik om stylingideeën op te schrijven. Ik scheur zorgvuldig een blaadje uit het notitieboekje en zet de datum bovenaan.

Beste Ramona…

O, god. Wat moet ik schrijven? Hoe breng ik het onder woorden? *Het spijt me ontzettend wat er is gebeurd, maar je moet weten dat ik net zo schrok als jij toen Sage je aan de kaak stelde. Ik had het haar IN VERTROU-WEN verteld.*

Ik onderstreep 'in vertrouwen' een paar keer en kijk om me heen. Dan valt mijn blik op iets. Een zonnebril die op een stoel ligt. Een Missoni-zonnebril. Hij is roze met groen, en krullerig, en hij lijkt sprekend op de zonnebril die ik aan Sage heb gegeven. Het kan dezelfde zonnebril niet zijn. Natuurlijk kan dat niet. Maar...

Ik kijk verbijsterd naar de zonnebril. Iets in mij hoopt dat het toeval is, maar ik weet dat het geen toeval kan zijn. Ten slotte kan ik er niet meer tegen. Ik moet het zien. Ik schuif achter de pot vandaan, gris de zonnebril van de bank – en dan is er geen twijfel meer mogelijk. Het is de zonnebril die ik heb gekocht. Met hetzelfde afgesleten verguldsel van de M en hetzelfde pootje waar een schilfer af is.

Wat doet die zonnebril hier? Heeft Sage hem aan Ramona gestuurd? Maar waarom? En waarom heeft ze er dan niets over gezegd? En waarom zou Sage Ramona eigenlijk een zonnebril sturen? Het duizelt me. Ik kruip weer achter de pot vandaan om de zonnebril terug te leggen – en verstijf. Door de open tuindeuren kijk ik recht in Ramona's woonkamer. Daar zit Ramona, op een bank, te lachen. En daar zit Sage, naast haar, en geeft een schaal nacho's door.

Ik ben verlamd van ontzetting. Ságe? Bij Rámona thuis? Maar... maar... maar...

Ik bedoel...

Dat is gewoon...

Ik leun zo ver naar voren om het beter te kunnen zien dat ik mijn evenwicht verlies. De zonnebril klettert op een glazen tafeltje. Shit. Shít.

'Wie is daar?' zegt Sage bits, en ze loopt naar de tuindeuren. 'O, mijn god, Becky?'

Ik kijk hulpeloos naar haar op, sprakeloos van verwarring. Het voelt alsof de wereld op zijn kop staat. Een paar minuten geleden zei Sage nog tegen me dat ze Ramona niet wilde zien, maar terwijl ze het zei, moet ze al bij Ramona thuis zijn geweest. Wat is hier aan de hand?

'Kom binnen,' zegt Sage om zich heen kijkend. 'Je hebt toch geen pers achter je aan, hè? Hoe kom je hier? Heb je ingebroken?'

'Ja,' zeg ik terwijl ik nog steeds lichtelijk verdwaasd overeind kom. 'Ik heb de schutting een beetje kapotgemaakt. Misschien moet die gerepareerd worden. Sorry,' vervolg ik tegen Ramona, die achter Sage aan naar de tuindeuren is gelopen. Ramona is niet het verfomfaaide wrak dat ik had verwacht. Ze heeft een lange, zachtgroene broek met wijde pijpen aan met een zwart haltertopje erop, en haar haar zit in een gladde paardenstaart opzij van haar hoofd. Ze rookt ook, wat een beetje een schok is. Ramona Kelden rookt niet, dat heb ik al een miljoen keer in de bladen gelezen.

'Wat kijk je perplex!' Sage, die de tuindeuren achter me dichtdoet, barst in lachen uit.

'Ik ben ook perplex!' Ik kan eindelijk weer iets zeggen. 'Wat had je dan verwacht?'

'Arme Becky,' zegt Sage vriendelijk.

'Wat... Ik bedoel...' Ik weet niet eens waar ik moet beginnen. 'Hebben jullie...'

'Je dacht dat we elkaars bloed wel konden drinken, hè?' zegt Sage.

'Iedereen denkt dat jullie de pest aan elkaar hebben!' zeg ik verwijtend. 'Iedereen op de hele wereld!'

'Nou, dat hebben we ook wel.' Sage geeft Ramona een duwtje, en Ramona's mondhoeken kruipen op in een glimlachje.

'Het is allemaal een spel,' zegt ze. 'Een strategie. Het heeft ons soms in een slecht daglicht gesteld, maar op de lange termijn zal het ons allebei ten goede komen,' verduidelijkt ze.

'Ramona is heel slim,' merkt Sage op.

Ze knikken allebei alsof alles nu duidelijk is.

'Ik snap het niet,' zeg ik. Mijn verbijstering is compleet. 'Ik snap het gewoon niet. Jullie moeten bij het begin beginnen.'

'O, goh, het begin.' Ramona troont me mee naar de keuken, waar een enorme eikenhouten tafel staat, bedolven onder de laptops, tijdschriften, koffiekoppen en verpakkingen van afhaalmaaltijden. Ik geloof mijn ogen niet als ik zelfs een donutdoos zie. Ramona had toch een afkeer van geraffineerde suiker? 'Dat moet geweest zijn toen we... hoe oud waren? Een jaar of tien?'

'We zaten samen in *Save the Kids*,' zegt Sage knikkend.

'Toen kregen we knallende ruzie.'

'Maar we legden het bij.'

Ik ben het spoor helemaal bijster. 'Was dat kortgeleden?'

'Nee! We waren een jaar of zestien,' zegt Sage. 'Ik was zo woest op Ramona dat ik haar auto molde, weet je nog?'

Ramona schudt meewarig haar hoofd. Ze is veel beheerster dan Sage. Ik kan mijn ogen niet van haar afhouden. Haar nagels zijn perfect. Ze zet koffie met handen die totaal niet beven. Ze heeft niets van een suïcidale gek.

'Heb je echt een zelfmoordpoging gedaan?' flap ik er uit, en Ramona glimlacht weer fijntjes.

'Becky, het is allemaal niet echt!' zegt Sage. 'Heb je dat dan niet door? Jij bent er nu ook bij betrokken.' Ze geeft me een kneepje. 'Ramona zegt wel wat je moet doen. Zij heeft het allemaal bekokstoofd.'

'Hoe bedoel je?' zeg ik verbijsterd. 'Wat heeft ze bekokstoofd?'

'Inkeer,' zegt Ramona. 'Verzoening... vergeving... Camberly.'

'Camberly,' beaamt Sage knikkend. 'We hebben het net gehoord. We komen erin, wij samen. Een special. Het wordt groots.'

'Groots.' Ramona knikt.

'Ze gaan er dagen reclame voor maken. De grote verzoening. De confrontatie tussen Sage en Ramona.' Sage' ogen schitteren. 'Wie wil dat nou niet zien? Ramona heeft ook zo'n hele berouwvolle-zondaarsact. Je gaat in het wit, toch?' vraagt ze aan Ramona.

'Een witte hemdjurk en ballerina's,' zegt Ramona knikkend. 'De boetvaardige engel. Misschien komt de eigenaar van de winkel ook. Zodat ik hem mijn excuses kan aanbieden.'

'Dat zou mooie tv zijn,' zegt Sage. 'Ik ga Ramona hulp aanbieden,' richt ze zich weer tot mij. 'En we gaan allebei huilen. Je moet me kledingadvies geven,' vervolgt ze. 'Ik moet iets onschuldigs hebben. Marc Jacobs, misschien? In zachtroze, bijvoorbeeld?'

Ik geloof mijn oren niet. Ze hebben zo ongeveer een script geschreven. Waarschijnlijk gaan ze ook echt een script schrijven.

'W-weten ze bij Camberly hoe het zit?' hakkel ik. 'Dat het allemaal nep is?'

'Nee!' zegt Sage gechoqueerd. 'Niemand weet het. Ramona heeft zelfs haar mediateam ontslagen.'

'Ik wist dat we een grote kans hadden,' zegt Ramona. 'Maar mijn mensen hadden er nooit in mee willen gaan. Ze zijn zo conservatief.' Ze schudt misprijzend haar hoofd.

'Dus...' Ik masseer mijn voorhoofd en probeer alles op een rijtje te zetten. 'Dus je bent niet echt een winkeldief? Maar ik heb je op heterdaad betrapt!'

267

'Dat was een experiment,' zegt Ramona. Ze gaat aan de keukentafel zitten en slaat elegant haar benen over elkaar. 'Ik had niet verwacht dat ik betrapt zou worden, maar het is allemaal goed afgelopen.'

'Ramona is heel vindingrijk,' zegt Sage bewonderend. 'De vete was haar idee. Zij had die uitspraak over een kankerpatiënt verzonnen. Zij had dat van die twee groene jurken bedacht. En nu die zelfmoordpoging. Geniaal. We zijn meteen weer terug op de voorpagina's.'

Ik kijk naar Ramona's serene gezicht en voel afkeer. Heeft ze echt een zelfmoordpoging gefaket?

'Maar hoe kun je zoiets doen? De mensen maken zich echt zorgen om je!'

'Weet ik,' zegt Ramona. 'Dat moet ook. Hoe dieper je zinkt, hoe meer ze van je houden als je weer opkrabbelt.' Ze ziet mijn gezichtsuitdrukking en zucht. 'Hoor eens, het is een concurrentieslag. We moeten publiciteit hebben. Het enige wat de mensen willen, is een goed verhaal. Ben jíj niet gek op goede verhalen? Jij leest US Weekly toch ook?'

'Ja, maar…'

'Denk je dat elk woord waar is?'

'Nou, nee, maar…'

'Wat maakt het dan uit?'

'Nou, er moet wel íéts van waar zijn!' stuif ik op. 'Anders slaat het toch nergens op?'

'Nou en? Doet het er iets toe? Zolang we ons publiek maar vermaken.'

Ik heb er niet van terug. Ik haal me alle verhalen voor de geest die Suze en ik in de bladen hebben gelezen. Maakt het iets uit of ze waar zijn of niet? Ik heb bijvoorbeeld altijd heilig geloofd dat alle acteurs van Our Time de pest aan elkaar hebben. Stel dat het niet waar is? Stel dat Selma Diavo niet echt een trut is? Ik lees al zo lang over de sterren dat ik het gevoel heb dat ik ze echt ken. Ik heb het gevoel dat ik hun wereld ken, hun vrienden en hun ups en downs. Ik zou waarschijnlijk kunnen promoveren op het liefdesleven van Jennifer Aniston.

Maar eigenlijk ken ik alleen maar beelden, koppen en 'mededelingen' van 'bronnen'. Ik weet niets zeker.

'Wacht eens even,' zeg ik opeens. 'Als iedereen denkt dat je een suïcidaal wrak bent, hoe moet je dan aan werk komen?'

'O, ik krijg wel werk,' zegt Ramona. 'De aanbiedingen stromen al binnen. Veel rollen als winkeldief.' Ze lacht proestend. 'Ik word gestraft en dan krijg ik vergiffenis. Zo werkt dat in Hollywood.' Ze lijkt zo relaxed dat ik woede voel oplaaien. Beseft ze wel hoe ongerust ik me heb gemaakt? En ik ken haar niet eens. Hoe zit het met haar vrienden? Hoe zit het met haar ouders? O, haar ouders zijn toevallig dood. En ze heeft geen vrienden. (Dat heb ik althans in de *National Enquirer* gelezen, maar wie kan ik nog geloven?)

'Ik dacht dat je op instorten stond,' zeg ik beschuldigend. 'Je beefde... Je zakte in elkaar... Je kreeg niet eens lucht...'

'Ik ben actrice,' zegt Ramona schouderophalend.

'We zijn actrices,' zegt Sage knikkend. 'We acteren.'

Ik denk terug aan de Ramona die ik op winkeldiefstal betrapte, weken geleden – de bange schim in een hoody. De bevende handen, de fluisterstem, het angstige gezicht... Was dat gespeeld? Ik bedoel, oké, ik zou er niet van moeten opkijken. Ramona is een van de beste actrices van de wereld. Maar toch. Het zag er heel echt uit. Ik wil haar bijna vragen het nog eens te doen.

'Hoe zit het met Luke?' vraag ik aan Sage. 'Weet hij ervan?'

'Ik denk het niet,' zegt Sage na een korte stilte. 'Hoewel hij wel slim is. Hij heeft me op de man af gevraagd of onze vete wel helemaal echt is. Ik heb natuurlijk ja gezegd. Heeft hij het er met jou over gehad?'

'Met geen woord.'

'Hij mag het niet weten,' zegt Ramona. 'Hij mag er niets van weten. Elke poging om het Amerikaanse publiek in de maling te nemen, vereist een mate van aannemelijke ontkenbaarheid.'

'*The President's Woman*,' zegt Sage, en ze geeft Ramona een high five.

Ik geloof dat ik het Ramona een keer eerder heb horen zeggen. Toen ze de vicepresident speelde en al die krijtstreeppakken droeg.

'Luke is onze mate van aannemelijke ontkenbaarheid,' zegt Ramona. 'Samen met Aran. Ze zijn geloofwaardig, ze zijn betrouwbaar...'

'Luke is geweldig,' zegt Sage tegen Ramona. 'Als dit is overgewaaid, moet je hem inhuren. Hij heeft allemaal van die strategische ideeën, zeg maar. En hij is een echte heer.'

'Maar Sage...' Ik weet niet goed hoe ik dit moet brengen. 'Een verzonnen vete met Ramona maakt toch zeker geen deel uit van Lukes strategie?'

'Dan moest ik maar een beetje afwijken.' Ze schudt haar haar over haar schouder. 'Het heeft toch doel getroffen? Je mag het hem beslist niet vertellen,' vervolgt ze. 'Weet je wat ik volgens hem zou moeten doen? Liefdadigheidswerk. Een reis naar Darfur of zoiets. Ik heb tegen hem gezegd dat ik me vandaag in landmijnen ging verdiepen.' Ze kijkt er minachtend bij. Dan klaart haar gezicht op. 'Jij zou me kunnen indekken! Zeg tegen hem dat je me hebt gebeld en dat ik druk bezig was liefdadige instellingen te zoeken op internet!'

'Ik kan niet liegen tegen Luke!' zeg ik geschrokken.

'Nou, maar je mag het Luke niet vertellen,' zegt Sage.

'Becky, je bent er nu bij betrokken,' zegt Ramona streng. 'En als je er eenmaal in zit, zit je erin.'

Dat is ook een citaat uit een van haar films, maar ik weet niet welke. Die maffiafilm, misschien?

'Je mag ons allebei stylen voor ons optreden in *Camberly*, als je wilt,' vervolgt ze. 'Je komt op de aftiteling, je kunt netwerken, alles erop en eraan. Maar je mag het aan niemand vertellen.' Haar ogen schieten vuur. Ze is van haar stoel gekomen en lijkt opeens heel intimiderend, net als toen ze die advocate speelde die ook seriemoordenaar was. 'Je mag het tegen niemand vertellen,' herhaalt ze.

'O.' Ik slik.

'Als je het toch doet, gaan we je *trashen*.'

Ik heb geen idee wat ze precies met 'trashen' bedoelt, maar het kan niet veel goeds zijn.

'O,' zeg ik nogmaals, nerveus.

Ramona heeft zich al afgewend en kijkt naar een laptop. '"Ramona en Sage samen in *Camberly*",' leest ze voor. 'Het gaat door!' Ze kijkt naar mij. 'Je kunt beter gaan, Becky. Bel je chauffeur maar. De bewaker laat hem binnen en hij kan de SUV bij de voordeur zetten. Dan krijgt de pers je niet te zien. Dat heeft Sage gisteren ook gedaan. En als je chauffeur ernaar vraagt, zeg je maar dat je me niet hebt gesproken, dat ik te ziek was. Dat gaat wel weer rond.'

'Chauffeurs weten alles,' valt Sage haar bij. 'Hé, kijk, we hebben Fox News gehaald!'

Ze gaan allebei helemaal op in de laptop. Het heeft geen zin om nog te blijven.

'Nou... tot ziens dan maar,' zeg ik, en ik pak mijn telefoon. Een paar minuten later stopt de geblindeerde SUV met Mitchell en Jeff erin bij de voordeur en kan ik er zo in glijden, precies zoals Ramona

270

had gezegd. Het lijkt alsof het huis is gemaakt voor discrete aftochten. Als we door de poort rijden, slaan de journalisten tegen de zijkanten van de wagen, maken foto's en roepen: 'Ramona! Ramona!' tot we door de massa heen zijn en wegrijden.

Ze dachten dat ik haar was. De wereld is krankzinnig geworden. Mijn hoofd tolt nog en het bloed bonst in mijn oren. Wat is daar nou net gebeurd? Wát?

Van: Kovitz, Danny
Aan: Kovitz, Danny
Onderwerp: ik ben verkkkleumdddd

---

zo kouudddddddddddd. kannnniet tikkkkkken vingers auuuuuu anddders dan verwachttttttttttt

Dddanananyyyy

17

Tegen de tijd dat Luke 's avonds thuiskomt, voel ik me al kalmer. Dit is namelijk hoe Hollywood in elkaar zit en daar moet je maar aan wennen. Ja, het lijkt in het begin allemaal compleet bizar en gestoord, maar langzamerhand begint het iets normaler te voelen. Ze hebben gelijk. Het is echt allemaal een spel. Iedereen doet mee: de sterren, de journalisten, het publiek, allemaal doen ze mee. En als je niet mee wilt doen, heb je misschien niets te zoeken in Hollywood.

Het positieve is dan weer dat Sage en ik de hele middag hebben ge-sms't, alsof we de dikste vriendinnen zijn. Ik hoor helemaal bij de club! Zelfs Ramona heeft me een paar berichtjes gestuurd. Het *Camberly*-interview is al groot nieuws, precies zoals ze hadden gezegd. Er wordt volop reclame voor gemaakt op de nieuwssites en op tv, en de Sage-en-Ramona-soap is weer het gesprek van de dag.

Ze hebben het heel slim aangepakt (of eigenlik heeft Ramona het heel slim aangepakt). En nu hoor ik er ook bij! Het leukste was nog wel hoe het ging toen ik de kinderen vanmiddag van school haalde. Ik had al veel indruk gemaakt met Jeff en Mitchell en de suv met getint glas, maar toen ik bij de deur van de peuterspeelzaal op Minnie stond te wachten, werd ik door Sage gebeld. 'Hoi, Sage, hoe is het met jou?' zei ik net iets luider dan anders, en iedereen gaapte me aan.

Het enige niet zo Hollywoodachtige is dat alle fotografen bij ons hek verdwenen zijn, wat ik niet zo loyaal van ze vind. Hoewel, ze zijn niet allemaal weg. Er is een excentrieke Aziatische jongen blijven hangen. Hij heeft geblondeerd haar en vandaag had hij een roze bomberjack aan op een strakke zwarte jeans en rubberen enkellaarzen. Ik poseerde voor hem en hij nam een paar foto's, maar toen wenkte hij me en zei opgewonden: 'Jij bent toch bevriend met Danny Kovitz? De ontwerper? Kun je zorgen dat ik zijn handtekening krijg?' Hij bleek Lon te heten, en hij zit op de modeacademie en aanbidt Danny. En nu aanbidt hij mij ook omdat ik een vriendin van Danny ben.

En oké, misschien heb ik een beetje met hem geslijmd. Misschien heb ik beloofd morgenochtend naar buiten te komen in een vintage (want twee jaar oude) Danny Kovitz-outfit die zelfs nooit op de catwalk te zien is geweest, zodat hij er een foto van kan maken. Maar weet je, ik vind het leuk om fotografen bij het huis te hebben. Anders wordt het zo saai.

Ik ben in de keuken een sterrenmaaltijd aan het bereiden als Luke binnenkomt. Pap en Tarquin zijn de stad gaan bekijken (ze hebben een briefje achtergelaten) en Suze is nergens te bekennen, dus die zal wel mee zijn. Alle kinderen liggen al in bed, dus Luke en ik zijn alleen, wat fijn is.

Nu ik een rijzende Hollywood-ster ben, moet ik ook zo koken. We zullen waarschijnlijk een chef-kok of persoonlijke sapmaker of zo moeten hebben, maar voorlopig ben ik een trending gerecht aan het maken. Graansoep. Het is ontzettend in. Alle grote sterren eten het, en daar komt nog bij dat ik slank moet blijven voor al mijn komende optredens, en er schijnt een magische combinatie van stofjes in te zitten waardoor de spijsvertering wordt opgejaagd.

'Hallo!' Ik begroet Luke met een zoen en een smoothie met tarwegras, wat ook heel gezond en in is.

'Wat is dat?' Hij ruikt aan zijn smoothie en trekt een vies gezicht. 'Ik neem een glas wijn. Jij ook?'

'Nee, dank je,' zeg ik zelfingenomen. 'Ik probeer een zo zuiver mogelijk dieet te volgen.' Ik schep twee kommen vol graansoep en zet ze op tafel. 'Dit is honderd procent biologisch en macrobiotisch. Er zit chiazaad in,' vertel ik.

Luke kijkt er sceptisch naar en roert er met zijn lepel in.

'O-ké,' zegt hij langzaam. 'Wat hebben we erbij?'

'Niks! Er zit eiwit in, en van die scheuten en zo. Het is een maaltijd in een kom.' Net als ik een hap wil nemen, schiet me iets te binnen. Ik schuif mijn stoel naar achteren en zak door mijn knieën. Luke kijkt geschrokken naar me.

'Becky, gaat het wel?'

'Ja hoor,' zeg ik amechtig. 'Je moet wat *squats* doen voor je aan tafel gaat. Goed voor de spijsvertering. Alle sterren doen het. Negen... tien.' Ik ga licht hijgend weer zitten. Luke kijkt even zwijgend naar me en neemt dan een hap soep. Hij kauwt, maar zegt niets.

'Lekker, hè?' zeg ik vrolijk, en ik neem zelf een volle lepel.

Argh. Bah. Jakkie.

Serieus? Is dit wat de filmsterren eten?

Het is nogal waterig, en voor zover het ergens naar smaakt, smaakt het naar een mengeling van paddenstoelen, zaagsel en aarde. Ik dwing mezelf de hap door te slikken en neem er nog een. Ik durf Luke niet aan te kijken. Hij heeft niet genoeg aan een kom van die soep. Ik ook niet. Zelfs Minnie zou er niet genoeg aan hebben. Hoe kunnen die supersterren zo vrolijk blijven als ze de hele tijd graansoep moeten eten? Het moet een kwestie van wilskracht zijn. Ze zitten verbeten aan tafel en zeggen tegen zichzelf: 'Ik sterf van de honger... maar ik zit wel in een film! Mijn maag knort en ik val bijna flauw... maar ik ben wel bevriend met Leonardo di Caprio!'

Ik neem nog een hap en probeer honderd keer te kauwen, zoals wordt aanbevolen in de blog die ik heb gelezen. Nou vraag ik je. Hoe kan dit goed voor je zijn? Ik krijg kramp in mijn kaken en ik proef alleen van die scheuten. Ik zou een moord doen voor een KitKat...

Nee, niet aan denken. Supersterren eten geen KitKats. Als ik erbij wil horen, moet ik leren van graansoep te houden.

Ik heb Jeff en Mitch uit eten gestuurd. Ze wilden niet, maar ik wilde ze echt niet laten toekijken terwijl ik graansoep zat te eten. Ik denk dat Jeffs idee van een avondmaaltijd een steak is, op een andere steak, gegarneerd met een hamburger.

'Luke, misschien moeten we een jacht kopen,' zeg ik om niet aan de graansoep te hoeven denken.

'Wat?' Hij kijkt me verbluft aan.

'Een kleintje maar. Dan kunnen we aanpappen met andere mensen met een jacht. Zoals Ben en Jen,' zeg ik achteloos. 'Zulke mensen.'

Sage had het vandaag over 'Ben' alsof ze dikke maatjes zijn. Nou, als zij met hem bevriend kan zijn, kan ik het toch ook?

'Ben?'

'Ben Affleck.'

'Ben Affleck?' Luke legt zijn lepel neer. 'Waarom zouden we in vredesnaam willen aanpappen met Ben Affleck?'

'Dat kan toch?' schiet ik in de verdediging. 'Waarom niet? We wonen nu in LA, we zitten in de filmwereld... Je zult Ben Affleck vroeg of laat tegenkomen op een feest of zo...'

'Ik betwijfel het,' zegt Luke droog.

'Nou, dan kom ik hem tegen! Misschien stelt Sage ons aan elkaar voor. Of misschien ga ik hem stylen, of een van zijn vrienden.'

En dan wordt Jennifer Garner mijn hartsvriendin, denk ik er stiekem bij. Ik heb altijd gedacht dat we een klik zouden hebben.

'Becky, dit gesprek raakt kant noch wal,' zegt Luke hoofdschuddend, en ik kijk hem wrevelig aan. Hij kan soms zo traag van begrip zijn.

'Besef je dan niet dat alles anders is geworden? Ik ben nu een mediapersoonlijkheid. Ik zit in een heel nieuwe zone.'

'Je bent niet bepaald een superster,' snuift hij, en ik voel een steek van verontwaardiging.

'Nou, dat komt nog wel! Ik heb paparazzi bij mijn huis... Sage Seymour belt me de hele tijd...'

'De paparazzi zijn weg,' zegt Luke onaangedaan. 'En Sage belt mij ook de hele tijd. Dat maakt me nog geen superster.'

'Aran gelooft wél in me,' zeg ik met klem. 'Hij zegt dat ik gigantisch ga worden. Hij zegt dat ik volgend jaar om deze tijd mijn eigen tv-show kan hebben.'

Luke zucht. 'Schattebout, ik wil je hoop niet de bodem inslaan, maar je moet niet alles geloven wat Aran zegt. Het is een prima jongen, maar hij praat iedereen naar de mond. Misschien gelooft hij er zelf in, misschien niet. Zo gaat dat in Hollywood.' Hij neemt een slokje wijn. 'En dan nog iets: we moeten van die gorilla's af. Zolang zij hier de hele dag op de loer liggen, hebben we geen leven.'

'Mitchell en Jeff?' Ik leg geschrokken mijn lepel neer. 'Ik kan niet zonder Mitchell en Jeff.'

Luke neemt me even ongelovig op, legt dan zijn hoofd in zijn nek en schatert het uit. 'Schat, je hebt ze net een dag. Ze kunnen niet nu al onmisbaar voor je zijn. En als je denkt van wel, sta je niet met beide benen op de grond.' Hij staat op van tafel. 'Ik ga een sandwich voor mezelf maken. Sorry.' Hij begint een boterham dik met mayonaise te besmeren en ik kijk jaloers toe. 'Als je dan toch continu met je beste vriendin Sage praat,' vervolgt hij, 'kun je me misschien helpen. Ik ben ervan overtuigd dat ze het een of andere krankzinnige plan heeft. Wat heeft ze jou verteld?'

Ik voel paniek opkomen. Ik had niet verwacht dat hij het zo recht voor z'n raap zou vragen.

'Hoe bedoel je?' zeg ik om tijd te winnen.

'Ze verbergt iets voor me.' Hij gaat zitten met zijn gigasandwich en neemt een hap. 'Eerlijk gezegd heb ik het bijna gehad met Sage, Becky. Ik dacht dat we konden samenwerken, maar...' Hij veegt een klodder mayo van zijn kin en neemt nog een reusachtige hap.

'Maar wat?'

'Als ze geen open kaart met me wil spelen, wordt het niets.'
'Bedoel je...' Ik krijg opeens een angstig voorgevoel. 'Luke, wat bedoel je nou eigenlijk?'
'Ik weet het nog niet.' Hij trekt een zak chips open die hij zelf moet hebben gekocht. Ík heb in elk geval geen chips gekocht. 'Het zit zo, Becky. Er speelt van alles.'
'Wat dan?'
'Ik heb het kantoor in Londen vandaag gesproken en er zijn boeiende dingen gaande daar. We zijn benaderd door het ministerie van Economische Zaken. Ik moet erheen voor een bespreking. En als het wat wordt, moet ik erbij zijn.'
'In Londen?' Ik kan mijn teleurstelling niet maskeren.
'Ja, dat spreekt vanzelf. Dit uitstapje naar LA is altijd tijdelijk geweest. Het was leuk en interessant, maar eerlijk gezegd heb ik liever tien dwarse ambtenaren van EZ dan één weerspannige filmster.'
Luke lacht, maar ik doe niet mee. Ik voel woede opkomen. Is hij van plan terug te verhuizen naar Londen? Zonder zelfs maar met mij te overleggen?
'We kunnen niet terug naar Londen!' barst ik uit. 'Hoe moet het dan met mij? Hoe moet het met mijn nieuwe carrière?'
Luke kijkt me beduusd aan. 'Nou, je kunt toch zeker wel als stylist in Londen aan de slag? Het is de modehoofdstad.'
'In Londen kan ik geen Hóllywood-stylist zijn.'
'Schat, we hebben thuis ook een filmindustrie. Ik weet zeker dat je wat contacten kunt leggen als je met de juiste mensen gaat praten...'
Hoe kan hij zo dom zijn?
'Maar het is Hollywood niet!' roep ik uit. 'Ik wil in Hollywood wonen en beroemd zijn!'
Zodra ik het heb gezegd, voel ik me zélf een beetje dom. Toch wil ik het niet terugnemen. Ik meen het. Ik heb nog maar net aan de roem gesnuffeld. Hoe kan ik er nu al afstand van doen?
Luke kijkt me alleen maar aan, met een vreemde uitdrukking op zijn gezicht.
'Weet je dat zeker?' zegt hij uiteindelijk.
Nou breekt mijn klomp. Hoe kan hij het zelfs maar vragen?
'Dat wil ik liever dan wat ook!' roep ik uit. 'Weet je wat mijn droom is? Op de rode loper staan omdat ik het ben! Niet meesloffen als een tweederangs burger die alleen maar ruimte inneemt... maar als mezelf. Bécky.'

'Ik besefte niet dat het zo belangrijk voor je was,' zegt Luke op een vlakke toon die me razend maakt.

'Nou, toch is het zo. Het is altijd mijn droom geweest.'

'Niet waar!' Luke lacht blaffend. 'Wil je me nou wijsmaken dat dit de verwezenlijking is van een ambitie die je als kind al had?'

'Nou...' Ik ben even uit het veld geslagen. 'Oké... misschien is het een nieuwe droom. Maakt het iets uit? Waar het om gaat is dat als je me respecteerde, Luke, je ons niet allemaal naar LA zou slepen en dan weer zonder enige waarschuwing terug naar Londen. Ik weet dat jij de grote, belangrijke Luke Brandon bent, maar ik heb ook een carrière! Ik ben zelf iemand! Ik ben niet alleen maar "mevrouw Brandon"! Of wil je soms dat ik zo'n "vrouwtje van" word? Misschien wilde je dat stiekem de hele tijd al! Zal ik dan maar vast gaan leren hoe je zelf soesjes maakt?'

Ik zwijg, een beetje geschrokken van mezelf. Ik was niet van plan al die dingen te zeggen; ze floepten er zomaar uit. Ik zie aan de flakkering in Lukes ogen dat ik hem heb gekwetst. Ik zou het liefst zeggen dat ik het niet zo bedoelde en hem een knuffel geven, maar dat zou ook weer niet goed voelen.

Want eerlijk gezegd meende ik er wel íéts van. Ik weet alleen niet goed wat.

Het blijft een tijdje stil in de keuken. We kijken elkaar niet aan, en het enige geluid is afkomstig van de tuinsproeiers buiten.

'Ik sleep niemand mee naar waar dan ook,' zegt Luke uiteindelijk geërgerd. 'Dit is een huwelijk en we doen dingen in samenspraak. En als je na al onze jaren samen niet gelooft dat ik je respecteer, dan...' Hij breekt zijn zin af en schudt zijn hoofd. 'Hoor eens, Becky, als je echt gelooft dat je carrière hier in LA ligt en nergens anders, prima. Dan verzinnen we er iets op. Ik gun je alles wat je gelukkig maakt. Wat dan ook.'

Alles wat hij zegt is positief en bemoedigend. Ik zou blij moeten zijn. Maar zijn gezicht staat zo afstandelijk dat ik er bang van word. Mijn intuïtie zegt me meestal precies wat Luke denkt, maar nu vraag ik het me af.

'Luke...' Tot mijn afschuw klinkt mijn stem een beetje beverig. 'Het is niet dat ik niet samen wil zijn, het is alleen... Ik moet...'

'Al goed,' kapt hij me af. 'Ik heb het begrepen, Becky. Ik moet een paar mensen bellen.'

Zonder me nog een blik waardig te keuren pakt hij zijn sandwich en beent de keuken uit. Zijn voetstappen weerkaatsen in de gang. Ik roer langzaam in mijn graansoep. Ik ben een beetje in shock. We zaten gewoon te praten, maar van het ene moment op het andere... Wat gebeurde er eigenlijk? Ik weet niet eens hoe we er nu voor staan.

De rest van de avond krijg ik Luke niet meer te zien. Hij zit op zijn werkkamer te telefoneren en ik wil hem niet storen, dus zit ik met een hoofd vol sombere, in hun eigen staart bijtende gedachten voor de tv te zappen. Dit is de kans van mijn leven. Luke zou het spannend moeten vinden. Ik bedoel, Aran maakt zich drukker om me dan Luke. Dat kan toch niet goed zijn? En trouwens, waarom keek hij zo naar me? Alleen maar omdat hij denkt dat roem wordt overschat. En dan het ministerie van Economische Zaken. Economische Zaken. Wie heeft er nou liever Economische Zaken dan Hollywood? Is Luke gek geworden? Ik ben bij Economische Zaken geweest, en neem maar van mij aan dat het niets aanbevelenswaardigs heeft. Ik wil wedden dat als je de ambtenaren daar de kans bood naar Hollywood te gaan, ze die met beide handen zouden aangrijpen.

En waarom moest hij me een schuldgevoel aanpraten? Ik zou me niet schuldig moeten voelen, maar toch is het zo. Ik weet niet eens waaróm ik me schuldig voel. Ik heb niets verkeerds gedaan, behalve dan dat ik de beroemdheid van het moment ben geworden en daar mijn voordeel mee wil doen. Als Luke dat niet begrijpt, zou hij misschien niet in de media moeten werken. Hij zou het spannend moeten vinden.

Net als ik voor de miljardste keer mijn eigen naam google, gaat de deur open en komen pap en Tarkie de kamer in lopen. Nee, ze komen de kamer in zwálken. Ze hebben elkaar een arm gegeven, en pap loopt tegen de salontafel op. Tarkie barst in lachen uit en struikelt dan over een stoel.

Ik kijk er sprakeloos naar. Zijn ze dronken? Zijn mijn vader en Tarquin zich gaan bezátten? Waarom heeft Suze ze niet tegengehouden?

'Waar is Suze?' vraag ik streng.

'Ik heb geen idee waar mijn echtgenote is,' zegt Tarkie, die zijn best doet om elk woord duidelijk uit te spreken. 'Ik heb mijn vrienden, en meer heb ik niet nodig.' Hij geeft pap een klap op zijn rug. 'Je vader is een heel, heel, heel...' – hij lijkt even te blijven steken – '... heel interessante man,' komt hij weer op gang. 'Wijs. Hij begrijpt het. Verder begrijpt niemand het.'

Pap steekt een vinger op alsof hij een redevoering gaat houden. '"De Walrus sprak; het is nu tijd, voor een lang onderhoud."' O, god, hij gaat toch niet heel *Alice in Wonderland* declameren, hè? 'Mooi zo!' zeg ik monter. 'Helemaal mee eens. Heb je zin in koffie, pap?'

'"'t Kan over poedels gaan of soep, vergif of kippenbout,"' vervolgt pap zonder notitie van me te nemen.

'"Varkens met vleugels van verdriet, of dorsvleugels van goud!"' zegt Tarkie plechtig knikkend.

'We weten waar de geheimen begraven zijn.' Pap vergeet de Walrus en kijkt plotseling ernstig.

'We weten waar de lijken begraven zijn,' vult Tarkie aan.

'En de geheimen.' Pap kijkt naar Tarkie en tikt hem op zijn neus.

'En de lijken,' herhaalt Tarkie knikkend.

Nou ja, zeg, ik kan er geen woord van volgen. Pap lacht opeens gorgelend en Tarkie lacht mee. Ze lijken net twee jochies die van school spijbelen.

'Koffie,' zeg ik kordaat. 'Zitten.' Ik loop naar de fluitketel en reik naar onze sterkste espressomelange. Ongelooflijk dat ik mijn vader nuchter moet zien te krijgen. Wat is er aan de hand? Mam zou des duivels zijn.

Terwijl ik kokend water in de cafetière schenk, hoor ik pap en Tarkie achter mijn rug smiespelen. Ik draai me snel om, maar ze zien me niet eens. Ik hoor Tarkie 'Bryce' zeggen en pap beaamt: 'Ja, ja. Ja. Bryce is een beste kerel. Bryce is top.'

'Kijk eens!' Ik zet de koffiekoppen met een klap neer in de hoop dat pap en Tarkie van schrik bij hun verstand zullen komen.

'O, Becky.' Pap kijkt naar me op met een gezicht dat overloopt van genegenheid. 'Mijn kleine meid, een ster in Hollywood. Ik ben zo trots op je, Becky, schat van me.'

'Je bent beroemd,' zegt Tarkie instemmend. 'Beroemd! We zaten in een café en toen kwam jij op de televisie. We zeiden: "Die kennen we!" Je vader zei: "Dat is mijn dochter!"'

'Ja.' Pap knikt lodderig.

'Echt waar.' Tarkie kijkt me plechtig aan. 'Hoe voelt het om beroemd te zijn, Becky? *Fame!*' zingt hij opeens hard. Een verschrikkelijk moment lang denk ik dat hij het hele 'Fame'-lied wil gaan zingen, compleet met een dansje op de tafel, maar hij weet kennelijk niet hoe het verdergaat en roept dus nog maar een keer 'fame!'

'Drink je koffie op,' zeg ik, maar iets minder streng dan eerst. Hun belangstelling maakt me milder. Zie je nou? Zij snáppen het. Zij beseffen dat ik beroemd ben. 'Het voelt... Nou ja, ik ben er al aan gewend, denk ik.' Ik haal achteloos mijn schouders op. 'Ik bedoel, mijn leven wordt natuurlijk nooit meer hetzelfde...'

'Jij bent nu een van hen.' Pap knikt wijsgerig. 'Zij is een van hen,' herhaalt hij tegen Tarkie, die knikt. 'Ze begeeft zich onder de beroemdheden. Vertel eens wie je allemaal hebt gesproken, lieverd.'

'Massa's mensen,' zeg ik, me koesterend in de bewondering. 'Ik ga veel om met Sage, en ik ken Ramona, natuurlijk, en... eh...' Wie was die stokoude man op het gala? 'Ik heb Dix Donahue gesproken, en ik heb het telefoonnummer van April Tremont, die zit in *One of Them*, die comedyserie, en...'

'Dix Donahue!' Pap lacht zo opgetogen dat zijn hele gezicht ervan rimpelt. 'Dat is pas een beroemde naam. Een van de groten. Je moeder en ik keken elke week naar hem.'

'We konden het heel goed met elkaar vinden,' poch ik. 'We hebben een eeuwigheid gekletst. Hij was heel aardig.'

'Heb je zijn handtekening voor me gevraagd?' Pap straalt van opwinding. 'Laat me je boekje eens zien, lieverd. Het moet zo langzamerhand wel vol zijn!'

Het is alsof er ijswater over mijn rug druppelt. Paps handtekeningenboekje. Shit. *Paps handtekeningenboekje.* Ik was het glad vergeten. Ik weet niet eens waar het is. Nog ergens in een koffer? Sinds mijn aankomst in LA heb ik er niet één keer aan gedacht.

'Ik... eh...' Ik wrijf over mijn neus. 'Ik heb zijn handtekening eigenlijk niet gevraagd, pap. Het was, eh... het was geen geschikt moment om ernaar te vragen. Sorry.'

'O,' zegt pap teleurgesteld. 'Nou, jij zult het wel weten, Becky. Van wie heb je al wél een handtekening?'

'Ik heb er... eigenlijk... geen.' Ik slik iets weg, 'Ik wilde de stad eerst leren kennen.' Ik bega de vergissing pap aan te kijken en ik zie het aan zijn gezicht: hij weet dat ik lieg. 'Maar ik ga het nog wel doen!' voeg ik er haastig aan toe. 'Ik ga bergen handtekeningen verzamelen! Ik beloof het.'

Ik sta op en begin borden uit de afwasmachine op te stapelen in een poging de stilte in de keuken te vullen. Pap zegt geen woord. Als ik weer een snelle blik op hem werp, zit hij daar maar, met een gezicht dat oud lijkt van ontgoocheling. Tarquin lijkt met zijn hoofd op tafel in slaap gevallen te zijn, dus alleen pap en ik zijn nog over, zwijgend.

Helemaal kriebelig van schuldgevoel, ergernis en frustratie laat ik de borden op elkaar kletteren. Waarom bezorgt iedereen me de hele tijd een schuldgevoel? Ten slotte haalt pap diep adem en kijkt me aan.

'Becky, kindje, ik wil iets tegen je zeggen...'

'Sorry, pap,' snij ik hem de pas af. 'Ik moet bij de kinderen kijken. Ik kom zo terug, oké?'

Ik trek het niet, een Onderonsje met pap. Niet nu. Ik ga naar boven, stop alle kinderen in en blijf dan lang in Minnies donkere kamer zitten, met mijn hoofd tegen de spijlen van haar ledikantje, luisterend naar haar speeldoosje met de draaiende ballerina erop.

Ik wil pap niet onder ogen komen. Ik wil Luke ook niet onder ogen komen. Waar is Suze? Ik probeer haar te bellen, maar haar telefoon is uitgeschakeld. Minnie snuft in haar slaap en draait zich om, sabbelend op haar konijn, lekker knus in haar slaapzak. Ik kijk er jaloers naar. Wat is haar leven simpel.

Misschien kan ik wat nephandtekeningen in paps boekje zetten. Yes! Geniaal plan. Ik doe alsof ik hopen beroemde mensen ben tegengekomen in de televisiestudio. Misschien kan ik zelfs de handtekening van Dix Donahue vervalsen. Ik bedoel, pap hoeft er toch nooit achter te komen? Ik vul zijn boekje met handtekeningen en dan is hij blij en is alles weer goed.

Iets opgevrolijkt knip ik Minnies bedlampje aan en reik naar *Het sprookjes kijk- en zoekboek*. Het is een van mijn lievelingsboeken. Ik ga dit lezen, en dan misschien ook nog *Raad eens hoeveel ik van je hou*, en dan ga ik mijn aantekeningen voor de opnames van morgen doornemen. Ik word om zes uur opgehaald, dus dat wordt vroeg naar bed vanavond.

Het goede nieuws is dat ik er helemaal klaar voor ben. Ik heb wel twintig bladzijden aantekeningen, met plaatjes en moodboards en alles. Ik heb me verdiept in alle modeverhalen die ik maar kan bedenken, zodat ik mijn zegje kan doen, wat voor kledingstukken ze ook hebben gekozen. Bij het idee alleen al krijg ik kriebels in mijn buik. Ik bedoel, het is wel *Breakfast Show USA*! Het wordt gigantisch! Mijn carrière komt van de grond! En dán zal ik iedereen eens iets laten zien.

Greenland Endeavours

... waar uitdaging en avontuur samengaan met inspiratie...

Officieel verslag

Cliënt: Danny Kovitz
Onderwerp: Medisch noodgeval/traumahelikopter

Op maandagochtend begon cliënt uitputtingsverschijnselen te vertonen. Ondanks aanmoediging van de teamleider en andere teamleden hield hij uiteindelijk op met skiën, gooide zijn rugzak van zich af en barstte in snikken uit. Cliënt werd om 15.00 uur per traumaheli overgebracht naar het basiskamp in Kulusuk.

Cliënt werd onderworpen aan een grondig medisch onderzoek en gezond bevonden, zonder sporen van bevriezing of ademhalingsstoornissen. Wel maakte cliënt een hoogst verwarde indruk. Verpleegkundige Gill Johnson, die hem gedurende drie uur observeerde, noteerde de volgende opmerkingen uit zijn mond: 'Mijn tenen zijn weg', 'Mijn vingers moeten worden afgezet', 'Mijn longen zijn bevroren', 'Ik ben sneeuwblind', 'Waarom ik?', 'Ik ben aan het eind van mijn krachten', 'Zeg tegen iedereen dat ik moedig ben gebleven tot het eind'. Ondanks haar geruststellende woorden bleef hij er geruime tijd van overtuigd dat hij op sterven lag.

Vervolgens gebruikte cliënt een stevige maaltijd, bekeek een aantal afleveringen van *America's Next Top Model* op het televisietoestel in de ziekenzaal en genoot een ongestoorde nachtrust, waarna hij de volgende dag naar Reykjavik werd overgebracht, vanwaar hij naar New York vloog.

Greg Stein
Teamleider

283

Van: Kovitz, Danny
Aan: Kovitz, Danny
Onderwerp: weet niet hoe ik het heb overleefd

---

dierbare vrienden,

hoewel ik tot het uiterste ben gegaan is mijn tocht over de ijskap voortijdig afgebroken toen ik tegen mijn wil per traumaheli in veiligheid werd gebracht. ik wilde doorgaan maar de teamleider zei dat ik mezelf en de anderen dan in gevaar zou brengen. het zal een schok voor jullie zijn om te horen dat ik op het randje van de dood balanceerde.

het gaat me aan het hart de expeditie af te breken maar ik zal het weidse landschap nooit vergeten en dit herscheppen in een serie winterwitte jurken voor mijn volgende herfst-/wintercollectie die ijs en pijn gaat heten en waarin doorgestikte patchworkstoffen en kale botten terugkomen. nb tristan maak aub voor mijn terugkeer lijst verkooppunten kale botten.

ik ga nu op doktersadvies naar een herstellingsoord om tot rust te komen. jullie kunnen bloemen en cadeaus sturen via mijn kantoor in new york.

kusjes

danny xxx

18

Ze hadden geen greintje belangstelling voor mijn aantekeningen. Ze hadden niet eens kleren in de studio. We hebben helemaal niet over mode gepraat. Ik zit als verdoofd met Aran in de van de studio wegrijdende limo. Hoe heeft dit kunnen gebeuren? Het begon zo perfect. De limo was er om zes uur, en Jeff 'stelde hem veilig' terwijl ik poseerde voor Lon en al zijn vrienden die 'Becky! Beckiiieee!' krijsten. Ik had mijn exclusieve Danny Kovitzjurk aan met een bolero erop en ik voelde me een eersteklas beroemdheid. Toen zoefden we naar de studio waar ik in de visagie naast Ebony-Jane Graham zat, die hartstikke beroemd is als je naar dieetprogramma's kijkt.

De gastvrouw heette Marie en ze was een en al glimlach en enorme parels. (En ook een tamelijk enorme kont, alleen zie je dat niet, want ze zit de hele tijd op de bank.) Ik was klaar voor de opnames, die om tien voor halfacht zouden beginnen, en ik verging van de opwinding, alleen knaagde er iets aan me: waar zijn de kleren? Toen ik het aan het meisje van de productie vroeg, keek ze me niet-begrijpend aan en zei: 'Je komt toch over Ramona praten?' Ik had geen tijd om ertegenin te gaan, want ze joeg me de set op, waar ik niet alleen Marie aantrof, maar ook een expert op het gebied van kleptomanie die dr. Dee heette.

Zelfs toen had ik het nog niet door. Ik bleef maar denken: straks gaan ze me modevragen stellen. Misschien worden de kleren op een scherm vertoond. Misschien komen er modellen tevoorschijn in de nieuwste outfits.

Hoe heb ik zo stom kunnen zijn? De opnames begonnen, en Marie hield een inleidend praatje dat alleen maar over Ramona en Sage ging. Toen wendde ze zich tot mij en zei: 'Zo, Becky. Terug naar de essentie.'

'Absoluut!' zei ik met een stralende lach, en ik deed mijn mond open om te vertellen dat de trend van dit seizoen draait om sobere lijnen en speelse accessoires.

Maar toen vervolgde ze: 'Jij was in de winkel toen Ramona – om welke reden dan ook, daar gaan we straks met dr. Dee nader op in – een paar artikelen stal. Kun je dat moment aan ons beschrijven?' Ik hakkelde me door een gegeneerd verslag van hoe ik Ramona de sokken had zien stelen. Vervolgens vroeg ze wat er bij de Awards was gebeurd, en toen richtte ze zich tot dr. Dee en zei: 'Zo, dr. Dee. Waarom gaat een gevierde actrice als Ramona Kelden de criminaliteit in?'

En dat was het dan. Mijn rol was uitgespeeld. Dr. Dee hield een eindeloos verhaal over eigenwaarde en een moeilijke jeugd, bla, bla (ik luisterde niet meer) en toen was het klaar. Geen vleugje mode. Niet één vermelding van het feit dat ik stylist ben. Ze vroegen me niet eens van wie mijn clutch was.

'Zo.' Aran kijkt op van zijn telefoon en werpt me zijn Hollywoodglimlach toe. 'Dat ging goed.'

'Góéd?' herhaal ik ongelovig. 'Het was verschrikkelijk! Ik dacht dat ik over kleren zou gaan praten! Ik had allemaal aantekeningen gemaakt, en ik was er helemaal klaar voor, en mijn carrière als stylist zou van de grond komen...'

'Oké.' Aran kijkt me verbaasd aan en haalt dan zijn schouders op. 'Maar het was goede media-aandacht. We werken naar dat stylistengedoe toe.'

We werken ernaartoe?

'Je had gezegd dat het over stylen zou gaan,' zeg ik zo beleefd als ik kan. 'Dat had je tegen me gezegd.'

Ik wil niet de diva uithangen. Ik weet dat Aran me echt wil helpen en zo. Maar hij had mode beloofd. Hij had kleding beloofd.

'O.' Hij heeft weer die blanco uitdrukking op zijn gezicht, alsof hij niet eens hoort wat ik zeg. 'Daar gaan we aan werken. Goed, ik heb een paar nieuwe aanbiedingen, waaronder eentje die gigantisch is. Gigantisch.'

'Echt?' Het maakt me hoopvol, of ik wil of niet.

'Zie je nou? Ik had toch gezegd dat je de koningin van het moment zou zijn? Om te beginnen heb ik een leuke uitnodiging voor de première van *Circus* voor je. Ze willen je op de rode loper hebben.'

'Op de rode loper?' Opeens voel ik een knetterende opwinding. 'Met... interviews?'

'Ongetwijfeld. Ik vind dat je het moet doen.'

'Natuurlijk doe ik het!' zeg ik opgetogen. 'Ik kan niet wachten!'

Ik kom op de rode loper bij een première! Ik! Becky! Om wie ik zelf ben!' 'Wat heb je nog meer?'

'Dit is spectaculair, en het moet onder ons blijven.' Hij knikt naar zijn telefoon. 'Eigenlijk zou ik het jou niet eens mogen vertellen.' 'Echt?' De opwinding vonkt weer. 'Wat is het dan?' 'Het is reality-tv, maar dan van een heel nieuwe orde.' 'Juist.' Het woord 'reality' maakt me een tikje huiverig, maar dat ga ik niet laten merken. 'Cool!' zeg ik gedecideerd. 'Klinkt gaaf!' 'Wat het is...' Hij onderbreekt zichzelf. 'Oké, je moet er wel tegen kunnen. Maar jij kunt wel wat hebben, hè, Becky?' 'Ja! Zeker weten!'

O, god. Alsjeblieft, laat hij nou niet zeggen dat hij me in een show wil hebben waarin je ongedierte moet eten. Ik kan geen wormen eten. Ik kan het gewoon niet.

'Dat dacht ik al.' Hij lacht zijn blikkerende tanden weer bloot. 'Waar het in deze show om draait, is esthetische verbetering. De werktitel is *Even More Beautiful*. Beroemdheden krijgen een mentor in de vorm van een andere beroemdheid, en die mentor begeleidt zorgvuldig een proces van esthetische aanpassing. De kijkers volgen elk proces en stemmen over het resultaat. Uiteraard kunnen er continu medische deskundigen worden geraadpleegd,' besluit hij achteloos.

Ik knipper met mijn ogen van verbazing. Heb ik het wel goed gehoord?

'Esthetische aanpassing?' zeg ik uiteindelijk. 'Plastische chirurgie, bedoel je?'

'Het is een baanbrekende show.' Aran knikt. 'Superspannend, hè?' 'Nou!' beaam ik in een reflex, al kan ik het niet goed bevatten. 'Dus... ik beslis wat voor cosmetische ingreep een beroemdheid moet ondergaan en dan wordt erover gestemd? Maar als ik het dan fout heb?'

Aran schudt zijn hoofd. 'We zien jou als een van de beroemde deelnemers die de reis zouden ondergáán. Je zou een beroemde mentor toegewezen krijgen die ernaar zou streven de allermooiste zwaan van je te maken. Niet dat je niet al een zwaan bent,' zegt hij charmant. 'Maar aan iedereen valt wel iets te verbeteren, nietwaar?' Hij heeft pretoogjes. 'De chirurgie alleen zou al duizenden dollars waard zijn, nog afgezien van het honorarium en de publiciteit... Het is een geweldige kans, zoals ik al zei.'

Het duizelt me. Dit kan hij niet menen.

'W-wil je dat ik me laat opereren?' stamel ik.

'Neem maar van mij aan dat dit de grootste show wordt die de wereld ooit heeft gezien,' zegt Aran zelfverzekerd. 'Als ik je vertel wie er al hebben ingetekend...' Hij knipoogt. 'Laten we het erop houden dat je in topgezelschap zou verkeren.'

'Ik... ik zal erover nadenken.'

Ik staar verdwaasd naar buiten. Plastische chirurgie? Luke zou het absoluut... O, god. Ik kan het niet eens aan Luke vertéllen. Ik ga dit echt niet doen.

'Aran.' Ik richt mijn blik weer op hem. 'Hoor eens, ik denk niet... Ik bedoel, ik weet wel dat het een geweldige kans is en zo...'

'Ik snap het. Je vindt het te ver gaan. Het is een schok voor je dat ik het zelfs maar durf te vragen.' Aran heeft weer pretlichtjes in zijn ogen. Hij maakt een pakje kauwgom open en houdt het me voor. Ik schud mijn hoofd. 'Becky, wil je snel beroemd worden? Dit is de kortste weg.'

'Maar...'

'Ik ga je niet zeggen wat je moet doen, ik geef je alleen de informatie. Zie me als je navigatiesysteem. Er zijn snelle en langzame routes naar de roem. Aan deze show meedoen zou een supersnelle route zijn.' Hij wipt drie kauwgompjes in zijn mond. 'Maar als de supersnelle route je niet aanstaat, wordt het een heel ander verhaal.'

Hij zegt het zo nuchter. Zo afstandelijk. Ik kijk naar zijn gladde, smetteloos gave gezicht en voel me verwarder dan ooit.

'Je zei dat ik al hot was. Je zei dat ik volop in de belangstelling stond. Waarom moet ik dan aan een realityshow meedoen?'

'Becky, je dóét niets,' zegt Aran botweg. 'Je zit niet in een tv-serie. Je hebt geen relatie met een beroemdheid. Als Ramona schuld bekent, komt er niet eens een rechtszaak. Als je erbij wilt blijven horen, moet je je gezicht laten zien.'

'Ik wil mijn gezicht laten zien als stylist.'

'Nou, doe dat dan,' zegt hij schouderophalend. 'Maar ik kan je wel zeggen dat dat niet de supersnelle route is.'

De auto stopt bij mijn hek en Aran geeft me een vluchtige zoen op beide wangen. 'Het was me een genoegen.'

Ik stap uit, gevolgd door Jeff, en de limo rijdt weg, maar ik ga niet naar binnen. Ik ga op een muurtje zitten piekeren, bijtend op mijn onderlip. Ik laat mijn gedachten vrij spel tot ik een beslissing heb genomen, pak dan vastberaden mijn telefoon en kies een nummer.

'Becky?' klinkt de slaperige stem van Sage. 'Ben jij het?'

'Hoor eens, Sage, ga jij naar de première van *Circus*? Want ik wil graag een outfit voor je samenstellen. Je had gezegd dat je mij als stylist wilde, weet je nog? Weet je nog dat we het erover hebben gehad?'

'O.' Sage gaapt. 'Vast wel.'

'Dus… ga je naar de première? Mag ik je kleden?'

Ik duim als een razende. *Zeg ja, zeg ja, alsjeblieft…*

'Best.'

'Super!' Ik slaak een zucht van verlichting. 'Fantastisch! Nou, dan ga ik een paar outfits bij elkaar zoeken. Ik bel je nog.'

Dan ga ik naar binnen, een stuk vrolijker. Dan was mijn tv-optreden maar een mislukking. Ik heb het heft in handen genomen. Ik word de stylist van Sage Seymour. Ik ga de rode loper op. Alles valt op zijn plek!

Ik hoor Luke in de keuken en mijn maag verkrampt even van de spanning. Ik heb Luke sinds gisteren niet meer gesproken. Ik sliep al toen hij naar bed ging, en toen ik opstond voor de tv-show, heb ik hem laten slapen. We hebben elkaar dus niet meer gezien sinds onze ruzie.

Nee, geen ruzie. Onze discussie.

'Als jij nu eens hier ging zitten,' zeg ik tegen Jeff, en ik wijs naar een van de grote stoelen in de hal. 'Mitch is zeker in de tuin aan het surveilleren?'

'Precies,' zegt Jeff met die emotieloze stem van hem, en hij laat zijn machtige lichaam in de stoel zakken. Ik haal diep adem en drentel dan de keuken in, neuriënd als iemand die nergens mee zit en gisteren geen moeilijk momentje met haar man heeft gehad.

'Hallo!' Mijn stem klinkt iets te schel.

'Hallo.' Luke kijkt op van een document in een plastic map. 'Hoe ging je interview?'

'Het ging… goed. Hoe is het met jou?'

'Hoe het is?' Luke stoot een vreugdeloze lach uit. 'Het is wel beter geweest, eerlijk gezegd.'

'O?' Ik kijk hem geschrokken aan. 'Wat is er dan?'

'Ik dácht wel dat die hopeloze Sage iets in haar schild voerde, en nu weet ik het zeker.'

'O ja?' zeg ik. Mijn hart gaat iets sneller slaan. 'Eh... wat is ze van plan?'

'Die twee samen. Sage en Ramona.' Hij kijkt naar de deur. 'Doe die even dicht, wil je? Ik wil niet dat je gorilla's het horen.'

Terwijl ik doe wat hij vraagt, denk ik als een razende na. Wat heeft hij ontdekt? Hoe heeft hij het ontdekt?

'Ze hadden het allemaal in scène gezet. De hele vete, de winkeldiefstal, de rel bij de Awards... Nep. Alles.'

'Nee!' roep ik zo ontzet mogelijk uit. 'Dat meen je niet!'

'Aran kwam er gisteren achter. We hebben er later nog een bespreking over. Dit moet natuurlijk onder ons blijven...' Opeens breekt hij zijn zin af en knijpt zijn donkere ogen tot spleetjes. 'Wacht eens even. Becky?'

'Eh... ja?' zeg ik weifelend. Hij komt vlak voor me staan en neemt me onderzoekend op. Ik voel mijn jukbeenderen sidderen onder zijn kritische blik. En mijn lippen. Ik geloof dat zelfs mijn haar beeft.

'Becky?' zegt hij weer, maar nu dreigend.

O, god. Het probleem met Luke is dat hij me door en door kent. Hoe kan ik ooit iets voor hem verborgen houden?

'Je wist het?' zegt hij uiteindelijk. 'Je wist ervan?' Hij kijkt me zo ontdaan aan dat ik naar adem snak.

'Zo'n beetje.'

'En je hebt niets tegen me gezegd? Zelfs niet toen ik het je rechtstreeks vroeg?'

'Dat kon ik niet! Ik bedoel, Sage zei... Ik had haar beloofd...'

Mijn stem sterft weg. Luke ziet er niet alleen verontwaardigd uit, maar ook gekwetst. En gelaten. Hij ziet eruit alsof hij het zat is, denk ik, en mijn maag verkrampt. Wat is hij zat? Hollywood? Mij?

'Laat maar, ik snap het al,' zegt hij op vermoeide toon. 'Je loyaliteit aan Sage is belangrijker voor je dan je loyaliteit aan mij. Prima. Dan weet ik waar ik aan toe ben.'

'Nee!' zeg ik onthutst. 'Dat is niet... Ik wilde alleen...' Weer maak ik mijn zin niet af. Handenwringend zoek ik naar woorden. Misschien zijn er geen woorden, behalve dan de woorden die ik niet wil uitspreken omdat hij me dan oppervlakkig zal vinden, wat ik niet ben.

Nou, oké, misschien ben ik dat wel. Een beetje. Maar iedereen in Hollywood is oppervlakkig. Ik bedoel, in vergelijking met het gros van de mensen hier heb ik veel diepgang. Ik ben diepzinnig! Beseft hij dat dan niet?

'Ze hebben het heel slim gedaan,' zeg ik uiteindelijk. 'Dat moet je ze nageven. Ramona heeft het allemaal bedacht. Geen mens die iets vermoedt.'

'Ik vermoed dat je er nog wel achter zult komen dat ze minder slim zijn dan je denkt,' zegt Luke droog. 'Als dit uitkomt, zal noch de pers, noch het publiek het toejuichen.'

'Misschien komt het niet uit.'

Terwijl ik het zeg, weet ik al dat ik naïef ben. Alles komt uit. 'Het komt uit. En ik denk dat ze het dan allebei nog moeilijker zullen vinden om het soort werk te krijgen dat ze willen hebben.' Luke schudt zijn hoofd. 'Becky, ik kan je wel zeggen dat ik niet langer met Sage wil werken dan strikt noodzakelijk is. Ik zal het werk netjes afronden, professioneel blijven... maar het is afgelopen. Het heeft geen zin om iemand te adviseren die mijn raad toch maar in de wind slaat. Ik heb nog nooit iemand ontmoet die zo gewetenloos is, zo grillig, zo stom... En ik raad jou aan ook niet met haar om te gaan. Aan haar zul je niets hebben.'

'Wel waar!' stuif ik op. 'Ze is mijn vriendin! Ze is mijn...'

'Vrijkaartje naar roem en fortuin. Ik snap het.'

'Het gaat niet om "roem en fortuin",' zeg ik beledigd. 'Het gaat om mijn werk. Om mijn carrière. Ik ga haar stylen voor een première. Het is mijn grote kans! Aran zegt...'

'Aran houdt niet van je,' kapt hij me weer af, en nu zo fel dat ik geschrokken een stap achteruitzet. 'Ik wel. Ik hou van je, Becky. Ik hou écht van je.'

Zijn ogen zijn vlak bij de mijne. En terwijl ik in die donkere diepten kijk, is het alsof ik ons hele leven samen zie. Ik zie de geboorte van Minnie. Onze bruiloft bij mijn ouders thuis. Luke die me rondzwiert op de dansvloer in New York. Mijn sjaaltje van Denny & George.

Ik weet niet wat hij in mijn ogen ziet, maar hij kijkt net als ik, zonder met zijn ogen te knipperen, alsof hij me in wil drinken.

'Ik hou van je,' herhaalt hij iets kalmer. 'En ik weet niet wat er hier mis is gegaan, maar...'

Opeens kan ik wel janken, stom genoeg.

'Er is niets misgegaan,' zeg ik met verstikte stem. 'Helemaal niets.'

'Oké. Ook goed.' Hij haalt zijn schouders op en loopt bij me weg. De vlakke stilte weegt zwaar op mijn schouders. Ik kan er niet meer tegen. Waarom begrijpt hij het niet?

Dan draait Luke zich om en zijn gezicht staat opeens geanimeerd. 'Becky, luister. Ik moet een paar dagen terug naar Londen. Ik vlieg morgen. Waarom ga je niet met me mee? We kunnen Minnie van de peuterspeelzaal halen, wat tijd samen doorbrengen, elkaar weer vinden, dingen uitpraten, ontbijten in het Wolseley...'

Ik voel een steekje. Hij weet dat in het Wolseley ontbijten een van de dingen is waar ik dol op ben. 'Als Minnie bij je moeder kan logeren, zouden we zelfs een kamer in het Ritz kunnen nemen,' vervolgt hij met een twinkeling in zijn ogen. 'Wat dacht je daarvan?'

Het Ritz is de plek waar we onze allereerste nacht samen hebben doorgebracht. Het is een fantastisch idee. Opeens krijg ik een visioen van hoe we samen wakker worden in een prachtig, weelderig bed, helemaal relaxed en tevreden, alsof die ruzies er nooit zijn geweest. Luke heeft zijn handen op mijn schouders gelegd. Hij trekt me zachtjes naar zich toe en zijn handen glijden over mijn rug.

'Misschien kunnen we dat broertje of zusje voor Minnie maken,' zegt hij met die zachte gromstem waar ik altijd van smelt. 'Dus, zal ik drie tickets voor morgen reserveren?'

'Luke...' Ik kijk gekweld naar hem op. 'Ik kan niet. Ik kan gewoon niet. Ik zit met die première; ik heb beloofd Sage te kleden, en het is mijn...'

'Ik weet het.' Luke ademt hoorbaar uit. 'Je grote kans.' Ik zie dat hij zich tot het uiterste inspant om vriendelijk te blijven. 'Oké, een andere keer dan.' Hij stapt achteruit en mijn huid voelt koud waar zijn handen zijn geweest. Nam hij me maar weer in zijn armen. Was die première morgen er maar niet. Ik zou willen...

O, god, ik weet niet meer wat ik wil.

'Trouwens, mijn vader is er ook nog,' merk ik op, blij dat ik nog een reden heb om me aan vast te klampen. 'Ik kan hem niet zomaar achterlaten.'

'Ook goed.' Luke verstopt zich weer achter zijn afstandelijke, dagelijkse stemming. 'O, dat wilde ik nog zeggen. Je moeder heeft me gebeld. Ze vroeg wat er aan de hand was. Kennelijk had je niets meer van je laten horen.'

Ik voel weer een steekje schuldgevoel. Mijn moeder heeft me zoveel sms'jes gestuurd dat ik de tel kwijt ben.

'Ik zal haar bellen. Ze zit gewoon in de stress vanwege mijn vader. Ze kan niet meer ophouden.'

'Nou, en terecht,' zegt Luke droog. 'Wat is er toch met je vader?

Wat komt hij hier eigenlijk doen? Heb je dat al tot op de bodem uitgezocht?'

'Nog niet,' beken ik. 'Ik heb nog geen kans gezien om met hem te praten.'

'Geen kans?' herhaalt Luke verbijsterd. 'Hij woont bij ons, godbetert.'

'Ik heb het ontzettend druk gehad!' zeg ik in mijn wiek geschoten. 'Ik had die opnames vanochtend, en daar moest ik me op voorbereiden, en ik moest een paar outfits voor Sage samenstellen... Ik heb geen moment rust gehad. En dat hij met Tarquin op stap gaat en zich bezat, helpt ook niet echt!'

'Nou, ik zou eens met hem praten als ik jou was.'

'Doe ik ook. Ik ben het echt van plan. Is hij thuis?'

Luke schudt zijn hoofd. 'Ik heb hem nog niet gezien. Tarkie ook niet. Ze zullen wel samen weg zijn.' Hij werpt een blik op zijn horloge. 'Ik moet een paar dingen regelen. Ik zie je wel weer.' Hij geeft me een vluchtige zoen en loopt weg. Ik zak op een stoel, diep terneergeslagen.

Tot nog toe is deze dag zo ongeveer het tegenovergestelde van wat ik had gehoopt. Ik dacht dat ik een waanzinnig tv-interview zou doen. Ik dacht dat ik in een triomfantelijke wolk terug zou komen uit de studio. Ik dacht dat Luke me thuis stralend van trots zou opwachten en misschien op me zou proosten met champagne. Mijn telefoon piept en ik reik er moedeloos naar. Het zal Luke wel zijn om te zeggen dat mijn outfit ook waardeloos was, of zoiets.

Maar het is Luke niet. Het is Elinor.

Ik schiet met bonzend hart overeind. *Elinor.* Ik open het bericht en lees het.

Beste Rebecca, ik ben in Los Angeles aangekomen.

O, mijn god. Is ze híér?

Even later komt er nog veel meer tekst: Ik verheug me op het weerzien met Luke en vertrouw erop dat jij hem hebt voorbereid. Zou je zo snel mogelijk contact met me willen opnemen? Ik logeer in het Biltmore. Vriendelijke groet, Elinor Sherman.

Typisch Elinor. Ze schrijft sms-berichten alsof ze met een ganzenveer op perkament kalligrafeert.

Ik lees het bericht nog een paar keer over en probeer niet in paniek te raken. Niets aan de hand. Het komt allemaal goed. Ik kan dit wel aan. Het komt zelfs goed uit. Dit zou de oplossing voor alles kunnen zijn. Luke en ik moeten de lucht klaren; Luke en Elinor moeten de lucht klaren; iedereen moet de lucht klaren. Wat wij nodig hebben, is een grote, cathartische sessie, en daarna zal iedereen een stuk blijer zijn. Misschien kan dit Luke en mij zelfs wel dichter bij elkaar brengen. Hij zal inzien dat ik echt meer dingen belangrijk vind dan de rode loper. Hij zal inzien dat ik de hele tijd aan zijn welbevinden en geluk heb gedacht. En dan zal het hem spijten dat hij me oppervlakkig heeft genoemd. (Oké, misschien heeft hij me niet letterlijk oppervlakkig genoemd, maar hij dacht het wel, dat weet ik zeker.)

Ik heb Luke nergens op voorbereid, maar hoe zou ik dat ook moeten doen? Als ik Elinors naam maar noem, luistert hij al niet meer. Het is het beste om ze in dezelfde kamer te krijgen en dan de deur op slot te draaien. Zo doe je dat bij interventies, je overrompelt de mensen.

Wat ik wél heb gedaan, is een brief schrijven. Want dat doe je ook bij interventies. Je schrijft op hoe de ander je kwetst door zijn of haar gedrag, en dat lees je hardop voor en dan zegt de ander: 'Mijn god, nu begrijp ik het pas', en stopt subiet met alcohol/drugs/de vete met familieleden. (Dat is althans het idee.)

Ik zal wat kaarsen kopen en wat rustgevende luchtverfrisser en... wat nog meer? Misschien moeten we eerst samen chanten. Ik heb een fantastische cursus chanten gedaan bij Golden Peace, alleen ben ik er nooit echt achter gekomen welke woorden we moesten zeggen. Ik chantte dus meestal maar achter elkaar door 'praa-daaaa... praadaaaa'. Geen haan die ernaar kraaide.

En misschien moet ik Elinor begeleiden. Want als ze hier aankomt en zo ijzig naar Luke kijkt en zegt: 'Ga eens naar de kapper', kunnen we net zo goed meteen ophouden.

Ik denk even na en typ dan mijn antwoord.

Beste Elinor, ik wil je graag ontmoeten vandaag. Misschien kunnen we samen theedrinken voordat je Luke 's avonds ontmoet. Wat dacht je van 3 uur?

Ik heb de sms al verzonden voordat het tot me doordringt dat ik geen idee heb waar je in LA thee zou kunnen drinken. In Londen is het makkelijk. Daar struikel je over de theepotten, zilveren etagères en scones met een dikke laag room, maar in LA?

Ik denk even na en sms dan aan Aran: Weet jij wat de beste plek in LA is om thee te drinken?

Ik krijg prompt antwoord: Ja. De Purple Tea Room. Helemaal in. Altijd vol. Zal ik voor je reserveren?

Na nog wat ge-sms over en weer is het rond. Ik zie Elinor om drie uur en dan bespreken we alles. Vervolgens komt ze om zeven uur naar ons huis om Luke te zien, en verder moeten we maar afwachten. Het probleem met Luke is dat hij zo koppig is. Hij heeft besloten dat hij de pest heeft aan zijn moeder en dat is het dan, maar hij moest eens weten. Gaf hij haar maar eens een kans. Elinor mag dan allerlei verschrikkelijke dingen hebben gedaan toen hij nog jong was, maar toen ik samen met haar zijn verjaardagsfeest organiseerde, merkte ik wel hoeveel spijt ze ervan heeft. Ik heb gezien hoe graag ze het goed wil maken. Ik heb zelfs gezien hoeveel ze van hem houdt, op haar eigen kille, bizarre Vulcan-manier. Daar komt nog bij dat ze niet het eeuwige leven heeft, toch? Wil Luke echt vervreemd blijven van zijn eigen vlees en bloed?

Terwijl ik door het keukenraam zit te staren, rijdt Suzes auto de oprit in, en ik zie haar voorzichtig onder een boom parkeren. Goddank. Suze helpt me wel. Ik heb Suze al tijden niet echt meer gezien, dringt het opeens tot me door. Ik mis haar. Wat heeft ze uitgespookt? Waar zat ze gisteravond?

Net als ik 'Suze!' door het keukenraam wil roepen, gaat het portier aan de passagierskant tot mijn verbazing open. Er komen twee lange benen in een caprilegging naar buiten, gevolgd door een pezig lijf en onmiskenbaar blond haar.

Ik kijk er verslagen naar. Wat moet Suze met Alicia?

Suze heeft gewoon een spijkerbroek en een zwart topje aan, maar Alicia is zoals gewoonlijk in een waanzinnige yoga-outfit gestoken. Er zitten splitten in de zijkant van haar oranje top waardoor ik haar gebruinde, slanke romp zie. Jasses. Wat is het toch een uitsloofster. Suze en Alicia praten ernstig met elkaar. Dan leunt Suze tot mijn afgrijzen naar voren en slaat haar armen om Alicia heen. Alicia klopt op haar rug en spreekt haar zo te zien sussend toe. Het maakt me razend. Ik word er zelfs bijna onpasselijk van. Suze en Alicia Billenkont? In elkaars armen? Hoe kán ze?

Suze draait zich om en loopt naar het huis en even later hoor ik haar sleutel in het slot.

'Suze!' roep ik, en ik hoor haar voetstappen op weg naar de keuken.

'O, hoi.' Ze staat in de deuropening, maar ze doet verder niets gewoons, zoals naar me toe komen of glimlachen. Ze ziet er afgetobd uit. Ze omklemt de deurpost en ik zie de gespannen pezen in haar hand.

'Hoe was je tv-optreden?' zegt ze op een toon alsof het haar niet minder zou kunnen boeien. 'Ben je nu nog beroemder?'

'Het ging wel. Suze, waar heb je in vredesnaam gezeten?'

'Wat kan het je schelen?' zegt ze met een strak glimlachje. 'Als je je alleen voelt, ga je toch naar Sage? En anders moet je toch zeker wel naar een evenement voor beroemde mensen?'

'Doe niet zo!' zeg ik gekwetst. 'Ik heb je nodig. Raad eens wat er gebeurd is? Elinor is aangekomen, en ik moet mijn interventie organiseren maar ik ben nog lang niet klaar, en…'

'Bex, het boeit me echt niet,' onderbreekt Suze me bot. 'Ik heb wel andere dingen aan mijn hoofd. Trouwens, ik ben hier alleen maar om een paar spullen te pakken en dan moet ik weer weg.' Ze draait zich op haar hakken om en ik ren achter haar aan.

'Waar ga je heen?' vraag ik terwijl ik in haar kielzog de trap op loop.

'Naar Golden Peace.'

'Heb je Alicia daarom bij je?' Ik wil niet rancuneus klinken, maar ik kan er niets aan doen. 'Ik heb jullie wel gezien. Ik heb wel gezien dat ze je omhelsde.'

'Ik verwachtte niet anders.'

'Jij stond te knuffelen met Alicia Billenkont? Opzettelijk?'

'Klopt.' Suze klinkt weer alsof het haar totaal niet boeit. Ze pakt een jasje en stopt het in haar grote tas, gevolgd door een bundel aantekeningen, zo te zien in Tarquins handschrift. 'Oké, ik ga.' Ze wringt zich langs me heen en beent de kamer uit.

Ik kijk haar beteuterd na. Ze doet alsof ik er niet ben. Wat is er aan de hand?

'Suze!' Ik ren achter haar aan de trap af. 'Luister. Hoe laat kom je terug? Want ik wil echt graag met je praten. Het gaat niet zo lekker tussen Luke en mij, en nu is Elinor er ook nog. Het wordt echt lastig, en ik voel me gewoon een beetje…'

'Het gaat niet zo lekker tussen Luke en jou?' Ze draait zich als door een wesp gestoken om. Haar blauwe ogen fonkelen van woede en ik zet geschrokken een stap achteruit. 'Zal ik jou eens wat zeggen, Bex? Tussen Tarquin en mij gaat het ook niet zo lekker! Maar dat boeide jou niet, hè? Dus waarom zou ik dan geïnteresseerd zijn in jouw stomme problemen?'

Ik ben even sprakeloos van ontzetting. Suze is wit weggetrokken. Ze ziet er zelfs verschrikkelijk uit. Haar ogen zijn helemaal rood, zie ik nu. Is er iets gebeurd waar ik niets van weet?

'Waar heb je het over?' vraag ik angstig.

'Ik heb het over het feit dat die schoft hem heeft afgepakt,' zegt ze bevend. 'Ik heb het over het feit dat hij is gehersenspoeld.'

Begint ze daar nou weer over?

'Suze,' zeg ik zo geduldig als ik kan, 'Bryce is geen slech...'

'Je snapt het niet, Bex!' barst Suze uit. 'Ze hebben hem ontslagen!'

'Wát?' Ik kijk haar perplex aan.

'Ze denken dat hij schadelijke praktijken heeft bedreven in Golden Peace. Ze zijn heel ongerust. Ze willen dat Tarkie naar Golden Peace komt om te vertellen wat er zich heeft afgespeeld tijdens al die een-op-eensessies. Ik ga vandaag naar een expert op het gebied van sektes. Hij gaat me adviseren. Ik ga er nu met Alicia naartoe. Ze heeft me ontzettend goed gesteund. Ze was fantastisch,' zegt Suze beverig. 'Alicia was zelfs degene die haar man heeft gewaarschuwd en erop heeft aangedrongen dat Bryce ontslagen zou worden.'

Ik ben sprakeloos van ontzetting. Het duizelt me van al die nieuwe informatie. Bryce ontslagen? Alicia fantastisch? Tarquin gehérsenspoeld?

'Suze,' stamel ik ten slotte. 'Suze, ik had geen idee...'

'Natuurlijk niet,' zegt ze zo sarcastisch dat ik in elkaar krimp. 'Jij had het te druk met avondtasjes uitzoeken.'

'Dat was voor mijn werk,' zeg ik afwerend. 'Niet voor de lol!'

'O ja, je werk. Dat was ik even vergeten.' Haar toon is nog bijtender. 'Die supernieuwe carrière van jou waar we allemaal voor op onze tenen moeten lopen omdat je beroemd bent. Nou, geniet van je droom, Becky. Ik ga gewoon verder met de strijd tegen mijn eigen nachtmerrie.' Ze reikt met een trillende hand naar haar autosleutels.

'Suze!' zeg ik ontdaan. 'Wacht! Luister, we drinken een kop thee...'

'Dit is niet meer op te lossen met een kop thee!' Ze krijst nu bijna. 'Snap je dat dan niet? Nee, natuurlijk niet. Gelukkig had ik Alicia nog. Ze is geweldig. Zo behulpzaam en vriendelijk...' Suzes stem wankelt even. 'Ik wist gewoon dat er iets niet goed zat. Ik wíst het...'

Ik kijk aangeslagen naar Suze. Ik heb me nog nooit van mijn leven zo rot gevoeld. Dit is allemaal mijn schuld. Ik heb Tarquin naar Golden Peace gehaald, ik heb niet geluisterd toen Suze in de rats zat...

'Het spijt me ontzettend...' Ik slik. 'Ik besefte niet... Suze, ik wil alles doen om je te helpen...' Ik stap op haar af om haar te omhelzen, maar ze slaat mijn arm weg.

'Ik moet gaan. Alicia zit te wachten.'

'Waar is Tarkie?'

'Weet ik niet. Bij Bryce, lijkt me zo. Die hem een hoop weerzinwekkende leugens aansmeert.' Ze maakt de voordeur open, maar ik versper haar de weg.

'Suze, alsjeblieft,' zeg ik radeloos. 'Zeg op. Wat kan ik voor je doen?'

Suze neemt me even zwijgend op en een hoopvol moment lang denk ik dat ze zal zwichten en me weer als haar oudste en beste vriendin zal behandelen, maar dan slaakt ze een vermoeide zucht en schudt haar hoofd.

'Nee, Bex. Los jij je eigen problemen maar op. Ik zorg wel voor mezelf.'

En weg is ze. Ik gluur ongezien door het ruitje naast de deur. Ik zie haar naar de auto rennen. Ik zie haar gezicht ontspannen terwijl ze iets naar Alicia roept. Mijn keel zit dicht en er brandt iets in mijn borst.

De auto rijdt de oprit af. Ik druk mijn voorhoofd tegen het ruitje en blaas een wolk op het glas. Wat gebeurt er met mijn leven? Al sinds de avond van de Awards, toen alles begon, voelt het alsof ik in een caleidoscoop zit. Alles om me heen is in beweging, er ontstaan elk moment nieuwe patronen en zodra ik aan het ene ben gewend, dient het andere zich aan. Waarom kan alles niet één seconde hetzelfde blijven?

De elektrische hekken sluiten zich langzaam. De auto is weg. Mijn hart is tot barstens toe vol, alleen weet ik niet waarvan: stress om Luke, ongerustheid om Tarkie, het gemis van Suze of haat ten opzichte van Alicia. Want het kan me niet schelen wat Suze zegt; ik geloof niet dat Alicia is veranderd. Ze speelt spelletjes. Als ze nu lief en aardig doet tegen Suze, is dat alleen omdat ze haar later op de een of andere manier wil kwetsen. Ze heeft een venijnig plan achter de hand, dat weet ik gewoon. En Suze heeft meer vertrouwen in haar dan in mij... Suze vindt haar aardiger dan mij...

Er wellen tranen in mijn ogen op en plotseling biggelt er een over mijn neus, gevolgd door een tweede. Mijn telefoon gaat en ik veeg ze snel allebei weg.

'Aran! Hoi! Alles goed?'

'Hé, schat,' klinkt zijn relaxte stem. 'Ik hoor dat je Sage gaat stylen voor de première van *Circus*. Gefeliciteerd, dat is niet niks!'

'Dank je!' Ik doe mijn best om vrolijk te klinken. 'Ik vind het heel spannend!'

'Heb je het aan Luke verteld? Was hij enthousiast?'

'Zoiets,' zeg ik na een korte stilte.

Niet alleen is hij niet enthousiast, zou ik verdrietig willen zeggen, hij toont zelfs geen zweempje trots. Hij vindt dat ik de lijfwachten moet ontslaan. Hij wil geen graansoep eten. Hij wil geen superster zijn. Ik bedoel, als je geen superster wilt zijn, waarom zou je dan naar Hollywood gaan?

'Nou, raad eens wie je op de première wil spreken? Nenita Dietz.'

'Nee!' Ik hap naar adem. 'Heeft Nenita Dietz van mij gehoord?'

Ondanks alles verbetert mijn humeur met sprongen. Ik heb die hele stomme rondleiding gedaan om Nenita Dietz te vinden, en nu is ze op zoek naar mij?

'Natuurlijk heeft ze van je gehoord,' zegt Aran lachend. 'We regelen een afspraak, een fotomoment op de rode loper, misschien kunnen jullie een babbeltje maken op het feest na afloop... Hoe klinkt dat?'

'Ongelooflijk!' zeg ik ademloos.

Na het gesprek zweef ik op een wolk. Nenita Dietz met mij op de rode loper. Vriendinnen worden en over mode praten. Dat had ik niet eens durven dromen.

'Hé, raad eens?' roep ik voordat ik goed en wel besef dat niemand me hoort. Even later steekt Jeff zijn hoofd om de deur.

'Alles in orde?' vraagt hij.

'Ik heb een afspraak met Nenita Dietz!' zeg ik. 'Op de rode loper! Zíj heeft gevraagd of ze míj kon spreken. Weet je wel hoe belangrijk ze is?' Jeffs gezicht is uitdrukkingsloos, maar ik zie dat zijn ogen mijn gezicht aftasten op zoek naar houvast.

'Ongelooflijk,' zegt hij uiteindelijk met een knikje. Hij verdwijnt weer en ik onderdruk mijn teleurstelling omdat hij niet enthousiaster was. Niemand is trots op me, zelfs mijn lijfwacht niet. Opeens rolt er weer een traan over mijn wang en ik veeg hem geërgerd weg. Dit is stom. Stóm is het. Het leven is verrukkelijk. Waarom voel ik me dan zo?

Ik bel mam op. De oplossing komt als een donderslag bij heldere hemel. Natuurlijk. Mam praat me wel uit de put. Dat had ik een eeuwigheid geleden al moeten bedenken. En ik kan haar geruststellen met betrekking tot pap. Het is avond in Engeland. Ideaal. Ik leun achterover in mijn stoel, kies het nummer en voel de opluchting door mijn hele lijf trekken als ik mams vertrouwde stem hoor. 'Mam! Dat is lang geleden. Hoe is het? Moet je horen, ik ga Sage stylen voor een première morgen! En ik heb een afspraak met Nenita Dietz! Ze heeft Aran speciaal gebeld om te zeggen dat ze me wilde spreken! Dat geloof je toch niet?'

'Heel fijn, Becky.' Mam klinkt gespannen en afwezig. 'Hoor eens, lieverd, waar is pap? Kun je hem even geven?'

'Hij is er nu niet. Ik zal zeggen dat hij je moet bellen.'

'Nou, waar is hij dan?' Haar stem snerpt panisch. 'Waar is hij heen? Becky, je had beloofd dat je een oogje op hem zou houden!'

'Dat doe ik ook!' repliceer ik een tikje geïrriteerd. Wat verwacht ze nou eigenlijk, dat ik mijn eigen vader ga stalken? 'Hij is vaak op pad met Tarquin, mam. Ze zijn dikke maatjes geworden. Het is zo schattig. Ze gaan samen de stad verkennen en zo. Gisteravond hebben ze samen gegeten en...' Ik breek mijn zin af voordat ik 'zich bezat' kan zeggen. 'Ze hebben zich prima vermaakt met z'n tweeën,' besluit ik. 'Mam, maak je toch geen zorgen.'

'Maar wat heeft dit allemaal te betekenen? Waarom moest hij op stel en sprong naar LA?' Ze klinkt nog steeds van streek. 'Weet je dat al? Wat heeft hij tegen jou gezegd, lieverd?'

Ik word overmand door schuldgevoel. Ik had meer tijd moeten vrijmaken om met pap te praten. Echt. En ik had die handtekeningen voor hem moeten vragen. Daar voel ik me heel rot over.

'Hij heeft nog niet echt veel gezegd,' geef ik toe, 'maar vanavond gaan we er eens goed voor zitten. Ik beloof je dat ik het wel uit hem peuter.'

Als ik de telefoon wegleg, tien minuten later, voel ik me zowel beter als slechter. Beter omdat het altijd fijn is om met mam te praten, maar slechter omdat ik nu zie hoe ik alles heb laten versloffen. Ik had te veel aan mijn hoofd. Ik had me meer om pap moeten bekommeren... Ik had er moeten zijn voor Suze... Ik sluit mijn ogen en sla mijn handen voor mijn gezicht. Alles voelt pijnlijk en verkeerd. Ik heb het bij iedereen tegelijk verprutst zonder dat ik het in de gaten had, en nu weet ik niet waar ik beginnen moet om alles weer recht te breien... Wat moet ik doen...?

Ik zit daar maar, een eeuwigheid voor mijn gevoel, en laat de gedachten wervelen totdat het uiteindelijk rustig wordt in mijn hoofd. Dan trek ik gedecideerd een velletje van de blocnote in de keuken en schrijf bovenaan: *Voornemens.* Ik ga mijn leven naar mijn hand zetten. Ik laat het niet meer om me heen draaien als een caleidoscoop. Het is míjn leven, dus ík bepaal hoe het eruitziet. Desnoods werk ik het op de vloer, geef het een mep en zeg: 'Pak aan, leven!'

Ik schrijf een tijdje ingespannen, leun dan achterover en kijk vastberaden naar mijn lijst. Het is veel – het wordt een uitdaging – maar ik kan het. Ik móét het allemaal doen.

Voornemens

1. Luke en Elinor met elkaar verzoenen (zoals St.-Franciscus het christendom en de islam met elkaar wilde verzoenen).

2. Op de rode loper komen en een miljoen handtekeningen voor pap zien te krijgen.

3. De perfecte outfit voor Sage vinden en aangenomen worden door Nenita Dietz.

4. De vriendschap met Suze herstellen.

5. Tarkie redden van sekte.

6. Reden van paps komst achterhalen en mam geruststellen.

7. Strapless beha kopen.

Oké, dat laatste punt is niet zo van levensbelang als de rest, maar ik moet echt een nieuwe strapless beha hebben.

19

Tegen een uur of drie voel ik me al een stuk kalmer. Ik heb mijn nieuwe beha gekocht en ik heb drie jurken, zes paar schoenen en een smoking naar Sage gestuurd om te passen. (Ik denk niet dat ze voor de smoking zal gaan, maar dat zou ze wel moeten doen. Ze zou er waanzinnig uitzien.) Ook heb ik Minnie wat eerder van de peuterspeelzaal gehaald en haar haar snoezigste roze katoenen jurkje met smokwerk, een grote strik en pofmouwtjes aangetrokken. Er hoort een roze katoenen broekje bij, waar ik eigenlijk best jaloers op ben. Waarom hebben grotemensenjurken geen bijpassende broekjes? Iedereen zou ze kopen. Ik zou een paar ontwerpers kunnen schrijven om ze op een idee te brengen.

Jeff heeft ons naar de Purple Tea Room gebracht, die halverwege Melrose Avenue zit en een groot, handbeschilderd uithangbord met krulletters heeft. Ik help Minnie uit de SUV, strijk haar rok glad en zeg: 'Ik zie je, Jeff. Ik bel wel.' Dan lopen we naar het bord en duwen de glazen deur open.

Krijg nou wat.

Oké, ik denk niet dat Aran en ik exact hetzelfde idee hebben van 'theedrinken'. Als ik 'theehuis' zeg, bedoel ik zilveren theepotten, serveersters in witte schortjes met ruches en piepkleine komkommersandwiches. Ik bedoel gesteven tafelkleden en misschien getokkel op een harp en dames van het type Miss Marple aan de tafel naast de jouwe.

De Purple Tea Room lijkt er in de verste verte niet op. Om te beginnen zijn er geen stoelen en tafels, alleen kussens, zitzakken en houten krukken in rare vormen. De zaal is groot, maar schemerig verlicht, met kaarsen die een flakkerende gloed op de muren werpen. Er wordt wel getokkeld, maar dan op sitars, en er hangt wel een geur in de lucht, maar niet van scones of kaneel. Meer van...

O. Hm. Je zou denken dat ze het iets subtieler zouden aanpakken, ik bedoel, we zijn hier niet in Amsterdam, toch?

Waar ik maar kijk zie ik hippe jonge mensen liggen die van hun thee nippen, op hun Apple Mac bezig zijn en hun voeten of schouders laten masseren door een soort fysiotherapeuten in wijde Indiase broeken. En te midden van dat alles zit Elinor, kaarsrecht, in haar gebruikelijke stijve bouclé mantelpak en met haar gebruikelijke ijzige gezicht. Ze zit op een kruk in de vorm van een paddenstoel, heeft een glas water in haar hand en kijkt om zich heen alsof zij koningin Victoria is en de rest het gepeupel. Ik bijt op mijn onderlip om niet te giechelen. Arme Elinor. Waarschijnlijk had zij ook gesteven tafelkleden verwacht.

Ze ziet een beetje pips, maar haar donkere helm van haar is onberispelijk als altijd en haar rug zo stram als een bezemsteel.

'Mouw!' gilt Minnie als ze Elinor ontdekt. 'Mammie!' Ze kijkt blij naar me op. 'Is mewouw!' Ze wringt zich los uit mijn greep, holt naar Elinor en drukt zich vol genegenheid tegen haar benen. Iedereen in de zaal kijkt ernaar en ik hoor hier en daar een vertederd 'aaah'. Ik bedoel, wat je ook van Elinor vindt, het is een aandoenlijk tafereeltje.

Ik kan me zelfs niet heugen wanneer ik Minnie voor het laatst zo opgetogen heb gezien. Ze beeft van top tot teen van opwinding, haar ogen stralen en ze kijkt telkens naar me op alsof ze dit heerlijke moment met mij wil delen. Elinor lijkt ook dolblij Minnie te zien. Haar wangen zijn een soort bijna-roze geworden en haar verstarde gezicht komt tot leven.

'Zo, Minnie,' hoor ik haar zeggen. 'Nee maar, Minnie. Wat ben je groot geworden.'

Minnie wroet in Elinors krokodillenleren tas en diept er triomfantelijk een legpuzzel uit op. Telkens wanneer Elinor Minnie ziet, heeft ze een andere puzzel voor Minnie, en die legt ze dan terwijl Minnie vol ontzag toekijkt.

'We doen hem samen,' zegt Elinor. 'Het is het Wellesley-Baker Building in Boston. Dat was vroeger van mijn overgrootvader. Jouw betbetovergrootvader, Minnie.' Minnie knikt niet-begrijpend en draait zich naar me om.

'Mammie, mewouw!' Haar blijdschap is zo aanstekelijk dat ik ervan begin te stralen.

'Ja, schatje! Mevrouw! Is dat niet leuk?'

Het hele 'mouw'-gedoe is begonnen doordat we Minnies ontmoetingen met Elinor geheim moesten houden voor Luke en dus niet het risico wilden lopen dat ze hem zou vertellen dat ze 'oma Elinor' had gezien.

Ik bedoel, die ontmoetingen zijn nog steeds geheim. Deze ontmoeting is geheim. En terwijl ik kijk naar Minnie en Elinor, die elkaar verrukt aankijken, voel ik me opeens weer vastberaden. Die breuk is stom en triest en er moet een eind aan komen, nu. Luke en Elinor moeten het bijleggen. Ze hebben familie samen.

Luke was dol op zijn stiefmoeder, en ik weet dat Elinor iets over haar heeft gezegd wat tactloos of nog erger was (wat precies heb ik nooit gehoord). Luke trok zich dat erg aan, en zo is die hele ruzie begonnen. Maar het leven mag niet draaien om oud zeer. Het is veel beter om alle positieve aspecten te koesteren en de negatieve los te laten. Ik zie Elinor het deksel van de puzzel tillen voor een extatische Minnie en weet dat zij een van de positieve aspecten is. Voor Minnie, voor mij en voor Luke. Ik bedoel, ze is geen heilige, maar wie is dat wel?

'Mag ik je een kop thee aanbieden?' Een ronddolend meisje in een linnen schort en wijde broek is zo stilletjes naar me toe gekomen dat ik opschrik.

'O, ja, graag,' zeg ik. 'Lekker. Doe mij maar gewone thee, alsjeblieft. En melk voor mijn dochtertje.'

'Gewone thee?' herhaalt het meisje op een toon alsof ik Swahili spreek. 'Heb je de theekaart wel gezien?' Ze wijst naar een boekje op Elinors schoot dat zo te zien een bladzij of veertig telt.

'Ik heb het opgegeven,' zegt Elinor afgemeten. 'Geeft u mij maar warm water met citroen, alstublieft.'

'Eens even kijken…' Ik sla het boekje open, maar binnen de kortste keren dansen de letters voor mijn ogen. Hoe kunnen er zoveel soorten thee zijn? Het is belachelijk. In Engeland bestel je gewoon théé.

'We hebben verschillende soorten thee voor verschillende doeleinden,' zegt het meisje gedienstig. 'We hebben venkel- en pepermuntthee voor de spijsvertering, of rodeklaver- en brandnetelthee voor huidklachten…'

Huidklachten? Ik neem haar argwanend op. Wil ze me iets duidelijk maken?

'De witte thee is heel populair…'

Nou vraag ik je. Thee hóórt niet wit te zijn. Ik weet niet wat mam tegen dit meisje zou zeggen. Waarschijnlijk zou ze een theezakje uit haar tas pakken en zeggen: 'Dít is thee, kind.'

'Heb je ook thee die het leven in alle opzichten helemaal fantastisch maakt?' vraag ik om het meisje te stangen.

'Ja,' zegt ze prompt. 'Onze hibiscus-sinaasappel-sint-janskruidthee bevordert het gevoel van welbevinden door stemmingsverbetering. We noemen het onze happy-thee.'

'O,' zeg ik van mijn stuk gebracht. 'Nou, laat ik die dan maar nemen. Jij ook, Elinor?'

'Ik wens mijn stemming niet te laten verbeteren, dank je.' Ze werpt het meisje een strenge blik toe.

Wat jammer. Ik zou Elinor graag eens op happy-pilletjes willen zien. Misschien zou ze dan een keer echt glimlachen. Alleen zou haar gezicht dan waarschijnlijk barsten, bedenk ik. Er zou wit poeder van haar mondhoeken stuiven en opeens zou haar hele gezicht uit elkaar vallen in kalkstof en waar ze haar verder maar mee hebben opgelapt.

Het meisje heeft onze bestelling doorgegeven aan een langslopende jongen in iets wat lijkt op een Tibetaanse-monnikspij en wendt zich weer tot ons.

'Mag ik u een reflexologiesessie of andere holistische behandeling van het huis aanbieden?'

'Nee, dank je,' zeg ik beleefd. 'We willen rustig praten.'

'Het is niet storend,' zegt het meisje. 'We kunnen met uw voeten werken, of met uw hoofd, of met de drukpunten in uw gezicht...'

Ik zie Elinors afkeer bij het idee alleen al. 'Ik wens niet te worden aangeraakt,' zegt ze stijfjes. 'Dank u.'

'We kunnen werken zonder u aan te raken,' houdt het meisje aan. 'We kunnen een tarotlezing doen, of een zoemmeditatie, of we kunnen met uw aura werken.'

Ik zie Elinors gezicht en barst bijna in lachen uit. Haar aura? Bedoelen ze die kille wolk van afkeuring die om haar heen hangt als een persoonlijke dampkring?

'Ik heb geen aura,' zegt ze met ijspegels in haar stem. 'Ik heb het operatief laten verwijderen.' Ze werpt me een zijdelingse blik toe en tot mijn stomme verbazing zie ik een knipoogje.

O, mijn god. Heeft Elinor een grapje gemaakt?

Ten koste van zichzelf?

Ik ben met stomheid geslagen, en het meisje lijkt zich ook geen raad te weten, want ze deinst achteruit zonder nog een poging te doen ons een behandeling op te dringen.

Minnie heeft gedurende dit alles aandachtig naar Elinor gekeken, en nu richt Elinor zich tot haar.

'Wat is er, Minnie?' zegt ze streng. 'Je hoort mensen niet aan te staren. Ga je nog zitten?'

Elinor praat altijd tegen Minnie alsof ze een van de volwassenen is, en Minnie vindt het geweldig. Minnie zegt niets terug, maar leunt naar voren en plukt een minuscuul draadje van Elinors rok.

'Al weg,' zegt ze achteloos, en ze laat het draadje op de vloer vallen.

Ha! Ha-de-ha!

Hoe vaak heeft Elinor mij niet op de vingers getikt vanwege een minuscuul pluisje of spikkeltje op mijn kleding? En nu neemt Minnie wraak. Alleen lijkt Elinor het zich totaal niet aan te trekken.

'Dank je,' zegt ze ernstig tegen Minnie. 'Het kamermeisje in mijn hotel is tamelijk laks.'

'Laks,' beaamt Minnie net zo ernstig. 'Laks, baks... Ráád eens hoeveel ik van je hou,' besluit ze ongerijmd.

Ik weet dat Minnie het uit haar voorleesboek heeft, maar Elinor niet – en ik sta versteld van haar onmiddellijke reactie. Haar onderlip trilt en haar ogen glanzen plotseling.

'Nee, maar,' zegt ze. 'Nee, maar, Minnie.'

Het is bijna ondraaglijk om dat strakke, krijtwitte gezicht te zien worstelen met emotie. Ze legt haar gerimpelde, beringde hand op Minnies hoofd en aait er een paar keer over alsof dat het uiterste is wat ze zichzelf kan toestaan.

God, wat zou ik haar graag uit haar keurslijf bevrijden. Ik had de bewustzijnsverruimende thee voor geremde oudere vrouwen in Chanel-pak moeten bestellen.

'Elinor, we moeten je met Luke verzoenen,' zeg ik in een opwelling. 'Ik wil dat je deel uitmaakt van de familie. Helemaal. Ik ga een interventie organiseren bij ons thuis en ik laat jullie pas gaan als jullie weer vrienden zijn.'

'Ik geloof niet dat "vrienden" het juiste woord is,' zegt ze bevreemd. 'We zijn moeder en zoon, geen leeftijdsgenoten.'

Oké. Dit is hoe ze zichzelf tegenwerkt.

'O, jawel!' zeg ik. 'Het is precies het juiste woord. Ik ben bevriend met mijn moeder en jij kunt best bevriend zijn met Luke. Als ik hem vertel wat je allemaal voor het feest hebt gedaan...'

'Nee,' snijdt Elinor me de pas af met een stem die opeens staalhard is. 'Dat heb ik al gezegd, Rebecca. Luke mag nooit iets horen over mijn betrokkenheid.'

'Maar het is zo fantastisch wat je hebt gedaan!' zeg ik gefrustreerd.

'En hij denkt dat Suze en Tarkie erachter zaten! Het is gestoord!'

'Hij mag het nooit weten.'

'Maar...'

'Hij mag het nooit weten. Ik ga zijn liefde niet kopen,' voegt ze er zo zacht aan toe dat ik het amper kan verstaan.

'Elinor, dat is geen "liefde kopen",' zeg ik vriendelijk. 'Het ging niet alleen om het geld. Het ging om alle zorg en moeite die je erin hebt gestopt.'

Het meisje komt onze bestelling brengen en we zwijgen allebei terwijl zij theepotten, kopjes, zeefjes en kandij rangschikt op een trolley van bamboe. Ik schenk Elinor een glas warm water in en ze pakt het zonder ervan te drinken.

'Dus, Elinor,' probeer ik haar over te halen. 'Ga je het hem vertellen?'

'Nee,' zegt ze op een toon die geen tegenspraak duldt. 'En jij gaat het hem ook niet vertellen. Je hebt het me beloofd.'

Argh. Is ze van graniet gemaakt? Dit wordt geen makkelijke interventie.

'Goed dan. We verzinnen er wel iets op.' Ik reik in mijn tas naar mijn aantekeningen over 'conflictbeheersing'. Ik heb ze van internet geprint en ze komen goed van pas, al drong het iets te laat tot me door dat ze over conflictbeheersing in de bedrijfssfeer gingen. Ik neem de bladzijden door op zoek naar iets bruikbaars. *Staken*, nee... *vakbondsvertegenwoordiging*, nee... *arbo-inspectie*, nee... *samenwerkingstechnieken*... O, dat begint erop te lijken. *Win-win onderhandelingsstrategie*...

Yes! Dat is het. Win-win is net wat we nodig hebben. Ik begrijp zelfs niet waarom iemand ooit voor iets anders dan win-win zou kiezen. Ik bedoel, waarom zou je voor verlies-verlies gaan?

Ik lees de alinea door en wat eruit springt is de zinsnede 'punten van overeenkomst'.

'We moeten punten van overeenkomst zoeken,' zeg ik opkijkend.

'Wat heb jij voor punten van overeenkomst met Luke?'

Afgezien van die hardnekkige koppigheid, voeg ik er níét aan toe.

Elinor kijkt me zwijgend aan. Het is alsof ze de vraag niet heeft begrepen.

'Liefdadigheidswerk,' zegt ze uiteindelijk.

'Oké...' Ik frons sceptisch mijn voorhoofd. 'Verder nog iets? Hebben jullie ooit iets leuks gedaan samen? Dat moet toch wel! Wanneer hij in New York was.'

Toen ik Luke pas kende, had hij een hechte band met Elinor. Ongezond hecht zelfs, al zou ik dat nooit hardop zeggen. Ik bedoel, ik wil niet dat hij haar weer op een voetstuk gaat plaatsen, maar kunnen ze niet iets van die band terugvinden?

'Zijn jullie ooit samen met vakantie geweest?' valt me opeens in. 'Was dat niet leuk?'

Ik zie voor me hoe Elinor de limbo danst in het een of andere Caribische vakantieparadijs, terwijl Luke haar aanmoedigt met een cocktail in de hand, en ik onderdruk een giechel.

'We zijn in de Hamptons geweest,' zegt ze na enig nadenken. 'Mijn oude vriend Dirk Greggory heeft daar een huis aan het strand. Ik ben er verschillende keren met Luke geweest.'

'Super. Dus daar kunnen jullie herinneringen aan ophalen... misschien plannen maken om er nog eens naartoe te gaan...'

'Dan zouden we wel snel moeten zijn,' zegt Elinor wrang. 'Dirk is twee jaar geleden overleden, zoals Luke weet, en zijn dochter wil het strandhuis verkopen. Een vergissing, naar mijn mening, net als die afschuwelijke renovatie van de veranda...'

'Wacht,' leg ik haar het zwijgen op. Ik denk als een razende na. 'Wacht. Dus er is een strandhuis in de Hamptons waar Luke en jij gelukkige herinneringen aan hebben... en het wordt verkocht... en dit is jullie laatste kans om erheen te gaan? Waarom heb je dat niet meteen gezegd?'

'Bruine beer, bruine beer,' zegt Minnie, die opkijkt van haar melk. 'Wat kun je zien?'

'Ik begrijp het niet.' Elinor fronst haar voorhoofd, voor zover mogelijk, dus bijna niet.

'Wat kun je zien, mammie?' dringt Minnie aan. 'Wat kun je zie-hien?'

Het is maar goed dat ik al haar boekjes uit mijn hoofd ken.

'Een gele eend.' Ik wend me weer tot Elinor. 'Dit is ideaal. Je kunt zeggen dat je Luke daarom komt opzoeken. Hij luistert vast wel.'

'Gele eend, gele eend, wat kun je zien?'

'Een blauw paard.'

'Nee!' roept Minne, en ze zet haar tuitbeker met een klap neer. 'Niet blauw paard! Rode vogel!'

'Oké, rode vogel,' zeg ik gejaagd. 'Ook goed. Elinor, dit is beslist de strategie die we moeten volgen! Probeer je alle leuke dingen te herinneren die jullie daar hebben beleefd en vertel Luke erover. Probeer die band terug te vinden.'

Elinor kijkt bedenkelijk en ik zucht. Kon ze zich maar iets beter presenteren (waarmee ik níét doel op onberispelijke nagellak die bij je schoenen past).

'Zou je je vanavond iets minder vormelijk kunnen kleden?' opper ik. 'En misschien kun je je haar wat losser dragen? En anders praten?'

Het komt erop neer dat ik haar vraag een persoonlijkheidstransplantatie te ondergaan.

'Anders praten?' herhaalt Elinor beledigd.

'Probeer dit eens na te zeggen.' Ik leun naar voren. '"Luke, lieverd, laten we gewoon wat tijd samen doorbrengen..."' Ik zie Elinors strakke gezicht en breek mijn zin af. Het is wel duidelijk dat ze niet voor 'Luke, lieverd' zal gaan. 'Oké, dan proberen we het anders. Je zou kunnen zeggen: "Luke, mijn oogappel..."' Haar gezicht wordt nog strakker. '"Luke, schat van me... schattebout..."' Ik geef het op. 'Oké, wat zou jíj dan zeggen?'

'Luke, mijn zoon,' zegt Elinor.

'Je klinkt net als Darth Vader,' zeg ik bot. Elinor vertrekt geen spier.

'Het zij zo,' zegt ze, en ze neemt een slokje water.

Dat is pas echt iets wat Darth Vader zou kunnen zeggen. Straks verordonneert ze de vernietiging van duizend onschuldige Jedi Jeugdlingen.

'Nou, zet 'm op.' Ik reik uitgeput naar mijn thee. 'En ik zal ook mijn best doen. Meer kunnen we niet doen.'

Aan: Rebecca Brandon
Van: Mack Yeager
Onderwerp: Darth Vader

Beste Rebecca,

Dank voor je e-mail.

Er zijn veel theorieën omtrent de inspiratie voor Darth Vader, zoals ik uiteen heb gezet in mijn boek *De herkomst van Anakin*, dat verkrijgbaar is bij iedere betere boekhandel.

Of hij gebaseerd is op een 'echt mens', zoals jij aanvoert, en of die persoon 'echte, ijskoude genen rond heeft laten slingeren in de genenpoel waar iedereen erbij kon', lijkt me sterk.

Het lijkt me kortom niet waarschijnlijk dat je schoonmoeder familie is van Darth Vader.

Ik wens je alle goeds toe en moge de Kracht met je zijn.

Vriendelijke groet,

Mack Yeager
Voorzitter GGSW
Genealogisch Genootschap Star Wars

20

Ik heb om zeven uur afgesproken met Elinor en om tien voor zeven zit ik aan de wijn om mijn kalmte te bewaren. Ik had nooit gedacht dat het werk van een vredestichter zo zenuwslopend zou zijn. Is Kofi Annan ook zo gestrest voordat hij met de Syriërs gaat praten? Brengt hij drie keer achter elkaar lipgloss aan omdat hij helemaal geagiteerd is? (Dat lijkt me eigenlijk niet zo waarschijnlijk.) Minnie ging tenminste zonder gedoe naar bed, en de oudere kinderen zitten braaf naar WALL•E te kijken. De interventie zou voorbij moeten zijn tegen de tijd dat zij naar bed moeten. Dat denk ik althans. Hoelang duurt een interventie?

O, god, waar ben ik aan begonnen?

Het goede nieuws is dat de interventieruimte (de keuken dus) er schitterend uitziet. Ik heb een stuk of twintig kaarsen aangestoken om een aangename, rustgevende sfeer te creëren, en ik heb zachte muziek opgezet en een groene jurk aangetrokken waar een kalmerende werking van uitgaat. Dat wil zeggen, er zou een kalmerende werking van uit kunnen gaan als die jurk me vorige week geen tweehonderdtachtig dollar had gekost bij Intermix, waarna ik vandaag zag dat hij was afgeprijsd naar negenenzeventig dollar negenennegentig. Ze hadden me wel even kunnen waarschuwen. Ze hadden me wel een geheim teken mogen geven. Die verkoopster moet zich rot hebben gelachen terwijl ze die jurk inpakte.

Nou ja. Geeft niet. Dat hoeft Luke allemaal niet te weten. Waar het om gaat, is dat de ruimte klaar is en dat ik klaar ben en dat we nu alleen nog maar op Elinor hoeven te wachten. Ik kan niet doen alsof ik niet gespannen ben. En ik kan niet doen alsof de sfeer niet gespannen is. Ik kijk telkens naar Luke. Hoe zal hij reageren?

Hij zit met een biertje aan de keukentafel en houdt zijn gezicht welbewust van me afgewend. Terwijl ik naar hem kijk, krijg ik een hol gevoel in mijn borst. Het zit niet goed tussen ons. We zijn onszelf niet. Niet dat we weer ruzie hebben gemaakt; het is bijna nog erger. We kij-

311

ken elkaar niet recht aan en we hebben geen van beiden nog iets gezegd over ons gesprek van gisteren. De enige keer dat ik Luke vandaag heb zien glimlachen, was toen hij zat te telefoneren met Gary, zijn collega. Gary zit nu in New York, maar vliegt vanavond terug naar Londen. Ze hadden het over de bespreking met EZ en Luke leek er helemaal warm voor te lopen. Hij liet telkens de woorden 'regering' en 'beleid' vallen en ik zag aan hem dat hij overliep van de ideeën. Hij lachte telkens om dingen die Gary zei en hij leek vrolijker dan ik hem in dagen had gezien.

Ik vind het echt heel, heel moeilijk om het toe te geven... maar ik denk dat de financiële wereld beter bij hem past dan die van de filmsterren.

Pap is nog weg, wat een beetje een opluchting voor me is, want hij zou zich toch maar met de interventie willen bemoeien en tegen Elinor zeggen dat ze een mooie meid zou kunnen zijn als ze wat meer vlees op haar botten kweekte. En ik heb de hele dag niets van Suze gehoord, op een sms'je na waarin ze me vroeg de kinderen van school te halen. Ik weet dat ze rond het middaguur even thuis is geweest, want dat heeft Mitchell me verteld. Ze scheen Alicia bij zich te hebben en op zoek te zijn naar Tarquin. Ze liep door het huis terwijl ze 'Tarkie! Tarquin, waar zit je?' riep, en reed toen weer weg. Meer had hij niet over Suze te melden. Vervolgens deed hij me uitgebreid verslag van alle veiligheidsrisico's die hij die dag had geconstateerd (twee, en allebei in de vorm van het buurjongetje dat zijn frisbee in onze tuin had gegooid).

Ik denk dat Mitchell blij zal zijn als hij hier weg mag. Vandaag heeft hij uit pure verveling onze barbecue gerepareerd, zoals hij me trots liet zien. Ik wist niet eens dat het ding kapot was, eerlijk gezegd. Ik zou het tegen Luke moeten zeggen.

'Trouwens, Mitchell heeft de barbecue gerepareerd,' doorbreek ik onhandig de stilte tussen ons.

'Dat wilde ik zelf doen,' zegt Luke meteen, knarsetandend. 'Dat had je niet aan Mitchell hoeven vragen.'

'Weet ik wel! Alleen... Mitchell had tijd over...' Ik laat het erbij, lichtelijk wanhopig als ik ben. Ik moet hem in een beter humeur zien te krijgen voordat Elinor komt.

'Hé, Luke...' Ik bijt op mijn onderlip. 'Is het wel goed tussen ons?'

Het blijft even stil en dan haalt Luke zijn schouders op. 'Hoe bedoel je?'

'Ik bedoel dít!' zeg ik gefrustreerd. 'Dat we elkaar niet aankijken! Dat prikkelbare gedoe!'

'Vind je het gek?' valt Luke uit. 'Ik ben de hele dag puin aan het ruimen geweest na die stunt van Sage en Ramona. Een klus die een stuk makkelijker had kunnen zijn als ik meteen had geweten dat ze maar deden alsof.'

'Sst!' zeg ik met een blik op de deur. 'Laat Jeff het niet horen!'

'Op dit moment kan het me eerlijk gezegd niet schelen wie het hoort,' zegt Luke kortaf.

Zo te zien is hij het spuugzat, en ik weet dat het voor een groot deel mijn schuld is.

'Luke, het spijt me,' zeg ik, en ik reik naar zijn hand. 'Het spijt me ontzettend. Ik had het je moeten vertellen van Sage en Ramona, maar kijk me aan, alsjeblieft.'

Luke neemt nog een slok bier en kijkt me dan eindelijk aan.

'Becky, het leven is al lastig genoeg zonder dat wij geheimen voor elkaar hebben,' zegt hij. 'We zouden aan dezelfde kant moeten staan.'

'Ik sta aan jouw kant!' zeg ik vurig. 'Natuurlijk sta ik aan jouw kant. Ik heb er gewoon niet bij nagedacht. Ik probeerde zelfstandig te zijn... mijn carrière van de grond te krijgen...'

'Ik begrijp het.' Luke zucht. 'En ik bedoel niet dat we geen eigen leven meer mogen hebben. Als jij hier moet zijn voor je carrière, dan moet dat maar en verzinnen we er iets op.' Hij glimlacht geforceerd.

'Ik kan niet doen alsof ik me verheug op een leven zonder jou, maar als dat echt jouw droom is, zal ik je geen strobreed in de weg leggen.'

Hij aarzelt, draait het flesje bier rond in zijn vingers en zet het dan resoluut op tafel. 'Maar we moeten wel eerlijk tegen elkaar zijn. Dat moet echt, Becky. Eerlijkheid is de basis van alles.'

'Weet ik,' zeg ik kleintjes. 'Weet ik toch.'

O, god, moet ik hem nog even snel vertellen dat Elinor vanavond komt? Alles uitleggen? Zeggen waarom ik dit doe, het hele verhaal vertellen, proberen het hem te laten begrijpen...

Maar het is al te laat. Net als ik diep ademhaal, snerpt de bel. Ik krijg een knoop in mijn maag van de zenuwen. Daar is ze. Help. Ze is er.

'Ik ga wel,' zeg ik ademloos, en voordat Luke een vin kan verroeren, spring ik op. 'Jeff, ik ga wel!' roep ik als ik zijn zware voetstappen vanuit de tv-kamer hoor naderen. 'Ik weet wie het is!'

Met bonzend hart trek ik de zware voordeur open. En daar staat ze dan. Mijn schoonmoeder. Het eerste wat me opvalt, is de nerveuze blik in haar ogen. Het tweede is de jurk. Ze heeft een jurk aan. Een wikkeljurk. Elinor Sherman, in een wíkkeljurk?

Ik knipper verbaasd met mijn ogen. Ik heb Elinor nooit anders dan in mantelpak gezien, of misschien een avondjurk met veel baleinen. Waar heeft ze die jurk eigenlijk vandaan? Ze moet hem speciaal zijn gaan kopen.

Hij zit niet fantastisch. Ze is zo mager dat hij iets te los om haar lijf hangt. En ik zou geen bruin met beige motiefje voor haar hebben uitgekozen, maar waar het om gaat, is dat ze hem draagt. Ze heeft de moeite genomen. Het is alsof ze haar pantser heeft afgelegd.

Haar haar zit ook anders. Ik kan niet goed zeggen op welke manier, want Elinors kapsel is altijd een raadsel voor me geweest. Het is niet zozeer haar als wel een helm. (Soms vraag ik me zelfs af of het geen pruik is.) Maar vanavond lijkt het op de een of andere manier losser. Zachter.

'Wat zie je er goed uit!' fluister ik, en ik geef een kneepje in haar benige hand. 'Goed gedaan! Zo. Ben je er klaar voor?'

Op weg naar de keuken voel ik me misselijk van de zenuwen, maar ik dwing mezelf door te lopen. Ik kan het wel. Ik moet dit doen. Elinor kan niet de rest van ons leven een paria blijven.

En we zijn er. Ik doe snel de deur achter me op slot en draai me dan zwaar ademend om naar Luke.

Ik weet niet wat ik verwachtte... Ik weet niet waar ik op hoopte...

Oké, ik weet best waar ik op hoopte. Ik hoopte stiekem dat Luke op zou kijken, en dat de ontzetting op zijn gezicht zou overgaan in berouwvol begrip en vervolgens in wijze berusting, en dat hij dan iets simpels zou zeggen als: 'Moeder. Het is tijd voor verzoening. Dat zie ik nu in.' En dan was die hele interventie niet meer nodig.

Maar zo gaat het niet. Hij kijkt Elinor wel ontzet aan, maar zijn gezichtsuitdrukking verandert niet, of hooguit in negatieve zin. Dan kijkt hij naar mij en zijn ontzetting wordt een ijzige woede. Voor het eerst sinds ik hem ken maakt zijn blik me zelfs bang.

'Dit meen je niet,' zegt hij met een kilte die ik nog nooit in zijn stem heb gehoord. 'Dit meen je verdomme niet.'

'Ik meen het wel,' zeg ik met bevende stem.

Luke blijft me nog even aankijken en beent dan zonder Elinor nog een blik waardig te keuren naar de keukendeur.

'Ik heb hem op slot gedaan,' zeg ik tegen zijn rug. 'Dit is een interventie!'

'Een wat?' Hij draait zich als door een adder gebeten om, met zijn hand nog op de deurkruk.

'Een interventie. We hebben een probleem dat we moeten oplossen en we gaan hier pas weg als dat is gelukt,' zeg ik dapperder dan ik me voel.

We staan er allemaal even roerloos bij. Luke kijkt me strak aan en het is alsof we een gesprek zonder woorden voeren. Het is alsof ik hem kan horen: *Nee. Zeg dat je dit niet hebt gedaan.*

En ik antwoord: *Ja. Ik heb dit wel gedaan.*

Uiteindelijk draait Luke zich om naar de koelkast en trekt er een fles wijn uit. Hij schenkt een glas vol, geeft het aan Elinor en zegt bruusk: 'Wat kom je doen?'

De moed zinkt me in de schoenen. Hij klinkt als een narrige peuter.

'Ze is je moeder,' zeg ik. 'Sla niet zo'n toon aan tegen haar.'

'Ze is mijn moeder niet,' zegt Luke hardvochtig.

'Ik ben zijn moeder niet,' beaamt Elinor nog hardvochtiger, en ik zie de verbazing in Lukes ogen.

Ze lijken sprekend op elkaar. Ik bedoel, dat is het ironische. Ze zien eruit alsof ze uit dezelfde set Russische poppetjes komen zoals ze daar staan, onbuigzaam, met hun kaken op elkaar geklemd en een staalharde onverzettelijkheid in hun blik.

'Ik heb het recht op mijn moederschap jaren geleden al verspeeld,' zegt Elinor iets rustiger. 'Dat weet ik wel, Luke. Maar ik zou graag Minnies grootmoeder willen zijn. En jouw... vriendin.' Ze kijkt even naar mij en ik knik haar bemoedigend toe.

Ik weet hoe moeilijk dit moet zijn voor Elinor. Het komt er totaal niet natuurlijk uit, maar echt, zoals ze met haar lossere haar en een glas wijn in haar hand het woord 'vriendin' uitspreekt, klinkt ze bijna normaal. Ze zet een aarzelende stap naar Luke toe en ik zou niets liever willen dan dat hij haar net zo ziet als ik, maar hij is helemaal kriebelig van achterdocht. Hij wíl het niet zien.

'Ik snap het nog steeds niet,' zegt hij. 'Wat kom je nou doen?'

'Ze is hier gekomen omdat dit krankzinnig is!' zeg ik, niet meer in staat mijn mond te houden. 'Jullie zijn elkaars vlees en bloed. Er is een band, oké, of jullie dat nou leuk vinden of niet. En op een dag zijn jullie allebei dood!'

Oké, dat floepte er even uit. Ik weet niet wat ik daarmee wilde zeggen.

'Allebei dood?' herhaalt Luke ongelovig. 'Waar slaat dat nou op?' 'Nou…' stuntel ik. 'Dan zijn jullie in de hemel, of dan zweven jullie door de lucht of waar dan ook, oké?'

'We zweven door de lucht.' Luke trekt een wenkbrauw op.

'Ja. En dan kijk je terug op je leven en dan herinner je je geen enkele ruzie of kwetsende opmerking meer, je herinnert je alleen de relaties die je hebt gehad. Dan zie je een groot overkoepelend patroon in je leven. En jouw patroon is helemaal verkeerd, Luke. Laat je patroon niet verstoren door één verkeerde steek.'

Luke zegt niets terug. Hoort hij me wel?

'Besef je wel dat je, door het contact met je moeder te verbreken, Minnies patroon ook verstoort?' Ik begin op dreef te komen. 'En wat dacht je van mijn patroon? Weet je, het gaat in het leven niet alleen om je eigen patroon, Luke. Alle patronen zijn met elkaar verweven; ze vormen samen een wereldwijd web van patronen, een *über*-patroon zeg maar, en…'

'Jezus christus!' valt Luke uit. 'Hou eens op over die klotepatronen!'

Ik kijk hem gekwetst aan. Ik was best trots op mijn patroontheorie. Dan zie ik vanuit mijn ooghoek opeens dat Elinor naar de deur schuifelt. Ze doet toch geen ontsnappingspoging?

'Waar ga jij naartoe?' Ik grijp haar bij de kladden. 'Vertel hem over het strandhuis.'

'Het strandhuis?' Luke slaagt erin het woord 'strandhuis' hoogst verdacht en sinister te laten klinken. Ik geef Elinor een zetje om haar aan te sporen. Echt, die twee helpen zichzelf niet bepaald.

'Dirk Greggory is overleden,' zegt Elinor. 'Je vond het altijd fijn in zijn strandhuis, is mijn indruk. We zouden er nog een laatste keer naartoe kunnen voordat zijn dochter het verkoopt, maar dan moet ik het de nabestaanden wel laten weten.'

'O,' zegt Luke van zijn stuk gebracht. 'Aha.'

'Ik heb een foto van toen je er was,' zegt Elinor tot mijn verrassing, en ze maakt haar stugge krokodillenleren tas open.

Yes! wil ik uitroepen. Goed bezig, Elinor! Oude familiekiekjes. Geniaal idee.

'Herinner je je dit nog?'

Ik kijk nieuwsgierig naar de foto en zie een jonger uitziende Luke blootsvoets op een breed zandstrand staan, gekleed in een poloshirt en een katoenen broek met opgerolde pijpen. Hij heeft een houten spade in zijn hand en lacht. Zijn haar is langer dan tegenwoordig, en het is verwaaid door de wind. Ik voel een steekje jaloezie. Had ik hem toen maar gekend.

Luke kijkt amper naar de foto. 'Dat is heel lang geleden.' 'Je was drieëntwintig. Het voelt alsof het nog maar een paar jaar geleden is.' Elinor legt zonder iets te zeggen een andere foto op de eerste. Nu staat ze er zelf ook op. Ze heeft zo'n afzichtelijke combi van een mosterdkleurig haltertopje met een broek aan dat het me de adem bijna beneemt, maar haar zonnebril is best cool, en de achtergrond is verbijsterend. Ze staan samen op een boot met niets dan zee achter zich.

'Heb jij altijd foto's bij je?' vraag ik tegen wil en dank ongelovig. Elinor kijkt meteen alsof ik haar geheime bron van zwakte heb aangeboord. 'Een paar,' zegt ze, terwijl haar gezicht weer verandert in een masker. 'Bij gelegenheid.'

Ze is net een slak, denk ik gefascineerd. Je hoeft haar maar aan te raken of ze trekt zich terug. Maar waar het om gaat, is dat je slakken kunt temmen.

Hoewel, kun je slakken wel temmen? Oké, ze is geen slak, ze is een... schildpad. Nee. Een stokstaartje dan? Ook niet. O, god mag weten wat ze is. Waar het om gaat, is dat Luke in de ban van de foto lijkt te zijn. Ik kan niet zien of hij naar de zee kijkt, naar de boot of naar Elinors afgrijselijke outfit, maar iets heeft hem gegrepen.

'Minnie zou het daar heerlijk vinden.' Hij kijkt naar me op. 'Jij ook. Het is een magische plek. Het zand, de zee... Je gelooft je ogen niet.'

'Je kunt makkelijk een boot huren,' vult Elinor aan.

'Minnie zou moeten leren zeilen.' Luke heeft die glanzende, verre blik in zijn ogen die verraadt dat hij plannen maakt. 'Becky, jij moet ook leren zeilen.'

Luke is al vrij vaak over dat zeilen begonnen in de loop van ons huwelijk, maar tot nog toe heb ik eronderuit weten te komen.

'Graag!' zeg ik vrolijk.

De oven piept en we schrikken allemaal. Het is alsof we weer tot leven komen. Een afschuwelijk moment lang denk ik dat Luke weer zijn kille, boze zelf zal worden en Elinor weg zal sturen, maar in plaats daarvan kijkt hij op van de foto en neemt Elinor en mij een voor een op. Hij loopt naar het raam, slaakt een diepe zucht en wrijft met zijn handen over zijn gezicht.

Ik weet dat er veel in hem omgaat. Hij vindt het vreselijk om te worden opgejaagd; we moeten gewoon wachten tot hij zover is. Elinor neemt mij als voorbeeld. Ze blijft roerloos staan, bijna zonder te ademen.

'Hoor eens... misschien heeft dit lang genoeg geduurd,' zegt Luke uiteindelijk. 'Ik wil graag... een nieuw begin maken.'

Als ik die woorden uit zijn mond hoor komen, zak ik bijna door mijn knieën van opluchting. Elinor beweegt nog steeds niet echt, maar ik heb haar ook leren lezen. De lijnen aan weerszijden van haar kin zijn ontspannen, wat voor haar het equivalent is van 'oef!' zeggen.

'Dat wil ik ook graag,' zegt ze zacht. 'Ik meende wat ik zei.'

'Weet ik. En ik meende niet wat ik zei.' Luke glimlacht. Het is een jongensachtige glimlach, vol zelfspot, die me aan het hart gaat. Het is niet makkelijk voor hem geweest, eerst de ene en toen de andere moeder verliezen. 'Kom hier.' Hij geeft Elinor een zoen op haar wang. 'Blijf je eten?'

'Nou...' Elinor kijkt me vragend aan en ik knik.

'Mag ik dan nu de sleutel terug?' zegt Luke tegen mij.

'Ik dénk het wel,' zeg ik plagerig, en ik geef hem de sleutel.

'En je moet Minnie zien,' vervolgt hij tegen Elinor. 'Ze slaapt vast nog niet; ik haal haar uit bed. Minnie!' roept hij terwijl hij de keukendeur openmaakt. 'Er is hier iemand voor je!' Dan richt hij zich weer tot Elinor. 'Je hebt haar niet meer gezien sinds ze een baby was. Je zult verbaasd opkijken.' Dan loopt hij de keuken uit.

Minnie.

Shit! Minnie. Luke weet niet beter of Minnie en Elinor kennen elkaar niet. Elinor en ik kijken elkaar aan en ik zie dat we precies hetzelfde denken.

Oké. Geen paniek. Het komt wel goed. Ik moet alleen snel nadenken... Ik moet dit voorkomen... denk na... denk na...

Ik hoor Minnie de trap af trippelen, en Luke die zegt: 'Zo, Minnie, ik heb een verrassing voor je.'

'Vassing!' zegt Minnie. 'Dootje?'

'Nee, geen cadeautje; iemand die jou graag wil ontmoeten. En hier is ze dan...'

De keukendeur gaat open en daar staat Minnie, een kleine gedaante in haar witte nachtpon met ruches en haar konijnenpantoffels.

'Mouw!' roept ze blij.

'Dit is je oma,' zegt Luke zwierig. 'Minnie, die mevrouw is míjn moeder. Wil je dag tegen haar zeggen?'

Minnie hoort hem al niet meer. Ze rent op Elinor af, stort zich tegen haar benen en probeert vervolgens haar tas open te maken.

'Mouw!' zegt ze. 'Pappie, is mewouw!' Ze vindt een puzzel in Elinors tas en trekt hem er triomfantelijk uit. 'Puzzel, mouw! Op táfel doen,' articuleert ze met zorg. 'Op táfel.'

Luke kijkt verbluft van de een naar de ander.

'Ze... kent haar,' zegt hij. 'Minnie, schat, ken je je grootmoeder?'

'Niet goo-moe,' zegt Minnie neerbuigend. 'Is mewóúw.'

'Ze kent je,' zegt Luke nu rechtstreeks tegen Elinor. 'Hoe kan ze je kennen? Ze heeft je niet meer gezien sinds ze een baby was.'

'Ze kent Elinor niet!' zeg ik snel. 'Doe niet zo mal! Ze doet gewoon aardig.' Maar mijn stem klinkt zelfs mij leugenachtig in de oren.

Ik zie dat het Luke begint te dagen.

'Ze had het er wel eens over dat ze een "mevrouw" had gezien,' zegt hij bedachtzaam. 'We wisten niet over wie ze het had.' Dan kijkt hij mij aan, opeens wit van woede. 'Dat was mijn moeder, hè? Becky, wat heb je uitgespookt achter mijn rug om? En nu niet meer liegen.'

Hij klinkt zo overtuigd van zijn eigen gelijk dat ik woede voel oplaaien. Hij moest eens weten. Hij moest eens wéten.

'Oké, ik heb Minnie meegenomen naar Elinor!' roep ik uit. 'Omdat ze haar oma is en ze elkaar horen te kennen! Maar je hoeft niet zo arrogant te doen, want weet je wat we nog meer hebben gedaan, Luke?'

'Rebecca,' zegt Elinor waarschuwend, maar ik neem geen notitie van haar.

'Wij hebben je surpriseparty georganiseerd! Dacht jij dat Suze en Tarquin erachter zaten? Nou, mooi niet! Het was je moeder. Zij heeft alles geregeld en betaald, en ze wilde de eer niet opeisen, maar dat zou ze wel moeten doen! Want zij was het. Het was Elinor.'

Ik doe er zwaar ademend het zwijgen toe. Eindelijk. Eíndelijk. Ik draag dat geheim al sinds de avond van het feest als een loden last met me mee.

'Is dat waar?' Luke klinkt geschokt. Ik weet niet of hij het aan mij vraagt of aan Elinor, maar die geeft in elk geval geen antwoord. Ze ziet er opeens gevriesdroogd uit. Alle warmte is verdwenen en haar ogen zijn donkere, gloeiende stipjes.

'Dat is niet waarom ik hier ben gekomen, Luke, om jou dat te laten ontdekken,' zegt ze met een droge, boos schrapende stem. 'Dat is níét waarom ik hier ben gekomen. Het was níét de bedoeling dat je zou ontdekken... Je had nooit mogen weten...' Haar gezicht beeft en terwijl ik kijk, schrik ik opeens. Gaat ze...

Nee.

Ze gaat toch niet huilen?

'Elinor,' zeg ik radeloos. 'Elinor, het spijt me, maar hij moest weten...'

'Nee.' Ze weigert me aan te kijken. 'Nee, Rebecca. Je hebt alles ondermijnd. Tot ziens, Minnie.'

Tot mijn ontzetting pakt ze met bevende handen haar tas en loopt de keuken uit.

'Mewouw!' roept Minnie. 'Niet weg!'

Ik kijk verlamd toe, niet in staat me ertoe te zetten achter haar aan te gaan. Pas als ik de zware voordeur dicht hoor slaan, kom ik in beweging. Er groeit een verschrikkelijk schuldbesef in me, en ik kan me er niet van weerhouden naar Luke uit te halen.

'Nou tevreden?' val ik hem aan. 'Je hebt het leven van je moeder verwoest. Ik hoop dat het lekker voelt.'

'Haar leven verwoest? Dat lijkt me niet.'

'Wel waar! Ze wilde het alleen maar bijleggen en bij de familie horen en Minnie zien. Snap je dat dan niet, Luke? Ze wil je liefde niet kopen. Ze wilde niet dat ik je over het feest zou vertellen. Ze heeft zich verdekt opgesteld en alles gezien, maar ze wilde niet tevoorschijn komen. En toen zette je alles op alles om Suze en Tarkie te bedanken, maar zij wísten dat het Elinor was. Ze voelden zich verschrikkelijk.'

'Dus iedereen wist het, behalve ik,' zegt Luke verbeten. 'Het zal ook eens niet.'

'Mewouw!' jammert Minnie, net op het moment dat Luke een sms binnenkrijgt. 'Waar mewouw?' Ze komt vastbesloten van haar stoel. 'Mewouw zoeken.'

'Minnie, mevrouw moest naar haar eigen huis,' zeg ik snel. 'Maar ik zal je een verhaaltje vertellen over mevrouw, hoe vind je dat? En dan mag je gaan slapen en dan gaan we morgen iets leuks doen...'

Ik zie een vreemde uitdrukking over Lukes gezicht glijden en breek mijn zin af. 'Wat is er?'

Luke zegt niets. Hij kijkt alleen maar naar zijn telefoon. Hij werpt een blik op mij en richt zijn aandacht weer op zijn scherm. Oké, dit staat me niet aan.

'Wat is er?' zeg ik. 'Vertel!'

Luke draait zonder iets te zeggen zijn telefoon mijn kant op. Ik tuur naar het scherm en zie een foto van Minnie, op onze oprit, in een sexy, volwassen pose.

'Die staat op de website van *USA Today*,' zegt hij, en ik kan wel door de grond zakken.

'Laat zien.' Ik pak de telefoon en krimp in elkaar. Ze hebben Minnie helemaal volwassen en wereldwijs en... afschuwelijk gemaakt. Ik weet zeker dat ze haar mond hebben bijgewerkt om de schijn te wekken dat ze lippenstift op heeft.

'Dat komt door Sage,' zeg ik, en ik geef de telefoon terug. 'Zij hitste Minnie op. Zodra ik zag waar ze mee bezig waren, heb ik ingegrepen. Wie heeft je die foto gestuurd?'

'Aran. Maar ik denk dat hij onze nummers door elkaar heeft gehaald, want de sms is aan jou gericht. Hij schijnt te denken dat je hier blij mee zult zijn. Het "brengt het gezin meer onder de aandacht", zoals hij het stelt.'

Er klinkt iets verwijtends door in Lukes stem, besef ik opeens.

'Blij?' herhaal ik vol afgrijzen. 'Natuurlijk ben ik niet blij. Ik was ziedend! Ik heb gezegd dat ze moesten ophouden! Luke, je denkt toch zeker niet...' Ik zie zijn gezicht en breek mijn zin af. Hij kijkt weer vol afkeer naar zijn telefoon.

'Aran heeft me net weer per ongeluk een sms voor jou gestuurd,' zegt hij. 'Je moet hem echt je eigen nummer doorgeven.'

'O,' zeg ik nerveus. 'Wat schrijft hij?'

'Hij heeft die bespreking met de producers van *Even More Beautiful* geregeld waar jullie het over hadden gehad,' zegt Luke vreemd toonloos. 'Hij heeft gezegd dat je het superspannend vindt, en ze verheugen zich erop je te ontmoeten.'

Ongelooflijk. Ik heb tegen Aran gezégd dat ik het niet zag zitten.

'Dat is niets,' zeg ik gejaagd. 'Zit er maar niet over in. Het is gewoon een...'

'Ik weet precies wat het is,' zegt Luke, nog steeds met die vreemde, toonloze stem. 'Het is een realityshow over plastische chirurgie. Snak je dan zo wanhopig naar roem, Becky? Ben je bereid aan je lichaam te laten knoeien om een ster te worden? Ben je bereid Minnie achter te laten en het risico te lopen dat je verminkt raakt, of

321

komt te overlijden, alleen maar om op de rode loper te kunnen staan?'

'Nee!' zeg ik ontzet. 'Luke, ik zou het niet echt dóén...'

'Waarom ga je dan naar die bespreking?'

'Daar ga ik niet heen! Ik heb tegen Aran gezegd dat ik niet wilde! Het is allemaal een misverstand.'

'Waarom zou Aran een bespreking regelen als jij geen interesse had getoond?' Zijn stem klinkt onverbiddelijk.

'Weet ik veel!' zeg ik wanhopig. 'Luke, geloof me alsjeblieft! Ik heb tegen Aran gezegd dat ik geen interesse had. Ik zou nooit tegen je liegen...'

'O, nee? Dat is een goeie, Becky.' Hij lacht kort en vreugdeloos. 'Je zou nooit tegen me liegen. Dat is echt briljant.'

'Oké.' Ik grijp naar mijn haar. 'Ik weet dat ik heb gejokt over Minnie en Elinor. En over Sage en Ramona. Maar dat was anders. Luke, je denkt toch niet echt dat ik me voor de camera zou laten opereren?'

'Becky, heel eerlijk gezegd,' zegt hij met een strak gezicht, 'heb ik geen idee meer hoe jouw geest werkt.'

'Maar...'

'Waar mouw?' onderbreekt Minnie ons. 'Waar mouw heen?'

Ze kijkt zo argeloos en vol vertrouwen naar ons op dat ik zonder enige waarschuwing in tranen uitbarst. Ik zou haar nooit, maar dan ook nooit gebruiken om in de publiciteit te komen. Ik zou mezelf nooit, maar dan ook nooit in gevaar brengen voor de een of andere stomme realityshow. Hoe kan Luke dat denken?

Hij trekt zijn jasje aan en loopt naar de keukendeur, nog steeds met dat afstandelijke gezicht. 'Je hoeft niet op me te rekenen met het avondeten.'

'Waar ga je heen?' vraag ik.

'Mijn assistent heeft een stoel voor me vrijgehouden op de nacht-vlucht naar New York. Ik wilde pas morgenochtend gaan, maar ik zou niet weten waarom ik zou wachten. Ik zal zien of ze me van-avond weg kan krijgen, zodat ik samen met Gary kan reizen.'

'Ga je weg?' zeg ik beteuterd.

'Kan het je iets schelen?'

'Natuurlijk kan het me iets schelen!' Mijn stem trilt vervaarlijk. 'Luke, je luistert niet! Je begrijpt het niet!'

'Nee,' slaat hij terug. 'Je hebt gelijk. Ik begrijp het niet. Ik weet niet wat je wilt of waarom je het wilt of wat je principes nog zijn. Je bent de weg kwijt, Becky. Totaal de weg kwijt.'

'Niet waar!' Er ontsnapt een snik. 'Ik ben de weg niet kwijt!' Maar Luke is al weg. Ik zak terug op mijn stoel, beverig van ongeloof. Mooie interventie was dat. Elinor is kwaad weggelopen. Luke is kwaad weggelopen. Ik heb alles een ziljoen keer erger gemaakt.

Hoe kan hij denken dat ik me zou laten opereren? Hoe kan hij denken dat ik Minnie zou exploiteren?

'Waar mewouw?' vraagt Minnie weer. Ze kijkt nieuwsgierig naar mijn gezicht. 'Mammie huilen,' constateert ze nuchter.

'Kom op, schatje.' Ik hijs me met een bovenmenselijke inspanning van mijn stoel. 'Naar bed, jij.'

Minnie is er niet zo happig op om weer naar bed te gaan, en eerlijk gezegd kan ik het haar niet kwalijk nemen. Het kost een eeuwigheid om haar weer onder de dekens te krijgen en uiteindelijk lees ik *Raad eens hoeveel ik van je hou* nog een keer of tien voor, want telkens als ik klaar ben, zegt ze: 'Nog! Meer! Méééééér!' en ik kan geen weerstand bieden aan haar smeekbedes. Het lezen van de vertrouwde woorden is net zo sussend voor mij als voor haar, denk ik.

En dan, net als ik de donkere kamer uit sluip, hoor ik beneden de voordeur slaan. Het is als een dolksteek in mijn hart. Hij is weggegaan zonder afscheid te nemen. Hij gaat nóóit weg zonder afscheid te nemen.

Ik voel me daas. Ik weet me geen raad met mezelf. Uiteindelijk ga ik weer naar de keuken, maar ik krijg geen hap door mijn keel, en dat komt niet alleen door die walgelijke quinoahap van die stomme *Eat Good & Clean*-website die ik nooit meer ga opzoeken. Ik zit dus maar aan tafel met mijn malende gedachten. Waar ben ik precies zo rampzalig de fout ingegaan?

Dan hoor ik een sleutel in de voordeur en fleur op. Hij is terug. Hij is teruggekomen! Ik wist het wel.

'Luke!' Ik hol de gang in. 'Luke... O.'

Het is Luke niet, het is Suze. Ze ziet er vermoeid uit, en als ze haar jasje uitdoet, zie ik dat ze velletjes van haar vingers heeft gebeten, wat ze altijd doet als ze gestrest is.

'Hoi,' zegt ze kortaf. 'Alles goed met de kinderen?'

'Ze zitten WALL•E te kijken,' zeg ik knikkend. Ik heb zo'n gevoel dat ze de film nog eens hebben opgezet, al ga ik dat niet tegen Suze zeggen. 'Hoe is het met Tarkie gegaan? Heb je hem gevonden? Gaat het goed met hem?'

Suze neemt me even zwijgend op. Ze kijkt me aan alsof ik een grap heb gemaakt die niet alleen niet grappig is, maar ook tamelijk smakeloos.

'Ik heb geen idee hoe het met hem gaat, Bex,' zegt ze uiteindelijk op een vreemde toon. 'Want Tarkie bleek niet bij Golden Peace te zijn. Hij is niet eens in LA. Hij heeft me ge-sms't vanuit een wegrestaurant.'

'Een wegrestaurant?' herhaal ik perplex. 'Waar?'

'Dat heeft hij niet gezegd.' Ik zie dat Suze haar best doet om kalm te blijven, maar het lukt niet echt. 'Hij heeft helemaal niets gezegd. En nu neemt hij zijn telefoon helemaal niet meer op. Ik heb geen idee waar hij zit, ik heb geen idee wat hij aan het doen is; hij kan overal wel zijn...' Haar stem zwelt aan tot een verwijtende brul. 'En het is allemaal de schuld van je vader!'

'Van mijn vader?' zeg ik verbijsterd.

'Hij heeft Tarkie meegesleept op de een of andere zinloze zoektocht.' Suze kijkt me verwijtend aan, haar ogen spuwen vuur. 'Naar het schijnt heeft hij iets "recht te zetten". Wat dan? Wat moet hij rechtzetten? Waar zijn ze naartoe?'

'Ik weet het niet.'

'Je moet toch een idee hebben?'

'Nee! Echt niet!'

'Heb je niet met je vader gepraat, Bex? Weet je niet wat hij hier komt doen? Boeide het je soms niet?' Suze klinkt zo vernietigend dat ik in elkaar krimp. Eerst mam, toen Luke, nu Suze.

'Ik wilde nog met hem praten.' Ik weet hoe slap het klinkt, en ik gloei van schaamte. Waarom ben ik er niet voor gaan zitten met pap? 'Ik weet alleen dat het iets te maken heeft met een oude vriend van een rondreis, jaren geleden.'

'Een oude vriend,' herhaalt Suze sarcastisch. 'Kan het nog vager?' Haar toon is zo bijtend dat ik in een reflex terugsla.

'Waarom maak je mij verwijten? Het is mijn schuld niet!'

'Het is jouw schuld wél! Je had totaal geen aandacht voor je vader, dus heeft hij zijn heil bij Tarkie gezocht! Ze hebben zich samen bezat, weet je nog? Tarkie is heel kwetsbaar op het moment. Hij zou niet moeten drinken. Je vader is een drankorgel.'

'Nee, dat is hij niet! Ik denk eerder dat Tarquin hém dronken heeft gevoerd.'

'Klets niet.'

'Ik klets niet!'

We kijken elkaar woedend aan en opeens besef ik dat we Minnie wakker maken als we hier blijven staan schreeuwen.

'Hoor eens,' zeg ik iets rustiger. 'Ik ga het uitzoeken. Ik kom er wel achter waar ze zijn. We vinden ze wel.'

'Waar is Luke?'

Ik voel een pijnscheut, maar laat niets merken. Ik heb nu even geen zin om Suze te vertellen wat er vanavond is gebeurd.

'Terug naar Engeland,' zeg ik zakelijk. 'Hij moet met Economische Zaken praten.'

'Super. Echt fantastisch.' Suze steekt haar handen op en laat ze in een wanhopig gebaar weer vallen. 'Ik hoopte dat hij zou kunnen helpen.'

Ze ziet er zo teleurgesteld uit dat ze me op de kast jaagt. Dan is Luke maar weg. We kunnen wel zonder hem. We hebben geen man nodig. Ik mag het dan zelf hebben verprutst, ik kan het ook weer zelf in orde maken.

'Ik help je wel,' zeg ik vastbesloten. 'Ik doe het wel. Ik zal ze vinden, Suze. Ik beloof het.'

Geef aan de wereld… deel met de wereld… verbeter de wereld…
U bent op de donatiepagina van:

Danny Kovitz

Persoonlijk bericht van Danny Kovitz

Lieve vrienden,

Zoals velen van jullie weten, is dit mijn jaar van 'teruggeven', 'mezelf op de proef stellen', 'mezelf radicaal veranderen'.

Door omstandigheden buiten mijzelf om heb ik helaas mijn voorgenomen projecten moeten annuleren. Ik ga nu echter een aantal andere, maar net zo zware uitdagingen aan, die ik hieronder zal opsommen. Klik alsjeblieft op de links en geef gul, mijn schatten van heerlijke vrienden.

Miami cocktail-uitdaging
Wellness-uitdaging (Chiva Som)
Wellness-uitdaging (Golden Door)
Cruise-uitdaging (Caribisch gebied)

Als jullie deze activiteiten samen met mij willen ondernemen: graag! Laten we de wereld samen veranderen.

Veel liefs,

Danny xxx

21

Waar moet ik beginnen? Ik bedoel, hoe vind je een wat oudere man en een lichtelijk getroebleerde aristocraat die overal in LA kunnen zijn, of in Californië, of... waar dan ook?

Suze heeft de politie gisteravond gebeld, maar dat was geen succes. Ze kwamen niet bepaald met loeiende sirenes onze kant op. Ze gingen zelfs nergens heen. Suze heeft me niet verteld wat ze zeiden, maar ik hoorde haar wel nijdig worden aan de telefoon. Ik denk dat ze insinueerden dat pap en Tarkie gewoon in een nachtclub zaten en de volgende ochtend wel naar huis zouden komen wankelen, en dat ze zich niet zo druk moest maken.

Wat, nou ja. Waar zou kunnen zijn.

Ik heb in paps kamer naar aanwijzingen gezocht, natuurlijk. Het eerste wat ik vond, was een opgewekt briefje op zijn kussen waarin hij schreef dat hij 'een tochtje' ging maken en dat hij 'iets moest doen', maar dat ik me geen zorgen hoefde te maken en dat hij 'in een wip' weer terug zou zijn met Tarquin. Afgezien daarvan bestaat mijn hele lijst met aanwijzingen uit: 1. De kaart van zijn rondreis, al die jaren geleden. 2. Een *Vanity Fair* uit 1993. 3. Een servet van Dillon's Irish Bar (relevant?).

Ik kijk weer naar de kaart. Ik hou hem heel behoedzaam vast, want hij is erg versleten, en ik trek met mijn vinger de route na, die met rode balpen is aangegeven. Los Angeles... Las Vegas... Salt Lake City...

Wat wil hij 'rechtzetten'? Wat is er toch aan de hand?

Ik heb voor de miljoenste keer spijt dat ik niet beter heb geluisterd, al die keren dat pap me over zijn reis vertelde. Ik herinner me wat vage details en verhalen, zoals die keer toen ze hun huurauto hadden ingezet bij het gokken en die keer toen ze verdwaald raakten in Death Valley en dachten dat hun laatste uur had geslagen, maar niets concreets. Niets waar we iets aan hebben.

Mam had ook geen idee toen ik haar aan de telefoon had. Ze was er zelfs zo erg aan toe dat ik bijna geen zinnig woord uit haar kon krijgen. Ze was aan het inpakken met Janice' hulp, en ze waren op van de zenuwen omdat ze niet wisten hoe ze hun geld zo konden meenemen dat het niet werd gestolen. Janice en mam willen samen zo snel mogelijk naar LA, en Martin blijft thuis om 'de telefoon te bemannen', in mams woorden. Ze is ervan overtuigd dat pap ergens dood in een greppel ligt en ze zei telkens dingen als 'in het ergste geval' en 'áls hij nog leeft, Deo volente', tot ik er niet meer tegen kon en riep: 'Mam, hij is niet dood!' en toen verweet ze me dat ik geen gevoel had.

Het enige wat ik nu nog kan doen, heb ik bedacht, is teruggaan naar dat woonwagenkamp waar Brent Lewis woonde. Ik weet dat hij eruit is gezet, maar misschien heeft een van de buren een telefoonnummer van hem of zoiets. Hij is mijn enige aanknopingspunt met paps reis, of wat er ook maar achter zit.

'Als jij Minnie naar de peuterspeelzaal brengt, ga ik nu meteen naar het woonwagenkamp,' zeg ik tegen Suze. 'Jeff brengt me wel.'

'Mij best.' Suze kijkt me niet echt aan. Ze heeft me sinds gisteravond al niet meer echt aangekeken. Ze drukt met een hand haar telefoon aan haar oor en roert met de andere dwangmatig in haar thee, rond en rond en rond.

'Wie bel je?' vraag ik voorzichtig.

'Alicia.'

'O.' Ik wend me af.

'Hoi,' zegt Suze in de telefoon. 'Nee. Niets.'

Ik voel een steekje. Ze heeft maar weinig woorden nodig, alsof ze met iemand praat met wie ze een hechte band heeft. Zoals ze met mij praat. Praatte.

Bij de gedachte dat Suze en Alicia zulke dikke vriendinnen zijn, voel ik de tranen bijna opkomen, maar ik heb dan ook maar een paar uur geslapen. Ik bleef maar op mijn telefoon kijken of ik al een berichtje van Luke had, maar het kwam niet. Ik heb wel een miljoen sms'jes aan hem opgesteld, maar ik heb er niet één verzonden. Telkens als ik hem in gedachte voor me zie, word ik zo overspoeld door verdriet dat ik me geen raad weet.

Ik wrijf in mijn ogen, drink mijn koffie op en kom van mijn stoel. 'Oké, Jeff,' roep ik. 'Zullen we gaan?'

Jeff komt mistroostiger dan ooit de keuken in. Hij heeft niet goed gereageerd op het nieuws dat pap en Tarkie zijn verdwenen. Hij lijkt te denken dat het allemaal zijn schuld is, hoe vaak ik ook tegen hem zeg dat hij er niets aan kan doen.

'De locatie is veiliggesteld,' zegt hij. 'Mitchell surveilleert met Echo in de tuin.'

'Super,' zeg ik. 'Dank je wel.'

Jeff loopt naar de achterdeur en controleert hem, en dan loopt hij naar het raam en strijkt met zijn vinger langs het glas. Hij prevelt iets in zijn headset en loopt dan terug naar de deur om die nog eens te inspecteren. God, wat maakt hij me nerveus.

'De keuken is in orde!' zeg ik. 'We zijn veilig! Hoor eens, Jeff, mijn vader is er gewoon vandoor gegaan. Het was jouw schuld niet.'

'Het had niet mogen gebeuren,' zegt hij bedrukt. 'Niet onder mijn toeziend oog.'

'Nou, laten we maar gaan, misschien komen we iets aan de weet.' Ik schuif met een schrapend geluid mijn stoel naar achteren. 'Suze, ik hou je op de hoogte.'

'Je doet maar.' Suze kijkt gedecideerd naar een punt ergens achter me. Haar gezicht staat strak en haar haar hangt slap. Ik weet dat zij helemaal geen oog dicht heeft gedaan.

'Hé, Suze,' zeg ik aarzelend. 'Maak je geen zorgen, alsjeblieft. Het komt vast goed allemaal.'

Ze zegt niet eens iets terug. Ik zie hoe ze in gedachten de ergste mogelijkheden doorneemt. Ik kan verder niets meer zeggen.

'Oké dan.' Ik bijt op mijn onderlip. 'Nou... Je hoort nog van me.'

We zitten een minuut of twintig op de weg als mijn telefoon gaat. Ik reik er gretig naar, maar het is niet Suze of pap, of zelfs Luke, maar Sage.

'O, hallo, Sage.'

'Hé, Becky!' klatert haar stem vrolijk door de telefoon. 'Vind je het niet superspannend?'

'Wat?' zeg ik niet-begrijpend.

'Ons optreden in *Camberly*! Het gaat over een minuut of tien de lucht in! Ik heb het niet meer. Ik had Aran net aan de lijn. Hij had iets van, dit is nu al immens, schat. Ik bedoel, heb je de hits op YouTube gezien? En dat is nog maar de trailer!'

'Ja. Ja.' Ik probeer me los te maken van pap en de wereld van Sage in te duiken. 'Ja, ik heb het gezien. Fenomenaal!'

Het is waar, het is echt fenomenaal. Er worden al dagen achter elkaar door trailers uitgezonden voor, zoals ze het noemen, 'de grote confrontatie tussen Ramona en Sage'. Het was vanochtend op tv toen ik koffie aan het zetten was, maar we hebben de tv uitgezet omdat het een beetje te veel werd allemaal.

(Nou ja, eigenlijk smeet Suze haar telefoon naar de tv en gilde: 'Hou op! Hou op!' Toen heb ik hem maar uitgezet.)

'En, ga je kijken?'

'O, ja!' zeg ik, en ik zet snel de auto-tv aan. 'Ik zit in de auto, maar ik kijk hier wel. Ik kan niet wachten. Je doet het vast fantastisch.'

'Ik doe het waanzinnig goed,' zegt Sage voldaan. 'En dan nog iets, ik had een geweldig idee voor mijn outfit voor de première van vanavond. Je moet me komen helpen. Waar zit je nu? Kun je over, zeg maar, een kwartiertje hier zijn?'

'Een kwartiertje?' Ik kijk verbaasd naar de telefoon. 'Nou... nee. Sorry. Ik moet wat dingen doen vanochtend. We hebben een soort familiecrisis.'

'Maar je moet me stylen!' zegt Sage gekrenkt.

'Weet ik. Ik kom later, weet je nog? Zullen we het er dan over hebben?'

Het blijft stil aan de andere kant. O, god. Heeft Sage de pest in?

'Wat heb je voor idee?' zeg ik snel. 'Het is vast geniaal.'

'Dat kan ik niet zéggen. Ik moet het je laten zíén.' Ze zucht even gepikeerd. 'Oké, als je echt niet nu kunt komen, moet het maar later. Je zult niet weten wat je ziet, zeg maar.'

'Wauw! Klinkt super. Ik zie je later, oké?'

Ik sluit het gesprek af en zet het geluid van de tv harder. Het weerbericht voor de oostkust wordt uitgezonden en onwillekeurig vraag ik me af of pap en Tarkie het vliegtuig kunnen hebben genomen.

Nee. Dat zouden ze nooit doen. Toch?

Hoewel ik zeker weet dat mam en Suze het erger maken dan het is, huiver ik even. Je dierbaren horen niet te verdwijnen met de vage mededeling dat ze 'iets moeten doen'. Dat zouden ze niet mogen doen.

Opeens dringt het tot me door dat *Camberly* begint. De bekende intro rolt over het scherm en beelden van Camberly in avondjurk en Camberly die met haar hond over het strand rent, worden afgewisseld met beelden van haar beroemde witte huis, waar de show zogenaamd wordt opgenomen. (De show wordt in feite opgenomen in een studiodecor in LA, zoals iedereen weet.) Normaal gesproken heeft de show verschillende onderdelen. Een interview, een muzikaal intermezzo en een kookrubriek, en vaak ook een wedstrijd, maar vandaag wordt er een 'special' uitgezonden. Het gaat alleen maar over Ramona en Sage. Zodra de muziek wegsterft, komt er een sombere Camberly in beeld, met op de achtergrond de uitvergrote gezichten van Sage en Ramona die elkaar kwaad aankijken. Het ziet er allemaal hoogst dramatisch uit.

'Welkom in mijn huis,' zegt Camberly ernstig. 'En bij een unieke, gedenkwaardige special van een uur. Sage Seymour. Ramona Kelden. Hun eerste ontmoeting sinds hun geruchtmakende treffen bij de ASA's. Tot straks.'

Er klinkt weer muziek en de camera zoomt uit. Ik kijk enigszins verontwaardigd naar het scherm. Een onderbreking, nu al? Ik zal nooit aan de Amerikaanse tv wennen. Gisteren heb ik een reclame gezien die twintig minuten duurde. Twintig hele minuten! (Maar hij was wel goed. Alles draaide om een geweldig barbecue-grillgeval dat je een 'finesse van restaurantkwaliteit' geeft, maar dan zonder de calorieën. Ik heb het nummer zelfs genoteerd.)

Ik zit ongeduldig een ziljoen spotjes voor pijnstillers uit en zie dan Sage op het scherm verschijnen, op de bank naast een verrukte Camberly. Het begint heel saai, want ze laat Sage haarfijn vertellen wat er bij de Awards-uitreiking is gebeurd, zonder ook maar iets over te slaan. Ze laat de beelden een keer of tien zien en vraagt telkens aan Sage: 'En wat ging er toen door je heen?'

Sage acteert dat ze er kapot van is. Met een snik in haar stem zegt ze de hele tijd dingen als 'ik voelde me ontzettend verraden', 'ik begrijp Ramona gewoon niet' en 'waarom ik?'. Ik persoonlijk vind dat ze het er te dik bovenop legt.

Dan komt er wéér een onderbreking, en dan is het tijd voor Ramona om op het toneel te verschijnen. En hoewel ik weet dat ze het allemaal samen hebben bekonkeld, begint mijn hart sneller te slaan bij het idee van die twee samen op de bank. God mag weten wat het Amerikaanse publiek nu voelt. Dit is echt een tv-evenement.

Opeens zijn we terug in de studio, en daar komt Ramona de set op, gekleed in een strakke broek met rechte pijpen, een wijde, witte zijden blouse en... de clutch onder haar arm! Ik snak onwillekeurig naar adem, en Jeff kijkt in de binnenspiegel.

'Sorry,' zeg ik. 'Ik zit gewoon tv te kijken.'

Sage en Ramona kijken elkaar aan als twee vijandige katten, zonder te glimlachen en met een soort knetterende spanning tussen hen in. De camera blijft van close-up naar close-up overschakelen. Camberly kijkt zwijgend toe, met een hand voor haar mond.

'Je mag je tasje hebben.' Ramona smijt de clutch op de vloer. Camberly deinst geschrokken achteruit en ik slaak een kreetje van verontwaardiging. Straks beschadigt ze de strassteentjes nog!

'Denk je dat ik dat nog wil?' zegt Sage. 'Je mag het houden.'

Wacht even. Dit vind ik een beetje beledigend. Het is echt een mooi tasje. Waar ze me trouwens geen van beiden ooit voor hebben betaald.

'Jullie hebben elkaar sinds de Awards-uitreiking niet meer gezien,' zegt Camberly, die naar voren leunt.

'Nee,' zegt Sage zonder haar blik van Ramona af te wenden.

'Waarom zou ik haar willen zien?' zegt Ramona.

En opeens is mijn geduld op. Het is zo onecht. Ze gaan ruziën en gemene dingen zeggen en aan het eind zullen ze elkaar wel snikkend in de armen vallen.

'We zijn er,' zegt Jeff, en hij stopt. 'Wil je blijven kijken?'

'Nee, dank je,' zeg ik, en ik zet de tv uit. Ik kijk door het raam om me te oriënteren. Daar is het verzinkte hek. Daar zijn de rijen woonwagens. Oké. En nu maar hopen dat ik hier iets aan de weet kom.

'Is het echt hier?' vraagt Jeff, die met een bedenkelijk gezicht naar buiten kijkt. 'Weet je het zeker?'

'Ja, het is hier.'

'Nou, het lijkt me raadzaam dat ik met je meega,' zegt hij gedecideerd, en hij stapt uit de auto.

'Dank je, Jeff,' zeg ik als hij mijn portier voor me openhoudt.

Ik zal Jeff missen.

Deze keer loop ik regelrecht naar woonwagen 431, zonder op of om te kijken. Het uitzettingsbevel hangt nog op de deur en de woonwagen ertegenover is afgesloten. Ik zie mijn kaartje nog in het raamkozijn. Super. Die vrouw heeft het duidelijk niet doorgegeven.

Een woonwagen of drie verderop zit een man, maar ik voel me niet geroepen om naar hem toe te gaan. Deels omdat hij raar naar me kijken en deels omdat hij een kolossale hond aan een ketting heeft. Verder zie ik geen omwonenden. Wat kan ik nu nog doen? Ik ga op een plastic stoel zitten die lukraak midden op het pad lijkt te zijn gekwakt en slaak een diepe zucht.

'Ga je bij iemand op bezoek?' vraagt Jeff, die me zonder een woord te zeggen is gevolgd.

'Nee, ik bedoel ja, maar hij is uit zijn woonwagen gezet.' Ik knik naar het bevel op de deur. 'Ik wil uitzoeken waar hij naartoe is.'

'Hm-hm.' Jeff laat het even bezinken.

'Ik hoopte een van de buren te spreken,' leg ik uit. 'Ik dacht dat ik wel een postadres zou kunnen krijgen of zo...'

'Hm-hm,' zegt Jeff weer, en dan knikt hij naar de woonwagen. 'Misschien zit hij wel binnen. De achterdeur is open.'

Wat? Het was niet eens in me opgekomen. Misschien is hij terug. Misschien zit pap bij hem! Ik ren opgewonden naar de deur van de woonwagen en bons erop.

'Hallo?' roep ik. 'Brent? Ben je daar?'

Het blijft even stil, en dan zwaait de deur open. Maar het is niet Brent. Het is een vrouw. Ze is iets ouder dan ik, lijkt me, met golvend, donkerblond haar en een verweerd gezicht met sproeten. Ze heeft lichtblauwe ogen, een neuspiercing en een stuurs gezicht. Ik ruik geroosterd brood en hoor ergens op de achtergrond 'Beat It' van Michael Jackson.

'Wat is er?' vraagt ze.

'O, hallo,' zeg ik aarzelend. 'Sorry dat ik stoor.'

Er komt een hondje naar buiten gerend dat aan mijn tenen begint te likken. Het is een jack russell en hij heeft een snoezig appeltjesgroen tuigje om.

'Wat een schatje!' zeg ik, en ik buk me om hem te aaien. 'Hoe heet hij?'

'Scooter.' Het meisje ontdooit geen graad. 'Wat moet je?'

'O. Sorry.' Ik richt me op en glimlach beleefd naar haar. 'Aangenaam kennis te maken.' Ik steek mijn hand uit en ze neemt hem waakzaam aan. 'Ik ben op zoek naar een zekere Brent Lewis. Ken je hem?'

'Dat is mijn vader.'

'O!' Ik slaak een zucht van verlichting. 'Fijn! Nou, hij was bevriend met mijn vader, en ik denk dat die naar hem op zoek is, maar ik weet niet waar hij is gebleven.'

'Hoe heet je vader?'

'Graham Bloomwood.'

Het is alsof ik 'de antichrist' heb gezegd. Er trekt een schok door haar hele lichaam, maar haar ogen blijven strak op de mijne gericht.

Ze hebben een priemende hardheid waar ik nerveus van begin te worden. Wat is er mis? Wat heb ik verkeerd gezegd?

'Is jouw vader… Graham Bloomwood?' zegt ze uiteindelijk.

'Ja. Ken je hem soms?' vraag ik omzichtig.

'Dus, wat, kom je je verkneukelen? Is dat het?'

Mijn mond zakt open. Is me iets ontgaan?

'Eh… verkneukelen?' herhaal ik ten slotte. 'Nee. Waarom zou ik me hier komen verkneukelen?'

'Wie is die gast?' Het meisje laat haar blik plotseling op Jeff vallen.

'O. Hij.' Ik kuch een beetje gegeneerd. 'Dat is mijn lijfwacht.'

'Je lijfwacht.' Ze stoot een verbitterde, ongelovige lach uit en schudt haar hoofd. 'Maar natuurlijk.'

Maar natuurlijk? Wat is daar zo natuurlijk aan? Ze weet helemaal niets van me…

O, ze heeft me herkend! Ik wíst wel dat ik beroemd was.

'Het is alleen sinds dat bespottelijke gedoe op tv,' zeg ik met een bescheiden zucht. 'Als je in mijn positie bent, moet je beveiliging hebben. Ik bedoel, je kunt je er vast wel iets bij voorstellen.'

Ze wil een handtekening, bedenk ik opeens. Ik moet echt wat van die grote, glanzende foto's van mezelf voor in mijn tas hebben.

'Ik kan wel een servet signeren,' stel ik voor. 'Of een stukje papier?'

'Ik heb geen idee waar je het over hebt,' zegt het meisje geen spat vriendelijker. 'Ik kijk geen tv. Ben jij iemand?'

'O,' zeg ik, en opeens voel ik me stom. 'Aha. Ik dacht… Nou ja… nee. Ik bedoel, min of meer…' Dit gesprek is een marteling. 'Hé, kunnen we praten?'

'Praten?' herhaalt ze, zo sarcastisch dat ik in elkaar krimp. 'Daar is het nu een beetje laat voor, vind je ook niet?'

Ik kijk haar niet-begrijpend aan. 'Sorry… ik kan je niet volgen. Is er iets?'

'Jezusmina.' Ze doet haar ogen even dicht en haalt diep adem. 'Hoor eens, ga jij maar gewoon weg met je lijfwachtje, je dure schoentjes en je bekakte stemmetje, oké?'

Dit gesprek brengt me helemaal van mijn stuk. Waarom is ze zo boos? Ik ken haar niet eens. Waarom zei ze dat ik me hier kwam verkneukelen?

En hoezo, kakstemmetje? Ik heb geen kakstemmetje.

'Hoor eens.' Ik doe mijn best om kalm te blijven. 'Kunnen we opnieuw beginnen, alsjeblieft? Het enige wat ik wil, is mijn vader traceren. Ik maak me heel ongerust om hem, en dit is de enige plek die ik kan bedenken, en...' Dan schiet me iets te binnen. 'Neem me niet kwalijk. Ik heb me nog niet eens fatsoenlijk voorgesteld. Ik ben Rebecca.'

'Weet ik.' Ze kijkt me bevreemd aan. 'Natuurlijk ben je Rebecca.'

'En wie ben jij?'

'Ook Rebecca. We heten allemaal Rebecca.'

De tijd lijkt stil te staan. Ik kijk haar een paar seconden wezenloos aan en probeer haar woorden te bevatten, maar ze slaan nergens op. *We heten allemaal Rebecca.*

We heten allemaal... Wat?

Wie allemaal?

'Dat wist je toch?' Mijn reactie lijkt haar te verbazen. 'Dat moest je weten.'

Heb ik iets gemist? Ben ik in een bizar parallel universum beland? Wie zijn 'we'?

Wat is hier in godsnaam aan de hand?

'Jouw vader heeft de mijne gesproken. Een paar dagen geleden.' Ze kijkt me tartend aan. 'Ik denk dat ze het eindelijk hebben uitgevochten.'

'Wát hebben ze uitgevochten?' zeg ik radeloos. 'Wát? Zeg het, alsjeblieft!'

Het blijft lang stil. De andere Rebecca neemt me alleen maar op, haar blauwe ogen tot spleetjes geknepen, alsof ze me niet kan doorgronden.

'Wat heeft je vader je over die reis verteld?' vraagt ze uiteindelijk. 'Die vakantie in '72?'

'Niet veel. Ik bedoel, alleen kleinigheden. Ze gingen naar de rodeo, ze aten ijs, mijn vader raakte heel erg verbrand door de zon...'

'Meer niet?' vraagt ze ongelovig. 'Verbrand door de zon?'

'Ja,' zeg ik hulpeloos. 'Wat was er verder te vertellen? Hoe bedoel je, we heten allemaal Rebecca?'

'Godallemachtig,' zegt ze hoofdschuddend. 'Nou, als je dat niet weet, ga ik het je niet vertellen.'

'Je moet het me vertellen!'

'Ik moet jou helemaal niets vertellen.' Ze bekijkt me van top tot teen, en ik voel de minachting in haar ogen. 'Ik weet niet waar je pa is. En nou opzouten, prinsesje.' Ze tilt het hondje op en slaat tot mijn

335

ontzetting de deur van de woonwagen achter zich dicht. Even later hoor ik haar de achterdeur ook afsluiten.

'Kom terug!' Ik bonk als een razende op de deur. 'Alsjeblieft! Rebecca! Ik moet je spreken!'

De enige reactie is dat het geluid van 'Beat It' harder wordt gezet. 'Alsjeblieft!' Ik voel tranen opwellen. 'Ik weet niet waar je het over hebt! Ik weet niet wat er is gebeurd!'

Ik blijf voor mijn gevoel nog een eeuwigheid op de deur bonzen, maar er wordt niet opengedaan. Opeens voel ik een zachte kolenschop van een hand op mijn schouder.

'Die gaat niet opendoen,' zegt Jeff vriendelijk. 'Ik stel voor dat je het hierbij laat. Ik stel voor dat we naar huis gaan.'

Ik kan niets terugzeggen. Ik kijk naar de woonwagen met een pijnlijk gevoel in mijn borst. Er is iets gebeurd en ik weet niet wat. De verklaring is daar binnen, maar ik kan er niet bij.

'Ik stel voor dat we naar huis gaan,' herhaalt Jeff. 'Je kunt nu toch niets doen.'

'Goed dan,' zeg ik ten slotte. 'Je hebt gelijk. We kunnen beter weggaan.'

Ik loop achter hem aan langs de woonwagens, langs de man met de enge hond, het verzinkte hek door. Ik weet niet wat ik tegen Suze moet zeggen. Ik weet helemaal niets meer.

Als Jeff de auto start, floept de tv weer aan, en ik word overstelpt met gehuil. Ramona en Sage zijn elkaar op het scherm in de armen gevallen. De mascara biggelt over hun wangen en Camberly kijkt toe, met haar ineeengeslagen handen verrukt tegen haar borst geklemd.

'Ik heb ah-haltijd zo-ho-veel respect voor jou geha-had,' hikt Sage.

'Ik heb zo'n verkni-hi-hipt leven gehad,' snikt Ramona terug.

'Ik h-hou van je, dat weet je toch, Ramona?'

'Ik zal altijd van jou-hou houden...'

Ze zien er allebei hopeloos uit. Ze moeten expres mascara hebben gebruikt die niet waterproof is.

Ramona omvat het gezicht van Sage met haar handen en zegt teder: 'Je hebt zo'n mooie ziel.'

Tegen wil en dank proest ik van het lachen. Zou er iemand in deze 'verzoening' geloven? Ik heb geen idee. En het boeit me op dit moment ook niet. Het enige waar ik aan kan denken is: waar is pap? Wat is er aan de hand? Wat is er in vredesnaam aan de hand?

Als ik thuiskom, is Suze weg. Ze zal wel bij Alicia zijn. Ze zullen wel lange, diepzinnige gesprekken voeren, want Suze kan niet met mij praten, haar oudste vriendin, die haar heeft geholpen bij de bevalling van haar eerste kind, weet ze dát nog wel? En die dat kind vervolgens een week lang heeft gewiegd terwijl Suze sliep, weet ze dát nog wel? Waar was Alicia toen? Die was cocktails aan het klokken terwijl ze plannen maakte om mijn leven te ruïneren, dáár was ze. Maar goed. Als Suze beste vriendinnen wil zijn met Alicia, ook goed. Ze ziet maar. Misschien sluit ik dan vriendschap met Robert Mugabe, voor de symmetrie.

Ik spreek een voicemail in waarin ik haar in het kort vertel wat er is gebeurd, en ik doe hetzelfde voor mam, maar dan weet ik het niet meer. Ik kan niet in het wilde weg op zoek gaan naar pap. Ik heb verder geen enkel aanknopingspunt.

Ten slotte pak ik mijn tas dus maar en laat me door Jeff naar het huis van Sage brengen, waar het krioelt van de paparazzi (echte paparazzi, niet gewoon Lon en zijn maten). Als we er bijna zijn, schiet me te binnen dat ze niet door het getinte glas van de SUV kunnen kijken. Ik laat mijn raampje zakken, en ze richten hun camera's op mij in de auto en klikken erop los, terwijl ik ze elegant negeer en Jeff roept: 'Doe dat raam dicht!' (Hij hoeft niet zo bars te doen. Ik had gewoon behoefte aan wat frisse lucht.)

Wanneer ik eindelijk binnen ben, dreunt het hele huis van de muziek, en ik zie een stuk of tien assistenten wemelen die smoothies maken of mensen aan de telefoon vertellen dat Sage niet bereikbaar is. Sage zelf loopt rond in een grijze legging en een T-shirt met SUCK ON THAT erop, en ze lijkt ontzettend opgefokt.

'Zo, was *Camberly* niet waanzinnig?' zegt ze een keer of vijf voordat ik zelfs maar hallo heb kunnen zeggen. 'Was het niet ongelooflijk?'

'Het was fantastisch! Had je expres mascara gebruikt die doorloopt?' Ik moet het wel vragen, of ik wil of niet.

'Ja!' Ze wijst naar me alsof ik een vraag in een quiz goed heb beantwoord. 'Dat was Ramona's idee. De mensen van de make-up hadden iets van: maar misschien moet je huilen, dat gebeurt vaak in deze show, en wij hadden iets van: nou en? We willen eerlijk zijn, weet je.' Ze knippert met haar ogen naar me. 'We willen oprécht zijn. Mascara loopt uit, dat is nou eenmaal zo, en als dat niet aan jouw perfecte plaatje voldoet, nou, jammer dan.'

337

Ik pers mijn lippen op elkaar om niet hardop te lachen. Oprécht? Alleen kan ik er niets van zeggen, want ze is mijn cliënt, dus knik ik maar ernstig.

'Wauw. Je hebt helemaal gelijk.'

'Weet ik,' zegt ze voldaan. Ik pak de drie jurken uit die vanochtend uit Danny's showroom in LA zijn gekomen en schud de witte met lovertjes uit, die absoluut schitterend is.

Ik heb Adrian op het hoofdkantoor van Danny Kovitz vandaag gesproken. Naar het schijnt heeft Danny zijn intrek genomen in het Setai in Miami Beach en beweert hij dat hij nooit meer ergens naartoe wil waar het kouder is dan vierentwintig graden. Ik had ook nooit gedacht dat Groenland iets voor hem zou zijn.

'Deze is ongelooflijk.' Ik drapeer de jurk over mijn arm om hem aan Sage te laten zien. 'Maar hij is wel heel nauwsluitend, dus je zult hem eerst moeten passen.'

'Cool!' Sage laat een hand over de jurk glijden. 'Ik trek hem zo aan.'

'Dus, wat was je geweldige idee?'

'O, dat.' Ze glimlacht geheimzinnig naar me. 'Dat ga ik jou niet vertellen.'

'Nee?' Ik kijkt haar verontrust aan. 'Helemaal niet?'

'Je ziet het vanavond wel.'

Vanavond pas? Is het een nieuw kapsel? Of een nieuwe tattoo?

'Oké!' zeg ik. 'Ik kan niet wachten! Goed, ik heb een paar andere opties naast de witte…'

'Wacht!' Sage wordt afgeleid door een tv aan de muur. 'Kijk! Het interview wordt herhaald. Laten we kijken. Hé, lui!' roept ze naar haar assistenten. 'De show wordt weer uitgezonden! Ga popcorn halen!'

'Woehoe!' roepen een paar assistenten. 'Goed zo, Sage! Fantastisch!'

'Ik zal Ramona even bellen.' Sage pakt haar telefoon. 'Hoi schat,' zegt ze zodra er wordt opgenomen. 'We zijn weer op tv. Becky is hier. We gaan kijken.' Onder het praten geeft ze me een high five, en opeens zie ik een tongpiercing die er nog niet was. Is dat haar nieuwe ding?

'Kom!' Sage gebaart naar haar enorme, witte, zachte bank. 'Relax!'

'Oké!' Ik werp heimelijk een blik op mijn horloge. Het kan wel. We kijken naar het interview en dan gaan we aan het werk.

Alleen kijken we niet gewoon één keer, maar wel vier.

Elke keer geeft Sage doorlopend commentaar in de trant van: 'Zie je wel hoe ik de emotie hier precies tref?' en 'Wat ziet Ramona er toch goed uit vanuit die camerahoek' en een keer: 'Waar heeft Camberly haar tieten laten doen? Ze zien er fantastisch uit.'

Er springt onmiddellijk een jonge assistent op die zegt: 'Dat zoeken we op,' waarna hij met zijn BlackBerry aan de slag gaat.

Tegen de vierde ronde verveel ik me echt dood. Het gekke is dat als ik mezelf zo zou kunnen zien, ik gek zou worden van afgunst. Ik bedoel, kijk dan naar me! Ik hang op een zachte witte bank met een filmster... nippend van een smoothie... luisterend naar haar grapjes voor ingewijden... Je zou denken dat het hemels moest zijn, maar eigenlijk wil ik alleen maar naar huis, naar Suze.

Dat kan alleen niet, want we zijn nog steeds niet aan de kleding toe. Telkens als ik erover begin, zegt Sage 'ja, straks' en wuift afwezig naar me. Ik heb haar nu een keer of vijftig gezegd dat ik Minnie zo van de peuterspeelzaal moet halen en dat ik niet de hele dag heb, maar het schijnt niet tot haar door te dringen.

'Oké, we gaan onze nagels laten doen!' Sage springt plotseling op van de bank. 'We moeten naar het beautycentrum. We hebben allemaal gereserveerd, toch?'

'Ja!' zegt een assistent. 'De auto's staan te wachten.'

'Cool.' Sage kijkt zoekend om zich heen. 'Waar zijn mijn schoenen? Zijn ze onder de bank geschoven? Christopher, ga mijn schoenen zoeken,' zegt ze tegen de knapste assistent, die prompt over de vloer begint te kruipen.

Ik snap er niets meer van. Hoe kan ze nu naar het beautycentrum gaan?

'Sage?' probeer ik haar aandacht te trekken. 'Zouden we geen outfit voor vanavond gaan uitzoeken? Je zou de jurken toch gaan passen?'

'O, ja,' zegt Sage vaag. 'Dat doen we ook. We hebben het er daar wel over.'

'Ik kan niet mee,' zeg ik zo geduldig mogelijk. 'Ik moet mijn dochter ophalen.'

'Ze heeft zo'n schatje van een kind,' zegt Sage tegen haar assistenten, die allemaal terugzwijmelen: 'Ooo, snoezig!', 'Aanbiddelijk!'

'Dus, hoe moet het met de jurken?'

'O, ik pas ze zelf wel.' Opeens lijkt ze weer gefocust. 'Daar heb ik jou niet bij nodig. Je hebt het fantastisch gedaan, Becky, dank je wel! En jij ook bedankt, Christopher, engel van me!' Ze schuift haar voeten in haar pumps.

Heeft ze me niet nodig? Het komt aan als een klap in mijn gezicht. 'Maar ik heb er nog geen uitleg bij gegeven,' zeg ik uit het lood geslagen. 'Ik wilde ze samen met jou passen, de accessoires doornemen, zien of er iets vermaakt moet worden...'

'Ik kom er wel uit.' Ze besprietst zichzelf met parfum en vangt mijn blik. 'Ga maar! Veel plezier met je dochter!'

'Maar...'

Als ik haar niet help bij het creëren van haar look, ben ik helemaal geen stylist. Dan ben ik een koerier.

'Je hebt je auto bij je, hè? Tot vanavond!' Voordat ik nog iets kan zeggen, huppelt ze de deur uit. Ik hoor een gebrul van de paparazzi buiten, en het geluid van startende auto's en de algehele herrie rondom Sage.

Nu ben ik alleen, op een huishoudster na, die zwijgend rondloopt, schalen verzamelt en popcorn van de bank veegt. En heel even voel ik me net een leeggelopen ballon. Zo had ik het me helemaal niet voorgesteld. Ik barstte van de ideeën die ik Sage wilde voorleggen, maar ze lijkt niet eens belangstelling te hebben voor de kleren.

Terwijl ik mijn telefoon pak en Jeff bel, dwing ik mezelf echter het van de zonnige kant te zien. Kom op. Het gaat nog altijd goed. Ik ben toch maar mooi bij haar thuis geweest, ik heb haar toch maar mooi de basis van haar outfit geleverd. Als ze haar vragen wie haar stylist is, zal ze 'Becky Brandon' zeggen. Het is nog steeds mijn grote kans. Ik moet me hieraan vastklampen. Wat er verder ook speelt, dit is nog steeds mijn grote kans om het te maken in Hollywood.

Als we bij het huis aankomen, zie ik Lon bij het hek hangen. Hij gebaart woest naar de auto. Vandaag heeft hij een appeltjesgroene bandana om, en hij draagt laarzen die tot boven zijn knieën reiken.

'Becky!' hoor ik hem in het voorbijgaan roepen. 'Becky, wacht! Luister! Raad eens?'

Wat het met mij is, is dat ik geen weerstand kan bieden als iemand 'raad eens?' zegt.

'Hé, Jeff,' zeg ik terwijl het hek zich voor ons opent. 'Stop even.'

'Stop even?'

'Ik wil Lon spreken. Die daar.' Ik wijs hem aan.

Jeff remt en draait zich naar me om. Hij heeft zijn 'teleurgestelde' gezicht opgezet.

'Rebecca, we hebben het over interacties op straat gehad,' zegt hij. 'Ik raad je af je op dit moment buiten het voertuig te begeven.'

'Jeff, kom op.' Ik wend mijn blik ten hemel. 'Het is Lon maar!' Hij zit op de modeacademie! Ik bedoel, hij heeft geen pistool of zo.'

Oké, 'pistool' zeggen was een vergissing. Jeff verstijft meteen. Sinds pap en Tarkie zijn verdwenen, is hij hyperwaakzaam.

'Als je die persoon wilt benaderen…' zegt hij zwaarwichtig, 'zal ik de omgeving eerst veiligstellen.'

Zijn afkeurende gezicht maakt me aan het lachen. Hij gedraagt zich alsof hij een stugge, stijve butler uit de jaren dertig is en ik heb gezegd dat ik met een landloper wil praten.

'Prima. Stel jij de omgeving maar veilig.'

Jeff werpt me nog een verwijtende blik toe en stapt dan uit. Voor ik het goed en wel besef, zie ik hoe hij Lon fouilleert. Hij fouilleert hem!

Lon lijkt het echter niet erg te vinden. Zijn gezicht straalt zelfs helemaal van opwinding, en ik zie dat hij foto's van Jeff maakt met zijn telefoon. Ten slotte komt Jeff terug naar de auto en zegt: 'De omgeving is veilig.'

'Dank je wel, Jeff!' Ik glimlach naar hem en spring de auto uit. 'Ha, Lon!' roep ik. 'Alles goed? Leuke laarzen! Sorry voor de beveiliging en alles.'

'Nee, geen punt!' zegt Lon ademloos. 'Die lijfwacht van jou is zo ontzettend cool.'

'Het is een schatje,' beaam ik knikkend.

'Je zult wel supervoorzichtig moeten zijn met het oog op psychopaten,' zegt Lon eerbiedig. 'Ik heb je waakhond ook op het terrein zien surveilleren en zo.'

Lon is zo onder de indruk dat ik me voel opbloeien onder zijn blik.

'Tja, ach.' Ik zwiep mijn haar over mijn schouders. 'In mijn positie moet je oppassen. Je weet niet wie er rondlopen.'

'Zijn er veel aanslagen op je leven gepleegd?' vraagt Lon vol ontzag.

'Eh, niet echt veel. Je weet wel. Het normale aantal.' Ik schakel snel op iets anders over. 'Maar goed, wat wilde je zeggen?'

'O ja!' Lon knikt geanimeerd. 'We hebben je speciale zending van Danny Kovitz gezien. Toen het bestelbusje kwam, heb ik met de chauffeur gepraat. Hij werkt in de showroom. Hij wist er alles van. Hij kwam je jurk voor vanavond brengen.'

'Heeft Danny me een jurk gestuurd?' Ik ben zo ontroerd dat ik ervan straal.

'Hij is uit de nieuwe collectie, *Bomen en kabels*? Die nog niet eens is getoond?' Lon is helemaal hyper. 'Die volgens Danny recht uit zijn ziel kwam?'

Danny's collecties heten de laatste tijd allemaal *Iets en iets*. We hebben *Metaal en filosofie* gehad, en *Afgunst en scharlaken*. De modepers en de bloggers schrijven lange verhalen over de betekenis van die namen, maar als je het mij vraagt, prikt hij gewoon lukraak twee woorden uit het woordenboek, kiest twee lettertypes en noemt het dan diepzinnig. Niet dat ik dat tegen Lon ga zeggen, die eruitziet alsof hij ieder moment uit zijn vel kan springen van opwinding.

'Niemand heeft nog iets van deze collectie gezien,' ratelt Lon. 'Er gaan wel geruchten op internet, maar niemand weet echt iets. Dus, nou vroeg ik me af, doe je hem vanavond aan? En mogen we dan een paar foto's maken? Mijn vrienden en ik?'

Zijn gezicht is vertrokken van hoop en hij vouwt zijn bandana steeds kleiner op.

'Natuurlijk!' zeg ik. 'Ik ga om zes uur weg, maar ik zal vijf minuten van tevoren naar buiten komen om jullie allemaal de jurk te laten zien.'

'Joepie!' Lons gezicht straalt. 'We zullen er zijn!' Hij heeft zijn telefoon al in zijn hand. 'Dank je wel, Becky! Je bent een toppertje!'

Ik ben in geen tijden zo vrolijk geweest. Danny heeft me een jurk gestuurd! Ik word een modeverhaal! Nenita Dietz moet wel onder de indruk zijn als ze me ziet. Mijn euforie bevriest echter tot een ijzige mist zodra ik Suze in het oog krijg. Ze zit aan de keukentafel, die bezaaid ligt met papieren waarop ik haar handschrift zie. Haar haar zit in een slordige knot. Ik hoor *De kleine zeemeermin* in de tv-kamer en ik ruik geroosterd brood, dus dat heeft ze de kinderen te eten gegeven.

Op tafel staat ook een chique tas van Golden Peace die ik niet eerder heb gezien. Die moet ze van Alicia hebben gekregen, samen met het sweatshirt dat eruit piept. Ik weet wel waar Alicia mee bezig is. Ze probeert Suzes liefde te kopen.

'Leuke tas,' zeg ik.

'Dank je,' zegt Suze, die amper opkijkt. 'Je bent er dus weer.' Ze klinkt verwijtend, wat niet bepaald eerlijk is.

'Ik ben al eerder terug geweest,' zeg ik, 'maar toen was jij weg.' Met Alicia, voeg ik er wijselijk niet aan toe. 'Nog nieuws?'

Ik weet dat er geen nieuws is, want ik heb om de vijf minuten mijn telefoon gecheckt, maar het kan geen kwaad om het te vragen. 'Niets. Ik heb al Tarkies vrienden gebeld, maar niemand heeft een aanwijzing. Wat heb jij gedaan? Heb je de vrienden van je vader gesproken?'

'Ik ben in het woonwagenkamp op onderzoek uit geweest.'

'O, ja, ik heb je voicemail gekregen.' Ze houdt op met schrijven, zet haar voeten op haar stoel en slaat haar armen om haar knieën. Haar gezicht staat afgetobd en opeens wil ik haar in mijn armen nemen en op haar rug kloppen, zoals ik anders meteen zou hebben gedaan, maar op de een of andere manier... kan ik het niet. Het voelt allemaal te geforceerd tussen ons. 'Dus je hebt een andere Rebecca gesproken? Heel vreemd.'

Ik vertel haar over het woonwagenkamp en ze luistert zonder iets te zeggen.

'Er is iets aan de hand met mijn vader,' besluit ik. 'Maar ik heb geen idee wat.'

'Maar wat betekent het?' Suze wrijft over haar voorhoofd. 'En waarom heeft hij Tarquin erbij betrokken?'

'Ik weet het niet,' zeg ik hulpeloos. 'Mam zal nu wel in de lucht zitten, dus haar kan ik het niet vragen, en ze weet trouwens toch niets...' Mijn stem sterft weg. Mijn aandacht is getrokken door iets op het werkblad. Een grote doos met de opdruk DANNY KOVITZ aan de zijkant.

Mijn jurk staat nu natuurlijk niet boven aan mijn prioriteitenlijstje. Anderzijds popel ik om hem te zien. Ik weet niet eens of hij lang is, of halflang, of kort...

'Ik heb de politie nog eens geprobeerd,' zegt Suze. 'Waardeloos! Ze zeiden dat ik aangifte van vermissing kan doen. Wat schieten we daarmee op? Ze moeten gaan zoeken! Ze zeiden telkens: "Maar waar moeten we dan zoeken, mevrouw?" Ik zei: "Dat moeten jullie uitzoeken! Zet er een paar rechercheurs op!" Toen zeiden zij: "Kunnen die twee mannen niet gewoon een uitstapje aan het maken zijn?" Ik zei: "Ja! Ze zíjn een uitstapje aan het maken. Daar gaat het nou net om. We weten alleen niet wáár ze naartoe zijn!"'

Terwijl Suze praat, schuifel ik naar het werkblad. Ik til het deksel een stukje van de doos en hoor vloeipapier ritselen. Er stijgt ook een heerlijke geur op. Danny laat zijn kledingstukken altijd met zijn eigen parfum bestuiven voordat hij ze verstuurt. Ik trek het zilvergrijze vloeipapier opzij en zie een schouderband van koperen schakels. Wauw.

'Wat doe je?' vraagt Suze toonloos.

'O.' Ik laat van schrik het deksel vallen. 'Ik keek even.'

'Meer "noodzakelijke inkopen" voor Sage, zeker?'

'Dit is niet voor Sage, maar voor mij. Dit doe ik vanavond aan. Danny heeft het speciaal gestuurd. Het is uit zijn *Bomen en kabels*-collectie...' Ik voel de vijandige stilte en breek mijn zin af. Suze kijkt me aan met een blik die ik niet helemaal kan duiden.

'Je gaat toch naar de première,' zegt ze uiteindelijk.

'Ja.'

'Juist.'

Het blijft weer lang stil. De sfeer wordt steeds drukkender, tot ik wel kan krijsen.

'Wat nou?' zeg ik ten slotte. 'Wat? Vind je dat ik niet moet gaan?'

'Jezus, Bex! Moet je dat nog vragen?' Suzes plotselinge felheid overrompelt me. 'Je vader wordt vermist, en Tarkie ook, en jij gaat verdomme naar een première? Kan het egocentrischer? Ik bedoel, wat is er nou eigenlijk belangrijk voor jou?'

Ik voel rancune opkomen. Ik ben het zat dat Suze me een schuldgevoel aanpraat. Ik ben het zat dat iedereen me een schuldgevoel aanpraat.

'Je vader is spoorloos verdwenen en hij heeft Tarkie meegenomen!' tiert Suze door. 'Er is duidelijk een mysterie; ze zouden diep in de nesten kunnen zitten...'

'Nou, wat kan ik eraan doen?' barst ik uit. 'Het is niet mijn schuld dat ze er zomaar vandoor zijn gegaan! Ik heb één kans in Hollywood, Suze, één kans, meer niet! Als ik die niet grijp, zal ik er eeuwig spijt van hebben.'

'De rode lopers blijven altijd,' zegt Suze op vernietigende toon.

'Maar de tv-interviews niet! Nenita Dietz niet! Ik zou niet weten waarom ik hier zou blijven niksen in afwachting van nieuws. Doe jij dat maar, als je wilt. Misschien kan Alicia je gezelschap houden,' kan ik niet nalaten eraan toe te voegen. Dan pak ik de Danny Kovitz-doos en been voordat Suze nog iets kan zeggen de keuken uit.

Terwijl ik me optut, kibbelen er twee stemmen in mijn hoofd. De ene is van mij en de andere van Suze. Of misschien van Luke. Of misschien zijn ze allebei van mij. O, god, ik weet niet van wie die stemmen zijn, maar tegen kwart voor zes ben ik ze allebei zat. Ik wil er niet over na hoeven denken of ik wel de juiste keuze maak. Ik wil dit gewoon doen.

Ik kijk mezelf brutaal aan in de spiegel en neem een pose voor op de rode loper aan. Ik zie er goed uit. Denk ik. Ik ben iets te dik opgemaakt, maar ik wil niet flets afsteken bij alle beroemdheden, toch? En Danny's jurk is geniaal. Hij is kort en strak, van een flatteuze, zwarte stof, en hij heeft maar één schouderband, die is gemaakt van een massa ongepolijste koperen ringetjes. (Ze snijden een beetje in mijn huid en er zullen wel striemen achterblijven, maar dat boeit me niet.) Ik heb de puntigste stiletto's aller tijden aan en een clutch met koperen randen onder mijn arm (die zat bij de jurk in de doos). Ik zie er beslist uit als een beroemde sterrenstylist.

De adrenaline giert door mijn lijf. Ik voel me alsof ik de boksring in moet. Dit is het. Dít is het. Terwijl ik met zorg mijn lippen stift, gaat mijn telefoon, en ik zet hem op de luidspreker.

'Hallo?'

'Becky,' vult Arans stem de kamer. 'Heb je er zin in?'

'Nou en of!' zeg ik. 'Ik kan niet wachten!'

'Mooi! Ik wilde je alleen even op de hoogte brengen. Je bent in trek vanavond, meid!' Hij lacht. 'Je gaat praten met NBC, CNN, Mixmatch, dat is een modezender...'

Hij praat door, maar ik kan amper nog luisteren. Het lijkt allemaal zo onwezenlijk. Ik kom op NBC!

'Dus blijf opgewekt en positief,' zegt Aran. 'Druip van je Britse charme, dan komt het allemaal dik in orde. Ik zie je!'

'Tot vanavond!' Ik spriets nog een laatste keer parfum over me heen en kijk naar mijn spiegelbeeld. Britse charme. Hoe druip je van de Britse charme?

'Leuke pub. Potje darten?' zeg ik hardop.

Hmm. Misschien beter van niet.

Op weg naar beneden hoor ik dat Suze eraan komt. Ik word helemaal kriebelig, zet me schrap en druk mijn tas tegen me aan. Suze duikt in de gang op, met Minnie op haar heup, en bekijkt me emotieloos.

'Je ziet er fantastisch uit,' zegt ze effen.

'Dank je,' zeg ik net zo vlak.

'Dun.' Ze slaagt erin het verwijtend te laten klinken.

'Dank je.' Ik check mijn telefoon. Ik heb een sms van Jeff om te zeggen dat hij buiten op me wacht, maar nog steeds niets van Luke. Niet dat ik er echt op rekende, maar toch voel ik me teleurgesteld. 'Ik zal mijn telefoon de hele tijd aan laten staan,' vervolg ik. 'Voor het geval je... nou ja. Iets hoort.'

'Oké. Veel plezier.' Ze hijst Minnie op haar andere heup en ik kijk haar wrokkig aan. Ze draagt Minnie alleen om mij een schuldgevoel te bezorgen. Ze zou haar makkelijk op de vloer kunnen zetten.

'Hier, dan weet je waar ik ben.' Ik geef haar het papier met de gegevens. 'Bedankt dat je op Minnie wilt passen.'

'O, geen enkel probleem.' Haar stem klinkt zo sarcastisch dat ik in elkaar krimp. Ze bedoelt het niet zo, hou ik mezelf voor. Ze is gewoon op van de zenuwen vanwege pap en Tarkie.

Ik bedoel, ik maak me ook zorgen, maar mijn zorgen worden naar de achtergrond gedrongen door een andere emotie: opwinding. NBC... rode loper... exclusieve designeroutfit... Hoe zou ik niet opgewonden kunnen zijn? Hoe kan Suze dat nou niet begrijpen?

'Nou, ik hoop dat je de avond van je leven hebt,' zegt ze als ik de deur opendoe.

'Komt goed,' zeg ik rebels. 'Tot later.'

Ik stap naar buiten en hoor een gebrul achter het hek. Ik blijf stokstijf staan en knipper verbaasd met mijn ogen. O, mijn god. Lon moet iedereen uit zijn jaar hebben meegebracht voor de bezichtiging van de jurk. Er staat een hele massa mensen, dicht op elkaar geperst, en iedereen richt zijn camera of telefoon tussende spijlen van het hek door op mij.

'Maak het hek open,' zeg ik tegen Jeff, en ik loop elegant wuivend op de horde af. Ik voel me net een prinses.

'Becky!' roept Lon.

'Beckiiieee!' gilt een meisje in een zwarte hemdjurk. 'Hier!'

'Je ziet er fantastisch uit!'

'Hoe voelt de jurk?'

'Kunnen we de rug zien?'

'Heeft Danny je nog iets bijzonders over de jurk verteld? Wat was zijn inspiratie?'

Terwijl ik poseer en van de ene lens in de andere kijk, blijf ik stiekem blikken op het huis werpen. Ik hoop dat Suze achter het raam staat te kijken en al het geroep hoort. Misschien dat ze het dán begrijpt.

22

Iedereen heeft zijn foto's gemaakt en ik heb twee interviewtjes over Danny gegeven voor modeblogs, en nu zit ik in de auto op weg naar de première. Ik voel me een beetje roezig. Het wordt waanzinnig. Het is nu al waanzinnig. De première wordt gehouden in El Capitan, en ik hoor aan het lawaai dat we er bijna zijn. De auto trilt bijna, zo hard staat de dreunende muziek. Er klinkt geschreeuw, en als we vaart minderen slaat er tot mijn schrik iemand op de auto.

'Gaat het?' vraagt Jeff meteen.

'Prima!' zeg ik blij. 'Het is best een groots gebeuren, hè?'

De film gaat over twee circusartiesten die een terroristische aanslag verijdelen. Naar het schijnt zetten ze alle dieren en circuskunsten in, en de opnames moesten bijna gestaakt worden omdat een van de olifanten een beetje gek werd.

Jeff moet allerlei pasjes aan functionarissen laten zien, en terwijl hij daarmee bezig is, tuur ik naar buiten. Ik zie mensen die met hun gezicht tegen het glas gedrukt naar binnen proberen te kijken. Ze denken zeker dat ik Tom Cruise ben of zo.

'Tjeesus,' zegt Jeff, die probeert de auto tussen de meute door te laveren. 'Wat een chaos. Wil je dit echt doorzetten?'

Nou vraag ik je. Begint hij ook al?

'Ja,' zeg ik gedecideerd. Ik reik in mijn tas naar paps handtekeningenboekje. Ik heb me heilig voorgenomen zoveel mogelijk handtekeningen voor hem te verzamelen. Dan kan Suze me niet meer egocentrisch noemen.

We rijden in een hele stoet auto's, en ik zie nu hoe het gaat. De auto stopt bij het afzetpunt, het portier gaat open, de beroemdheid stapt uit en de menigte wordt uitzinnig. Er zijn nog twee auto's voor ons. Straks ben ik aan de beurt!

'Zo, stuur maar een sms wanneer je weg wilt,' zegt Jeff. 'Of anders bel je maar. Zodra er problemen zijn, bel je me maar.'

347

'Doe ik,' beloof ik, en ik kijk nog een laatste keer in de spiegel. Mijn hart gaat sneller slaan. Het is echt zover. Ik moet elegant uit de auto stappen, ik moet mijn kalmte bewaren, ik moet onthouden wie mijn jurk heeft gemaakt...

'Oké, daar ga je.' Jeff stopt, een vent met een headset op rukt het portier open en ik stap uit. Ik sta op de rode loper. Op de echte rode loper. Ik hoor erbij!

Ik ben zo gefascineerd door de sfeer dat ik niet meteen in beweging kom. Nu ik ben uitgestapt, klinkt de muziek nog luider. Wat is dit groot, mooi en spectaculair. De ingang van El Capitan lijkt op die van een circustent en het krioelt van de artiesten. Er zijn vuurspuwers, jongleurs en een slangenmeisje in een met edelstenen bezette bikini, en de spreekstalmeester laat zijn zweep knallen. En er is een olifant! Een echte olifant die heen en weer loopt met zijn dompteur. Het publiek gaat uit zijn dak bij het zien van een jonge knul in spijkerbroek, uit de een of andere band denk ik, en ik zie Hilary Duff op een meter of tien bij me vandaan... en is dat Orlando Bloom die handtekeningen staat uit te delen?

'Rebecca?' Een meisje in een zwart broekpak komt met een onpersoonlijke glimlach op me af. 'Ik ben Charlotte. Ik begeleid je over de rode loper. Laten we doorlopen.'

'Hallo, Charlotte!' Ik lach stralend naar haar en geef haar een hand. 'Is het niet ongelooflijk? Moet je die jongleurs zien! Moet je die olifant zien!'

Charlotte kijkt me bevreemd aan. 'Juist,' zegt ze. 'Je zegt het maar. Kom mee.'

Terwijl we lopen, flitsen er overal camera's. Ik heb dagen geoefend op de correcte filmsterrenpose, maar nu moet ik er ook nog bij lopen. Het filmsterrenloopje heb ik helemaal niet geoefend. Shit. Hoe doen ze dat?

Ik geloof dat ze min of meer naadloos over de loper glijden. Ik ga ook glijden. Met mijn benen een tikje gebogen, misschien?

'Gaat het?' Charlotte kijkt me onderzoekend aan en ik strek haastig mijn benen. Misschien is dat buigen toch niet zo'n goed idee. 'Goed, we hebben je fotomoment en dan je interviews...' Ze kijkt op haar horloge en raadpleegt haar klembord. Ze lijkt totaal niet onder de indruk te zijn van de olifant, de vuurspuwers of de beroemdheden. Het lijkt haar zelfs allemaal volkomen koud te laten. 'Zo, daar ga je.'

Zonder enige waarschuwing duwt ze me naar een leeg stukje rode loper, tegenover een batterij fotografen die allemaal beginnen te roepen: 'Becky! Becky, hierheen!'

Ik neem haastig mijn pose aan. Benen gekruist, kin in, stralende sterrenglimlach...

Ik verwacht me weer zo opgetogen te voelen... maar gek genoeg voel ik me een beetje nikserig. En dan, bijna voordat ze zijn begonnen, is het weer voorbij en duwt Charlotte me verder, naar de rijen tv-camera's.

Samen met Suze was het leuker, toen we om het hele gedoe giechelden, flitst het door me heen.

Nee. Doe niet zo stom. Dit is fantastisch. Ik ben een echte beroemdheid! Ik hoor erbij! Ik heb van alles te melden over de outfits van Sage, en over mijn eigen jurk, en over mode... Ik kan niet wachten.

'Zo, het eerste interview is met Fox News,' zegt Charlotte in mijn oor, en ze duwt me naar een camera. Ik strijk snel mijn haar glad, hoop maar dat ik geen lippenstift op mijn tanden heb en zet mijn levendigste, intelligentste gezicht op.

'Hallo, Betty!' zegt een zorgvuldig gecoiffeerde vrouw in een broekpak. 'We zijn heel blij dat je tijd voor ons hebt!'

'Dank u!' zeg ik met een glimlach. 'Alleen heet ik eigenlijk Becky.'

'Betty,' vervolgt de vrouw alsof ze me niet heeft gehoord, 'jij bent natuurlijk getuige geweest van het winkeldiefstalincident van Ramona Kelden. Heb je haar daarna nog gezien?'

Ik sta even met mijn mond vol tanden. Wat moet ik zeggen? Ik kan moeilijk antwoorden dat ik haar huis ben binnengedrongen en zag hoe ze plannen beraamde om het Amerikaanse publiek te bedotten.

'Eh... nee,' zeg ik zwakjes.

'Als je haar vanavond ziet, wat ga je dan tegen haar zeggen?'

'Ik zou haar het beste wensen.'

'Fijn! Nou, dank je wel, Betty! Veel plezier bij de film!'

Tot mijn verbazing pakt Charlotte me bij mijn arm en sleept me mee. Was dat het? Was dat het interview? Willen ze niet weten hoe ik de kost verdien? Willen ze niet weten van wie mijn jurk is?

'De volgende is TXCN,' zegt Charlotte in mijn oor.

Er wordt weer een tv-camera op mijn gezicht gericht en een man met rood haar grinnikt naar me.

'Hallo daar, Betty,' zegt hij met een zuidelijk accent. 'Alles kits?'

'Ik heet Becky,' zeg ik beleefd.

'Dus, winkeldiefstal. Is het een misdaad of een ziekte?'
Hè? Hoe moet ik dat in godsnaam weten? Ik stamel een antwoord, voel me compleet achterlijk en word voordat ik het goed en wel besef naar de volgende interviewer geduwd. Die man wil weten of Ramona zich verzette toen ik haar staande hield, en de vrouw na hem vraagt of ik denk dat Ramona misschien uit stelen was omdat ze zwanger was. Ik heb de kans niet gekregen om iets over mijn jurk te zeggen, of over het feit dat ik Sage heb gestyled. En ze noemen me allemaal Betty.

'Ik heet Becky!' roep ik onder het lopen naar Chatlotte. 'Niet Betty!'

'O,' zegt ze onaangedaan. 'Dan zal het wel verkeerd in het perspakket hebben gestaan.'

'Maar...' Ik klap mijn mond weer dicht.

'Maar wat?'

Ik wilde zeggen: 'Maar wéten ze dan niet allemaal hoe ik heet?', maar Charlottes gezichtsuitdrukking brengt me op andere gedachten. Misschien ben ik iets minder beroemd dan ik dacht. Ik voel me een beetje teleurgesteld, al denk ik dat ik het goed weet te verbergen.

Charlotte loodst me naar een volgende verslaggever, die een radiomicrofoon onder mijn neus houdt, en ik wauwel wat over dat ik heel blij ben dat Ramona en Sage het hebben bijgelegd en dat ik het interview inderdaad heb gezien. Plotseling barst er een oorverdovend rumoer los en ik kijk onwillekeurig om.

Daar is Sage.

Ze staat voor de fotografen, die wild worden. Echt door het dolle heen, bedoel ik. Het geschreeuw wordt steeds luider, en de flitsen zijn als een soort onweer. De menigte dringt naar voren, drukt zich tegen de dranghekken en steekt handen met telefoons en handtekeningenboekjes uit.

Sage lijkt ervan te genieten. Ze poseert in Danny's witte jurk, die er sensationeel uitziet, en ze zwiept met haar haar en deelt kushandjes uit. En dan gebeurt het. Ze blaast heel energiek een kus van haar hand... en op de een of andere manier knapt de zijnaad van haar jurk. Ik kijk ontzet toe hoe de naad van onder tot boven openscheurt en de hele zijkant van haar lijf wordt ontbloot.

Sage snakt naar adem en grijpt naar de jurk, en de fotografen knippen als gekken.

Ik kijk met open mond van afgrijzen naar de witte kraaltjes die over de rode loper rollen. Die jurk was vanmiddag nog helemaal heel. Er was niets mis mee. Ze moet eraan geknoeid hebben. Dus dát was haar geheime plan waar ze me niets over wilde vertellen. Een opzettelijk garderobedefect. Een meisje in een zwart broekpak wil Sage een jas aanbieden, maar ze neemt er geen notitie van en kijkt stralend in de camera's.

Danny vermoordt me. Hij is heel gevoelig voor het uit elkaar vallen van zijn kleding sinds een onfortuinlijk incident in Barneys, toen hij zijn naden niet goed had gestikt. Hij zal me vragen of ik er niet voor heb gezorgd dat Sage fatsoenlijk aangekleed was, en dan moet ik zeggen dat ze me niet in de buurt wilde laten, en dan zegt hij dat ik erop had moeten staan...

Nu kan ik tegen niemand meer zeggen dat ik de stylist van Sage ben. Dat is de tweede klap. Ze zullen me uitlachen. Mijn hele plan is in duigen gevallen.

Charlotte, die naar haar oortje stond te luisteren, kijkt op. 'Rebecca, je bent klaar,' zegt ze met een plichtmatige glimlach. 'Je mag naar binnen. Geniet van de film.'

'O,' zeg ik bedremmeld. 'Was dat alles?'

'Dat was alles,' zegt ze beleefd.

'Maar ik dacht dat ik hopen interviews had.'

'De plannen zijn gewijzigd. Ga maar naar binnen, dan wijst iemand je je stoel wel. Fijne avond!'

Ik voel een steekje van teleurstelling. Ik wil de bioscoop niet in. Als ik eenmaal binnen ben, is het voorbij.

'Mag ik nog even hier blijven?' vraag ik. 'Ik wil... je weet wel. Het allemaal op me in laten werken.'

Charlotte kijkt me aan alsof ik gestoord ben. 'Ja hoor.' Ze haalt haar schouders op, draait zich om en laat me alleen.

Ik voel me een beetje onbehaaglijk, zo zonder iets te doen, maar ik keer me vastberaden om en kijk naar de rijen dringende mensen, tv-camera's en beroemdheden die zich laten interviewen. Kom op, Becky. Je staat wel mooi op de rode loper. Misschien heeft Sage mijn plan een beetje gedwarsboomd, maar daarom kan ik me nog wel vermaken. Ik kan nog wel positief blijven.

De complete bezetting van Heaven Sent Seven is net op de rode loper aangekomen en een stel tienermeiden krijst hysterisch. Ik raak spontaan ook opgewonden. Ze zijn gigantisch! Ik wil dit dolgraag met iemand delen. Ik pak in een reflex mijn telefoon en begin een sms te typen... en dan hou ik midden in een woord op. Ik kan het niet met Luke delen. Of met Suze. Of met mam.

En ook niet met pap, vanzelfsprekend.

Of... met wie dan ook.

Onbedoeld slaak ik een droevige zucht, en dan plak ik snel een brede glimlach op mijn gezicht ter compensatie. Ik mag niet zuchten op de rode loper. Het idee! Alles is goed. Alles is fantastisch. Het is...

O, daar is Aran, onberispelijk in een zwarte smoking en een blauw overhemd met de kraag open. Overspoeld door opluchting haast ik me naar hem toe. Hij staat met zijn handen in zijn zakken naar Sage te kijken met die wrange, afstandelijke gezichtsuitdrukking van hem. Sage heeft ergens een regenjasje opgeduikeld dat ze over haar jurk heeft aangetrokken, en ze praat enthousiast met een rij interviewers.

'Ha, Becky.' Aran geeft me een luchtkus op beide wangen. 'Heb je het naar je zin?'

'Ja!' zeg ik op de automatische piloot. 'Het is geweldig!'

'Mooi zo.' Hij glimlacht. 'Daar ben ik blij om.'

'Hoewel, heb je Sage' jurk gezien? Er bleef niets van over.'

Hij kijkt vertwijfeld omhoog. 'Reken maar dat ik dat heb gezien.'

'Ze had die jurk te leen van een vriend van me, een heel beroemde ontwerper. En ze heeft hem expres geruïneerd.' Ik probeer niet verwijtend te klinken, maar ik kan er niets aan doen.

'Aha.' Aran trekt een grimas. 'Tja, we kunnen wel tot een schikking komen...'

'Het gaat niet om het geld! Het is gewoon zo onbezonnen. En nu kan ik tegen niemand meer zeggen dat ik haar stylist ben. Ik bedoel, daarom ben ik hier vanavond, om mezelf als stylist te lanceren! Ik had die jurk voor haar geregeld en ze had er verbluffend uit kunnen zien, maar ze moest de boel zo nodig saboteren...' Mijn stem beeft. Ik geloof dat ik erger van streek ben dan ik besefte.

'Hmm.' Aran neemt me onderzoekend op. 'Heb je Nenita al gesproken?'

'Nee.'

'Nou, dan gaan we daar iets aan doen.'

'Oké. Dank je.' Tot mijn ergernis is er een traan in mijn ene oog opgeweld. Ik veeg hem snel weg en glimlach, maar Aran heeft het gezien.

'Gaat het wel, Becky?'

'Zo'n beetje,' zeg ik met verstikte stem. 'Niet echt. Mijn vader wordt vermist en ik heb ruzie gehad met Luke, en toen ook nog eens met mijn beste vriendin... Niemand snapt het. Dit.' Ik spreid mijn armen in een allesomvattend gebaar.

'Dat verbaast me niets,' zegt Aran.

'Echt niet?'

'Zo gaan die dingen. Je bent geen gewone burger meer, weet je nog?'

Hij klinkt compleet onverschillig, en opeens bezorgt zijn relaxte manier van doen, alsof alles van hem af glijdt, me een steek van frustratie. Als de wereld verging, zou hij waarschijnlijk zijn schouders ophalen en zeggen: 'Zo gaan die dingen.'

En wat bedoelde hij eigenlijk? *Dat verbaast me niets?*

'Ik ga Nenita zoeken.' Hij geeft me een schouderklopje en loopt weg.

Ik kijk weer om me heen en probeer van de ervaring te genieten, maar opeens vind ik het allemaal een beetje te veel van het goede. De witte tanden, de flitsende camera's, de pailletten en de edelstenen en het gegil. Het lijkt alsof zelfs de lucht statisch knettert. Mijn haar kriebelt ervan, en mijn ene been tintelt...

O. Nee, dat is mijn telefoon die trilt. Ik pak hem uit mijn clutch en zie dat het Suze is. Met een angstig voorgevoel neem ik op.

'Alles goed?' vraag ik gespannen. 'Is er iets gebeurd?'

'O, god, Bex.' Suze klinkt wanhopig, en ik word nog banger. 'Alicia is iets aan de weet gekomen. Ze zijn er met Bryce vandoor gegaan.'

'Bryce?' Ik kijk niet-begrijpend naar mijn telefoon. 'Bryce van Golden Peace?'

'Je vader had de een of andere missie en vroeg Tarkie hem daarbij te helpen, en Tarkie heeft aan Bryce gevraagd of hij mee wilde gaan. Bryce! Alicia denkt dat hij op ons geld aast. Hij wil een concurrerend centrum opzetten, en hij gaat Tarkie hersenspoelen, zodat die het financiert, en we hebben geen idee waar ze naartoe zijn...'

'Suze, kalmeer,' zeg ik radeloos. 'Het komt wel goed.'

'Maar hij is door en door slecht!' Ze klinkt bijna hysterisch. 'En ze zijn met hem de woestijn in gereden!'

'We vinden ze wel. Echt wel. Suze, probeer zoveel mogelijk informatie te verzamelen...' Ze zegt nog iets, maar ik kan het niet verstaan. Haar stem wordt vervormd en valt weg. 'Suze?'

Mijn telefoon valt uit en ik kijk er ontdaan naar. Bryce. Tarquin.

Mijn vader. Midden in de woestijn. Wat zal mam wel niet zeggen? Wat moeten we beginnen?

'Becky.' Aran is weer naast me opgedoken. 'Ik zal je aan Nenita voorstellen.' Zijn ogen twinkelen. 'Ze is een van de groten in jullie wereldje, hè?'

'Eh... ja. Enorm.' Ik loop verdwaasd achter hem aan over de rode loper, een beetje wankel op mijn hakken. Dit is het beslissende moment in mijn carrière. Mijn ontmoeting met Nenita Dietz. Ik moet mijn privéleven opzijzetten. Ik moet me concentreren.

Nenita Dietz staat tegen een groep mensen te orakelen, en we houden ons geduldig afzijdig tot ze even stilvalt. Ze ziet er verbijsterend uit. Ze heeft een volumineuze blauwe bontjas aan, en metallic laarzen met naaldhakken. De rode en goudblonde highlights in haar lange, golvende zwarte haar lichten op onder de schijnwerpers en ze moet wel drie paar valse wimpers hebben opgeplakt. Van hieraf gezien is ze net een sprookjesprinses.

'Nenita Dietz,' zegt Aran charmant. 'Mag ik je voorstellen aan Becky Brandon?'

'Becky!'

Ik neem haar hand aan met het gevoel dat ik op audiëntie ben bij de koningin. Ik bedoel, ze is ook echt de koningin van de Hollywood-stylisten.

'Hallo!' ratel ik nerveus. 'Ik ben dol op je werk. Toevallig kom ik ook uit de mode. Ik ben personal shopper geweest bij Barneys en ik wil heel graag stylist worden en ik bewonder je ontzettend. Vooral wat je voor *Clover* hebt gedaan. Die kleren waren geweldig.'

Ik noem *Clover* omdat het een lowbudgetfilm is die ze een paar jaar geleden heeft gedaan waar de meeste mensen niet eens van hebben gehoord. Ik hoop er een paar bonuspunten mee te scoren, maar wat ik van *Clover* vind, lijkt Nenita niet te boeien.

'Jij.' Ze knijpt haar ogen tot spleetjes en wijst naar me. 'Jij bent die jongedame die Ramona zag stelen en het van de daken heeft geschreeuwd.'

'Eh, ja. Ik bedoel, nee. Ik heb het maar aan één iemand verteld... of misschien aan nog iemand...'

'Ramona is een schát van een meid,' zegt ze met klem. 'Je zou je moeten schamen.' Haar woorden komen aan als een klap in mijn gezicht, en ik deins achteruit.

'Ik wilde niemand kwaad doen,' zeg ik snel. 'En ik heb het echt niet van de daken geschreeuwd...'

'Zo roep je slecht karma over jezelf af, besef je dat wel?' Ze leunt naar voren en ik zie dat haar oogwit geel ziet en haar handen veel ouder zijn dan haar gezicht. Ze ziet er heel imposant uit. 'Nenita, het gaat prima met Ramona,' zegt Aran. 'Dat weet je best.' 'Slecht karma.' Ze kijkt me indringend aan met haar gelige ogen en wijst weer priemend naar me. 'Slecht karma in je leven.' Ik probeer niet in elkaar te krimpen van afgrijzen. Het voelt alsof ze een vloek over me uitspreekt.

'En je jurk is ook nog eens gedateerd,' voegt ze er neerbuigend aan toe, en ik voel verontwaardiging opkomen namens Danny. 'Maar toch,' vervolgt ze alsof ze me een onmetelijke gunst verleent, 'zie ik dat jij, jongedame, net zo bent als ik. Als je echt iets wilt, rust je niet voordat je het hebt.' Ze laat haar blik nog eens taxerend over me heen glijden. 'Je mag me bellen.'

Ze geeft me een zilveromrand kaartje met een telefoonnummer, en Aran trekt zijn wenkbrauwen op.

'Goed gedaan, Becky!' zegt hij zacht. 'Goed werk!'

Ik kijk een beetje duizelig naar het kaartje. Ik heb het voor elkaar gekregen. Ik heb echt contact gelegd met Nenita Dietz.

De massa op weg naar de ingang van de bioscoop omstuwt ons, en een potige man stoot me aan, waardoor ik mijn tasje laat vallen. Als ik me weer opricht, ben ik afgesneden van Nenita en Aran, en het gedrang wordt heviger. In zwart pak gestoken meisjes zeggen tegen iedereen dat de film bijna begint, en of we maar willen gaan zitten? Ik loop als een zombie mee naar binnen. In de foyer wemelt het van de mensen, camera's en journalisten, en ik laat me gewoon door de massa meevoeren. Een vriendelijke jongeman wijst me een zitplaats in de zaal aan, waar ik een flesje water, popcorn en een geschenktasje met een circusthema vind.

Ik ben er! Ik hoor erbij! Ik heb een van de beste stoelen bij een première! Ik heb het kaartje van Nenita Dietz en ik mag haar bellen!

Dus... waarom voel ik me dan zo leeg? Wat is er mis?

Mijn leren stoel voelt kil aan en de airconditioning staat zo hoog dat ik ervan ril. Ik schrik als er opeens muziek door de zaal schettert. Dit zou het grootste gebeuren van mijn leven moeten zijn, hou ik mezelf voor. Suzes stem galmt in mijn oren: *ik hoop dat je de avond van je leven hebt.* En mijn eigen opstandige repliek: *komt goed.*

355

Maar in werkelijkheid komt het niet goed. Ik zit in een koude, donkere zaal vol onbekenden, in afwachting van een film die ik niet hoef te zien, zonder vrienden of familie om de avond mee te delen. Ik ben niet beroemd. Iedereen noemde me Betty. Ik heet niet Betty, ik heet Bécky. Ik voel aan Nenita's kaartje om mezelf gerust te stellen, maar zelfs dat voelt akelig aan mijn vingers. Wil ik met die enge heks samenwerken? Wil ik net zo worden? Het voelt alsof ik een fata morgana in de woestijn heb gevonden. Ik schep zand op met mijn handen en zeg tegen mezelf dat het fris en zuiver water is... maar dat is het niet.

Ik ga steeds zwaarder ademen; mijn gedachten tollen door mijn hoofd en ik omklem de armleuningen van mijn stoel tot mijn vingers er pijn van doen. En opeens vind ik het welletjes. Ik kan hier niet blijven. Ik wil hier niet zijn. Ik heb andere, veel belangrijkere dingen aan mijn hoofd dan een rode loper en beroemdheden. Ik heb mijn familie en mijn vrienden en een probleem dat ik moet oplossen, een man die ik terug moet winnen en een beste vriendin die ik moet helpen. Dát is wat ik heb. En ik vind het ongelooflijk dat ik er zo lang over heb gedaan om tot dat inzicht te komen.

Ik moet hier weg. En wel nu.

Ik sta op en werk me verontschuldigingen mompelend langs de stoelen naar de zijkant van de inmiddels volle zaal. Een man in smoking voorin is net aan een toespraak begonnen, en alle zaalwachten kijken me vreemd aan... maar het kan me niet schelen. Ik moet hier weg. Ik moet zo snel mogelijk met Suze praten. Ik denk dat ze me haat. Ik neem het haar niet kwalijk. Ik haat mezelf ook.

Nenita staat nog met Aran en een paar anderen in de foyer, en nu ik met andere ogen naar haar kijk, voel ik opeens weerzin. Nee, erger: verontwaardiging. Hoe durft ze te proberen me te vervloeken? Hoe durft ze Danny te dissen? Net als ze zich omdraait om de zaal in te lopen, tik ik haar op haar schouder.

'Neem me niet kwalijk, Nenita,' zeg ik met een lichte beving in mijn stem, 'maar ik zou een paar dingen die je hebt gezegd willen weerleggen. Misschien had ik Ramona niet moeten verraden, maar je moet wel weten dat ze niet bepaald is wie jij denkt. Ten tweede denk ik dat mensen die proberen anderen slecht karma aan te praten zélf slecht karma krijgen. Ten derde is mijn jurk niet gedateerd. Danny Kovitz is een heel talentvolle ontwerper en alle jonge modebloggers gingen uit hun dak toen ze mijn jurk zagen, dus als jij hem niet mooi vindt, ben jíj misschien gedateerd.'

Ik hoor een paar van Nenita's paladijnen naar adem snakken, maar ik zit er niet mee. Ik ben op dreef.

'En dat we op elkaar zouden lijken...' Ik aarzel. 'Dat heb je goed gezien. Als ik weet wat ik wil, ga ik erachteraan.' Ik kijk om me heen naar de pr-meisjes, de camera's, de rijen glanzende *Circus*-geschenktasjes met gestreepte hengsels die staan te wachten tot ze worden meegenomen. Ooit zou ik een moord hebben begaan voor zo'n soort tasje, maar nu voelt het alsof ze op de een of andere manier bezoedeld zijn. 'En toevallig... wil ik dit niet.'

'Becky!' zegt Aran met een lachje.

'Ik wil het niet, Aran.' Ik kijk hem recht aan. 'Ik wil geen roem en ik wil geen aandacht.'

'Lieverd, niet zo snel op je teentjes getrapt!' Hij legt een hand op mijn arm. 'Nenita maakte maar een grapje over je jurk.'

Denkt hij dat dat alles is waar ik me druk om maak? Mijn jurk? Anderzijds... Waarom zou hij dat niet denken?

Plotseling zie ik mezelf zoals iedereen om me heen me de afgelopen weken heeft gezien, en het is geen fraai schouwspel. Ik krijg plotseling een akelig brok in mijn keel en ik voel tranen opwellen, maar ik ga echt niet instorten waar Nenita Dietz bij staat.

'Het gaat niet alleen om mijn jurk,' zeg ik zo kalm als ik kan, en ik schud zijn arm af. 'Het ga je goed, Aran.'

Een groepje meisjes in het zwart staat bij de deuren te roddelen, en als ik dichterbij kom, laat een van hen zich even afleiden.

'Ga je nu al weg? Voel je je wel goed?'

'Ik voel me prima.' Ik probeer te glimlachen. 'Maar ik moet weg. Het is een noodgeval. Ik laat mijn chauffeur komen.'

Ik pak mijn telefoon en stuur Jeff een sms: Kunnen we weg? Dank liefs Becky x

Ik sta een tijdje schutterig bij de uitgang op Jeff te wachten – en dan trek ik het opeens niet meer. Ik ga naar buiten om te kijken of ik de auto al aan zie komen.

Ik duw de deuren open en stap de rode loper weer op. Die is nu leeg, op een paar programmaboekjes en een colablikje na, en er ligt ook een vest dat iemand moet hebben laten vallen. Ik zie nog wat witte kraaltjes van Sage' jurk in het rood flonkeren. Ik weet echt niet hoe ik dat aan Danny moet uitleggen. Die kraaltjes waren er met de hand op gezet. Het moet een heidens karwei zijn geweest. Al dat werk, van het ene moment op het andere geruïneerd.

En terwijl ik ernaar kijk, word ik nog mistroostiger. Het voelt alsof álles vanavond is geruïneerd. Mijn stomme Hollywood-dromen, mijn plan om beroemd te worden, mijn vriendschap met Suze... Ik voel het verpletterende verdriet weer en haal diep en beverig adem. Ik mag niet instorten. Ik moet Jeff zoeken. Ik moet...

Wacht.

Ik snak naar adem en blijf als aan de grond genageld staan. Ik geloof mijn ogen niet.

Over de rode loper – de lege rode loper – loopt Luke. Zijn tred is kalm maar doelbewust, en zijn ogen zijn op de mijne gericht. Hij heeft zijn donkere Armani-jas aan, en daaronder zie ik een smoking. Als hij bijna bij me is, begin ik te beven. Zijn strakke, strenge gezicht verraadt niets. Hij heeft lichte schaduwen onder zijn ogen en glimlacht niet naar me. Een verschrikkelijk moment lang denk ik dat hij is gekomen omdat hij van me wil scheiden.

'Ik dacht dat je naar New York was,' zeg ik bijna fluisterend.

'Dat was ik ook.' Hij knikt ernstig. 'Dat was ik ook. En toen ben ik meteen weer teruggevlogen. Becky, ik heb me verschrikkelijk gedragen. Het spijt me. Ten opzichte van mijn moeder en jou. Het was onvergeeflijk.'

'Niet waar!' zeg ik meteen, overspoeld door opluchting.

'Je hebt het volste recht om boos op me te zijn.'

'Ik ben niet boos. Eerlijk waar niet.' Ik slik iets weg. 'Ik ben gewoon... zo blij je te zien.'

Ik reik naar zijn hand en pak hem stevig vast. Ik had nooit verwacht Luke hier te zien. In geen miljoen jaar. Zijn hand is warm en stevig en lijkt me te verankeren. Ik wil hem nooit meer loslaten.

'Waarom ben je niet binnen?' Hij knikt in de richting van de zaal. 'Was het een succes?'

Ergens zou ik het liefst: 'Nou! Het ging geweldig!' zeggen en hem over mijn triomfen vertellen, maar iets in mij kan niet liegen. Niet tegen Luke. Niet nu hij hier staat. Niet nu hij is teruggekomen uit New York. Niet nu hij de enige op deze première is die echt iets om me geeft.

'Het was niet wat ik had gedacht,' zeg ik uiteindelijk. 'Niets is wat ik ervan had verwacht.'

'Hm.' Hij knikt, alsof hij mijn gedachten kan lezen.

'Misschien...' – ik slik – '... misschien had je gelijk. Misschien ben ik de weg een beetje kwijt.'

Luke zegt niet meteen iets. Die indringende, donkere ogen van hem vinden de mijne en het is alsof we geen woorden nodig hebben. Hij voelt het allemaal aan.

'Daar heb ik de hele weg naar New York op zitten broeden,' zegt hij ten slotte met een diepe, gruizige stem. 'En toen wist ik het opeens. Ik ben je man. Als jij de weg kwijt bent, is het mijn taak je te komen zoeken.'

Zonder enige waarschuwing springen de tranen me in de ogen. Na alles wat ik heb gedaan om hem te ergeren en van streek te maken. Komt hij me zoeken.

'Nou... daar ben ik dan,' pers ik eruit, langs het brok in mijn keel, en dan neemt Luke me in zijn armen.

'Kom hier,' zegt hij tegen mijn natte wang. 'Niemand zou alleen naar een première mogen gaan. Het spijt me, lief meisje van me.'

'Het spijt míj,' mompel ik snotterend tegen zijn witte overhemd. 'Ik geloof dat ik het niet meer zo goed zag allemaal.'

Luke biedt me zijn zakdoek aan, en ik snuit mijn neus en probeer mijn mascara bij te werken terwijl hij geduldig wacht.

'Alle journalisten noemden me Betty,' vertel ik. 'Bétty.'

Hij trekt zijn wenkbrauwen op. 'Betty? Dat past totaal niet bij je.'

Hij werpt een blik op zijn horloge. 'Goed, wat zullen we doen? Wil je terug naar binnen?'

'Nee,' zeg ik resoluut. 'Ik wil mijn vader zoeken. Ik wil het goedmaken met Suze. Ik wil Minnie knuffelen. Ik wil alles liever dan terug naar binnen gaan.'

'Echt?' Hij kijkt me in de ogen... en ik zie dat hij iets groters vraagt. Hij heeft het me al eerder gevraagd. Dat lijkt nu heel lang geleden.

'Echt.' Ik knik. 'Het is... het is afgelopen.'

'Goed dan.' Zijn blik wordt zachter. 'Oké.' Hij pakt mijn hand en we lopen langzaam de lege rode loper af.

23

Ze hebben het wel eens over een roze bril. Nou, ik denk dat ik de wereld door een loperrode bril zag. Ik bedoel, deze rode loper is eigenlijk best sleets, zo zonder sterren. Luke en ik lopen hand in hand en er staan nog wel cameramensen langs de hekken, maar we hebben de loper voor onszelf. Het doet me denken aan de Walk of Fame, weken geleden, toen LA nog nieuw voor ons was en we het als een groot avontuur zagen. Ongelooflijk, hoeveel er sindsdien is gebeurd.

'Ik moet het goedmaken met mijn moeder,' zegt Luke.

'Ja, dat klopt,' zeg ik knikkend. 'En dat ga je ook doen. Het wordt geweldig. Luke, je zou je moeder samen met Minnie moeten zien. Ze zijn ongelooflijk! Eigenlijk lijken ze heel veel op elkaar.'

'Ik kan me er iets bij voorstellen.' Hij glimlacht ironisch naar me en opeens zie ik het voor me: Luke, Elinor, Minnie en ik, een blije familie aan de thee. Het gaat gebeuren, beloof ik mezelf. Binnenkort. Alles wordt anders.

'Koop een legpuzzel voor haar,' stel ik voor. 'Ze is dol op legpuzzels.'

'Oké.' Luke glimlacht. 'Dat zal ik doen. Of misschien kan ik er beter meteen honderd kopen. Ik heb een hoop goed te maken.'

'O, god, ik ook.' Al mijn problemen komen terug en ik krimp in elkaar. Suze... Tarquin... mijn vader... 'Ik heb knallende ruzie met Suze gehad.' Ik knijp in Lukes hand. 'Het was vreselijk. Ze is echt woest op me...'

'Becky,' onderbreekt hij me zacht. 'Luister. Ik moet je iets vertellen. Suze is hier.'

'Hè?' Ik kijk verwonderd om me heen. 'Hoe bedoel je? Waar?'

'De auto staat een paar straten verderop. Suze wacht op je. Ze wil de woestijn in, achter je vader aan, en ze wil dat je met haar meegaat.'

'Wat?' Ik gaap hem aan. 'Meen je dat echt?'

'Absoluut. Toen ik haar vertelde waar ik naartoe ging, smeekte ze me of ze mee mocht. Als het mij niet lukte, wilde ze je zelf uit de bioscoopzaal sleuren.'

'Maar...' Ik kan het niet bevatten. 'De woestijn in?'

Luke zucht. 'Suze is in alle staten. We denken dat je vader en Tarquin op weg zijn naar Las Vegas. Suze maakt zich zorgen om Tarquin en eerlijk gezegd denk ik dat ze daar alle reden toe heeft.'

'Juist.' Het duizelt me. 'Dus... waar zijn de kinderen?'

'Mitchell past op ze. We moeten natuurlijk nog uitknobbelen wat we het beste kunnen doen. We moeten naar huis, op een rijtje zetten wat we weten, een route uitstippelen... En jij moet diep nadenken, Becky. Ik bedoel, het is jouw vader. Als iemand kan achterhalen waar hij naartoe is...'

'Ik heb die oude kaart van mijn vader nog.' Mijn geest komt in actie. 'Misschien kunnen we daar iets mee?'

'Becky!' roept een stem, en als ik me omdraai, zie ik Jeff vlakbij uit het raampje van de SUV hangen en zwaaien. 'Ik kan niet dichterbij komen!'

'Jeff!' Ik hol opgelucht naar hem toe, blij om zijn vertrouwde gezicht te zien. Even later zitten Luke en ik veilig achter in de auto en zegt Luke tegen Jeff waar we naartoe moeten.

'Was de film zo vroeg afgelopen?' zegt Jeff terwijl hij de auto het verkeer in manoeuvreert.

'Ik vond het gewoon welletjes.'

'Heel verstandig,' zegt Jeff knikkend.

'Ik heb alles gedaan wat ik moest doen. Behalve... wacht.' Ik kijk geschrokken naar Luke. 'De handtekeningen! Ik heb geen handtekeningen gevraagd!'

'Becky, het geeft niet...'

'Wel waar! Ik had pap beloofd dat ik handtekeningen voor hem zou vragen, en ik heb er niet één.' Ik kijk Luke verdrietig aan. 'Ik ben zo waardeloos.'

'Lieverd, dat heeft nu niet onze prioriteit...'

'Maar ik had het beloofd. En nu heb ik hem wéér teleurgesteld.' Ik word overweldigd door schuldgevoel. 'Hij wilde de handtekening van Dix Donahue, en die heb ik niet gevraagd, en nu ben ik het weer vergeten, en...'

'Wil je wat handtekeningen? Ik krijg dat boekje van je vader wel vol,' zegt Jeff vanaf de bestuurdersstoel, en ik knipper verbaasd met mijn ogen.

'Jíj?' zeg ik stompzinnig.

'Je kunt geen beroemdheid noemen of ik heb voor hem gewerkt. Ze staan allemaal bij me in het krijt. Ik regel die handtekeningen voor je.'

'Echt waar?' zeg ik verbluft. 'Van wie dan?'

'Noem maar een beroemdheid,' zegt Jeff weer.

'John Travolta?'

'Ik zou het niet kunnen zeggen.'

'Brad Pitt!'

'Ik zou het niet kunnen zeggen.'

Hij houdt zijn gezicht in de plooi, maar hij kijkt met pretlichtjes in zijn ogen in de binnenspiegel. Ik geloof dat ik van Jeff hou.

'Dat zou waanzinnig zijn. Hartstikke bedankt.' Ik haal voorzichtig paps dierbare handtekeningenboekje uit mijn tas en leg het naast Jeff op de passagiersstoel. Nog geen halve minuut later rijdt Jeff een zijstraat in en zegt Luke: 'Daar staan we. Dank je wel, Jeff.'

'Tot ziens, Jeff.' Ik leun naar voren en geef hem een knuffel. 'Je bent fantastisch voor ons geweest.'

'Jullie zijn een leuk gezin,' zegt Jeff bars. 'Ik kom die handtekeningen nog wel een keer brengen.'

We stappen uit de SUV en de bries trekt aan mijn jurk. Ik kijk naar mijn spiegelbeeld in de ruit van de auto en zie mijn eigen ogen terugkijken, veel te groot en veel te dik opgemaakt, en een beetje hyper. Opeens word ik heel nerveus bij het idee dat ik Suze ga zien. Ik voel me alsof ik een tijdje in een andere wereld heb geleefd. Maar ik kan niet wegvluchten. Ik kan dit niet ontwijken. Het portier van de auto gaat open en Suze stapt uit.

Even staan we alleen maar naar elkaar te kijken in de avondlucht. Ik ken Suze al jaren, en ze is geen spat veranderd. Hetzelfde blonde haar, dezelfde eindeloos lange benen, dezelfde schallende, oneerbiedige lach, dezelfde manier van op haar duim bijten als ze gestrest is. Ik moet er niet aan denken hoe die duim er nu uitziet.

'Bex, ik weet dat je het heel druk hebt.' Haar stem klinkt schor. 'Ik weet dat je al die grote kansen hebt en alles, maar ik heb je nodig. Alsjeblieft. Ik heb je nodig.'

Ik vind het zo verbijsterend dat ze me niet uitfoetert dat de tranen me in de ogen springen.

'Ik heb jou ook nodig.' Ik wankel op mijn hakken naar haar toe en sla mijn armen om haar heen. Wanneer heb ik Suze voor het laatst omhelsd? Een eeuwigheid geleden.

Zij huilt ook, merk ik. Ze snikt het uit op mijn schouder. Ze is helemaal op van de zorgen, en ik was er niet voor haar. Ik heb een afschuwelijk, knagend gevoel in mijn maag. Ik ben een slechte vriendin geweest. Een heel slechte vriendin.

Nou, maar dat ga ik nu goedmaken.

'Ik heb je gemist,' prevelt ze in mijn haar.

'Ik jou ook.' Ik druk haar tegen me aan. 'De rode loper was niet hetzelfde zonder jou. Ik heb helemaal niet de avond van mijn leven gehad. Het was zelfs verschrikkelijk.'

'O, Bex. Wat spijt me dat.'

En ik weet dat ze het meent. Hoe rot ik haar ook heb behandeld, ze vindt het nog steeds jammer dat ik het niet naar mijn zin heb gehad. Zo'n schat is Suze.

'Ze zijn naar Las Vegas,' zegt ze dan.

'Ik heb het gehoord.'

Ze tilt haar gezicht op en haalt haar mouw langs haar neus. 'Misschien kunnen we ze achternagaan?'

'Oké.' Ik knijp stevig in haar handen. 'Dat doen we. Wat je maar wilt, Suze, ik sta pal achter je.'

Ik heb geen idee wat ik me op de hals haal, maar het maakt me niets uit. Dit is Suze en ze heeft me nodig, dus ben ik van de partij.

'Ik heb Danny ge-sms't,' vervolgt ze nog nasnuffend. 'Hij komt ook.'

'Danny?' zeg ik stomverbaasd.

Ze laat me het scherm van haar telefoon zien.

Suze, schat van me, dat hoef je toch niet eens te vragen??? Ik ben er in een nanoseconde en dan gaan we die man van jou vinden. Danny xxxxx

Wat is Danny toch een ster. Al heb ik geen idee hoe we hem in Las Vegas in het gareel moeten houden.

'Nou, kijk eens aan.' Ik geef haar nog een knuffel. 'Dat is dan geregeld. We hebben een team. We gaan dit doen, Suze. We zullen ze vinden.'

Maar hoe? denk ik tegen wil en dank. Hoe moeten we ze vinden? Het hele idee komt een beetje mallotig op me over, maar Suze wil het, en dat is het enige wat ertoe doet.

Net als ik wil voorstellen om met z'n allen koffie te gaan drinken om ons vannacht op de been te houden, gaat het portier aan de andere kant van de auto open. Ik schrik me wezenloos als er nog een blond hoofd opduikt. Alicia? Serieus? Alícia?

'Alicia gaat ook mee.' Suze veegt de tranen uit haar ogen. 'Ze is zo lief voor me geweest. Zij is degene die heeft ontdekt dat ze naar Las Vegas zijn. Bryce had het aan een vriend in Golden Peace verteld. Alicia heeft alle personeelsleden aan de tand laten voelen tot ze informatie kreeg… Echt, Bex, ze is geweldig geweest.'

'Super!' zeg ik na een korte stilte. 'Wat… fantastisch van haar.'

'Jullie worden toch wel vriendinnen, hè?' vraagt Suze angstig. 'Jullie hebben al dat gedoe van vroeger toch wel achter jullie gelaten?'

Wat moet ik zeggen? Ik wil Suze niet nog gestrester maken.

'Natuurlijk,' zeg ik dus maar. 'Natuurlijk hebben we dat achter ons gelaten. We worden dikke vriendinnen, hè, Alicia?'

'Becky.' Alicia komt naar ons toe, geluidloos op haar trendy zachtleren yogaslipperdingen; ze heeft dat beheerste, serene gezicht weer opgezet. 'Welkom.'

Ik zet prompt mijn stekels op. Zij mag geen welkom zeggen, ík mag welkom zeggen.

'Insgelijks.' Ik glimlach poeslief naar haar. 'Ik heet jóú welkom.'

'We staan voor een uitdaging.' Ze kijkt me ernstig aan. 'Maar ik weet zeker dat als we de handen ineenslaan, we Tarquin, je vader en Bryce kunnen vinden voordat…' Ze breekt haar zin af. 'Nou ja. We zijn bang dat Bryce een… roofdier is. Daar maken we ons zorgen over.'

'Ik snap het,' zeg ik knikkend. 'Nou, laten we teruggaan naar de Batmangrot en een plan maken. Maak je geen zorgen, Suze.' Ik geef haar nog een kneepje. 'We zitten erbovenop.'

'Stap maar vast in.' Suze pakt haar telefoon. 'Ik kom zo.'

Ik stap in de auto, gevolgd door Alicia, en we zwijgen even. Dan, net als Alicia aanstalten maakt om iets te zeggen, kijk ik haar aan.

'Ik weet dat je geen spat bent veranderd,' zeg ik snel, zacht en ziedend. 'Ik weet dat dat zoetsappige geslijm van je alleen maar een façade is voor je eigen smerige plannetjes. Als je maar weet dat als je Suze ook maar een haar krenkt, ik je helemaal kapotmaak.' Ik kijk haar zo indringend aan dat ik bang ben dat mijn ogen uit hun kassen zullen ploppen. 'Ik maak je kapot. Helemaal.'

Het portier gaat open en Suze schuift op de passagiersstoel voorin. 'Alles goed?' vraagt ze ademloos.

'Ja hoor!' zeg ik opgewekt.

Na enig aarzelen zegt Alicia ook: 'Ja hoor.' Ze zit er een beetje verdwaasd bij. Nou, net goed. Ik red me wel, mij heeft ze al genoeg aangedaan, maar als ze aan Suze komt…

Luke schuift achter het stuur, slaat zijn portier dicht, kijkt om en trekt een komisch gezicht naar me. 'Ben je er klaar voor, Betty?' 'Ha, ha.' Ik trek een raar gezicht terug. 'Heel leuk. Zullen we naar huis gaan?'

Hij start, en als we rijden, kijk ik reikhalzend door de achterruit, verblind door het licht van de straatlantaarns. We rijden weg van de tv-camera's, de schijnwerpers en de sterren. We rijden weg van alles waar ik me zo op had verheugd. Misschien zal ik nooit meer de kans krijgen om op een rode loper te staan, realiseer ik me. Dit kan de laatste keer zijn geweest. Misschien is dit mijn afscheid van Hollywood.

Maar ik vind het niet erg. Ik zit op de goede weg. En ik voel me beter dan ooit.

Van het kantoor van Dix Donahue

Aan Graham Bloomwood

Hartelijke groet aan jou en je fantastische dochter
Rebecca.

Ik nodig je uit om wanneer je maar wilt naar een show
te komen en me backstage op te zoeken.

De beste wensen van je vriend,

Dix Donahue

PS: Bedank Jeff hiervoor!
PPS: Ik hoorde van je verdwijning. Hopelijk ben je
inmiddels weer veilig en ongedeerd terug.

Lees ook de andere zes delen van Shopaholic

Nu verkrijgbaar voor € 10